# 青烟

杜万青

— 著 —

作家出版社

# 目 录

# 第一章

## 01

相传，清同光年间，凉州府出了两个奇人，一个姓脱，一个姓胡。脱姓，可以上溯到元朝，与元朝脱脱丞相一脉相承。脱先生饱读诗书，才高八斗且恃才傲物。称为奇人，自有奇处相彰。脱先生的奇事有二：一是凉州府总兵的宠妾养了一只宠物鹅，鹅的脖子上挂了一块金牌。金牌上刻有"天鸟"二字，常在凉州城招摇过市。有一天，鹅在街上被一小商贩的狗给咬死了。宠妾对小商贩不依不饶，派家丁将其枷在街头，还要小商贩给死去的鹅披麻戴孝。当日，脱先生在酒楼上宴会，听得窗外人声鼎沸，人围得里三层外三层，观看被枷了示众的商贩。脱先生隔窗瞅了几眼，便向酒楼要了纸笔墨砚，当即大书十六字：鹅戴金牌，狗不识字，禽兽相争，与人何干！写毕，脱先生差酒保将字条挂在小商贩的枷上。围观者当即起哄，叫声一片。监者将字条呈给总兵，总兵一看立即下令放人，还贴告示对贵禽贱人之事予以道歉，并责罚了宠妾。二是，当时的凉州知府是一浙江绍兴人，同治年间中的进士，光绪二十几年派任凉州知府。此人在任上横征暴敛，搜刮民财，致使凉州百业凋敝，民不聊生。凉州人曾多次向朝廷举报，但都因知府朝里有人，给遮掩过去了。脱先生思谋良久，遂假托知府之名，写了组诗《七笔勾》，并将组诗《七笔勾》差人送到京城。组诗由脱先生的文友传抄散发，传播甚广，被人携入宫中，摆到了光绪帝的案头。《七笔勾》小跋中有叙述，说知府之子欲追随其父西到凉州游历。知府担心儿子西行会荒废学业，为打消儿子西行念头，写了《七笔勾》。诗中备述西北苦寒不毛之地，人文懵懂未开，将"荣华富贵、山珍海味、孝子贤孙、礼义廉耻、山清水秀、金榜题名、美貌佳人"等一一勾去。光绪帝看后勃然大怒，立即下旨，严词斥责："我大清西北疆土，山奇岭峻，江河湖泊，星罗棋布，沃野平畴千里。竖子信口雌黄，诋毁祖宗锦绣江山，其心可诛！着令革去知府之职，捉拿归京，交有司审处。"

凉州知府还未被解押到京，即有举报先至京城，备述知府在凉州横征暴敛的种种劣迹。光绪帝下令查抄凉州知府家，获赃无数。凉州知府即被发配宁古塔充军，家中人悉数被发往宁古塔给披甲人为奴。至于《七笔勾》是否凉州知府所写，也就无人细究了。但组诗《七笔勾》确实起到了扳倒知府的重要作用，所以凉州贤良们便集资将《七笔勾》组诗刻碑纪念。碑刻好后，立在文庙东雀儿塔里面。殊不知碑本无罪，却有一伙蟊贼犯事被官兵围到雀儿塔里。蟊贼为拒官兵，砸碑为石，抛之以拒官兵，终因官兵势大，蟊贼只是困兽之斗，悉数被歼。但刻有《七笔勾》组诗的七块碑已残缺不全。后有心者将残碑拓片，依稀可辨者不足三分之一：

……青顶朝天走，蓝衫一领袖，匾额挂门楼，坐吃馒头，不向长安走，因此上，把金榜题名一笔勾。……万里山河岭与沟，渊壑穷颜眼难收，黄沙云中游，山似和尚头，沟里无水流，风吹石头大如斗，狂风起处不辨昏与昼……因此上，把山清水秀一笔勾。毛发如鸡窝，梁子结在后脑勺，大脚平蹚沟与河。……红胸膛，黑奶头，手似粪叉口似盆，吃饭嗵嗵声，因此上，把美貌佳人一笔勾。……来客留不够，奶子熬茶捧一瓯，面饼葱姜醋，锅盔蒜盐韭，驴蹄和羊头，连毛送入口，风卷残云，吃尽方丢手，因此上，把山珍海味一笔勾。

脱先生是凉州府苍松县人，因才设馆，延揽苍松县及凉州、平番、镇番、永昌等处人家子弟就馆。设馆数年，弟子中举人一名，秀才多名，贡生不计其数，因而声震一时。

另一奇人也是苍松县人，是苍松县辖土门镇人，姓胡。此人善识风水。胡先生前往王家水办事。在苍松县与东山新窑岘子王家水之间，有一条形似龙首的山岭，名龙首山。胡先生见龙首山岭怪云突兀，恶气升腾，便游说苍松县府，言此地风水不祥，必出祸乱朝纲之人。县太爷不敢怠慢，亲自实地考察一番，也觉得龙首山地势怪异，凭空伸出一条似龙非龙的山脉。县府立即具文呈报州府。州府更不敢怠慢，速呈文朝廷。朝廷自然信其有不信其无，赶紧拨了钱粮，府县联手，调集数百民工，从龙脖处开挖，历时三月，龙首山自龙脖处被斩断，身首异处，但见一碗口粗的芦芽根横在龙身和龙首之间。县太爷亲自看了，命人斩断芦芽根，见芦芽根里流出血来，且一股白气冲天而去，见者无不心惊胆战，魂飞魄散！

县州两府据实上报，已斩断妖蛇，朝廷自然嘉奖。胡神仙就在受奖之列，得了不少银子，还得了凉州府台的亲笔题匾，上书"仙风道骨"。胡神仙从此声名大噪。胡神仙仙气一脉相承，已传延三代。有人不远数百里邀请胡神仙去看风水，勘阳宅，定阴宅。

相传的还有，曾有夜行者路过龙首山，行至斩断的芦芽根处，见一老妪正在烧纸哭诉，哀怨悲切。大意是此处人不读圣贤之书，不重教化，上天派文曲星下凡，教化一方，不想被妖人蛊惑，斩断了文脉。纸灰燃尽，老妪化作一股清风，朝东山而去。

东山是按苍松县城的方向叫的。苍松县城在东西两山峡谷的出口处，东面即东山，西面是西山，穿峡向南，则是祁连山最东端的乌鞘岭，横亘在天地之间，阻断了东西通道。不知从什么年代开始，苍松县流传一句话：东山没好路，西山没好人。

没好路的东山，与祁连山骨血相连，也可称为祁连山的支脉。东山有一条自西向东的山岭，称华儿岭。华儿岭虽山势起伏却东西端正，经岁月的风蚀雨刷，岭下被冲刷出十几条山岭和深有百丈的沟壑，山岭沟壑均南北走向，并行不悖，称龙背岭、牛儿岭、逢春岭、遇夏岭、虎背岭……华儿岭像一把耙，各条岭更似耙齿。岭与岭之间有百丈深沟，春有积雪消融，夏秋则有山洪奔流，洪流到处，则是山下广袤的平原，更远处则是辽阔无垠的腾格里沙漠。川里的人们，将华儿岭下的十几条岭称南山，也称山里，将居住在那里的人叫山里人。华儿岭南面的人们又将其称作北山。不知从哪个朝代起，人们将华儿岭下的十几条山岭和沟壑，按其山形水系划为四岘四水：新窑岘子王家水，四道岘子薛家水，截打坝岘子窑儿水，刘家岘子耷拉水。据说此四岘四水的名字刻在嘉峪关的城楼上。这里的人们祖辈出山极少，四岘四水的名字被刻在嘉峪关城楼上只是个传说，倒是有人东涉秦王川，亲眼看到一个村口石碑上刻着五道岘子，附近还有一个村叫洛家水。那应该是五岘五水，不知是人们忽略了五道岘子洛家水，还是嘉峪关城楼上少刻了一岘一水！

每个岘水应该是个大地名，庄是岘水周边的村子，堡则是农户们放牧时的窝棚，因为庄前一般都冠着姓，如冯东庄、王西庄。堡则必带一"窝"又冠上姓，如郭家窝堡、陈家窝堡。每个岘和水都有多少不等的庄和堡。

## 02

虽然这四岘四水的山岭沟壑，在西北连绵的大山面前根本不值一提，但这里差不多有一二百户人家。这些人家也有故事，也有顶尖的人物。比如四道岘子薛家水的薛家，就出了一个千人仰慕的人物薛五佬。

光绪二十多年，薛五佬发昌出生。发昌前面有四个哥哥，大哥元昌，二哥恒昌，三哥奇昌，四哥开昌。兄弟五人的父亲薛老爷非等闲之人，在他的经营下，家道已有兴旺的兆头。加上薛五佬发昌的几个哥哥，多是农家好手，积有十余年，薛家有了庄园，有了土地，还送乖巧聪明的发昌进了馆。发昌读了些《幼学琼林》、"四书五经"的书，嘴里常常吟出鬼也听不懂的话，什么"虹名螮蝀，月里蟾蜍"，什么"有鸟为鹏，翼若垂天之云，抟扶摇羊角而上者九万里"。

薛家发昌念了六年的私塾，秀才不第。薛老爷花银子给发昌捐了个贡生。又在私塾老师的引荐下，身为贡生的发昌拜见了县太爷，慢慢地和县太爷攀上了交情，还跟着县太爷游了凉州府，与凉州府的军政官员在魁星阁酒楼吃了席面，换了帖子。

在四岘四水这片山里，贡生是个什么名头，庄稼汉们不甚了了，反正是很了不起的！因为薛五佬平日里长袍马褂，走马出入，马铃响处，就知道薛五佬是出山了还是进山了。更让人惊羡的是薛五佬包揽了凉州驻军马队的草料，多大的一笔生意，每年秋天，车拉牲口驮的黑豌豆从山里运出去，白花花的银圆一箱箱地运回来，薛五佬的能耐真是大到天上去了！

发了财的薛五佬，从苍松县城经龙首山回四道岘子薛家水，看到斩断的龙脖，内心时常有所触动，老妪化作清风去了东山的传说总是萦绕在心。薛五佬得了个儿子，儿子牙牙学语时，便跟着他背了许多诗词歌赋，且背得通顺流畅，每每众人面前，让薛五佬有了十分的得意。文曲星之事有望应在东山。薛五佬自忖：自己虽然在人们眼里是个人物，其实自己心里明白，连个秀才都不第，只能唬唬山里人。更让他心动的是，据说当年"仙风道骨"的胡神仙路过薛家水，曾指着薛家水西面的一块叫锅底湾的地说：此地风水甚佳，谁家占得，后人必大贵！

薛五佬早早下手，将锅底湾的地买在自家名下，闲时常去转悠，就是不知道此地风水的佳处。

薛五佬决定在锅底湾修建先祖坟茔，迁先祖上两代的骨殖，以期后代能出将入相。他决定亲自去趟土门子。土门子是一旱埠码头，是南来北往的商旅必经之地，有谣：要想挣银子，走一趟土门子。"仙风道骨"的胡神仙就是土门子人。

## 03

仙风道骨的胡神仙早已驾鹤西去。他的不知道几代子孙的掌门人已年届不惑，也装扮得一副道骨仙风的模样，道行似乎比祖上更加深厚。

民国十五年的仲夏，迁坟事宜经薛五佬与四个哥哥商议，定了下来。为表达对胡神仙的十分尊重，薛五佬带了薛元昌的长工，秦州张三去了趟土门子。青骡子备好鞍辔，由秦州张三牵着，骡背上驮着薛五佬早些天专门给胡神仙准备的四色礼：一方猪肋条腊肉，一捆青城水烟，一封凉州酥皮点心，两块湖南砖茶。薛五佬骑着一匹枣红马，马上鞍辔时尚，尤其枣红马和青骡子的马镫，纯银打造，镶着金边，盘胸坠着十六个铜铃铛，十分招摇。

土门子在山脚下十余里处，薛五佬带了秦州张三，自四道岘子薛家水北边的牛儿岭的山背上迤逦而行，在日上三竿时下了山，不移时进入土门子镇，寻到胡神仙宅第前。

因祖上几代积累，胡神仙家道已十分殷实，宅第自然非一般人家可比，高墙大院，很阔的大铁门，坠着两个碗大的门环。薛五佬叫秦州张三拍了门环，半个时辰里拍了四五次，才有人"吱呀"一声开了门。问了来由，反身去通报。薛五佬叫秦州张三拴了骡马，静静地坐在门前拴马石上等待。又过了半个时辰，铁门再次打开，道骨仙风的胡神仙衣着整齐地迎了出来。通报的人看了骡马背上的行货，又见薛五佬不俗，知道是桩大买卖，胡神仙自然不怠慢。

薛五佬报了姓名，说明来意，胡神仙不推辞，只说刚从凉州府回来，才歇了两天，脚力已经恢复，即刻就能出发。当地俗语：小气先生毛道士，跳大神的门上狗饿死。胡神仙也没叫薛五佬在家多待，直说：五天后要去嘉峪关，给督军看风水，择日不如撞日，为了赶时间，不如今天就去薛五佬家，顺道饭馆吃碗面，随即上山。胡神仙收拾了行头，随薛五佬出门。薛五佬只觉得运气好，胡神仙未外出云游，碰个正着，又加上胡神仙如此痛快，少耽误多少工夫，自然十分赞成。薛五佬自己骑了马，让胡神仙骑了大青骡，秦州张三牵着，踅到一家饭馆。胡神仙原来吃荤，切了猪头肉、肘子，还有一大碗面，胡神仙吃得头上冒汗，嘴角流油。吃毕，依旧是薛五佬骑了马，胡神仙骑了骡子，秦州张三背了胡神仙的行头。几个人上山，沿牛儿岭回到了四道岘子薛家水。

第二天，薛五佬陪胡神仙踏看薛家水周遭山势水形，依然是秦州张三背了水跟着。

仲夏的四道岘子薛家水，正是一年里阳光最灿烂的季节，蓝天白云相互映衬着，漫山遍野的绿树展开枝丫，遍地鲜花绽放。胡神仙兴致很高，边看边给薛五佬普及风水知识，说风水是自然界的一种强大无比的力量，风是元气和场能，水是流动和变化。相地之术就是风水。风水达到自然与人的融合，达到"天人合一"的境界。所谓风水轮流转，就是这个道理。风水的创始人是道家女神九天玄女，皇家注重宫殿墓地选址，而普通人则注重村落、宅院选址，墓地当然也在其中。农家墓地占了风水，出将入相也是常有的事。但是富庶人家占了凶地为坟，则横祸殃及子孙。

薛五佬深以为然。

一整天，薛五佬带胡神仙转了四道岘子薛家水的周遭，特别是在锅底湾勘察了一番。胡神仙接过秦州张三捧上的水喝了，掐指一算，说后天是个吉日，要薛五佬请上全族的人，定坟选址，然后，他叫薛五佬派人传话给徐家湾的徐八道士，让他带人来做道场。

六月，是薛家水相对农闲的一个月，也是气候最温暖的一个月，蓝天丽日，山坡上，庄稼长势正旺，田野一片油绿，微风吹拂，煞是有诗情画意。薛家勘定新坟，是四道岘子薛家水的大事。头天，薛五佬请了四位哥哥，老大薛元昌，老二薛恒昌，老三薛奇昌，老四薛开昌，集齐在薛五佬的堂屋里。薛家的大事，自薛五佬成了气候以后，全由他主张，薛五佬开宗明义，讲了迁坟之事。薛五佬讲了迁坟的重大意义，汇报了前期的准备工作，讲明今天如此的好日月全赖祖上庇荫。薛元昌提些建议，家庭会议一致通过。迁坟之事，薛五佬全权定夺，薛元昌协理。薛恒昌跑长途做买卖，家里事本来就不上心，也是因上新疆、下河套常年在外，这次正好回来，拿出五斗中卫的白米，供迁坟花费。薛老三表态全程参与。薛老四生了两个女娃，对荫及子孙的事不上心，但他是游手好闲喜欢热闹的人，参与态度十分积极。众兄弟没费多大工夫，商议定了。薛五佬准备了酒饭，请了胡神仙与众兄弟见面，吃了酒饭。

天擦黑时，徐道士一行十五人到了薛家。薛五佬指挥若定，连夜分派人干了几件事：一、派薛奇昌带长工到锅底湾青苗地开一条路，以免踏坏大片青苗；二、集中堂客们发面蒸馍，道场要做七天，七村八寨看热闹的人肯定不少，要供四邻看热闹的人压饥；三、要打扫空闲房屋，安置道士们饮食起居；四、专人分工，负责各项事务；五、安排流水席，招待远方前来参祭的亲朋好友；六、要各房派人请各房的亲朋，参加后三日的迁坟大祭礼，按时办好；七、要请韦家等众邻里做知客，参与大典与招待事宜。还有细枝末节的事，都安排了，派了专人司职。

第二日一早，薛五佬早早地起来，自己净了脸面，又请胡神仙梳洗正装。吃过早饭，胡神仙打开自带的藤篓，取出登台作法的服饰，一套峨冠博带的礼服，穿起来，像个秦腔里的角儿，一副道貌岸然的模样，感觉是神仙下凡，去干普度众生的大事。

今天是勘坟，胡神仙只选徐道士家一道童背了他的罗盘等物。薛五佬陪着，并且知会了大哥薛元昌，让他也去陪胡神仙。

　　薛五佬虽然鞴了马和大青骡，但胡神仙说路不远，走着就去了，走路顺便舒舒筋骨。薛五佬自不相强，也徒步陪了胡神仙，很快到了锅底湾。薛奇昌已带人将青苗地割出一条宽三丈余的大道。胡神仙要求将坟址的青苗也割了，指了个大致的方位，然后开始摆弄罗盘干了起来。他一边转动罗盘，一边口中念念有词：

　　　辛入乾宫百万庄，巽山兼巳便为上，癸位艮上发文章；
　　丁山兼午喜洋洋……乾山乾向水朝乾，乾峰出状元；卯山卯
　　向卯源水，聚富石崇比；午山午向午来堂，大将镇边疆；坤
　　山坤向坤水流，富贵永无休……

　　胡神仙时而眯眼，时而仰头看天，时而侧脸目视远方，时而拍打罗盘，笑不置语。薛五佬聚精会神，只听得"山、水、乾西卯东"，还听得"喜洋洋、言祯祥、大吉昌"，特别是"出状元"三字，受用无比。薛元昌伸了脖筋，只听得嗡嗡嗡嗡，渐渐地失了兴趣，坐在割下来的青苗上吃烟。

　　胡神仙开始疾步作法，手执罗盘，绕地三匝，戛然止步，口中念："雌雄配合，阴阳交媾，精简快捷，真假立辨。乾山乾向水流乾，乾峰出状元。"胡神仙长舒一口气，对薛五佬说："叫人跟着我的脚步划界。"

　　秦州张三放下茶罐，跟着胡神仙，划出一片下阔上窄的地形。拿锹隔一段铲几个小土堆作为标记。

　　然后按照七天道场的日程，给薛五佬排了程序：第一日，旧坟祭奠；第二日，超度先祖亡灵，祷告迁坟事因，祈求先祖庇护；第三日，迁坟道场，诵经；第四日，迁坟；第五日，道场，诵经；第六日，道场，诵经；第七日，封棺起坟，拜祭大典。

薛家不敢丝毫马虎，男女上下，人人尽职，个个争先。四邻八舍，亲戚朋友，都给长足了精神。四道岘子薛家水的周遭庄寨窝堡，人们趁着农闲，过了个热闹的仲夏。

薛家水村落其实不小，有几十户人家，除薛家大户外，还有一韦姓也丁口众多。韦家掌门的单名黔，人称韦二佬。韦黔先后娶了两房婆娘，共生十个儿子、三个女儿。韦家迁来薛家水的年代，与薛家差不了几代，算是四道岘子薛家水的"老根占"。所谓"老根占"，四岘四水有讲究：有先人坟头烧纸的叫"老根占"，没有坟头烧纸的叫"溜来户"。薛家、韦家有几代祖坟，自然是"老根占"。在农家，儿子多就本钱多，韦黔生的十个儿子，除最小的儿子眼睛有点毛病，其余个个体魄健壮，就是眼睛有毛病的韦十也分得清路，干得了农活，牧羊放牛都不碍事。

薛、韦两个家族，明里还算客气，但暗里较量早一代就开始了。

薛家迁坟，动静太大，韦家也不能无动于衷，始终盯着薛家的一举一动。迁坟的七天，韦家男丁全在薛家帮忙，女人们全去帮灶。韦黔事先叮嘱众多儿男：只干活，不偷懒，多吃饭，少说话。

薛家迁坟事毕，薛五佬鞴好骡马，要送胡神仙回土门子。韦黔到薛家拜访，一是祝贺薛家迁坟成功，二是想请胡神仙在他家留两天，韦黔也想求胡神仙寻块坟地。

韦黔对薛五佬说："五爷，我来，一是给你道喜，办这么大的事，排场极了。俗话说过事就是过是非，这么大的场面，一点小纰漏没有，真是羡慕得紧！二来我也老了，想寻一块墓地，求你请胡神仙留一步，给我踅摸一个放尸骨的地方。"

薛五佬谦辞一番，然后请韦黔进屋拜见了收拾停当准备回家的胡神仙。胡神仙借口嘉峪关督军之事，推辞要回，韦黔坚持要请，几次三番，加上薛五佬帮腔，胡神仙推不掉，只好叫韦黔提了罗盘箱，随韦黔进了韦家。

韦黔早早做了准备，宰鸡烧兔，又是一番殷勤招待。席间，聊起薛家的新坟，韦黔问胡神仙："薛家的新坟，风水真有那么好？"

胡神仙哈哈一笑，心说薛家枉有名声，定祖坟比置宅置地更大的事，只舍得花几个破铜钱。原来薛五佬有一头毛色纯青的大走骡，其貌神武，矫健无比。薛五佬常常人前夸耀："此骡赛过关云长的赤兔马。"胡神仙想要大青骡作为勘坟的酬金，薛五佬自然舍不得："金银随你开口，'赛赤兔'万万不行。"

胡神仙心里恼火，想让后人出将入相，舍不得一头畜生，我能遂你愿！

胡神仙面对韦家众男，笑不置语。临走对韦黔耳语一番，说锅底湾的风水确实好，但风水乃人操作之术。薛家锅底湾的坟，恐怕出不了将相，倒有"千斤煞"①之祸。

韦黔喜不自胜，许诺：若是应了仙人之说，必当重谢！

原来这锅底湾乃四道岘子薛家水的一片山湾地，形似锅底，坐南朝北，锅底下边横一条路。路北则是一条酷似蒙古弯刀形的地块，一名长田，一名刀田。刀田下面有一条沟，沟底一块地，如盆似碗，学名钵钵地。长田北头，高耸一岭，岭上一台，呈砚台状，名砚瓦台。

韦黔从胡神仙的暗示中明白：坟茔中门对刀田，下有钵钵地，刀下接血盆，杀猪宰羊之状；若坟茔中门对了砚瓦台，则文脉之气。一凶光，一文脉。中门对凶光则凶，中门对文脉则出文种。韦黔亦不给儿子们说破，怕他们的破嘴给漏了出去。

薛五佬的两代祖坟迁到锅底湾，趁着财旺气顺，便将聪明的儿子送到县府脱先生的学馆就学。

---

① 千斤煞，一种迷信的说法，即犯冲土地神后家族死人逾千斤之数。此说法盛行于河西五郡。

# 04

时间已到了民国十六年。薛五佬让长工牵着他的"赛赤兔"，骡背上驮着儿子和儿子就馆的行头。时年儿子七岁，生得俊俏，十分端正体面。薛五佬搜索枯肠，给儿子起名"薛驹"。驹者，日后可期成为千里马。再者"驹"与"举"谐音，暗含举人之意。

本来，薛驹上学时，苍松县已有一所小学，但薛五佬执念于状元举人，还是送儿子上了脱先生的私塾。

薛驹在馆三月有余，一日，薛五佬去县府给脱先生送束脩及儿子的使用。脱先生将薛五佬请到一个小酒馆，要了个僻静的座头，开门见山地说："薛兄，你望子成龙心切，但薛驹难遂你愿。世上两件难事，读书难，挣钱难。想要儿子成事，趁早另作他图。"薛五佬犹如兜头一盆冷水，口里说："愿听先生指点。"

脱先生道出一番宏论。

古人云：三岁看大，七岁看老。大凡成器之人，即使长相出众，也不以俊俏示人，不以玲珑取宠，行为看似木讷，实则心底透明。你家薛驹，矫形露于外，慧根不存内，读正书只为哗众，听偏邪怦然心动。学馆之书闻而见背，街头杂耍见即上心。此类人可学戏流巫道，属趋污避清之辈。强为之则画虎不成反类犬。五佬可带身边时时训诫，否则从恶极快。薛五佬如雷轰顶，呆坐良久说："脱先生，能否再商量？"脱先生答："五爷休强，本馆绝不教不可教之人，你的束脩，尽数退还，分文不取！"

薛五佬只好收拾了薛驹的用具，领着薛驹离开了学馆。到了街上，正有一戏摊在卖场，薛驹对薛五佬说："爹，我要学戏。"

薛五佬满腔怒火正炽，一掌朝薛驹掴过去，吼道："你是什么驹，马后一个户才恰当！"

薛驹捂着掴疼的脸嚷起来："只要叫我学戏，驴就驴！"

薛五佬仰天长叹："家门不幸！"

薛驹停馆了。

## 05

薛五佬在一个风雨交加的夜晚，趁酒自山外回来，大青骡失蹄坠入一个叫逢春岭的悬崖，人骡俱亡。

人骡加起来，刚过五百斤。离千斤煞之数，还差五百斤。

薛五佬摔死了！

薛家的天塌了！

死了的薛五佬，第二天才被放羊倌发现，过路的人给薛家报了信，薛元昌、薛奇昌、薛开昌领着众子孙赶到悬崖处，费了九牛二虎之力，才将薛五佬的尸首从崖下挪上来。当然，挪上来的还有大青骡子。薛五佬死得猝不及防，一脸惊骇相。大青骡子似乎没有当场摔死，挣扎了许久，而且死后口里还咬着薛五佬的衣裳。

人死不能复生，悲痛的薛家人，只好给薛五佬发丧。好在薛元昌主事，家里才没有乱成一团。

首先是设灵堂，村里几个外姓老人整理了薛五佬的尸首，在堂屋安放了遗体，摆了香案祭品。秦州张三到山外采买了白布、麻绳、烧纸一应发丧物品。薛家子侄个个披麻戴孝，自薛五佬尸首进村，薛家大院哭声没断过，时高时低，时大时小。薛五奶奶哭得昏过去，凉水喷过来，又哭昏过去，几次三番；薛五佬的几个姑娘，哭得嗓子哑得说不了话；只有薛驹，披了长麻，戴了全孝，让人按在灵堂前铺的麦草地上，拄着丧棒，神情有些呆滞，看不出悲伤，也没流出眼泪，有时扶着丧棒睡着了，姐姐们给他裹了皮袄，让他就地睡在灵堂的麦草上。

薛元昌心里苦，可毕竟经过事，指挥大家按部就班做事。弟弟是一家之主，又是清末贡生，棺木必须加楟。首要的事，着即派人先办，寿材必须柏木，两日一定要运到。请徐道士念经也要在次日到。除了祭祀，主要是道士们的家什响起来，就有了丧葬的气氛。薛家拣要紧的分派人去做。子侄们跪请了四面八方各门亲戚。薛驹幼小，又是独子，只能在门前跪迎来奔丧的亲朋。村上别姓的人家都已过来帮忙。韦黔派来了五个儿子。张家、杨家、陈家都来了人。薛元昌都派了活，分头去做。

人来了就要吃饭，薛大奶奶指挥老二、老三、老四家的女眷全部下厨房。又让人垒了大锅灶，支起三口大铁锅，做面条、蒸馍，齐齐行动起来。

薛恒昌带着儿子做买卖去了，走时说是去中卫，山高水远，万难知会到，只好作罢。

薛五奶奶的娘家人，薛五佬的舅家人先赶来了。来的都是男人，女人们都在家备斋①。四岘四水的风俗，丧事都要献斋。斋分大小，大斋六个，小斋十二个。大斋有小砂锅大，重二斤上下。小斋如小碗大，重约半斤，用红曲绿豆叶碾成的颜料染得花花绿绿，又称花馍馍。大小斋都要由女眷送来，女眷们距门二三百米，便要大放悲声，丧家女眷要哭迎。女眷们一般白孝布蒙了面，哭迎到灵前，又要喊着拍打着哭一阵。外姓的女人们要帮忙拉起来。薛五佬死于横祸，哭丧的人大多是内亲，哭得情真意切，拉起来不容易。尤其是女眷奔丧，呼天喊地，寻死觅活，让旁边男人都抹眼泪。奔丧的自东南西北而来，侄女外甥女、外甥媳妇、表亲女人，一队队哭着迎进来，因此，哭声此起彼伏，整日不断。

徐道士未到，说是收拾好第二天一早到，打发唢呐师来，先吹起来。有了唢呐师吹出呜呜咽咽的唢呐声，配上内外女眷的高哭低泣，丧事的气氛弥漫到灵堂内外，飘散在薛家水的空气中，男人们都个个神情黯然。

傍晚时分，棺材铺送来了棺材。两辆大马车载着棺椁，果然是真

---

① 斋：用于祭祀、庆典等活动的制式馒头。

材实料的柏棺松椁。棺是六九寸的，已超过规格，长宽倒是合规，但也是最宽大的。长度七尺三，俗语：七尺三走遍天。宽度三尺，高度六尺，板材厚八寸。众多人围观，薛五佬几位哥哥表示满意。别姓只是啧啧叫好。棺再套上椁，已成庞然大物，好在薛五佬家的门楼阔，不然门都进出不得。灵堂设在堂屋，堂屋门虽阔，还是费了些劲才将棺紧挨着门框抬进去，椁只能放在院子里，等出殡的时候再套上。

棺椁一到，请的县城的黄画师也到了。黄画师全县有名，画棺画椁最是好手。因为与薛五佬有交情，自告奋勇前来画棺，顺便参加薛五佬的葬礼。

黄画师不等人们催促，自先量了棺椁尺寸，勾勒出草图，请薛家几位大爷过目。有了棺椁尺寸，黄画师自然驾轻就熟，两个时辰，草图已就，还给薛家几位大爷讲了一段道理：丧礼者，以生者事死者也。大象其生，以送其死，事死如生，事亡如存。以薛五佬之尊贵，棺椁之厚重，画棺画椁要极其讲究。底色用什么，不外五种，黑、黄、白、红、金。黑色用于战死；黄色就是木色，用于穷人，自然不能用；白色用于国外，国内只用于未嫁之女；红色用于善终高寿之人；只有金色用于富贵人家，才符合薛五佬的身份。

薛家几个兄弟议了议，决定用金色。

色调定了，黄画师画了草图给大家看。材头画凌烟阁，给五佬这样的读书人一个幽雅的去处；两侧是主图金龙，薛五佬乃前清贡生，龙伸金爪，鳞镶金边；材尾画莲花游鱼，鱼为金鱼戏水，底座画五彩祥云，衬托金龙腾云驾雾，遨游四海。

众人深以为然。

## 06

韦家到薛家帮忙发丧的儿子们回到家，给韦黔详细讲了丧事的准备情况。韦黔详细询问了棺材的事情，对棺材画什么底色，材头材尾、材两侧的图案问了备细。他对几个儿子说："薛五佬这一死，薛家在这里的势力一定减去一多半，薛老大老好人，好人干不了大事，虽有些庄园田产，但都赖薛五佬扶持；薛恒昌出去做买卖，对回山里已无兴趣，听说已在宁夏的中卫相中落脚的地方，中卫靠着黄河，白米细面，自然不会回来了；老三老实巴交，没什么大出息，混个日月罢了；老四更不值一提，整天吃喝了就钻女人堆，穿得男不男女不女，一上火就打自家婆娘出气。薛家势力一减，压我们一头的势力慢慢地也就消减了。"韦黔停住，想了一会儿又说："这次要借丧事煞一煞薛家的威风。"儿子们问咋动作，韦黔不告诉他们，他要去瞧瞧画的棺材。

薛五佬死的第四天，韦黔借着祭奠烧纸，在薛家待了一个时辰。薛元昌亲自陪着，烧了纸，上了香。虽然年长薛五佬十余岁，死者为大，韦黔还是跪拜磕头，祭拜一番，眼角滚出两滴泪珠，令薛家男女感动唏嘘。

韦黔备细问了黄画师，对棺椁用材大大赞赏一番，说："薛五佬响当当的人物，多高规格的葬礼都不为过。"

然后，韦黔告辞回家，出了灵堂便去了四道岘子的私塾先生处。

私塾先生是四道岘子大户蒲家请的，专为蒲家后生设馆。先生姓郜，新窑岘子的人，考过秀才，没考上，再考，又没考上，一连地考了五六次，次次没考上，很落魄，家里精穷，讨个老婆也没生个一男半女，但脾气极怪，满嘴之乎者也，人们听不懂的话随口就来。为谋生计，郜先生也屈尊地给人写写讼状，喜事给人写个对联，白事则给人写写挽联。在灵棚写个应景的字，或者祭文，先生文墨很深，摇头晃脑读了，仪程罢了，混几文钱外加一褡裢大小斋，也有拎上一只鸡做谢礼的时候。常见先生骂大街，口中只是些什么人心不古、什么海淫海盗、什么世风日下云云。薛五佬活着的时候，常常相与，也参加过薛五佬的许多酒局。薛五佬似乎还推崇他，说他有才，就是时运不济，总是有发达的一天，荐他到四道岘子蒲家就馆。

韦黔的几个儿子，送到郜先生处，都念不进书去，也吃不了郜先生的板子，都退学了。韦黔为此很伤脑筋，但没一点脾气，只想自家儿子蠢笨，丝毫没敢怨过郜先生。

韦黔今天来找郜先生，先生很意外。他安排学生背书，自己与韦黔说话，问韦黔怎么有空来。韦黔告诉郜先生，刚从薛五佬的丧事上来，有些疑惑想请先生指点。郜先生自然高兴，求问疑惑之处。韦黔说："本来也是一桩闲事，不该管的，但事情涉及乡风民俗，得问问郜先生。"将薛五佬棺材的画法叙述了一遍。郜先生与薛五佬也算至交，听了韦黔叙述，说薛五佬的事他已知道，很痛心，人生失一至情至义的朋友，两三天没吃好饭。但韦黔的一番叙述，倒撩拨起他的义愤，与薛五佬朋友归朋友，向人向不过礼去，规矩只有读书人知道，农夫们愚钝，不太在意规矩。坏了规矩就是坏了礼乐，礼崩乐坏的事，就是亲爹也不能干。郜先生认为，薛五佬虽是贡生，但那是捐的。捐的还在其次，他膝下之子，没有任何功名，土牛木马一个，怎么能在棺材上画黄，而且还飞龙在天？棺椁尺寸已经逾矩，画龙更是大逆不道之事。薛家虽然财大气粗，但越矩之事干了，以后如何约束乡民。都行越矩之事，乡里还不乱了，那就成龟子有钱龟子大、王八有钱王八大了！谁还读诗书，谁还尊礼教。郜先生觉得只是说说还不行，就领韦黔找到蒲家大佬，声明薛家越规逾制，乡邻必须制止。

蒲家大佬蒲正席也很认同，要韦黔出面制止。韦黔推辞：一个村子住着，撕破脸皮，后人们低头不见抬头见，多了族间的摩擦，结下梁子，遇事必然你争我斗，多少代无法消弭。最好四道岘子出人阻挡，我们按礼数，不出面拦着。

按照郜先生说出的规矩，应该由蒲姓联合几家大户，利用祭奠烧纸时与薛家交涉，更改棺材底色，画龙改画螭虎，螭虎图案也似龙非虎，只是不伸龙爪，龙爪藏在腋下。再说，螭虎乃龙之九子，富贵之神，不会辱没了薛五佬。薛五佬毕竟是县里的头面人物，捐的贡生也是贡生，不管什么名头，规矩还是要讲。

蒲家大佬同意就这么办，由郜先生后晌上薛家祭拜，提出越矩之事，让薛家改了棺材的画法，大家相安。

韦黔问郜先生，要是薛家不同意该怎么办，薛家是大户，兄弟五个的后人加起来也七七八八，薛家对长工极宽容，长工也有几十个。这种事闹起来，容易出格。郜先生一根犟筋，说："不合规的事，人人要管。棺材上皇家达官才能金色打底。后人没有功名就是不能画伸爪的龙，坏了规矩，以后谁家还追求功名，谁家还开馆向学！不开馆向学，人人不追求功名，只追逐银钱，礼崩乐坏是迟早的事。这是大是大非，含糊不得。我和薛五佬什么关系，但事关礼乐，就是薛五佬在世，他也不允许这种事情发生。"郜先生言之凿凿，韦黔又在边上有一句没一句地撺掇，不由蒲家大佬不同意。郜先生要亲自去说服薛家，事不宜迟，定了下午就去。

韦黔又问郜先生，如薛家一意不同意怎么办。郜先生略一思考，说："那就只能刮掉他们的龙。"至于怎么刮，郜先生说，讲明道理，薛家也不是不讲理的人。实在不得，出殡时着一人拿一瓦片刮么。当然，刮几下也就是臊他个脸，表明这事不能做。蒲老爷安排了个佃户，许些好处，出面在龙爪上刮几下，意思到了即可。拦人出殡那可是出人命的事，刮的人必须趁乱跑掉。如果薛家同意了，相安无事，大伙帮衬着薛五佬入土为安。

蒲家大佬、韦黔赞成郜先生的法子。蒲家大佬邀韦黔及郜先生到家吃了中饭，略饮几杯酒。郜先生和韦黔奔薛家水。到了薛家水村口，韦黔说此事他不便出面，还由郜先生自行其是，他径自回家了。

郜先生进到薛家，薛家几位长辈都迎了出来。郜先生招呼了，跪到灵前烧了几张纸，上了几炷香。行礼毕，先生围着棺材走了一圈，然后拉着薛元昌说："找个僻静的地方，商量个事，你们的老弟兄都参加。"薛元昌见郜先生郑重，便去薛奇昌家。薛奇昌家人都在丧事上，大门二门都没锁。三个老弟兄簇拥郜先生进了薛奇昌家，众人没有上炕，坐在堂屋的八仙桌边。郜先生直说："薛大掌柜，我有话说，要有异议，大家商量。"薛元昌："你说你说，有啥难事？没有不好说的。"

郜先生说："薛大掌柜，薛五佬的棺材谁定的底色，谁让画的龙？"薛元昌答："黄画师定的底色和龙，有什么不妥吗？"

郜先生接荐说："我说嘛。肯定是黄画师的主意。可他错了，五佬的棺材金色打底，画龙不合规矩，按财力，五佬画什么都能说过去，但膝下子孙没有一点功名，金色打底、画龙都是违规逾矩。"

薛元昌："郜先生知道，我家老五可是贡生。"

郜先生："这个自然知道，五佬的声望就是贡生才响亮嘛！但本人贡生，子孙没有功名，只能画螭虎，底色也不能涂金，这样画法恐在四邻眼里过不去。发丧是张扬的事，四村八乡来人，讲究起来，面子上不好看。"

薛元昌沉吟半晌："依先生，怎么处置？"

"只能劳黄画师辛苦，重打底色，画龙改成画螭虎。只要寿材不逾矩，其他方面搞隆重些，一样的排场，一样的面子。"

薛开昌本是个好事的，哥哥在先，他隐忍着，一听重打底色，龙改螭虎，一下子从椅子上蹦起来："郜先生，看在你是老五厚交的分上，我不与你计较。你越说越不着边了，我们出钱发丧，碍着谁了？想打啥底色，想画龙描凤，与别家屎相干！"

郜先生立刻红了脸说："老四不能这样说，国有国法，乡有乡规，祖上的制度，我们还是不越轨的好！"

"越了怎么样！我们老五万贯家财，横死尸首，背个画龙的棺材能怎么样？哪个不服，就是穷屄的心思。我看你就是个酸人，穷得屌毛精光，不是我家老五，四道岘子的馆你都坐不了，人死了，狗眼看人，跑来哼哼唧唧。"

郜先生已气得血涌脑门，声音变得嘶哑："你一个戳牛沟子的懂得什么礼数!"

薛元昌生性就弱,赶紧拦薛开昌。薛开昌骂得口顺,跳着脚骂道:"我们老五前清贡生,家财巨万,牛羊满圈,骡马成群,你是个什么东西,吃屎还得别家拉你一泡,没来由跑到我家搅和,河边没青草,来个多嘴驴,看你穷屌样,放个屁往后找米颗颗的货,配来我家讲规矩!规矩回你家讲去,先整出个一男半女,再来训人。"

郜先生气得跌坐在椅子上,翻开了白眼仁。薛元昌、薛奇昌赶紧赶走薛开昌。薛奇昌给郜先生抚胸搓背。郜先生半天才缓过气来,兀自不成言语。薛元昌一面叫薛奇昌出去喊人鞴马,送郜先生回去,一再给郜先生赔不是,说:"先生先回,这事我们再议,一定不拂了先生的好意。"

郜先生被送回四道岘子的学馆里,韦黔随后就到,郜先生愤愤之气难消,见韦黔就吼起来:"土牛木马,土牛木马!斯文扫地,斯文扫地!薛家老四真是岂有此理!"

韦黔安抚了半天,郜先生稍微平静了些,着人去请蒲家大佬。

见了蒲家大佬,郜先生怒气难平,把薛老四的无礼又讲了一遍。蒲家大佬安慰郜先生:"先生不必动气,薛老四就如先生说的,土牛木马一个,弟兄里,最没人样的就是他,吃喝靠薛老大薛老五,穿得男不男女不女,有什么正形!你读书人,犯不着与猪一样的人置气。"郜先生听蒲家大佬痛骂薛四,渐渐地消了气说:"正是薛四这样的土锤,薛家棺材的事必须讲究讲究,让一乡的人知道,没有读书成功名的子弟,棺材上描龙画凤就是不行!天不生仲尼,万古如长夜,教化的事万不可马虎!"

最后商定:出殡那天,由蒲家大佬的佃户丁二烧锅出面,将薛五佬棺材上画的龙用瓦片刮了去。刮只是个意思,肯定引起械斗,刮一两下就跑。韦黔说:"刮一两下,也就打脸了,最好泼半瓶墨。"

三个议定了,蒲家大佬去找了佃户丁二烧锅。丁二烧锅是个"溜来户",弟兄两个因饥荒逃难,要饭到四道岘子。蒲正席见两人体魄健壮，收老大做了长工。老二性子烈，爱喝两口酒，喝不到二两，就能闹得全村四邻不安，因为不爱受约束，佃蒲家大佬的地种，是个天不怕地不怕的主。蒲家大佬给丁二烧锅讲了薛家违规逾矩画棺材的事。丁二烧锅当时就跳了起来："有钱就能犯规矩！刮是轻的，惹恼了我，掀翻了他家棺材，让他发不成丧。"蒲家大佬当场许了他三斗麦子，佃金里扣，还外带两瓶土烧。后来韦黔见了丁二烧锅，塞给了丁二烧锅一瓶墨，还有一卷票子。丁二烧锅收了墨收了票子说："你们不破费我也要刮他家的棺材，什么东西。薛五佬平时人五人六，死尿了还充什么大！我们人穷理不穷，活着就讲个王法正理。"

## 07

薛家的丧事进行到第六天，关于棺材的事，因为薛开昌坚持，也就没有更改。停丧到第六日，棺材已画就，到了入殓的时辰，亡人要殓入棺材了。道士们吹奏起来，曲子有《大出殡》《王哥放羊》，呜呜咽咽的唢呐，配着叮咚作响的锣鼓，东倒西歪的守灵孝子们整整孝服，抖擞起精神。主丧的人指挥着，起尸进棺。哭丧的男女跟着指挥该哭即哭，该停即停，也有女儿们悲咽失声，完全不顾主丧人的指挥，人们也不计较。程序都已走到。薛五佬的尸体入殓进了棺材。几个女儿依然叩棺大放悲声，哭得天昏地暗。

晚上祭灵，也叫牵灵，念转轮大经，超度亡灵。转轮经排场做得极大，执事者安排人遍执灯笼火把，松明蘸油，场上如白昼一般。四个大木轮子悬在木桩上，随着道士吹奏的唢呐曲调，锣声鼓点，孝男孝女抚轮而转，时而哭声震天，时而屏气凝神，也有收不住哭声的女眷哽咽失声。主持场面的人大声呵斥，唯恐搅了场面。而后由女婿、外甥杀牲祭奠，羊几只，鸡若干，都由薛家提供，但女婿、外甥要掏银子，以表祭祀之诚。祭灵仪式搞到深夜，因次日要出殡，大家赶紧收拾了转轮的场面，关照有的人睡一会儿，养养精神，为了出殡不致出纰漏。几个做执事的，只能彻夜不眠，准备出殡事宜。

第二日，曦光微露，人们以为是个晴天，谁承想，转瞬间天即转阴，且遥远的北方不断涌来浓云，遮蔽了天幕。风渐渐刮得大起来，雨腥味很浓，不一个时辰，细雨便丝丝缕缕地飘下来。执事们赶紧行动起来，要各色人都添了衣裳，准备雨具。出殡是算定的吉日。俗语，好日子没好天，看来一场大雨即将来临。

一切按时辰行动。丧事上的人，先是喝了起灵汤，一种碎碎的面条，连肉带汤，食量大的男女加了大小斋馍。碗勺叮当，顷刻间，几大铁锅起灵汤喝得精光。道士们早早喝了汤吃了馍，动起了家伙。《大出殡》一遍一遍地演奏，唢呐呜咽，锣鼓叮咚。女眷们随着器乐，将亡人的斋饭送到村外。今晨最后一次给亡人送斋，也是送的路程最远的一次。趁着送斋院内人少，抬棺的男人们在棺材下面铺了绳索，起灵时方便。送斋饭的队伍回来，起灵吉时已到。执事指挥抬棺的男丁将绳索缚住棺材，喝叫声起，大家一起用劲，稳稳地抬起棺材。棺材出了院门，椁也被抬出，跟在棺的后面。椁后面是送灵的男女家眷，起灵时，哭声震天，内眷女儿们哭天抢地，呼号呜咽。薛驹在棺材前面，象征性地顶着灵盆，两个大人两边扶着，其实就是用劲端着，不致压着薛驹。薛驹经七天守孝，已被折腾得神情木讷，任人摆布。这几天的薛驹，由几个姐姐轮流照看，给吃就吃，让睡就睡，消掉了往日的顽劣，几乎是裹着被子在灵前蜷曲了七天，醒时两眼骨碌碌转，盯着黄画师画棺材，或看人们忙里忙外，睡着时依旧听得哭声嘤嘤，稀里糊涂。

男女内眷的队伍后面是道士的队伍，唢呐吹手在前，出殡时正是吹鼓手们大显本事的时候。徐道士家唢呐据说是全县第一，不换气能吹几里地，两三个时辰。薛五佬家财大气粗，赏钱丰厚，一个个吹鼓手使出看家的本事。《大出殡》《十跪父/母重恩》《哭七关》《苏武牧羊》《哭别曲》《汉吹曲》，一遍一遍来过。尤其头牌唢呐手，腮帮子鼓得癞蛤蟆下崽似的。呜呜咽咽的唢呐，叮叮咚咚的锣鼓，雾气升腾，细雨蒙蒙的天气，孝男孝女呼天抢地的哭声，使得横死的薛五佬丧葬气氛悲凉至极！人与天悲泪交流，看热闹的邻村乡民都被这悲凉的气氛慑住，个个神情肃然。

雨天路难行，但出殡的程序不能减，好在棺椁抬出大门，雨小了些，<u>丝丝缕缕变成星星点点</u>。

四道岘子薛家水的出殡，有一道"绕关"的程序，共有九关。出门一关，停柩路上，由道士棺前诵经，唢呐吹《开路辞》一曲，鼓锣一番，专人指挥内眷开哭，收哭，然后起灵。看坟头远近，设关地方远近由道士定。不到半里，徐道士喝住，绕二关。棺停人住，人们都屏息听徐道士诵经唱词。这时路边走来一伙人，挡在了道中央。这伙人，领头的一个是四道岘子教书的郜先生，一个是蒲家大佬，后面是四道岘子的一众乡邻。

郜先生当道一站，扬手喝住了道士，面对发丧队伍，高声说："大家听我说个缘由。今天薛五佬遭横事出殡，我们本不该挡道，但事关乡里规矩，必须遵规行事。薛五佬棺材不得上黄底，更不能画龙，因其子侄没有丁点功名，如果有钱就越规矩，今后乡邻谁家了孙还会读圣贤书。因此，必须处理薛五佬棺材上的龙，以儆乡邻，不得有逾制越规的事出在咱这片地方。"

人们哗然，面面相觑，送了多少年葬还头一回遇见拦丧道的。人群中，薛开昌站了出来，厉声喝道："郜先生，你要咋的?"

郜先生很镇定："棺材上不能画龙，必须换了!"

薛开昌开骂："你算个什么东西！你教书的饭碗还是我家老五荐的，怎么，你个穷酸啃了几天馍就咬给你撒狗食的人了!"

郜先生满脸赤红："你嘴里干净些，你一个土牛木马，懂得什么规矩，让你家主事的出来!"

人群里也大呼小叫地给郜先生帮忙，吵成一片。突然从人群里蹿出一个人来，就是蒲家的佃户丁二烧锅，大呼："你们薛家有钱不讲规矩，没理可讲，和薛四土锤论什么理。"丁二烧锅从怀里掏出半只碗片，一个箭步蹿到棺材前，照着龙爪使劲刮了几下，棺材下掉了一地的颜料碴子。接着又掏出一瓶墨照着整个龙身泼过去，一条活灵活现的金龙面目全非，不成样子。

薛家的男女被丁二烧锅突如其来的一连串动作惊住了。七天的丧事，已将大伙折磨得神情麻木，一下子都没反应过来。只有薛开昌朝着丁二烧锅扑过去："丁家娃子，老子和你拼了，今天，我老羊皮换你这羔子皮。"

丁二烧锅见薛开昌扑过来，他没有恋战，转身钻入了蒲掌柜领的人群。薛开昌疯了一样追过来。蒲掌柜示意了丁二烧锅快跑。丁二烧锅会意，甩开两脚，兔子似的朝来的路上跑了。薛开昌回头大喊："薛家的儿男，有血性的抄家伙，咱们给老五找几个陪葬的！"薛家众人回过神来，首先是秦州张三喊一声，端着铁锨冲过来，薛元昌的两个儿子，薛奇昌的三个儿子，还有薛家的女婿、长工，纷纷拿起铁锨，口里骂着，向棺材前的邰先生、蒲掌柜一伙冲过来。

韦黔预计有一场打斗，早给儿子们做了安排，让他们以拉架为名，阻止薛家人伤了四道岘子的人。薛家人冲过来时，韦家兄弟立即隔在中间，大喊着制止发了疯的薛家人。韦黔赶紧给薛元昌说："薛大掌柜，这样下去，会出人命，小丧就发成大丧了！"

薛元昌本来是柔弱的人，对邰先生提出的画龙的事，也觉得自家考虑不周，有些理亏。可丁二烧锅也太欺负人，这样奇耻大辱的事发生在薛家，他也无法面对族人，没法面对祖宗。听韦黔一说出人命，薛元昌还是稳住情绪，过了一下脑子。必须制止儿男们的械斗，薛家人众，又手持铁锨，四道岘子的人空手而来，打起来哪有轻重，出了人命，薛家的大难就到了。薛元昌扑过去，和韦家兄弟一道挡在两伙人中间，大喊："都给我住手！"薛开昌也喊："大哥，不活了，让人欺负成这样了，怎么面对祖宗后代，怎么对得起棺材里的老五！"兀自挥舞着铁锹要冲过去，但被韦家老三紧紧抱住，动弹不得。薛家人群情激愤，挥舞着铁锹，眼看势不可当。薛元昌大吼一声："你们不听劝，我先死给你们看！"一头向棺材撞过去，"砰"的一声响，薛元昌倒在了棺材边上，头破血流。薛奇昌赶紧抱住薛元昌喊道："拿香灰，拿一捧香灰过来。"将递过来的香灰摁在薛元昌脑门上。薛家的人顿时泄了气，先过来顾薛元昌。整个丧事上的数百人像炸了营。四道岘子的一群人先有些蒙，郜先生和蒲掌柜先也手足无措，唢呐停了，锣鼓住了，道士们瞪着眼睛不知下一步咋办。就连哭声连天的内眷们也住了哭声，掀开孝布，惊慌地看着骇人的场面。

郜先生上前喊："大家稍安，今天这事，虽然唐突，但我们按理数办事。下一步咋办，薛家拿主意，或停或葬，我们外人只管礼数规矩……"话未说完，只见灵前顶着粮浆盆子的薛驹突然跳起来，抢起手里哭丧棒，照着郜先生的头猛砸下去。郜先生猝不及防，连着挨了好几下，扑倒在地上。薛驹犹不停手，等蒲掌柜人群里反应过来，有人上去夺了薛驹手里的哭丧棒，郜先生身上又挨了几棒，还挨了几脚。

突如其来的事端惊住了人群里的各色人。对于薛驹的行为，有人叫好，还有人喊打，也有人赞叹：养娃就应该养儿子娃，紧要关头，还是儿子娃顶事！郜先生抱了头在地上打滚，嘴里含混不清地叫着。蒲掌柜的一伙人面对个十一二岁的孩子，又是顶盆的孝子，一时没有人敢出手打孩子。薛驹依旧挣扎着，想挣脱抱住他的人。抱薛驹的小伙子不敢放手，薛驹急了，照那人手头上一口咬下去。小伙子一疼，松了手，薛驹又扑上去打郜先生。四道岘子的人围过来，护住了郜先生。蒲掌柜怕事情闹大，叫人抬了郜先生，赶紧撤。众人听蒲掌柜一声撤，抬了郜先生，一溜风往回跑。薛家的儿男兀自挥舞着铁锹追过来。薛元昌不顾头颅受伤，扑过来抱住了他二儿子的腿，大喊道："你们谁再动，我死给你们看，干脆把我也埋了，我跟老五走！"

薛家的儿男们停住脚步，住了手，瞪眼看着四道岘子的人离去。薛驹依旧不依不饶，追着四道岘子的人。薛元昌的大儿子薛增追了上去，把薛驹拽了回来。

薛元昌主事一家，心里明白，画龙之事，怪不得四道岘子的人，更怪不得郜先生，祖祖辈辈都按规矩办事，人家教书先生，讲究规矩是分内的事。怪就怪自己虑事不周，也怪老四脾气死犟，激怒了乡邻。不管多大的事，薛元昌是明理的人，知道斗大的麦子还得要从磨眼里下，打斗只能自家吃亏，人家看个热闹回家了，你的死人还得自己埋，进了坟才能入土为安。四道岘子的人跑了，丧事必须照常进行。薛元昌赶紧叫人将薛驹拽在灵前，顶了粮浆盆子，叫薛增去抬了一桶清水，洗了丁二烧锅泼上去的墨汁，又与徐道士商量，将绕九关改成绕五关或绕七关，不得误了入坟的时辰。

薛开昌依旧跳着脚骂娘，喊着要领人去四道岘子抓了丁二烧锅给老五祭灵。薛老大怎么呵斥都不管用，只好让秦州张三领人将薛开昌拽回家去，不让他再来搅扰。

徐道士赶紧叫鼓手们唢呐吹起来，锣鼓响起来，内眷们哭起来，自己也高声诵经。由于这一场闹腾，薛五佬的三个女儿大放悲声，三个哭晕了两个，由邻家妇女们抬出哭丧队伍，几个老婆子掐人中的掐人中，搓背的搓背。徐道士加快了诵经的速度，起灵奔向三关。一起灵，哭声便止，但抽泣哽咽之声不绝。

本是定的九关，由于变故，减为五关，且都有些草草匆匆。过了五关，诵经毕，众女眷不准去坟上，就地遥祭。薛五佬的小女儿菊花突然拽住灵柩，号啕大哭，喊着要跟了爹去。众女邻们扳手的扳手，抱腰的抱腰，将她抬离了灵柩。抬棺的众人发声喊，抬起棺椁，赶紧奔向锅底湾的坟地。世事难料，薛五佬费大周折定的坟地，第一抔黄土先埋了自己。

到了坟地，停了棺，由黄画师匆匆将丁二烧锅刮了的地方复原一下，套上椁，按时辰将薛五佬的棺椁入了土，霎时间，一座新坟堆起。堆起的坟头插上一幡，招摇着薛五佬的一生。薛驹头顶粮浆盆子一摔，作为薛五佬阳世送的最后一餐。送葬的人返回，薛五佬的宅门前摆了几盆清水，几把菜刀，大家洗了手，用菜刀搓挲了手心手背，意喻刀割水洗，再也不送葬。

薛家答谢亲朋邻里，丧宴开始。

蒲掌柜抬着郜先生，一行回到四道岘子。将郜先生抬到学馆的炕上。毕竟薛驹一孩子，力气不大。郜先生的头上破了点皮，渗出一些血，脑袋有些疼，但伤不重。

郜先生躺好了，蒲大佬对郜先生说："郜先生，我们让韦黔操弄了。本来嘛，薛家违规画了棺材，按规矩，四邻八乡不给他送殡，当事人自家就得认错改过，何至于我们出面铲人家棺材，几乎引起械斗。他韦家倒装好人，他的儿子们，抬棺的抬棺，抬椁的抬椁。我们成冤大头了。"郜先生不以为然，说："薛家户大，邻里不抬，他们抬，照样入土。四邻八乡，谁挡得住人家看热闹，棺材上的龙，谁个看不到，还是坏了规矩，教化的目的就达不到了。今天刮了他的棺材，众目睽睽，教化的目的有了，震慑的目的也有了。我挨了薛家几丧棒，也值了！好在娃娃力气小，蹭破点皮，不碍事，但和薛家是结下仇了。对于薛五佬，好像忘恩负义，为了祖上规矩，我也顾不得私人情义，正所谓，饿死事小，失节事大！"

蒲掌柜还说韦黔的事，郜先生说："不计较了。韦黔就那点小心眼，养了十个儿子，没一个能念书成才的。妒人有，恨己无，正事上不牢靠，邪事上小聪明，我都瞧不起他了！"

## 08

本来薛五佬横死，家族失了顶梁柱，合族上下，大小人等，无不含悲衔冤，又加上棺材让人刮了龙，泼了墨，个个心情沉重。薛元昌头破血流，还得强打精神，招待亲朋乡邻。坟上回来，人们洗了手，便招呼开席，一色的八碗八盘，冷菜热荤，八人一桌。亲戚乡邻也没有了大吃大喝的兴趣，匆匆扒拉几口，先吃完的先行告辞。席开了几轮，人去了几拨，席散人走，就剩至亲内戚。薛元昌叫薛大奶奶几个妯娌劝薛五奶奶吃饭，薛五奶奶自薛五佬出事后，几次昏迷，醒来时只流泪，不说一句话，三四天水米不沾牙，几乎是奄奄一息，命悬一线。后来大家给强灌进些米汤去。薛元昌白布裹了头，进到薛五奶奶屋里，说："老五家的，家里遭了横祸，谁心里不难过，老五走了，儿子还小，你得撑起精神，活着的人日子还得过嘛，你这样要死不活，家给谁管哩！再怎么，你也想想老五留下的骨血还小，家里还得靠你撑，儿子还得靠你养哩！"

薛五奶奶又流了一阵泪，让几个人扶起来，挣扎着下了地，趔趔趄趄地靠妯娌们扶着走出了门，走进了厨房。

薛驹将郜先生一顿丧棒，薛家人心里的气出了一半，薛开昌最高兴。他把薛驹扛到脖子上，到厨房给薛驹要了一只鸡腿，自己要了只猪蹄髈，又扛着薛驹满院子走，口里嚷嚷："这是我们薛家的男子汉，一顿丧棒，招呼了郜家的乌龟头，我心里美啊！"

薛元昌很生气："老四，快放下来，成什么样！没大没小没正经，丧棒打老先生，叫人家乡邻们怎么说我们薛家！"薛驹看薛元昌动了气，从薛开昌脖子上溜下来，收敛了张牙舞爪的模样。

办完了丧事，过完了头七，薛元昌召集在家的族人，开了个全族的会，做了如下安排：一、各家恢复以往日子，该干啥还干啥；二、薛元昌将自家长工秦州张三拨到老五家，负责管理，其他长工一应听他号令；三、薛驹也要听秦州张三约束，外出不经张三同意，不得自行其是。

日子归于平常，鸡司晨，狗看家，牛耕田，骡马上套拉大车。

## 09

韦黔家算是过了个喜丧。世上就有这样的人，不盼人有，就恨人富，你强过我，我就痛苦，虽然我奈何不了你，但你有祸遭灾，我就心里舒坦。薛五佬横死，韦黔心里添了几分舒坦。薛五佬棺材上的龙被人刮了，泼了墨，韦黔心里美得不得了。他专程跑了一趟土门子，见着了胡神仙，还给胡神仙捎了一瓦罐菜籽油，表达了对胡神仙的敬仰和谢忱。胡神仙收了韦黔的一瓦罐菜籽油，破例给韦黔沏了一壶茶。胡神仙端茶让了韦黔，捻着仙气飘然的胡须，一脸半狞半嘲的笑，说："人呐，谁能犟过命去，想让子孙出将入相，却先埋进了黄土。薛五佬的命是风水定了数的，在劫难逃。我还想说的是，可惜了那头大青骡子，在我胯下，就是头千里驹，在他薛五佬胯下就是送命的鬼，白白添了千斤煞之数。"

韦黔随着胡神仙的笑，自己也舒坦地笑起来。

# 第二章

## 01

没有了薛五佬，薛驹便没了怕的人，他要去学戏。

薛五奶奶怎么会答应他去学戏！老子留下的庄园田产，圈里骡马牛羊，仓里千石粮食，学好治家理业，才是一个富家子弟的正途。至于唱几段戏文，拉拉胡琴，捧个戏子，都是爱好，是风雅的事。若将唱戏为业，那简直就是跳过肉架子吃豆腐，拿着员外的身份，去干下九流的事。薛五佬如在世，怎么可能让他薛驹去做戏子，那是万万不可的事。但薛驹自有他的办法，一哭二闹三绝食，薛五奶奶拿他一点法子没有。只好叫秦州张三请来薛驹的几个叔老子拿主意。

薛元昌、薛奇昌来了，薛开昌也来了。三位叔老子在堂屋里坐了，薛五奶奶叫丫头们上了茶，自己迈着三寸金莲进了堂屋，在下首一把椅子上坐了，开口道："薛驹的几位叔老子，薛驹要闹着去学戏，他老子活着的时候，他曾嚷嚷过学戏的事，叫老子一顿暴捶，这老子一走，他便和我较上劲了，又哭又闹，还不吃饭了，连着两天水米不沾牙，说不让去学戏，他宁可饿死。我这为娘的管不了他，请几位叔老子拿个主意。"

薛开昌接上话茬说："薛驹这娃咋想的，自降身份哩，放着万贯家业，学的什么戏！"

薛五奶奶说："人人都懂这个道理，可他谁的话都不听，一门心思就想学戏，十头牛都拉不回来么。"

薛元昌端着茶碗，一头哑摸着茶，一头哑摸着事，好一会儿，才轻轻地放下茶碗说："老五在世时，给我说过薛驹放着书不念，要学什么戏。老五对此很伤脑筋，也发狠地揍过薛驹。薛驹在老五面前再不敢说学戏的事，那是怕挨揍，眼如下又闹起来了，能管他的人没了嘛。他放着好好的书不念，以为学了戏，在戏台上风光。其实学戏和念书一样，那也是苦差事。四书五经要背要写，戏文一样要背得滚瓜烂熟，那也是下苦的事，读书没长性，学戏就有长性了？我思谋着，干啥没长性的人，图个新鲜，新鲜一过，尝到了下苦的滋味，熬不住，也就作罢了。"

薛奇昌装一袋烟，打火哑了几口说："理也就是这么个理，难不成送他去学戏，知道了学戏也是个下苦的事，心性磨掉了，或许就罢了。"

薛开昌自告奋勇地说领薛驹去找戏班子。他知道土门子有几家戏班子，老五去世前，他还跟着老五与班主们吃过饭，喝过酒。薛开昌扳着手指头细数起侯家班、杨家班、胡家班的根根底底。说让他领了薛驹去找一家合适的班主，他也可陪了薛驹去学戏。

薛元昌又端起茶碗哑摸着，老半天，听着薛开昌摆活，完了放下茶碗说："老五家的，学戏嘛，学就让学去呗，事非经过不知难。你告诉薛驹，我们同意他学戏，但要给他立规矩，外出学戏，不是给他放鸽子，任他飞得没边没沿的。进了戏班，就得守班主的规矩。你让他先吃饭，明后天，我带秦州张三去趟土门子，访访几家戏班子，将几家戏班子的根底摸一摸，摸清楚了几家的根底、班头的口碑人品，才能定了薛驹进哪家戏班子学戏。薛驹这样的娃，必得一个能辖得住他的班主，才放心将人交给人家。"

薛开昌插嘴说："我也去，土门子几家戏班子我知道些路数。"

薛元昌说："老四要去也行，也就多一个人的事，但我话说前头，你把那不靠谱的劲给我收敛些，到时候别怪我不给你脸面。"

薛开昌脸上红了一下，嗫嚅道："我只是熟门熟路，起个介绍人的用场，事大哥你定嘛。"

薛五奶奶没有更好的主意，只好欠身对薛元昌说："孩子无赖，只能让伯伯们劳苦费心了。"

## 02

过了一天，薛元昌带了薛开昌、秦州张三，骑了三匹马，从逢春岭下到土门子。

路上，薛元昌让薛开昌讲了土门子几个戏班的大概。首先，最有名气的是侯家班。侯家班的班主叫侯玉春，是土门子西边侯家大庄子的人，祖上几代组班唱戏，也算梨园世家，祖上有些田产庄院。侯玉春自小受家庭梨园氛围熏陶，喜欢唱戏，曾投师凉州戏班学艺，从扮演娃娃生到小生、武生。侯玉春人长得体格魁梧，相貌堂堂，因此扮相俊美，唱功及武生功夫了得，在方圆百里之内的戏班里拔得头筹。在土门子逢年过节，特别是几个班子唱对台戏，只要侯玉春登台出场，台下总是人头攒动，摩肩接踵，而其他戏班台下空无一人。据说侯玉春对戏艺精益求精，他曾卖了祖产十亩水田，携银到西安学艺，投身西安易俗社插班学习，并拜在易俗社著名教练陈雨农门下，得到陈雨农精心指导。侯玉春潜心学艺，易俗社结业后，侯玉春又对秦腔的东西南北各流派进行了考察交流，博采众长。侯玉春回到土门子后，组建了侯家戏班子，侯家班因侯玉春而名噪一时，唱功武功高出其他戏班一大截。无论是年头节下，各村各寨庆婚庆寿，或是大户唱堂会，都要请侯家班演出，一时风头无两，人人趋之若鹜。

至于杨家班、胡家班，一开始就是草台班子，唱念做打都是老传小，师父不高，教下的徒弟趔腰，只是胡乱地唱几出，混个半升米面、三文铜钱，也就是聊以糊口的事。

薛元昌决定，先去侯家班。侯家大庄子边上是宝塔寺村，村里有薛家的亲戚姑舅爸王善堂。薛元昌一行直接去了宝塔寺的王善堂家。他让秦州张三在寺边上的一家铺子里买了两包点心、两斤冰糖，还给王家的娃们买了些糖果。

进了王善堂家门，王善堂婆娘在家，正在炕上纳鞋底。王善堂婆娘见是薛家亲戚，赶紧撂过手里的活，一头让薛元昌几个上炕，一头说是王善堂往地里送粪哩，叫薛元昌他们先上炕坐了，她去叫王善堂。

薛元昌几个脱了鞋上炕坐定了，王善堂的婆娘跑出去叫王善堂。不一时，王善堂回来了，听说是山里薛家两个侄子来了，便卸了送粪的驴车，进了院门。

寒暄过后，薛元昌直截了当说了薛驹要学戏的事，并问了王善堂和侯家班子有无来往，想让姑舅爸王善堂给引荐引荐。

王善堂一面张罗着给客人烧茶，一面说道："不是我说你们，我们侄子老五是山里川里赫赫有名的薛五佬，崽娃子怎么就好上戏了，家庭不配嘛！说句不好听的话，真是阔小姐开窑子，不图钱图热闹哩！"

王善堂的话引得大家笑起来。薛元昌说："我们也理会不了，人家寻死觅活，闹得阖宅不安，只能由他去了。听老四说，土门子的戏班子，就侯家班还像回事，就来找王家爸给穿个针引个线。你们离侯家大庄子一步连境，肯定是有交往。"

王善堂说："不但是有交往，你们有所不知，我奶奶就是侯家女儿，说起来，侯家正经是我们的骨头主子①。"

薛元昌说："既然是亲戚，就烦王家爸领我们去一趟侯家，给侯班主求个情，让薛驹那不成器的东西跟着侯班主学戏。"

王善堂倒也痛快，他说现在就去，眼目下不年不节的，侯玉春也

---

① 河西方言，称舅家为骨头主子。

许没有外出唱戏，如人在，都是老亲，事应该好说。王善堂还给婆娘安排，要他擀好长面，他回来时割几斤肉，招待亲戚。

薛元昌几个下了炕，穿了鞋，跟了王善堂去侯玉春班主家。

正如王善堂所说，侯玉春正好在家。一行人进了侯家大庄子，就听见锣鼓胡琴的声音。王善堂说："进了侯家大庄子，不用问，循着器乐的声音就能找到侯玉春家。"

侯玉春家在侯家大庄子的东北角。一行人来到院门前，王善堂指着庄园说："你们怪薛驹学戏哩，你们看看侯家这庄园，虽然不能和薛五佬的庄园比，可也是阔人家，瞧这院落多气派！还有好几十亩水田。可惜了，最好的十亩让侯玉春卖了，拿着钱到西安学戏。好在人家祸祸了家产，戏是学成了。当年卖水田时，谁不指着侯玉春的脊梁骨骂！按说，这薛驹和侯玉春真是一个鬼背着送到阳世上的，都不是正经庄稼人的主！"

王善堂上前拍了门，半天没动静。王善堂又使劲拍了几下，门开了，开门的是一个小后生，手里还拿了一支笛子。

王善堂告诉小伙子，自己是侯家的亲戚，小伙子没拦着，王善堂领着大家进了院门。

王善堂指指东墙边一个正在指挥练功的大个子说："那就是侯班主。"

开门的小伙子跑到班主跟前说了啥，侯班主转过身来，见了王善堂，马上笑容满面地迎了上来。薛元昌被侯班主侯玉春的气派惊着了，但见侯玉春长发过耳，体格挺拔伟岸，鼻直口方，两眼似乎放着光，一声招呼声，声音似铜钟一般，真可谓气度不凡！

王善堂拉着侯玉春的手，给侯玉春介绍说这几位是山里薛家水的亲戚，两位是薛五佬的哥哥。提起薛五佬，侯玉春自然知道，薛五佬在世时，就是侯班主的戏迷，常来捧场不说，还多次设宴款待侯班主。薛开昌走上前，拉了侯班主的手说："当年老五在时，跟侯班主喝过几场酒，听戏的次数就多了。"

侯班主呵呵笑着说："怪不得面善得很，在下愚钝，过事就忘，实在是难堪得紧！"说着让众位进堂屋，又吩咐叫人上茶。

薛元昌一行被让进堂屋，分别在正墙下八仙桌边的椅子上坐了。侯班主的堂屋很大，房子的入身很深，三面墙上都是字画，正面墙上是唐明皇和优孟的画像；东侧墙上，是脱先生手书的隶书大字"辅助社会教育，启迪民智，移风易俗"，这是西安易俗社的宗旨；西侧墙上，是脱先生行书四幅屏，将关汉卿《四块玉·闲适》写于四幅屏中。

第一幅：

适意行，安心坐，渴时饮饥时餐醉时歌，困来时就向莎茵卧，日月长，天地阔，闲快活！

第二幅：

旧酒投，新醅泼，老瓦盆边笑呵呵，共山僧野叟闲吟和，他出一对鸡，我出一只鹅，闲快活！

第三幅：

意马收，心猿锁，跳出红尘恶风波，槐荫午梦谁惊破？离了利名场，钻入安乐窝，闲快活！

第四幅：

南亩耕，东山卧，世态人情经历多，闲将往事思量过。贤的是他，愚的是我，争甚么？

薛元昌读书不多，隶书的易俗社宗旨，字全认得，意思也理解个八九分。但脱先生的行书四条屏，有一小半字不认得，只能囫囵吞枣顺下去，意思理解得不十分明了，但觉得侯班主不是个俗人，且一见面，英气逼人，让人只有仰视的份，似乎和寻常戏子挂不到一起。

众人坐定了，侯班主的小厮上了茶，薛元昌在山里都是煮茶喝，老茯茶、砖茶煮得酽酽的，像牛血一样，喝起来味道极苦，调了冰糖或是红糖，苦中有甜，喝久了，茶中的苦味不可或缺，要的就是那苦劲，有人甚至就不调糖，只要那个苦味。但侯班主的茶不是茯茶或砖茶，而是直接将茶叶放进茶杯，拿滚烫的水直接冲了喝，滚水从一个竹丝编的家什里倒出来，那个家什叫电壶，也叫暖壶，将滚水装进去，一天都是热的。

由于开水冲出来的茶没有苦味，有一股淡淡的清香，只是淡，不够劲。

王善堂喝一口茶，望着侯班主说："他侯家爸，既然你和我的薛家侄子老五相熟，还是至交，有件事就不拐弯了，由他薛大哥给你直接讲了，能允不能允，你酌量着，行呢，你就直接办了，不能行呢，你也讲个不行的理，都是三代的亲戚，你说呢？"

侯班主举起茶杯，示意诸位喝茶，说："王家爸说了，做侄子的，能允的一定不推辞，薛大哥先讲什么事，说出来大家斟酌着看。"

薛元昌便讲道："我家老五的儿子，本来是送到脱先生私塾馆的，但死活不爱读书，一门心思要学唱戏，老五在时，还辖得住，老五这一出事，没人治住他，一门心思闹着学戏，不吃不喝在家里闹，他妈拿他没法子。我今天来找班主，就是求班主开恩，收了老五那孽子学戏，不知班主能行个方便不能？"

侯班主咂着茶，笑道："薛五佬的少爷，放着万贯家财，应该是个点戏看的，怎么也要唱戏？这世上千人千面，心思爱好真是不同，似乎与本人有一拼。我当年，卖了祖产学戏，是爱好也是祖上传承。就这，卖水田也没少叫人戳脊梁骨。毕竟戏子被社会列入下九流，虽然现在民国了，人们思想略有开化，但唱戏在人们眼里还是下贱的。

薛五佬的少爷，生来就衔香携玉，入这行在大众眼里就是自轻自贱，跳过肉案子吃豆腐。听薛大哥言，你家少爷为入戏行寻死觅活，说明人家可是真爱戏行，只是我没见人，不知他诚如薛大哥所说，就那么喜欢戏行？再说，学戏不是谁想学就能学的。戏行虽不被人待见，但也不是学学鸡鸣狗叫，入戏行，还得有些天分。我要见见你家少爷本人。学戏呢，最好打小，听你们少爷已快及冠，若总角少年，另当别论，及冠之人，要亲自看看自身条件才能定夺。"

侯班主一番话，既婉转又明了，姑舅爸王善堂是个直人，听了侯班主一席话就开口道："他薛大哥，侯家侄子话已说透，你们就直接让老五的儿子来见人家班主，当面试了。我看就烦你们回去一人，反正是骑着走马，眨眼的工夫，咱就不在这叨扰了，你们先去我家，好久不来了，亲戚还得叙叙家常。我出门时叫你婶婶擀长面哩，你们安心在我家待着，等薛驹来了，定下这事再消停回去如何？"

薛元昌深以为然，便安排秦州张三赶回山里去，接了薛驹过来。

侯班主说："既是亲连亲，亲套亲的，本该在家里留饭。戏班开得有灶，加些量就行。王家姑舅爸说已安排家里擀长面哩，还等着他买肉回去，我就不留各位亲戚了。"

四人告辞了出来，秦州张三上马要去山里，姑舅爸王善堂说吃了饭回去，反正明天才来，不着急的。已经放马前行的秦州张三在马背上向众位拱拱手，兀自策马走了。

王善堂带着薛家两兄弟回去，顺道在宝塔寺一个肉铺子里割了几斤肉，还买了两斤烧锅头曲。

## 03

秦州张三回到薛家水，如实地告诉薛五奶奶去侯班主家的经过。薛驹听了，高兴地跳着脚说："侯班主的戏我看过几次，那可是戏行里的大角色，因为逃学去看的，还吃过脱先生的戒尺。"

薛五奶奶只好吩咐人给薛驹收拾行囊。秦州张三以为先是去应试，行不行的还不一定，等应试成了再送行囊也不迟。薛五奶奶说行囊先放在姑舅爸家，省得山上山下来回跑。薛驹更加着急，吆喝着收拾行囊，还要薛五奶奶给他备上二百银圆。

次日一早，薛驹早早起来，吆喝着叫人鞴马，催着秦州张三上路。秦州张三叫人鞴了马，在自己马上捎了薛驹的行李。薛五奶奶在一个毛线织的褡裢里装了些日用之物，还装了两捆一百银圆。薛驹嫌一百银圆太少，嚷着要二百。薛五奶奶也生气了，对薛驹说："你知道一百银圆是多少？能给三家穷人置办房屋田产了，你是去学戏，不是去摆阔，钱多了惹祸招灾。"她嘱咐秦州张三，如侯班主收了薛驹，这些钱要明点给侯班主，由侯班主管着。至于侯班主的学费，人家要多少，自然没有什么可讨价还价的。除了学费，薛驹手里不能有钱。一切事情由薛驹大爹做主。

秦州张三诺诺连声应了，带着薛驹到了宝塔寺王善堂姑舅爸家。

王善堂姑舅爸和薛家两个弟兄在屋里一边谝闲，一边等着秦州张三和薛驹。

秦州张三和薛驹到王善堂家时，离晌午还早哩，大家都没再耽搁，直接去了侯家大庄子侯班主家。

侯班主还是领着人做功课。吊嗓子的高一声低一声，各种器乐吹吹打打，几个后生在院里翻跟头。侯班主来回地指导，有时细声细语，有时又大声斥责，并亲自示范给大家看。侯班主见王善堂一行进了院子，便拱手请大家进堂屋。

王善堂和薛元昌、薛开昌在八仙桌旁的椅子上坐了，侯班主招呼上茶。他拉过一把椅子，坐在了东侧墙下。秦州张三将薛驹推到了侯班主的面前。薛元昌对侯班主说："班主，这就是老五那孽障，念书不成器，一门心思要学戏哩，你看是不是唱戏的料。"

侯班主拉过薛驹，叫薛驹在他面前转了几圈，侯班主起身绕着薛驹转了两圈，还用劲捏了薛驹的两个臂膀，问道："你在哪儿上的学？"

薛驹答："苍松县城脱先生私塾的馆。"

侯班主说："脱先生当世大才名师，你为何不跟脱先生念书了？"

"之乎者也，枯燥无味。"

"人世上最难的两件事，一是读书难，二是挣钱难，如做成其中一件，人生就不难。你是读了书，才知读书枯燥，读书很难。你在戏台下看唱戏的在台上风光，你哪里知道，戏台上的风光也是台下台后辛苦的结果。所谓台上一分钟，台下十年功，就是说唱戏的人在台下台后的艰辛。读书枯燥就不读，唱戏练功，生旦净丑，练成一个角色，做好唱念做打，哪一样不得夏练三伏，冬练三九。台上一招一式、一腔一调，都得台下十年磨一剑。如只知道台上风光，不知台后辛劳；只知读书难，不知学戏也难，遇到练功难，练唱难，也是知难而退，还不如现成的庄园田产，趁早做个点戏的人，再不费力劳神做个唱戏的人。像你老子一样，做个戏迷，岂不优哉游哉！"

薛驹喃喃道："人家就想学戏嘛，你收了我，我一定不怕辛苦。"

侯班主哂笑道："你一时兴趣，自然难以持久，兴味索然之时，便生出退出之意，看你如今口头坚持，我也难以定论。因为是亲戚，加上与你老子的交情，我不便推托。你可知道，一进这门，便有许多规矩束缚于你。先简单说，你得收了薛家少爷脾气做派，就是一戏童，杂役你得干，饭是大锅饭，衣脏了自洗；黎明即起，洒扫庭除；做功唱功早晚练，戏文要背得滚瓜烂熟；学戏从跑龙套干起，循序渐进。练好了基本功，跑好了龙套，再图发展，你好好想想，能不能做到。"

薛驹态度坚决，答应都能做到。

既然薛驹如此，侯班主便对薛元昌说："薛家大哥，碍于亲戚情面，加上咱和薛五佬生前交情，我也只好勉为其难。薛驹就按一般戏童，先在我这里学戏，看其日课情况，再行定夺。我这里收徒，衣食费用自理，酌情收些学费，不会太多。"

秦州张三放下肩头的毛线褡裢说："薛掌柜、侯班主，这里有薛驹带来的一百银圆。五奶奶说了，要交给侯班主管着，不得让薛驹随心花销，怕银钱惹出事端。"说着从毛线褡裢里掏出两封银圆，放在桌上。

侯班主看着桌上两封银圆，呵呵笑起来说："薛家不愧财大气粗，一个少爷学戏，身上带一百银圆。有这一百银圆，谁还学什么戏，包个戏园子听戏不就得了！我说，你这银圆怎么拿来的就怎么拿回去。你们家少爷能不能学戏还两说呢。"

还没等薛元昌几个开口，薛驹抢先说："这一百银圆，就当是孝敬班主师父的，请班主师父笑纳。"

侯班主正色道："你称我班主没有错，我本来就是侯家班的班主。但'师父'二字，且莫乱叫，我还没收你为徒，以后看你表现，我答应你称师了，收你为徒，你再叫师父不迟。"

薛驹扑通跪到侯班主面前，口里叫道："师父受徒儿一拜！"

侯班主哈哈大笑道："看来是你没少看戏文，师父不是随意拜的。我的徒弟，必然过了这么几关，才能收的。"侯班主扳着手指头继续说："第一，吃饭关，你富家少爷，平日里锦衣玉食，我这里粗茶淡饭，说不定吃不了两顿，你就退缩了。老实说，一般人，粗茶淡饭，能充饥果腹，就求之不得，可你是富家少爷，吃粗茶淡饭就是受苦受罪，这第一条就是专门为你加的。第二，黎明即起，干下人伙计的活，对富家子弟就是难过之关。第三，每日里练功，非一夕一朝之功夫，要循序渐进，日积月累，夏练三伏，冬练三九，全是吃苦的事，知难而退者不计其数。因此，你先别急着拜师，我也不急着收徒，月余之后吧，能否拜师收徒，我们相互考验，最后定夺。"说着侯班主上前拉起薛驹，又招呼一小伙子，让他领了薛驹去住宿。

薛驹被侯班主的气势镇住了，顺从地跟着小伙子去了。秦州张三赶紧跟了出去，从马上卸下薛驹的铺盖行李，跟了小伙子去安排住宿。

侯班主对王善堂说："看模样，薛驹人长得周正，眼头眉脚也还机灵，只是不知是觉得唱戏好玩呢，还是真心学戏，只能日后看表现。薛家亲戚，晌午在我的伙房里吃顿饭，我也不加菜，你们体会体会。我想，薛驹最难过的关就是这一关，其他关也并非好过，只能过了这关再说。另外，薛大哥、薛四哥，我不是说你们，一个小小的娃儿，出门带上上百的银圆，怎么说也不是什么好事！银钱本是惹祸的根苗，一个小娃儿，绝不能带了大把的银圆在世上飘。"

薛元昌面有赧色，叹一口气说："老五在时，这种事断不能发生，可现在老五家的一妇道人家，根本拿薛驹没一点法子，只能由着他的性子耍。我们已分门立户多年，管他还隔着道墙哩，实在是为难人的事。今天遇上一个有规矩的班主，希望不仅让薛驹学戏，还要让他学做人。"

侯班主说："这一点请薛大哥放心，学做人是第一的，学艺倒在其次。"

王善堂、薛元昌几个在侯班主处吃了晌午饭，各自道别。

秦州张三毛裆裢里装了带的一百银圆，本来是要给侯班主保管的，但侯班主说什么也不收，秦州张三只好带回去交给薛五奶奶。

## 04

世上的事，说怪不怪，说不怪，还真是怪！薛驹自打辍学后，每日都是睡到日上三竿，日头晒到屁股才懒洋洋地起床，磨磨蹭蹭地由丫头们伺候着洗漱了，由着性子吃些东西，然后逗狗遛马，堵老鼠洞，掏喜鹊窝，尽干些上房揭瓦的事。可到了侯班主家，早晨曦光微露，侯班主便摇着铜铃，呼唤人们起床。薛驹总是第一个跃身起床，穿衣蹬裤的速度快极了。起床后提起扫把开始扫屋扫院落，虽然干得有些笨拙，但看得出是十分卖力。洒扫庭除后，胡乱地洗几把脸，便按着班主的规定做日课。侯班主给学员们的早饭大多是小米粥杂面馍，切一盘大头咸菜或腌酸白菜，薛驹竟吃得狼吞虎咽。

侯班主暗暗称奇，更让侯班主称奇的是薛驹日课做得特别好，尤其是背戏文台词，别的学员背得结结巴巴，而薛驹总是瓦罐里倒核桃，通顺流畅。让侯班主不解的是，在脱先生处背书老挨板子，怎么背起戏文，竟然不论篇幅长短，似有过目不忘的功夫。

侯班主认为，薛驹也许就是为演戏生的，说不定将来就是侯家班的台柱子，也未可知。除了背诵的功夫了得，对唱念做打的基本功也有一股执拗劲，一个动作做不到位，他可以做上数次甚至几十次，不达标绝不罢休。唱念做打的功夫进步很快，令侯班主刮目相看。虽然侯班主对薛驹高看一眼，心里十分喜欢，但面子上依然冷若冰霜，该打便动手，只是掌握分寸。呵斥薛驹的声音明显比呵斥其他人高，态度也比其他人严厉。

一个月下来，薛驹人瘦了一圈，皮肤变得黝黑。侯班主将薛驹叫到堂屋里，他端正地坐在椅子上，对站在地上的薛驹说："一个月前，你趴在地上磕头拜师，我没应你，等你过了我要求的关再拜师不迟。这一个月，我看你差不多过关了，你自己定，今天你就磕头拜师哩，还是再隆重些，搞个仪式？"

薛驹思谋一会儿说："班主，我这一个月，就等这一天，我想弄个隆重些的仪式，告诉了我薛家长辈，请他们参加拜师仪式，师父郑重收了我，我就死心塌地跟着师父学艺，行不行？"

侯班主表情依然淡漠，说："我已说了，你自己定，仪式要你家长辈参加，就让王善堂老辈辛苦去一趟山里，将拜师的事禀告你家高堂，让长辈们来主持拜师仪式如何？"

薛驹高兴得眉飞色舞，说："我这就去告诉王善堂爷爷，让他辛苦一趟，去趟山里。"

侯班主叫了一个小后生，陪薛驹去了宝塔寺王善堂家里。

## 05

拜师仪式正式举行，王善堂姑舅爸亲自骑着毛驴去了薛家水。薛元昌、薛奇昌、薛开昌由秦州张三、薛玉伺候着骑马到了侯家大庄子。薛五奶奶经与薛家几位长辈商议，备了五十块银圆作为拜师礼，还备了一箱西凤酒、两块砖茶、十斤酥油、二十斤冰糖。

侯班主收了众多徒弟，从来没收过如此大礼。几经推辞，侯班主答应收了酒、茶、酥油和冰糖，五十块银圆坚决不收。后来经薛元昌和王善堂姑舅爸商议，由王善堂姑舅爸和侯班主协商。侯班主不由分说，坚称不能开重金纳徒的先例，有违易俗社的宗旨。最后，王善堂姑舅爸一力主持，先寄放在侯班主处，侯家班可以使用，待薛驹出师后，侯家班如数归还。后来侯班主让了步，说是正要延请一位凉州的鼓师，先拿这钱救了急，日后一定归还，并且当众写了欠条，交由薛元昌回去给薛驹娘保管。

薛驹正式成了侯班主侯玉春的徒弟，侯班主侯玉春正式成了薛驹的师父。

薛元昌很欣慰，薛五奶奶也很欣慰。他们对薛驹学戏只好认了。从薛驹天翻地覆的变化看，说不定人家就是为戏行生的。三百六十行，行行出状元，人生正途千百条，哪一条道，只要正经走下去，终有个好的结局。

侯班主就薛驹学戏的变化，就教脱先生。听了侯班主说薛驹如何勤勉刻苦，脱先生捻着胡须，沉吟良久说："当年我曾给薛五佬说过，薛驹这类人醉心戏流巫道，这些表现也属正常。只是我还说过，这种人从恶极快。要论起薛驹的变化，我想另有原因。在薛驹看来，吾乃一介腐儒，之乎者也，摇头晃脑，实在难引起他的兴趣。而你侯班主就不同，体格魁梧奇伟，台上台下英俊飘逸，唱念做打，一招一式博人眼球，在垂髫束发儿童眼里，惊为天人，尊为偶像，为你折服。因为仰视，自然能为其难，因此苦吃得，罪受得，加上薛驹本来天资聪慧，凡事上心，则学即有成。为师者可顺其天性，扶其正，祛其邪。我还是强调，此类人从恶极快，必须时时训诫，规范行为，正如左丘公言：'善不可失，恶不可长，其陈桓公之谓乎，长恶不悛，从自及也。'"

侯班主人中英才，对脱先生宏论细细琢磨，悟出理来，所以对薛驹事事从严，时时从严，常使薛驹不离目力所及范围，薛驹一举一动尽在侯班主掌握之中。因而薛驹进步极快。侯班主着意让薛驹从娃娃生、小生学起。小生分中生，俗称扇子生；冠生，也称官生；雉尾生，也称翎子生；还有穷生、武小生等。让其从小生的唱念做打练起，从不使其懈怠。在侯班主精心训导下，薛驹黎明即起，除干杂役外，日课繁重，一天下来，身心俱疲，不及掌灯，坐下即能睡着。虽然累得天昏地暗，但学业日益精进，一年有余，即能扮相上台。

## 06

就在薛驹学戏有成的第二年冬月，是年四岘四水还算风调雨顺。冬藏过后，四岘四水的人们便相约春节闹社火。四道岘子薛家水几家大户在冬月里聚一起，商量春节闹社火事宜。蒲大佬的儿子蒲龙提议，今年的社火要想在四岘四水山里拔得头筹，就要请土门子侯家班来人指导。因为蒲龙去了几趟土门子，正好看到薛驹在台上唱戏。薛驹唱的是《李彦贵卖水》。蒲龙没想到从扮相到唱腔，薛驹演的唱的都得到了满堂喝彩。经蒲龙这么一说，立即引起众人兴趣，最后决定请薛驹回来，指导四道岘子薛家水的社火，从置装、扮相到表演，全程指导。另外，春节期间，请侯家班到四道岘子薛家水唱两天戏。那样，四道岘子薛家水可是在四岘四水里露大脸了。

四道岘子薛家水就春节闹社火之事议定后，一致决定，由薛元昌出面，蒲龙协理去土门子和侯班主商量。一是叫薛驹回来训练四道岘子薛家水的社火队；二是春节期间请侯家班来演几场戏。

薛驹学戏，在侯班主的严格训导下，两年下来，硬是能吼十几折秦腔，还能唱十几折眉户剧。笛子、二胡、板胡、锣鼓也能来得。薛元昌和蒲龙去了趟土门子，向侯班主请求让薛驹回四道岘子薛家水指导闹社火的事。侯班主思谋良久，终于还是答应了薛元昌、蒲龙的请求，同时也答应春节期间，侯家班到四道岘子薛家水演两天戏。

薛驹回到薛家水，协理四道岘子薛家水排练社火。薛驹俨然主角，从社火队人数、角色、置装、搭台到各种准备，薛驹都提出要求。一支百人的社火队，单置办锣鼓器乐，顺带道具，就要花一大笔钱。四道岘子薛家水除了各家凑的份子，薛驹还要拿出一大半钱来花销。单是采买戏装、鼓乐，薛驹拿出二百块大洋，和蒲龙几个到兰州采买。在四岘四水的山里，四道岘子薛家水的社火动静最大，置办的行头道具，别的岘水都无法比。

四道岘子薛家水东邻截打坝岘子窑儿水，西接新窑岘子王家水。四道岘子薛家水排练社火，还有请土门子侯家班来唱戏的消息很快传开了。别的村派人向四道岘子薛家水的社火会发出邀请，邀请他们的社火到自家村里闹两天，哪怕半天也行。受到邀请，是很光彩的事。四道岘子薛家水社火会一一答应了邀请，还邀请其他岘水的人到四道岘子薛家水看戏。各村无不答应前来捧场。新春未到，名声已传到其他岘水的各堡各庄。

一进腊月门，薛驹便忙得脚不沾地，几乎分身无术，成了社火会最有发言权的一个。薛驹不但懂角色，还能慷慨出钱。他设计的社火项目，有些就是精彩。社火里的角色，由社火会分派到各村各堡，再由各村各堡组织分派角色。腊月二十四、二十五试穿戏装，彩排一遍。社火经多年的传承，一众村民不但是观众，而且自家也扮演角色。多年下来，所扮角色已烂熟于心。社火队不必费太大劲，重点的几个项目，如高台、高跷、旱船、舞狮、耍龙要集中练一练。腊月一个月，四道岘子薛家水锣鼓乐器半夜半夜地响动。

社火里的几个重要角色，一是春官，要乡里德高望重的老者扮演，扮成道士高僧模样，引领社火，众人簇拥，遇寺庙行香拜佛，给积善有德的人家派香。二是秧歌队领唱，必须头脑灵活，会编词，能发挥，针对唱秧歌的人家，能现编现唱，词要贴切，幽默，引人发笑，还要声音洪亮。此角色多年都是何家窝堡的张世昌担任。有一年，社火队到了韦黔家，春官在韦家门前案上派了香，张世昌唱了一首秧歌：

> 庙里十个胖和尚，
> 目不识丁上不了个香，
> 佛爷面前撅沟子，
> 磕下的头多记不住个数，
> 穷汉养娃子，
> 也就图了个数数子。

当下引起社火队哄堂大笑，气得韦黔半个正月没出门。三是膏药匠，必须身强力壮，千八百人聚集，难免堵村塞路，此人手捏牛角做的膏药瓶，里面灌了混了油的墨汁，牛角瓶里塞一把毛甩子，凡堵塞之处，他反穿皮袄，脸涂得漆黑，口里喊着：膏药呀，喂喂喂！手里抡着蘸了油污墨汁的毛甩子朝人群甩过去。过年的人皆穿了新衣裳，塞道的人们怕污了衣裳，毛甩子所到之处，人们迅速闪开去，给社火队让出路来。坏一些的膏药匠除了开路，还有意将毛甩子甩向俊俏的大姑娘小媳妇，做些丑怪的动作，引得人们好笑。为躲污油，每逢膏药匠所到之处，人们早早躲开，给社火队腾出场地。

往年的春官是各村轮流选出，今年的春官选了薛家水的薛元昌，秧歌队的领唱仍然是何家窝堡的张世昌，其人粗通文墨，编得好词，雅俗共赏且幽默贴切，先从"正月里来是新春，百草芽芽往上升"唱起，每到各村各户，家家门前都有一曲新词，一定是颂善贬恶。膏药匠还是选丁二烧锅，属于波皮胆大的角色。丁二烧锅敢在薛五佬的棺材上泼墨，合规地甩油甩子，他有什么不敢！薛驹组织社火，戏里扮角色，戏外出风头，一个春节下来，人瘦了一圈，嗓子哑得说不出话，但精神愈加亢奋。

四岘四水的山里，正月十五一过，到了六九。数九顺口溜：七九八九，扛上耙走；九九加一九，犁铧遍地走。农人忙开了一年的生计，薛驹回到了侯家班。

## 07

侯家班被迫接了一个大活。

土门子开了一家赌场，名叫博戏苑。

赌场东家叫马清云，据说是军阀马步芳、马步青的侄子。赌场的掌柜姓朱，人都叫他朱掌柜，四十多岁，面善得很，脸上似乎没有不笑的时候，眼睛老是笑眯眯的，不是准备笑，而是笑早就备好了。他有一张笑迎人世的脸，见了上门的客，他的眯眯眼立刻就成了圈圈，特别是阔气的赌客，眯眯眼的圈圈就更圆了。他说话慢声细语，不急不躁，在他的笑脸面前，即使输得剩条裤子，憋了火的赌客也撒不出气来。有人观察过，朱掌柜的笑其实是皮笑肉不笑，只是藏在眯眯眼后面的眼珠子很少有人观察到。说是偶尔露出的凶光，还是蛮吓人的。

博戏苑开张，要请戏班子唱三天大戏，侯家班自然是首选。朱掌柜亲自到侯家大庄子，登门拜访班主侯玉春，一张笑脸自然带到了侯班主家。

侯班主侯玉春似乎瞧不上朱掌柜这张笑脸。侯班主不管朱掌柜面如桃花，笑颜灿烂，还是一口回绝了，侯家班不给赌场唱戏。不论朱掌柜如何巧舌如簧，侯班主就是不答应，朱掌柜只好带着笑脸离开了侯班主家。

当天下午，一个挎着盒子炮的小军官，带着两个兵，敲开了侯班主家的门。两个兵肩上背着上了刺刀的步枪，威风凛凛地站在堂屋门两边。小军官进了堂屋，不用侯班主让座，他就自顾自坐在椅子上，将一支镜面匣子掏出来拍在桌子上说："我来通知你，自后天开始，到我家主人开的博戏苑唱三天大戏，不得稍有耽搁，如不听命，我就带人砸了你侯家班，行与不行，你自己掂量。"

小军官恶狠狠地收起了枪，出门带了两个卫兵，头也不回，走了。

侯班主侯玉春气得跌坐在椅子上，这是遇上了荷枪实弹的土匪啊！人家礼请不去，直接端着枪指派你去，你去不去？不去，人家砸了你侯家班。凉州来的鼓师劝侯班主："马家军你可别惹，在凉州这片地面上，马家既是官，又是匪。土匪砸你个戏班子，也就一个班士兵半个时辰的活，你拗不过人家。再说，戏是唱给老百姓看的，你唱与不唱，人家赌场照开。"

侯班主思谋半天，明白也就这么个理，只好忍气吞声准备给人家唱戏。

侯班主只得带了鼓师去赌场接洽。朱掌柜一如既往地笑容可掬，热烈欢迎侯班主莅临。朱掌柜先领侯班主二人参观了赌场。赌场有大厅有包厢，大厅有八张赌桌，一般供小赌的散客押注。另外九个包厢，包厢内赌具各不相同，供不同喜好的赌客消遣。朱掌柜带着侯班主二人一一介绍。九个包厢，门楣上挂个木牌，写着名称：一曰夏末未央，二曰风听云看，三曰傻茨苏醒，四曰春风一顾，五曰笙歌欢颜，六曰咬人时光，七曰月舞花溪，八曰又隐青笋，九曰落笔成瑞。

侯班主只是草草看了一遍。朱掌柜眯着双眼，问侯班主感受如何。

侯班主答道："这些包厢起名似乎很雅，如是总结起来，你这赌场称博戏苑好像名不副实，应该叫'无血的屠场'。"

朱掌柜哈哈大笑，说："侯班主取笑的是，这人生就是博戏，俗语'人生如戏，戏如人生'，来此的君子都为一博，博中之戏，演绎酸甜苦辣、苦乐人生，悲喜瞬间达到极致。笑里乾坤，哭中日月，都在这博戏苑中上演沉浮。侯班主在三尺舞台上演绎的不就是这些嘛，说透不点破，三皇五帝到如今，谁逃过赌的宿命！"

侯班主也哈哈大笑起来，说："说得好，说透了众生的宿命！"

## 08

给博戏苑唱戏，待遇自是不同。土门子戏台魁星楼重新装扮一新，台顶上搭了凉棚，台前挂了帷幕，戏前启幕，戏后闭幕。以前什么台顶凉棚、台前帷幕自是做不到。戏台也就一土台，戏子上台下台都无遮挡。角色该出场出场，该下台下台。观众面朝戏台，没有开幕闭幕一说，台上的上来下去，台下的心里明白。有了启幕闭幕，戏的内容似乎又多了份真实。

魁星楼戏台两边的楹联重新刷了漆，更加醒目。上联：地殷宇泰群星至此耀王侯。下联：天清宙和众相归来赢豪杰。

博戏苑还在魁星楼戏台下的地上摆了十几张桌子，几十把椅子。桌子上放了民勤的瓜子，临泽的小枣，新疆的巴旦木、开心果等。五六个茶博士，每人肩上搭条羊肚子手巾，给看客们上八宝盖碗茶。有头有脸的看客被邀请上桌，喝盖碗茶，嗑瓜子，吃干果；引车卖浆的、贩夫走卒则立在地上，在十几张桌子的后面，也有茶博士端几盘瓜子小枣干果之类散到站客们手里。开戏之前，先由朱掌柜宣布博戏苑开业，不外乎放炮敲锣打鼓的热闹，然后开戏。头天唱的是折子戏，凉州鼓师率先敲起鼓来，鼓点翻出百般花样。薛驹登台唱《李彦贵卖水》。薛驹自是使出浑身气力，唱腔做功念白都十分到位，台下叫好声不断，气氛十分热烈。

晌午休场吃饭，侯班主、凉州鼓师、几个侯家班的名角自有朱掌柜专桌招待。薛驹以下则是博戏苑几个跑堂的招呼吃饭。晌午饭是菜包子糖包子，煮的有一大锅小米稀饭。博戏苑里有一个跑堂的叫鲁五，此人尖鼻子窄下巴，长了几绺胡须，由于长期抽大烟，形似骷髅，恰如《十五贯》里的娄阿鼠。他指挥厨师抬几笼包子，摆在桌子上，又呼唤人抱来几摞粗瓷碗，拿桶装了米汤，桶里放几把木勺。侯家班的众人一拥而上，拿包子的拿包子，盛米汤的盛米汤。薛驹盛一碗米汤，先拿一个菜包子，就着米汤吃了，再拿一个糖包子，就着米汤吃完了，还想吃一个糖包子，但好像糖包子好吃，被人抢先吃完了。薛驹愣一下，只好又拿起一个菜包子，刚要下口，鲁五上前夺下菜包子说："这位李彦贵公子，还想吃糖包子？"

薛驹应道："这位掌柜，今天你家糖包子别是一番味道，小生吃得口滑，还想吃上一个。"

鲁五哈哈大笑道："想必公子卖水，劳神费力，肚中饥饿，我家博戏苑无以为敬，糖包子还能管够。"说着招呼人又端来一盘糖包子。

鲁五叫人将一盘糖包子放在桌子上，拉着薛驹坐到桌子边说："头晌看你唱的《李彦贵卖水》，公子的扮相唱腔身段功夫样样让人过目难忘，今晌午有机会招待公子，实属三生有幸！公子不弃，还望做个公子的戏迷，与公子交成朋友，早晚听上一曲一折，也是在下的幸运。"

"不敢当不敢当，小人初进戏行，承蒙掌柜抬爱，真是受之有愧。"薛驹拿起一个糖包子，鲁五又给盛了一碗米汤，放到薛驹面前。

"在下姓鲁，排行老五，人们都称我鲁五，在博戏苑跑堂，不是什么掌柜，如蒙不弃，鲁某愿结交公子为友，关系近了，看戏听戏都多有方便，不知公子愿意赏光否？"

薛驹咽下一口包子，忙说："我也是喜好交友的人。在下姓薛单名一个'驹'字，往后还请鲁兄多多捧场。"

鲁五招呼一个跑堂的过来，吩咐道："你备一个食盒，给薛公子装上一盒糖包子，我看薛公子好这一口，晚间走时，别忘了让薛公子带走。"

薛驹自是喜不自胜。倒不是薛驹贪食，在侯班主处，侯班主一直要求薛驹随大家粗茶淡饭，因此薛驹一直是口寡得很，糖包子也成了美食。

晚间回去，薛驹带了一食盒的糖包子。

## 09

侯班主迫于无奈，带着戏班子给博戏苑唱戏，心里老大不痛快，很郁闷，正在这时，邮差给侯班主送来一封信。信是西安易俗社教练陈雨农写来的，要侯玉春见信便动身去西安。易俗社计划去武汉三镇演出，还计划到河北及北京巡演，恩师雨农已为其量身设计角色。信中谆谆叮咛，要侯玉春不得耽搁行程。

侯班主侯玉春便直接持信去找朱掌柜，讲明此事体大，他必须立即动身，至于博戏苑的戏，只能由戏班的鼓师带领其他人演出，如博戏苑不满意，可另请别的戏班。

博戏苑的朱掌柜很理解侯班主，略看了看陈雨农的信，便笑容满面地说："下武汉、上京城乃大事，也是人生的大荣耀。博戏苑唱三天戏，实在不能和下武汉、上京城这等大事比，还望侯班主你速起身赴约，这边的事侯班主安排好就行。"

侯班主行色匆匆，当天给鼓师做了些安排，便起身去了西安。

侯班主走出二里多地，突然想起他这一走，没人辖制薛驹，万一薛驹被人勾引，弄出事来，怎么是好。侯班主又折返身，回到戏班，将鼓师与薛驹叫到跟前说："我走之后，少则两月，多则三月即回。我走之后，一般不接演出，众人都在家练功，若要接堂会，不得在主家过多盘桓。"特别叮咛薛驹，按往日要求练习技艺，并拿出两卷秦腔角本，要求薛驹在他回来之前，全部背得滚瓜烂熟，稍有懈怠，必将重罚。

鼓师和薛驹答应得很痛快，侯班主似乎再也无话可说，只是心里快快不乐，却也说不出个所以然，只好告辞上路。

# 10

博戏苑的生意正式开张，侯家班在土门子唱了三天戏，由于侯班主没有登台，看客们兴趣不大。不过土门子是个旱码头，南来北往的客人多，闲汉更是不少，戏台下还是人来人往，尤其博戏苑免费的盖碗茶、瓜子干果，有座头还有茶博士伺候，闲汉们觅得了一个凑趣赶热闹的所在，倒是不缺人气。由于唱戏看戏凑热闹的人多，卖凉皮、凉粉、茶叶蛋的小贩纷纷在台边摆起了摊。侯家班的戏热热闹闹唱了三天。

三天戏唱完了，博戏苑又要求侯家班在赌场里唱折子戏。侯家班备了戏单，由赌客们照单点戏，点到哪出唱哪出。侯家班的鼓师带戏班子在博戏苑候着，没有赌客点戏，他们就动起鼓乐，吹吹打打，凑出一片热闹景象。

鼓师姓蔺，他常自我介绍：在下姓蔺，蔺相如的蔺。蔺鼓师敲得一手好鼓，许多戏班子敲锣打鼓的艺人都是蔺鼓师训导指点出来的。遇个喜庆日子，蔺鼓师带乐队几个人就能弄出极热闹的场面。蔺鼓师除了敲鼓，还拉得一手好二胡。二胡在秦腔演出中是不可或缺的重要乐器。在蔺鼓师一手把弦一手持弓的揉弄下，演员欢快、悲伤、慷慨激昂的情感都能被适时地调动起来，看客们也同时被感染。有时候，有些看客就是专门来听蔺鼓师敲鼓、拉二胡的。博戏苑的包厢里，就有赢了钱的赌客，点蔺鼓师敲鼓或拉二胡。

蔺鼓师身为艺人，自然少不了艺人身上的臭毛病。演出之余，蔺鼓师好喝那么两口。蔺鼓师喝酒不讲究酒好酒孬，有酒味就行。只要三杯下肚，他就有了酒态。他有了酒态，就话多，而且滔滔不绝，一头说一头喝，直到喝得眼眶里黑眼仁少，白眼仁多，慢慢目光呆滞，头一歪便睡过去了，即使山摇地动，再不能吵醒他。

侯班主在，朱掌柜自然主要招待侯班主，侯班主不在，朱掌柜就紧着招待蔺鼓师。

晚上，博戏苑不打烊。朱掌柜叫人给侯家班的艺人乐师们叫了夜宵，自己在一间包房里设了个小宴，专门请蔺鼓师和薛驹小酌。

侯家班的其他人吃完夜宵，都回去了。朱掌柜留下蔺鼓师和薛驹。博戏苑有几间设宴的小包房，还有几间供赌客休息的客房。赢了钱的赌客饿了或者困了，可以在包间里点酒点菜，尽兴地吃喝，也可以在客房里休息，过夜；输了钱的赌客，如果借了赌场的钱，朱掌柜安排他入住客房，名曰让赌客休息，其实是将其禁了起来，让其通知家人拿钱赎人。

蔺鼓师见朱掌柜盛情，本来就好两口的人，略一推辞，便带着薛驹留下来，进了包厢。

包厢里摆一张四方桌，桌边摆了几把椅子，朱掌柜叫人在桌上摆了六碟小菜。一碟腌酸菜，一碟切成四瓣的咸鸭蛋，一碟酱牛肉，一碟猪头肉，一碟猪耳丝，还有一碟椒盐花生米。桌子上摆四个白瓷的酒杯，一只白瓷的酒壶。墙角一个木柜，柜里放了几瓶酒，是山丹的青稞烧头曲。朱掌柜上首坐，左侧是蔺鼓师，右侧坐着薛驹，下首是博戏苑跑堂的鲁五。鲁五负责摆菜添菜倒酒。鲁五从木柜里拿出一瓶酒，拔出瓶塞，往酒壶里注了一壶酒，青稞烧头曲的浓烈香气立刻弥漫到整个包厢里。蔺鼓师被酒香刺激得满嘴口水，他拿酒瓶对着鼻子闻了闻说："朱掌柜，山丹的青稞烧头曲可是好酒，这酒劲大得很！"

朱掌柜叫鲁五将酒满上，端起杯子说："蔺鼓师、薛公子二位，敝苑开张，你们台上台下忙了三四天，今日小闲，我朱某陪二位小酌几杯。听说蔺鼓师好酒量，喝酒痛快，朱某想一睹风采。今晚请蔺鼓师放量饮几杯，喝尽兴了就住在我家客房。另外，朱某是个不能多沾酒的人，倒有个不情之请，喝到高兴处，蔺鼓师拉一段胡琴，薛公子唱一段秦腔助兴。我们干的这个活，就是过的黑白颠倒的日月，今夜索性畅快一夜，蔺鼓师放开量喝，喝到尽兴时来一段如何？"

蔺鼓师端着酒杯，已经急不可耐，不等朱掌柜说完，便仰头干了一杯。鲁五赶紧又给蔺鼓师斟了一杯。朱掌柜端起酒杯在蔺鼓师面前举一举，略略抿一抿，放下酒杯说："鲁五，你也坐了，放点眼力见，客人面前酒樽不空，这是待客的规矩。还有，敬客要频频举杯，一定要让客人高兴。"

鲁五没有坐，端起酒杯说："蔺鼓师本来豪爽人，酒不劝自饮，来，我敬蔺鼓师三杯。"

鲁五举着杯子，连喝三杯。蔺鼓师自然不推辞，满满地喝了三杯。朱掌柜夹一块咸鸭蛋给蔺鼓师说："蔺鼓师痛快人，下点菜再喝。"

鲁五又给薛驹敬酒说："薛公子，我敬你，量你掌握着，一会儿还要唱几段，别伤了嗓子。"

薛驹拿酒杯碰了鲁五伸过来的酒杯，浅浅地呷了一小口。

蔺鼓师自己拿了酒壶，先给自家满上说："我敬鲁五，你去拿来我的二胡，我给朱掌柜演奏几曲。薛公子凑趣来几段，助朱掌柜的兴味。"

朱掌柜拍了几下巴掌，说："这样最好！"

蔺鼓师连喝六杯，鲁五取来蔺鼓师的二胡。蔺鼓师调了调弦，说："朱掌柜，你点我拉薛公子唱，你看如何？"

朱掌柜仍然拍着巴掌说："这样最好。"于是点了《断桥》里的白素贞唱段。

蔺鼓师说："白素贞是旦角，正经的正旦，薛公子专的是生角，不过，旦角也唱得，只是找个乐子，朱掌柜就不要过于讲究。"

朱掌柜说："要的要的，不讲究不讲究，就要个气氛。"蔺鼓师调好了弦，拉了一个过门。薛驹站起来，扯着假嗓唱了起来：

西湖山水还依旧，
憔悴难对满眼秋，
霜染丹枫寒林瘦，
不堪回首忆旧游。
想当初在峨眉依经孤守，

伴青灯叩古磬千年苦修。

久向往人间繁华锦绣，

弃黄冠携青妹佩剑云游。

按云头现长堤烟桃雨柳，

清明天我二人来到杭州，

览不尽人间西湖景色秀，

谁料想贼法海苦做对头。

到如今夫妻俩东离西走，

受奔波担惊慌长恨悠悠。

腹中疼痛难忍受，举目四海无处投，

眼望断桥心酸楚，手扶青妹向桥头。


蔺鼓师揉弦扯弓，欢快忧伤尽从弦中流出，蜻蜓点水，鸟语花香，涧水清流，三月烟柳，霜染丹枫……

朱掌柜两眼微闭，双手击着节拍，慢慢地陶醉其间，有时和着薛驹唱词，哼出两句。

一段结束，朱掌柜笑模样已灿若桃花，他端起酒杯，高叫道："好好好，一天俗务缠身，难得蔺鼓师、薛公子琴和咏唱，真是人间至境！来来来，鲁五斟酒，蔺鼓师满饮三杯，当不虚此手段。"

鲁五斟酒，蔺鼓师亦不推辞，满满地饮了三杯。

蔺鼓师又操起二胡，拉了时下流行的《月上柳梢头》。

朱掌柜、鲁五自是轮番地敬酒，蔺鼓师亦是来者不拒，十余大杯青稞头曲烧锅下肚，渐渐地眼色迷离，醉态显现，分明的白眼仁多，黑眼仁少，胡琴也变了调子，时有破布撕裂、锅铲刮锅的声音。

又喝了两杯，蔺鼓师怀里还抱着胡琴，头一歪，靠在椅子上睡着了。

朱掌柜笑道："蔺鼓师酒量也不咋的！喝醉了就睡，倒也是个安静的人。"他叫鲁五背了蔺鼓师去客房就寝。鲁五从蔺鼓师手里取了二胡，薛驹帮忙，将蔺鼓师半背半抬地送进客房，安置睡了。

朱掌柜起身说："我是不胜酒力的人，鲁五你陪薛公子再饮几杯。蔺鼓师回不了，薛公子也将就住在我们的客房里。鲁五你和薛公子找个乐子耍去，我还要看看生意，不能冷落了其他客人。"

朱掌柜说完起身走了。

鲁五又斟了酒，敬薛驹说："薛公子，几天下来，鲁五对薛公子真是喜欢得紧，真想和薛公子结成个换命的弟兄。我看你们戏行，别人看着你们台上敲锣打鼓，撩袍甩袖，帝王将相，才子佳人，是个热闹的营生；我认为台下其实清苦得很，收入微薄，粗茶淡饭，还要看人家眼色。昨日听人说，薛公子原来是富家郎，只是爱戏行才屈尊降贵投身戏行，更使鲁五钦佩不已！唱戏只是个爱好，既然不愁衣食，大可不必苦了自己。听说侯班主平日里把公子拘束得紧，眼目前侯班主去了外地，蔺鼓师又烂醉如泥，真是你我哥俩的天地，我们就放开了乐一乐。俗话说，时光易逝，青春不再，薛公子自讨苦吃，也该尝尝世间快活的滋味。"

薛驹端着酒杯把玩着说："师父管束得紧，本人又爱这行当，有名师指点约束，自觉很满足，不知鲁兄说的快活是什么样的快活，难道比登台唱戏、众人捧场还快活？"

"人间千般事，世间百样态，唱戏快活自是一种。今日个，我叫了两个姑娘。说句酒盖了脸的话，薛老弟已到了大婚的年龄，恐怕还没见过女人光着身子的模样。薛老弟富贵窝里长大，竟然没有摸过女人的身子，实在亏得慌。俗话说：'十五六的小子，尿是个矛子，戳破袍子，捣下槽子。'"鲁五往薛驹跟前凑一凑，下作地伸手摸了一把薛驹的裤裆。

薛驹浑身泛起一股热，喉头有些干渴。他将一杯酒喝下去，嘴里喃喃地说："女人好吗？"

鲁五继续摸索着薛驹的裤裆说："女人能不好吗，大富大贵的人，哪个不喜欢女人的奶头、女人的沟子！薛老弟随我来，今日个叫你见识见识女人的这些玩意。"

一股燥热袭上薛驹全身，他不由得任鲁五拽了去，来到了博戏苑的客房，推门进去，炕上一个姑娘拥了被子坐着。鲁五转身将薛驹推上炕说："这是百翠楼的头牌花鱼儿姑娘，今夜伺候薛公子，让公子尝尝温柔之乡的快活。"鲁五又对着花鱼儿姑娘说："这位公子南山巨富之家，是侯家班的台柱，想必姑娘在土门子戏台上看过公子唱戏。"

花鱼儿姑娘掀开被子，拉住薛驹的手说："薛公子炕里坐。"

鲁五又说："薛老弟，花鱼儿可是个清倌人，卖艺不卖身的，你也是还未破处的童男子。相遇就是缘分，你要让她做了红倌人，才是你老弟的手段。花鱼儿姑娘，我的老弟如何，就看你的本事了。今夜成了好事，薛公子可托终身。"说着一脸奸邪的淫笑，转身拉上门走了。

薛驹僵在炕上，任花鱼儿姑娘抚摸着，全凭花鱼儿姑娘一路指引，完成了男人和女人的媾和。

## 11

花鱼儿姑娘，一个不知道自己生身父母的人，只记得是苍松县大靖人。她自记事起，就被人辗转地卖了几家。最后一个养父是个赌徒烟鬼，有一次正好赢了钱，一高兴，便买了插草标出卖的花鱼儿。赌徒烟鬼家能有什么好日子过，花鱼儿也是饥一顿饱一顿地活下来。一次，买她的养父乘醉强奸了她，又将她卖给了人贩子。花鱼儿因为模样周正，一经打扮，确有几分妖媚，便被人贩子卖到了土门子的百翠楼。

第一次尝试了女人，女人温柔的手，女人的奶头和沟子，妓院女人的风情万种，薛驹一下子深陷其中。花鱼儿姑娘抖擞精神，一夜缠绵，薛驹在女人的温柔乡里如仙如梦，如醉如痴，一夜高潮迭起，兴奋不已，直到东方微明才筋疲力尽，沉沉睡去，依旧搂着花鱼儿姑娘，不肯撒手。其实，花鱼儿姑娘比薛驹大六七岁呢。

蔺鼓师因为酒醉，沉沉地睡了一夜，天亮时醒来，觉得头还有点晕，他喝了一碗凉茶，又倒头睡了，再次睡醒时已日上三竿。鲁五打发人伺候蔺鼓师洗漱了，吃了早点。蔺鼓师推开薛驹的屋门，薛驹还在呼呼大睡，一床红绸被子裹了身子还蒙了头。蔺鼓师扯扯被子问薛驹说："我喝多酒，睡得沉了，起晚了，你怎么还不起来？"

薛驹睁开眼，见蔺鼓师站在地上，一骨碌爬起来，揉着眼窝说："这屋里安静，不知怎么就睡迟了。"

薛驹不见了花鱼儿姑娘，知道已经走了，蔺鼓师没有看出破绽。

薛驹折腾了一夜，睡了不到两个时辰，只觉头晕眼花，本想再睡一会儿，但蔺鼓师催着要回，薛驹只好起来洗漱吃些早点。鲁五套好了车在博戏苑门口等着，蔺鼓师、薛驹收拾完了，鲁五送他们回侯家大庄子。鲁五在路上说，如果朱掌柜发话，他还来接蔺鼓师、薛驹去博戏苑，还说，有些赌客赢了钱，就爱听角儿们吼几句秦腔。

因为蔺鼓师头天醉了酒，要睡到晌午才能缓过劲来，一到侯家，蔺鼓师又睡了。薛驹哪还有心思做功课，他只是装模作样地拿本剧本翻着，嘴里念念有词，不到半个时辰，便呼呼大睡过去，手里仍然捏着剧本。

日头压到西山顶，蔺鼓师、薛驹精神恢复了。吃了晚饭，蔺鼓师敲他的鼓，鼓点一阵紧似一阵，随着蔺鼓师的鼓点，薛驹想着花鱼儿的奶头、花鱼儿的沟子、花鱼儿两只在他身上乱窜的手，便心猿意马起来，血液随着蔺鼓师的鼓点在身上奔涌。他烦恼燥热，便从屋里走到院里，在院里转了两圈，更加心旌摇荡，不能自已。他推开院门，打算到院外潲潲风①，忽然听到马铃响，抬眼一望，是鲁五正赶着马车疾驰而来，旋即停在大门前。鲁五从车上跳下来说："朱掌柜叫我来接蔺鼓师和老弟二位，你要干吗去？"

---

① 感觉到烦躁闷热，让风吹一吹的意思。

薛驹大喜过望，喜不自胜地说："我闷得慌，想出去溜溜风，你还真来了。"

鲁五呵呵笑着说："朱掌柜差遣，他动嘴我就得动腿。你去叫了蔺鼓师，我们赶紧去博戏苑，有几个赌客一连声地叫蔺鼓师和老弟呢，迟了遭埋怨。"薛驹已是急不可待，转身进院门去叫蔺鼓师，接着蔺鼓师出来了。薛驹一个袋子提着蔺鼓师的鼓，一个袋子背着蔺鼓师的二胡。

在博戏苑，还是前晚的包厢，桌上依旧六样小菜，柜上放了青稞烧头曲，白瓷杯里斟满了酒，酒香依旧在屋里弥漫着。朱掌柜坐在上首，请蔺鼓师和薛驹两侧坐了。这时，一跑堂的来说有人点蔺鼓师敲鼓。朱掌柜端起酒杯说："请蔺鼓师满饮三杯，就屈尊出去敲上一敲，然后再饮，反正樽中酒不空。"

蔺鼓师见酒自然不推辞，立饮三杯，然后叫跑堂的提了鼓出去了，大厅里传来一阵节奏急促的鼓声。

朱掌柜端起酒杯敬薛驹说："薛公子真是个人才，本来是演生角的，唱起旦角来也有声有色、有模有样，在下实在喜欢得紧，今晚再唱一曲，让老生一饱耳福。"

薛驹端起酒杯迎着朱掌柜，说："让朱掌柜见笑了，才入戏行，也是胡乱地唱，朱掌柜也就胡乱地听，凑个乐罢了。"说着喝了半杯酒，其实薛驹心已飞到博戏苑的客房里去了，他渴望马上见到花鱼儿，但他不得不耐着性子忍着。"忍着"很折磨人。

蔺鼓师敲完一曲回来了，迎接他的仍然是满满的三杯酒。赌场跑堂的过来说，又有人点了蔺鼓师的二胡，朱掌柜仍是三杯酒送行，回来亦是三杯酒迎接。又有人点了薛驹，要他唱《金沙滩》《出家》一折里杨五郎唱段。蔺鼓师满饮三杯后，带了薛驹出去。蔺鼓师敲鼓，薛驹唱了杨五郎的几个唱段。由于薛驹心猿意马，几次忘了唱词，赌客们有认真听的，便喝起了倒彩。一喝倒彩，薛驹更加慌张，愈加唱得颠三倒四，在倒彩声中灰溜溜回到包厢。朱掌柜端酒劝勉说："薛公子不必在意，赌徒们懂得什么戏，胡乱地唱一段，只是助个兴，大可不必认真。"倒是蔺鼓师拿起二胡到了大厅，主动为大家演奏二胡曲《胡笳十八拍》。蔺鼓师酒刚喝到好处，似乎找着了感觉，将一曲《胡笳十八拍》演奏得既激越慷慨，又缠绵悱恻，仿佛月黑风高，万马奔腾，又似雁阵惊寒，凄清断肠，倒是引起赌客们满堂喝彩。

蔺鼓师满面春风地回到了包厢，被朱掌柜劝了六大杯，加上鲁五一再劝酒，直喝得眼窝里白多黑少，便一头歪倒在桌子上。

薛驹等到蔺鼓师倒在桌子上，便急不可待地随鲁五到了博戏苑的客房。花鱼儿姑娘仍然拥着被子在炕上等他。鲁五转身一出门，薛驹便扑上炕，撩开花鱼儿拥着的被子，扒掉花鱼儿的衣裤，嘴里心肝宝贝地叫着，放肆地动作起来，直到折腾得精疲力竭。

花鱼儿姑娘劝勉薛驹说："凡事要有个节制，太过了一定会伤了身子。世上的快乐事多了，不一定非得腻着女人，只要肯舍得银子，也可以去烟馆抽大烟，还有就是去凉州城，好玩的东西多了，你想都想不到的快活事多了。"

薛驹尝到了女人的快乐，自然渴望更多的快乐，他要花鱼儿姑娘带他去抽大烟。

花鱼儿姑娘说："烟馆就在博戏苑东面三五十步的地方。"薛驹说"咱这就去"。花鱼儿姑娘说抽大烟要银子，问薛驹带钱了没有。薛驹说侯班主管得紧，不让他身上带钱。花鱼儿姑娘说只能找鲁五想钱的办法。花鱼儿姑娘穿了衣裳，出去找来了鲁五。薛驹说要到烟馆学学抽大烟，鲁五满口答应，说没钱不打紧，找朱掌柜朝博戏苑柜上借，只要薛驹画押就成，再说抽大烟能花几个钱，最多三块五块大洋足矣。

薛驹一听柜上能支钱，立马来了兴趣，他穿好衣裳，叫鲁五领着去柜台上借了三块大洋，便和鲁五、花鱼儿姑娘去烟馆。

鲁五、花鱼儿姑娘对烟馆熟门熟路，尤其抽烟都在行得很，什么样的烟膏拿鼻子一闻，就知道是好是孬。三个人要了一间有大炕的包房。炕上铺了羊毛毡，毡上一色的褥子，褥子上罩了白色的床单。三个丝绒枕头边上摆了烟桌，桌上烟具齐全。薛驹居中躺了，左边是花鱼儿姑娘，右边是鲁五。鲁五叫跑堂的打了烟泡，他示范给薛驹怎么抽烟，怎么喝茶，怎么憋气。鲁五告诉薛驹，初尝抽大烟，一下子找不到什么感觉，抽过几次，飘飘欲仙的感觉就有了，到了那个时候，你想什么就来什么，到了一种化境，世间的一切快乐在那境界里都不值一提。

薛驹说："鲁五哥，我这些日子就随了你，你可快些带我到你说的那种境界。"

自此以后，鲁五隔天就去接蔺鼓师和薛驹来博戏苑，蔺鼓师乐得每晚一次醉酒。薛驹则到花鱼儿姑娘怀里撒欢，在烟馆找仙境的感觉。三五次之后，抽过大烟的薛驹真找着了鲁五说的那种感觉。慢慢地，薛驹觉得，抽完烟的快乐已经超过在花鱼儿怀里的感觉。或者两种快乐缺一不可。

每天傍晚时分，薛驹就心神不宁地等着鲁五和马车到来，如果鲁五马车不到，薛驹便半夜半夜地辗转反侧，至于功课，他已丢到爪哇国去了。

有一晚，蔺鼓师毫无例外地醉过去了，安排好蔺鼓师后，鲁五问薛驹："老弟，今夜是先会花鱼儿姑娘呢，还是先去烟馆，抽完烟再去会花鱼儿？也就前半夜后半夜的事。"

薛驹毫不犹豫地说："咱还是去烟馆，抽足了再会花鱼儿姑娘，精神头还足些。"

鲁五说："要不，老弟在博戏苑这么久了，还没试着博上一把。咱们抽烟回来，试着小博一把如何？如果点顺，这些天账上借的钱就一风吹了。"

薛驹一下子高兴起来，说："小试一把打什么要紧，输了也就几十块银圆的事，何必当真！"

鲁五、花鱼儿跟着薛驹到了烟馆，抽足了，又回到博戏苑，鲁五问薛驹："要个包房，还是在大厅？"

薛驹说："大厅热闹，我们就是凑个热闹，你给我要上三十块钱的筹码。"

三个人来到大厅，薛驹在一个人多的桌边坐了，鲁五、花鱼儿站在薛驹背后。鲁五给薛驹讲了押注的规矩，指导着薛驹押大押小。

不到半个时辰，薛驹三十块银圆的筹码变成了六十块银圆的筹码。鲁五一把拽起薛驹说："薛老弟，咱们今天是小试一把，说好了不贪的，赌场上不但要练手，还要练忍，输了能忍，赢了更能忍。今天到此为止，赢的钱够我们这一阵子的花销了。"花鱼儿姑娘拉了薛驹的手，一力撺掇薛驹离开。薛驹只得离开了赌桌，口里嚷着说："我手还有些痒哩。"

鲁五、花鱼儿一边一个捉定了薛驹，将薛驹拉到博戏苑的客房里，鲁五反手关了客房门，隔着门说："你们好好歇着，来日方长，先练一练'忍'字。"

薛驹仍然很兴奋地说："我看赌场最能提人精神，这么多日子的花销，半个时辰就挣回来了，看来我就是个有钱的命呀！"

花鱼儿推着薛驹上了炕，又帮他脱了衣裳，说："我只听过赌博败家的，没听过靠它安身立命的。赌博这事，你最好别沾它。"

薛驹实在是快乐极了，他将快乐立马转到花鱼儿身上。他推倒花鱼儿姑娘，三下两下剥了花鱼儿姑娘的衣裤，在炕上折腾起来。

薛驹先是嫖，次是抽，又小试赌博。从此，薛驹沉湎其中，每天日影西斜，他便盼望着鲁五的车到来。对于花鱼儿姑娘，对于抽鸦片，薛驹已到了如饥似渴的地步，如果鲁五不来接，薛驹便怅然若失，练功只是做做样子。有时候手里拿本剧本，装模作样地踅到院外的田埂上，其实，他只是盼着鲁五马车的出现。比起花鱼儿姑娘，比起躺在烟馆的炕上，比起赌赢了，将别人的筹码搂在自己的面前，唱戏的快乐实在算不了什么。

鲁五仍然隔三岔五地来接蔺鼓师和薛驹，仍然从博戏苑的账房上支钱给薛驹，也支钱给薛驹小赌。薛驹赌得性起时，鲁五便拽住他。

朱掌柜也适时出面制止。朱掌柜还规定，给薛驹支的赌资不得超过二十个银圆。薛驹小赌也是赢多输少，不过赢的钱足够在花鱼儿身上和烟馆的花费。


## 12

侯班主侯玉春巡演差不多五个多月，巡演结束后，他回到侯家大庄子家里。

侯班主回来的当天，鲁五又赶着马车来接蔺鼓师和薛驹。蔺鼓师给侯班主讲了去博戏苑唱堂会的事，侯班主不知情，反正是个应景的事，也没说什么，就让二人去了。

蔺鼓师和薛驹来到博戏苑，博戏苑的那间包房里六碟小菜依旧，青稞烧头曲依旧。蔺鼓师给朱掌柜说："今儿个酒就免了，我家侯班主回来了，今夜不能在博戏苑过夜，无论迟早，要回到侯班主家。"

朱掌柜执意倒满酒说："侯班主回来也不能不喝酒，可以少喝，多早晚回去，有车伺候。"

蔺鼓师只要端起酒杯，就没有少喝的说辞，出去敲几段鼓，拉几曲二胡，照旧喝得白眼仁多黑眼仁少，一头栽倒在桌子上，呼呼大睡起来。薛驹巴不得蔺鼓师喝睡着了，他寻他的快乐。

第二天，侯班主起来，发现蔺鼓师、薛驹彻夜未归，问了别人，才知道蔺鼓师、薛驹已经在博戏苑唱了几个月堂会，每次都有马车来接，接去了就在博戏苑过夜，回来都是日上三竿。

侯班主心里有一种不祥的预感。

蔺鼓师、薛驹到近午时才由鲁五赶着马车从土门子送回来。

下了车，蔺鼓师和薛驹自知理亏，便悄悄地踅到了自己的睡房。侯班主在堂屋里坐着，他叫人去叫薛驹。侯班主等了一会儿，薛驹磨磨蹭蹭地来了，站在堂屋门口，畏畏葸葸，不敢进门。侯班主叫了几声，薛驹才抬腿进了堂屋，低了头，不敢正视侯班主。

侯班主问:"你们每晚都唱到天亮?"

薛驹嗫嚅道:"赌场彻夜开,有赌客叫,我们就得去唱,天亮就散场了,我和蔺鼓师在博戏苑客房里小眯一会儿。"

薛驹说完,忍不住打一个长长的哈欠。

侯班主又问:"我走的时候给你布置的功课,你做了没有?"侯班主翻着桌上的两套戏文说:"这两本戏文我让你背的,你翻没翻过?"

薛驹依然嗫嚅道:"每天都在博戏苑应堂会,没日没夜的,没工夫嘛。"

侯班主怒道:"唱堂会也不是时时在唱,背戏文的工夫都没有,你日弄谁呢!"

侯班主很生气,本来要大发作的,突然从薛驹蔫头耷脑的样子,觉出事情并不简单。侯班主忍了,叫薛驹回去休息。

晚上,鲁五还是赶着马车来接蔺鼓师和薛驹。蔺鼓师禀报侯班主,侯班主没说什么,挥挥手让他们去了。

夜半时分,侯班主手里掂了一条白蜡杆子,踏着星光到了土门子,他悄悄地踅进博戏苑。博戏苑的大厅里围了几桌赌客,正在大呼小叫地赌博。侯班主在几个桌子边转了转,跟一个跑堂的小后生问:"侯家班唱堂会的蔺鼓师、薛驹在哪?"

后生以为侯班主是赌客,就告诉侯班主,蔺鼓师前半夜敲了几遍鼓,薛把式唱了几段戏文,后来蔺鼓师喝醉睡了,薛把式去了烟馆,现在还没回来哩。侯班主又问去了哪家烟馆,跑堂的后生马上惊觉,赶紧搪塞说,他也不知道哪家烟馆,或许就没有去,也睡觉了。

侯班主知道问不出来,便出了博戏苑,先去了就近的一家烟馆。烟馆跑堂的迎着侯班主问:"是一个人还是请人?"侯班主和颜悦色地对跑堂的说:"有个姓薛的公子前面来了,我们相约了一起来的。"

烟馆跑堂的后生说:"薛公子是我们的熟客,在一个三人间。"说着领了侯班主去找薛驹。跑堂的敲了敲一个房间的门,旋即推开了门。侯班主一个箭步跨进门去,见鲁五、薛驹、花鱼儿像三棵白菜一样横在炕上，鲁五侧着身子睡觉了，花鱼儿姑娘正在给薛驹烧烟泡呢。

侯班主一时血冲脑门，怒不可遏地吼了一声："薛驹，你就这样唱堂会呀！"一头骂着，一头举起白蜡杆子，朝薛驹大腿上就是一杆子。薛驹惊得三魂七魄飞出了七窍，加上挨了一白蜡杆子，也顾不得疼痛，一骨碌爬起来跪在了炕上，口里嘟哝着，侯班主也听不清他说的什么。鲁五惊醒了，翻身起来抓住了侯班主手里的白蜡杆子，喊道："侯班主住手，现在地上两条腿的男人，哪个不抽几口大烟，值得你拿白蜡杆子打人吗？下手还这么狠！"

侯班主已气得说不出话来，他上炕一脚踢开鲁五，举起杆子朝着薛驹肩头又是一杆子。侯班主提起薛驹的衣领，将薛驹扔在地上。薛驹大声地号叫起来，在地上打滚。鲁五拦腰抱住了侯班主叫道："侯班主不得放肆，一切由我博戏苑承担。薛公子就是抽了口烟土，值得你侯班主这样动凶器，打出个好歹来，你侯班主担起这个责任？"

鲁五一句话，倒是提醒了怒火中烧的侯班主，怎么打薛驹也是于事无补。侯班主看着吓得瑟瑟发抖的花鱼儿问："你是谁，干什么的？"

鲁五替花鱼儿答道："这是潘老鸨妈妈家的姑娘，来陪薛公子的，男人找个把姑娘，抽两口大烟，在当今世道，能是个什么事！"

侯班主明白了，他走的这几个月，薛驹已经嫖上了，抽上了，至于赌，整天混迹于赌场，那是能免得了的事吗！

侯班主拿过炕上的白蜡杆子，薛驹以为侯班主又要打他。他不打滚了，直起身子对侯班主说："师父，你看见了，我就实说吧。我知道我们的师徒缘分尽了，你也别打我了，我这就回山里的薛家水去，靠祖上留的家产，本不该痴迷于唱戏的。师父早就说过，我是个点戏看的，鬼迷了心窍，才动了学戏的念头。人间快活的事多了，我堂堂薛家的公子，为啥要做个唱戏的哩！"

侯班主听了，自顾自摇了摇头说："你薛家人怎么把你交给我的，我还怎么把你交给你们薛家。我这就请人去叫你们薛家的长辈。"侯班主手里掂了白蜡杆子，转身出门，头也不回地走了。

次日早上，侯班主早早到宝塔寺王善堂家，要王善堂立即动身去山里薛家水，叫来薛家长辈。侯班主简短说了薛驹在他去西安的几个月里，已经跟人学坏了，吃喝嫖赌抽，什么事都干上了。

王善堂从侯班主气愤的表情，知道薛驹惹的祸不小，便什么话也没说，直接从圈里牵出毛驴，骑上骟驴去了山里。

# 13

薛家的三位长辈都来了，还有秦州张三和薛玉。

在侯班主的堂屋里，侯班主将他去了西安参加易俗社的巡演，回来后发现薛驹学坏的苗头，还有前一天晚上的事给大家仔细讲了一遍，又把薛驹的话给众位薛家人学了一遍。侯班主告诉薛家众位，说薛驹自那晚上就没回来过。

众人面面相觑，薛家人没有想到，也就三五个月时间，薛驹会发生这么大的变故。

王善堂姑舅爸开口说："事已至此，说什么也晚了，薛驹是叫人拽到泥坑里了，只能是越陷越深。眼面前的事，只能将人弄回山里去，管束起来。把他留在土门子，不是什么好事。"

薛元昌思谋一阵，也想不出什么更好的办法，只好说："那就听他姑舅爸的，先将这逆子拽回山里再说。"

侯班主、王善堂和薛家一行人去了土门子博戏苑。

已是晌午时分了，大伙在博戏苑的客房里找到薛驹。薛驹还在博戏苑呼呼大睡呢。薛驹被叫了起来，他揉着眼睛，哈欠连天地立在地上，一句话也不说。

薛元昌说："你闹着来学戏，放着戏不学，跑到赌场里来学啥？"

薛驹不应话茬，仍然揉眼窝打哈欠。

薛元昌对侯班主说："侯班主，看来薛驹这戏也是学到头了。人呢，我们也见着了，就算班主把人交给我薛家了，人我领回去，秦州张三送侯班主回去，顺便带上薛驹的铺盖物品。我在这里给侯班主道一声对不起。薛驹顽劣，给侯班主添麻烦了！"

侯班主摆摆手说："薛家大哥，要说对不起，是我侯玉春对不起薛家亲戚，好好的人交给我，变成了这个样子。薛大哥，你让他们先回，你跟我回我家，我有话要说。"

薛元昌对薛家几个人说："那就你们先回，我和秦州张三去侯班主家。"

大家正要分头行动，这时，赌场鲁五站出来说："众位且慢走，你们家薛驹公子在博戏苑花销了好几个月，连吃带喝的，都在账房支钱，既然要走，也该结清了账房的账。"

鲁五身后跟着一个账房先生模样的人，拿着一本账册，翻开有薛驹画押的一页，伸到薛元昌面前说："这是你家公子画押的账册，请过目，如果没错，请去柜上结清银子。"

薛元昌觑了一眼，薛驹画押的借款有十余笔，共计七十五块银圆。薛元昌问薛驹说："你一个娃娃家，花这么些钱干啥了？"

薛驹一副无所谓的样子："不就几十块银圆吗，还给人家不就得了。"

薛元昌动气了，大声说："那你还呀！"

薛驹对鲁五说："鲁五，钱我借了，又不是不认账。要么我回山里打发个人给你们送来，要么你跟我去山里取，几个破银圆的事，犯得着你们这样吗！"

这时，朱掌柜突然笑容满面地出现了，说："薛公子说的哪里话，几十块钱的事，在薛公子跟前，根本就不是事，先在账上挂着就是了，薛公子再来，记着还上，鲁五还是眼窝浅了些。"

朱掌柜更加灿烂地笑着，对薛元昌说："你们请便，这点小事别挂在心上。"

薛元昌和秦州张三跟了侯班主回到侯班主家，刚刚在堂屋里坐了，有个后生来禀报侯班主，说蔺鼓师今天一早就走了，走时将一包银圆交给他，让他交给侯班主。蔺鼓师说他贪酒误事，使侯班主吃了挂落，无颜再在侯家班做事，就此别过，求侯班主赦免他的荒唐。

侯班主拿起银圆捏了捏说："这银圆，是薛驹拜师时拿来的，我本不收，当时要延请蔺鼓师，我就挪来用了，现蔺鼓师封金挂印走了，我也就完璧归赵。当初我是写了借条的，这银圆还回去，借条由你们撕了吧。"说着将银圆推到薛元昌面前，又说："我本来是想再卖两亩水田的，既然蔺鼓师走了，银圆如数留下了，我也就省得折腾了，只是给薛家亲戚落下了麻达。本来想一力培养薛驹成人，谁知画虎不成反类犬，我就此向薛家亲戚赔个不是！"说着，侯班主站起来，恭恭敬敬向薛元昌鞠下三个躬去。

薛元昌倒是手足无措起来，说："我们没有怪侯班主啊，只怪自家孩子顽劣，侯班主千万不要往心里去。"

# 14

送走了薛元昌和秦州张三，侯班主将自个关在屋里，晌午饭也没吃，外面人敲门叫他吃饭，他说想静一静，叫人不要打扰他。到了晚饭时分，侯班主开门出来，吩咐大家吃过晚饭，他有事要告诉大家。

吃过晚饭，众人集齐到院子里。侯班主立在屋檐下，对大伙说："侯家班要散伙了，各位还想干这行的，可以去杨家班、胡家班，或者去更远处的戏班子，不想在戏行干的，可以另谋营生。"

侯班主简单两句说定，转身进了屋，将屋门关紧了，任外面人叫，他再不应一声。

侯班主躺在炕上，辗转反侧。薛驹的事，令他深深自责、内疚、懊悔。他深责自己虑事不周，知道薛驹不能疏于管理，当初就应该将他带走，如果他跟自己去了武汉、京城巡演，在自己眼前，或许不会着了别人的道。最不济，将薛驹送回山里，由薛家长辈来管束着，薛驹也不会堕落到这种地步！侯班主是那种有责任有担当的男人，这事遇到一般人身上，也不会是什么大事。学坏是薛驹自己学坏的，最多你离开侯家班，侯家班的戏照唱，日子照过。可侯班主侯玉春却不放过自己，将全部的责任揽了过来，别人不追究，自己倒惩罚起了自己。

侯班主遣散了侯家班，安顿好家里，在一个天色微明的早晨，他挎一包袱，携一雨披，离开了家门，径直向东，去了西安易俗社。

侯班主再也没有回过土门子，也没有回过侯家大庄子。有传言说，侯班主在西安易俗社演戏，名气很大；也有传言说，侯班主在易俗社演了几年戏，不知什么原因，去了终南山，做了隐士。

## 15

薛驹见薛元昌和侯班主离开博戏苑，他对薛奇昌说："你们回吧，我还要在土门子待些日子，回去叫妈打发人给我送些钱过来。"

薛奇昌一时没了主张，顿了半天才说："你是出来学戏的，学不成戏了，就该回家嘛，在外面飘着怎么成！"

薛驹说："当初鬼迷了心窍，想学戏，可如今不想学戏了，外面的世界这么大，何必一棵树上吊死哩？外面飘着也是见世面，一个男人家，为啥要窝在山旯旮里，我又不是吃了上顿没下顿的人！"

薛开昌出来解围，他对薛奇昌说："三哥，娃刚离开了侯家班，心里不痛快，不想回家里，在外散散心，过几天就回去了。我看不如你们先回，我陪着薛驹，在土门子住几天，待娃心境好些，我把他领回去怎么样？"

薛奇昌更是没了主意，只看着薛玉。薛玉对薛开昌说："四爹，薛驹待的什么地方，这是赌场，完了还有烟馆、妓院。这种地方，能待出什么好来。大爹已有安排，要我们回山里去，谁也别找理由，都回山里去。"

薛驹脱鞋子上了炕，说："谁爱回谁回，反正我是不回去！"

薛玉二话没说，一蹦子跳上炕，拎起薛驹的脖领子，将薛驹扔在地上，指着薛驹道："你这混账东西，我已思谋两天了，你再混账，我打折了你的腿，把你绑也绑回山里，难道薛家的人叫你丢光了不成！"

薛驹在地上打着滚号叫起来，薛开昌对薛玉喝道："薛玉，有话好好说嘛，下这么重的手干啥！"

薛玉没理薛开昌，跳下炕，还是抓住薛驹的脖领子，提着薛驹将他扔到屋外。薛驹反倒不叫唤了，他对薛玉说："我去就是了，你干吗下手这么重。"原来，博戏苑有两个跑堂的听到动静，跑过来看热闹，薛驹还是要面子的。

薛家一行人，回到了薛家水的家里。

# 第三章

## 01

薛驹回到了薛家水山里，他带回来了两样本事，一是抽大烟，二是唱秦腔。抽大烟，早晚各一次，有时自个抽，有时找薛开昌一起抽。烟瘾已上身，家里没人能管得住他。不让抽就寻死觅活，拿头撞墙，或者乱砸东西。大烟抽足了，常见他在田埂间、打麦场上，自己扮了相自己唱，看上去如傻似疯。有时候，身边围了许多小孩子看热闹，薛驹似乎全然不顾。家里人一不注意，他就往山下跑，一旦跑到土门子，不是进烟馆就是进赌场，或者去找花鱼儿姑娘。

实在没办法，秦州张三找薛元昌诉苦，说他管不了薛驹，眼看着薛五佬的家业败在薛驹手里，他心里不落忍。败光了，他的罪过就大了，他求薛元昌让他回来，眼不见心不烦。

薛元昌只能叹气："家门不幸，只怪老五死得早，你管着点，败得还慢一点，你不管了，老五家的那三寸金莲，出个门都费劲，能跟着薛驹？放手让他胡闹，怕老五一份家业，败光是一两年的事。我们薛家，谁能镇住他？老二落户中卫了，捎信来，中卫有黄河水、大白米，不来了。老三地里刨食，老实疙瘩一个。老四不但不管，还纵着薛驹，乐得自个也混个油头粉面。薛家上下，就你张三还心正些。你还是受累管着点，有大折腾你赶紧给我说一声，豁了老命也得管他一管。"

秦州张三也只有跟着薛元昌叹气。他喝碗茶，抽袋烟，还得回到薛驹家去。

说起这秦州张三，来四道岘子薛家水已十余年了。十余年前的一天，领着个"烂眼"的婆娘，一根长长的打狗棍，从逶迤的东山西面路上，将近黄昏时分，在薛元昌家门口停下来，席地坐在大门边院墙根下，掏出烟袋，好像已到达了目的地，不再走了。正好薛元昌外出回来，马铃响处，家人开门迎了出来，薛元昌靠着下马石下了马，问坐在门边的张三："汉子你到这有何贵干？"

"讨饭。"

"哪里州府人？"

"秦州。"

"上千里路？"

"可不！走了近一个月，沿途尽是逃饥荒的，饱饭要不了几顿，只好拐进这片山里。"

"什么名讳？怎么称呼？"

"在家排行老三，人都叫我张三。"

"进家说。"

薛元昌将马缰绳交给一个长工模样的人。

"饿了？"

"晌午还好，在一家窝堡吃了个半饱。"

薛元昌问薛大奶奶："有什么吃头？"

薛大奶奶："笼里有馍。"

"端一盘来。"薛元昌吩咐。

薛大奶奶端来四个大馍、一罐水，又拿两只碗。秦州张三接了罐子和碗，拿了一个馍塞给烂眼的婆娘，自己抓起一个，一口咬掉少半拉，没怎么喝水，顷刻间吃完了三个馍。

薛元昌问："还能吃些？"

秦州张三面有赧色。

薛元昌对薛大奶奶说："再来一盘。"

秦州张三又吃完了，猛喝了几口水，很满足的样子。

薛元昌问："啥打算？"

秦州张三说："精穷的人，就这烂眼的婆娘。力气倒是有一把，侍弄庄稼没说的。这年头，偏偏就力气不值钱。老爷能给口饭吃，留下我，好歹不亏了这几个馍。"

薛元昌盯着张三的脸说："你这体格，留下没麻达，只是秦州的庄稼把式，不一定能种好河西的二阴地。"

"种地嘛，大理是通的，上心就没麻达。"张三对答。

秦州张三结束了要饭流浪的日子，在薛元昌家牲口圈旁，收拾出一间房子，住下来。

秦州张三干活像嚼馍一样，从不惜力，很快被薛元昌高看。一年光景，就成了薛元昌家的顶梁长工，与薛元昌同桌吃饭。薛元昌说："看张三吃饭，香！看着就开胃口，每顿能多吃半碗。"

薛元昌对张三的评语：吃得多，干得多，操心多，说话少，是非少。一句话：明理人。

为什么叫秦州张三呢，原来薛家还有一个长工也叫张三，本地人，赶车把式。为了区别，就有了秦州张三和本地张三的叫法。

## 02

有一天，也是秋收的一天，庄稼上了麦场，正是抢时间打碾的季节。一入冬，山里雪多，一场跟着一场，打碾就费事了。清早起来，薛驹要去土门子，他要秦州张三背了钱陪他去。秦州张三求他在家闲几天，打完麦场随他去。薛驹自然不依，闹着要去，最后只好给他一些钱，让他自己去。

薛驹拿了钱，喜颠颠地骑着马走了。秦州张三放心不下，给长工们派好了活，第二天，赶去土门子，找遍了各个地方。烟馆，烟馆说他走了一个时辰；百翠楼，亦说来过又走了；后来在赌场打听，赌场说赢了钱睡觉呢。秦州张三在赌场的客房找到薛驹。薛驹正睡得昏天黑地，身边堆了一堆钱，足足能装半口袋，钱旁边还放了一堆银圆，差不多上千块。薛驹揉揉眼，长长地打着哈欠，问秦州张三："你带毛口袋了没？"秦州张三说马背上有个装料的口袋。说着，秦州张三出门取下马背上的草料口袋，将草料倒给了马，摘下马嚼子，让马吃草料，他拿着空口袋进了屋。薛驹让秦州张三将纸钱和一堆银圆装进口袋，几乎装了大半口袋。秦州张三收拾好了，要薛驹回薛家水。薛驹说先去百翠楼花鱼儿姑娘处还了债，换回押在花鱼儿姑娘处的两本地契。秦州张三才知道他拿了家里的地契。秦州张三一头"哎哟"着一头说："我的个大少爷呀，亏得你赢了，要是输了，地就归人家了，你怎么给家里交代？"薛驹满不在乎说："我这神手，怎么就能输！"秦州张三依旧大张着嘴，惊得再说不出话，半天才说："你的胆也忒大了！"薛驹依旧满不在乎，见马吃了一多半草料，他要到百翠楼去。秦州张三叫薛驹先走，等马吃完了草料，他还要给马饮点水，完了到百翠楼找薛驹。薛驹乐得秦州张三不跟着他，他从毛口袋里摸出两捆银圆，径直去了百翠楼。临走撂下一句话："你赶点紧，马吃完了草料就快点过来，我要带百翠楼的一个姑娘去薛家水哩。"秦州张三给唬得愣住了半天，要说什么，薛驹已出院门走了。

秦州张三赶紧给马喂完了草料，顾不上去饮马，直接到百翠楼找薛驹。薛驹正在和花鱼儿姑娘打闹。秦州张三催薛驹上路。薛驹要秦州张三提了花鱼儿姑娘的包袱，伺候花鱼儿姑娘骑马上路。秦州张三说："少爷，我是来接你的，凭空接个姑娘去，在薛家水，那可是要命的事，万万不行！"薛驹说："我说行就行，花鱼儿姑娘只是没去过山里，玩一玩能怎么样？"

秦州张三犯了难，说："你干的这是打断腿的事，连我都得吃牵连。这事我万万不能听你的!"薛驹说:"你不听我的,我就不回了。口袋卸下来,你回去,我怕什么?没钱了赢来花,你一个长工,管得宽,我都不怕,你怕个屁!"秦州张三跺着脚:"少爷,你这不是叫人笑掉牙的事。我不信你敢这么干!你今日必定得回去,五奶奶治不了你,还有几个叔老子哩。他们能饶了你!"薛驹嘴里硬撑:"钱是我赢的,就是不赢,我有那么大个家业,叔老子们凭啥管我,分锅另灶多少年了,由不得他们!"秦州张三说:"少爷,话不能这么说,祖宗还有个家法哩,分锅另灶了,你还姓薛不是?你凭空领个这样的姑娘去家里,丢的是薛家的人,败的是薛家的姓,你不怕丢人,你几个叔老子能丢得起这个人?不卸了你的腿才怪哩。"秦州张三又对花鱼儿姑娘说:"姑娘,我们家少爷胡闹,你比他见过世面,你去薛少爷的家,你知不知道他爹是全县赫赫有名的薛五佬?虽然薛五佬过世了,但薛家是山里有名的大户,薛少爷的几个叔老子也不是瓤人,能让你进门?你趁早想好了,该干啥干你的啥,别让大家不好看。"

花鱼儿姑娘说:"我知道我们就是玩玩。他是有钱人家的少爷,我大他有七八岁哩,随口的玩笑,他认了真。不过,他赌输了,一个毛钱没有,是拿着我的钱回的本。我也想去山里散散心,听爷一说,我觉得也是瞎胡闹,我说算了,他死活不行,我也没了法子。"

秦州张三倒觉得花鱼儿姑娘说话懂事理,对薛驹说:"花鱼儿姑娘是明白人,你别瞎想胡闹了,咱们回去,给你说门正经的婚事。"

听秦州张三一说,薛驹一蹦老高,破口大骂:"张三,我告诉你,我的事你少管,你忘了你的身份,指头缝里夹鸡巴,你算老几?识相了,你就在我家干,不识相,回大爹家去,你就不是我家的人。叔老子们早分门立户了,能管得了我?"又对花鱼儿姑娘说:"姐姐,你说好了的,怎么说变就变,我薛驹可是铁了心的。"

花鱼儿姑娘答:"干我们这行的,哄爷们高兴,只能顺着人家,你嘴上汗毛都没褪哩,憨娃一个,我只想让你开心,本没想去当什么薛家的少奶奶,身份天差地别。你要真有心,今天现成的银钱,你给我赎了身，再给我租两间房子，你来土门子玩耍，住我这里，我伺候着你，省得跟你去薛家水，掀起天大的风波。"

薛驹哪里肯依，闹了起来。花鱼儿姑娘一个劲好言相劝。秦州张三被抢白了一顿，正生着满肚子的气，拉上马去给饮水，气得呼哧呼哧的。

花鱼儿姑娘给薛驹讲了一遍又一遍的道理，表了一遍又一遍的诚心，薛驹似乎一句也听不进去，骂花鱼儿姑娘说话不算数，什么婊子的嘴，草驴的屁。花鱼儿关了门，拿出奶头蹭薛驹的脸，蹭薛驹的鼻子，手摸着薛驹的裤裆，连摸带蹭，薛驹裤裆顶了篷。花鱼儿褪了裤子，让薛驹出了火。出了火的薛驹消停了些，说："要多少银钱赎身，你自己拿，租房子的钱你也拿了，这回说话一定要算数，不要再糊弄了人的一片真心！"

花鱼儿数出些票子，又拿了五卷子银圆。薛驹让再拿，花鱼儿说足够了。听得院子里秦州张三拉了马进来，花鱼儿赶紧让薛驹穿整齐了，自己也拢了拢头，开了门。

薛驹对秦州张三说："你也看见我好好的，赢的银钱堆成了山，你先回去，我要看着花鱼儿姑娘赎身租房，安置好了我就回哩，我自己回也成，你来接我也成。"

秦州张三知道说什么也白搭，便对花鱼儿说："姑娘，你看紧了他，别再去赌场。赌博那事，磨河湾置下的河滩地，江上来的水上去。薛驹还没成人哩，你看紧了，别闯下大祸。我回家忙地里的活了，过两天再来接他。"

薛驹还让秦州张三带回一半的票子、一部分的银圆，还要秦州张三给他妈说，他要娶花鱼儿姑娘做老婆。

秦州张三再没接薛驹的话茬，牵着马径直回去了。

花鱼儿姑娘知道薛驹还要去赌场，赶紧追着薛驹给她赎了身，租了土门子西街两间房子。

薛驹雇人将房子粉刷一新，置了些必需的家具。花鱼儿姑娘百般地缠绵，撩得薛驹心旌摇荡，扒了花鱼儿姑娘的裤子，一遍一遍地出火，直到大汗淋漓，累得爬不起来才消停了些。花鱼儿拿枕头塞到薛驹脖子下，按着他让他歇息一会儿。薛驹实在累得力尽，歪到枕头上眯上眼。花鱼儿姑娘想穿了裤子起来，薛驹立即揪住花鱼儿姑娘的奶头，不让花鱼儿穿衣裳，要花鱼儿姑娘搂着他，他要在花鱼儿姑娘怀里睡。花鱼儿姑娘只好搂了他，哄他睡觉。不一会儿，薛驹睡着了，轻轻地起了鼾声。又等了一会儿，觉得薛驹睡实了，花鱼儿姑娘轻手轻脚穿了衣裤，蹑手蹑脚下了炕，轻轻开了门，将门反锁了，准备去给薛驹买些熟肉馍馍，等他睡醒了吃。反锁门是怕薛驹醒了后她不在，直接去了赌场。花鱼儿姑娘见了多少好赌的人，赌赢了胡吃海喝，赌输非偷即盗，没有个靠赌博发家过日子的。赌博人一般都是十赌九输，最后倾家荡产。薛驹仗着家产丰厚，赌起来豪气万丈，但败家是迟早的事。花鱼儿姑娘一头想着心事，一头脚下不停地跑了几个地方，称了一斤熟牛肉、一斤猪头肉，买了四个刚出锅的大馍馍。回到屋里，薛驹依旧呼呼大睡。花鱼儿姑娘进了厨房，弄一碗肉丝汤煨在炉子边上，自己对着镜子梳洗打扮了一番，坐在炕边上等着薛驹醒来。薛驹足足睡了两个多时辰，天过午，日头西斜了，才翻个身，睁开眼睛，瞧见花鱼儿姑娘瞅着他，薛驹很不高兴，埋怨花鱼儿姑娘："你干吗穿了衣裳，为啥不搂着我睡？"花鱼儿姑娘眯眼笑着说："你醒来肚子不饿呀？我给你准备吃的去了。你起来，吃了再睡，我陪着你。"薛驹一骨碌爬起来，按倒花鱼儿姑娘，扒下她的裤子。花鱼儿挣扎着："你不要命了，没日没夜地折腾，总有个油干灯灭的时候。"薛驹哪里听花鱼儿姑娘说什么，只管想将那货塞进花鱼儿姑娘的身体里，似乎力不从心，那货软不耷拉，薛驹手拿了才塞进去，晃荡半天才出货，已累得大汗淋漓，气喘不已。完事了，薛驹也累散了架，躺着不起来。花鱼儿姑娘给他穿了衣裳，叠了被窝，放好炕桌，打一盆水，让薛驹净了脸，又漱了口，然后端来牛肉、猪头肉、肉丝汤，将馍切成片片，烤热了，摆到小炕桌上。薛驹依旧提不起神，花鱼儿姑娘说："以后再不能这样了，没有节制，迟早身子会出事，你才多大个人，日子长着哩！"薛驹说："没事干嘛，不让我×你，那我吃完了去赌场，再赢些银钱回来。"花鱼儿姑娘一听说薛驹要进赌场，一连声地说："不行不行，干了这事，万万不能去，你没听说赌博人最忌讳赌前干这事。俗话说，赌前×姑娘，输得认不得娘。犯忌讳的事，你要干了，输惨你哩。"薛驹说："不让×也不让赌，我干啥去？"花鱼儿姑娘说："你要进赌场，先净身几天，焚了香，拜了佛，才能去。你要觉得无聊得慌，咱们吃了饭去烟馆，咱们躺在烟馆炕上，我给你打几个泡泡，你吸几口，找找活神仙的感觉去。"薛驹立刻叫好说："活神仙的感觉，我已经找着了，咱这就去。"于是，薛驹赶紧净面漱口，吃过了肉，吃过了馍，喝汤毕，催着花鱼儿姑娘起身去烟馆。

## 03

秦州张三离了土门子，回到薛家水，先将钱和一堆银圆交给了薛五奶奶。薛五奶奶见了偌大一堆银钱，很吃惊，问秦州张三哪来这么多的钱。秦州张三如实讲了。花鱼儿姑娘的事秦州张三嗫嚅着不敢直说出来。薛五奶奶虽是妇道人家，但她是个深明大义之人。对秦州张三说："你快去给大爷说，赌博的事，哪有个长赢不输的理？今日个赢了多少，明日个输回去多少，或许输得更多。你赶紧叫大爷他们拢住这个崽娃子，别把家业扔到赌场里。"

薛元昌正带着长工打场哩。秦州张三先到薛五奶奶家场上，看了别的长工打场。场已碾完，长工们正在起麦草。秦州张三扒开麦草，抓了一把碾下的麦子，双手倒腾着吹了麦麸，对大家说，麦子有点湿，扬出来后晒一天再入仓。然后到薛元昌的打麦场上，对薛元昌说："你闲一会儿，我有要紧的话给你说。"薛元昌正在拾场边，听秦州张三一说，便将权把交给别人，对秦州张三说："咱们回家说去，这里人多。"薛元昌看秦州张三神色凝重，知道事体不小。

秦州张三和薛元昌回到家，薛元昌对薛大奶奶吩咐："你煮壶酽茶，再拿些冰糖来，我和张三说点事，来人了，趁早说一声。"薛元昌又说："或者你干脆关了大门，省得来人了听不见。"

薛大奶奶照薛元昌吩咐，关了大门，上了闩，然后去厨房煮茶。薛元昌和秦州张三在堂屋里。秦州张三已迫不及待，将薛驹在土门子的事说了一遍，又将薛驹要娶花鱼儿姑娘上门的事重点说了。薛元昌听得张大了嘴巴，一句话说不出来。秦州张三说："薛掌柜，你倒是说话拿主意，随着那贼匪胡来，你们薛家可就出大事了，乡里四邻可就看上你们薛家大笑话了！"这时候，薛大奶奶提了煮好茶的铜茶壶，手里端了两只碗进来了，秦州张三赶紧接过碗放在桌子上，又接过铜茶壶。薛大奶奶说："张三，糖在柜子里，你们倒上喝着，快晌午了，腰食①还没给打场的人送过去，我赶紧备了让人送去，还要做晌午饭呢。"薛元昌回过神来，对薛大奶奶说："你忙你的去，这阵了，腰食还没送过去，你是让吃腰食哩，还是吃晌午哩。"薛大奶奶不敢吭声，赶紧出门干活去了。

薛元昌从柜子里取了冰糖，给秦州张三放了一大块，说："这回不管怎么说，一定要给这贼匪一些教训，最不济，也不能让他在外胡混了，一个有钱的少爷，乌龟王八们能不围着他，什么样的坏营生不教给他。他就是个喜欢臭肉的苍蝇，无缝还叮哩。你赶紧去叫老三、老四，中午到我家吃凉面，你骑马到四道岘子买十斤卤肉来。老三、老四一定要请到，就说有大事要商量。"

给秦州张三安排了，薛元昌依旧回麦场上盯着干活去。秦州张三在麦场上找到了薛奇昌，告诉了薛元昌的话。麦场上没有薛开昌，问了人，知道了薛开昌在家里。秦州张三赶到薛开昌家，把薛元昌的话，说给正在睡觉的薛开昌。薛开昌说："有凉面吃，还有卤肉，傻

---

① 河西方言，指两次正餐之间的加餐。

子才不去哩!"给薛四奶奶安排:"我晌午带两个丫头去老大家吃,回来给你带一碗,你在家做你的事,不做晌午饭了。你出去把打草的两个娃叫回来。"秦州张三不听薛开昌说什么话,赶紧到马圈里牵出马来,骑上马径直到四道岘子买卤肉去了。

中午,麦场上歇晌了,薛元昌带着伙计们回来吃晌午饭。薛奇昌没有回自己家,直接到了薛元昌家。薛开昌带了两个女儿已经先他们来了,等着吃饭哩。秦州张三从四道岘子返回,手里提了一包卤肉。薛大奶奶切了卤肉,分盛在两个大盘子里,一盘给堂屋里的薛元昌兄弟几个,一盘给坐在院子里凉棚下的伙计们。薛大奶奶给堂屋里的薛元昌他们盛凉面,秦州张三的婆娘给凉棚里的伙计们盛凉面,都是吃一碗续一碗,还用大汤盆盛了汤送过去。

吃过晌午饭,伙计们回麦场了,薛开昌盯着自家的两个姑娘吃了卤肉,吃了凉面,又亲自动手盛了一大碗凉面,夹了好几片卤肉,让丫头们给薛四奶奶带回去,然后端个碗盛了汤,慢吞吞地进了堂屋。

薛元昌问:"大伙都吃好了吗?"人们说吃好了,只有薛开昌看盘子里还有卤肉,又去厨房拿了一双筷子,盘腿坐在卤肉盘子边上,夹着卤肉嚼起来说:"大哥有啥要紧的事,说嘛,我是嘴吃肉,耳朵可闲着哩么。"

薛元昌叫秦州张三把薛驹在土门子的事说了一遍,要大家拿个主意。薛开昌还紧着吃肉,没接茬。薛奇昌本来就是个瓢人,自然没什么主意,只是望着薛元昌说:"大哥,大主意还得你拿,你拿的办法肯定没麻达。我几个儿子,都听你吆喝,你叫干啥就干啥,出力的事,绝不惜力。"薛开昌吃完最后一块肉,将筷子掷在桌子上说:"我看不要惊着自个,薛家我们这一代,有老五和大哥,门户立起来了。薛驹这一辈,我还看好薛驹,远的不说,就给郜老夫子的那一顿丧棒,将来绝对是个人物。就张三说的一次赢那么多票子、一大堆银圆,没有狠劲,谁做得到?只是这崽娃子太他妈不是东西,大把的银钱填了婊子的坑,实在可惜!但作为男人还是真男人么,就是该拿钱孝敬孝敬咱老一辈么。"薛元昌见薛开昌说得没边边了，挡着说："老四，让你拿主意哩，你都说了些啥。一个吃喝嫖赌的人怎么能是人物，我们薛家出这样的人你光彩吗？"薛元昌动了气："叫你来说正事哩，你胡咧咧说的啥话，真白糟蹋了卤肉和凉面，早知道你说这混话，就叫了你婆姨娃们来吃卤肉凉面，你该哪里混哪里混去！"薛开昌被薛元昌一顿抢白，脸上挂不住，抠着脑门尴尬地讪笑着说："我们家，大事不就是老五和大哥拿主意么，老五没了，你拿了主意，我们照办就行了！"

秦州张三知道靠薛奇昌、薛开昌肯定拿不出个主意，就对薛元昌说："大爷，三爷、四爷的话已撂明了，你赶紧拿主意吧。"

薛元昌虎了脸吸烟喝茶，半会才说："不管怎么说，薛驹必须管束起来，当下先把人找回来，不让离开家，人拘住了，收了心，再和老五家的商量，给他说门亲事，有了女人守着，或许会好些。这两天麦场上的事，大家都走不开。老四你跟张三去一趟土门子，薛玉跟着你们，就是绑也要绑了来。"

薛开昌赶紧接了薛元昌的话茬："也只能这么办，我辛苦一趟。"其实，薛开昌·听说去土门子，先兴奋起来。

薛元昌便安排他们即刻动身。薛奇昌从麦场叫了大儿子薛玉，叫薛玉跟了薛开昌、秦州张三去了土门子。

薛开昌和秦州张三、薛玉一行三人到土门子后，先去赌场，薛驹不在赌场。赌场人说薛驹赢了钱，好几天没来过，他们正等着他呢。几个赌徒叫给薛驹带个话，赢了就跑，不是什么男人的作为！大家都等他大赌一场。薛开昌几个又去了花鱼儿姑娘家，门上锁将军把门，问了邻居，说可能在烟馆，三个人直接去烟馆，见薛驹和花鱼儿姑娘脸对脸躺在炕上，烟具茶盘一应俱全，花鱼儿姑娘正教薛驹憋烟的功夫。就是吸了烟，憋着不出气，能憋多久憋多久，憋不住了喝一口茶压一压，再使劲憋。互相计算着对方憋烟时间的长短。薛驹见薛开昌三个进来，将憋着的烟吐出来，一骨碌爬起来，对薛开昌说："四爹你怎么来了?"薛开昌说:"你出来这么久日子,不放心么,家里叫我们找你回去哩!"薛驹说:"有啥不放心的,我这么大个人,还能丢了?"说着叫烟馆伙计再拿一套烟具茶盘来,让薛开昌上炕吸两口。薛驹说今天天晚不回了,大家住店或是住烟馆,玩一天,乐一乐。

伙计赶紧给薛开昌端来烟具茶盘。薛开昌对秦州张三和薛玉说:"要不你们街上转转,我和薛驹商量商量。"秦州张三拉下脸来:"薛四爷,家里急得火上房哩,大秋的时候,怎么能在这里找逍遥哩。"薛开昌已经脱鞋上了炕,对秦州张三说:"话要好好说嘛,说好了,薛驹跟咱们好好回去,大家相安无事,天好地好的事,自家人,一定闹个脸红脖子粗做啥哩!"秦州张三仍气咻咻的,立住了不说话。花鱼儿姑娘欠起身来打圆场:"大家都不要置气,好好商量着办。薛四爷是薛驹的亲叔老子,薛驹肯定听四老爷的话嘛。张三大哥和这位哥哥去转一会儿,吃些零嘴。四老爷和少爷商量好就回嘛。"说着,花鱼儿姑娘从薛驹口袋里摸出一把票子,塞到薛玉手里。薛玉推开花鱼儿姑娘的手说:"家里麦场上还摊着麦子哩,谁有工夫逛什么大街?"这薛玉比薛驹大两岁,和他爹薛奇昌脾气正好相反,性子烈得很。薛驹在弟兄们群里就不敢跟薛玉炸刺。秦州张三怕薛玉发火,接了花鱼儿姑娘递过来的一沓票子,拉着薛玉说:"走,咱们转转去,趁天还没有黑,买些农具上用的材料。"回头对躺在炕上已经开始打泡泡的薛开昌说:"你们快些商量了,我们买东西,半个时辰就行,咱们趁夜上山。"薛开昌不高兴了:"你去干你的嘛,在土门子住一夜又能怎样?天生下苦的命!你和薛玉最好找个店住下,钱给了,想吃,吃,想喝,喝,明早日头还是要从东山上爬上来。天长日日在,何必把人忙坏!"秦州张三本来对薛开昌就看不惯眼,马上接薛开昌的话反唇相讥:"四爷,你是天长日日在,哪里凉快往哪里去的人。你是放羊的,我们是打柴的,打柴的能陪住你放羊的吗!你可别忘了薛大爷怎么叮嘱你的。麦场上堆着粮食,谁知道哪块云里有雨,一场雨,浇掉的就是几石麦子。"花鱼儿姑娘推着秦州张三出了门,嘴里说:"你干你的营生去，尽在这里，他们也没空商量不是。"秦州张三再不吭声，拉着薛玉走了。

薛开昌打烟泡手熟得很，烟泡已打好，塞到烟嘴里，咂了一口，深深地憋了一阵气，喝了一口茶，又憋一阵，呼出气来，很陶醉的样子。口里责怪秦州张三说："眼如下这世道，君不君、臣不臣的，一个'溜来户'的长工，薛家看得起他，让他做了长工的头，反成了主人了吗？说话哪有个长工样，我就看不惯，不定哪天，打发了去，看他给谁逞能去！"

薛驹抽够了，捻了烟土，给薛开昌打烟泡，还给花鱼儿姑娘说："叔老子里，我就喜欢我四爹，说话做事入耳入眼，心里舒坦。我有钱就愿给四爹花。"花鱼儿姑娘笑了说："你们是一路人么，自然能亲热到一块去。别的我看不见，你看你和四爷的手，再看看秦州张三和薛玉的手，你们的细皮嫩肉，他们的手，拾粪的叉子么，不是一路人么，说，说不到一块，坐，坐不到一块么。四爹今夜不走，我有个妹妹，很会伺候人，伺候四爹一晚上怎么样？"薛驹拍着手说："还是花鱼儿姑娘疼人，你就给四爹找了来，算我孝敬四爹的。"薛开昌半推半就："这种事，在娃们面前怎么好意思，再说让秦州张三和薛玉知道了，那不是打脸么。"花鱼儿姑娘说："我安排，他们怎么知道哩，你晚些到我妹妹处，早上受累起早点，应该是神不知鬼不觉么。"

薛开昌默许了，对薛驹说："我在这听你们的，但是话说好了，明天你跟我回去。"薛驹答道："回就回嘛，但花鱼儿姑娘一定得跟我去薛家水。"薛开昌望着花鱼儿姑娘说："姑娘，你愿意去吗？"薛驹抢着说："她是我赎出来的人，怎么能不跟我去哩？"花鱼儿姑娘低了头，叹息一声："唉，事情恐怕没有薛少爷说得那么简单，你们薛家在山里名头大，能容得下我这身份的人？我是苦命人，随风飘蓬，活一天是一天，谁也不想着去当薛家少奶奶，也当不成。"薛开昌思量思量对两人说："花鱼儿姑娘是明事理的，带了她去薛家水，还真不成，一切总有办法，要从长计议。花鱼儿姑娘，秦州张三他们也该回来了，你先安排吃饭，容我思谋一夜，明早再作决断。"

正说着，秦州张三和薛玉回来了，站在院子里不进门。秦州张三喊："薛四爷，该回了，今晚月亮大，正好走夜路。"

薛开昌起身到院子里对两个人说："今夜不回了，人困马乏的，住一夜，明日个一早回去。"秦州张三不吭声，薛玉说："住什么住，家里活堆成了山，人家心里急得冒火星哩！"薛开昌不高兴了："娃娃家多什么嘴，我说住下就住下，薛驹的话还没说好，闹起来，大家脸上好看？"

秦州张三挡住了薛玉，说："住就住吧，我俩去住，你们商量去，明早在这里见面。马还要喂草料饮水哩，我们走了。"说完拉着薛玉朝东走了，车马店在土门子的东头。

花鱼儿姑娘做了安排，饭就在烟馆里吃，已经点好了酒菜，还打发人去叫了花鱼儿的姊妹小鱼儿。半个时辰，菜上来了，小鱼儿也花枝招展地来了。两男两女开始推杯换盏，吃喝起来。小鱼儿使出浑身招数，又是夹菜又是喂酒，伺候得薛开昌筋舒骨畅，闹到半夜，薛驹和花鱼儿姑娘回屋了，薛开昌拥了小鱼儿，睡在了烟馆的客房里。烟馆收了薛驹的钱，自然十分尽心地伺候着。薛开昌趁醉放浪了形骸。按薛开昌自家的总结：就是比娶薛四奶奶的新婚之夜不知强了多少倍！

第二天，秦州张三和薛玉早早来到烟馆院子里等候，伙计们敲开薛开昌的门，薛开昌挣扎着起了床，洗把脸。烟馆做的小米汤蒸馍，薛开昌喝了两碗米汤，只吃了半块馍，头昏眼花地出了烟馆的门。小鱼儿姑娘自然不敢出门相送。薛开昌随着秦州张三和薛玉到了花鱼儿姑娘的门前，敲开了花鱼儿姑娘的门，薛驹还在呼呼大睡，花鱼儿摇醒了他。薛驹哪里是个早起的人，很不情愿地翻身起来，花鱼儿姑娘伺候洗漱罢，穿戴整齐了。

秦州张三催着上路，薛驹要带花鱼儿姑娘，秦州张三问薛开昌："你们商量了一夜，还是要带花鱼儿姑娘？"薛开昌说："不带呀，带了去像什么样子?"秦州张三又看看花鱼儿姑娘,花鱼儿姑娘又看着薛驹。薛驹头一歪,放狠话:"花鱼儿姑娘不去薛家水,我也不去,你们各自回吧。"一时大家僵在屋里。秦州张三对薛开昌说:"你们商量一夜,就这么个说法,不白搭工夫嘛,我和薛玉可耗不起。"薛开昌摊开手:"没说一定要带花鱼儿姑娘嘛,这事要慢慢商量,从长计议哩嘛。"又转身对着薛驹说:"你就别拗了,花鱼儿的事先放放,你回薛家水,一切四爹给你做主,斗大的麦子总得磨眼里下么。花鱼儿姑娘,你说呢?"花鱼儿姑娘嘟囔:"我是薛少爷赎的身,按理该听薛少爷的,但贸然跟你们去薛家水,肯定唐突得很!不然你们先去,我在这等信,反正眼下是自由身,先养些日子如何?"薛驹仍然不答应。秦州张三看一眼一旁站着的薛玉。薛玉脸上已有愠色,见秦州张三看他,转身出门,从马背上取下一盘麻绳,怒气冲冲地进门扔在地上说:"说什么废话,你们文请不动,我就武请,绑了架在马上,出来丢人现眼,薛家一个大户人家,没承想让他坏了名声,我们还在四岘四水的山里活不活人了!"薛玉口里说着,上前一把揪住薛驹的领子:"你乖乖的,大家相安无事,我的气,昨个就憋到现如今了,趁着我的脾气,你该打折了一条腿把你驮回去!"薛驹想挣开,薛玉的手像一把钳子,他动都动不了,口气马上变了,说:"找又不是不回去,五哥你干吗哩!"薛玉说:"不干吗,秋收这么忙,谁有工夫伺候你!"薛驹只好说:"你放手,我得安当安当,几句话的事。"薛玉松了手。薛驹对花鱼儿姑娘说:"我回去跟家里说,你在这好好过日子,别乱跑,别搭理人,我要知道了,把你卖到凉州府的窑子里去。"花鱼儿姑娘自然答应,催他快走。

薛玉捡起地上的麻绳,一手甩着麻绳,意思是告诉薛驹,别想耍花招,否则,麻绳等着你哩!

一行人向山里的薛家水迤逦而行。

晌午时候,薛开昌一伙人到了薛家水。薛驹跟着薛开昌见过了娘,一把鼻涕一把眼泪地哭起来,说自己在外面过得好好的,薛玉他们找碴欺负他。薛五奶奶对薛驹是打小就惯着，疼爱有加，薛驹一哭闹，她就先流下眼泪说："俗话说，好出门不如歹在家，你这些天不回来，叔老子们着急嘛。"赶紧吆喝给薛驹端茶倒水，准备晌午饭。薛玉没进门，在院子里喊："四爹，你们在家待着，我告诉大爹和爹去。场上摊了麦子，看这天，恐怕要落雨哩。"径自走了。秦州张三没吱声，赶忙到麦场上去了。

薛玉和秦州张三对薛元昌、薛奇昌讲了一番弄回薛驹的经过。薛元昌很恼火，说："年纪轻轻的，嘴上的汗毛没褪哩，下三滥的事倒干得很起劲！"他对薛奇昌说："抓紧场上的活，赶着拾掇好了，早点让大伙歇着。"薛元昌掏出一卷票子给秦州张三说："你去割些肉，打几壶酒来。"又对薛奇昌说："叫他三妈别做饭了，到我家帮你大嫂做饭去。今天的晚饭早点吃，两家的人，不管大人小孩都到我家吃饭去，大人们喝点酒。张三，你安排了老五家场上的活，大伙都去，自从开了麦场，都没歇过一天半日。今日个就歇小半天。我们晚上到老五家，商量商量，怎么将薛驹这贼匪拘收住！"

薛家的事，现在都听薛元昌的。秦州张三接了钱，顺便拉个牲口，套了场上的小板车，赶着车割肉打酒去了。薛元昌又对薛玉说："今晚你也去，你们成了人的弟兄都去，看来不给这贼匪上点硬的，他是要祸祸到底的。"

薛元昌、薛奇昌、薛五奶奶家早早收拾完了麦场上的活，都集齐到薛元昌家。薛元昌安排薛大奶奶给薛五奶奶送过去一大碗肉，也给薛开昌家送去肉和馍，并捎话给薛五奶奶，晚上在她家堂屋里议事。

薛元昌放话叫伙计们放开了吃喝，明天尽可起迟点摊场。自己叫了薛奇昌，自家两个儿子薛增、薛强，还叫薛玉去叫上薛开昌，到薛五佬家堂屋里议事。薛开昌吃了薛元昌家送去的肉和馍，嫌送少了，他出门拐到薛元昌家，拿个热馍，掰开夹了几大块肉，趁便喝了半壶酒。秦州张三夺了酒壶对薛开昌说："四爷，今晚你们有事哩，喝多了搅和得议不成事么。"薛开昌不高兴，一头嘟囔着："什么大不了的事，耽误人喝酒吃肉。"临走对伙计们大声安当说："你们不要喝光了，等着我，咱们划几拳热闹热闹。"然后嚼着肉夹馍去了薛五佬的堂屋。人已集齐了，薛开昌咽下最后一口馍，脱鞋上了炕，坐在了他该坐的四爷的位子上。

薛元昌在堂屋里居中坐了，叫薛玉喊来薛驹，还让薛玉去请薛五奶奶。薛五奶奶回话，事就这么个事儿，请大爷一体做主，娃娃小，干了不体面的事，点拨明白了，改过就好。只要安稳待在家里，学做东家的本事就不要太难为娃。薛元昌知道薛五奶奶心里护着薛驹，什么叫不要难为，轻描淡写，能触动了薛驹这样的贼匪！

薛驹进来后，一屁股坐在八仙桌旁的椅子上，若无其事，对使唤丫头说："茶么，得烧热些，冷汤冷水叫谁喝哩！"听那口气是拿了少东家的身份给大伙看哩。薛元昌咳嗽两声清清嗓子，对使唤丫头说："茶你热一热去。"接着对薛驹说："茶么，温着就好。今日个我们集齐了，放着打麦这么大的事不干，专门来你家议事，不是为喝茶来的。你今年说大不大，说小不小，过十六吃十七的饭哩，不在家里学正经的，在外吃喝……赌钱，还抽上大烟。"薛元昌话到嘴边，把"嫖"字拐了过去，没说出来。薛驹满不在乎，说："现在有钱的男人哪个不吃不喝，不抽不赌的，见世面么，谁像你们，就知道土疙瘩里刨食，一辈子戳牛沟子哩。"薛元昌被噎得半天接不上话，气一下子冒上来，喝道："你胡说！哪个正经人家的少爷去那些下三滥的地方？你还把婊子往家里带，羞死你先人了！这份家业不是你挣下的，我们叔老子不能看着你祸祸了几辈子先人创下的基业。"薛驹梗着脖子争辩："几辈的家业总要传给后人么，传给我了就是我的嘛。而且我也没祸祸呀，秦州张三还从土门子拿回来半口袋钱哩嘛！"薛元昌被顶得火冒三丈，拍着桌子喝道："你还有没有规矩，有没有个做小的样子？薛家是有家法的，能由了你胡咧咧！"薛驹不吭声了，他扭脖子伸懒腰，明显地不把大家放在眼里。薛元昌更是气上加气，对薛增、薛强、薛玉说："你们看他成什么样子，拿家法！"薛增、薛强本来也是柔善的人，面面相觑。薛玉两天来憋着一肚子气，见薛元昌发了话，立起身一把将薛驹从衣领处提起来，喝一声："跪下！"薛驹猝不及防，被薛玉摔在地下，没有跪，却撒泼似的坐在地上。薛玉又像提小鸡子一样，将薛驹拎起来，手脚并用，手提个领子，脚踢着薛驹的腿，薛驹慑于薛玉的力气，梗着脖子跪下来。

薛开昌说："薛玉，你下手轻点，娃还小。"他望着动怒的薛元昌说："娃还小么，俗话说，灯不拨不亮，人不点不明。话说透了，薛驹也不是那笨人，灵性着哩么！"薛元昌翻一眼薛开昌："你说这啥话哩，人家费心劳神，管束这不成器的东西，你倒锅底下撤火哩！跟了你就学不成个人样嘛！"

薛开昌嗫嚅着，没敢再说什么话。

薛驹心里根本不服气，只是慑于薛元昌动了肝火和薛玉那双有千斤之力的手，只好跪直了。好汉不吃眼前亏，心里思谋着脱身的主意。

堂屋里一有响动，薛五奶奶就打发人来看动静，一听说薛驹被按着跪在地上，马上让使唤丫头传过话来："娃还小，教训一下，不要伤了娃的筋骨。"薛元昌正发怒着哩，给使唤丫头说："这贼骨头不敲折了一条腿，哪能拘收住他！"传话叫薛五奶奶少管。薛元昌骂道："敲折狗贼的一条腿，你还能见着他，留着他的两条腿，你恐怕得为他满世界担心哩！"薛元昌看着薛增、薛强骂道："你们是泥塑的，叫你们上家法没听到，要我动手？"

薛增、薛强挨了骂，上前一人摁住薛驹一个肩膀。薛玉转身拿来一根棍子。薛元昌发话："先打二十棍子，看他还敢不认错！"薛驹知道，薛增、薛强都是没胆的人，敷衍而已。薛玉可是狠人，他要下手，一定是皮开肉绽。还是那句话，好汉不吃眼前亏！他立刻软了口气："大爹，我知错了，我再也不敢了，一定在家好好待着，不出去惹事了。"

薛奇昌一直不吭声，见薛驹服软认错了，便给薛元昌说："大哥，娃张口认错了，俗话说，棍棒无情，打出个好歹来，谁脸上也不好看么。"薛开昌赶紧接茬说："三哥说得在理么，娃已认错了，先记下这一顿，犯了再打也不迟。"

薛元昌依然火气十足，知道薛驹只是怕皮肉吃苦，假装认错，但真打起来，毕竟不是亲儿子，打出个轻重来，也不好交代。于是说："薛驹，你听着，本来要打折你一条腿，你两个叔老子求情，先记下这顿，下次定打不饶。从今天起，薛玉盯着他，薛玉的活，我雇两个人顶上。薛玉一步都不能离开他，直到他消停了再安当。"薛元昌说完，下炕蹬上鞋走了，到院子里对薛五奶奶屋喊："老五家的，以后我们教训他，你少多嘴，越撑了他的贼胆！"

屋里传出薛五奶奶的声音："他大爹，知道了，薛驹要成人，还得叔老子点拨，多管教哩。"

薛元昌走了，薛奇昌也走了，薛开昌出门到薛元昌门上踅摸了一趟，见大家伙都散了，院子里静悄悄的，也悻悻地回去了。

薛玉照着薛元昌的安当，对薛驹说："你当着叔老子和我们弟兄许下的话，你就安神待着，再惹事，小心你一条腿！"薛驹不言声，很烦的样子。薛玉直接跑去跟薛五奶奶说："五妈，你得让人看着他，他一出门，就叫我，跑出去了一定不干好事！"薛五奶奶答应了，叫薛驹一起睡，薛驹不来，说要一个人睡才睡得着。薛五奶奶只好让使唤丫头盯住薛驹，晚间轮流值班。两个使唤丫头轮换着，半个时辰扒着窗户看一下，到后半夜，见薛驹在炕上睡得挺死，丫头们熬不住，也就睡去了。

## 04

第二天天亮，薛增起得早，开了院门，要叫伙计们去摊场，门一开，庄门对面大柳树上吊着一个人！看衣裳，是薛驹，头挂在柳树大枝杈上，还顶了一顶草帽，遮住了脑袋。薛增本来是个软弱的人，哪见过吊死人的场面，开门瞬间，瞧见了高高吊起的薛驹，一下子瘫在地上，嘴里哇哇叫着，语不成调。薛元昌起身正拿盐水漱口哩，见薛增瘫在门口嗷嗷乱叫，赶紧跑过来问薛增咋了。薛增口不能言，只是哇——啊——地叫着，手指着门前的柳树。薛元昌一看柳树上吊着个人，马上喊了一嗓子："快来人呀，树上吊死人了！"说着从薛增身上跨过去，扑向柳树。薛元昌这一喊，全院的人炸了锅，纷纷跑过来，奔到院门口，薛元昌已经扑到柳树跟前，抱住了吊着的人。薛元昌一抱，树上吊着的原来是个草人，穿着薛驹的衣裳，头上盖了草帽，情急之下，真假难辨。众人围过来，剥下薛驹的衣裳，原来是薛驹给大家演了一场戏。薛增吓破了胆，薛元昌也惊吓得不轻。众伙计围着草人，不禁掩口而笑。早起干活的人们听到这边嘈嘈杂杂，都跑过来看究竟。薛玉也夹在人群里跑过来了，一看这情形，马上折身去薛五佬家找薛驹。薛玉拍开了薛驹家的门，问开门的丫头："薛驹呢？"使唤丫头揉着睡眼说："在睡房里么。"领着薛玉去睡房里，隔窗指给薛玉看：这不好好睡着哩么。薛玉隔窗一瞧，见炕上睡着人，头上一顶礼帽盖着，睡得很安静。薛玉拍了拍门，里面没人应，又拍，还是没人应。薛玉破门而入，炕上睡的不是人，而是用两个枕头塞在被窝里，礼帽盖着的也不是头，是枕头捏出的假人头。薛玉将被子掀掉一边，指着枕头问使唤丫头："人呐？"两个丫头张了口说不出话，半天才嗫嚅道："他一直在睡觉啊！"

原来，趁两个丫头困乏睡着后，薛驹便用两个枕头塞进被窝，又用礼帽遮了枕头，骗过了两个丫头，自己则悄悄溜出了门，蹑手蹑脚出了大门，然后直奔薛开昌家。薛驹怕吵醒了薛四奶奶，便学着猫叫，翻过薛开昌家并不高的院墙，隔着窗户叫醒了薛开昌。薛开昌披衣下炕，开了门，是薛驹。薛开昌赶紧将薛驹一把拽到屋里。薛四奶奶和两个女儿在另一间房睡，没听到薛驹翻墙进院。薛开昌打火镰点着油灯问薛驹："你怎么跑出来了？"薛驹将装睡骗过两个丫头的事说了一遍。薛开昌伸出大拇指表示夸奖。薛开昌问薛驹："你打算怎么办?"薛驹说:"我要去土门子找花鱼儿姑娘,现有二十块大洋,等我去了土门子,你再找我妈先要二百大洋。土门子什么没有,有赌场可以赢钱,花鱼儿姑娘处能落脚,能吃饭。就是可恨大爹和薛玉,逼得我不痛快!想个什么办法治治他们!"薛开昌摸摸薛驹提着的包袱,里面除了几十枚大洋,还有几件衣裳。薛开昌忽然有了主意,对薛驹说:"你这衣裳是新的?"薛驹拿出来说:"你只管出主意,一套衣裳值什么,到土门子再做嘛。"薛开昌笑着说道:"你大爹门前那棵柳树上,正好能挂个人么,咱们做个麦草人,挂在他家柳树上,早上开了庄门,不把他们吓个半死么!一是让他们魂飞魄散一次,二是告诉他们,薛驹不会任他们摆布,以后让他们少管你的事。"薛驹一听,顿时高兴地跳起脚来。薛开昌去院里抱来一捆麦秸,薛驹搭手,两人三五下扎出个草人来,穿上薛驹包袱里一套衣裳,薛开昌又从屋里摸出一条草绳,在门边的墙上摘下一顶破草帽给草人戴上。薛驹急着要去将草人挂在薛元昌门前的柳树上。薛开昌拦着他说:"急什么,挂早了,万一让人发现,就没有什么热闹了,等鸡叫头遍,再挂上,你就赶紧奔土门子。再说,天不放亮,山里头也不安全,碰上狼可不是闹着玩的。"薛驹听了薛开昌的话,就嫌这夜太长。薛开昌说:"你今日个劳神了一天,也该眯一会儿。你先眯一眯,我睁眼等着,时辰一到,你挂了草人,借着天光撒丫子。我看着他们出洋相。过两天,我向你妈要了钱就去找你,不过花鱼儿姑娘那地方,秦州张三和薛玉已经知道了,方便的话,你和花鱼儿姑娘换个他们不好找的地方。"薛驹说:"地方一定换,实在不行,就去县城,或者去凉州城,我要走了,你就去赌场或是烟馆,有人会告诉你我的落脚处。"薛开昌放了心,又说:"你走时,把小鱼儿姑娘带上。"薛驹满口答应:"那算个啥事哦,包她半年三个月也没麻达。有了银子,这世道干啥不行!"

薛开昌吹了灯,让薛驹眯一会儿,鸡有响动,他叫薛驹。薛驹确实瞌睡了,头一歪,就打起了呼噜。薛开昌伸手摸到了薛驹的包袱,摸出了三枚银圆,塞在了炕席底下,自己也袖了手,靠着被子养神。

鸡叫头遍时，薛开昌推醒了薛驹，两个人悄悄出了院门，见村子里除了此起彼伏的鸡叫声，四野阒无一人。曦光已露东方，正渐次放大，下弦月已接近天边。晚秋的清冷弥漫着整个山野。薛开昌和薛驹轻身快步走到薛元昌家柳树下，迅速将草人吊在树上，绾好了麻绳，又将破草帽扣在草人头上。薛驹立刻踅出了村子，消失在微茫的晨曦中。薛开昌四周看了一番，迅即折返家中，将席子下面的银圆摸出来，把玩了一阵，钻进被窝，睡着了。

# 05

薛驹上吊的消息不胫而走，薛元昌为了掩人耳目，将树上吊的草人赶紧收起来，因为这件事实在丢人！薛家两辈十几个男人，薛五佬的儿子竟然吊死在薛元昌门前的柳树上，说什么话的人都有。有亲戚放下手里秋场打碾的活，前来一探究竟，尤其是薛驹的舅舅家。几个舅舅相约而来。薛元昌气得一佛出世，二佛升天，声称是胡说，是谣言。接下来几个姑父姨父都来了，生要见人，死要见尸。无奈，薛家只好声称薛驹外出，一个伙计早上起来中了癔症，看花了眼，以为树上吊个人，其实是风刮来挂在树上的蒿蓬，被伙计看成了人。薛元昌、薛奇昌家场也打不成，既要应付薛驹的舅家人，还要瞒着薛五奶奶。

薛元昌看着草人，心里明白了几分，打发薛强叫来薛开昌，指着草人问："薛驹去哪了？"薛开昌赌咒发誓，说他知道了断子绝孙。薛元昌心中更加生气，你本来就没有子嗣，断的哪门子子，绝的哪门子孙！薛元昌指着扣在草人头上的草帽问薛开昌："这草帽哪里来的？"薛开昌断然否定，草帽是他的不假，他老去老五家，不定哪天落在了薛驹家，不能因为一顶破草帽认定他和薛驹合谋，满脸的委屈。薛元昌只好一头打发前来探望的亲戚，一面叮咛女眷们瞒着薛五奶奶。亲戚们见薛家说得斩钉截铁，也就不好深究，加上薛玉放出话来：你们是不是盼着薛驹有什么事？众亲戚只好作罢，加上秋场忙活，也就回去了。只是薛五奶奶因不见了薛驹，众亲戚突然来了一大堆，不好说什么，任凭薛元昌他们打发，只是满腹狐疑，心里很纠结。薛元昌乘空给薛五奶奶说："薛驹昨晚翻墙跑了。"薛五奶奶开始哭天抹泪，要秦州张三停了手里的活，派大家分头去找人。薛元昌为了安慰薛五奶奶，场上的活没停，叫秦州张三骑了马追到土门子，看人在不在。在与不在，天黑前一定回来报信。

秦州张三还是安排了打麦场上的活，策马向土门子奔去。

薛驹吊在树上的麦草人，被薛元昌家扛活的韦三看了个备细，趁大家吃腰食得空，他回家给他爹韦黔说了一番。韦黔也觉惊奇，说薛驹小小年纪，正事不干，专走邪道。薛家的气数应该是尽了。想薛五佬在世，多少风光都让他家占了，尤其那新坟勘定，大事张扬，四岘四水，没有谁家能比，看来薛驹是上天派来专给薛家败姓的。文曲星没有生出来，灾星倒是现世报，多少丢人的事、破财的事一件接着一件，让邻里眼花缭乱。

韦黔捻着黑里夹白的胡须，心里打起了算盘：薛家既然生出薛驹这样的孽种，天又收走了薛五佬，何不乘机让韦家兴旺起来。天赐十子，虽然愚钝，但前面几个儿子已练成了庄稼把式，后面的几个儿子也在茁壮成长。虽然韦黔在人面前谦虚，说什么咱们穷人养儿子，图数字哩。但心里明白，江山万里靠人哩，有了人就有江山，十个儿子里头，不信没有成气候的，特别是韦三，生得体格魁梧，力大无穷，且农活一把好手，耕田播种，割麦打场，驾车驭马，甚至宰牛杀羊，样样都精，庄稼人里头，也算人才，到谁家扛活，都是跟东家一桌吃饭的主。韦黔想着老二儿子已娶了媳妇，韦三该说亲了。薛五佬的大姑娘，正好与韦三差了两岁，要是薛五佬活着，恐有嫌弃。现如今薛五奶奶孤儿寡母，薛家几位爷又约束不了薛驹，现下请人提亲，薛家还能不瞌睡遇上枕头。和薛家联了姻，自然好处多多。薛驹不成器，韦三转到薛五佬家扛活，做了女婿，一定会是薛五佬家的半个主人。听说薛驹赌输了，已经给赌客们贱抵了几块地还赌债，韦三进了薛五佬家，这种贱买的事就允不得旁人。韦黔思谋定了，知会自家婆娘一声，找人去薛家给韦三提亲。韦黔算计了几天，选定薛家另一支薛姓本家的长者，薛尕太爷的老二儿子薛怀，请薛怀做两家的媒人。这薛尕太爷在薛家水是辈分最高的，所谓小变大，就是生在兄弟末位的人，是兄弟里最小的，但经过几代人，老小就变成了大辈。尕在这片山里是小的意思，排在最末一位的称作尕哥、尕爹、尕爷、尕太爷，人小辈分大，即是羊粪里的驴粪蛋儿。薛尕太爷的二儿子薛怀，人称怀二爷，日子过得也可以，有房屋有田产，有头有脸，虽和薛元昌这辈刚出五服，但说话在薛家户族能占些地方。韦黔趁三儿子外出，让备了一封点心，亲自提着点心拜访了薛尕太爷和怀二爷。薛家父子收了点心，认为薛五佬家现如今的家庭，大姑娘嫁给韦三是最好不过的婚姻。韦三一表人才，庄稼把式。薛五佬大女儿贤惠识礼，尤其一双小脚，三寸金莲，针线茶饭，更是别家姑娘比不了。怀二爷更是夸了海口，绝对的马到成功，韦家只管定迎亲的日子，做娶亲的准备。只是娶薛五佬的姑娘，礼数上要到位，媒人才会口上有词，面上有光，做好了媒，皆大欢喜。

怀二爷办事仔细沉稳。要想事情稳妥，薛怀先见了薛元昌，将韦黔想要娶薛五佬大姑娘的想法先探探薛元昌意思。薛元昌因韦三在他家扛活，本来就是伙计们里面的顶梁柱子。要是亲事成了，韦三到老五家主持种田的活，秦州张三再回自己家来，两全其美。薛驹成了妻弟，管束起来也顺理成章，但毕竟有老五家里人在，还应征得她的同意。老五不在了，薛家还有薛奇昌、薛开昌两个叔老子，须得知会一声。薛怀听薛元昌一番说，都在理路上，加上自己的身份和辈分，知道事情已办得八九不离十，便给韦黔说了，择日去见薛五奶奶。韦黔自是感激不尽，千恩万谢一番。

自从薛驹跑了那天，薛五奶奶从早到晚水米没沾牙，眼泪流得一条毛巾都能拧出水来。晚上，秦州张三回来了，告诉她薛驹就在土门子花鱼儿姑娘那里。薛驹给薛五奶奶捎话，他要在外面闯一番天地，暂时不会回来，要薛五奶奶先送去二百大洋，他先在土门子住几天，然后要去一趟凉州城，长长见识，结交些人物。薛五奶奶心疼儿子，赶紧包了一百银圆，让秦州张三派人送过去。秦州张三接了银圆，劝薛五奶奶吃了点饭，到打麦场上转了一圈，查看了伙计们一天干的活，又到薛元昌家，告知了薛驹的行踪。大家都无可奈何，只好由他去了。薛元昌本是柔弱之人，让薛驹吊在柳树上的草人一场惊吓，心口疼的病犯了，在炕上躺了一天。知道薛驹没事，心情稍稍缓了些，坐起来，靠在被子上对秦州张三说："今天，孕爷的二儿子薛怀来了，出面给老五的大女儿提亲，提的是韦黔家的老三，我觉得也还般配。薛驹这般折腾，老五家的几个女儿该趁着家境还行，都给安顿了婆家，各自找条后半辈子的路去。韦三庄稼把式，有了地，吃上饱饭没麻达。你本来就是我家的人，等他们成了亲，韦三去管老五家的事，你再回到我家来。有韦三盯着，说不定老五家败得还慢些。"秦州张三自然十分赞成，再没说啥，只给薛元昌装袋烟，打着火，又给薛元昌揉肩敲背一番。秦州张三心里明白，薛家的事，他插不了手，但让他回薛元昌家，他是一百个愿意。薛驹家的事，他是眼不见心不烦！

<br>

## 06

　　怀二爷传过话来，薛元昌已同意与韦家结亲，要韦家做准备正式提亲。韦黔听了，赶紧地提了十二个蒸馍去拜访薛怀，亲耳听了薛元昌的原话。韦黔百般殷勤，对怀二爷说了一筐的恭维话，"天上无云不下雨，地上无媒难成亲"，这点事，只要怀二爷出马，十拿九稳，要换了别人，那是跑烂鞋的事。韦黔、薛怀商量好，中秋节后，怀二爷去薛五奶奶家提亲。秋尽后寒露和霜降中间，议定娶亲的日子。那时农时已闲，双方留些时间准备，立冬到小雪间选一吉日完婚。怀二爷给韦黔发话，一切不要差了礼数，薛驹爹虽然没有了，但名声还在。韦家家业不大，但人丁兴旺，千万要给孤儿寡母的薛五佬家挣些面子。韦黔一一承诺了，在怀二爷家吃了晚饭。韦黔家与怀二爷家隔了一条沟，回家是抬脚就到的事。韦黔高兴，一路哼着小曲往家走。

四道岘子薛家水这片山里，说大不大，说小还真是不小，沟沟岇岇，山山梁梁，南山有青松翠柏，延伸出一派林海茫茫。有林自然就有水，各沟各汊清水长流，汇到一处，形成奔腾之势，水清且甜。林海北面，则山势平缓，宜耕宜牧，大自然的恩赐，使得四岘四水的近百里山连水延，牛肥马壮。四道岘子薛家水居中央，山形水势更胜一筹，年代更迭，户族繁盛，自然就形成大户大族。有人发财成财主，有人扛活续生命，张家败落李家兴，世事难料，局局出新。韦二佬凭着人丁兴旺，竟也与家财万贯的薛五佬家提亲联姻，薛五佬要活着，韦家想都不敢想的事，今天就这么轻而易举。俗话说：万里江山一鼎人，十个臭皮匠，还顶一个诸葛亮。你薛五佬财大，架不住我人多；你家绳绳打细处断了，我家众人拾柴火焰高。真正的山不转水转，水不转人转，风水从我韦家门前过，来财挡都挡不住。韦黔一曲还未哼完，脚已跨进自家的院门。喜形于色的韦黔叫了他婆娘和儿子老大、老二、老三到他屋里来，直接告诉大家在秋场打完后准备给韦三完婚。

韦黔的婆娘和儿子们已听惯了韦老爷在家里家外做主。韦三对薛五佬家大姑娘也是垂涎已久，听老爹一说，更是喜不自胜！

## 07

随着秋尽，风从漠北吹送来日冷一日的寒风。山里的人们，各家的麦垛日渐缩小，粮归仓、草成垛的时间到了。漫山遍野的牲口不再受约束，撒开在秋尽的山岇里。成群的乌鸦、野鸽此起彼伏，在秋后的麦茬地里翻飞。山林渐次染色，赤橙黄绿，天高云淡时，山峁上极目北望，可见最远处天地间一线青黛。南徙的大雁，排成一字或人字，盘旋如许，凄清的叫声响彻天外。四岘四水的山里，尽显如画的秋色，富人或穷人，都在为即将来临的冬天做着准备。

薛怀受韦黔之托，择日来到薛五佬家。薛五奶奶因为担心薛驹在外惹事，愁肠百结，家里家外地弥漫着一股戾气，使唤丫头们小心翼翼，做事轻手轻脚，唯恐惹薛五奶奶动气。

薛怀拍了门环，一使唤丫头将门开了个缝，问了薛怀来意，她叫薛怀等等，去通报了薛五奶奶。薛五奶奶叫丫头招呼薛怀坐在堂屋里，自己赶紧收拾了脸面，迈着三寸金莲，来堂屋见薛怀。按照辈分，薛怀是大了一辈的。薛五奶奶一手扶了堂屋的门框，回头叫丫头们上茶，一双小脚迈进堂屋门槛。见薛怀在看堂屋墙上的字画，便细声细气地问道："他二爷爷怎么有空到我家来？"二爷爷是比着薛驹的辈分叫的。薛怀转身说："噢，不是来串门，是给五嫂道喜来了！"薛怀也是比着自家娃叫的五嫂。薛五奶奶请薛怀就了座，自己也坐下来说："他二爷说哪里话，自从你五侄子遭了横祸，家里就没顺过一天，哪来的喜哩么？"薛怀赶紧接着说："你这家大业大的，哪能没有个喜事哩。你坐了，我给你慢慢说。"薛五奶奶自己坐在八仙桌旁的椅子上。薛怀接了丫头捧上来的茶，呷了一口，将茶碗轻轻放在桌子上，说："他五嫂，我今天来给你说的喜事，就是对面韦黔家看上你家大姑娘绒花了，想高攀对亲戚哩。按说你们这样名声赫赫的大户人家，韦家是高攀了，可自从他五哥出了这横祸，剩你们孤儿寡母，人丁也单薄了些，守着这一份家业也难怅了些！韦黔家十个儿子，韦三又是拔尖的庄稼汉，结了这门亲，对你们在人力上能照顾些，应该是两全其美的事。"薛五奶奶也接过丫头送上的茶，微微地抿了一下，说："他二爷爷说的是绒花姑娘的事，我当是啥事呢，真还没想到。自打绒花爹遭了横祸，就没往这事上想。"薛怀已准备了话等着："他五嫂，人没了，活的人日月还得往下过嘛。俗话说'女大百家求'，绒花已到了谈婚论嫁的年龄了。家里不能老是愁愁惨惨的，趁着嫁姑娘，让喜气冲冲晦气，大家抖起精神过日子，也应该是再好不过的事！"薛五奶奶听着薛怀说得在理，迟疑了一会儿，说："他二爷爷说的都在理上，你五侄子在着，我自然不会操心，听他的就对了。你五侄子不在了，这嫁女儿的事，我还得思谋思谋。你五侄子还有几房哥哥，肯定得掺着谋划。再说你五侄子还留了儿子，也马上奔十八二十的人了，家里这样的事该他做主。可你大孙子玩性大，收不了心。这不又跑出去玩了，好些日子不着家，不照面，我得找来了他，才能最后定事。"

薛怀是精明人，自然明白薛五奶奶的意思，几个叔老子要掺和，薛驹一定得在家，才能定了这事。薛怀口里应着说："他五嫂，这事就得薛驹和他的几个叔老子们定，我今天来是先给你透个信，起了这个议，至于过程，要按礼数上来，不要让外人笑话。"说着起身告辞，薛五奶奶虚意地留薛怀吃饭，说是请几个叔老子来，通个气，顺便议一议。薛怀赶紧推辞："不急不急。就这么把几个叔老子叫来，很不讲究。你的意思有了，事情还得讲究规矩。他五嫂你先和薛驹几个叔老子商量商量，改日我让你二婶来听信。另外，大家议出个名堂，我们再想法找了薛驹来。娃在外飘着也不是个事，说借着嫁绒花这由头，把薛驹叫回来。要和韦家结亲了，热热闹闹一场，大家翻篇过日子。"

薛五奶奶也没再留薛怀，送薛怀出门，一双小脚迈出堂屋的门槛，又迈出院门的门槛，已觉吃力，好在两个丫头扶着。

薛怀走了，薛五奶奶心情突然好了些，尤其是薛怀说的想法子找了薛驹来，还说借着嫁绒花这由头，热热闹闹一场，大家翻篇过日子，都说到薛五奶奶心里去了。薛五奶奶打发丫头去薛元昌家，问薛元昌这两天有没有空，请了三爷、四爷来家里商量个事体。薛元昌回话，说场上的活明后天就完了，活完了随便哪天都行。

薛五奶奶要秦州张三安排了时间，还特意吩咐宰两只肥羊，一是议绒花婚事时让叔老子们吃一顿；二是秋场的活完了，粮入仓，草成垛，伙计们累了一年也要犒劳犒劳。


## 08

薛怀来的第三天，也就是秋场打完的第二天，薛五奶奶早起安顿秦州张三从羊群牵了两只老满口肥羊，拴在了羊圈门上，又让秦州张三派人去土门子叫薛驹，顺便买些猪头肉、猪耳朵、猪蹄髈等熟食，自家酒窖里藏的有酒，让大家吃喝一顿。

由于伙计是骑着快马去的，后响时分，伙计买了一应的东西回来了，只是找不到薛驹，问了好几个地方，打听到薛驹和花鱼儿姑娘前两天去了凉州城。要想薛驹回来，必须去凉州城找。这样，薛五奶奶又添了一块心病。心病归心病，薛五奶奶还是打起精神，要弄出些热闹的气氛，让大家高兴一场。

后响时间一到，薛五奶奶便叫秦州张三去请薛元昌、薛奇昌和薛开昌，并嘱咐一定要请来各家的大小人等，不得漏了一个侄男侄女。薛五奶奶还亲自看着伙计丫头们打扫了厅堂院落，又迈着一双小脚到场院看了伙计们聚餐的桌椅板凳，还到厨房看了煮在锅里的羊肉，拿了勺子，舀了半勺羊汤尝了尝，又让厨子加了些盐和大料，揪了一块摞成摞的饼子，尝了尝，说饼子烙得好。薛五奶奶关照了一遍葱、姜、蒜，由丫头扶着进了客厅，等候薛元昌他们到来。

秦州张三里里外外张罗，先在堂屋和厢房里摆了碗筷，上了打土门子买来的凉菜猪头肉、猪蹄髈、猪肘子、花生米、酿皮子，还有一些干果瓜子。按照薛元昌的吩咐，在场院里摆了三桌。薛家的老弟兄和长工头，还有年长的长工坐在堂屋里；薛增、薛强、薛玉、薛文、薛武和一部分长工坐在东厢房里；女眷们按薛五奶奶的意思，安排在西厢房里，婶娘侄女坐一处。

晚饭前，薛家男女老少、众位伙计齐集薛五奶奶家大院，由秦州张三安排众人各归其位，用大盘盛了煮熟的羊肉，每桌一盘，热气腾腾，香气四溢，屋里弥漫着带着膻味的羊肉香气。薛元昌发了话，要大家吃好喝好，热闹起来，马上有多少只手伸向羊肉盘子，窸窸窣窣的声音立刻响起来。黑色的、白色的、黄色的大大小小的七八只狗围在桌子边，贪婪地瞅着人们的手，渴望人们手里的骨头，喉头发出轻轻的呼噜声。

酒酣耳热，薛五奶奶从西厢房里踅过来，一个丫头搀了她，一个丫头手执酒壶跟在薛五奶奶后面。薛五奶奶给众位爷道了福，叫执酒壶的丫头给薛元昌几位叔老子斟上酒，说："各位大爹，大家辛苦一年，好在年景不错，请各位大爹打打牙祭，合家聚一聚，吃杯水酒，感谢各位大爹的关照。我一妇道人家，遇事就没了主意，幸亏各位大爹提携关照，日子还能将就。薛驹自小顽劣，还望各位大爹严加管束。就请喝了这杯酒，愚妇还有一事，请各位叔老子做主。"

众位喝酒毕，薛元昌放下酒杯，对薛五奶奶说："老五家的，难为你了，这么大一个家业，里里外外，薛驹又指望不上，你喝口茶，就当酒了。有什么事，你只管说，我们绝不做外人。"

丫头拿过一张凳子，让薛五奶奶落了座。薛五奶奶便将薛怀给绒花说媒的事备细说了一遍，要薛家各位叔老子拿主意。最后表明，家里这样的大事，不管薛驹是好是坏，必须最后定夺。

薛元昌明白了薛五奶奶的意思，先说与韦家联姻，尤其是将绒花嫁给韦三，应该说是一桩好姻缘。韦三一流的庄稼把式，人实诚，肯定不会亏了绒花。再说韦三成了薛家女婿，照看薛五奶奶家的一份田产，春种秋收，一定能帮着安排妥帖，英雄有了用武之地，怎么说也比外人强。

薛奇昌只是附和薛元昌，说是好事一桩。薛开昌最近口乏得很，今天酒肉摆在面前，正是解馋的机会，一手握着一根羊骨头，一手擎着酒杯，一副大快朵颐的样子。他听薛元昌说完，伸一下脖子，咽下一块刚塞进嘴里的肥肉，喝下手里擎着的酒说："事情是好事情么，没什么说的，不过儿女的婚配大事，我们叔老子只做下七八分的主。薛驹虽小，但已成人，应该借这个由头找了回来，如果趁着冬闲嫁女儿，在薛家算是大事，没有个男人撑门面，让外人笑话。"

薛开昌说的正中了薛五奶奶的下怀，薛五奶奶乘机说："薛驹不成器，但这事一定得有薛驹出面。"

薛元昌自从上次薛驹在门前柳树上挂了草人，受了一番惊吓，已是心灰意冷，又见老四和老五家如此说，就附和了他们。最后议定，让秦州张三和韦三去一趟凉州城，找薛驹回来。

## 09

初冬的太阳总是懒洋洋的，在勤快人的眼里，它似乎起得很迟，鸡叫过三遍了，它才从东面遥远的山巅上露出半个脸来，似乎因为迟起而害羞，露出的半个脸透着淡淡的红晕。秦州张三早早从炕上爬起来，叫醒伙计们出去拾粪，因为满撒的牲口将粪拉得漫山遍野，谁起得早，谁就拾得多。他自己则将一匹枣红马牵出来，鞴上鞍辔，用一木桶给马加了半升料。昨晚商定，他要与韦三去凉州城里找薛驹。薛五奶奶也早早起来了，收拾了一个包袱，里面装了一百银圆，她告诉了秦州张三银圆的数量，找见薛驹了，钱也不能尽数给薛驹，怕他有钱了躲在外头不回来。

韦三也如约而至，两人告辞了薛五奶奶，上路了。两人按照薛开昌的吩咐，先去土门子，到赌场问清薛驹的行踪，再去寻找薛驹。两人晌午时分才下山到了土门子，找到花鱼儿姑娘处，花鱼儿姑娘的门锁着，找到烟馆，没有薛驹，又找到赌场，按薛开昌的指点找到赌场伙计鲁五。鲁五悄悄告诉秦州张三和韦三，薛驹确实去了凉州城。秦州张三两人就在土门子打尖吃饭，也给枣红马喂了草料，饮了水。两人出了土门子，朝凉州城进发。

秦州张三见山下的路宽阔平坦，虽是初冬，但风和日丽，日头的光芒照在身上暖融融的，就对韦三说："去凉州城，路程应该是三天，咱们有这马捎脚，赶紧了，两天没麻达。你先骑了马，我们走快些。"韦三呵呵笑着说："要不是五奶奶心疼薛驹，让带了这匹马，我还想背了你走快些，省得在路上叫你给耽搁了工夫！你信不信，我要是甩开了脚步，你骑着马不一定赶得上我！"秦州张三笑了，逗韦三说："我不是怕你走路费气力，你这身板，这红马不一定跑得过你。但你马上成薛五佬家的驸马爷了，我张三还得在你勺子下盛饭吃，这不巴结驸马哩么。"韦三依然呵呵呵笑着说："张三大拿我找什么乐子！"趁秦州张三不备，韦三将秦州张三拦腰一举，撂到马背上，喝一声："骑好了！"接着在马屁股上拍了一掌，枣红马一惊，撒开四蹄奔跑起来。秦州张三也是猝不及防，赶紧拽住了马缰绳，骑正了身子。韦三甩开两腿追了过去，不多时，跑在了马前面，回身在马屁股上又是一掌，枣红马疯跑起来。韦三与枣红马并头跑了起来。秦州张三只觉耳边呼呼风声，口里叫道："韦三，你省些脚力吧，咱们这是走长路哩。"韦三回头对秦州张三说："你忘了我追死过好几只兔子哩，这算什么。"路上的行人都驻了足，惊奇地看着这一人一骑赛跑。

从土门子到凉州城要经过三个驿站。这三个驿站每站间隔八十里，一般行人和商贾往来，八十里一天，已是满荷的路程。而秦州张三和韦三赛跑式的走法，半天工夫，红日衔山时，他们已经到了第一站大河驿。

枣红马身上已是雾气蒸腾，韦三也是浑身冒汗。秦州张三对韦三说："今个就在这歇了，我们这叫人困马乏。人要吃饭，马要喂草料，人马再强，毕竟犟不过肚子。"韦三还要逞能，秦州张三不由分说，趱进街旁一家车马店。

这家车马店因为大车出入，两扇大门敞开着。东面一排敞棚，栽了十几个拴马的桩，桩边一溜马槽。西墙边是大车停放的地方。坐北向南一排土平房，供客商住宿。秦州张三将马缰绳交给迎出来的伙计，嘱咐伙计给马上二升料，草随时添，两个时辰后饮一次马。店伙计照吩咐牵马拴在东边马槽上，揭了马背上的毛褡裢，带秦州张三两人开了一间客房。本来秦州张三是要大通铺的房间，思谋着褡裢里有一百银圆，只得要了单间。店伙计关照二人，吃饭有伙房，米面现成的，还有蒸好的大馍，也有卤好的猪肘子、猪肚子、猪大肠，锅里有炖着的牛肉，柜上有酒。秦州张三背了褡裢，跟伙计到了伙房，要了十个大馍，现成的牛肉汤，不要钱。秦州张三便要个盆，盛了半盆牛肉汤，对韦三说："你端了馍，我端牛肉汤，回屋吃去。"韦三让秦州张三先回房，他要先上个茅厕。秦州张三端上蒸馍回屋了。韦三叫伙计拼了一盘猪头肉、猪大肠，又捞了一块牛肉切了，从柜上要了一大壶烧酒，叫伙计拿家什端着，他将牛肉汤倒回锅里，等汤开了，盛了大半盆，一手擎着牛肉汤盆，一手捏了两个碗，嘱咐伙计拿了筷子酒杯，回到房间。秦州张三皱着眉头说："韦三，日子不过了！你还没成薛家的女婿，薛驹的派头一点不差哩！"韦三放下手里的东西，拉过炕桌，让伙计将肉和酒放在炕桌上，又将秦州张三提溜到炕上，按在炕桌边，说："我可不是充少爷派头，这是老爹的安排，叫我路上伺候好了张三大。我爹敬重你的为人，流落家乡千里之外，一心向善，对主家一片诚心。我知道张三大心疼我们穷人的钱，可一顿酒饭吃不穷我。你知道，今年年景好，我家地里产出还算行，我们弟兄在外扛活，工钱也凑合。今天从早到晚，脚没闲着，和你枣红马四个蹄子赛跑，吃点喝点解解乏，再说这一阵口乏得很，那天吃羊肉偏偏就漏了我，你张三大舍不得，嫌我肚子大，今天我自个补一补，你就别横着竖着拦挡了。"说着，撕一块牛肉塞到嘴里，叫伙计倒了酒，盛了牛肉汤，递过筷子给秦州张三，不由分说，也给秦州张三塞一块牛肉到嘴里。秦州张三听韦三这一顿说，知道了是韦黔的安排，也就不再说什么，嚼着牛肉，抓过一个蒸馍，咬下一大块，喝一口牛肉汤说："吃谁不会哩，祸祸钱的事，你不心疼，我心疼个屌毛。"说着又抓起酒杯，往韦三面前一举说声"干"，一仰脖子，一口酒下肚了。

韦三很高兴，也拿馍撕了一大块，填进嘴里说："张三大给脸就是好事，听薛大掌柜说，张三大当年逃荒来薛家水，一口气吃了七个大馍，才让薛掌柜看上了你。今天，咱在吃量上比一比，馍你五个我五个，肉也平分了，酒一壶不够再来一壶，咱就当过年了！"秦州张三说："当年来四道岘子薛家水，也就比你大不了几岁，真是吃着不饱、干着不乏的岁数，就是今天，吃饭也不见得输给你！"韦三高兴得不行，两人馍一口、肉一口、酒一口，风卷残云般，霎时馍净盘空酒壶干，炕桌上只剩空盘子、空酒壶、空酒杯，当然还有两双筷子和寂寞的炕桌。韦三兴起，还要酒肉，秦州张三态度坚决，挡住韦三说："来日方长，薛驹在偌大个凉州城，我们愣头愣脑两个庄稼汉，怎么个找法，心里没个底数。不知薛驹现在在哪里鬼混，混成啥样了。"说着打了一个大大的酒嗝，蓦上心头，引起了惆怅。韦三安慰秦州张三，凉州城再大，薛驹那德行，除了赌场、烟馆、妓院，再能到哪里去！凡是下三滥的地方准能找见他。秦州张三蒙眬着眼说："韦三，你还年轻，传说凉州城越是下三滥的地方坑越多，坑越深。我听说，这些下三滥的混混专找乡里人下手。乡里人进城，被街道的繁华弄得眼花缭乱，只顾四下看热闹，手里拉的牲口让混混们卸了笼头，人家拽着笼头跟着你，等你拐个弯，你还在东张西望呢，他在你背上拍一巴掌，口里说'喂，老乡，你拉个马笼头干啥哩？你的马早给人家牵走了'，你说我们要是着了那样的道儿，找不回薛驹，弄得两手空空，咋回来去见人哩。"韦三不以为然，安慰秦州张三："你放心，一切有我呢！"秦州张三本来就很少喝酒，今天让韦三烧火着放了些量，已有些醉意，说："你还是年轻，初生牛犊不怕虎啊！"说着要去看枣红马，给马饮水。韦三坚决地按住秦州张三，自己利索地下了炕，去看枣红马了。

韦三看着伙计给枣红马饮了水，回到房子，秦州张三已经睡着了，怀里抱着毛褡裢。

韦三让伙计提来一壶水。伙计收拾了炕桌上的盘子、酒壶，出去了。韦三插好了门，给秦州张三盖被子，秦州张三依旧死死地抱住了毛褡裢。韦三只好将秦州张三连人带褡裢裹在被子里。

第二天，天光刚露，秦州张三就醒了。他叫醒韦三，自个先去给枣红马饮了水，加了料，然后就着店里的米汤吃了馍。韦三依旧让秦州张三骑了枣红马，自己甩开两脚，向下一个驿站奔去。

下一个驿站是一大驿站，距大河驿站一百二十里路，距凉州府十里。道路平坦且开阔，东去长安，西达新疆，南面祁连逶迤，北面戈壁浩瀚，驿站尽头即是古城凉州。凉州自古繁华，更兼一条丝绸古道，一线穿珠，凉州、甘州、肃州、瓜州、沙州，便是穿在丝绸古道上的明珠。

秦州张三骑在马上，毛褡裢横搭在马鞍前，一手握了马缰绳，一手牢牢地按着毛褡裢，似乎捉着只小鸟，唯恐随时从手里飞了。韦三看着可笑，说："张三大，你把这毛褡裢这样护着，城里的贼看一眼就知道你褡裢里有货，你这是招灾惹祸哩么。"秦州张三难堪地笑着说："这辈子哪见过一百块大洋，拿在自个手上，就是攥着块烧红的炭火，扔还不能扔，愁死人了！要能顺利找着薛驹还好，要是找不着薛驹，单护着这一袋子钱，就要了人的命哩！"韦三安慰秦州张三说："张三大，进了城，你牵着马，我跟着马护着褡裢，我就不信，活人的眼睛里谁能下了蛆去！"秦州张三叹口气："你年轻，没见过世上的难处。我从秦州逃荒到薛家水，什么样的难帐事没见过！你少年气盛，身上有一把子力气，你听过《水浒》吗？多少英雄好汉，满身的武艺，还不经常着了贼人的道。有让蒙汗药麻翻了的，有让骗到船上填了河的。世上的人，为了钱财，啥伤天害理的事做不出来！我们还是小心些为好。"韦三怕吓着了秦州张三，再不说这事了，打着马，自己也跑起来说："张三大，那咱们就赶紧了，不管到不到凉州城，天黑前一定住好，省得黑天进城，辨不清东南西北，住上个黑店。我听你的，不管什么时候，咱们人不离钱，钱不离人，保证万无一失。"

秦州张三点着头说:"出门在外,小心为上。"两人加快了脚步,向凉州城奔去。

天气晴朗,一轮大红的日头,一直跟着秦州张三和韦三一人一骑。一人一骑的影子一直在前面,慢慢地,影子转到侧面,日头追上了两人,照在了他们的头顶上。虽然是初冬天气,两个赶路的人,因为日头直照身上,马冒气,人出汗,口里也觉干渴。秦州张三要韦三骑一会儿马,自己走一走,韦三死活不肯,说:"哪有年轻人骑马让年长的人走路的理,还不让路上的人笑掉牙!"秦州张三无奈,只好说:"近午了,遇个店,咱们就打个尖,喝口水了再走。"韦三口渴得冒烟,就不犟了。正午时分,正好路边闪出一个小饭馆来。秦州张三下了马,店里的伙计迎出来,牵了马,说马槽在后院。秦州张三取下马鞍上的褡裢,搭在肩上。韦三跟着伙计去了后院,看着伙计喂马。秦州张三进了饭店,找个桌子坐下来,褡裢仍背在肩头。餐馆老板问秦州张三吃点什么,秦州张三说:"有馍给上半打,面汤来上一盆。"饭店老板一看秦州张三就是赶脚的下苦人,打趣说:"这位老板,你不吃面条,哪里会有面汤,不如馍少来两个,下两碗面,有汤有面有馍,吃着也舒坦。"秦州张三说好。不多时,馍来了,面条也来了,还有满满一盆面汤。韦三看着伙计给马上了草料,也来了。两人就着面汤吃面吃馍,店里的辣子和醋在桌子上,随便加。韦三掰开热馍,加上满满两勺辣子,咬一口,嘴角往下流着红油,一时间,额头爬满了汗珠,大的汗珠从脸上滚下来,韦三拿袖口一抹,袖口湿了一片。秦州张三看韦三吃得欢,就说:"你少夹点辣子,店家会笑话咱们,不要钱的东西不要命吃。"韦三舀一碗面汤,双手捧着喝了半碗,放下碗,很舒服的样子说:"咱掏了钱,总得吃回来些,一碗油泼辣子值什么。"秦州张三笑了,说:"我们都没吃店家一块荤腥,两碗面、几个馍能赚多少?叫你吃掉一碗油泼辣子,不亏本就不错了,最多赚些牲口的草料钱。"

秦州张三和韦三两个一头嘴里不停地吃不停地喝,一头闲谝着,这时，一个女人手提一桶泔水，从灶间出来。秦州张三不经意地看了一眼，嘴里噙着馍，人便僵住了。提着泔水的女人也立定了，手里的泔水桶"咚"的一声掉在地上。韦三回头看了一眼女人，又看看僵在桌边的秦州张三："张三大，你咋的了？"秦州张三缓过神来，一伸脖子，咽下填在嘴里的馍，赶紧补一口汤，说："花鱼儿姑娘，你咋在这哩？"花鱼儿姑娘踅过来，对秦州张三施了个礼，问："张三大，你咋在这里？"秦州张三回答说："我们去找薛少爷哩，说他带着你去了凉州城。你们不是在凉州城里么，你怎么在这里提泔水桶哩？"花鱼儿姑娘欠身答道："我们在凉州城混不下去了。想着往回走哩，身上带的钱让薛少爷输得精光，只好在城里要饭。城里混不下去了，只能要饭回去嘛，怎么这么巧，就能碰上张三大。"秦州张三赶紧问："薛少爷呢？"花鱼儿姑娘指着后面说："在后面睡觉哩。身上没了分文，前天到这店里了，吃人家的残汤剩饭，我给人家浆洗些脏被褥、脏衣服，人家赏个炕睡，给碗饭吃。少爷好些天没抽一口烟，正犯瘾呢，鼻涕一把泪一把的，好像死人多口气哩。"

秦州张三大喜过望，真是老天眷顾，要是错过了，凉州城里到哪寻去。山里人进了城，没头的苍蝇，撞到什么地方去！他赶紧给韦三说："这就是跟着薛家少爷去凉州城的花鱼儿姑娘，少爷在里面呢，咱赶紧看去。"

秦州张三和韦三跟着花鱼儿姑娘到店铺后面。花鱼儿姑娘领着两人到了后院，推开一间房子的门，薛驹正蜷曲在炕上。炕上只铺了一张烂了边的席子，一床破得漏棉花的粗布被子。薛驹抱着被子，嘴里咬着被子角，眼泪鼻涕将被子弄湿了一大片。见秦州张三几个进来，一下子坐起来，指着秦州张三骂道："你们死到哪里去了！人家都快饿死了，也不见你们几个鬼影子。"秦州张三哪里有好气，说："少爷背着银圆逛凉州城，我们在庄稼地里干活哩嘛，能死到哪里去。凉州城里能是我们扛活的去的地方？"薛驹一时语塞，嘴里嘟哝道："人家都成这样了，还说不成你了。"又对花鱼儿姑娘骂起来："你个婊子，叫你找店家赊两个泡泡。我都快死了，也不见你个鬼！"花鱼儿姑娘低声争辩说："人家就不认得我们，他能赊给我嘛！"薛驹又骂："你不是长了屁吗！没用的东西，就知道问我要钱。"花鱼儿姑娘默不作声，眼泪吧嗒吧嗒掉下来。这时店家跟了进来，听得秦州张三称薛驹少爷，又见院里马槽上拴的枣红马气派，赶紧叫伙计给薛驹换房间，又吩咐老婆给薛驹搬烟灯，打烟泡。

等薛驹换了房间，花鱼儿姑娘陪着抽足了烟，秦州张三才备细说了他们要找他回去的缘由。韦三也殷勤地跑前跑后。薛驹说："他们要打折我的腿么，我哪敢回去哩么。"他抖抖一身破衣裳："就这副模样，我才不回薛家水哩。"秦州张三说："你在外飘着，你妈天天淌眼泪，眼睛都快哭瞎了，你爹遭了横祸，你也可怜可怜老娘哩么。"薛驹更来了脾气，恨恨地说："我们跟几个叔老子早就分家了，我一个男子汉，主不了我家的事，处处受他们的管，动不动还要打断我的腿，咱索性在外飘着，我爹挣下的家业，由不了我做主，什么世道！"秦州张三还是好言相劝，薛驹吸足了大烟，精神头来了，少爷的派头马上摆出来，向秦州张三说："我妈给你了多少大洋？"秦州张三嗫嚅着说："也就一百块，要给绒花打出嫁的头面。"薛驹不以为然，说："嫁妆着什么急，县城里、土门子那么多银匠铺，只要有钱，要多少头面没有！"秦州张三嘟囔一声："这得按五奶奶吩咐么，你也得回去了定大小姐的婚事哩么，你老说做主做主，你不回家，主就得别人做嘛。"韦三也在边上劝说。花鱼儿姑娘说："凉州城里就是个贼窝子，我们人生地不熟的，明抢暗夺哩么。就不是我们乡下人待的地方。"薛驹骂花鱼儿姑娘："你就是个土鳖，只要老子翻了本，他们有啥了不起，还不像狗一样给我摇尾巴！"

大家僵住了。秦州张三说："不管怎样，你得回去一趟。"薛驹还是拍拍身上衣裳喊道："就让我像个叫花子模样回去？"花鱼儿姑娘说："你的两套衣裳都在当铺哩么，张三大受累去一趟凉州城，我跟着给你赎回衣裳不就得了。"薛驹其实只是要要少爷脾气，凉州城他恐怕再也不敢去了，便不作声。秦州张三让花鱼儿姑娘骑了马，韦三跟着去赎衣裳，自己留下伺候薛驹，免得薛驹又生出什么事端来。

韦三和花鱼儿姑娘立刻动身去了凉州城。凉州城离这家店相距三十多里，赶快了，天黑应该能回来。

秦州张三赔了小心，他怕薛驹无事生非，门前一条通衢大道，往来车辚辚，马萧萧，走东奔西，一眨眼的工夫，跑了，上哪儿寻去。其实，薛驹在凉州城，还没弄明白怎么回事，就让一伙恶少给整得光了腚。欠人家赌债，几乎让人揍出屎来，圈了一天一夜，水米没沾牙，给地痞们剥了衣裳，拿到当铺当了，扔给一身乞丐的衣裳，用脚将他踹了出来。他前脚走，后脚让人拿扫帚扫，身上挨了无数的击打，屁滚尿流地滚出了凉州城，和花鱼儿姑娘一路要饭到了这里，才知道了凉州城的水深火热！

薛驹吸足了大烟，元气上身，想想凉州城里挨的打，想想初到店里店老板的白眼，正好拿店家消遣。薛驹向秦州张三要了几块银圆，给店家扔出去两块，要店家给他洗脚，给他烧烟泡，给他斟酒，变着法子羞辱店家。店家收了银圆，低眉下眼地伺候着，脸上的笑一直褪不掉，全是银圆的面子撑着。秦州张三看在眼里，气在心里，他怕恼了薛驹，惹出什么事来，着急地等着韦三、花鱼儿姑娘赎了衣裳，快点回到家去。

日头坠山，暮色四合时，韦三和花鱼儿姑娘赎了衣裳回来了。秦州张三和韦三好言恭维着薛驹，小心地伺候着，只等明早上路。

第二天，薛驹骑了马，秦州张三又让店家雇了一辆驴车，载了花鱼儿姑娘，按照薛驹的意思，要先回土门子。


# 10

回到土门子的四个人，薛驹要和花鱼儿姑娘回他们租的房子。他告诉秦州张三，他们先回薛家水，自己要在土门子先住一段时间。他要秦州张三将身上带的钱全给他。秦州张三知道钱全给了他，就指望不了他回家，借口钱是给大姑娘绒花打首饰的，打不了首饰，他回去交不了差。秦州张三不给钱，薛驹就声言不回去。再说回去了叔老子们又给他上家法，要打断他的腿咋办？他要秦州张三先回，他反正要过饭了，大不了再在土门子要饭。秦州张三只好苦口劝勉。韦三也跟着给薛驹说好话。薛驹恼了，两个条件，一是给钱，给绒花姑娘打首饰的钱，要秦州张三回家取去；二是他拿着钱赌一把，像上次，赢了钱光光彩彩地回去。另外，还要保证他回去了叔老子们不再拿家法治他。秦州张三拗不过薛驹，急得满头满身臭汗，一屁股坐在花鱼儿姑娘房子的门槛上，带着哭腔说："大少爷，你这样为难我们下苦的人，干脆你要了我的命算了。"缠到后来，薛驹总算退一步，只要秦州张三身上一半的钱，他去赌上一场，输输赢赢明天跟着他们回薛家水，还要带上花鱼儿姑娘，不让带上花鱼儿姑娘，就留出十块银圆给花鱼儿姑娘过日子。秦州张三实在无奈，为了哄他回去，只好排出三十大洋给薛驹，另有十块银圆交给花鱼儿姑娘，自己与韦三去骡马店住下来。

第二天一早，秦州张三和韦三早早来到花鱼儿姑娘的房子门上，见门上还挂着锁，只好又到赌场去找。到了赌场门口，见薛驹和花鱼儿姑娘从赌场出来，两手空空。薛驹一头伸懒腰一头打哈欠，还不住地埋怨花鱼儿姑娘，说半夜时分已赢了几十块，花鱼儿姑娘没有劝住他，那时停了手，几十块大洋也还行。见秦州张三和韦三，又埋怨起秦州张三，说："进赌场这事，按规矩先净身几天，焚了香，拜了佛，进去才能赢。你们都像催命的鬼，不输钱才怪哩！"花鱼儿姑娘噘着嘴嘟囔说："干下瞎事了都是别人的，你听过别人一句劝吗？去凉州城一趟，哪个事不是你的主张，哪个事能干成了。"

薛驹输了钱，正窝火哩，花鱼儿姑娘这一嘟囔，正接了薛驹泻火的口。薛驹抬手给了花鱼儿姑娘一巴掌，花鱼儿姑娘立刻捂了脸大哭起来。薛驹抬脚要踢花鱼儿姑娘，韦三迅速出手，搣住了薛驹，说：

"薛驹少爷，大清早的，又在大街上，让人看着笑话！"薛驹也自觉没趣，嘴里还是骂着："碰上你这婊子，能不倒霉！"花鱼儿哭着跑开了。秦州张三赶紧几步，拽住了花鱼儿姑娘："你先别走，咱们要回去了。"花鱼儿姑娘收住了脚步，依旧十分委屈地哭着。薛驹依旧跳着脚骂："说不成你了，老子给你赎了身，你就是老子的人，俗话说花钱买的女人买的马，任我骑来任我打。你不愿意，老子还把你卖到窑子里去！"花鱼儿不出声了，只是啜泣着。

　　秦州张三对薛驹说："少东家，你玩了一夜，说好的输输赢赢咱们今天回去哩。"薛驹伸个懒腰，哈欠连天起来，眼泪不由得滚下来。他拿袖口抹两下眼泪，很生气地说："就回吗？你看我不抽两口咋个回哩么！"花鱼儿姑娘开口了说："张三大，你让他去抽两口，精神些了再回。你们去吃早点，我陪他抽去，也就一顿饭工夫。"秦州张三无奈，只好依了花鱼儿姑娘。薛驹伸出手向着秦州张三："钱呢？"秦州张三伸手在裆裤里摸了半天，捏出两枚银圆来，战战兢兢地递给薛驹。薛驹斜眼睥睨着秦州张三，说："再掏！"秦州张三割肉剜疮般又摸出一块银圆："再万万不能了，大小姐的首饰还要打哩，这都不够了！"薛驹轻蔑地瞪着秦州张三说："不够了咋的，打首饰也不在今天，我去给银匠铺说，不就是回家取趟钱的事。昨晚给花鱼儿姑娘的十块银圆，都让我添了赌注，你再拿十块银圆给她，抽完烟眯一会儿我就跟你们回去。"秦州张三知道没什么法子，只好咬着牙，又掏出十块银圆来，递给薛驹，薛驹转身给了花鱼儿姑娘，领了花鱼儿姑娘径直奔烟馆去了。秦州张三只好拉着枣红马，领着韦三找地方吃早饭去了。

　　薛驹在烟馆由花鱼儿伺候着抽了两个烟泡。花鱼儿姑娘叫伙计买来几个油饼、两碗小米汤，各自吃了些早点。薛驹迫不及待地呼呼睡着了。秦州张三和韦三找到烟馆，见两个睡得死沉，叫都叫不醒，只好两个人去了银匠铺，按薛五奶奶的吩咐让银匠铺描了样子，钱是不够了。银匠铺一听说是给薛五佬的大小姐打首饰，声言一切都好说。

秦州张三只交了十块银圆的定金，说好的一个半月后带钱来取货。

秦州张三和韦三很庆幸，半道上遇上了薛驹，要是在凉州城找不到薛驹，不知又有多少辛苦。不管怎么样，人总是找到了，而且薛驹答应回薛家水，人一进了家门，这趟差两人就完满交了，花了几十块大洋，心疼也无益，碰上薛驹这样的主，扔出去是迟早的事。两人不免感叹一番，有人面朝黄土背朝天，终年辛苦，就为了婆娘娃们吃顿饱饭；有人挥金如土全不知稼穑之艰难，世事真是不公得很！

晌午时，薛驹才揉着眼睛向花鱼儿姑娘要水喝。花鱼儿早就起身备下茶水、点心，等薛驹醒来。薛驹问了花鱼儿姑娘时辰，喝茶吃了些点心，又要睡去。花鱼儿姑娘怯怯地问薛驹："你答应今日个回去哩，天都过了晌午，咋还要睡哩。不想回去了？"薛驹回答："回是要回哩么，回去家里有多少大事等着我定哩！薛家水几十里路，也就牙长的一截么，抬脚就到了，急什么。张三大他们再催，你就说，后晌睡足了再回。"

秦州张三明白，上次薛驹离开时在薛元昌门前柳树上挂了草人，在薛家水闹出了那么大动静。白天回去，薛驹怕人面前脸上挂不住，要趁天黑回家哩。秦州张三把揣摩的意思给韦三说了，便不再催薛驹，两人信马由缰在土门子街上溜达。

天黑时，秦州张三和韦三在马上驮了薛驹，悄悄回到了薛家水。

薛驹回到了自己的家，愁肠百结的薛五奶奶见了儿子，毫发无伤地回来了，喜出望外，一句责备的话也没有，赶紧让使唤丫头端汤供水，自己不迭声地嘘寒问暖。两手从头上抚摸到脚上，像是捡回了价值连城的宝贝，恨不得捧到手里，捂到胸口上，接着喜极而泣，泪流满面。薛五奶奶感激秦州张三，更是感激韦三，认为韦三的确能办事，打定了招韦三为婿的主意。

趁薛驹撒娇的时候，薛五奶奶将韦三家提亲的事说了，还说几个叔老子们都满意。薛驹趁着劲对薛五奶奶说："以后家里的大事咱娘定了就行，叔老子们不必老掺和，时间久了，家就成别人当了。"薛五奶奶连连点头说："只要你成了材，咱家的事指定是你说了算。可你三天两头往外头跑，家里的事不上心，自然得求叔老子们。"薛驹撒够了娇，脸上绷正了，对薛五奶奶说："只要别人不掺和，我一定成材立柱，绒花姐姐的事就定了，嫁给韦三，离得近了对娘也是个照应。"

薛五奶奶听薛驹这么说了，赶紧打发人叫薛怀来了一趟家里，告诉薛怀，薛驹已吐了口，几个叔老子们也有言在先。她请薛怀大辈子给韦家传过话去，趁着冬闲，就办了娃们的亲事。

薛怀受韦家之托，成全了韦三、绒花的一桩亲事，自然是不怠慢，出了薛五奶奶家的门，立马趱到韦黔家，将薛五奶奶的话传了个一字不漏。韦黔谋算的事如愿以偿，自然也是喜不自胜。薛怀还是强调不能少了礼数。韦黔满口答应，当即请薛怀做大媒，先找阴阳先生合婚，写好了帖子，备了四色的礼，定了提亲的日子，由薛怀传话给薛家。薛家接到薛怀的传话，也开始做准备。


# 11

四岷四水的山里迎来了一场初冬的雪。

这一场雪初时微云，飘了些雪花，不过半日，黑云汹涌而来，接下来，天地间渐渐白茫茫一片，纷纷扬扬，风助云推间，大雪如席，由一鸡爪、一狗爪、一牛蹄，到没人踝骨。一天一夜间，又没人膝盖。山白了，树白了，飞鸟绝迹了。随着刺骨的寒风，降临了一个冰雪的世界。韦三定亲的日子，正好云散雪霁，头顶一碧蓝天，脚下茫茫雪原。

一大早，韦黔家让韦二牵头驴去接薛怀两口子。薛怀是大男人，尺把厚的雪踏个毡窝窝就来了。但薛怀婆娘是小脚，雪地行走不便，自然要用驴驮了来。定亲去个女眷，女人间好说话。按辈分，薛怀婆娘是薛五奶奶的婆婆辈，大一辈的，说亲事也方便。一顿饭的工夫，韦二接了薛怀两口子。薛怀在院子里跺跺毡窝窝上的雪，说："这冰天雪地的，脱鞋上炕就免了，刚吃过早饭，茶也免了，我们看看礼单，就到薛驹家去。今天的事主要在咱们薛家办么。"韦黔知道薛怀是不拘俗套的人，就让薛怀两口子进屋，看看炕上摆开的四色礼。韦二搀了薛怀的婆娘，大家进屋。炕上摆了四色礼，酒、肉、茶、糖各一封，还有给绒花姑娘的头面首饰，绸子手帕一条，合卺瓶一对，等等诸物。韦黔面有赧色，口里说道："怀二爷见笑，你知道我家世代赤贫，也就这几年，娃们大了，出一身臭力，才置了几亩薄田，产出不多，全凭几个儿子扛活，勉强将全家填个半饱。娶你们薛五佬家千金，本来就门不当户不对，我们小户人家，实属高攀了。话说回来，皇帝家还有三门穷亲戚哩。置办这点东西，我们已经是秋鸡娃下蛋，尽了全身的力气了，还望怀二爷成全。"怀二爷夫妻看了炕上堆着的礼物，包着的拿手捏捏，露着的拿手上掂掂，说："礼是薄了点，但薛五家嫁姑娘是看上韦三的人了，彩礼轻重不在话下，不会太计较的。"说着让收起了礼物，装筐的装筐，装袋的装袋，贵重些的，用篮子装了。韦黔让韦二两口子掂了礼物，仍然将毛驴驮了怀二奶奶，韦二媳妇骑了一头骡子。薛五佬家就在山头对面，怀二爷和韦二两对老少夫妇，踏着深深的积雪，下沟上坡，往薛家走去。

日头已升起老高，阳光洒在雪域上，雪上的反光耀得人睁不开眼。对面山头薛五佬家庄院门前已有人瞭望，见一行四人出了韦家门，便进庄报告去了。雪地上的牲口蹄印、人脚印清晰可辨。老少两对夫妻走到薛五佬的庄院前。

薛驹的叔老子们早早就到了。薛开昌迎了出来，拉了怀二爷的手。怀二奶奶由韦二扶着下了驴，一双小脚在扫过雪的地上立不稳，全凭韦二扶持着。薛开昌让怀二爷一行进了院门。院子里一伙人在扫雪，几堆雪已堆起，还堆了两个迎客的雪狮子，张牙舞爪，煞是引人注目。薛怀长薛驹几位叔老子一辈，因此薛元昌、薛奇昌都不敢托大，在院子里站着迎接。薛元昌、薛奇昌都给怀二大辈行了鞠躬礼，拉了手，拥着进了堂屋。怀二奶奶被丫头们扶进了东厢房。薛五奶奶家在两个厅里笼了大火盆，烧的是松炭，从雪地里一进门，暖烘烘的热气扑面而来。薛元昌让怀二爷上座，家人摆上茶来。韦二晚辈，坐在下首。怀二爷将各色礼品在桌子上摆一摆，然后叫韦二他们收拾了拿到东厢房去。东厢房里的薛五奶奶和她的几个妯娌们才是真正的评家。她们在手里一件一件地摆弄。薛五奶奶也是略略看一看，便叫人收了去，知道韦家只是个礼数，不会有什么可看的东西。只是一对合香瓶稀罕，在几个妯娌们的手上传来传去。

薛驹今天是主角，薛五奶奶给他穿了宁夏的滩羊羔子皮大氅，围了条狐狸皮围脖。虽然由于薛驹在薛元昌家柳树上挂草人那一出，场面一开始有些尴尬，但薛开昌一张嘴不停地搅和，怀二大辈子们一到，转了话题，加上堂屋里两盆炭火，气氛渐渐热了起来。事情是早已定好了的，大家只是摆个场面，走个过场。薛元昌和怀二爷大辈子说了些婚事的话，什么两家财力不对等，但两个娃十分地般配；说了韦三的能干，庄稼院里一把好手，又说了绒花姑娘贤淑知礼，针线茶饭，样样称心得手。然后就说今年的年景，骡马车牛，又叹息世道日益变坏，苛捐杂税，内地战乱不断，等等。薛五奶奶传过话来，韦家的礼物看过了，嫁女儿原不在聘礼上，就请诸位叔老子与薛驹一辈定了婚事，议了日程，好让怀二爷长辈去回了韦家。

婚丧嫁娶的套路，爱热闹的薛开昌自然烂熟在心，备细地提出要求。娶亲的车辆、马匹的数目，女方西客的数目，下马席的规格，多少碗多少盘，多少冷多少热，正日子席面多少荤多少素，酒要瓶装还是散装。薛怀一一应了备细，韦二也一一记了，复述一遍，没有啥遗漏。薛怀长辈叫拿了笔墨，向着炭火记在纸上。薛驹又将迎亲路线提了出来，其实这是薛五奶奶的意思。薛五佬家距韦家对山相望，路线太短，要求迎亲车马队绕四道岘子一周，再回到薛家水韦家，最好绕锅底湾坟前一趟。怀二长辈当即否了薛驹走一趟锅底湾的提议，说迎亲嫁娶是喜事，绕坟就冲了喜气，不吉利，前无成例，恐遭人笑话。薛驹不再争辩，但绕一趟四道岘子也无大碍，头都磕下去了，作个揖不是什么大事。只是提出韦家家景不能和薛家比，礼数到了，规格低些，让薛五佬这边人多担待，免得人多嘴杂，结了亲戚又失了和气，以后亲戚间疙疙瘩瘩，还是事先互谅互让的好，尤其是占主动的女方家。怀长辈说的都在理上，薛元昌等都赞成，薛驹也就不再说什么。

正屋里议事气氛平和，两盆炭火烧得炽烈，众人都解开棉衣纽扣。几壶茶又烧得浓烈，更加了屋内温度，人们头上都沁出汗珠。薛驹索性摘了狐皮围脖，脱了宁夏滩羊毛皮大氅。屋檐上开始滴水，滴滴答答的廊檐水越滴越欢。薛五佬家一色的青砖红瓦房，不用上房扫雪，日头一出，瓦房上的雪便融化了。早上冻在瓦檐上的冰柱也噼里啪啦掉下来，响声不断。

薛怀薛长辈拿了写好的条款，到侧厅女眷们处，备细地说了韦家迎亲的诸项事宜，并念了韦家送礼清单。薛五奶奶知道韦家家底，对娶亲规格及送礼多少没再提要求，还说要以节俭为本，多大的牛出多大的力，多大的嘴吃多大的馍，不要为了一时风光，拉下饥荒，给以后的日子留下难怅。

薛五奶奶的大度受到一致的赞扬。怀二奶奶一迭声地夸赞："他五嫂真是明理人，说的每句话都入情入理，都坐在庄稼人板凳上说话哩。我们看上的是韦三娃子么，又不是韦家家景。要说家景，十个韦家也不及他五嫂家一个小指头。韦家的腰就这么粗么，咱们有韦三这么个人才，庄稼地里一把好手，还求个啥哩，就求个绒花丫头有个靠头么。"薛五奶奶的几个妯娌也是一句接一句地赞成，事情就这么完满地定下了。

在廊檐水的噼啪声里，在堂屋厢房几盆炭火烘烤着的热烈气氛里，薛五奶奶招呼上菜。几盆热气腾腾的手抓羊肉、黄焖羊肉率先端上了桌子。接着大盘炒鸡、清煮牛肉也随了上来。秦州张三将薛怀长辈让在首座，薛驹的叔老子们入座作陪。薛驹、薛增、薛强、薛玉、薛武、薛文一干弟兄在隔壁房子里安排了一桌。女眷们也是怀二奶奶首座，薛五奶奶一干妯娌们作陪。薛五奶奶特意拿出了薛五佬酒窖里的西凤酒，每桌上先上了一瓶，嘱咐大家，雪后天气更冷，大家不拘太多的礼，放开了量喝，不够再添。还吩咐将绒花一辈的姐妹叫到女眷屋里一桌吃饭。

三桌开了席，韦二虽然是晚辈，但新结的亲戚，也让在堂屋里就座。韦二媳妇自然与薛五奶奶们一桌。薛元昌简短说了几句，堂屋里才开席。薛开昌站起来给怀二长辈端了杯酒，说："今天借怀二长辈的光，老五家大丫头定亲，仰仗怀二长辈两边跑路，我呢先给长辈敬酒一杯。"说着一仰脖子，喝干了一杯，放下杯子，抓起一块羊肋骨，两手捧着啃起来。薛元昌也恭敬地站起来，倒了半杯，捧到怀二爷面前："怀二爸，你老辛苦，本来是大喜的事，我们该一醉方休，但刚下了厚雪，冰天雪地的，吃多了酒，脚下不稳，滑倒了碰着了都不是好事，大家伙多吃少喝，大喜的日子，还要求个平安。"怀二长辈接过薛元昌的酒杯，抿了一下，放下酒杯说："老大说的是，大家多吃少喝，也给年轻人们传个话去，肉要多吃，酒要少喝，喝多了摔打一下，不是耍的。"接着端起酒杯，提议大家干了一杯，酒要随意。薛开昌不以为然，说："大喜的日子，该喝还要喝的，这西凤酒，金贵得很，老五在时，也就迁坟时喝过一回。"说着倒了满满一杯，喝了下去。隔壁薛驹一辈的屋里传来了划拳的声音。薛驹们一桌都是一辈的亲堂兄弟，羊肉一上，便风卷残云般，大嚼大咽。薛开昌起身说："这帮崽子这么没规矩，给怀二爷还没敬酒哩就先划上了，我去教训他们一下。"薛元昌要拦着，薛开昌已出去了，接着薛驹一辈鱼贯地进来，闹哄哄地给怀二长辈敬酒。孙子辈给爷爷辈敬酒，自然言语就放肆些。怀二长辈呵呵笑着，挨个地接过孙辈们的酒，意思意思一下。孙辈们不依，薛元昌挡了驾，理由仍然是冰天雪地，喝酒容易出事。酒喝不起来，吃饭就快，一时间上了长面，大家吃了，算是结束。怀二长辈一行告辞了，说了许多感谢的话，回到韦黔家复话去了。

薛、韦两家联姻是一件大事。定亲过后，两家便紧锣密鼓地准备大婚的事情。选好日子后，先是通知远亲近邻，好在薛家、韦家人手多。人手多，干事的人就多，各路人马，分工跑路。韦家按照薛家开的礼单，韦大、韦二按照韦黔的吩咐，去县城或土门子置办。尤其二十块大洋、六对洋布，这是面子上的事，对薛五佬家嫁姑娘，已经是最低的礼金数了，韦家已是倾箱倒箧。韦大、韦二媳妇嘴上不敢说，脸上尽添埋怨之色，私下里窃语：有了这么多的银钱，怕是韦四、韦五的媳妇都聘下了。真不知为啥给韦三花钱聘这样金贵的媳妇。韦黔心里明白她们的意思，不说破，料她们也不敢吱出声来。打发韦三专去新窑岘子王家水请几家舅舅。韦三的舅家姓郜，就是郜先生一辈的几个弟兄，也去请了姑爹姑妈几家。其他人分头请了自家亲戚，乡邻邻里辈分高的，就由韦黔亲自上门拜请，不管怎样，娶的是薛五佬家的千金，礼数上韦黔绝对不能输给薛家。

薛家一府人也忙起来了。薛元昌各家都分头请了山川各家的亲戚。薛元昌骑着马，亲自恭请了他们一辈的舅家。他们一辈的舅舅已过世，但姑舅兄弟众多，都一一地请了。

四道岘子薛家水，经过多少代繁衍，论起来都是亲连亲，亲套亲。张家的姑娘嫁到李家，李家的娃子娶了王家的闺女，有些亲戚对得错了辈分，远房的叔侄娶了别家同胞姊妹，大年节上，叔侄同去给老丈人拜年，闹出不少尴尬，好在大家都不计较，各赶各叫。薛家与韦家相处同村，家门隔沟相望。四道岘子薛家水，大多数人家与薛、韦两家沾亲带故，薛、韦两家都请了。

薛驹也不闲着，薛五奶奶一心盼着他能顶梁立柱，撑起薛五佬留下的一片天地，他想趁着嫁姐姐绒花，在众人面前树个少东家的形象。薛驹亲自骑着枣红马翻过华儿岭请南川七八家舅舅。当然，薛驹外出，薛五奶奶必须叫秦州张三跟着，若秦州张三实在脱不开身，也必须有个庄客伙计随行，生怕在绒花出嫁前惹出什么事端。

这天，秦州张三要去土门子，取给绒花姑娘打的银器首饰。薛驹知道了，一定要去土门子，说银铺掌柜是他弟兄，去了会少花钱。大家拗不过薛驹，薛五奶奶求了薛奇昌，让薛玉跟着去了。薛驹因为薛玉跟着，没敢进赌场，只到烟馆烧了两个烟泡，当然不忘叫了花鱼儿姑娘陪着。薛驹在土门子盘桓到天快黑了，薛玉发了火，薛驹才上路回家。

冬天晴着的夜晚，山风不那么冷。东方的山坳里飘出一弯月亮，衬着渐渐闪出的漫天星斗。薛玉还在生闷气，三个人憋着不说话，只有马蹄踏出的嘚嘚嘚的声音，声音不紧不慢，但沉闷得让人窒息。到了薛家水，薛玉直接回了自己家。秦州张三交代别的伙计喂马，自己给薛五奶奶交了绒花姑娘的头面首饰，自己到厨房吃饭去了。薛驹有人伺候着，又要喝茶又要烧烟泡，支使得丫头们团团转，他将白天生薛玉的气都撒到丫头们身上了。薛五奶奶没有办法，只能好言相劝。


## 12

韦三和绒花的大婚定在冬月初六，冬至的前两天，薛、韦两家经过一个多月紧锣密鼓的准备，猪宰了，羊杀了，薛家还杀翻了一头牦牛。薛家请了土门子一家名庄的厨子，还请了一队乐班。

初六那天，鸡叫头遍，韦黔老两口跟着鸡叫的第一声就睁开眼，穿衣下炕，叫醒了合家的大小人等。前日来的几个女儿，昨天来的众舅妈、姑妈都纷纷地穿戴梳洗了，屋里屋外地忙起来。郜先生也是昨日晚就到的，他指使大家在大门上、卧房门上都贴上"囍"字和喜联。大门上对联是"气象更新高轩到，门厅添喜可人来"；洞房门上是"柳暗花明春将至，珠联璧合喜成双"；堂屋门上是"英男靓女天作之合，情深意投同心永结"；东屋门上是"花开并蒂姻缘美，鸟飞比翼恩爱长"。横批有"鸾凤和美、比翼双飞、良辰美景"。横批贴错了，对联贴反了，郜先生一一地要他们重新贴过。喜庆的对联一贴，加上重新糊上的雪白的窗纸，配上舅母姑妈姐姐妹妹们剪的双喜窗花，还有喜鹊登梅、百鸟朝凤等等，衬出了满院子的喜气洋洋。更高兴的是韦三下面的七个弟弟，每人因韦三娶亲而有了一身粗布棉袄、棉裤，一双毛毡的窝窝靴子。舅妈姑妈们都一个个按着头给洗了脸，脸蛋因冬天的寒风都吹成了酱紫色。人越小的鼻涕越多，而且大多用新穿的棉衣袖口揩鼻涕。韦黔老婆心疼新穿的棉袄，但怎么也管不住这几位鼻涕匠。舅妈姑妈们就对她说别管了，正戏就要开始了，别打孩子骂孩子扫了大家的兴。韦黔老婆只好苦笑着说："你们看看么，簌新的衣裳，造的什么孽呀！他们哪里知道，娶个大户人家的千金，为了面子拉下了多大的饥荒！"韦黔对自家婆娘骂道："快闭上你的乌鸦嘴，当着大家的面哭的什么穷，你还让人喝不喝喜酒了！"韦黔老婆不服气，捯韦黔："都是自家内亲，谁不知道你是驴粪蛋面上光，里子糙得很哩！他们糟踏新衣裳，还不能管一管。"韦黔特意穿了一件青洋布的棉袍子，脸上掩饰不住堆着的笑模样，说道："好好好，你管你管，正事上多操点心吧。娶亲的车马就要动了，几个猴崽子，由他们疯去吧。"

按照薛怀长辈穿针引线，两家定了迎亲的规模，韦家要去六挂大车、八匹骡马。四道岘子薛家水有个不成文的规矩，凡嫁娶之事，人们是不吝啬自家车马的，只要办事的张口借用，不论张王李赵，不论同姓异姓，都要积极出借。不借是要遭人唾骂的。

日头冒出了东边的山头，时辰到了，韦家借的车马都齐了，执事的人指挥着车马排队，给车夫马夫们敬了开路酒，敬了洋纸烟。头车甩响了鞭子。对面山头上，薛家庄院门前已站满了人，门前车马往来穿梭。四道岘子薛家水四野的山路上，骑马的、骑驴的、走路的，人们穿着簌新的衣裳，基本上都是奔着薛、韦两家喜事来的。冬天的几场大雪，地上积了尺把厚的一地。漫山遍野的银色世界，田野雪地里布满了牲口的蹄印，道路上人来车往，碾轧出厚厚的冰溜子。韦家的迎亲车队马队出发了。车马走过，道上的冰层发出咯吱咯吱的声音，骡马的踢踢踏踏的声音，杂乱无章。车把式甩着响鞭，韦二两口子坐在迎亲的头车上，坐在车上的还有怀二爷和怀二奶奶。两个一老一少的女人是专门迎亲去的。韦二媳妇要扶着新娘出闺房，扶着新娘上花马,当然,抱新娘上马的是娘家的哥哥或者弟弟。四岘四水娶亲的规矩是新郎不接亲,全凭媒人一张嘴,说动新娘出闺房,说动新娘上花马。另外,还要邀请西客上车,前后照应,左右逢源,等到新人上了炕,媒人方可撂过墙。

因为新人出娘家门进婆家门都算好了时辰,薛、韦两家隔沟相望,近在咫尺,车把式们勒住马,车队慢慢地在铺满冰雪的道上蠕动着。车把式们甩出各式各样的响鞭声,放肆地拿韦二两口子调笑着。这片山里有俗话,结亲三日无大小。头车上的车把式对韦二说:"韦二,你一个爬灰的大伯子娶亲,脸上咋不抹把灰呢?"韦二坐在车上,拿脚踢着车把式的沟子。车把式对韦二说:"你有话说么,踢老子的沟子干啥哩?"怀二爷笑着说:"韦二以为刚才那话是沟子里拉出来的,就该踢沟子嘛!"韦二马上接嘴说:"就是哩么,嘴里能拉出这样的屁吗!"车把式撑道:"怀二太爷,我替你薛家大姑娘担心哩,你倒狗咬吕洞宾,不识好人心。你们薛家老一辈都不管,我外人操的哪门子心嘛!"说着狡黠地笑起来,后面车上也乱哄哄地笑起来。车上有人喊了一嗓子:"牙长的一截截路,这么多车马,兴师动众么!韦老二一个人背回来得了,省下工夫吃喜酒么!"笑声更加高起来,夹杂着车轱辘碾雪的吱咛声,马蹄踏雪的咯吱声,奏响了一曲欢乐的迎亲曲。

迎亲的车队足足盘桓了一个时辰,才到了薛五佬家的庄院门前。薛家的亲众迎出来,孩子们点响了鞭炮,迎亲的马受了惊,马夫们紧紧地勒着马嚼子,制服着惊马。鞭炮噼里啪啦,二踢脚、钻天猴嗖嗖地往天上接二连三地蹿。有人捂着耳朵,有人呛得直抹眼泪。好大一会儿,炮声响过,人们才互相寒暄,互相拱手作揖行礼。薛元昌领着薛恒昌、薛奇昌、薛开昌一字排开,将下了车的怀二长辈夫妇、韦二夫妻迎进庄园大门。薛恒昌是接到薛元昌的信,赶了十来天才和大儿子赶回来的。怀二长辈拉着薛恒昌的手,问了家常。其余人等,按安排分配的角色照应来客。堂屋厢房都摆了席,迎亲的人被请了进去,马上开了席面。时辰不等人,娘家的席只能匆匆地吃了,也不恋着喝酒。怀二长辈里外张罗着，交割了娶亲的礼物，催着上完了菜，略微地喝了两杯酒，招呼着西客们上车骑马。薛增、薛强的媳妇从闺房里搀出新娘子薛绒花。绒花头上顶了盖头，一身大红棉袄，大红棉裤，一双极小的脚，穿了一双红色的绣鞋，鞋两侧绣了一丛莲花，莲花里浮着一对鸳鸯。韦二媳妇上前搀了绒花，到东厢房里拜别薛五奶奶。薛五奶奶执了绒花的手，哽咽着叮咛几句，拉过炕上早已准备好的一件红色锦袍，披在绒花身上，抱住绒花，滚出两行泪来。薛增媳妇赶紧拉开薛五奶奶，搀着绒花走出东厢房，穿过院子，跨过朱红的大门。一匹枣红马立在上马石旁，韦家的老四牵着马。薛驹见绒花跨出大门，便上前抱起绒花，登上上马石，将绒花放在马鞍上，扳着绒花的腿，让她骑端正了。韦四拽过了马头。

怀二长辈招呼男女西客上车骑马。西客是早已定好了的。薛元昌一辈由薛开昌为首，三个舅舅、两个姑父、两个姨父、一个舅妈、两个姑妈、一个姨妈；薛驹一辈，薛增、薛玉、中卫来的薛万、薛驹、兰花、菊花、薛开昌大女儿荷花；还有姑表的几个姑爷、姐夫，一共二十四人，整整三桌的西客。

车马启动，韦四牵的头马载着新人，按照约定，沿大路先到四道岘子绕一圈。六挂大车，每车载了五六人，车上铺着毛毡，几人坐上去很是宽绰。其余八个男人骑了马，鼓乐手们坐了一挂车，车马在积雪的路上浩浩荡荡，随着乐手们吹奏的曲子，向四道岘子的大路上进发。

日头已升到了半天上，阳光洒在雪原上，耀人眼目。车上的男女都以手遮阳。沿途的村民听到鼓乐声，纷纷站门前观看。鼓乐手们刚刚吃了喜酒，借着酒劲，使出满身的力气吹奏着，尤其三个唢呐手，两腮鼓得像癞蛤蟆叫春，欢乐的乐声在冬日的雪原上回荡着。

在四道岘子绕一圈，大队人马掉转头又回到了薛家水，从薛家庄园的门前下沟上坡，到了韦家。韦家门前是一块打麦场，六挂车一字儿排开，帮忙迎亲的人们满打麦场都是。等西客下了车，韦家的人卸车的卸车，牵马的牵马。韦黔身着青洋布棉袍子，几绺胡须精心地剪过，黄黑白三色混杂，配了一副尖鼻子，似乎一个奸商的模样。他满脸堆笑，双手抱拳，恭迎客人。

薛家的男宾女客都被迎进庄门，然后按事先安排，男宾薛开昌一辈安排在正屋里，薛驹一辈安排在侧屋里，女宾们全部安排在另一个侧屋里。西客在四道岘子薛家水是被尊为最尊贵的客人。客人们上炕坐定后，专人提茶供汤伺候。茶是熬成牛血一样的茯茶。炕桌上放了一碗红糖、一碗冰糖，任由客人调放。男宾们炕桌上还放了两盒洋烟，伺候的人拆开一包，每人递上一支。由于是洋烟，抽烟不抽烟的人都接在手上，点着了，叼在嘴上。每个屋里都摆了火盆，烧的是煤饼子，屋里一股煤焦的味道，夹杂着十几张嘴喷出的洋烟。整个屋里烟雾升腾，简直就是乌烟瘴气！伺候的人赶紧挂起门帘，一股煤气掺着烟气汹汹地从门里涌出来。

新娘子绒花被安排在新房里。按四道岘子的风俗，拜天地时才能和新郎见面，拜完天地由新郎抱入洞房。风俗这玩意儿，婚丧嫁娶的规矩大致相同，但十里一风，五里一俗，讲究各有千秋，各不相同。每个村子都有些讲究是别处没有的。据说五道岘子，姐夫是不能在小姨子出嫁时做西客的，如果去了，要被圈进驴圈的，而且不是说说而已，就是真要圈进去。四岘四水山下的川里，嫁女是一天客，西客当天去当天回，女家的亲朋邻里，尽可以到婆家去吃酒席。而四岘四水嫁女是两天客，西客要在婆家住一夜，因而有下马席、正席的讲究。西客们坐定后，开始喝茶抽烟。知客们倒茶递烟、寒暄，大多都谝些有盐无醋的闲话。西客和东客都在这片山里。山外来客只要说了谁家亲戚，大都知道个大致脉络，论出个辈分高低。韦三婚事因为娶的是薛五佬的千金，规模比一般人家大，加上薛家韦家人口多，亲戚多，席面就铺排得大。屋里屋外、院内院外人挤得满当当的，着实是人声鼎沸！

大东请的是四道岘子蒲家大佬的儿子蒲龙。蒲龙经常在乡间主持婚嫁大礼，已历练出成熟的套路。头一天已经议定了各路执事，执事下面若干执行人，迎客送客的，一般是场面上去得多，见过各色人等，能言善辩，能说会道；调度车马的，一般是车马把式，管得住车夫马夫，用车用马不会误事；上茶上酒、端茶倒水的，一般是至亲能干的人，管着茶糖烟酒，既不吝啬又管得住靡费；生火运水烧炕的，一样也不能短了缺了。执事必须能镇得住人，干粗活的人偷懒耍滑，火盆灭了，炕不热了，水驮不来了，都要误事。因此，分派的执事，一切听总执事调度，还要隔两个时辰众执事碰一次头，讨论一下哪个方面还有纰漏，预测一下可能出现的漏洞，及时拾遗补阙，尽量做到井井有条，百密无疏。

婚礼随即举行，院子里摆了一张桌子，铺着红布，摆了各色糖果花生瓜子。桌后一张条凳。桌前铺了一条红毡，红毡两边摆了若干条凳。请韦黔夫妻坐在条凳上，请男女西客坐在两边的条凳上。由娘家舅妈引了绒花姑娘登上红毡，一帮年轻人拽着韦三，拥到红毡前，巴掌噼里啪啦打在韦三的头上肩上，还有人用脚踢着韦三的腿。众人将韦三摁定在红毡上，推推搡搡拿韦三撞新娘子绒花姑娘，周边掀起一阵一阵的哄笑声。

拜过天地，年轻人们将绒花姑娘架在韦三脖子上，让韦三躬着身挪着小步将新娘子扛进洞房。鞭炮一直响个不停，有人有意将鞭炮往韦三和绒花头顶扔，炸碎的纸花纷纷地落在两人头上、身上。院内洋溢着欢声笑语。一伙年轻人到处找韦大、韦二，但两人早就躲得没影了。突然，三个年轻人从大门外押进两个人来，正是躲起来的韦大、韦二，被韦大媳妇告了密，让年轻人们逮住了，在人们的笑闹声里押进了洞房。韦三被挤到一旁，由韦二代替了新郎的位置。一个按辈分是表嫂的女人，端了大半碗锅底灰与白面搅和的糨糊，将糨糊全部抹在了韦二脸上，另一个也是表嫂的婆娘，将一木锨炕洞灰全部倾在韦大的头上。水泄不通的洞房里叫声笑声几乎掀掉了房顶。一个表嫂示意将韦二押出去示众。年轻人们押着韦二出了洞房，用一根麻绳将韦二绑在院子里一根木桩上，一表嫂问道："今后还敢不敢做灰头？"顶着一头炕洞灰、脸上脖子上刷了灰浆的韦二唯唯诺诺，说不敢了。表嫂不满意，要韦二大声承诺。韦二大声说："绝对不敢了！"哄笑声立即淹没了韦二的声音。一表嫂问大家，说："大伙听到了没有？"笑声里有人说听到了，有人说没有听到，不过倒是给韦二松了绑，韦二赶紧挤开人群，溜出院子洗脸去了。

总执事宣布：下马席开始。

三个屋里的炕上都是由两个炕桌拼成的席面。在炕上坐席，西客们都是盘腿坐在炕桌旁。管席面的执事指挥上菜。席面是按照怀二长辈定亲时约定的八碗八碟。八碟是四荤四素，八碗是每人一大海碗杂烩。每个人面前放了一双筷子、一个粗白瓷的高脚酒杯，炕前放了两个条凳，凳子上坐了四个知客，陪酒劝酒。片刻时间，四荤四素摆上了炕桌。总执事蒲龙在薛开昌一辈屋里宣布了开席。他满斟一杯酒，说了些吉祥的话，邀西客举杯，满饮一杯，表示祝贺。还对招待西客说了几句谦辞，说韦家酒寡菜薄，希望西客们多多体谅之类。薛开昌正襟危坐，端起酒杯咂摸咂摸，放下酒杯，对喝了酒的蒲龙说："蒲大少爷，怀二长辈定亲时，我们议定了席面酒菜，这菜的数量是凑够了，可这酒却差了味道，淡得很嘛。怕不是瓶装的吧！"蒲龙赶紧赔了笑脸说："四爷可能是口寡了，这酒就是瓶装的。"蒲龙让知客中一个小伙子出去抱了两个酒瓶来。是黑色的双耳烧酒瓶，有烧酒坊字号，红纸上也篆着字号的标识。薛开昌脸微微红了，又端起酒杯咂摸咂摸说："酒瓶是烧坊的，这酒却是淡得像散酒。"蒲龙依旧赔了笑说："酒的确是瓶装的嘛，韦家庄户人家，一年也喝不了几瓶酒，到哪找这么些空酒瓶去！"话里已经带了刺。蒲龙根本就瞧不上薛开昌，一个混吃混喝钻女人堆的人。薛驹的大舅赶紧打圆场，说："大喜的日子，两家新亲，不该挑礼的，还是高高兴兴吃喝起来。"蒲龙一拱手："诸位高亲慢用，我再去看看别的席面。"说完转身出去了。薛开昌自觉没趣，拿筷子挑着盘子里的菜，斜着眼说："这菜也太不讲究了，分明看不起人嘛。"四个知客的小伙子，赶紧端起酒杯，轮番地给薛开昌敬酒。薛开昌架不住大家一哄而上，又架不住酒菜的诱惑，一连地喝下去了六七大杯，酒一下肚，薛开昌喝酒的老态便渐渐显出来了。薛开昌去的场面多，四岘四水的席吃得多了去了。不过人家是看着薛家几个弟兄的面子，都让着他。薛开昌是个说话占地方的人，到了哪里说的话都要挑个别人的不是，都要占个上风头。今天是西客，地位不比其他时候，更是斜着眼睛看人看菜看酒。酒这东西，武松喝上打虎哩，毛货郎喝上倒吐哩！薛开昌喝了酒，似乎肚子里装进了老虎，自然由不得张牙舞爪起来。七八大杯的酒，薛开昌脸上已涨得通红，嘴里叫道："你们四个算什么，当年老五活着的时候，县太爷到我家来，喝的西凤酒。我陪着县长，愣是把县长灌大了。县太爷划拳那是沾不了我的边，你们四个排上队，我们划拳，一个一个将你们灌个倒竖马勺。"四个年轻的知客，本来就有意要灌翻薛开昌，让他出出洋相。他一提出划拳，四个人便推一个人打头，坐在炕沿边和薛开昌开了拳。先划一个高升拳，高升即六拳。小伙子似乎也是个划拳的练家，一连赢了薛开昌四拳，按四岘四水讲究，见四不再划，小伙子主动端两杯喝了。薛开昌拦都没拦住，脸上很无光彩。小伙子离开炕沿，让另一个小伙子上。薛开昌不依了，还要和第一个小伙子划，小伙子似乎对薛开昌的拳技很不屑，逗得薛开昌火起，就要和小伙子划。薛开昌口里叫着："来来来，一般拳有什么划头，咱们划螃蟹拳、麻雀拳，喊错出错都要喝。"另三个小伙子怂恿前一个小伙子："这是你的强项么，怕什么？"小伙子便又坐回炕沿，与薛开昌先划"螃蟹拳"。两人同时口里叫着，手上比画着。"螃蟹一，爪八个，两头尖尖这么大的角，哥俩好啊该谁喝。"薛开昌喊错两次，又被灌下去两大杯。薛开昌喝了酒，又要划"麻雀拳"。不管小伙子同意与否，他先比画上了。"一个麻雀一个头，两个眼睛明啾啾，两个爪爪往前走，一个尾巴朝后头；两个麻雀两个头，四个眼睛明啾啾，四个爪爪往前走，两个尾巴朝后头；三个麻雀……"越往后，薛开昌错得越多，连连灌下去五六大杯。薛开昌渐渐地不胜酒力，难以支撑，面色由红变成酱紫，哈喇子从两个嘴角流出来，灌到了脖子里，胸前衣裳湿了一大片，说话语无伦次，颠三倒四地就是要划拳，抓着杯子就往自个嘴里灌。四个知客一边劝其他西客吃菜喝酒，一边继续逗薛开昌。薛开昌已经醉了，他突然猛拍一巴掌炕桌，口里骂道："喝的什么烂尿酒，我们薛家人什么时候喝这马尿一样的酒，拿西凤酒来！"嘴里"咯咯"地打着酒嗝，似乎要吐，一小伙子赶紧拿来一瓦盆准备着。薛开昌嚷着要回家喝西凤酒去，挣扎着站起来。又一跤跌倒在炕上，依旧要挣扎起来。薛驹的几个舅舅忙着搋住薛开昌，掏出手帕擦着薛开昌放肆地流成一片的哈喇子、鼻涕眼泪。薛开昌四肢乱挠着，嘴里断断续续地骂着韦家的菜、韦家的酒，骂韦家的人是穷尻，拿不出好酒招待西客。

薛开昌这一闹，动静很大，人们都进来看热闹。娶亲的酒席上灌醉西客是东家很惬意的事。醉得西客越多越是把客待到位了。但一般是喝趴下了，喝吐了，喝得胡言乱语了，进了女宾的屋子了。但像薛开昌这样骂主家就是侮辱人了，尤其是骂酒骂菜骂韦家，骂穷尻更是让人接受不了。韦大、韦二在院子里招呼客人，"穷尻穷尻"的字眼从薛开昌嘴里接二连三地骂出来，心里已经不满，韦大媳妇、韦二媳妇对如此破费娶老三媳妇，心里也堵着气，看看都要发作。韦黔当然明白，事情闹下去，丢的是薛、韦两家的人。他一面弹压住韦大、韦二两对夫妻，一面给蒲龙说赶紧结束场面。蒲龙本来就对薛开昌心里讨厌。他一面让韦黔去招待本家客，一面让四个小伙子堵上薛开昌的嘴，交给小伙子们几张麻纸。小伙子们会意，马上用麻纸包了一包牛粪，搋住了薛开昌，给薛开昌嘴里塞进一坨牛粪去。薛开昌挣扎着，噙着牛粪乱喷。牛粪末立即溅得满炕满桌，菜盘里酒盘里都喷了进去。

薛驹弟兄几个正和知客喝得起劲，听到长辈们屋里动静不对，赶紧跑过来，见几个小伙子搋住薛开昌，仍往薛开昌嘴里塞牛粪。薛玉怒火冲天，一个箭步跃上炕，一拳照塞牛粪的小伙抢过去。小伙子脑袋上挨了一记老拳，歪倒在一边。薛增、薛驹也揪住了其他小伙子，挥拳打起来。薛玉力大，刚刚又喝了几杯酒，他顺手掀翻了一个炕桌，又将另一个炕桌举起来猛地摔到地下，炕桌上盘盘碗碗都飞起来，饭菜溅得到处都是。人们身上、脸上、脖子里都挂满饭菜，场面混乱不堪！

蒲龙趁乱支走了院子里生气的韦大、韦二，叫他们去招待本家客人。告诉他们："你们别掺和，叫外人收拾他们，他们与外人冲突，与韦家没有相干。"韦大、韦二听了蒲龙的话，便躲了起来。


# 13

薛元昌送去了娶亲队伍，指挥众人开席招待亲朋。不知为什么，从早起，薛元昌右眼老跳个不停，心神也一直不宁。他总觉得哪里安排不妥，但又觉得没有什么不妥。想来想去，还是担心薛开昌、薛驹去了韦家做西客。薛开昌凡事托大，说话占地方，言语不让人待见，尤其两杯黄汤下肚，闹起来没边没沿。如果把韦家的婚礼场面搅和了，多失薛家的面子。加上薛驹，叔侄两个在一起，平地上都要生出事端，更别说闹哄哄的喜事场面上，人多嘴杂，万一言高语低，争执起来，叔侄两个都是不怕事大的主。薛元昌后悔没有坚持，应该让薛恒昌顶了薛开昌去做西客。薛恒昌走南闯北，见多识广，场面上的事拿捏得稳，不会失了分寸。可薛开昌对于这种事，热情极高，总要一马当先，别人去不去他不管，自己是一定要去的，谁也挡不住，谁也拦不了。薛元昌越想，右眼越跳得紧，他掐一片麦叶压在右眼皮上，招薛奇昌和薛强过来，要他俩去对面韦家，把薛玉叫出来，嘱咐他盯着场面，千万不要闹出乱子。

薛奇昌和薛强没有怠慢，放下手里的活，就奔着韦家过去，刚到韦家门前，就听得韦家人声鼎沸，闹声盈天。只见薛增扶着薛开昌冲出韦家院门，薛玉、薛驹紧随其后。薛玉手里抄着一把铁锨，跳出韦家院子，转身横在院门口。薛驹口里叫着说："放心大胆地砍，砍死了赔他命，薛家有的是银子！"

薛奇昌、薛强赶紧上前，薛强扶住了跟跟跄跄的薛开昌。薛开昌挂着一脸的牛粪渣子，嘴里溅着唾沫星子，嗓子沙哑着喊道："打打打，打死这帮穷贼，薛驹，你点把火，烧了这穷贼家的房子！"薛强赶紧俯下身子，扛起薛开昌往回走。韦家有人"哐当"一声，关上了院门，隔着院墙，扔出来薛开昌的一双棉鞋和一件外套。薛奇昌捡了鞋给薛开昌套在脚上，又捡了棉衣给薛开昌裹在身上。薛驹仍跳着脚骂韦家祖宗十八代。薛奇昌喝住薛玉，骂道："丢人卖臊够了，谁家嫁个女儿闹成这样，还不滚回去！"薛玉挨了骂，也觉没趣，扔了手里的铁锨，拉了薛驹就走。

薛强扛着嘴里依然骂不停口的薛开昌，高头大马迎来的尊贵的西客，就这样灰溜溜地离开了韦家。绒花的几个舅舅下了炕要走，知客们团团围住，众口一词赔不是，说什么也不让走。知客们麻利地收拾好炕桌，重新开了席面。绒花的舅舅们也自知理亏，只好乖乖坐了下来，匆匆地吃了八盘八碗，酒是一口再没喝。知客们端茶供水伺候，但西客们如坐针毡，像木偶一样，跟着仪式做完了全部过程。第二天，韦家依旧车马相送。绒花知道自己的四爸和薛驹都不是善茬，走到哪，事惹到哪，丢人现眼已是家常便饭，也只是偷偷抹两把眼泪。

薛家两辈六个男人回到家，薛开昌满口是理，咒骂韦家穷鬼不讲规矩，菜薄酒寡，慢待薛家的西客，分明就是瞧不起薛家。薛元昌只将火气发在薛增、薛玉身上："你们都是死人，叫你们做客去了还是打架去了。"薛玉低声嘟哝："我见他们往四爹嘴里塞牛粪，就是个泥人也得动手么！"薛元昌更是火冒三丈，骂道："你不问青红皂白就抡拳头，打出什么了，让人扫地出门，咱薛家的名声要不要了！"薛奇昌见薛元昌动了大火，便将薛玉一个耳光，薛玉捂着脸跑了。

薛元昌对薛奇昌说："老三，你这是何苦哩！"薛元昌看着在地上像女人一样打滚撒泼的薛开昌，叹息一声，像是自言自语："这世上，口口声声讲规矩的人，其实是最不懂规矩、最不守规矩的人！"

## 14

薛家嫁绒花姑娘，本来是想让女儿的喜事冲冲积年的晦气，谁承想让薛开昌一闹，薛家的人丢大了。四岘四水的十里八乡尽人皆知，说什么话的都有。议论得最多的是薛家仗着薛五佬的财势，欺人太甚！薛开昌本来就让人不待见，这次成了众矢之的，薛驹也让人捎带着骂。都说薛五佬留了个孽种，败家辱门的丧门星！

薛开昌没事人一样，照样吃，照样睡，没事找碴打老婆消遣。薛五奶奶本来不知道西客们到韦家闹的事，但薛驹不听薛元昌告诫，第二天就加油添醋地告诉了薛五奶奶，说什么韦家娶过了人就翻脸不认人，在酒席上侮辱薛家人。薛五奶奶将信将疑，陪着薛驹叹气掉泪，只等女儿女婿回门时问个究竟。

真正为这事受折磨的是薛元昌。他彻夜睡不着觉，对着如豆的油灯，旱烟哑了一袋又一袋，想想老五横死之后种种的不祥之事，自己无能为力，又想两代人全力挣扎，才有了些人间风光，谁承想短短两年，家族败象已露。天光微明时，薛元昌稍稍地眯了一会儿，但很快就醒了。他起身漱漱口，擦把脸，到厨房里看看薛增妈准备的早饭。今天薛恒昌要走了，回到中卫去，薛元昌要送他出山。因为一件一件的糟心事，薛元昌心口堵得慌。如果薛恒昌不去他乡，家族遇事还有个人商量，毕竟薛恒昌多年经商，山南海北，见多识广。但人各有志，背井离乡的主意定了，勉强不得，只能由他去了。薛元昌心头却割舍不下，打定了主意送薛恒昌出山，路上老弟兄说些话，吐吐心中的块垒。

薛增妈准备的早饭是清汤羊肉泡油饼。薛恒昌、薛万都早早起来了。薛万已喂好了牲口，饮了水，鞴好了鞍辔，只等吃过早饭就上路。

冬至前后，四岘四水的山里，一片银镶玉裹的世界，天气是极寒的，人畜呼出的气都是白色的，滴水即成冰。吃过了羊肉泡油饼的众人集齐到薛元昌家的院子里。薛奇昌老两口带着三个儿子也来了。薛恒昌叫薛万去薛开昌、薛五奶奶处辞行。薛开昌知道薛恒昌今天走，说要来的，不知为啥不见人影。薛五奶奶三寸金莲，雪地上行走不便，薛元昌已安排不让她来。但薛万去当面辞行，在礼路上，应该去的。薛万去薛开昌处辞行，作为晚辈，也在礼路上。薛恒昌是薛四的兄长，薛开昌爱讲规矩的人，哥哥要远行，他却不来送行，规矩就不讲了。薛元昌只是摇头叹气。薛奇昌说："你们为啥不告诉老四，说早上吃羊肉汤泡油饼哩，说不定来得比我还早哩。"薛元昌说："老三，别在娃们面前说这丢人话了，随他去，薛万来了咱就走。"薛元昌让薛增牵出牲口，准备上路。薛奇昌也要去送，薛元昌制止了，说他要和老二说些体己话，走到啥地方，说完话就折返回来，冰天雪地，没必要动众。薛奇昌也不勉强，执了薛恒昌的手说："二哥此去，山高水远，记着保重了自个，得空了，一定回来看看，给老人坟头上添把土。人间的事，轮回得快，爹妈生我们弟兄五个，倒是老五先走了，真正的黄泉路上无老少，一个树上的叶子，青叶子倒先落了。"说着哽咽，流出泪来。薛元昌禁不住先唏嘘出声，薛恒昌红了眼，好在薛万回来了，大家默然上路。

漫山遍野覆盖着厚厚的积雪，日头挂在碧蓝碧蓝的天空，奇冷的天慢慢变得暖和起来。人畜走过的路上，雪慢慢在融化。各种鸟雀在雪地里起落觅食。薛增和薛万各自扶自己的父亲上马。另一匹骡子上驮了些四道岘子的山货、特产。一行四人挥别了众人，在冰雪的山道上向山外走去。骡马踩着冰雪，发出咯吱咯吱的声音。薛元昌接过薛增手里的马缰绳，抖了抖，对薛增说："你和薛万牵了骡子先走，我和你二爹走慢些，说说话，你们在前面高家垭口等我们。"薛增坚持要牵马，薛元昌不依："这两匹老成牲口，不碍事的，你们只管前去。"薛增、薛万不再坚持，赶着驮货的骡子加快走了。

薛元昌抖抖缰绳，与薛恒昌并了排，说："老二，你在家住了这些天，该看出点啥了吧？"不等薛恒昌开口，薛元昌继续说："家里怪事一桩连着一桩，自打老五出事，就没有消停过。我是顾东顾不了西，整天提着个心，吊着个胆，生怕出什么事，愁都愁死了。"薛元昌伸过头来，摘下帽子让薛恒昌看："老二，你看我这头发全成了白的了。"薛恒昌认真地看了薛元昌伸过来的头，说："哥啊！光愁有什么用，自古有言，万里江山一鼎人。有了人，江山就稳么。老五在世，有了他，什么事，他都能拿得起放得下。在外，人不欺我，在家，人得服管。现今眼面下，在外没了开疆拓土的人，在内没人镇得住张牙舞爪的小鬼。再说，这一件件、一桩桩的事不就那两个鬼魅么，你发愁有什么用？俗语说，妻不贤、子不孝，打不死、卖不掉。再说了，现如今都是分家另过，人家的事你只能干看着，好比牛跌进枯井，多大的力你也使不上嘛。你还是保重好自家的身子，多嚼几年粮食才是正事。"

薛元昌听了薛恒昌的话，语塞了，看了看慢吞吞走路的一对牲口，又对薛恒昌说："老二，我常想，咱们这几年光景，是否与老五弄的锅底湾的坟有些牵扯？"薛恒昌想一想，摇摇头："不应该这么想，刚迁坟那几年，日子不是一年胜似一年风光，真正应了日进斗金的说道，倒霉是从老五出事开始的。再说了，世上的事，懵懂得很，谁能说得清，我就信万里江山一鼎人，有人兴，有人败，全在人。老五能挣来家业，他儿子就能败掉家业。老人们说，富不过三代。但是现世报得也太快了些。"薛元昌依然坚持："我日思夜想，老五生出孽种，是否就和迁坟有些瓜葛，我想再请胡神仙来看看，啥人造了什么孽？让祖上护佑护佑。你以为如何？"薛恒昌沉吟一会儿，说："禳解的事，只是驱驱心魔，驱不了真魔。做做道场，只是破费些钱财，倒也可以一试，终究无济于事。大哥，我倒有一句要紧的话说给你，如今的世道已变得混乱不堪了。日本人已经开始进兵中国了，战争不可避免，如果全面打起来，战争这玩意，凡到之处，生灵涂炭，中国人的难就来了。你这片山里的岁月能好到哪里去？这些年，兵祸匪患，天灾人祸，一拨一拨地来了，你多想想如何应付！至于家族败象，你也不要太忧心，国家都是到处败象，亡国灭种才是大事。轮到草民百姓，只能做随风的飘蓬，谁能奈何得了世道的变迁？你还是早做些准备，眼下应多藏些粮食，咱们草民，只要有嚼的粮食就是万幸了，哪怕稀粥，也得先保了儿孙的命再说。"

薛元昌欲言又止，不知从哪说起。他知道老二走南闯北，见多识广，说的话都在理上。"兄弟，哥圪蹴在山里头，外面的事听得少，只纠结心里的小疙瘩，听了你的话我该重新思谋今后的日子。啥也不说了，你在外面如果混不成了，就往山里走，有哥一口就有你们一口。"说着突然哽咽失声，洒下一串纵横的老泪。薛恒昌亦涕泣俱下，泪湿前襟。

薛恒昌抖抖马缰绳，从马背上转身对薛元昌拱手作别："哥哥再别前行，我让薛增回来，扶持你回家去，一定保重身子！"说着催马前行，薛元昌拽紧马缰绳，收住了步子，依旧情不自已，双手拱着，泪眼中只见薛恒昌快马跃过山口，消失在薛元昌的视线中。


## 15

薛元昌送走薛恒昌，回到家，稍稍地缓一缓，径直去了薛五奶奶家。

薛五奶奶正在炕上歪着，丫头们通报了薛元昌到，薛五奶奶撑起身子，强打着精神，到堂屋里，与薛元昌见了礼。寒暄两句，薛元昌直接开口说："老五家的，绒花的事总算过了，好歹的话咱也不说了，是非由人家说去，我们不在理上，甩出耳朵听些难听的话罢了。我还是那句话，自家的日子还得往过过。我思谋着，绒花的姑爷韦三，人是我家用过多年的，大家眼里都瞧见的，家里地里一把好手！现如今，成了咱薛家的女婿，总比外人亲一层。薛驹不管家里地里的事，就由韦三姑爷管起来，你使唤起来也方便些。有些言高语低的事，你说起来总比外人顺气，就让绒花女婿顶了秦州张三。这事我先和你商量过了，我再给韦亲家知会一声，也给家里人知会一下。秦州张三还到我家去，两相方便的事，你思谋思谋，行的话，就定下来。"薛五奶奶听得十分仔细，薛元昌说完，薛五奶奶便接上说："大爹思谋的事，肯定是没麻达。韦三既然成了自家女婿，当然要将里里外外的事交给他做。薛驹顽劣，靠个女婿自然放心些。不管怎么安排，大事还得大爹做主么。"

薛元昌见薛五奶奶十分乐意，也就没再多说，喝了一杯茶，说了些无关紧要的话，还告诉薛五奶奶："这些事等绒花两口子回门时再说，你先给韦三女婿交个底，然后再行公开。"

薛五奶奶应了，薛元昌告辞出来，径直去了对面韦黔家。本来应该等绒花两口子回过门了，薛元昌去韦家才讲究些。但薛元昌顾不了这么多，他只想早些了了这事，心里安然些。

日已过午，虽然是隆冬岁月，但丽日蓝天，日头光芒直射下来，加上风不吹，树不摇，路边的雪融化了，集成小小的水流，像无数的蚯蚓在路上蜿蜒。薛元昌踩着泥泞，攀到了韦黔的家门前，他让门前要的小孩去叫了韦黔出来。

韦黔趿拉个鞋，赶忙地迎了出来，一迭声地叫着亲家，谦恭地让薛元昌进门。薛元昌说："亲家，咱就不拘礼了，按规矩，女婿不回门，我们是不能进你家的门的。我就不坏规矩了，找你是有些要紧的话，想求个你的主意。"韦黔知道薛元昌拘礼，也不强求，说："有啥话，进屋说不行吗？"薛元昌摇头，态度坚决。韦黔再不相强，说："啥事你说，你的话，我能不听吗？"薛元昌就将给薛五奶奶说的话，又给韦黔说了一遍。韦黔心里窃喜，他脸上很平静且不以为然，说："韦三就是个下苦的料，薛五佬家大业大，怎么能让他主持大事。到薛五佬家当个长工头行，但参与家里大事恐怕不行！"薛元昌知道韦黔虚意推托，便说："你先别推，和秦州张三换过来再说，行不行的，先管好老五家庄稼地里的事。其他事么，还有老五家的，也还有薛驹，还有薛家老少一干人，慢慢来么。"一般虚意推托的人都不会说绝对的话，韦黔见好就收，赶紧说："既然你们薛家定了，本来就是薛家的家事，虽然结了亲戚，却也不可僭越。不过，我的儿子，你们的女婿肯定是尽全力，遵着一条：磨道里的驴，听喝就是了。"

薛元昌只是知会韦家一声，也不再多说，告辞了要回。韦黔再邀他进屋用茶，薛元昌摆摆手，依旧踩着泥泞，攀着山道，回到自己家。

# 第四章

## 01

新姑爷回门,历来是这山里人家的大事,也是喜事。户族大的,要到各家认门。薛家本来是族大户多,薛五佬一支就有四个叔老子,还有绒花的舅家,亲支也有三户。自打喜事过后,韦黔就筹措儿子媳妇回门的事。薛家叔老子三户,加薛五奶奶共四户,儿媳妇舅家亲支三户。韦黔让婆姨们蒸了花馍,每家一份花馍,又封了七份点心,按风俗,要请媒人领着去认门,但因韦三、绒花一个村子,都是熟门熟人,韦黔只给怀二爷备了一份花馍,他要自己去谢媒。韦三、绒花先回薛家几家,回来再去绒花的舅家。

薛五奶奶自打绒花出了门,每天都倚门遥望,不知女儿在韦家过得如何。这天更是天蒙蒙亮就起身,安排丫头们洒扫庭除。前日已让秦州张三去请了几个叔老子来,征求了大家的想法。绒花回门,到各家去意思一下,各家男女还是集在一起热热闹闹,说已备了几桌席面,就在一起聚一场。大家没啥异议,薛元昌说正好将商定的事给大伙说一说,好各自干各自的事。

就在薛家准备迎接绒花回门的翌日清晨,韦三也起个大早。韦三知道家里为他娶绒花花费过了,两个哥哥嫂子心生暗气,只是碍着爹爹的威严不敢吱声。因此，他想多干点家里的活弥补弥补。韦三先给牲口们添了草料，然后扫了院落里外。等牲口吃完了草料，赶着牲口到沟底的泉上饮了水，又顺便驮了两趟水。绒花见韦三起床出门，她也翻身起床，简单梳洗一下，就进了厨房，打扫一番后，淘米下锅，煮了一大锅米汤。韦家人口众多，冬天的早饭就是一锅米汤就馍馍或炒面。有时也煮一锅洋芋。不管什么吃食，只要开吃，都是风卷残云般，霎时间吃得一干二净。韦黔的婆娘经常拿一棍子监吃，对不规矩的兜头就是一棍子，下手没什么轻重，几个争食的猴崽子头上老有红包隆起。

吃过早饭，韦三进屋请示老爹："爹，我们过去吧？"

"行吧，回门么，该去就去嘛。怀叔家我去得了。你到薛家，每家一顿饭，也就三两天的事，少说话，多吃饭。薛元昌说要你和秦州张三换过。这是好事么，一切由薛家安排，你脸上不能带出啥，主事只管地里的活，上心安排长工们干活，其余事，一件都不要管。我还是那句话：磨道里的驴，听吆喝。不要让人看出一点点我们要谋他家的财产的意思。薛驹败家，那是天谴的，你拦不住，任谁也拦不住。事情都是走一步看一步的，薛家碗里掉个渣渣，就吃撑你了。你小子娶了绒花，偷着乐吧！绒花，大户人家的娃，要针线有针线，要茶饭有茶饭，尊老爱幼，我们韦家烧了高香了，你多体谅着人家，不要委屈了绒花。"

韦三只是唯唯诺诺，告辞了出来，叫绒花赶紧收拾，他去牵驴鞴鞍。

绒花已归心似箭，东西早早收拾好了。她去公婆处辞了行，又到韦大、韦二房里辞过行。韦大、韦二媳妇们提了韦三、绒花回门的礼物，交给韦大捆绑到驴鞍后面。绒花出门，由韦三抱到驴鞍上，转身挥手告别了两个妯娌。韦三牵着驴，向对面山头走去。

几场雪后，四岘四水的山里反而成了暖冬，似乎开春一般，早晚风劲天冷，日头一出，则暖洋洋的。各沟各岔冰雪融化，集成小溪，每条沟底，都形成长长的冰带。路上的积雪已化了，人畜踩踏多的地方，已有浮土，觅食的鸟雀，爪印密密麻麻地盖在上面。韦三牵着驴，由自家门前到沟底，再攀上对面山坡，不一个时辰，就到了绒花家门前。

秦州张三早早等在门前，抓了韦三的手寒暄一番。薛增、薛玉等一干弟兄也在门前相迎。薛玉争先将绒花从驴背上抱了下来。绒花一下驴便向娘扑过去。薛五奶奶站在院子中间，绒花将头埋在娘怀里，使劲揉着娘的后背，眼泪止不住流出来，湿了娘的前襟。薛大奶奶也踅过来，抚着绒花的背说："才离了娘几天，就想成这样，快松了手，到屋里，你娘在院子里站了半个时辰了。这高墙遮了日头，院子里冷哩，快回屋里，大家都暖暖身子，不要冻出个好歹来。"

绒花依了薛大奶奶的话，扶着薛五奶奶往屋里走。薛三奶奶、薛四奶奶簇拥了绒花和薛五奶奶，进了薛五奶奶的卧房。薛五奶奶的卧房不同于一般人家，山里农家都是土炕，但薛五奶奶的炕是大块的青砖砌的，地中央铺了一块据说是青海产的栽绒毛毯。地上靠北墙有一张八仙桌，桌两边都是红木椅子，还摆了几个地凳。大炕整整占了大半间，依次铺了席子、毛毡、上等的西洋毯子。炕柜横在北墙下，柜上有红、黄、蓝色的被子，半墙之高，叠得整整齐齐。

大家进了屋，马上觉得暖融融的。薛五奶奶让上炕，薛家几个奶奶推说泥腿绊脚的，不便上炕。薛大奶奶和薛三奶奶坐了八仙桌旁的椅子，其他人等坐在地凳上，薛四奶奶的两个丫头就在地毯上打起滚来。

薛元昌、薛奇昌、薛开昌早已在堂屋里等候。薛开昌来得格外早。秦州张三携了韦三的手，一直到堂屋里。韦三一一与薛家三位长辈见了礼，磕了头。几位长辈叫秦州张三拉起了韦三，在堂屋西墙边椅子上落座。使唤丫头们奉了茶后，薛元昌从八仙桌的糖盘里挑了一块拳头般大小的冰糖，叫秦州张三给韦三。韦三刚要推辞，秦州张三手快，已将冰糖放在韦三茶碗里。茶水溢出来，湿了韦三一大片衣裤，秦州张三赶紧拿毛巾给韦三擦拭衣裤，惹得几个长辈笑起来。

薛元昌对秦州张三说："他张三大哥，眼看就晌午了，你去看看席面备好了，咱就开席。堂屋地方大，你安排一小桌，我们三个坐了。大桌子就让薛增弟兄们坐了。开席后，我们说些事，老一辈就不陪了。你们一辈的人好好热闹一番，新女婿回门么，该热闹一些！"

秦州张三去了一会儿，回来说："席已备好，只是薛驹少爷才让薛五奶奶叫起来，还得洗一洗才能来。薛五奶奶说要大家先喝会子茶。"众人默然，薛元昌、薛奇昌虽有不快，也只能隐忍着。薛开昌等着上席哩，他早上没吃饭，已饥肠辘辘，便站起身，去找薛驹，只听他在院子里喊："薛驹你赶紧些，咋让客人长辈等你呢！知道的人说你懒哩，不知道的人以为你托大哩！"薛驹应了声说就来了。薛开昌和薛驹前后脚进了堂屋，韦三起身见礼，薛驹拱拱手，拣个位子坐了。薛开昌回到他的座位。

秦州张三安排上菜开席。按薛元昌吩咐，给他们三位老弟兄另设一小桌，让秦州张三陪他们一桌，韦三、薛增、薛强、薛玉、薛驹及几个小弟兄一桌。酒过三巡，菜上五味，酒是薛五佬生前藏的西凤酒。薛元昌掌杯开了席，自个和薛奇昌略略抿一口。薛开昌则是杯杯斟满，杯杯见底。接下来韦三给各位长辈敬了酒，依次给薛增众位碰了杯。薛驹坐在薛玉下手，拿捏着一副矜持的模样。韦三敬酒时，他只是捏着杯子微微举了举，似喝非喝的样子。韦三一口喝干了杯中酒，将杯子底朝上，亮给薛驹看。薛玉看不惯，对薛驹说："人家韦三姑爷干了，你这喝的啥模样？"薛驹冷着脸说："人家今天不舒服，不想喝嘛。"薛玉鼻子里哼一声说："韦姑爷，来，我们两个干一杯。"说着给韦三斟满了酒,自己也斟满了,与韦三一碰,一仰脖,喝了下去。

这时候,薛开昌站了起来,说薛驹:"今天新姑爷回门,你身上不舒服,怎么也该抖擞起精神,酒要喝好哩嘛!"说着起身离桌,端着满杯的酒,踅摸过来对晚辈们说:"来,我和韦三姑爷喝上三杯,你们都放开了喝,大喜的日子,难得得很嘛!"一伸脖子,满满一杯酒下了肚,将空杯伸到薛玉前说:"给我满上。"韦三见状,赶紧站起来,也喝了一满杯。薛开昌第二杯第三杯伸过来,韦三也是赶紧斟,赶紧喝。

薛元昌见状,脸上已不屑,说:"老四,你坐稳些,新女婿回门,热闹是同辈们的事,我们老一辈张牙舞爪像什么?"

薛开昌悻悻地回到座位上,嘴里嘟哝道:"这么好的日子,这么好的酒席,热闹不起来么,我给开个场子。"

薛元昌说:"你们年轻人好好热闹,能喝多少把握着喝,不出洋相最好。"他顿一顿说:"当然,大喜的日子,出出洋相也没啥,但别闹出不痛快!趁大家还没喝高,我说件事。这事我和薛驹妈商量过了,韦三姑爷已是薛家女婿了,该给薛家出一份力了。我们商量定的就是韦三姑爷到薛驹家来,秦州张三还回到我家去,各自主持了庄稼地里的营生。他们两个都是庄稼地里的好把式,往后都把本事使出来,年年有个丰收的年景。这是好事么,大家举起杯,我满饮此杯,我们老一辈先吃面,吃了面就告退,你们一辈好好乐和乐和。按规矩要请韦三姑爷到各家认门,虽说熟门熟路,但认门的规矩不能坏,饭要吃一顿哩么。"

薛元昌一口喝干了杯里的酒,众人站起来,也喝了酒,只有薛驹坐着没动。薛元昌看到了,只装没瞅见,他吩咐先给他们上面,吃了面,对薛奇昌、薛开昌说:"老三、老四,咱们就此告退。"

薛奇昌也站起身,准备离席。薛开昌似乎不乐意,但薛元昌盯着他,他只好伸手拧了一只鸡腿,嘴里嘟囔着说:"饭还没吃完哩么!"

薛元昌不管他说什么，只催他离席，说："娃们玩哩么，我们在，娃们放不开么。"

薛开昌一手抓着鸡腿，一手端起酒壶，猛哑两口，很不舍地离开席面，跟着薛元昌、薛奇昌出了门。

薛元昌在院子里喊道："薛驹他娘，我们先走，你们不着急，新女婿回门，按规矩各家要吃一顿饭哩，明日个先到我家。新姑爷的礼收了，我们收礼要待客哩么。"

薛五奶奶应道："他大爹，再吃会喝会，天还早哩，明天绒花他们过去。"

薛元昌说："大家都去，我们都备好了的，忙了一年，趁着冬闲，新女婿回门，合家人乐一乐。"说着领了薛奇昌、薛开昌出了院门。

薛元昌一离席，屋内气氛立马活跃起来。韦三站起来，拽着秦州张三坐在他们一桌，斟满酒杯，要敬秦州张三三大杯。秦州张三也不推辞，满饮了三杯，用袖口抹了一把嘴，也盯着韦三喝了三大杯。众人公推薛玉猜拳过关，薛玉也不推辞，自韦三开始，吆五喝六起来。秦州张三亲自捡木炭笼火，火盆里的木炭红艳艳地燃起来，火苗蹿起老高，屋子里温度立马升起来，各人脸上都沁出汗珠，加上酒精的热度，每个人开始褪下棉衣。

薛五奶奶这屋，几个长辈坐在炕上，一大红漆炕桌上摆满菜肴，女眷们喝的是黄酒。黄酒是薛五佬在世时藏的临夏黄酒，其色黄里透着清亮，味道醇厚绵长。闺中饮酒，也只是个样子，每个人都略略地哑了一两口，主要是家长里短地说话，张家的娃娃李家的狗，针头线脑的话全上，说到开心处，大家笑一场。

薛增媳妇、兰花姑娘，两个人只是应付着吃了几口，就到厨下给新姑爷准备饭去了。四岘四水的讲究，新姑爷上门，一定吃一顿长面，不管碗大碗小，必须吃得一根不剩。薛增媳妇早就准备了一只大海碗。她们先煮一把子面，在海碗里铺一层，撒上一层辣椒面，再铺一层面，撒上一把盐，又铺一层面，撒上一把花椒面。海碗里装得冒了尖，面里都撒了花椒、青盐、辣椒面、胡椒面，碗顶盖了一层牛肉、猪肉和猪大肠，海碗里实在垒不下了才罢休。由兰花端着，薛增媳妇备了一根烧火棍在后面跟着，要是新姑爷吃不了，她要拿火棍捣下去的。

兰花双手端着海碗出了厨房，薛增媳妇走在前面，揭开堂屋门的帘子，让兰花进了堂屋。薛增媳妇对大家说："你们先停停杯，新姑爷来了大半天，还没吃一口饭哩，等吃了这碗饭，你们再喝酒。"说着，兰花将一海碗饭放在韦三面前。兰花说："韦姐夫你瞧好了，咱们家穷，买不起大碗，就这一小碗饭，你赏光给吃完了。"韦三瞅着海碗说："你这小碗比喂猪的缸碴还大，我要是吃不完，你能咋的？"薛增媳妇扬扬手里的火棍说："不愁的，吃不完我帮你捣下去。"屋里人们哄堂大笑起来。韦三轻蔑地说："就这一碗呀，你们也太小瞧人了！"兰花马上回道："不客气，面有的是，都给你备足着哩，你先吃了这碗。"

秦州张三说："一碗饭能吓住韦三的肚子，你们也太小瞧韦三了！你们扯一只牛犊子上来，怕填不饱韦三一个肚子哩！"秦州张三又说："给我们的面呢？"

薛增媳妇回答说："你们谁吃？告诉丫头们给你们端去，我们俩只管新姑爷吃面。"

韦三瞅一遍大伙，坐正了，拿起筷子戳戳碗里的面说："你们倒是费心弄了个瓷实，不过我得谢谢你们，我这是瞌睡遇上枕头了，一冬天没吃过一顿好面，正好过一把瘾！"

兰花说："我们专给瞌睡人送枕头的，你就吃吧。"

韦三对大伙一笑说："张三大，你们自便，我先吃了。"他从牛肉下筷子，三下两下嚼光了面上头铺着的肉，接着开始吃面。韦三吃了几口，突然捏住鼻子，转过身，打出一个惊天动地的喷嚏来，接着鼻涕眼泪全涌了出来，喷嚏也接二连三地打出来。

薛增媳妇赶紧递上一块手帕，说："姑爷咋了？小姨子做饭手艺差，你担待些吧，不要搞得地动山摇的，好在五爹家房子盖得牢，像我家的房子，你这一个喷嚏，房顶还不掀了去？"

兰花斟了一满杯酒，双手端着："姐夫喝杯酒压压，我给你赔罪了，手艺差，让你受屈了！"

韦三推开酒杯，兀自不住声地打着喷嚏，拿手帕擦着满脸的鼻涕眼泪。秦州张三几个笑得前仰后合。

薛增媳妇摇着手里的火棍说："姑爷吃饭麻利些，我们还要给大伙下面呢，没工夫伺候你一个人，不行的话，我拿这家什帮你。"

韦三双手抱拳，求饶道："嫂子饶命，我知道你们的厉害了，饶过我这一回，要我干啥，绝不马虎！"

薛增媳妇一脸的正经，说道："你倒是担待些，兰花还没嫁人哩。这一碗饭你吃不了，传出去，谁家还要这等茶饭的姑娘。为了我们薛家姑娘的名声，你受累吃完行吗？"

韦三一看不行，牛劲上来了，说："我还不怕了，就是一碗苍蝇，我也吃了它。"

薛增媳妇、兰花不依了："你说我们辛苦做的饭是苍蝇，太难听了，罚酒，一杯肯定不行，一定要罚三杯！"

韦三知道失言，乖乖喝了三大杯，然后提脚蹲在椅子上，捏着鼻子吃起来，一边吃一边喷嚏不断，鼻涕眼泪满脸。门外，薛家的几个小姑娘，隔着门帘瞧热闹，笑得嘻嘻哈哈。一碗饭吃了半个时辰，韦三浑身冒汗，汗水不住地从头发里沁出来，像小溪流一样流向脖子，一条毛巾不住地擦，都能拧出水了。

薛增媳妇对兰花说："兰花，你韦姐夫吃得痛快，你受累再下一碗去。"韦三双手打拱，求饶道："嫂子、兰花，吃撑了，求你们高抬贵手，领教了，领教了。"兰花说："一碗面的事，说话工夫到。"韦三依然双手打拱，一个劲求饶。薛增媳妇说："看来姑爷是真吃饱了，那就喝几杯酒奖励奖励兰花，要么喝一壶，要么再吃一碗。"韦三说："嫂子放过我吧。" 薛增媳妇嗔道："你这人好无道理，新女婿上门，我们拿你当贵客待，你却说我们不放过你，你必须喝三大壶赔罪，要不兰花去叫人，一起摁住了，我这烧火棍还没用哩。"

秦州张三在一边说："薛增媳妇，你们饶了韦三姑爷，我做中间人评判一下，让他喝一壶酒如何？"薛增媳妇放缓口气："行啊，张三大说情，面子多大呀，那就喝一壶吧。"韦三只好端起一壶酒，对着壶嘴咂啜着，薛增媳妇挡起壶底，韦三只得满饮而尽，顷刻一壶见底。

韦三霎时成了红脸关公。秦州张三笑着解围，薛增媳妇和兰花才罢休。兰花给韦三斟了一大杯酽茶，韦三赶紧双手捧了喝下去，丢开茶碗，顺势伏身在桌子上，口里喃喃地说："醉了，醉了。"

薛增媳妇笑道："别装死，一会儿拿火棍伺候。"说着拉了兰花说："我们走，交给这几个男人，不是我俩，这几个男人就待不好个客么！"说着和兰花嘻嘻哈哈笑着回薛五奶奶屋里，讲述了她们的战绩。大家听得喜笑颜开。新媳妇绒花说："嫂子那伶牙俐齿，韦三笨头笨脑、笨手笨脚，能不着了你的道儿。"薛增媳妇瞪着绒花怪道："你心疼了？本来准备了进门时过驴粪关哩，让你搅掉了，这会又替外人说话，嫁出去的女儿真成外人了，小心我们连你也收拾。"绒花赶紧打躬作揖："嫂子，在你跟前，借个胆我也不敢！"众人笑了一场。

听得堂屋里众人将韦三抬进了睡房，绒花赶紧拿个盆子说："怕是要吐了。"薛增媳妇一把夺过盆子，说："你安静待着，小孩尿了是喜，新姑爷吐了也是喜么，你急个啥哩！"

大家又笑，绒花不听薛增媳妇的，还是抢了盆子出门去了。

新女婿韦三大醉，被众弟兄抬到炕上，捂一床厚被子睡了，倒是没有吐。刚躺下嘴里还呜呜呀呀的，转眼就睡着了，很安静。

人们吃过面，都散了，薛驹回到薛五奶奶屋里，阴着个脸。薛五奶奶问："咋不高兴了？"薛驹嘟囔道："你有新姑爷了，安排主事，怎么也不告诉我一声。"薛五奶奶立马明白了，对薛驹说："这事本来要告诉你哩，一忙就忘了。韦三只是代替秦州张三管管庄稼地里的事，说到底就是个长工头么。家里多少事，你都不上心，地里的事，你管吗？再说春种秋收的各种事务，你管得来么！"薛驹争辩道："不管什么事，我是家里的男人，该知道嘛！"薛五奶奶只好哄着薛驹说："我的个娃呀，谁不当你是个男人了，你多留了你这棵苗，都指望你成人嘛！你能上心家里的事，天好地好的事么，求之不得嘛！你脑子里有这想法，当妈的再高兴不过了。"薛驹又嘟囔一句："反正以后家里的大事你得让我知道，不然的话，众人眼里，我算什么！"薛五奶奶赶紧接上说："那是自然嘛，你能上心家里的事，妈怕是要烧几炷高香哩！"

薛驹转身回房里睡觉去了，薛五奶奶赶紧让丫头们倒茶供水。

几天里，薛家几家依次地请新姑爷韦三、姑娘绒花上门，反正是冬闲时间，薛家老辈三弟兄、薛增一辈小弟兄都陪着闹了三天。

秦州张三收拾了东西，回到薛元昌家。韦三也和绒花回到韦家。说定韦三过两天来薛驹家，与秦州张三就地里的事办交接。

## 03

绒花、韦三嫁娶的事告一段落，冬至已过，漠北的寒风日紧一日地吹过来，暖冬渐渐地变冷了。加上一场接着一场的雪，整个四岘四水的山变成了冰雪的世界，银装素裹，白雪皑皑，积雪的路上只见男人行走，或挑或背，赶着牲口，或骑或驮，都在忙着生计；女人们都猫在家里做些针线，屋里彻夜地透着灯光。不几日，进了腊月门。俗话说，到了腊月头，穷人快似狗。男人们顾不得山路盈尺的厚雪，要出门去奔生活。用牲口驮了豌豆、荞麦到山外，或土门子，或县城换些钱钞，买些生活必需品，口里吃的盐，身上穿的衣，调和大料，针头线脑，耙齿铁钉，牲口笼套，一应的少了什么都不行。外出的人除了买回应用之物，也带回山外的新闻。譬如，日本人已打到了山西河南，飞机炸兰州时错炸到了靖远，最让人揪心的是凉州、永昌也遭遇日本飞机轰炸，传言说死伤人畜众多。又传中国军队溃败致大片国土沦丧，日本人快要打过黄河了。人们心上罩了一层厚厚的愁云。亘古以来，四岘四水的山里人没有经过战乱，少数的番邦侵扰，也只有散兵游勇偶尔进山里，匆匆来，也就匆匆地走了，最多抢些大户的钱，祸害几个女人。山里的日月经年是祥和的，眼下，战乱似乎迫在眉睫。战祸能否延至这片山里，谁也说不准，不管时局如何，山里人的日子还得过，路上的行人从早到晚没断过，做针线的女人们的灯光彻夜地亮着。

## 04

年关渐近时，山外的货郎小贩们也踏进了山里的村寨。一拨一拨的小贩肩挑货担，或单帮，或结伴，摇着货郎鼓，走村串户。货郎鼓响处，引得女人孩子们出门，围着货郎担，娃娃买糖粒，女人要针线，或钱买，或粮换，或拿鸡毛猪鬃换，各用其物，各取所需。

薛驹家门前，一片青砖铺就的半亩大的场地，平坦而宽阔，门前一对石狮子，还有几方上马石。朱门两侧栽了十几株侧柏，经十余年，树梢逾墙，因修剪得法，宛如胖大和尚且都郁郁葱葱；场地周遭栽两排云杉，夹数株垂柳，冬日的柳树干瘦枝枯，云杉却愈显翠绿，鸟雀戏绕枝间，时飞时鸣。

凡货郎到村，都在薛驹家门前驻足，随着货郎的鼓点，婆姨娃娃都闻声蜂拥而至。

货郎们来自西面山下的县城或北面山下的土门子，一年四季，五冬六夏，都见他们挑着货郎担，摇着货郎鼓，长一声短一声、高一声低一声地吆喝。常年游走，他们比这片山里的人还熟悉山里的犄角旮旯，熟悉山里的村村寨寨，甚至于张家的婆娘缺顶针，李家的婆娘裹脚布烂得用不了的事他们都知道。他们靠一分一厘的积攒过日子，能卖到现钱最好，卖不到现钱，就拿货换粮食。粮食攒多了，寄存在山民家里，由山里人去山外时顺脚给他们捎过去。总之，他们是一伙靠针尖上削铁过日子的人。经年累月，风里雨里，他们熟悉了这片山山湾湾，也熟悉了山山湾湾里的各色人等。

有一天，薛家水来了一个货郎，大家闻鼓而至，这个货郎眼生得很，他不像是走街串巷的货郎，倒像是一个皮货商，穿了一件货郎们穿不起的羊皮大氅，穿羊皮大氅挑货郎担似乎不合时宜。瓜皮帽扣着的是一颗精瘦的脑袋，鼻子很尖，下巴很窄，嘴边两绺胡须，下巴上一绺胡须，活似门神面上的胡须，给人以贴上去的感觉。两只眼珠在狭长的眼眶里很不安地乱转，用贼眉鼠眼形容，应该是恰如其分。货郎的脸灰里透青，这副尊容，明眼人一看便知是多年吸着鸦片活过来的。他一路上打听着薛五佬的家，终于在薛五佬家门前的青砖地上落下货郎担。他似乎对围过来的人们兴趣不大，却对薛家的朱漆大门和一对石狮子更感兴趣。他一头应付着买货的婆娘娃娃们，一头啧啧称赞："你们这山里有这样的大户人家，光看这朱漆大门、这对石狮子，那得多有钱啊！"

有人应："你跑东串西，走南闯北，这样的大户人家怕是常见么。"

"半川坝上有，倒也没有多少家。这山里头有这样气派的庄院确实少见，单这房子就得垒进去多少银钱？这财不知是咋发的？"货郎称道不已。

有饶舌的婆娘说："你眼睛望过去，这多少座山头的地，一眼都望不到头哩。凉州府督军的军马，肚子里装的、口里嚼的料都是薛五佬供的。一年军马要吃掉多少料，都是这片山里拉出去的，你说能换回多少银子？"

货郎十分惊奇，一连声地"啧啧啧"感叹着："你们山里有这样的人物，能让我们瞧上一眼！"

有婆娘告诉他："老东家出横事殁了。现在是少东家，你想见，打门进去讨水喝，或者饿了要两个馍吃，都不是什么事！"

货郎连连点头称是，说："说的是，说的是，这样大户人家，都是怜贫惜苦的。等你们买完了货，我肚子正饥哩，讨碗水喝，讨个馍吃。我们货郎这行当，本来就是半讨半乞的，肩上挑的这点东西，怕光填自个肚子都不够哩！"

渐渐地，没过多大时辰，婆姨们买完了所需的东西，都散去了，只有孩子们攒在一起，玩着各式的游戏。冬日的近午时分，日头高悬，光芒驱散了寒冷，慢慢地热了起来，更助孩子们的玩兴。货郎忙了一阵，见人们散了，便坐在扁担上歇了一会儿。站起来，犹犹豫豫地拍响了朱漆大门的门环。顷刻，朱漆大门在沉重的响声里开了一尺多的缝，伸出一个脑袋，问："你干什么？"

货郎赶紧说："我是个货郎，打土门子来，走了一头晌路，卖了一路的货，口干舌燥，想在大户人家讨碗水喝，顺便赏个馍压压饥，不会是难事吧？另外，我是你家少爷的朋友，也想见上他一见。"

门又开大了些，原来是薛家值夜的长工，他说："喝碗水吃个馍，多大点事，又是少爷的朋友，你请进。"

货郎反身挑了货郎担，跨进了薛家大院，跟着长工到一小偏房前，这是长工值夜的房子。货郎将担子放到偏房门旁，进了偏房的门。长工去了厨房，叫一丫头提了一罐水，端一大碗，碗里放了俩蒸馍。货郎满脸堆笑地接了水和碗，一迭声地说谢。丫鬟转身走了。货郎自己倒水，就着水嚼馍，一头吃一头问值夜的长工："你们家少爷，我们相识好几年了，不知在不在家，能否见面问声好？"

长工见货郎说是少爷的老相识，也不多想，随口应道："少爷起得晚，不过，这会子也该起了。我去给你瞅一眼，通报一声，你姓什么叫什么，我好回给少爷，见不见你我做不了主。"

"这个自然，这个自然。"货郎连着打躬作揖，不住声地说谢谢。他告诉长工，自家姓鲁，排行老五，让他给少爷就说土门子的鲁五，少爷清楚的。

长工去了一会儿，回来说："少爷叫鲁五爷到客厅用茶，他洗漱了便来会你。"

名叫鲁五的货郎跟着长工来到客厅，有丫鬟已沏好了茶，摆在桌子上。鲁五坐在桌边的椅子上，长工退了出去。鲁五喝着茶，端详着客厅墙上的字画。正中的墙上挂一幅庐山迎客松，两边挂一副对联。上联：明月清风开新韵。下联：高山流水遇知音。这货郎鲁五也略识几个字，见此联便会心微笑，自忖应该是薛少爷的知音。侧面墙上挂四幅屏，是梅兰菊松图。八仙桌配四把古色古香的太师椅，桌下青砖上铺一方地毯。另一侧墙上一个小书架，架上摆了几摞线装书。书架边有一小香炉，燃着的香袅袅地散开来，满屋清雅的香气。鲁五货郎捏了半块馍进来，自觉形秽，赶紧将半块馍塞进羊皮大氅的口袋里，端起桌上的盖碗茶，很斯文地咂了一口。

过了一会儿，薛驹进来了，瞅了一眼鲁五，赶紧回头看看，见身后丫头端着沏好的一碗茶进来，绕过薛驹放在桌子上。薛驹正襟坐下来，挥手叫丫头下去。

丫头下去了，薛驹问鲁五："你咋干上货郎的营生了？"

鲁五赶紧起身打躬说："少爷别来可好，多日不见少爷，弟兄们想得慌，派我来看看少爷。另外，花鱼儿姑娘也三天两头地去赌场找你，还找我们掌柜借钱哩，说是日子过难怅了，买油买面的钱都没了。不过花鱼儿姑娘可真是个好姑娘，几个光棍主动塞钱给她，她硬生生给扔了回去。我们掌柜就周济了她几块大洋。"

薛驹瞅瞅门外，压低声音说："本来早该去的，只是姐姐出嫁，迎来送往的脱不开身，你先去，我过两天就来。不过，家里人盯得紧，怕不能畅快出门。"

鲁五马上说："少爷这地位，家里谁管得了你？"

薛驹说："不是管得了管不了的事，总是要堂堂正正么。你先回去，我就这两天，瞅个机会上趟土门子，会会那些朋友，你让他们备足了银子，我下手重。"

鲁五谄媚地笑着说："大家知道，薛少爷肯定忘不了大家。大家

149

也知道薛少爷下手重，心里还是怕呢，只是朋友嘛，又怕又想哩。再说花鱼儿姑娘可是个情长意重的人，但少爷也别忘了，女人总是水性杨花的，即便耐得住寂寞，也耐不住没钱。俗话说，女人是一碗水，你不动它就不会溢出来，但经不住闲汉们撩拨，加上她还有往日的相好，正青春年少的人，还是要时常关照的好！"

这时薛五奶奶打发丫头来问："来了什么朋友，怎么准备午饭？"

薛驹回道："是个相熟的货郎，人家还有营生要做，不在家里留饭了，叫灶下拿几个馍，再切些熟肉，人家就走了。"丫头给薛五奶奶回了。薛驹催鲁五快走，答应就这几天去土门子。鲁五立起身，出门到偏房门口挑了货担，拿了丫头递上来的馍和肉，千恩万谢地出了大门，一溜烟地蹿过山口，寻路奔土门子去了。

## 05

隔日的后晌，日头慢慢地从西天坠下去，薛家大院罩着黄昏前的阴暗。厨房传饭了，薛五奶奶这几天身上不爽，摆了饭的丫头扶她起来，又拧了一条毛巾给她擦把脸。饭就摆在薛五奶奶的卧房里，兰花和小妹菊花大声喊哥出来吃饭，听不到薛驹的回应。菊花叫了几声，又拍了薛驹的门，仍然没有回应。菊花回来给薛五奶奶说："哥好像不在，悄没声息的。"

薛五奶奶问地上立着的丫头："你不是说薛驹在卧房睡觉哩吗？"丫头说："晌午饭后，我收拾他的屋子，他叫我走开，他说困得不行，要美美睡一觉，不准打搅他。我给铺的被窝，看着他躺下，我才带好门出来的。"丫头又说："我去屋里看看。"说着转身出去了，旋即回来说："少爷怕是出去多时了，被窝都是凉凉的。"

薛五奶奶问兰花、菊花："晌午后谁见你们哥了？"

兰花、菊花均摇头说没见。兰花说："也许人家出去散心了，到村子里地头上找找，喊几嗓子，他听见就回来了。天立马见黑了，他能逛到哪里去?"薛五奶奶打发几个丫头出去找,又叫兰花、菊花到后院找一找。

一时大家出了门,分头去找。半个时辰,出去的人都回来了,说没见人影。薛五奶奶本来心里就莫名地担忧,也顾不得大伙吃饭,叫兰花去长工院里告诉韦三,着人分头四处去找,务必要找着薛驹。

一两个时辰过去了,出去的人陆续回来说,人没找到,但有人看见薛驹在午后日头西斜时,过了村西北的垭口,顺着逢春岭下去了,要去也是去土门子。还有人看见,在逢春岭头,几个人接了薛驹,那几个人牵一头骡子,薛驹像是骑了骡子走的。

薛五奶奶听了,心头疑云重重,她叫大伙吃饭,自己再琢磨一下,这伙接薛驹的人是什么人,接他外出干什么。

薛五奶奶算是经过阵仗的女人,她知道薛驹此去定然不会有什么好事。她叫人赶紧请了薛元昌、薛奇昌来,讲了薛驹这几天的蹊跷表现。薛元昌知道薛驹不会安生,他倒很镇定,对薛五奶奶说:"那一定是让人勾去干下三滥的勾当了,如果一伙人勾引他,一定是给他下套,赶紧打发人追去,只是抽两口大烟,家里就能抽么,八成是赌场的人勾去了。人家明显是挖好了坑,让娃往里跳哩。首要是赶紧打坑边把人拽回来。"

薛五奶奶发急,叫薛元昌赶紧安排人追去,事不宜迟。薛元昌赶紧叫韦三带上薛玉,骑马赶到土门子,无论用什么办法,哪怕是绑也将他绑了来。

韦三立马叫上薛玉,骑两匹马,飞也似的赶下山去。

## 06

薛驹午后佯装睡觉,见人们没了动静,他悄悄地起身出了门,没敢走大路,只是踅着地头小路,猫身到了村西北口的垭口路上。几个人拉着一头骡子,将薛驹推上骡子,一溜烟往山下奔去。人群中有

"货郎"鲁五，他拽着骡子的缰绳，小跑着，像逃兵，又像得手遁去的小偷。

也就两个时辰，这伙人簇拥着薛驹到了土门子。一伙人直奔赌场，薛驹扯住骡子的缰绳，说要先去花鱼儿家。争了一会儿，鲁五几个见薛驹发了脾气，只好拐到花鱼儿住的巷子里。薛驹下了骡子，对一伙人说："你们回去，我要在这吃了晚饭，养足了精神头，再去会他们。"见薛驹态度坚决，几个人只好作罢，相互嘀咕一阵，牵着骡子走了。他们留着人远远盯着薛驹的动静。

薛驹见他们走了，转身拍门，门虚掩着，隔壁门开了，原来花鱼儿在邻家唠家常，听见打门声，出得门来，见是薛驹，立马走过来，推门让薛驹进去。

薛驹反手关了门，一把将花鱼儿姑娘推上炕，饿狼似的扯她的衣裳裤子。花鱼儿没有挣扎，一任薛驹摆布。完事了，花鱼儿穿好衣服，说："你怎么突然来了？"

"赌场叫鲁五扮货郎去薛家水请我，我便来了。鲁五说你到赌场找我哩，还借了赌场掌柜的钱，还有闲汉们骚情你哩。"薛驹应道。

花鱼儿一听就急了。"你听鲁五那张臭嘴胡咧咧哩。自你走后，我可是大门不出二门不迈，顶多到隔壁张嫂家聊些家常，相互商量些针线。赌场是我去的地方吗！爱干那事，我赎了身从了良干啥哩！我们这种人，一旦染了那风月，一辈子都让人嚼舌根子，你千万别信他们胡诌，一定是要勾你来赌博，盯着你家财产才是真的哩。"

薛驹也整了整衣裳，对花鱼儿说："鲁五说你是去赌场找我，自家没了过日子的钱，找我也是正理么。"

花鱼儿说："你留的钱，我一个人粗茶淡饭，怕是半年三个月也花过去了，难得你惦记着。"

薛驹躺下身子在炕上，对花鱼儿姑娘说："你整些饭来，我晚上说好了要去赌场，手早痒痒了，今晚非整一大堆银子回来。"

花鱼儿一听，急了，嚷嚷道："人家催命似的催了你来，不就是想你的银子么，分明地挖坑等着你哩！你倒好，拿着棒槌当枕头哩。再说，赌前要净身斋戒哩。什么脏事都干，紧着破财哩！"

薛驹不以为然："什么话么，财是命里带着的，命里有时终须有，命里没莫强求。我薛五佬家的少爷，生来就金镶玉裹，福星高照，谅他几个毛贼能奈我何？你快点整了饭，再烧盆热水，我倒该洗一洗。"

花鱼儿知道拗不过薛驹，赶紧整饭烧水，伺候着薛驹吃过饭洗了身子，看着薛驹火急火燎地去了赌场，只是莫名地发急，左眼右眼不住点地跳。

就在薛驹走了不到半个时辰，韦三、薛玉急急地奔到花鱼儿门口，薛玉上前打响了门。花鱼儿赶紧开了门，见是韦三、薛玉，便直通通地说："他已去赌场了，明明人家给他挖的坑，他还火急火燎地往里跳哩。你们快点去赌场，好歹将他拽了出来。"

韦三、薛玉也顾不得多说，拉了牲口赶往赌场。两人去赌场门前的拴马桩上拴好了马，往赌场走。到了门口，径直往里闯。

赌场门口两个彪形大汉，像阎王殿门前两个罗汉，膀大腰粗，相貌凶恶，见韦三、薛玉往里闯，两人叉腰堵在门口，问："两位什么营生？"

薛玉答道："你们开赌场，我们就是要搏一把么！"

其中一个问："二位面生得很，可来过赌场？"

薛玉答："头一次来嘛，我们还找人哩嘛！"

把门的说："赌场规矩懂吗？"

"什么规矩？"薛玉问。

把门的不屑地笑道："进这门，起码亮亮你们的钱袋子，有银子就是大爷，这门槛随便迈，没银子，二位还是别扫我们兴！"

韦三和薛玉面面相觑。薛玉又说："我们找人哩嘛。"

把门的说："找人？这里规矩，一切闲人不得入内。"

韦三、薛玉见这俩把门的口气不善，句句话里话外地挑衅，知道碰上的不是善茬，相互使个眼色，去拴马桩上解了马缰绳，又回到花鱼儿处。

见了花鱼儿也是枉然，赌场里情形丝毫不知，是福是祸只能干瞪眼。花鱼儿说："分明是他们盯上薛少爷了，赌场有什么不能进的，偏偏不让你们进，就是设局坑人哩嘛！"三人只能面面相觑，还是花鱼儿说："我倒是要去走一遭，探探实情，你们在赌场外等着，好歹拽了薛少爷出来。"

韦三、薛玉没有办法，只有依了花鱼儿。三个人急急出门，韦三、薛玉躲老远处，看花鱼儿进了赌场，两个凶恶的汉子没有拦花鱼儿，还点头哈腰哩。

花鱼儿进了赌场，赌场内乌烟瘴气，人声鼎沸。花鱼儿在人群中挤来挤去，找到一张大赌桌前，薛驹正在桌边上。桌边围了好几圈人，看热闹的多，下注的少。

花鱼儿拨开人，挤到薛驹背后，用手指点点薛驹。薛驹回头看是花鱼儿，怒道："你个骚婆娘干啥来了？老子正手背哩，你又给添背来了，滚得远远的。扫了老子的运，看我不拧断你的腿！"

花鱼儿顾不得许多，赶紧说："韦三、薛玉来了，在门外哩，他们叫你说话。"

薛驹刚输了一大把，心里正窝火哩，对花鱼儿吼起来："老子出来散散心，他们丧门星一样赶来做什么。你给老子滚得远远的。"花鱼儿拽了一把薛驹说："不管咋的，你要见人家一面嘛。"薛驹跳起来，一把打开花鱼儿的手，吼道："叫你滚你就滚，什么东西，也来做我的主。"花鱼儿牢牢拽着薛驹的衣袖，胳膊上手上挨了好几下，依然没有松手。薛驹更加上火，喊赌场老板，口里叫道："老板，叫人把这骚婆娘给我赶出去。"

薛驹话音未落，立马过来两个彪形大汉，将花鱼儿拎小鸡一样拎起来，拎到门口，扔到门外。

花鱼儿被摔得不轻，虽未皮开骨折，但半天挣扎不起来。韦三、薛玉远远看见了，赶紧跑过来，扶起地上挣扎的花鱼儿姑娘。

花鱼儿姑娘呜呜咽咽地哭了出来，对韦三、薛玉说："根本不听一句人言，人家已给他上了套，任十匹马拉不回头。"

韦三怒火冲顶，转身冲向赌场大门，两个恶汉如罗汉把门，韦三被生生推了出来。韦三跳着脚喊："我找自家人，凭啥拦着？"

两个大汉反身关了大门，凭韦三怎么拍打，门内无一点响动。此时北风渐紧，三人冻得瑟瑟发抖，只好回到花鱼儿屋内。花鱼儿捅开炉子，添了些炭，炭火燃起来，屋里渐有暖意。花鱼儿又烧了半锅开水，韦三、薛玉每人喝了一碗热水，各自嚼了半块饼，身上也暖和了。

三人围着炉子，伸手向火，都是愁眉锁额，唉声叹气，谁也拿不出办法，仿佛三尊泥胎。

挨到鸡叫头遍时，花鱼儿的门被人拍响，花鱼儿赶紧开了门。门前立了四个大汉，其中一个声称薛驹少爷赌输了，叫他们来拉了马去抵债。薛玉回道："马是我的，凭什么给他抵债？"

四个大汉无所谓的样子："赌债自有薛驹少爷料理，牲口是不是他的，你们当面说去，我们只是个跑腿的。"

三个人只好跟了四个大汉来到赌场，这回没人验韦三、薛玉的钱荷包了，被径直领到赌场里头。

薛驹歪在一张椅子上，像斗败了的鸡，一副蔫头耷脑的模样，全不见了往日的神气。见了韦三、薛玉，嘴里嘟囔道："你们怎么来了？"薛玉回道："找你嘛，你干的好营生，人家赌场要拉我们的牲口哩。"

薛驹听了，跳起来喊："你叫朱掌柜出来，什么东西，千八百块银圆的事，要拉老子的牲口，门缝里看人哩嘛！"

朱掌柜应声从后面房子出来，抱着双拳对薛驹打拱说："薛少爷息怒，这是手下不懂事，这点钱，怎么能要薛少爷家的宝马。"

朱掌柜还是那副敦厚的模样，瓜皮帽下一副憨态可掬的笑脸，罩了一身蓝卡其布的棉袍。虽然一再地打躬作揖，但话里却露着很硬的话梗："薛少爷失手输了这点钱，只是小试牛刀么。不过薛少爷应该明白赌场无父子的道理，银钱面前，仍然是无父子的。少爷从来都是赌爽的，桌面上现钱交割。今日少爷借钱赌博，自然他要还一些不是。赌场规矩，借钱是要滚利的，你最好桌面上借，桌底下还了，我们做伙计的也落个清爽。至于一时不便，常有的事。俗话说：家有千贯，还一时不便哩。谁也不是驮着银子走天下。"说着从袖子里摸出一张纸，说："这是薛少爷昨晚借的银钱，我总了总，一总一千一百两，利息一百两，共一千二百两。如果没有现银，日息一百二十两，最多三天不能归还，日息再加一百二十两。"朱掌柜又从袖子里摸出几张纸来，说："这是昨晚薛少爷打的借条，请查验一遍，如果无误，就请薛少爷在总的条子上签个字，画个押，这些小条子我当少爷面毁了去。"

薛驹要了笔，在朱掌柜说的总条子上签了字，画了押，扔了笔说："什么玩意儿，就这点散碎银两，用得着拉人家牲口，眼小得很嘛！"

朱掌柜一连声地赔罪，一连串地打躬作揖，对薛驹说："少爷，你看这些散碎银两，什么时候我们能收到账上。"

薛驹十分地不耐烦，对朱掌柜吼起来："熬了一夜，你不让人闭一会儿眼，催命哩嘛！"

朱掌柜摊开双手说："职责所在，吃的这碗饭嘛，东家面前不好交账嘛！"

薛驹更加不耐烦："我写个条。你们派人跟着他们去找我娘要。"说着要朱掌柜摆纸摆笔，薛驹伏着桌子，给薛五奶奶写了要银圆两千两的条子，掷了笔说："要来的钱，多余的存在账上，我好随时取。"说着起身要走。

朱掌柜赶紧拦住薛驹说："薛少爷，你就住我们的客房，一切都给你准备停当着哩，这天寒地冻的，少爷何必出去挨凌晨老北风的冻哩。"说着对几个大汉说："快伺候薛少爷睡一会儿，熬着羊汤牛骨头等着少爷醒来，有个闪失，仔细你们的臭皮！"

韦三对赌场朱掌柜说："你意思是人就扣下了？ 我们拿钱你们放人嘛。"

赌场掌柜立即赔笑说："没有的事，薛少爷玩了一夜，是个人脑子都木了，要赶紧吃上点睡一觉么，天大的事，吃饭睡觉的事应该是头一等的大事。这天光还早哩，薛少爷喝碗羊汤，啃块牛骨头，美美睡一觉，等东家起来，我得给知会一声。当然，这几个钱，能扣薛家的少爷吗！"

朱掌柜接着说："你们两位起这么早，估计一晚上也没睡好，要不一块在客房住下，陪薛少爷睡好了，吃好睡好才是头一等的大事。解决好吃饭睡觉，钱的事咱们再商量。薛少爷和我家掌柜的交情，我们得伺候好了，要不在东家那里会吃罪不起！"

薛驹伸着懒腰，打着哈欠，说道："有吃有暖房，你们要吃要睡随便，我是熬不住了。"说着立起身，对赌场掌柜说："你让人带路，我得睡一会儿去。"

赌场掌柜立即应声道："早已准备着呢，屋子里笼了炭火，炕烧得贼烫，专门的伙计伺候少爷哩，有啥要求吱一声。"赌场掌柜指派一个伙计带领薛驹，又指派一个伙计伺候韦三、薛玉，并对另一伙计说："你去让人给这两位爷的牲口喂好了，该添草添草，该上料上料，该饮水饮水，一样也不能马虎。两位爷想吃想睡，都听爷的，一切等薛少爷睡足了再说。"

韦三、薛玉一时也没了计较，只好跟着一个伙计去了赌场的客房，花鱼儿只得回去了，等薛驹睡够了她再过来。要等薛驹醒来，那该是晌午后的事了。韦三、薛玉好在是冬闲时光，时间能耗得起。

两人在赌场的客房里，坐也不是，站也不是，可气的是薛驹输了千把的银圆，没事人一样，正呼呼大睡哩。韦三在地上转了两圈，一屁股坐在炕沿上，对薛玉说："我们急也是干急，瞧着炭火热炕，咱先热一会子再说，等日头出来了，你得回家报个信。绒花她妈估计也一夜没合眼！"

薛玉伸手向着炭火，捏得手上的骨节"咔吧咔吧"响，嘴里恨恨地说："要着我的脾气，绑回去再说，吊在屋梁上，吊出他屎尿来再计较。"韦三摇着头，叹口气说："现在欠着人家千把的银子，看掌柜那架势，没有银圆，恐怕门都出不去！"

两人商量定了，等日头出来，薛玉回去给家里人说一声，拿钱要人还是想啥法子，由家里长辈们定。

赌场伙计给韦三、薛玉端来了羊汤牛骨头。羊汤由一个砂锅盛着，炖到炭火上，很快，羊汤烧开了，咕嘟咕嘟响起来。一大盘牛排骨，也放在炭火炉边上，冒着热气，屋子里弥漫着牛羊肉的香气。韦三、薛玉本来食量大，加上一夜的折腾，早已饥肠辘辘，肚子里咕咕作响。两个自不谦让，抓起牛骨头便下口，吃得那叫痛快淋漓！霎时间，一盘牛肉只剩骨头。韦三、薛玉又盛上羊汤，抓起伙计端来的大饼，羊汤就饼子吃得两人满身冒汗，顷刻间，肉净汤干，一盘大饼也不剩个渣渣。韦三不觉好笑，对薛玉说："人家输了千把的银子，倒让我们得了个饱斋。你说我们是不是没有肝肺的人？"薛玉打个饱嗝，说："你我就是个吃货的料，千把的银子由不得我们做主嘛，只能见肉吃肉，见汤喝汤，见大饼啃大饼，吃完了跑我们的腿，天塌下来，自有大个子撑着。我们不吃，留下给赌场这些黑心的王八蛋。再说，吃这一顿，连半块银圆都不值！"

韦三沉吟着说："话虽这么说，毕竟是千把的银圆，搁谁心里不疼。你还是赶紧回去，让家里长辈拿主意。"

## 07

日头已跃上东面的山头，日头出山时，漠北的风正紧。寒冬的岁月正是人们最难熬的时光。薛玉顾不得寒冷，紧紧衣裳，勒好腰带，给掌柜打了招呼。掌柜似乎变得更好说话，一个劲留薛玉再暖暖身子，等天气暖和点动身。还对薛玉说："我们东家说了，薛家少爷欠的银子，根本就不是回事。"并一再地解释说："留你们住下，就是因为隆冬天气，冻病了不是耍的。现在，爷们想住，住，想走，走，回家报个信也好。"掌柜殷勤地叫伙计给薛玉牵来牲口，一直陪着韦三送薛玉出了大门，看着薛玉翻身上马，才又陪着韦三转身回来，对韦三说："薛少爷睡起来还早，你要是想补个觉，请便。我已熬了一夜，实在是难以支撑，赶紧得睡会去，一过午，事情就又缠上身了。"

韦三只是朝掌柜拱拱手，见掌柜走了，转身回到客房，知道薛驹已睡死过去了，自己也脱鞋上炕，靠在被子上想着心事，不知这事该怎么个了局。

薛玉出了土门子，抄近路打马疾走，日头近午时，赶到了薛家水，他将马交给别人，自己一溜烟跑到薛五奶奶家。

薛五奶奶正在炕上拥了被子坐着，焦急万分地等着消息，见薛玉来了，忙不迭地问："人找着了?"薛玉拣要紧的告诉了薛五奶奶。薛玉接着说："我是赶来让大人们拿主意的，韦三妹夫还候着他哩。"

薛五奶奶急得额头上暴出青筋，问："人没事吧?"薛玉说："就是输了钱，人能有什么事，我走时还睡得天昏地暗，这会估计还睡觉哩。羊肉汤、牛骨头，好吃的一大堆，人家就是要钱么。"

薛五奶奶稍稍宽些心，打发薛玉去叫薛元昌、薛奇昌来商量。

反正是拿钱赎人的事，薛玉欲言又止，转身去叫他大爹和他爹。

薛五奶奶心里似堵了一块石头，不住地拿手揉着胸口。她叫使唤丫头给她倒了一杯热水，她喝了半杯，觉得鼻腔里一股热气在蠕动。她想躺下去，在被子上靠一靠，兰花上前扶住她，抱一床被子给她垫到背后。薛五奶奶躺下去，兰花见薛五奶奶鼻孔里流出血来，滴到胸前褂子上。

"妈，你淌鼻血了。"兰花给她妈说，紧着在炕柜的抽屉里找棉花。

薛五奶奶赶紧用双手捂了鼻子，鲜红的血立刻流了半捧。丫头拿了个盆子来，让薛五奶奶放开手，接上盆子，立即，流出的血滴滴答答，掉在盆子里，而且越流越多，越流越急，刹那间，已盖过盆底。兰花找出棉花，团成棉球，让薛五奶奶堵上鼻孔。薛五奶奶往鼻孔里摁进去了好几个棉球，摁住鼻子，上仰着头，但血从喉间奔涌而出。薛五奶奶满嘴是血，丫头将盆子接上去，满嘴的血沫子又流到了盆子里。

兰花急得手足无措。这时，薛元昌来了，见薛五奶奶血流不止，赶紧打发人去请郭郎中。请郎中的人急急地去了，薛元昌让薛五奶奶掏出塞进鼻孔的棉球，让血从鼻孔里流出来。薛五奶奶掏出一堆渗透血的棉球，血依然是喷涌而出。薛元昌叫兰花别团棉球，而是将棉花捻成棉绳，叫薛五奶奶将棉绳往里使劲捅，棉绳捅进去一大截后，薛五奶奶的鼻血慢慢地止住了。血已流了半盆子，被子上、衣服上，好几个地方都是大片血渍。薛元昌叫丫头端来凉水，给薛五奶奶洗了洗，用蘸了凉水的毛巾捂住额头。让薛五奶奶靠在被子上，等郭郎中来。

郭郎中就在邻村不到一里地，匆忙地赶来了，去请的长工背着一个小木箱。郭郎中急急地走进薛五奶奶卧房，赶紧地给薛五奶奶把了脉，看了舌苔。见血已止，郭郎中对薛元昌说："大爷这方法好，棉球塞不到出血处，血自然止不住，棉绳能塞到了出血的地方，血肯定止得住。只是从脉象上看，薛五奶奶血热脾虚，加上急火攻心，血往上冲，鼻腔里找到了破点，血就冲出来了，现在塞住了，应该无大碍。我先开服止血的药，打发人赶紧去县城或土门子抓了来，吃几服去火健脾的药，看看如何再定其他法子。或许这就止住了，只是个慢慢调养的事。"

薛元昌点头称是，让郭郎中到堂屋里坐了喝茶。郭郎中顺手开了方子，叫人去抓药。

薛五奶奶见自家鼻血止住了，便着急薛驹的事。这时，薛奇昌也来了。薛元昌送走了郭郎中，和薛奇昌进了薛五奶奶卧房。兰花、菊花和丫头们正收拾薛五奶奶流血的摊场哩。薛元昌说："就这样了，你们先出去，我们有话说。"

几个丫头端着盆子出去了。薛五奶奶按着鼻子，欠起身说："他大爹、三爹，那贼匪又在土门子赌博了。韦三、薛玉赶过去，已经输了一两千银圆。人给赌场扣下了。薛玉回来说要拿银子赎人。开口要两千块银圆哩。"

薛元昌、薛奇昌面面相觑。薛奇昌嘴里喃喃地说："这个败家的货，一夜两千银圆，就是个金山银山也不够他造的！"薛元昌十分痛心疾首又莫可奈何的样子，说："这可是咱家的灾星，赌债也是债呀，只能拿钱赎人，破财消灾么。但愿他这一输，能晓得点道理，再不进赌场了。我们也下点力气管束了他，再能有什么法子！明明是赌场挖了坑，我们的人赶着跳进去的。他五妈，你养着身子要紧，着急上火，只能自家身子受亏。"

薛五奶奶怔了半晌，只能默默地挪到炕柜跟前拉开抽屉，捡出一串钥匙，让薛玉和兰花去库房里抱来一个箱子，打开来，叫兰花数出两千银圆。

银圆在箱子里码得整整齐齐，一百一卷。兰花数出二十卷，薛五奶奶对薛玉说："你拿了钱去，好歹赎了那贼匪，绑也要绑了来。"

薛玉包好了银圆，随着薛元昌、薛奇昌离开薛五奶奶的卧房。薛元昌出了大门，对薛玉说："你再多带一匹马去，赎了薛驹，叫韦三盯着他回来。你快马去县城，一定请了县城的魏郎中来。我看你五妈那症候，血是止住了，怕有反复。家里遇上这么大的事，上火是肯定的，取掉塞鼻子的棉绳，谁知道血还流不流？请了魏郎中来，咱们心里稍安些，无论人家要多少出诊费，务必请了他来。"

薛玉应着，牵了牲口，匆匆忙忙地去了赌场。薛玉拴好了牲口，拎着包袱进了赌场的门。韦三正急得坐立不安哩，见薛玉来了，赶上前接过薛玉的包袱。

薛玉问韦三："薛驹呢？"

韦三向赌场努努嘴，说："后晌起来，吃了几口饭，就又钻进场子了。"

薛玉怒道："又赌上了？"

韦三："可不，正赌呢！"

薛玉气得骂起来："什么东西！"

薛玉冲进赌场，来到薛驹的赌桌前："还赌啊？"

薛驹抬头看了一眼薛玉，漫不经心地问："咋的？你带的钱呢！"说着将一摞筹码推到桌子中间："我押单。"

薛玉一把按住薛驹推筹码的手，恨恨地说："五妈得了重病，我要去县城请魏郎中，你还要赌啊！"

薛驹说："你请魏郎中就请去呗！我问你带钱了没，就是回，我得结清账不是！"

薛玉听薛驹这口气，怒不可遏，一把从领子里提溜起薛驹骂道："你这赌棍，简直没了人性，得病的可是你亲妈！你真应了娘老子心在儿女上，儿女心在石头上！"

赌场里一阵骚动，人们纷纷围过来，赌场的保镖马上上来几个人，一个对薛玉喝道："有话说话，把手拿开！"

薛玉对几个保镖说："他娘得了重病，他还在赌博，有这样的儿子吗？"

"谁的妈得了重病，我们管不着，我们只管场子秩序。你有事回家说去，别在我们场子里闹事！"打手们理直气壮。

"我这不就是要他回哩吗，怎么闹事了？"

这时，朱掌柜过来了，他拍拍薛玉的肩头说："有话好好说，别搅了我们的场子！"他又对保镖们说："你们请薛少爷到柜那边说话。"说完转身去柜上了。

一个保镖躬身对薛驹说："薛少爷，请到那面说话。"

薛驹很不情愿地立起身，甩开薛玉的手，口里嘟囔道："真晦气，干啥啥不顺心！"

薛驹、薛玉跟着几个保镖到了柜台前，朱掌柜依然是笑容可掬，他对柜上伙计说："你给薛少爷算算账，薛少爷家里有事，要回去哩！"

伙计略一拨拉算盘珠子说："薛少爷昨晚支的钱本息一千两百个大洋，今天又支了六百个大洋，不过夜不算息，一共一千八百个大洋。"

薛驹说："我还剩这些筹码哩。"说着将手里的一摞筹码扔到柜台上。

伙计码着筹码数了一遍，说是剩八十三块银圆的筹码，一千八百块减八十三块，总共该付一千七百一十七块。薛驹见韦三抱着包袱不动手，鼻子里哼出几个字："给人家呀！"

韦三只好将包袱放到柜台上，解开来，数出十七捆。薛驹看韦三数钱的难怅相，上前推开韦三，麻利地将十七捆银圆推到伙计面前，又拆开一捆，数出十三块，往伙计跟前一拍。将剩下的八十七块银圆往自家衣裳口袋里一塞，又将包袱里的两捆银圆扔给薛玉说："你们去请魏郎中，我自个回家看娘去。"

薛驹对朱掌柜拱拱拳说："家里有事，我过两天再来。我输的钱权当寄存到你这里，别花了，怎么去的还得怎么回来。"

朱掌柜依然笑容可掬，打躬作揖道："那是那是，钱本来是少爷的，我们随时恭候薛少爷！"

薛玉着急，对韦三说："姐夫，我得赶紧上县城，你们务必赶回去，五妈不好得很！"说完赶紧地走了。

薛驹、韦三也出了赌场，见薛玉骑着马飞快地走了。薛驹要去花鱼儿那，韦三知道拗不过，只好牵着牲口跟在薛驹后头。薛驹到了花鱼儿处，给花鱼儿留了二十块大洋，嘱她好好过日子，等他回去料理了家事，就来找她。花鱼儿听薛驹妈有病，赶紧地催他们上路。

薛驹骑了马，韦三跟在后面，踏着夜色星光，向薛家水奔去。

## 08

薛玉抡鞭催马向县城奔去。苍松县城，也就是有一个破旧的县衙门。县衙门前东西一条街。所谓街，就一条黄土大道，有一段铺了些沙石。街两边散落些铺子，有卖日用百货的，有卖中药的，有开铁匠铺、木工铺的，有贩盐的、开车马店的。天一黑，整个县城都隐在黑暗里，只有些微弱的灯火从铺子里透出来，街面上阒无一人。县城地处峡口，一入冬，北风便刮个不停，刺耳的风声如鬼叫般呼啸。

薛玉敲开一家露出灯火的铺子。门虚掩着，得到主人回应后推开了门。铺子里主人正在围着小火炉取暖，薛玉谦恭地道了好，问魏郎中的住处。铺子里向火的男人屁股都没抬，但似乎也没有不高兴，说让他朝西走几十步，有个中药铺子，魏郎中家就在铺子后面，中药铺就是魏郎中开的。薛玉道了谢，转身掩上门，牵着牲口向西走了不远，见一药铺子，模糊地看到挂一牌子。薛玉犹豫地看里面没有灯光，但听到院子里有响动，他转到院子门前拍拍大门，有人开了门，问什么事，薛玉说请魏郎中出个诊。开门的是个半老的女人，她让薛玉进门给魏郎中说去。薛玉思忖这个女人可能就是魏郎中的婆娘。他将牲口拴在门前的桩上，随着半老的女人进了门，见魏郎中正坐在炕上向火喝茶，一盆火笼得正旺，火上坐一壶茶，茶壶盖跳着，发出"嘭嘭嘭"的声音。魏郎中五十多岁，一顶黑色瓜皮帽，脸膛红光油亮，留一副八字胡。魏郎中见薛玉进来，他稍微动动身子。薛玉赶紧地打拱问好，说明来意。魏郎中问："你是哪个村的，谁家的娃娃？"薛玉答："我是东山薛家水薛家的。薛五佬是我五爹，今日个五妈患了急病，特来请先生过去瞧瞧！"

魏郎中一听薛五佬，脸上露出一丝笑，说："这冷的天，难为娃了，你先坐下喝口热茶，说说病情，我们酌量酌量。"

薛玉半个屁股跨到炕沿上，接过半老女人斟的一碗茶，说："我五妈因些烦心的事，突然鼻血流得止不住。后晌硬给止住了，但症候不大好，特来请先生去给看一看，吃几服药。"

魏郎中喝了一口茶，拈着下巴上的胡须沉吟道："这隆冬腊月的，天寒地冻，我一把年纪了，能经得起冻么。瞧一趟病，几十里山路，病人瞧好瞧不好另说，我老汉冻出个三长两短，可不是闹着玩的。"

薛玉赶紧站起打拱，说："这些我们自然知道，还请先生穿瓷实些，辛苦一趟，出诊的费用，我们是绝不打折扣的。"

魏郎中似乎很犹豫，慢吞吞地说："按说呢，医家就是救人命的，你家人得了要命的病，我不该推辞不是？但你看我这把年纪，能经得你这场折腾吗，外面月黑风高，寒风刺骨，加上你东山那路，我能受得了么！"

薛玉急得汗珠挂上了额头，带着哭腔求道："还望先生大慈大悲，佛心向善，辛苦一趟，我先替我家五妈给你磕头了。"说着跪了下去。

魏郎中见薛玉跪了下去，摆着手说："这娃你别这样，快快起来说话，容我再做思量。"

薛玉立起身。魏郎中沉吟半响，开口道："看来这趟辛苦我是免不了了。一来看在薛五佬当年的交情上，二来看你娃的这份孝心，拼上老骨头走一趟，出诊费你也别给我争，就这个数。"说着伸出巴掌亮了亮。

薛玉看魏郎中伸出的巴掌，转动着的手腕，心里一激灵，暗暗叫苦不迭！思谋着，薛驹一夜赌掉几千块银圆，这救命的钱，五十就五十吧，他发狠说："魏先生，你说多少就多少！"

魏郎中问："你带了钱来？"

薛玉马上应："带了带了！"

魏郎中对他婆娘说："你收了这娃五块钱，我推不过的，就走一遭。薛五佬生前可待我不薄哩。"

薛玉一听五块银圆，心里一下子舒坦了，长长出了一口气，赶紧从怀里搜罗半天，摸出了五块银圆，排在炕沿上，魏郎中的婆姨立马收了起来。

魏郎中让婆娘给他找来狐皮帽子、宁夏滩羊皮大氅，穿戴停当了，薛玉前后服侍着魏郎中上了马。薛玉背了魏郎中的药箱。因为夜里没有月光，只靠微弱的星光，薛玉牵着魏郎中骑的马，高一脚低一脚向黑魆魆的东山走去。

## 09

薛驹骑了马，韦三跟在马后，趁着夜色，顺着牛儿岭山道，向薛家水走来。

薛五奶奶再没有流鼻血。虽然填进去的棉绳憋得难受，但不敢把它取出来，怕取了棉绳，鼻血又流出来。薛五奶奶靠在被子上，稍稍地眯了一会儿，她在立等薛驹回来。

兰花和菊花轮流地跑出院子去看，但是夜色已深，四野里寂无人声。夜色弥漫山间，黑暗填满了四野的沟沟壑壑。姊妹俩盼着远处的山道上能传来马铃的声音，一次次出去，一次次失望地回来。夜入三更时分，兰花终于听到马的铃铛响，继而看到夜色里模糊的人马影子。薛驹骑着马，韦三紧随其后，向家里走来。

听到兰花急急的脚步声，薛五奶奶立马睁开眼睛，问兰花："你哥哥回来了？"

"回来了。"兰花回答。

薛五奶奶微微地欠起身，想要下炕。兰花赶紧上炕按住薛五奶奶："妈，你不能动，人已经来了，你动也无益。一着急，看鼻血又流出来。你一定要静养着，大爹、三爹在堂屋里哩，让他们给哥哥说去，你去了有啥好法子哩。"

薛五奶奶叹口气，说："真是难为了你两个叔老子了。"接着又说：

"赶紧叫厨房给备饭，你哥哥和姐夫走了这么长的路，一定饿了。"

兰花心里有气，但脸上一直赔笑："这事还要你管，我哥哥要是对你有指甲盖大的一片心思，你也不会急出病来！"

薛驹、韦三进了院子，走进薛五奶奶屋里，薛驹一副着急的模样，扑到薛五奶奶炕上，拉着薛五奶奶手说："妈，你这是咋了，不是好好的吗？"

兰花没好气地说："咋了，不是你折腾的吗？郎中说，急火攻心，血冲脑门。"兰花指着地上的脸盆说："整整流了半盆血！一个人身上能有几个半盆血？我看你是不要了妈的命不饶人哩。"

薛驹对兰花又梗着脖子，鼻子里哼哼着说："就你话多，什么事都赖我！"

站在一旁的韦三赶紧挡着："你们都少说两句，你们的娘病着哩么，就不能消停些。"接着问兰花："你姐咋没来？"

兰花瞪了薛驹一眼，对韦三说："姐头晌来了，守到后晌。妈再没流鼻血就回去了，说明早早点过来。"

韦三说："回去干啥哩，守着嘛，家里没她住的地方吗，真是死心眼！"

薛五奶奶睁开眼，对韦三说："我叫绒花回的，你们一大家子人，做饭是个阵势哩，多个人添点力。"

韦三说："你都这样了，还操这心。"

四岘四水这片山里，女婿称岳父叫大大，称岳母叫大妈。

韦三对跨坐在炕沿上的薛驹说："大爹、三爹都在客厅，你该去见见他们，看大妈这病怎么安排治疗。"

薛驹不吭声也不动屁股。

韦三又催，薛驹不耐烦，说："谁有什么好法子，不就是请郎中瞧，抓药吃呗！"

韦三又说："不管咋说，你总要见见人家，两个老人一把年纪了，这么晚还候着，我们是晚辈嘛！"

兰花瞧着韦三，带着很不满的神情说："姐夫，你别催人家了，干下瞎事了，难见人面嘛！"

薛驹蹦起来，指着兰花说："干下瞎事咋了，输的自家的钱，我怕见别人咋的！"

韦三赶紧上前拥住薛驹，说："别吵，大妈病着哩，咱们出去吧！"

韦三拽着薛驹出了门，把梗着脖子的薛驹拉到堂屋里。

堂屋里，薛元昌、薛奇昌正对着蜡烛抽旱烟喝茶哩。两个人谁也不说话，一袋一袋烟填进烟锅里，对着烛火咂着，吞出一口一口的烟雾。刺鼻的烟雾飘上头顶，在屋顶上缭绕。

韦三拉着薛驹进了堂屋门。韦三照着薛元昌二人鞠了一躬说："二老还在等我们哩？"

薛元昌在鞋底上磕磕烟灰，说："我们等薛玉呢，他去县城请魏郎中，和你们啥时候分的手？要是能请上，也快到了，要是请不上，还得想别的法子。"

韦三答："分手快晚饭了，骑着快马，应该耽误不了时间，能请上也快到了。"

薛元昌说："但愿吧。"他咂一口茶，然后又添一锅烟叶，对着蜡烛吸起来，不说一句话。

堂屋里空气似乎凝固了。

门外有丫头叫韦三、薛驹吃饭哩，两个人借机退了出去。

过了不一时，院门门环响起来，打开院门，是薛玉回来了。薛元昌、薛奇昌赶紧跑出来，迎上去。薛玉扶魏郎中下了马，有伙计牵了马去上槽。薛玉背着药箱，扶了魏郎中进了院门，与迎出来的薛元昌、薛奇昌打躬作揖，寒暄了几句。魏郎中揉着腿说："我这腿都冻硬了，迈不动步嘛。这该死的鬼天气，这该死的东山山路，真是难走死了！"薛家两位爷赔了笑脸，薛元昌赔着不是说："实在难为了魏郎中，天冷路难走，真是救命的菩萨心肠，要不谁愿意吃这等苦。"说着赶紧往堂屋里让。韦三放下刚端起来的饭碗，迎出来搀住魏郎中，和薛玉扶着魏郎中进了堂屋。

堂屋里一盆炭火烧得正旺，火苗蹿起老高，一股热气直扑人的脸面。魏郎中站在客厅里扭扭腰、伸伸胳膊，由韦三伺候着脱了羊皮大氅，落座在八仙桌旁的太师椅上。魏郎中结了冰的胡须眉毛经热气一扑，迅速地变成了水珠挂在眉毛胡须上。薛元昌赶紧让使唤丫头端来热水，让魏郎中擦脸，然后端上一杯煮好的茯茶，将一碟红糖、一碟冰糖放在八仙桌上。魏郎中端起茶杯哑了一口茶，长叹一声："冻了这一遭，喝上这一口酽酽的茯茶，算是又活到了人间了。"自己先笑起来。薛元昌众人七嘴八舌地道歉，赔不是，也随着魏郎中笑起来。魏郎中又说："大家都说东山没好路，西山没好人，今晚顶着老北风走你们这夜路，真是后背发麻，一个马失前蹄，我不就跟薛五佬做伴去了。"

薛元昌又一次抱拳打躬作揖，说："魏郎中深更半夜出来救人，行善积德，吉人自有天相，苍天也不会叫马失前蹄的。"薛元昌口里说着，伸手捡一块冰糖，放进魏郎中的茶碗里。

魏郎中颔首表示谢意，对薛元昌说："身上暖过来了，让我瞧瞧病人去！"

薛元昌说："自从用棉绳塞住后，鼻血倒是再没流过，只是不敢取棉绳，不知取了棉绳啥状况，只等魏郎中来了定夺。魏郎中走了半夜的路，天寒地冻，再暖和一会儿，索性吃了饭再瞧病人。"魏郎中说："晚饭吃过了，夜里不加餐，还是去瞧病人。"

薛元昌没再说啥，命薛玉引了魏郎中到薛五奶奶卧房。

魏郎中进了薛五奶奶卧房。兰花扶起薛五奶奶。薛五奶奶有气无力地坐起来，头上苫着一条毛巾，脸色十分苍白。魏郎中跨坐在炕沿上，叫薛五奶奶将手放在炕桌上。菊花拿一块毛巾叠成方块放在薛五奶奶腕下。魏郎中半闭着眼切脉，切了左手又换了右手，切脉完了，又让薛五奶奶伸出舌头，魏郎中让兰花举灯过来，反复地看了一阵，问了薛五奶奶的感觉。薛五奶奶说："只是鼻腔里难受，浑身没一点力气。"魏郎中安慰说不要紧，要薛五奶奶忍一忍，明早取出棉绳看情况，他带了止血的药。至于浑身没力气，流了那么多血，怎么能有气力。人的精神靠血养着，血没了，精神自然就差了。魏郎中要薛五奶奶撑着吃饭，说了人是铁饭是钢的道理，即使没胃口也要撑着吃，心要放宽，烦心事不去想它。

薛五奶奶点头称是，开口说："好郎中哩，我们女人家家的，心眼本来就针眼大，遇上事了，你说不想就不想了。"说着鼻子一酸，滚出两行泪来。

魏郎中又一番安慰，叫薛玉打开药箱，从中拿出几粒丸药，说让薛五奶奶先服了，安静地睡一觉，明早抽出棉绳看情况，并安慰薛五奶奶说："流鼻血是个常见病，有我在，有我的药在，不会有麻达。"

魏郎中告辞了出来，薛元昌已安排好魏郎中的就寝事宜。夜深了，薛元昌一干人都各自归寝。

第二天一早，魏郎中漱口洗涮毕吃了早饭，等薛家一干人到了，他让薛玉提着药箱进了薛五奶奶的卧房，依旧屁股跨在炕沿上，让兰花扶着薛五奶奶坐起来。魏郎中又诊了脉，看了舌苔，让薛五奶奶半躺着靠到被子上。魏郎中打开药箱，取出一根长长的黄铜镊子。魏郎中轻轻地拿镊子捏住薛五奶奶鼻孔里的棉绳，慢慢地拉出来。棉绳已被血浸透了，棉线最里面一头沾满了秽物。棉绳拉出来后，血似乎止住了。魏郎中又从箱子里拿出一根小电棒子（手电筒），推上开关，往薛五奶奶鼻孔里照进去。薛五奶奶头仰着，魏郎中正照着往里看哩，薛五奶奶脑袋一激灵，打出一个喷嚏。随着喷嚏，一股血从鼻腔里喷出来，喷了魏郎中一头一脸。薛五奶奶赶紧拿手捂住鼻子，血从手指缝里涌出来。魏郎中顾不得擦脸，说："赶紧拿棉绳。"兰花递上棉绳，魏郎中掰开薛五奶奶捂着鼻子的手，在棉绳上蘸了些药末，往薛五奶奶鼻孔里使劲塞。折腾了好一阵，棉绳塞进一大截，薛五奶奶的鼻血止住了。丫头们打扫了喷到炕桌上、炕上的血渍，又端来一盆热水，让魏郎中洗了脸。

薛元昌、薛奇昌在院子里听动静，韦三出来说了情况，薛元昌、薛奇昌急得面面相觑，嘴唇抖动着却说不出什么话来。

魏郎中出来了，他走进客厅，薛家一干人都跟着进去了。魏郎中脱下褂子，交给薛玉，说："你让人赶紧洗一洗，血干了就洗不掉了。"

薛玉赶紧接了交给丫头们。

薛元昌见魏郎中坐定了，怯怯地问："魏郎中，这血咋就止不住哩。"

魏郎中捋捋胡子，慢吞吞地说："薛掌柜，你急什么哩。就是你们没法子，才半夜三更、冰天雪地地请了我来。我抽掉棉绳，就是看你们能止住血吗！既然止不住，就得用药，这回塞的棉绳我是用了药的。你们家五奶奶身子虚得很，心事又重，这样出血，相当于产后血崩，女人嘛，只是出血的地方不一样，血崩是一样的。"

薛奇昌问："除了塞棉绳，还有其他法子吗？"

魏郎中有点儿不耐烦，说："我塞棉绳和你们塞棉绳能一样吗？我的是蘸着药塞进去的。"他缓了一下口气："当然，还要吃药嘛，我即刻开了方子，你们差人抓了药来，今天务必要把药吃下去。"

大家默然无语，赶紧送上纸笔让魏郎中开药方。

魏郎中开了药方，薛元昌即安排薛增骑马去抓药。

魏郎中说："我的药铺方子上的药都有，你们去别家怕差了一味两味，误事嘛。"

薛元昌赶紧说："就是去郎中家的药铺，这我们知道。"

薛玉对薛元昌说："大爹，我去吧，我门熟，不误事。"薛元昌叹口气，说："去吧，急难之处才见人心哩！"

薛玉拿上魏郎中开的方子，走了。

魏郎中喝了几口茶，又到薛五奶奶屋里观察了一会儿，回来对薛元昌众人说："还行，等吃了药明天看。"魏郎中停了一下，对薛元昌说："薛掌柜，看情形，我还不能就走，但你知道，南山北川有多少病人等着我医病哩，耽搁在你这里，别的病人瞧不了，我的营生就做不成了。也对不住那些等着我瞧病的人！"

薛元昌赔着小心说："郎中说的是实情，为了我家一个病人，耽搁了众多病人，我们心里也着实不落忍。但郎中已经来了，俗话说既来之，则安之，其他病人知道你出诊了，还会想别的法子。你这就回去，山高路陡，再来就难了。我家老五家的还得两天观察，你就索性住着，过几天有了结果再说。至于出诊费，我们老五家家境，亏不了你魏郎中。"

魏郎中沉吟半晌，说："按说，眼面前的病人撂下不管，也不是我做事的路数。咱明说吧，我们医家有医家的规矩，啥事体，应该是先说响，后不嚷，你们也该有耳闻。现在这世上，有病的人多，有钱的人少，穷的瞧不起病的，我不能看着人家在我面前咽气，赊医赊药的不少，人咽气了，赊的药找谁要钱去。这出诊费还是说个数，我就安心给你家五奶奶治病，保证五奶奶病愈体康，薛掌柜你意下如何？"

薛元昌见魏郎中有松动，赶紧说："该的该的，郎中你说个数，我们绝不打折扣。"

魏郎中随即伸出一个巴掌说："一天就按一次出诊算吧，你看如何？"

薛元昌问魏郎中说："一次出诊该是多少？"

魏郎中答："一次五块银圆。"

这是没有办法的事。薛元昌思忖，薛驹一夜输掉两千银圆，相比之下，五块银圆值什么！薛元昌对魏郎中说："按郎中说的，就五块，你安心在我家，我们一家人都安心些不是。如果老五家病好了，我薛家另有谢忱。"

薛元昌对满屋的人说："有魏郎中在，你们该干啥都干啥去，我和你们三爹陪着魏郎中就行。你们五奶奶有几个姑娘陪着，其余人等不要老来打搅，让病人安静养着。凡来人去客都到另一个院子，别说你们五奶奶有病的事，免得传出去人们来看，反而就成搅扰了。"

众人听了，就散了，各自去干各自的营生。

# 10

绒花早早地来了，在厨下给她妈熬米汤。兰花、菊花因在薛五奶奶身边，两双眼睛在静静地盯着薛五奶奶微弱的呼吸和胸脯的一起一伏。薛驹仍在睡觉，丫头们扒着窗户看了几次，见睡得很沉，就都没敢打扰。

几天里，薛五奶奶取出过几次棉绳，取出之后，时长时短，鼻血又流了出来，时多时少，有时滴上几点，有时半碗。魏郎中还是薛元昌最初用的办法，拿棉绳塞进去硬堵，不过，魏郎中是在棉绳上蘸了药的。而且，还有早晚两碗汤药，薛五奶奶似乎比前几天流的鼻血少了些，但她脸色更加苍白，身子更加虚弱，喘气都显得很吃力。

薛元昌、薛奇昌早晚都在薛五奶奶家，一头陪魏郎中，一头焦急地等待薛五奶奶好转。

大约过了五六天，魏郎中对薛元昌几个说："五奶奶的病一时不会有太大的起色，俗话说，病来如山倒，病去如抽丝。五奶奶常年郁郁寡欢，气血过虚，现在用药，君臣得十分讲究，只能慢慢调理，这可不是一天两天、一月两月的事。我久居你家无益。我先回了，五奶奶慢慢将养，等到体魄有些恢复，我时常来瞧着，流鼻血不是主因，关键是体魄强起来，心情畅快些，血脉畅通了，鼻血自然就顺血管走了，也就不流出来了。我还有个法子可以一用，先给用上，等我过两天来了观察效果。"

薛元昌们觉得魏郎中说在理上，慢病不能快治，只能送郎中回去。薛元昌说："郎中要回，于情于理没啥说的，只是郎中可别放了手，该用啥药用啥药，不管花钱的事，只听郎中吩咐。"

魏郎中问薛元昌："薛掌柜，你们薛五佬用过的夜壶还在吗？"

薛元昌答："应该还在，那东西好找，我们几个老弟兄都用嘛！"

魏郎中说："夜壶自然好找，要是薛五佬的在，那应该十分好！

我走之后，你们将夜壶烤热，烤到有了热气味，便让薛五奶奶闻，每次闻半个时辰，一天三次，最好闻上七七四十九天，五奶奶的血自然就止住了。当然，每天一服中药，每次塞棉绳不忘了涂上我的药末，每次要加一点量。饮食上，老母鸡汤炖小米，每顿渐次加量，烦心事别让她知道，几个老妯娌轮流陪着说话，分了她的心，尽着法子让她高兴起来！"

薛元昌一伙人唯唯诺诺应承着，魏郎中又说："每天抽一次棉绳观察，最好请来你们的郭郎中，行医的人毕竟手熟些。"

薛家人一一谨记了，一一答应了。薛元昌让薛玉排出三十元大洋。薛玉拿着一小绸手帕包着银圆，魏郎中接手里掂一掂，没有数，随手放在药箱里。魏郎中再没盘桓，出门去五奶奶卧房里，嘱咐了用药吃饭的事，便告辞了。

薛玉仍然背了药箱，伺候魏郎中上了马，牵马送魏郎中回了县城。

薛元昌让丫头们找出薛五佬用过的夜壶，亲自盯着丫头们烧热水洗刷干净了，又亲自将夜壶放在炭火边烤得热了，让兰花提给薛五奶奶，让薛五奶奶按魏郎中说的方法，鼻子对夜壶闻着。闻了一刻，薛五奶奶只觉得恶心头晕，嘴里不住地吐着口水，看着像是坚持不住。薛元昌在门外对薛五奶奶说："老五家的，你忍着点，天下哪有好吃的药，哪有好治的病。魏郎中是县里名医，他的法子总是有用的。闻陈年夜壶，尿骚味肯定不好受嘛，就半个时辰，怎么也得忍过去！"

薛五奶奶有气无力地回道："他大爹，我能忍，你回去歇着吧。"说话间一阵恶心，干呕了几声。

自此开始，薛五奶奶一天闻三次夜壶。郭郎中每天来两次，给薛五奶奶抽出棉绳，但常常是过不了多久，鼻血又流淌不止，郭郎中只好再拿涂上药的棉绳给塞上。这样塞了取，取了再塞，一天总要折腾几次。薛五奶奶脸色已由苍白变得蜡黄，坐起来要兰花众人挡。薛五奶奶除了撑着喝药，米汤只进小半碗，进食的次数由三五次减到了两三次，馍馍面条一点吃不进去。

薛元昌虽然坐镇指挥，其实是束手无策，只是让按时吃药，按时闻夜壶，按时让郭郎中来抽取棉绳。苦无良策的薛元昌只是一锅子一锅子抽旱烟，喝酽酽的茯茶。

## 11

这天上午，薛奇昌来了，他对薛元昌说："大哥，有件事，我昨晚想了一夜，不知道能说不能说？"

薛元昌盯着薛奇昌说："你我兄弟，有什么不能说的，讲出来大家拿主意。"

薛奇昌说："我思谋着，我们家自从迁了坟，家里就没有安稳过，先是老五横祸，接着薛驹不消停地折腾，这回又是老五家的得这样的病，是不是我们家得罪了哪路神灵，降灾给我家。是否想想做些道场，做些祭祀，许些香缘，能否让神灵祖宗护佑我们，最差能让过个安生日月。"

薛元昌听了薛奇昌一番说，猛地一激灵，说："老三，你接着说。"

薛奇昌说："没了，就这几句话，还想了一夜哩！"

薛元昌拍拍脑门，说："这事早些天在脑子里一直绕着哩，老二走那天，我送他时，也给他讲了，他不这样想，也不让我这样想，所以我就再没想过这一茬。现在不是无计可施了吗，你这一说，我倒又想起来了。你说得对对的，医家治病治不了命。咱家命道出了事，就该用救命的法子来。肯定是得罪了哪路神仙或者犯了土，或者动了太岁，或者惹了小鬼小妖，不管如何，做些道场，做些祭祀，许些香缘，保得家人性命，保得合家安康。咱们事不宜迟，赶紧动起来，起码不要神灵再降灾到咱家，或者有了护佑也未可知。"

两个老兄弟商定了，赶紧打发人叫来了韦三，秦州张三，薛增、薛玉几个弟兄，给大家讲了做禳厌的事。众人都说不出个子丑寅卯，只能听两位老辈子的。

# 第五章

## 01

四岷四水的山里人，悠长的岁月似乎是亘古不变的，没有人说得清爷爷辈、爷爷的爷爷辈过着什么不同的生活。日升月落，星移斗转，风霜雨雪都是在慢悠悠地重复。人们一代一代地生出来，从童颜到黑发，又从黑发到鹤发，一代一代地殁了。孙子沿着爷爷的脚步，丈量着山路的长短，只是孙子变成了爷爷，爷爷又有了孙子。张家发财了，在这片山里显赫一辈甚至两辈，出个什么故事，家道败落了；王家又发财了，在这片山里显赫一代或者两代。富和穷之间互换着，发财的只是少数，多数人世世代代不变地穷，不变地受苦受累，半饥半饱混过一生一世的是大多数，如同蝼蚁。真正是活着不知为个啥！

这片山里的人又是幸运的，因为进山一趟不容易，历代政府对山民的影响减到几乎没有。官府每年催一次粮，要的数量少，多少年几乎没有发生过抗粮的事。苛捐杂税相对少，几个大户人家出来支应，也就没有什么大事。

世事突然起了变化。

腊月到了，节气正交三九尾四九头，天气已到一年里最冷的季节。连着几天，彤云密布，不分早晚，雪时小时大，老北风夹着雪片，纷纷扬扬，北风呼啸里，漫天倾倒的大雪填沟塞壑。一场大雪后，天气终于放晴，人们为了奔过年关，不顾路上雪厚，纷纷出门去山外，或背或驮，都打算从山外换些日常必需。

冬月末的一天早上，从苍松县府往四道岘子薛家水的山路上，三匹牲口驮着三个人，向四道岘子薛家水而来。头一匹雪青马上骑着一个汉子，身上穿着羊皮大氅，青丝布裹面，从衣着上看就是个人物。因为山里的皮衣大多都不裹面，即便是裹面，也绝没有青丝布裹面的，除了薛五佬那样的大佬。他看上去四十岁上下，白净的脸面，鼻子眼睛中规中矩。除了青丝面裹布的羊皮大氅，脚上一双牛皮靴子，靴勒直抵膝盖，一般人见着都难，更别说穿了，一看就是个不小的官家。他的身后跟着的一看就是随员，一个二十五六岁的年轻人，穿着棉袍子，脚上套着一双上等的毡窝窝靴子，手里提个公文包；另一个是个军爷，腰间挎着盒子炮，一身军装军靴。这两个一看就是一文一武。文的骑一头骡子，武的骑一匹马，从鞍辔上看，便知武的骑的是一匹军马。

三人到了四道岘子北面的垭口，他们停住坐骑，在马上巡视了四道岘子的东西南北的村落，然后领头的望着北边村子说："不必问路，直接去大户人家。"他用马鞭指着蒲正席的庄院说："先去这家大户家。"他接着说："听县里人说，这山里有个薛五佬，财势很大，只可惜死了，说是摔死的。我们先找别的大户，办完差了再去看看薛五佬家。"

三人到了一家大户的庄园前，挎盒子炮的马弁下马敲响了蒲正席的院门。

一个庄客模样的人开了门，见了三个人物，一时张口结舌，话都说不利索了。

领头的对庄客说："你不必惊慌，我们是苍松县党部的，找你们家掌柜说点事。"

庄客唯唯诺诺，赶紧回头跑去通报。

领头的下了马，文武随员也下了骡子和马。当兵的赶紧接了领头的马缰绳。

这家的庄主蒲正席正在家里向火喝茶，一听庄客通报，立刻趿拉着鞋跑了出来，一边跑一边说："哪里来的贵客，快请快请！"

提着公文包的书记模样的年轻人上前说："掌柜不必着急，我们有公事找你相商，这是我们县党部的陈专员。"

蒲正席不知道专员是多大的官，光从仪表就知道是个要害角色。他手足无措地伸出两只手，颤抖着抱成拳，拱了再拱，语无伦次地说："来了好，来了好，贵客啊贵客，贵足踏贱地，让人慌得很！"

县党部的陈专员笑容可掬地伸手抓住蒲正席的一只手。蒲正席好像不惯握手，手躲闪了一下，还是让陈专员抓住了。他拍着蒲正席的手背说："我们是循着掌柜的高墙大院来的，唐突得很，还望掌柜见谅。"

被拍着手背的蒲正席慢慢不紧张了，对陈专员说："在下姓蒲，是个空担名声的掌柜，请陈长官进屋说，外面冷得紧。"

陈专员几个自不谦让，在蒲正席的引导下进了门。蒲正席是烧得起炭火的掌柜，一盆炭火正在熊熊地燃烧着，火苗蹿起老高，屋里热气弥漫。陈专员脱了羊皮大氅，蒲正席一个劲地让上炕。陈专员屁股跨在炕沿上，对蒲正席说："我坐不惯炕，腿圈不过来。"

蒲正席为难地说："我们这山里头，客人来了就要上炕哩，客人不上炕，坐哪里嘛。我不像薛五佬家，紫檀木的八仙桌太师椅，长官还是上炕的好！"

陈专员呵呵地笑着说："我们当兵的人，站着比坐着舒服。"

"咋能让长官站着，这不是砍头的罪过！"蒲正席十分地为难，摊开双手，一副可怜的样子。

陈专员依旧呵呵地笑着说："掌柜不必拘礼，我们入乡随俗，上炕上炕。"卫兵赶紧上前替陈专员脱了靴子。陈专员上了炕，盘腿坐在炕里面，说："我当兵多年，什么苦没吃过，盘个腿能比爬战壕难受!"

书记和卫兵报以讨好的笑。

蒲正席喊人摆好炕桌，倒上刚煮好的茯茶。端来一盘大白馍馍，两碟糖，一碟红糖，一碟冰糖，还有一盘大枣，让着陈专员说："长官，我们这穷山野岭的地方，实在拿不出什么招待，你们先喝杯茶，吃口馍。"

陈专员端起茶杯咂了一口茯茶，皱皱眉头说："这茶苦得紧。"

蒲正席赶紧抓一块冰糖，说："长官，这要调糖哩嘛!"

陈专员接过冰糖，没有放在茶杯里，却掰一块放进嘴里，嚼了嚼说："糖是好糖，我们慢慢喝，慢慢用。"陈专员又喝了一口茶，说："蒲掌柜，你也上炕坐好了，我们有重要的事相商，伺候的事有他们二位呢。"

蒲正席推让一番，还是上炕坐了。

陈专员说："我们这次来贵地，有重要的公务干哩。我先说个大概，你听明白了，咱再商量下一步怎么办。"

蒲正席使劲地点头称是。

陈专员坐正了身子，向书记要了公文包，打开来，取出一沓文书。卫兵上前将炕桌上的东西拢了拢，给陈专员腾出一块地方。陈专员摊开文书，取出一份文书，说："蒲掌柜，你先听，有什么不清楚的地方你问，我会给你讲明白了。"

蒲正席只是使劲地点头。

陈专员翻着摊开的文书说："现在国家的情况你也知道，日本人打到咱们中国来了，上海丢了，南京丢了，大片国土沦亡。蒋委员长号召我们坚决抗战，我给你念一段。"陈专员指着文书上的一段文字说："这是蒋委员长在抗日宣言里讲的：如果战端一开，那就是地无分南北，年无分老幼，无论何人，皆有守土抗战之责任，皆应抱定牺牲一切之决心。"

蒲正席只是个粗识字的土财主，虽然不住地点头，其实听得懵懵懂懂。

陈专员对书记说："我先说事，你抽空将这些文件给蒲掌柜读一读，不清楚的解释明白了，便于我们办差。"

书记点头称是。

陈专员又对蒲正席说："我们这次来，就是为了抗日的事。上峰要求我们联系现有的一切抗日力量。据我所知，四岘四水的这片山里，过去政府是疏于管理的。现在全面抗战，我们不能丢掉任何一份抗日力量。上峰派我来，一是要在这片山里建立保甲制度；二是通过保甲所摸清楚山里人口状况、财力状况。抗战大事，我们山里也是国家的一块土地，子民也是政府的子民，自然要尽一份子民的责任。抗战要人，我们要出人，抗战要钱，我们要出钱，一切等到保甲制度建立起来。"陈专员翻翻文书，抽出一封来，说："这是行政院修正公布的《保甲条例》，也让书记抽空给你讲讲。"

蒲正席仍旧懵懵懂懂，但头却点得像鸡啄米似的。

陈专员又哐口茶，蒲正席赶紧给续上热的。陈专员说："俗话说，择日不如撞日，我们今天是择人不如撞人，乱撞吧还撞了个蒲掌柜。我们也不找什么人了，就你蒲掌柜了。你就参与到我们建立保甲所的事情里来，分派你的工作，政府自然有一份报酬。从现在开始，你就到职了，先做我们的联络员。首先呢，先给我们找一处办公的地方，房子四五间就行。我来时看到村里有私塾，今后开个人多的会就到私塾。其次呢，你带我的书记去通知各村的大户，就说县政府在这里开会，谁不听话，我们有《战时戡乱法》收拾他。再就是我们从今天起，吃饭就先在你家，伙食由你算，不占你一分钱便宜，定了办公的地方，你给找个会做饭的，我们自己开伙。当然，你是我们的联络员，伙食也由政府管。"

蒲正席听明白了做的几件事，但对建立什么保甲制度还是不大明白。他对陈专员说："长官，你说的办公的地方，我找儿子商量，如长官不嫌弃我这屋破家小，我们搬隔壁院里，我这院里七八间房子，足够用了。要是人来多了，就搬私塾的凳子来，也就几步路的事。"

陈专员隔窗往外看了一遭说："这地方当然好，可就是委屈蒲掌柜，心里不落忍。"

蒲正席连连地说"不委屈不委屈，只要陈长官满意，就是草民的运气"。蒲正席见陈长官是个面善好说话的人，便用商量的口气说："长官，有件事还望通融。"

陈专员一贯地和颜悦色，说："蒲掌柜请讲。"

蒲正席说："你看我这把年纪，当个联络员，是不是腿脚不方便，耽搁了公家的事，罪过就大了。联络员不是要翻山越岭、走村串户嘛，我想荐我儿子干这差事，他倒是爱干这事，这片山里婚丧嫁娶都请他当大拿哩！"

陈专员一听，拍开了巴掌，说："我们就找这样的人哩，真正瞌睡遇上枕头了。蒲掌柜，这联络员非你儿子莫属，你快找了来，我们见见如何？"

蒲正席说："我这就去找，顺便安排饭，你们第一次贵足踏贱地，我一定要尽尽地主之谊。中饭咱们吃羊羔肉贴白面饼子，老汉还藏了两坛青稞烧头曲，给书记长官们驱驱寒。"

蒲正席一头说一头倒退着出了门。

蒲正席走后，陈专员对两个随员说："山里人就是老实，遇上蒲掌柜这样的人，差事怕好办些。"

书记赶紧附和说："像陈专员你这样的官，恐怕是这片山里来过的最大的官。中国老百姓哪有见官不怕的理。你又佛心仁慈，蒲掌柜遇上好官，能不打心眼儿高兴！"

过了半个时辰，蒲掌柜回来了，身后带个三十多岁的汉子，虎背熊腰，一双大手像熊掌，一件青布夹袄，套着一件光板羊皮袄。蒲掌柜进门后对儿子说："这是陈长官，来我们山里建什么保……"蒲正席一时说不来保甲所。陈专员接上说："保甲所。"

蒲正席拍拍儿子肩膀说："长官，这是我儿子，大号叫蒲龙，庄稼人，就是身子壮，念过两年私塾，粗识几个字，人倒是勤快，乡邻的口碑也还说得过去，跟着长官跑腿吆喝没麻达。"

陈专员隔着炕桌伸手抓抓蒲龙的手，说："真是一条汉子！"陈专员上下打量蒲龙一番，十分满意，称赞不已。陈专员让蒲正席上炕，蒲正席说他要安当些事，要蒲龙陪着说话，他转身出了门。

蒲龙又和陈专员的两个随从拉了手。陈专员让蒲龙上炕，他在炕桌上摊开几份文书，对蒲龙简要地介绍了保甲制度。陈专员让蒲龙看了行政院颁发的《保甲条例》，然后将给蒲正席的话又讲了一遍。蒲龙听了，好像比他爹听得明白点，还给陈专员说了，他已听说过政府要搞保甲所，没想到这么快。他以为这片山里多少年来天不管、地不收的，政府怎么就突然上心了。

陈专员笑了笑说："抗战需要嘛，我前面给你父亲讲了抗战大义，我还是那句话，'地无分南北，年无分老幼'，都要尽一份抗战的力量。过去帝制时代，朝廷任命官员只到县。现在民国政府了，民国民国，民就是老百姓，千家万户才形成了国。国就要管百姓的事。老百姓都在县以下，怎么管，就得设管理的机构。你说的'天不管、地不收'的情况就要改变。改变的办法就是要设保甲所，保设保长，甲设甲长。"陈专员翻开一份文书指给蒲龙看。这份文书叫《县各级组织纲要》。"简单说，基本形式是十进位制，即十户为甲，十甲为保，十保以上为乡镇。当然，条文是死的，人是活的，还要根据具体情况灵活掌握。四岘四水具体情况怎样，我们办开了差再说。至于细分下来，具体步骤由我的书记，"陈专员指着一个随员说，"这位就是书记，姓韩，名朝闻，他到凉州培训了几个月，对建立保甲所的事门清，完了他给你详细讲。我给你父亲讲了，我们先要靠实了办公的地方。"

蒲龙赶紧说："爹刚给我说了，这院子就设成办公地点，后晌我找人来收拾。爹还说到私塾搬两套桌凳来，暂时你们坐了办差。过两天我到本村大户薛五佬家借两套像样的桌凳来，搞得气派一些。"

陈专员点着头说："到你们家，我们是循着高墙大院来的，真还撞对了。地方对，人更合适。"说着发出快意的笑声。陈专员接着说："午饭后就先分派了房子，归置出来。"他对两个随员说："你们各自收拾了住宿，然后明天就干事。首先是由蒲龙领了韩书记通知大户人家前来开会，最好是族长或者掌柜。一句话，说了话能顶事的。"

蒲龙问："长官，大户人家叫多少，这片山里四岘四水，一岘一水之间三十里上下，凑到一起恐怕得好几天。"

陈专员问："你们这片山里有多少大户呢？"蒲龙抠着头问："多大才算大户哩？"

陈专员一时语塞，琢磨一阵问蒲龙："就像你们这样的，有高墙大院，还能使得起长工，有十家八家佃户的，应该算大户了吧？"

蒲龙说："要这样说，四道岘子薛家水我肯定知道，邻近的岘水也有耳闻，更远的还真难说。"

陈专员呵呵地笑着说："老办法，撞呗，看见高墙大院的，每个岘水发展一个联络员，情况不都清楚了嘛！"

说完事，已过中午。蒲正席在门外候着，听着陈专员几个说完了事，便推门进来，对陈专员说："长官，事说完了，该吃饭了。"他对蒲龙说："你收拾收拾炕桌，再把炭火笼一笼，添点炭。"

蒲正席一说，蒲龙赶紧收拾了炕桌，又去笼火。两个婆娘一前一后进来，一个端个砂锅，一砂锅热气腾腾的羊羔肉，一个端一大盘子烫面油饼。盘子是木制的，常年的油浸，显得油光锃亮。一把竹筷放在油饼旁边，一看就是簇新的。屋里立刻弥漫着羊羔肉和油饼的香气。陈专员拿鼻子嗅一嗅砂锅里的羊羔肉，又嗅嗅木盘里的油饼，高声叫道："俗话说'福不可重受，油饼子不可夹肉'，今天我们这不油饼子夹肉了嘛。蒲掌柜，这是遭罪的事啊！"蒲正席笑逐颜开，说："这个福，别人受不了，长官你受得了，要说遭罪的话，我们可是跟着长官呐，罪不到我们头上。"

蒲正席被陈专员的和颜悦色、平易近人感染了，情绪立马高昂起来。他又转身出去抱来一坛酒，放在火边煨着。

陈专员笑得畅快极了。他咧着腮帮子大快朵颐，口里大呼："我敢说，这是我一生吃得最香的羊羔肉。这羊羔肉，这油饼，有了它们，就是让我去做神仙，我肯定也要掂量掂量！"

大家都开怀大笑起来。

陈专员更加兴高采烈，说："蒲龙，你去拿几个碗来，我们每人半碗酒，一口闷了，再不多喝，下午照说好的干事。"

一顿饭，吃得干脆利索，风卷残云般，锅尽盘空。半碗酒喝得豪气，一饮而尽，点滴不剩。

# 02

第二天一大早，陈专员几个还是在蒲正席家吃的早饭。米汤油饼，每人卧了两个鸡蛋。昨天下午已安排好了住宿办公的地方。蒲正席两口，还有几个孩子搬到隔壁院里。陈专员占了正屋，两个随员住了进院门的一间侧屋，办公占了两间厢房。蒲正席一家忙到半夜，才将住宿和办公安排妥当了。

陈专员见大家吃完了早饭，便给蒲龙和韩朝闻安排说："你们按计划通知各村大户。我昨晚思谋着，这世上人分九等，各色不同，建保甲所这是政府定的，料不会有太大的麻达，但建了保甲所后，筹集抗日的税赋，那是出钱的事，恐怕就难了。我看这山里人本性是良善老实的，但并非没有狡诈奸佞之徒，一开始咱要让他们知道政府的威力。卫兵小张，你也跟他们去，军装穿整齐，腰带扎好了，盒子炮挎出点威风来！碰上有恶犬的人家，你就毙两只狗立立威。"

蒲家父子听了，暗暗吃惊，这慈眉善目的陈专员，原来是个狠角色，杀狗立威，如立不了威，那不得杀人！

卫兵小张立正报告："知道了，长官还有什么吩咐？"

陈专员说："你们出发，我也到村里转转，了解了解民情。"

按照陈专员的安排，蒲龙骑了陈专员的马，领着书记韩朝闻和卫兵小张，第一家便是去了薛元昌家。蒲龙知道薛家自从死了薛五佬，家里大事都是薛元昌主张。

到薛元昌家，薛大奶奶说薛元昌一大早就去薛驹家了，还说薛五奶奶病得不轻，在薛驹家忙着给瞧病哩。

蒲龙又领着两位到了薛五奶奶家，在薛五奶奶家门前拴了马，叩响了薛五奶奶家的门。薛元昌正在薛五奶奶家堂屋里，薛奇昌也在。听了通报，薛元昌、薛奇昌迎出来。蒲龙向薛家二位介绍了两位公差，又备细地介绍了陈专员一行的目的。韩朝闻拿出一沓文书，摆在八仙桌上，指给薛家二位大爷看。薛元昌、薛奇昌只是瞥了一眼，韩书记也没让他们细看的意思，收起文书塞进包里说："我们只是通知到蒲龙家开会，具体的事开会再讲清楚。你们一定要去个当家主事的，保甲所的事关乎你们今后的日常生活，算是大事。"说完推掉丫头端上来的茶："我们时间紧迫得很，四乡八寨通知到，没个三两天紧赶，恐怕办不成事。"

## 03

薛五奶奶流鼻血似乎没有多少好转，取了棉绳，流鼻血的时间间隔稍长了些。又请魏郎中来了两次，换了药就塞进去，闻夜壶的时间又放长了些。薛五奶奶越加弱不禁风，药要人灌进去，饭要人喂进去，兰花、菊花不挡，翻个身都难。

这天，换好了棉绳，兰花、菊花和丫头们服侍薛五奶奶喝了点米汤，喝了一碗汤药。薛五奶奶说："兰花，你们去请了你大爹、三爹来，你们在外头等着，我有话要对你大爹、三爹说。"

兰花、菊花叫来了薛元昌、薛奇昌，众人退了出去。薛元昌对薛五奶奶说："他五妈，病应该是稍微见好了些，得慢慢将养，急不得么。"薛五奶奶瞧着两位，眼里泛着泪花说："他大爹、三爹，我的病且不去管，终归好也罢歹也罢，听天由命呗。今天请他大爹、三爹来，是要交代一件事。"薛五奶奶停了停，喘口气说："家里的事，你们二位比我看得清楚，儿子是指望不上了。就是两个丫头，兰花和菊花，得抓紧出阁了，赶紧地找了婆家，娃们也有个归宿。我万一有个好歹，不能把娃们留在家里受苦！"她对薛奇昌说："他三爹，那个抽屉里有两千银圆，我交给二位，不管我这病好不好，你们二位将娃们嫁了出去，找个下辈子吃饭的路去，不管穷富人家，心术正的，为人向善，男娃平头正脸的就行。"

薛奇昌按薛五奶奶指着的抽屉，取出了红绸裹着的几卷银圆。

薛五奶奶说："今天你们二位就拿走收起来，两个娃的命运就看上天咋安排哩，我为娘的先尽点力，但愿她们有个好的归宿。"说着滚出两点清泪，进而抽抽搭搭起来。

薛元昌说："老五家的，你也不必伤心，各人自有各人的命运。我们娘老子自然给她们往好里想，好里谋划，还得看她们的造化。两个娃都是好娃，命差不到哪里去。你还是多多静养着，不胡思乱想。你好了，娃娃们也跟着好！当然，人无远虑，必有近忧，现在谋划两个娃的事，也不晚，我们立马当回事，不过也不能过于将就，一切有我和老三，我们就盼你身子好起来。"

薛元昌叫薛奇昌揣了银子，起身说："他五妈，说一千道一万，你的病要好起来。你的病才是家里的头等大事，你要提起些精神哩！"

薛家两老弟兄回到客厅，丫头们送上茶来，退了出去。薛元昌说："老三，成立保甲所的事，我估摸着政府要把咱们老百姓聚拢着管起来，要是那样，咱们这山里世世代代散漫的日子就结束了。这十户一甲，百户一保，有了甲长、保长约束着，官府照咱老百姓收钱要粮，有保甲长们后面催着，还要养活一大群吃白饭的，我们能有啥好日子过。"

薛奇昌叹着气："你有啥法子哩，过去我们这地方偏么，荒山野岭，人家不想来，现在来了，给咱上了笼头，上了嚼子，就得由人家折腾。你没见那个挂盒子炮的，横眉立目的，一副凶神恶煞相，手痒得没地方放，老摸他那盒子炮哩嘛。"

薛元昌咂着茶，呻吟半晌，说："老三，我们没法子，只能看着，等着。他们开什么会我得去，我不去，他们肯定不行，没来由惹他们。自古官前马后，提防着总是不会出大错。倒是老五家的说的是，兰花、菊花的婚事，我们该抓紧点。你这两天就去找一下高媒婆，也去找一下怀二老辈子，将这事托出去。我们也让全家人想想周边十里八乡的亲戚朋友，谁家有合适的小子。当然，找的人家和小子，一定要过了我们的眼！"

薛奇昌颔首同意。两个人喝了会茶，又抽了两袋烟，起身各自回家去。

## 04

蒲龙带着陈专员的文武两个大员，紧赶慢赶地，跑了十几个山头，进了十几个村落，凡像样过日子的庄户人家都去了，拿着盖了大红印的文书，让各家掌柜都过了目，通知了在蒲正席家开会的时间。每一家都是唯唯诺诺，没有敢说"不"字的人家。晌午在蒲龙的舅舅家吃了顿饭，然后一个后晌又跑了几家，日头压到西山尖上，一行三人才策马往回赶。夜色朦胧时分，三人回到家。蒲正席听到院外响动，迎了出来，安排长工拉了马去喂料饮水。三个人径直地到了陈专员屋里。陈专员正靠在被子上，半躺着养神哩，见蒲龙三个进来，他直起身子。蒲正席呼唤家里婆娘们上饭。蒲龙几个吃着饭，书记韩朝闻边吃边给陈专员汇报。说是今天走了十三家，都让看了文书，通知了开会的日子，没有一家有抗拒的意思。两个还说了山里人家，虽说都是大户人家，都老实得很，根本用不着劳神费力。就是这山路太难走了，山头之间喊话都能听见，见个面得走老半天。

卫兵小张说："陈长官让我抖抖威风哩，起先还摸摸盒子炮哩，到后来都是瞧一眼盖了大印的文书，个个点头哈腰的，没个炸刺的人，叫我咋耍威风哩嘛！"小张说着自个先笑起来。

陈专员也哈哈地笑起来，说："人老实，当然好嘛，这山里多少年来封闭得很，除了常去山外的人，一年连个土匪都见不到，谁见过穿制服的人。男人都是老棉袄大腰裤，女人都是小脚，脑袋后拖个毛盘盘，见着穿制服背盒子炮的能不吓出尿来，谁还敢炸刺嘛！"

陈专员很是兴奋，他继续说："到这片山里建立保甲所，我是立了军令状的，时间只能提前不能拖后。差好办咱们就可着劲办，争取腊月小年前将会开了。上头的意思让人们都知道。新年过后，正月二十各村成立甲公所，选出甲长。正月三十成立保公所，选出保长，配备上办差的人。到二月里，各保各甲都能各司其职到任办差。前方吃紧，传来的都是坏消息，我们早一天建起保甲所，就能早一天征粮征兵。大家要明白，我们是为抗日做着一份工作，出着一份力量。"

陈专员讲了一通，仍然很兴奋，他对各位说："今天累了一天，早些歇了，明天还出去通知，实在远的就不通知了，开了会，再发展几个联络员，由他们提供了情况，再做打算。今夜我要给县党部写份报告，拟一个计划报上去。"

众人一听，都各自回屋去了。蒲正席和蒲龙也回到了隔壁院子。


## 05

三日过后，第四日早上，陈专员一行刚吃过早饭，各村各山头的大户掌柜们有的到了，有的还在来的路上。头晚上，蒲正席说让私塾郜先生停一天馆，又亲自提一篓子木炭交给郜先生，让郜先生起早笼了炭火，摆好了桌凳。凡来开会的人，蒲正席父子都招呼到私塾学堂的教室里。

正是隆冬岁月九里天，日头在东山上露头了，但风却不停点地呼啸着。人们呵气成冰，来开会的是山里大户，自然都是穿得起皮衣、戴得起皮帽子的掌柜们。这些掌柜稀稀拉拉地从各村走来，有的骑了马，有的骑了骡子，再不济，也骑个大骟驴来的。掌柜们有独自来的，也有家里伙计伺候了来的。有的给牲口带了草料的，就地将草料倒在毛口袋上喂牲口。牲口一集了群，便有了马叫骡欢的场面。到了快晌午的时候，才差不多到了。

蒲龙扯着嗓子喊："各位掌柜，快进教室，陈专员长官等大伙一头晌哩。"

人们纷纷地走进了教室，陈专员已经坐在私塾先生的讲桌边，桌上放了一沓文件，一个搪瓷茶缸搁在文件边上。陈专员穿着他青丝布面的羊皮大氅，脚上蹬着牛皮靴子。他神情威严，右脚不住地用靴子点地，发出嘚嘚嘚的声音。凡进门的大户掌柜，他都要点点头。韩朝闻书记坐在教室前面的课桌边上，摆开一本笔记本，凡进门的大户掌柜，他都要招呼问了姓名，记在笔记本上。卫兵小张笔挺地站在教室门口，一手搭在盒子炮上，一副威严的样子。

蒲龙点了点人数，对陈专员附耳道："还差两人。"

陈专员扫了一遭教室里的人们，咳嗽两声，清了清喉咙，高声说："诸位掌柜，我们现在开会!"人们立即结束了交头接耳，将目光一齐转到陈专员身上。

陈专员讲："敝人姓陈，名佑天，是新任县党部督察专员，刚刚从凉州军部调来，先前在骑兵团任团副。"陈专员接着给大家讲了抗日战争的形势，党国坚决抗日的决心，什么"地不分南北，年无分老幼"，什么"中华同胞四万万，万众一心，抗战必胜"。陈专员讲得慷慨激昂，讲到激动处，竟然振臂呼开了口号。山里的掌柜们没经过这阵仗，韩书记跟着挥臂喊起来，众大佬也急忙模仿韩书记举拳喊起来。喊声自然是参差不齐。陈专员没有介意，继续讲，讲他们一行来就是奉上峰之命，在东山建立保甲所。讲了建立保甲所的意义，就是要让世外桃源的四岘四水通过建立保甲制度，能使国家政令畅通，使每个人成为抗战的一分子，为挽救国家民族危亡出人出力。

而后，陈专员结束讲话，下面安排每个大户掌柜介绍一番自己，相互认识认识。

虽然来的人都是大户掌柜，但在长官面前讲话都是第一次，都扭扭捏捏，你推我我推你，没个主动介绍的。最后蒲龙说："咱们山里，薛家是大户里的大户，让薛大掌柜先介绍，别人跟上。"

陈专员说："好嘛好嘛，哪位是薛掌柜，不妨事的，先介绍介绍。"

薛元昌被点了名，他站起来，向陈专员鞠了一躬说："在下姓薛，名叫元昌。说来是我薛家户族大些，人口多些，现已分户另过了，财产各有不同，也不是人们一统讲的那样。"

陈专员对薛元昌说："问你个事，这山里山外有名的薛发昌大佬是你什么人？"

薛元昌回答："长官老爷，我元昌，他发昌，就是我最小的弟弟，排行老五，横祸死了。他要活着，今天这个会，肯定是他来开嘛。"

陈专员点点头说："发昌不在了，家里你主事吗？"

薛元昌回答说："发昌在时，我们弟兄五个就分户另过了。发昌走了，儿子还小，家族里大的事还是我们商量着定。至于事事都管，长官知道，分了户的事，就多有不便。长官要我薛家做的事，就先找我嘛，能办多少，我薛家绝不推诿，抗日大事，我们不会有半点含糊。"

陈专员带头拍起来巴掌，韩书记跟着鼓掌，众大佬们都拍巴掌叫好！

后面东庄的杨家大佬，西庄的贾家大佬，东西几个山头的各姓大佬都报了姓名，介绍了一番。陈专员叫韩书记记了详细，对几个人前讲话不畅的，和颜悦色地问了备细。

一连串的议程下来，日影已过午。陈专员撩开左手大氅袖子，腕上一块锃亮的手表露出来。陈专员看看表说："已经下午一点多了，上半晌就议这些事。我让蒲掌柜给大家备了捞面，吃过饭，大家抽袋烟，然后还来这个教室里，由韩朝闻书记给大家讲讲保甲制度是个干啥的，再读读民国政府颁布的法令。韩书记在凉州办的保甲制度学习班上学习了两个月，对建立保甲制度门清。你们不懂就问，他给你们讲透了，我们今后干这个事也就顺利了。"

人们都出了私塾，到蒲正席家院子里，韩书记带大家看了三个人办公的房子、陈设。蒲正席叫几个婆娘从隔壁院子里端来捞面。陈专员首先端了一碗，关照着大家都端上了碗。一群人有在屋里的，也有站在院子里的，每个人都端着满满的捞面碗，或蹲或站。陈专员笑逐颜开，也端了碗站在人群里。晌午的日光暖洋洋的，人们边晒日头边吃捞面。蒲龙父子一个端个醋罐，一个端个辣子钵钵，要人们调醋调辣子。人群里有人见陈专员笑容可掬、和蔼可亲，就撩起陈专员的手腕，要求看看他腕上的手表。有人说："你别看我们算是山里的大户，长官戴的这东西还没亲手摸过，拿在自家手里亲手看过。"陈专员被逗得哈哈大笑。他将手表摘下来，递给吃饭的人们，说："你们拿上慢慢摸，细细看，也就一个钢做的壳，里面有秒针、分针、时针，也没什么稀奇。"人们立刻围过来，有人接过表来看着，嘴里啧啧啧称赞着。有人说以前在薛五佬手腕上见过，也有人说亲自摸过薛五佬戴的表。还有人知道那表盘上秒针走一圈，分针走一小格；分针走一圈，时针走一小格，表上一共六十小格；时针走一圈是一天，走两圈是一昼夜。人们议论的话让陈专员朗声大笑起来，笑声引得屋里的人都端着饭碗集到院子里来，见大家都在笑，也跟着莫名其妙地笑起来。

一顿捞面，让大户们吃得快乐而有趣。

## 06

薛元昌开会去了，薛奇昌到薛五奶奶家转了一遭，见薛五奶奶依旧往日的样子，给兰花、菊花关照了几句，然后出门，他要去找怀二爷。薛元昌交代让他找高媒婆、怀二爷，提提兰花、菊花的婚事。

怀二爷正好没出门，薛奇昌拍了门，怀二奶奶出来开了院门，见是薛玉他爹，怀二奶奶立刻笑容满面，说："他三哥来了，你怀二大正在上香呢，农闲了，这就是他的功课，这会也该做完了功课。你先进屋坐了，正好茶烧滚了，你喝碗茶，我去叫。"

薛奇昌被怀二奶奶让进了正屋，怀二奶奶让薛奇昌上炕。她抹了一个粗瓷碗，从火炉上的砂锅里倒一碗茶给薛奇昌。怀二奶奶一头让着茶一头说："我去叫你怀二大。"

怀二爷的炕上是一个小火炉，小火炉放在一个木制的炉盘里。火炉是用黄胶泥捏的，烧的是南山里小煤窑的无烟煤，煤里含有很高的硫黄，屋里弥漫着浓浓的硫黄味。

薛奇昌喝一口茶，怀二爷掀门帘进来了，他赶紧让薛奇昌上炕。

薛奇昌谦让说："老辈子不上炕，哪有我们晚辈上炕的理。"薛奇昌站在地下推着怀二爷上炕。怀二爷知道让也无益，先自脱鞋上炕，然后，薛奇昌也上了炕，对坐在火炉两旁。怀二爷拿铁扦子捅捅火炉，加了两块煤。怀二奶奶拿来一个碗，也给怀二爷倒一碗茶。

怀二爷喝一口茶，问薛奇昌："他三哥咋有闲工夫来我家串门？"

薛奇昌说："无事不敢搅扰怀二大嘛，你又是清静的人。今天来是想让怀二大给兰花、菊花找个婆家。"

怀二爷呵呵笑着："保了个绒花的媒，你们把我当成媒婆子了。绒花那门婚事，是我平生第一遭保媒，而且是韦黔谋算好了，让我出面哩嘛。"

薛奇昌不自然起来，但还是说："怀二大怎么是媒婆子哩！你老办的事，老成持重嘛，娃们的终身大事，自然找稳当人哩嘛。马上过年了，怀二大走东串西，瞅着谁家小子合适，你操个心呗。我们老大就是认准了怀二大，让我登门相求哩。他今天说是县里来人要开会，要在我们山里建什么保甲所。他开会去了，要不该他来求你嘛。"

怀二爷见薛奇昌有些尴尬，便说："他三哥不要介意，我也就这么一说。两个小丫头的事，我好生想着，也让三亲四朋踅摸着，有了合适的，我一准给你们说。这几日我先掂掇掂掇，把三村五寨的亲朋家的小子们过一遍筛子，说不定就筛出个把合适的也未可知。"

薛奇昌赶紧地表示了感谢。

两人喝着茶，说了些薛驹妈得病的事，又说县里在山里建保甲所的事，对于保甲所的事，两人都不甚了了，也说不出个啥，只等日后看。

薛奇昌告辞了出来，又转到西庄子去找高媒婆。

怀二爷送走了薛奇昌，又回到他的佛堂。他见佛前的香快燃尽了，便又点了三炷，恭恭敬敬地插进香炉。然后拿起鸡毛掸子，轻轻地拭去了佛像上的尘土，又拿笤帚打扫了一遍佛堂。

怀二爷信佛始于一个云游的僧人。僧人在他家住了几天，给他讲了几天佛经，什么"苦、集、灭、道"，听得怀二爷似懂非懂，尤其是佛教的解脱，六道轮回之苦，还有三世因果、善恶报应等等。似懂非懂的怀二爷决心要信佛。僧人走后，他便开始戒荤吃素，还从县城西边的松山寺请了一尊西方如来佛的瓷像，供奉在他辟出的经房里。农闲里，每日烧香拜佛，也常周济些要饭乞丐和化缘僧道。因而，人们都称他怀善人。

## 07

薛元昌开完会，从四道岘子回到家，薛奇昌在等他哩。薛元昌说："我还没到老五家去呢，咱们去一趟，看看薛驹妈咋样了。"薛奇昌跟了薛元昌去了薛五奶奶家。薛奇昌边走边给薛元昌讲了去怀二爷家的事。他觉得怀二爷还是靠得住，至于高媒婆，一听这事，就大包大揽，也就由她去吧，成与不成，光听她嘴说不行，自家还得长个心眼。说话到了薛五奶奶家，兰花叫丫头给两位倒了茶。兰花说她妈还是老样子，早上郭郎中抽了棉绳，蘸了药又塞上了，倒是没有流出过鼻血。夜壶继续闻着，药也早晚都吃，只是吃饭不见增分量，身子依旧虚。

薛元昌稍稍安心了些，对薛奇昌说："明天还让薛玉去请了魏郎中来。"薛奇昌点点头，说："该叫魏郎中了，看来他医道还行。"

薛元昌又问兰花："薛驹干啥哩?"

兰花怒气十足，鼻子里哼哼着说："干啥哩，吃了睡，睡了吃，一天抽俩烟泡，再就是拿丫头和我们俩撒气，菊花都不愿见他。大爹、三爹，你说人养个儿子做啥哩?"

薛元昌苦笑着，说："儿子做啥哩，传宗接代哩么。古人说，不孝有三，无后为大。你妈挣命活着，儿子就是她的盼头嘛。"薛元昌叹口气，又说："兰花这话问的，想想有儿子做啥哩，真还说不清楚。一代一代就为有个儿子么，细想起来，真是痴心父母有多少，孝顺儿孙谁见了!"

薛奇昌接上说："哥你说，不孝有三，无后为大，有个儿子，奴里拐里①总还是个指望。你说人活一世，草木一秋，不盼个儿子盼个啥哩。"

薛元昌咂一口茶，苦笑着说："反正我活了大半辈子，还真说不清，为儿子挣命，被儿子要命的，我是见得多了。"

薛奇昌说："大哥，你累了一天了，兰花妈没大事，你就回家歇着，我也回去叫薛玉明天请魏郎中去。"

薛家两个老弟兄出门各自回去了。

## 08

陈专员几个紧赶着成立保甲所的事。开会的第二天，陈专员领着书记韩朝闻、卫兵小张骑了马，蒲龙骑着他家大黑骡子，一行四人，直奔薛家水东边截打坝岘子窑儿水。开会中间，陈专员已和窑儿水的王大佬约好，由他领四人去刘家岘子耷拉水。窑儿水的王大佬被临时

---

① 方言，形容孩子不成器。

定为截打坝岘子窑儿水的联络员，因他们窑儿水与耷拉水离得最近，耷拉水的大户人家王大佬基本熟悉，陈专员想实地考察一番。

蒲龙骑了骡子走在前面。这时，日头已升起老高，蓝天一碧如洗，早起的冷风也被日头一扫而光。蒲龙吆喝着骡子向薛家水东面的有一条叫碴子沟的沟底走去。这条沟长八九里，阴坡上全是各种树木，经秋历冬，落了叶的树露着光秃秃的枝丫，已经被冬日的严寒冻得神情木然，呆若木鸡；而云杉、樟子松、侧柏则郁郁葱葱。日光透过枝丫，将一束一束的光线洒在树林间。各种鸟雀嬉戏其间，不同种类鸟儿将清脆的叫声汇成一片，显得这冬日的山里也不寂寞。

碴子沟的阳坡上则怪石裸露，石缝间荒草萋萋。碴子沟里有一条靠人的脚板和牲口的蹄掌踏出来的蜿蜒的小道。沟底有乱石密布，经年的山洪将石块冲得东倒西歪。沟底还有一条潺潺的溪水，清粼粼地蠕动在乱石中间，每遇一个沟壑，就有清清的小溪流注入。往东走，溪水便渐次大起来，水声咕咕作响。

陈专员一行四人，鞭马策骡很快走到截打坝岘子窑儿水的地界。窑儿水坐落在四条山岭间。按岭命名为头沟岭、二沟岭、三沟岭、四沟岭。截打坝岘子窑儿水正在四条岭的交会处，也在一架大山的半山腰里。从二沟岭攀上去，便见此地山坡平缓，有大片的耕地，山间林茂草丰，宜耕宜牧。

王大佬已在村头等待，按陈专员安排，王大佬也备了一匹马，由他领了去刘家岘子耷拉水。王大佬牵了一匹黑马，鞴好了鞍辔，对陈专员说："长官，进屋喝口茶？"

陈专员摆摆手，他仍骑在马上说："王掌柜，不必客气，这难走的山路，紧赶慢赶，怕一天都不够哩。当然，一天能干些啥哩。咱们不讲虚礼，你前面带路，走马看花地去一趟，知道个刘家岘子耷拉水的大致地貌、人口情况也就罢了。你就领我们翻几架山，走访几个大户，实地看看人们的生活状况就行。"王大佬遵命，骑上他的黑马，催马上路。山上的路，比碴子沟好走了些，虽然多是人脚马掌踏出来的，但也有人们修出来的，从二道沟去土门的山路，就能走小一些的马车。

陈专员一行五人在王大佬带领下，从二道沟沟头上，走过三道沟、四道沟，到了刘家岘子耷拉水的地界。这里的山岭乱七八糟，时而东高西低，时而北高南低，山路更加窄小而弯弯曲曲。刘家岘子与窑儿水接壤，东边是耷拉水，耷拉水东边，则横亘着南北走向的一条大山。四岘四水的人们，每天看到的日头就是从这座山上爬上来的。朝霞就飘在这座山顶，绝大多数人只是远远地看着它，从小到老，多少人都没登上过这座山，也不知道这座山那边是什么景色，有什么样的世界。这座山对于四岘四水的人们来说，它就和西边山顶终年积雪的大山一样神秘，可望而不可即。

王大佬带着陈专员一行越过刘家岘子，直接到了耷拉水。王大佬的儿女亲家就在耷拉水，他早一天叫儿子去了亲家家，告诉了陈专员一行要来的事。

王大佬的亲家姓龚，也算得上是耷拉水的大户。龚大佬的家坐落在耷拉水村子中央，一块宽阔的平地起了一座庄院。庄院周遭密密匝匝种了许多树，有云杉，有红松，有油松，有刺柏，更有几十株高有七八丈的白松，衬得庄院十分气派。更有景致的是庄院东边上有一涝池，水从树林里流进涝池，又流出涝池，经过龚家庄院，流到下面的山间。水渠边辟出了几亩水田。这高低不平的山里竟有了一方水田。

王大佬的儿子听到马铃响，便和岳父龚大佬开门迎了出来。

陈专员在马上看了龚家的庄院一遭，不禁喊道："王掌柜，你亲家的庄院好风水呀！"

王大佬赶紧应道："长官真是高人！土门子的胡神仙说，我们四岘四水的风水，薛家水的薛家占了一处，再一处，就数我的亲家这里。当然，薛家是坟，算阴宅。我们亲家是庄院，算阳宅。薛家自迁了坟，薛五佬遭横祸死了。我们亲家这里，却是家业兴旺哩。风水都是胡神仙看的，咱们俗人，不知道里头的玄机。"

大家呵呵笑着，下了牲口，龚家的长工过来接了缰绳，牵去后院喂草。陈专员一行与龚大佬相见了，互致问候，然后进了龚家庄院。

日已过午，陈专员就在龚大佬家用了午饭。对刘家岘子耷拉水的情况问了备细。陈专员亲自提问，对大户状况、人口状况、土地状况都亲自作了笔记。然后与龚大佬商量，还让龚大佬的儿子做了联络员。陈专员让韩朝闻文书给了龚大佬一沓纸，是户口登记的表册。陈专员要求龚大佬及儿子两天里填了表送到薛家水，尤其是户口数目、人口数目、土地数目一定不要弄错。龚家父子一一作答，表示记住了。

陈专员没有久留，他又让龚大佬的儿子龚自成带了他们，匆匆地访问了一家刘大户家。趁着天早，赶紧往薛家水赶，因为山路难行，天黑恐马失前蹄。

日头坠到西山顶上时，陈专员一行回到了四道岘子蒲龙家。

第二日，陈专员又是马不停蹄，在蒲龙的带领下去了新窑岘子王家水。新窑岘子王家水的几十个村落都散居在华儿岭下的山岭之间，村子最大的是新窑岘子，还有就是王家水。新窑岘子以郜姓为大户，有几十户人家。王家水则以郭姓为大户。此外还有何家窝铺、上地湾、下地湾等十几个村落。新窑岘子王家水西去下山便是县城。这里山路十分狭窄，险处只能一人一骑通过，脚下多是陡峭的悬崖。薛五佬就是醉酒后坠入这里的深渊的。新窑岘子王家水的人们，赶马车只能从北面一条平缓的土岭上下到平川里，再辗转到县城。

陈专员一行，先到新窑岘子找了郜家大户，又到王家水找了郭家大户。一样的两家大户，讲的仍然是户口多少，人口多少，土地多少。仍然发了表格给两个大户，让他们填了表格送到薛家水。

陈专员谢绝了大户留饭，由蒲龙带着大家择路好走的村庄转了一圈，然后回到薛家水。

到了薛家水村口，陈专员看看手表，说："蒲龙，今天还有些时间，我应去拜访一下四岘四水的首富。薛家这样的大户本应该是第一个造访的，但我们瞎撞就撞到了你家。奔波了这两天，该是去薛大户家了。"

蒲龙听陈专员的话音，再瞧瞧他毫无表情的脸，实在揣摸不透他的心思。看来陈专员对有钱的大户格外上心，这些天，走在大户家，吃在大户家，对大户们很是恭敬。蒲龙觉得，官家总是喜欢有钱人！

蒲龙问陈专员："长官，我们是去薛元昌家哩，还是去薛五佬家？"

陈专员问："有什么不同吗？"

蒲龙说："薛家老兄弟五个早就分门立户了。"

"薛掌柜不是说薛家的大事还是找他吗，自然是要去见他。"

蒲龙还是犹豫："长官，薛元昌话是那么说。"他指着薛家的两座庄院，说："那最气派的庄院是薛五佬的，那边的庄院是薛元昌的，我们找薛元昌就去他家，看薛五佬的庄院自然是去薛五佬家。"

"噢，"陈专员明白了蒲龙的意思，说，"我们自然是去看看山里首富的家么，你去叫薛掌柜来，说事可不就得找他嘛。"

蒲龙弄明白了陈专员的意思，抖抖黑骡子的缰绳，走在前面。一行人来到薛五佬的庄院前，大家下马。蒲龙拍响了朱漆大门的门环，见庄客开了院门，说："县里长官来拜访薛家，你快去叫了薛大掌柜来。"

庄客慌乱地点头哈腰，一头请众人进门，一头说："大爷、三爷都在，我去报一声。"说着转身向堂屋小跑过去。

蒲龙转身让众人拴了马，又请陈专员进门。这时，薛元昌和薛奇昌都迎了出来。薛元昌口里喊着："长官，贵客登门，老朽不知道，有失远迎，实在是惭愧得很！这两天，家里一摊子烦心事，本应亲自去请长官来寒舍一叙。一着忙就给耽搁了，长官该降罪给老朽才是，反倒贵足踏贱地，真正抱愧得很，抱愧得很！"

"哪里哪里，薛掌柜过谦了，本来职责所在，该早来嘛，也是公务在身，耽搁了，还请见谅！"

薛元昌赶紧让陈专员一行进屋，薛奇昌撩起门帘，一脸的谦恭，不住地点头，不住地将笑脸送上来。

陈专员进了堂屋，薛元昌赶紧让上座。陈专员在八仙桌旁的太师椅上落座。薛奇昌赶紧招呼丫头们上茶。陈专员接过丫头们送上的盖碗茶，环视一周客厅的装饰，对墙上一幅迎客松细细地看了一番，说："薛掌柜，早就听说你们的薛五佬是前清贡生，财发得大得很！今天一见，果然名不虚传。我在凉州供职多年，见过的大户也不少，但像你们这样的在凉州城也不见得稀松平常！"陈专员敲敲八仙桌，拍拍自己坐的椅子背说："就这两样家具，没有巨万家产的人，那是置不起的！"

陈专员喝口茶说："我还有个疑问，这样的庄院，盖在这样的山里，这红瓦青砖是怎么运进来的？"

薛元昌说："长官有所不知，当年老五活着的时候，给凉州驻军供马料。你不知道，我们这片山里产的一种豆子，学名叫'豌豆'，是牲口最好的饲料。老五和督军长官有交情，豌豆要车拉牲口驮，才能交到土门子。车和牲口回来，老五就让车载砖瓦，牲口驮砖瓦，木材我们山上有，千家供一家，自然不费太大的事。这座院落就盖起来了。光备料就历时三年，每年交豌豆时，来回的马车、驮东西的牲口那是塞满了山道。"

陈专员释然，点点头说："你们老五怎么能攀上凉州的督军呢？"

薛元昌说："听老五说，是咱县的县太爷牵的线。老五一死，这生意就断了，说是又让西山一家做去了。我们这片山里的豌豆还是卖到土门子，可价钱就比老五在的时候贱多了！"

陈专员喝着茶说："薛掌柜一说，我就明白了。我总觉得这山里物产并不丰富，是什么原因成就了一家财主。凉州府的军队以骑兵为主，那么多军马，一年吃掉多少草料，能搭上一家，发财那不是轻举轻拿的事！"

陈专员站起身说："薛掌柜，我还有事，就此告辞，改日再来请教。"薛元昌、薛奇昌赶紧留饭。陈专员坚持说："知道你家里人有病在身，这已经打搅了，等病人康复了，我一定在你们这样的大户家吃顿饭。听说你们家还藏了好酒，我一定来叨扰的。"不管薛元昌怎么拦着留客，陈专员态度很坚决，说着已经出了堂屋门。

薛家两个兄弟无奈，只得送客人出门。

薛元昌、薛奇昌返回堂屋，薛元昌又提起为兰花、菊花做媒的事。

薛奇昌说："怀叔才有意思哩，说他平生就保了绒花一桩媒，我们把他当媒婆了。"

薛元昌像是自言自语，念叨说："兰花、菊花得赶紧嫁出去了，我有种不好的预感，好像什么祸事要找上咱们哩！"

薛奇昌说："像我们这样的顺民，安分守己，能有什么祸事哩！"

"我只是有一种不祥的感觉，老是心急眼跳的。今天这个陈长官，似乎有啥目的。现在想想，他问的事，直追老五发家的根子，也怪我多说了两句，把老五的事连盘子端给他了。谁知道他打什么主意哩！"薛元昌喝口茶，咂几口烟，面色忧愁地说。

薛奇昌宽慰薛元昌："大哥，你也不必太担心，老五名声大嘛，你不说，他也能从别处知道，他打啥主意，总不能明抢吧。"

薛元昌摇摇头说："官家打你的主意，有的是法子。明抢不明抢的，你就是人家砧板上的肉，枪在人家手里，巧取豪夺的，啥法子使不出来，啥名堂立不出来！"

薛奇昌长叹一声，说："咱们百姓，只能听天由命嘛！"

薛元昌磕磕烟锅，续上一锅子烟，说："不说了，不听天由命又能奈何！咱们还是抓紧兰花、菊花出阁的事。两个娃嫁出去了，只有老五家的和不成器的薛驹了。老五家的身子好了就好，不好了，只能由薛驹这贼匪折腾了！你这两天再去找找怀叔，高媒婆别再催了，催得紧了，叫她以为我们急着把俩娃搡出门哩，她再想什么歪心眼。或者你去趟娃们的舅舅家，让他们也操心操心兰花、菊花的事。"

薛奇昌答应道："我明早就去兰花舅家，他舅家家大人口多，亲戚也多，也许能碰上个合适人家。另外，我要紧着去趟徐八道爷①

---

① 四岘四水将道士不叫道士，称道爷。

家，让他给算算，我们犯了哪路仙家了？"

两人无话，叫兰花来问了问她妈的病情。兰花说这几天流了两次鼻血，但都给塞住了。今天一天没流，饭也进得稍多了些。只是身子弱得没一点气力。又问薛驹干啥哩，兰花说还是吃了睡，睡了吃，再就是烧几个大烟泡泡，一天进两次她妈的门，问一声，说两句话，仍回他的屋子。

两个老兄弟面面相觑一会儿，各自回家去。

## 09

陈专员走了两天的山路，访了十几家大户，他心里已有了主意。等了两天，安排的几个联络员送来了表册。看了表册，大概能估摸出四岘四水的耕地数量、人口数量。陈专员发表册的目的，只要能掌握六七成的情况，下一步就好办了。他让韩书记汇总了一封表册，将四岘四水的村子以大村、小村分类，户数以大户、中户、小户分类，人口以老年、中年、青壮年分类。韩书记似乎对制出的表格没有信心，说："这么匆忙弄出来的情况怕是出入大哩！"

陈专员笑笑说："一家一户摸排，怕是再来十个人，再花两三个月时间，才能弄清楚哩！我们的差本来就办得粗糙嘛，我只要六七成的准确，就有办法干事了！"

韩书记连夜制好了汇总表。天一亮，陈专员对蒲家父子说："我们这几天，大致地了解了四岘四水的状况，虽然掌握了个皮毛，但往后干事的思路已经有了。今天，我们三个回趟县里，少则三天，多则五天。蒲龙你掐准了，我们回来的第二天，也就是从今天算起第六天，你让各岘各水的联络员通知全部大户，当然也通知几个中等的户，咱们在四道岘子开大会。地点就放在私塾院子里，凡通知的人不得迟到，更不得借故不到。时间就定在上午十点。"陈专员撩起袖子看看手表，又说："十点是巳时，大概日上三竿吧。"

陈专员让韩书记给了蒲龙一张纸，上面有开会的人员名单。陈专员对蒲家父子说："你们尽管安心办差，差办好了，薪酬绝对少不了的。"

给蒲家父子安排好后，陈专员一行三人，策马向山外走去。蒲家父子送走了三人，还没转身进院子哩，陈专员又打马返回来，对蒲家父子说："忘了一件要紧的事，我走后，你们准备两间房子，能住下十一二个人，有大炕最好，没有就用麦草垫个通铺。我可能要带一个班的兵丁来帮我们办差。"

蒲家父子唯唯诺诺，满口答应了。陈专员调转马头，扬扬手里的马鞭，意气风发地踏雪去了山外。

第五天后晌，日头离西山还远哩，陈专员三人回来了。他们马后跟了十二个兵丁。兵丁里，领头的挎着一支盒子炮。其余背了一色的步枪，枪上上了刺刀，在冬日的阳光下，刺刀闪着明晃晃的光。

听到动静，蒲家父子迎出院门。陈专员几个下了马，一队士兵随着口令立定，稍息，站整齐了，响亮地报数，然后稍息。村里孩子们听到口令声，纷纷地跑过来围观。山里的娃们没见过这阵仗，都觉得新奇好玩。

蒲龙对陈专员说："长官，这院里，有两间屋是堆放杂物的，我们腾出来了，按你的意思，拿麦草铺了两个通铺。我们还垒了两个泥炉子，供烤火用，窗户纸也重新糊过了，睡这些兵爷该是够了。"

陈专员指着挎盒子炮的兵头说："这是王班长，剩下的事就交给他，住宿吃饭由他们安排。"陈专员指着一个背锅的士兵说："你看，锅都背来了，当兵的，有个遮风挡雨、埋锅造饭的地方，那就是享福的事。"

陈专员又对王班长说："王班长，你就在这里扎营了，吃喝拉撒的事，能不求人尽量不求人。我们的这三匹马今后由你们喂养，别让掉了膘。跑操尽量跑远些，口号扯开嗓子喊。"陈专员用马鞭指着四道岘子的空地说："操练嘛，这些麦场足够你们操练的。我把话说清楚了，不得扰民，不得偷鸡摸狗，谁犯了事，军法从事！"然后说："队伍先解散，收拾床铺，挑水打火做饭。"

蒲家父子忙前忙后地招呼大家，陈专员进屋烤火去了。士兵们忙着占铺窝，然后去担水。火头军卸下背上的锅，放在蒲龙垒好的泥炉子上，开始点火做饭。王班长神情威严地踱着步，时不时发一两句话。不一个时辰，一切安排就位。

陈专员烤会儿火，到士兵们的屋里转了一圈，对蒲龙父子说："还行，当兵么，就是爬冰卧雪，有这样一个所在，该满足得很了。我要替他们谢谢蒲掌柜一家。"他转身对王班长说："王班长，过来，给蒲掌柜爷俩敬个礼，表示感谢！"王班长赶紧过来，两腿一并，举手敬了一个标准的军礼。蒲龙父子手足无措地对王班长呵呵笑着，不知该说啥好，只是一个劲地说："消受不起！消受不起！"

吃过晚饭，陈专员叫蒲正席回屋歇着去，他召集韩书记、王班长、蒲龙在他屋里议事。先问了蒲龙明日开会的地方拾掇得怎么样了，蒲龙说了拾掇的详情，又说了明日烧两大锅水，供开会的人喝，晌午还是每人两碗拉条子，做一大锅羊肉臊子浇饭。陈专员点头认可，说："明日好像是腊八了，按说该喝腊八粥了，不知这片山里吃啥？"蒲龙说也是喝粥，日子富裕些的喝米粥，加大枣；日子平常的喝扁豆粥，不管穷富，粥是一定要喝的。陈专员说："粥让他们开完会回家喝去。"然后对王班长说："今晚你们的晚操就不出了，明早早操一定要按时出，一定要搞些动静。开会的大户们来时，你们就在附近麦场上操练，军容一定要操练出来，气势要雄壮，不能有一点兵痞样。"王班长听了，双脚一磕，喊一声："是！"

陈专员又做了些安排，叫大伙散了，回去休息。


# 10


腊八，正是三九天气，四岘四水这片山里，三九四九的天气是最冷的。俗话，头九、二九，关门闭守；三九、四九，冰河裂口。冰河都要冻得开了口子，那人啊，牲口啊，鸟雀啊自然是被严寒逼到了极难的处境。被生计逼出门的行人牲口，一个个呵气成冰，人的胡子眉毛都是白色的，牲口的胡子和眼睫毛都挂着小小的冰凌。狗都蜷曲在炕洞口，将嘴巴揣在腋窝里。觅食的鸡不停地捅着爪子，放在腹毛里取暖，刨食更加艰难。夜间呼啸着的北风冲进这片大山，发出鬼嚎般的叫声，似乎一夜都不停，到了晨星退去时，风声更加急促而喉嘹。

天光放亮时，陈专员在一班士兵集合声中醒来。他起床洗漱时，士兵们已在蒲家的打麦场上开始了操练。王班长放开嗓子喊着口令，士兵们的喊声声震四野。陈专员带着韩书记、卫兵小张，在操场上转了一圈，对韩书记、小张说："我咋忘了一件事，应该带一名号兵，早晚在四道岘子薛家水的山顶上吹起床号、出操号，晚上吹两遍熄灯号，四岘四水的农家就知道了我们的存在。有了我们的存在，就有了政府的存在。山民们多少代都是散养着，这险山恶水的地方，怕连一个县太爷都没来过哩！"

韩书记不住地点头，并说："跟陈长官这几天，长官的行事风格真是不同常人，平易近人，不怒自威，在下真是学了不少的东西！"

晨风正紧，日头自东边大山头沟岭上露出脸来。由于天空万里无云，四野的山上白雪覆盖，天湛蓝，地洁白，凛冽的寒风，仿佛要将整个世界冻住一样。露出脸的日头脸色苍白，对于快要冻住的世界似乎毫无作为，莫可奈何！

不管世界多么寒冷，一天的生计还是从农家雄鸡的叫声中开始了，人们早早地打开了牲口的圈门，放出骡马牛驴羊。山里的冬天，牲口是散养的。各家各户早炊的烟从烟囱里升起，袅袅地升空，又飘飘荡荡地汇在一起，飘向远方。四道岘子的人们，听着操练的士兵们的口号声，纷纷地出门观看。人们的目光是好奇的，神情是麻木的，他们不知道这些喊着口号的大兵对自己的生活会有什么影响。

蒲龙父子也是早早地起来了，他们家的炊烟比往日多了一股。当炊烟消失时，陈专员三个、一班士兵、蒲家的大小人等，都吃过了早饭。

日头在两竿和三竿之间慢悠悠地蠕动着。蒲龙在私塾的教室里笼了一盆炭火，火势刚起。教室里靠近火盆处有些许暖意，但离火盆远处依然冷，蒲龙拨弄着火盆，想让火旺起来。

这时候，陈专员领着韩书记、卫兵小张进来了。韩书记搬个凳子让陈专员向火。陈专员坐在火盆边上，伸出双手向火，他问蒲龙说："蒲龙，你们这山里恐怕多少辈也没有政府开过会吧？"

蒲龙赶紧回答："是哩，是哩，前几辈不知道，我长这么大，就没开过政府的会。我们开会不叫开会，叫议事。关乎大家的事，领头的召集大家商议。如开办私塾、闹社火、婚丧嫁娶，都是聚在一起商议，开会是个新名头。"

陈专员搓着双手向火，呵呵地笑着说："山里的野人么，恐怕政府要给上笼头了！"陈专员又问："蒲龙，你说，这些大户能来开会吗？"

蒲龙回答："开会是一定来开的，就是怕不能按时辰到。你想嘛，大户们懒散惯了，谁这时候出来挨冻哩。有些人离这三五十里山路，骑了马到来也到晌午了。"

陈专员依然笑着说："今天要是按时到了，那就见鬼了！训练这些山野村民，得用非常手段！"

陈专员一边向火，一边撩开羊皮大氅，从腰里摸出一支手枪。他拿着手枪在火上烤了烤，然后从口袋里掏出一块手帕，仔细地擦起来。擦完了枪，他又抽出弹夹，认真地数了数子弹，弹夹是满的。陈专员把枪收起来，对卫兵小张说："你去叫王班长，按我安排，将他的兵站到位子上。"

日上三竿时，也就是陈专员手表上的时针已到十点，山民们称作"巳时"的时间已到。薛家水的大户薛元昌到了，倒是新窑岘子王家水的郜家大佬和郭家大佬按通知时辰准时到了。蒲龙招呼来的大佬们先到自己家屋里坐，蒲正席陪着喝茶聊天。

日头还在懒洋洋地蠕动，但发出的光已是明显地强烈了起来。山风不再像早晨时那样凛冽，南墙里已经暖意融融，农家的许多老人已经坐在南墙下晒日头了。大山东西的路上，骑马和骑骡的大佬们正单个地或三两结伴地向四道岘子薛家水赶来。每来一位或两位，蒲龙便招呼进屋喝茶。到午时，大佬们已经来了十几位，蒲龙直接让到私塾教室。

教室里坐着陈专员三人。陈专员见大佬们都不进教室，只是站在院子里，他便让韩书记招呼大家，自己带着卫兵小张回了自己的屋。

书记韩朝闻招呼站在院子里的大佬们进教室向火喝茶。有人进了教室，有人推说院子里日头暖和，要晒晒日头。韩书记也不相强，随他们聊天晒日头。

时辰已过午时，陈专员的手表已过了下午一点，未时已到，按照通知开会的人数才过了一半多一点。蒲龙进屋报告了陈专员。陈专员抬腕看看表说："按往日，晌午饭该吃毕了。"蒲龙赶紧说："就是就是，咱山里人，谁按时间过日月哩，日子都是不清不楚地过的，遇上这正事，哪有个时辰的念头！"

陈专员似笑非笑地说："来了一半多就很好了，他们哪能是王班长的兵呢。你让你家婆娘抬一笼馍，烧两壶茶让大户们垫垫饥，别饿着了人家。这些大户可是按时来了的，亏了人家不行！我们几个，也嚼几口馍，就不吃晌午饭了，省得大户们心里不痛快！"

蒲龙应道："茶是现成煮好了的，馍笼里有，吃个三五笼也有，我这就去安顿。"停了一下，蒲龙请示道："长官，大伙吃了馍，垫了饥，是到多少人先开多少人的会哩，还是接着等哩？"

陈专员回答："等到天黑都得等，一个人都不能缺。不过，当时应想到他们住一晚的事！"

蒲龙笑了，说："长官多虑了，要说这片山里的人，各岘各水之间，都是亲连亲、亲套亲的，哪个大户在村子里没个娘舅姑妈的，住个十天半月都不用我们管的。"

陈专员笑了说："我忘了农村这一茬了，那就等吧，后晌凑不齐，咱们索性明天开。开会是一点都马虎不得的，会开好了，以后的差就好办了！"

蒲龙出去，招呼家里人倒茶端馍，一部分人在蒲龙家屋里吃，在私塾院子里的大佬们，蒲龙连茶带馍送过去，由韩书记关照着吃喝。

吃馍喝茶后，大佬们依旧咂烟锅的咂烟锅，喝茶水的喝茶水，晒日头的晒日头。聊天的话题不外庄稼的收成，车马牛骡驴的事情。当然，也聊些张大佬烧白头和王大佬爬灰的荤话，让大家笑一场。

快到申时，陈专员的手表上已快到下午五点时，日头已西斜下坠，北风又起，晒日头的大佬们都进教室向火。陈专员从他的屋里走出来，到了私塾院里，问韩书记和蒲龙，人还差几个？韩书记对了名单说还差两个。陈专员说差一个也要等。

众人觑觑陈专员的脸，脸是虎着的，目光威严地抬头看天，仿佛要从天上看出什么名堂。私塾门口的两个卫兵喊着口令换了岗。门前的空地上，王班长正带兵操练，口号喊得震天响。周边树上的鸟雀都骇得飞远了。

正在这时，蒲龙听到外头马铃马蹄声响，并且由远而近。他赶紧走出去。见两位大佬，都骑在马上，向私塾奔过来。两位都是刘家岘子耷拉水的大佬，一位姓刘，穿一件宁夏滩羊皮青面大氅，骑一匹雪青的马。马上鞍辔十分讲究，盘胸挂十几个铜铃铛，红缨小球，马鞍上的皮子也非常讲究。马镫是纯银的，镫边上镶一串金星。刘大佬四十多岁，体魄健壮，声如洪钟。另一位姓管，无论穿着还是马上配饰，都较刘大佬逊色，骑的一匹黄马，看上去精神头不足。

两人到私塾门前下马，刘大佬背一条填充式的老猎枪，枪管上系了一只野兔、两只野鸡。管大佬的猎枪更老式，但枪管上却挂了四五只山野鸡。两位大佬马后跟着两只大狗，虽是土狗但体形健壮。

刘大佬对迎上来的蒲龙说："蒲家少掌柜，捎信的人说是县里要咱来开会，今日都腊八了，寒冬腊月，立马就该送灶王爷上天了，开的什么鸟会！要干啥言传一声不就得了，害得我紧赶慢赶，不过顺路打了些野味，今晚回不去了，你让婆娘们收拾出来，晚上和蒲大佬，还有你兄弟喝一场酒。"

蒲龙一面使眼色，一面摆手说："县里开会可是大事，你看天快黑了，几个岘水的大佬们从早上等你到现在，县党部的陈专员长官一行也等了你俩一天了。快进屋吧，马就拴在这树上，你这两条狗看着凶恶，也拴好了，别咬了人。"

刘大佬对蒲龙使的眼色和摆手不以为意，他和管大佬拴好了马，从马鞍上取下拴狗绳，召唤两只狗到自己跟前，将狗绳套在狗的脖子上，牵着狗和管大佬进了私塾院子。进了院子，刘大佬看到教室门口站了两个士兵，一左一右，昂首挺胸，刺刀寒光闪闪。陈专员站在院子中央，卫兵小张站在身后，一手搭在腰间的盒子炮上。蒲龙赶紧两步到陈专员跟前说："长官，这是刘家岘子耷拉水的刘大佬和管大佬。"陈专员斜着眼看了两个大佬一眼，鼻子里哼了一声，对卫兵小张说："你叫韩书记把大佬们请到院子里来，我有话说。"

刘大佬牵着两只狗，见陈专员面带愠色，心里已有些忐忑。他见院子里没有拴狗的木桩，又不好退出去，只好将两条狗绳系在教室的窗棂上。

陈专员又对卫兵小张说："去，叫王班长让他的兵列队进到院子里来。"

卫兵小张出去一会儿，王班长喊着口令，将操练的士兵带进院子，经立正稍息一阵口令，七八个士兵昂首挺胸站成一排，立在院子北墙根下。

韩书记让大家到院子里，大佬们三三两两杂乱地站在院子里。

陈专员清清嗓子，对站在院子里的大佬们喊一声说："四岘四水的大佬们，今天对不起了，相当于给大佬们关了一天禁闭，实在抱歉得很！我这厢给大佬们赔个不是，还望大佬们原谅陈某谋事不周。"说着双手抱拳，深深地连作三个揖。

陈专员鞠躬作揖之后，立直了身子说："我是干啥的，有些大佬知道，有些大佬没见过面，恐怕是不知道。我在这里给大家再自我介绍一下，本人姓陈，名佑天，新任的县党部督察专员，书倒是念过几年，还混了个师范毕业，教了两年书，就弃教从军了。现在又从队伍上转到县党部，干上了政务的差事。这次我来这片山里，最要紧的公干就是成立保甲所。成立保甲所干啥呢？就是保证政府政令在这地方畅通无阻。大家知道，我们国家的头等大事是抗日，倭寇一日不赶走，我中华一日无宁日，成立保甲所就是凝聚大家的力量一起抗日。抗日的形势，政府的救国大计我们只好明天再讲。你们看，日头影子都到东墙上了，还开个屄会啊。"陈专员顿了顿，说："我们今日个就说说眼前这个事，开会这事，通知下面好几天了。时间、地点都说得明明白白，要求上午到，有人天黑了才来，要是王班长的兵这个样子，抗日还抗个屄啊！"

陈专员对王班长说："王班长，你的兵迟到了啥个法子办哩？"

王班长立正回答说："报告长官，迟到二十军棍伺候。"

陈专员又问："迟到一天呢？"

王班长高声回答："迟到一天，那还不咋嚓了！"

陈专员不再询问王班长，而是转身问蒲龙说："蒲龙，今天到的最后两位是谁？"蒲龙指着教室窗下两只狗边上的刘大佬、管大佬嗫嚅道："就是这两位。"

陈专员移步到刘大佬、管大佬面前问："你们为啥现在才来？"

刘大佬将猎枪和猎物靠在教室墙上，漫不经心地回答："不就开个会吗，长官要干啥事，知会一声罢了，这寒冬腊月的，天冷得冻掉下巴哩。"

陈专员目光突然严厉起来，喝道："你说什么？你知道现在是什么时候？"

刘大佬嘟囔道："什么时候，我不是说寒冬腊月嘛！"

"你放屁！"陈专员突然大喝一声，"寒冬腊月？你骑着高头大马，穿着宁夏滩羊皮大氅，牵着猎狗，打着野味，还说什么寒冬腊月！你知道前方将士每天都和倭寇拼命、流血牺牲吗？你是不是中国人？你的良心是不是叫这两条狗吃了！在大敌当前之时，你这样的人，就该去死！"

陈专员霍地从腰里摸出一支手枪，顶到刘大佬的脑门上。刘大佬一激灵，木然地立在地上。两只狗倒是龇着牙，对陈专员吠起来。

只听"砰"的一声，陈专员甩手开了一枪，刘大佬应声瘫到地上，接着又是一声枪响，管大佬怪叫一声，也倒在了地上。只见大佬们中间，也有几个吓得筛糠一样，蹲在了地上。大家围过去，见两条狗都倒在地上，一只死了，另一只抽搐着四爪，也慢慢地不动了。陈专员吹吹枪口，又将枪别进腰里，说："本来这两颗子弹是给你们俩的，念你们初犯，且饶了你们，该你们吃的枪子，让你们的狗顶了你们，下次再这样，枪子我有的是，看你们的脑袋能硬过这两个狗头去！"他转身对王班长说："王班长，这两条死狗赏给你们，犒劳犒劳弟兄这几天的辛苦，说不定，你们过些天就开赴前线为国杀敌哩！"

陈专员说完，目不斜视，直接出了私塾院门，回蒲龙家去了。

私塾院子里，两条死狗被王班长的士兵们拖去剥皮了。刘大佬、管大佬依然在地上瘫着。蒲龙几个人围过去，想搀他俩起来，但两个大佬腿抖得怎么也站不起来，一股臭味夹着尿骚味从他们身上散发出来。原来，管大佬拉了一裤裆屎，刘大佬尿了一裤裆尿，两人身上还溅了一身的狗血。蒲龙几个赶紧将刘大佬、管大佬抬到教室里的火炉边，先让他们暖暖身子。管大佬突然"哇"的一声哭了起来，满脸的鼻涕眼泪。刘大佬也抽抽搭搭哭起来，后来也变成号啕失声。蒲龙赶紧叫了自家的长工来，将刘大佬、管大佬送到他们的亲戚家。

韩书记给大佬们讲了明天开会的时间，要他们各自投宿去了。大佬们被今天突如其来的事情惊住了，震蒙了，脑子拐不过弯，回不过神来。他们想不明白，开会迟了怎么就动枪哩。今天要不是那两条狗，那枪子是不是就打进刘大佬、管大佬的脑袋里了！

薛元昌目睹了全过程，他本来就是个胆小的人，枪一响，他以为倒在地上的刘大佬、管大佬给打死了，腿就一直抖个不停。韩书记让大伙回家，他在教室里的凳子上坐了老大一会儿，腿慢慢地好点了，但还是抖。他挣扎着起身往家走，好在手里有一根拐杖。他走一阵，歇一阵，天黑了，薛增、薛强来接他，两人使劲夹着他，才回到了家。

## 11

天蒙蒙亮时，鸡已经叫过两遍了，群山似乎还在沉睡，鸡叫三遍时，山里的人们才会起床开始一天的生活。但今天没等到雄鸡三唱，一阵嘹亮的军号声从四道岘子薛家水西边最高的山峰上传来。这片山里，开天辟地第一次响起军号的声音，当然，睡梦中醒来的人们根本不知道这是军号，更不知道吹的是起床号，但是被号声叫醒的人们都起床了。山里人的"起床"，也就是从炕上爬起来，穿上了厚重的冬衣。

原来，陈专员叫王班长派一个士兵去县城军营里调来了一个号兵。

吹过起床号后，王班长的士兵开始了早操，操练的口号叫得震天动地。四道岘子薛家水人们慢悠悠的生活节奏被打破了，早晨放家畜出圈，牲口们马叫牛唤的主声调被军号和士兵们的口令声盖过了。

在薛家水投亲的大佬们，时辰刚过，日头还未露脸，刺骨的寒风正紧时，大家都一个不落地集中在私塾的院子里。

私塾的教室里，蒲龙和他家的长工已经将火盆烧起来了，高高蹿起的火苗，向教室散发着暖暖的热气。陈专员已在讲桌后就座，讲桌上摆了一摞文书。书记韩朝闻坐在陈专员边上，手里捧本笔记本做会议记录。卫兵小张军服笔挺，挎着盒子炮，威风十足地站在教室一角。王班长的两个士兵一如昨天，背了上着刺刀的步枪站在教室门口的两侧。

陈专员示意韩书记。韩书记走出教室，对站在院子里的大佬们喊一声："开会了，大家进教室就座吧。"

大佬们争先恐后，鱼贯地进入教室。刘家岘子耷拉水的刘大佬、管大佬首先进入教室，走到教室的最后，悄悄地坐了下来。

片刻时间，来开会的大佬们在教室找座位坐下来。薛元昌也坐在了教室的后面。韩书记点了一下人数，对陈专员说："长官，人到齐了，不缺一人。"

陈专员环视一遭，对薛元昌说："薛家水的薛掌柜，你老坐前面来。"

薛元昌诚惶诚恐地站起来推辞说："长官，我坐这就行，保证一句不漏地听长官说事。"

陈专员还是坚持，语气不容拒绝："你就坐前面来，靠着点火盆坐嘛！"

薛元昌不敢再推辞，起身坐到前面的座位上。

陈专员说："这就对了嘛，你是这四岘四水的首户，今后诸事靠你老带头哩，咱们对这样的大户就是要有足够的尊重嘛！"说着，陈专员站起来，脱掉帽子，对大家说："党国重任在身，加上我是丘八出身，做事难免操之过急，我在这里给大家鞠躬赔罪了，昨日鲁莽之处，还望各位大佬海涵。"

陈专员站板正了，深深地鞠下三个躬去。

韩书记站起来，带头拍响了巴掌。教室的大佬们愣了一下，也噼里啪啦拍起巴掌，教室里的空气马上缓和了许多。

接下来，陈专员讲了全国的抗战形势，从九一八事变、卢沟桥事变到上海失守、南京失守、国民政府迁往陪都重庆，又讲了日本人大举西进，要占我整个中华。讲了抗日形势后，陈专员便讲在山里建立保甲所的事，强调了建立保甲所的重要性和必要性。然后让韩书记给大家宣读国民政府关于建立保甲所的文件，成立保甲所的具体办法。

四岘四水的大佬们都屏息凝神地听着，唯恐漏了一句。

最后，陈专员对大佬们提了几点要求："每个岘水由两个以上大佬负责摸清各自岘水的土地、人口，重点是土地的主人是谁、地亩多少、青壮年人口的准确数字。误差可以有，但不能超过土地总数的百分之十、青壮年人口的百分之五。为了抗日大计，凡指定的人不得推诿，规定的时日不得拖延，任何人不得对政府讲价钱，有啥疑问马上讲出来，我们代表政府答疑解难。"陈专员顺便说："如刘家岘子夺拉水，我建议刘掌柜、管掌柜将这事担起来。其他岘水，可以毛遂自荐，也可由政府指定。无论如何，事情要有人干，并且一定要干好。大敌当前，每个中国人都义不容辞，干好了，政府有奖励，干不好，处罚是肯定的。"

讲完后，陈专员再一次站起来，又一次脱下帽子，给大佬们深深地鞠了三躬，口里说："拜托了，各位掌柜!"

韩书记宣读了一条规定：抗战期间，禁止一切娱乐活动，社火停闹，社戏停演。又宣布了各岘水清查地亩人口的负责人。要求腊月十五报来。腊月二十，四岘四水的保公所成立，年后，甲公所挂牌。

陈专员还告诉大佬们，在正月十五以前，他将巡回各岘水，现场解答疑难，力求提高准确度。


# 12


薛元昌散会后往家里走，他手里拿着韩书记发给的几张表格，四道岘子薛家水的人口表格由他家负责填报。要说四道岘子薛家水的一山一水，甚至一草一木，薛元昌都在这片山里过了大半辈子，几十个村、堡，张家窝堡、李家圪崂，甚至犄角旮旯的地方，他闭着眼睛也能了然于心。谁家的门朝哪开，他也清清楚楚。王家的小子刘家的媳妇，他也能说个差不离。但他一副步履蹒跚、心事重重的样子，借着手里的拐杖，他一步一步往家挪动双腿。他总觉得，这成立保甲所，是给人们脖子上套绳索的事，他隐隐感到，这个陈专员对他家打着什么主意。他坚定地认为，日近一日的年关像是鬼门关一样等着他。

他先到了薛驹家，问了薛五奶奶的病情，兰花说今日个没流鼻血，但饭还是吃不下去，只是喝点米汤，人已瘦得不成样子。魏郎中又来了，除了让接着闻尿壶外，又开了十服中药。薛玉送魏郎中去县城了，顺便抓了药来。薛元昌又问薛驹干啥哩。说在屋里躺着，一天到薛五奶奶屋里坐上一个时辰，回屋就是烧烟泡，蒙头睡觉。

薛元昌叫兰花把薛驹叫来。薛驹进门后，一声不吭，侧立一旁。

薛元昌对薛驹说："你一个大小伙子，整天吃了睡，睡了吃，就不干点啥事？"

薛驹嘟囔道："没事干嘛，又不让出门！"

薛元昌说："咋就没事干哩，你跟薛玉请郎中、抓抓药不是事吗，你忘了病的是你妈了？"

薛驹梗着脖子说："没人叫我去嘛！"

薛元昌压着火说："你是家里的男人，顶门立户的主，你叫谁给你派活哩？"

薛驹不吭声。

"那好，"薛元昌说，"山里要成立保甲所，政府要把查人口的差交给咱家了，你正好识几个字。这两天，凡四道岘子薛家水的各村各堡、张家窝堡、李家圪崂的户数人口，你们几个弟兄给查清楚了。"薛元昌抖抖桌上的几张表："再填了这个表，腊月十五给人家交上去哩。"

薛驹似乎对查户数人口不感兴趣，说："我还等着闹社火哩。"

薛元昌说："日本人打过来了，政府禁止一切娱乐活动，你还闹个鬼呀。这查户数人口的事是政府交办的，办不好，可是要命的事！你没听说，昨日个刘家岘子耷拉水的刘大佬、管大佬开会没按时辰到，让陈专员拿枪顶着脑门子，后来开枪打死了刘大佬的两只狗。两条狗命抵了两条人命。你大爹还想再嚼两年馍哩，不想拿脑瓜子碰人家的枪子儿。"

薛驹不吭声了。

这时候，薛奇昌来了，对薛元昌说："我想你该回来了，去了你家，你不在，我估摸着你可能在老五家，就过来了。"

薛元昌对薛驹说："你回屋去，我和你三爹说会话。"

薛驹转身出去了。

薛元昌将两天开会的经过讲给薛奇昌听，又讲了刘家岘子耷拉水刘大佬、管大佬开会没按时辰到，陈专员拿枪指着脑袋，连毙刘大佬两条狗的事。

薛元昌说："真正吓死个人了。没想到，看上去斯斯文文的一个白面书生，是个那样狠的角色！老三啊，我看他已打上我们家的主意了。"

薛奇昌沉吟道："打我家的主意，无非是要钱嘛，自古至今的官，哪个不拿钱财说事。老五的名声这么大，这片山里，要银钱，咱们家就是首当其冲嘛！"

薛元昌抖抖桌上的表格说："不但是钱的事，你看看这表格，要我家查清四道岘子薛家水户数人丁的详细数目，腊月十五交上去，腊月二十成立保公所，年后成立甲公所。只是谋财，我们破点财，也就罢了。你想想，国家要兵员，我们家这么些男丁，他能放过吗！"薛元昌叹口气说："这可恶的日本鬼子，搅得我们过不成日子，我们怕自家儿子去当兵，那日本鬼子谁打，真是个两难的事啊！"

薛奇昌装上一袋烟，递给薛元昌说："生在乱世，只能听天由命了，还是先顾眼面前的事吧。这两天，我跑了几家道士神汉家，卦也算了，卜也占了，有说好的，但多是不吉利的话。算卦占卜的知道我们家的境况，能说出什么好话来。可大伙心里有病，心病要除掉，唯有请道士神汉们作法驱鬼！做法事的事，咱们不可全信，也不可不信。"

薛元昌划火点着烟锅咂两口，说："做法事这事，自古传下来的，信不信的，大家都在做，有些还听着很神。我一直相信运道，但这几年，自从老五主张着迁了坟，我们家运道越来越不济了，败运的事接二连三。我一直想，是不是迁坟冲撞了什么神灵，如果真是犯了太岁，就该做做法事，驱驱邪祟。你还是专干请道士做法事的事。我这几天，陈长官交了差，要我家清查四道岘子薛家水的户数人口，到腊月十五必须得交差哩！明天开始，薛玉还管薛驹妈瞧病的事，随时候着请魏郎中开方抓药。他已是熟门熟路了。其余的侄男都到各村各庄各堡弄清楚了户数、人口数。咱们在四道岘子薛家水活了大半辈子，心里也有个下数①。为了弄准了，娃们还是到各家走一趟。完了咱们聚在一起，从东庄到西庄，从南庄到北庄，各家各户将一将，尽量弄准了，别让人家找出什么不是来。"

薛奇昌说："就这么办，你让薛增召集大家，给娃们再安当一遍，不要让他们当了儿戏。"

薛元昌说："我这就回去给薛增说去，你和道士们定了做道场的日子，最好在腊月十七八。"

薛奇昌答应了。薛元昌起身回了家。

## 13

薛增领着薛强、薛驹、薛文、薛武一干弟兄，从四道岘子薛家水的东庄子开始，跑了十几个村落，挨家挨户地问明了人口数量，有的记在心里，有的记在纸上。四道岘子薛家水大村有四道岘子四个，薛家水四个，小村有十几个，都在各条山岭间的窝堡里。什么何家窝堡、郭家窝堡、陈家窝堡；还有什么上东仚、下东仚、东山仚、西山仚。弟兄数人分了工，三天里，将各村落、各人家跑了个遍。好在薛家弟兄都进过几天私塾，粗识几个字，每个人都将户数人口姓氏记在纸上，不会写的姓氏记在心上。腊月十四日后响，薛元昌集中了薛增一干弟兄到薛驹家堂屋里，一个村一个村算户数算人口。算得清楚

---

① 河西方言，下，音ha，指心中有主张、有主意，或者有尺码、规矩。

了，由薛驹看着表格上的要求，制了草表，一个村、一个窝堡、一个屲填一张表。户数中，一姓的填一起，好在一个村差不多就是一个姓。两个时辰里，户数算出来了，大概是一百三十余户，人口六百七十余人。青壮年男子一百八十余人，其余便是老人妇女小孩四百九十余人。薛元昌为了慎重，又让几个侄子重新算了一遍，甚至于一户一户又过了一遍，觉得差不多准确了，才填了陈专员发的表。

腊月十五一大早，薛元昌就怀揣着填好四道岘子薛家水的户数人口表，送到了陈专员办公的地方。陈专员几个正在吃早饭哩，见薛元昌来送表，陈专员很高兴。他让薛元昌一起用早饭。薛元昌说吃过早饭了，从怀里掏出几张户数人口表，双手递给韩书记。韩书记略略地看了一遍，又双手捧了递给陈专员。陈专员看得很仔细，还问了薛元昌几个事，薛元昌如实回答了。陈专员很满意，说："要是其他岘水都像薛掌柜这样认真，我们的差会办得十分顺利，腊月二十成立了保公所，我们就该回去过年了。薛掌柜你们是怎么做到的？"薛元昌回答说："我们家侄男多，长官那天一安当，我就让众多侄男挨家挨户去排查，加上我们一辈的在这片山里住了大半辈子，村村堡堡的户数不用去也能说出个差不多，只是人口多少，要进人家门才能核准了。我家的侄男把脚印都印到各家门里了，想来偏差不了多少！"

"这就好，这就好！"陈专员连声叫好，又对薛元昌说，"薛掌柜，你这四道岘子薛家水十几个村落，就有一百三十余户，看来都可以成立一个保公所了。"陈专员又问韩书记："你是参加过学习班的，我说得对吗？"韩书记赶紧点头称是，说："按照十户一甲，十甲一保的原则，一个小村多出三五户人家，也只能算一甲。四道岘子薛家水一百三十余户人，散落在山沟沟里，不可能都是均匀的十户，一甲十户当然好，多出来三五户也只能算一甲。一百三十多户算十甲也就合规，成立一个保公所也是顺理成章的事。"

陈专员颔首赞许，他又对薛元昌说："薛掌柜，接下来，你给出出主意，这四道岘子薛家水的保长由谁干呢？你们薛家不仅是四道岘子薛家水的首户，也是四岘四水的首户，按理说，保长该由你们薛家人干才合适。抗战时期，难办的差多的是，你们大户人家担了这个职务，办差该顺些。"

薛元昌又是摇头又是摆手，一副十分着急的样子说："长官，万万使不得，前些年，我家老五在着的话，这保长说干也就干了。老五不在了，我家族里能干事的侄男真还选不出一个，那可是误大事的事，请长官千万不要错看了我们薛家。"

陈专员笑笑，说："薛掌柜不要着急，你家族没有保长人选，你还可以荐一个其他姓的，你们薛家荐的人肯定不会差！"

薛元昌思谋一阵说："你们眼前面用的蒲龙，就是个保长的好人选嘛。我们四道岘子薛家水的人家，红白的喜事，都要请人家张罗，每个事情都安当得妥妥帖帖，从没出过什么大纰漏。他要当了保长，大伙该没有不服气的！"

陈专员还是笑笑，说："薛掌柜的意思我知道了，你荐人肯定是出于公心的，政府会认真考虑的，无论谁当保长，薛掌柜一定要支持他！"

薛元昌一连声说："那是自然，那是自然！"说着，薛元昌告辞了出来。

陈专员一边翻着薛元昌送来的表格，一边对韩书记说："我当初想，这片山里成立一个保公所足矣，看看薛掌柜送的表，这四道岘子薛家水就有一百三十多户，成立一个保公所已是足额了。如果其他岘水户数相当，恐怕成立两个保公所还不行。我们得去趟县里，汇报清楚了，成立几个保公所，由县里定。不管咋说，年前成立两个保公所，还是仓促了些，眼看年关到了，我们不是抗日的前线，年还是要过的，只能相机调整时间了。"

韩书记答道："陈长官思虑得极是，还是等其他岘水的大佬们送了表，长官相机而定。我们年轻人，多做些事没麻达，不回家过年也没麻达！"

陈专员说："年还是要过的，这里的山民们把过年看得很重，想在年关里干啥事，肯定是抓瞎的事。咱们要明白，违背常理的事最好别干，干了也干不好！"

说话间，其他三个岘水的几个大佬陆续到了。每个大佬都带着伙计，每个伙计手里都提着灯笼。看来，他们是天不亮就翻山越岭地来了。陈专员一改往日开会的严肃面孔，笑容可掬地拉着大佬们的手，又招呼上炕，又招呼倒茶，还亲自拿火钳子捅火盆，添炭。大佬们个个脸上硬挤出笑容，使劲地点头哈腰，但他们脑子里尽是枪响的声音，狗伸着四爪临死挣扎的场面。恐惧支配着他们，机械的动作，尴尬的笑容，不管陈专员如何表达亲热，他们怎么也无法扮出自然的表情。

陈专员不去管大佬们怎么样。他看完了三个岘水的表格，土地面积有些差别，但户数人口最少的也在百户以上。陈专员有了新的想法，决计回一趟县里，将四岘四水的土地人口情况给县里汇报了，也将自己的想法讲明白了，求得县政府、县党部支持，他好在这片山里大展自己的拳脚。

几个岘水的大佬们交了差，辞了出来。陈专员、韩书记和卫兵去了县里。

# 第六章

## 01

就在薛五奶奶流鼻血期间，薛五佬家的深宅大院里，每到夜静更深时，经常有什么东西闹些响动出来，有时在客厅，有时在无人的房间，厨房和仓库常有一连串的响动。薛五奶奶瞌睡轻，一有响动，便先听到，叫醒身边的兰花、菊花，或是值夜的丫头，要大家提了灯笼，各处去看。灯笼一亮，脚步一有动静，响动的声音便没了。兰花、菊花将夜里各屋响动的事告诉了薛元昌、薛奇昌，丫头们对夜里的响动说得很玄，很可怕！薛元昌、薛奇昌到各屋仔细地察看一番，发现盛清油的坛子边有油洒过的痕迹，面柜里有老鼠留了爪痕，初步判断是老鼠偷油偷面闹出的动静。还从蒸笼里找到老鼠啃过的馍，灶台上有老鼠屎，屋里老鼠数量不少，自然动静就大。薛元昌安排了丫头们少给家养的猫喂食，饿着它们，猫饿了，自然就去捉老鼠吃。并且安排人再捉几只猫来。做了这些安排后，夜里的响动就小了，也有猫抓到了老鼠，在屋里屋外叼着老鼠玩呢。也就安静了一段时间，还是夜静更深的时候，响动的声音又大了起来，而且响动的声音与以前大不一样。夜阑人静时，便听到阵阵小鼓槌敲打的声音，时急时缓，时紧时慢，时高时低，时远时近，时东时西。只要鼓槌敲起，薛五奶奶第一个听到，第一个被搅得烦躁不安。尤其是敲鼓的声音在深夜响起，更令薛五奶奶身心不宁，她马上叫兰花、菊花和丫头们起身查看。只要亮起灯光，敲鼓的声音便远遁而去，响声也更加急促。有时从这屋响起，有时从那屋响起，但最后都从屋顶消失。在这片山里，只有薛五佬家的屋是有顶棚的。敲鼓点的声音进了顶棚，声音更加急促而响亮，咚咚咚咚，不绝于耳，最后戛然而止，悄无声息。自那以后，敲鼓的声音，每夜必起。鼓声一起，薛五奶奶必然叫起兰花、菊花和丫头们，灯光一亮，鼓声依旧遁去，必然消失在屋子的顶棚里。有时一夜一次，有时一夜两次，声音一天比一天高，动静一天比一天大，折腾得薛五奶奶夜夜不得安生，兰花、菊花和丫头们更是身心俱疲，整天里睡意沉沉，哈欠连连。

兰花又将夜里敲鼓的事告诉了薛元昌、薛奇昌，老弟兄俩察看一番后也不知道是什么在作怪，最后定了让韦三安排几个长工在堂屋厢房里值守，务要弄清是什么东西在敲鼓作怪。韦三便遵两位老人安排，派人轮流值守，自己也在堂屋里守了两夜，鼓声一起，便迅速点灯查看，鼓声便疾遁而去，进入顶棚。灯光一熄，时隔不久，鼓声再起，夜夜如此，值守之人，身心俱疲。恐慌加上疲累，每个人都像病了一场一样。薛五奶奶更是夜夜被搅扰，一俟鼓声响起，她便圆睁双眼，看着屋顶发呆，彻夜不能合眼。

韦三领着几个长工，轮流地值守了将近十天有余，敲鼓之声从没有消停过一夜。众人受到惊扰，各种想法都有了，最一致的想法就是闹鬼。想到薛五佬横死之后的种种不如意事，薛驹像鬼魂附体，哪条道邪他专走哪条，别人唯恐沾惹上的吃喝嫖赌抽，他是一样不落地粘上去，而且八匹马拉不回头。薛五奶奶鼻血流了一月有余不止，命悬一线，接着又闹老鼠，刚治了鼠害，夜夜又响起敲鼓的动静。韦三胆大，一有敲鼓之声响起，他就循声追过去，几次都只听声音迅速离去，只听声而不见形。其余人虽在值守，一听鼓声响起，便龟缩在屋里。有的甚至拿被子蒙了头，吓得在被窝里筛糠一般。第二天便传出什么鼓声里有一白衣长发的鬼魅吊在梁上、吐着长长的舌头的说法，吓得兰花、菊花和丫头们魂不附体，夜里更是心惊胆战，不敢下炕，更不敢出门。很快，薛家水的人们都在议论薛五佬家闹鬼的事，而且整个山里都在传着薛家闹鬼的事。传着传着，薛家深宅大院里的鬼魅就变成了红发碧眼，舌头由一尺有余变成一丈有余，甚至拿着钢鞭追打薛五佬，薛五佬被打得遍体鳞伤，跪在地上苦苦求饶，愿意拿万贯家财抵命，求鬼魅放过薛家，尤其是放过他老婆和孩子薛驹。薛驹赌钱破财其实就是散发钱给鬼魅保命哩。还有说薛家锅底湾的坟里一天夜里突然着起大火，薛五佬被鬼魅绑了双手，扔在火里烧烤，其状极其凄惨！有目击者看到火光冲天，还听到薛五佬的惨叫声。有好事者去了锅底湾薛家的坟上，见坟地依旧，冬日里荒草覆盖，倒是有一小块烧过的痕迹。似乎不像大火烧过的样子。但有人就说，阴火看似冲天，在阳间也就一小块痕迹。薛五佬被火烧烤那是实锤了的，他财发得那么大，肯定是赚了昧心钱、缺德钱！人在阳世间赚了昧心钱、缺德钱，到了阴间，自然是阎王判官不会放过他，要在十八层地狱里吃些苦头，然后让他的后人出妖出怪，败了他的家财，阴阳两界才能放过他。只有转世做了猪牛，任人鞭打杀戮，才能了了他赚昧心钱、缺德钱的罪。

## 02

薛家闹鬼的事，一时传得沸沸扬扬，神乎其神。薛家两个老兄弟商定了，要请神汉道士在家里做道场，禳厌禳厌，为家人祈福消灾。众人面对家里种种不如意，各种的烦心事和怪异现状，自然都没有话说，神汉道士禳厌是唯一的选择。薛元昌便做了安排：薛奇昌专门管请神汉道士的事，凡外出必有一后生陪着，先去访了几家神汉道士，看看人家怎么说，然后回来大家定夺。

腊月十五日，薛奇昌带了薛文，骑了一头骡子，去了徐家湾徐八道爷家。徐家湾在薛家水北面，在牛儿岭东面的一片山湾里，徐八道爷家是相传几辈的道士，家中道士队伍经几代积累，已发展成相当的规模。而最有权威的是高公。高公主要主持为善男信女祈福消灾，还有就是超度亡灵，能够做较大场面的诵经礼拜仪式、超度亡人的法会。高公之下，还有两个都工，其次，各色人等有吹唢呐的，有做纸货的，如扎制童男童女、招魂引幡的，有扮鬼魅邪祟、罗汉金刚的。道爷家族生出男丁，便自小培养，综上的技艺都要练过，但各有侧重，有的长于唢呐，有的长于纸货，诵经则是长房的事，一般世袭了高公。每个人自小要练吹拉弹唱画写。凡死了人，出殡人家办丧，因其家境好坏，请的道爷有多有少，一般穷人家只请三到五位。徐八道爷便派嫡亲爷几个诵经、画寿材、扎纸货、吹唢呐、写祭文，几个人兼职干了。中等人家，请道爷起码七人以上，十数人不等。经要诵得多，唢呐乐器要晨昏吹奏。亲朋来祭也要乐声相伴，送灵路上，要绕关诵经，各有讲究。大户人家，丧事则隆重讲究，道爷家族便倾其全族，十几人数十人不等，场面越大越壮观，越显其哀荣，彰其排场，鼓乐要十人以上，几乎不间隔吹奏。纸货要做到盈街塞巷，纸人纸马，童男童女，金棺玉椁，琼楼玉宇，金升银斗，金山银海，凡能想到的都做了出来。谁家的纸货在坟茔上烧化，若超过一个时辰自被四乡传为美谈，交口称誉。除了丧事，若做水陆道场，一般都是大户人家，为其祈福消灾，那场面更是宏大。譬如薛家迁坟，就是在四峴四水的一次展示。徐八道爷家倾族出动，才使迁坟场面如闹社火一般万人空巷，人潮如涌。

薛奇昌骑着骡子，由薛文跟着，从薛家水转到牛儿岭，又由牛儿岭转到东面的徐家湾。徐家湾徐八道爷家主事的是徐八爷。薛奇昌父子二人对徐八道爷家熟门熟路，知道徐八道爷家在村中间一座院落里。他们父子径直寻到门前。徐八道爷家属中常人家，虽然是道士之家，但仍以务农为主，只不过比农人家多了一项收入，从家庭院落的门楣上就能看出来。徐八道爷家的院门是修了门楼的，而且门楼是青砖砌的，门楣顶上还用红瓦盖着，门楼里嵌了朱漆的大门。大门经年风雨，已有几处油漆剥落。薛文上前拍响了门，院子里马上有狗的叫声，接着有人开了门。开门的是一个年轻的媳妇。薛文欠身问："我们来找徐八爷，不知八爷在不在？"

年轻媳妇说："在哩在哩，你们请进。"

薛奇昌下了骡子。薛文问年轻媳妇说："有狗叫，不要紧吧？"

年轻媳妇说："狗拴着哩，你们只管进去。"

薛文在前面走，院内墙角拴了一条狗，拽着铁链嘶叫着。薛文护着薛奇昌进了徐八爷家的正屋。徐八爷趿拉着鞋迎着了，拉了拉薛奇昌的手，让薛奇昌上炕。薛奇昌让一让，脱鞋上了炕。徐八爷也上了炕，推了推炕桌说："你先抽锅子烟，咱们喝茶。"徐八爷又叫薛文上炕，薛文推辞了一下，跨半个屁股到炕沿上。

薛奇昌直截了当说了来意，并将自家迁坟之后种种的不祥和不顺简单地表述一番，特别是近来薛驹外出胡闹，薛驹妈鼻血流得止不住，还有每晚宅里响动不断，看见怪物吊在梁上，吐着长长的舌头，合宅人心惶惶。末了请徐家道爷给算算，家里这种种不祥，是冲撞了哪路神灵，看徐道爷能否禳厌禳厌。

徐八道爷认真听了，捻着胡须思谋半晌说："种种的不祥，有些我们也听说了，的确是有些怪异，犯凶犯煞那是一定的。你们得准备些东西，我测算一番，表布各路神灵，煞气来自何方，是天罡还是地煞。"

薛奇昌赶紧问："道爷要我们准备什么东西？我今天带了我家老五、薛驹、薛驹他妈的生辰八字，还有我们迁坟的年月日、时辰，我家老五出殡的日月时辰，看八道爷还要什么东西。我们即刻准备了送来，事不宜迟，咱们做些什么禳厌，做什么道场？就在小年前做了，咱实话实说，家里度日如年哩。"

徐八道爷沉吟着说："你若带了这些东西，按说也够了，你家迁坟，我们是全程参与了的。你将带的东西留下，我今晚设坛演绎一番，你家里如此凶象，肯定是犯煞了。等我演绎完了，弄清楚犯了哪路煞星，就好定做什么道场了。不知你府上打算做多大规模的道场？你让我知道了，好做准备。小年前做一次水陆道场，时间是紧了些。你说家里度日如年，我们就往紧里凑，好在是冬闲时光，只是天寒地冻，人要受些罪。"

薛奇昌自然连声道谢，说怎么做道场、道场规模大小，由徐八爷定；设什么坛、排多大摊场也由徐八爷定，薛家按徐八道爷的安排准备即行。说着掏出一块白布说："你要的东西都写在这块白布上，还要什么东西，我们回去准备了送来。"

徐八道爷接了布说："一切待我今晚演绎完了，明早给你信。"

薛奇昌、薛文告辞了徐八道爷，徐八道爷送出门来，挥挥手，转身进了院门。

薛奇昌对薛文说："咱们去高家湾。"

## 03

高家湾就在牛儿岭山下，是平川里紧连着山的一个村子。这个村子里有个出名的神汉，人称张天师。张天师其实不姓张，他姓高。之所以出名，是他会降妖捉鬼，驱魔请神，算卜占星，以符水咒法为人治病，渐渐地有了名气，人送号张天师。谁家宅邸不安，男女魔怔，都请张天师禳厌。在四岘四水及山下平川里，将做神汉的统称为师公。师公里道行高的也称高公。因此，这片山里都称他高高公。这高高公除了为人降妖捉鬼、算卜占星外，还兼卖老鼠药、捕鼠器具。高高公另有一手捕鼠的本领。不论庄稼地里、家居粮仓里，他都能捕得老鼠。有时候他能一天捕二三百只老鼠，堆成一座小山，比粪堆还壮观。人有一门手艺，就吃喝不愁。高高公能捉鬼还能捕鼠，都是身怀绝技，他捉的鬼有多少，人们见不着，因那东西来无踪去无影，但他捉的成堆的老鼠确实让人大开眼界。

薛奇昌骑着骡子，带着薛文下山到了高家湾。不用问路，高家湾村东头的一座庄子就是高高公家。高高公家门前有一排大柳树，树在一道水渠边上。水渠虽不常年流水，但有大半年是流水的，因此滋润得柳树茁壮生长，虽经秋历冬，柳叶已全部脱落，但柳树亭亭挺立，柳绿飘逸，十分好看。薛奇昌因家里老有事，到高高公家来过几次。他和薛文径直到了高高公家门前。高高公院门敞开着，高高公正在院子里收拾一辆小独轮车。薛奇昌下了骡子，进了高高公院子。薛奇昌与高高公是相识的。高高公打了招呼，请薛奇昌父子进屋。这高高公似乎不像一个高公应有的仙风道骨的模样，没有肩头瘦削，尖嘴猴腮，一绺八字胡的扮相，倒是像一个屠夫，粗腿壮胳膊，脸上有两疙瘩横肉隆起，一双眯眯眼很不般配地嵌在鼻头两旁。这副尊荣说是做捕鼠营生的谁也不会有啥异议，但是作为高公而且还是"张天师"，咋就让人无法想象。

高高公将薛奇昌让到屋里，让到炕上，还叫他婆娘端来了茶。

薛奇昌在炕上坐定了，直接说："高高公，我是无事不登三宝殿，今天求你来了！"

薛奇昌便将给徐八道爷讲的又给高高公讲了一遍，重点讲了每晚宅邸里闹动静的事。薛奇昌请高高公明后天就去作法。完了薛奇昌又拿出一块白布说："这些都是我们家老五、老五家的，还有老五儿子的生辰八字，请高高公给占个卜，看是犯了哪路神灵。"

高高公接了薛奇昌递上的白布看了一会儿，伸出左手，掐指算了一番，又拿过卦筒，摇了几下，给薛奇昌说："你抽支签吧。"

薛奇昌迟疑了一下，拨拉拨拉签筒里的签，战战兢兢地抽出一支。高高公接过来，打开来，看一眼薛奇昌，又看看薛文，欲言又止的样子。薛奇昌急得心跳到嗓子眼了，说："高高公但说无妨，是福不是祸，是祸躲不过。我家都到这一步了，但说无妨。"

高高公说："你抽了个下下签，我给你念念。"接着就念道："灾星临头事有违，前世今生祸已定，西方血光映日月，到头方现事有褐。"

薛奇昌对签上的四句谶语不甚明了，只听什么"灾星临头""祸事已定""西方血光"都是有灾有祸的意思。看来在劫难逃，只好对高高公抱拳一拱，说："请高高公明说，你这签上的话我也听得不甚明白，咱家这是犯了哪路煞星，高公有无禳厌之法？"

高高公捻着胡子，一副若有所思的神情，慢悠悠地说："这世上之事，有生就有灭，有福就有祸，福兮祸所伏，祸兮福所倚。世间万物相生相克，禳厌之法自然会有，只要主家诚心向善。俗话说魔高一尺，道高一丈，再凶的魔，自然有道法镇压。听你所讲，又看了你老五家的生辰八字，适才签上四句偈语，意思深长，已透出你家已有违和之事，祸事自然依次降临。敢问薛掌柜，你家这些年曾大动土地，建阳宅修坟茔吗？"

薛奇昌说："高公问动土吗，哪个农家不动土，春耕夏犁秋翻地，垫圈翻粪修房舍，哪样能离开动土。"

高高公不以为然，他说："农人自然不能离了动土，但这些都不会冒犯神灵，往往多在建阳宅修坟茔，冲冒神灵是有的，譬如说动土的时辰与你家人的生辰八字相克，必然触犯神灵，降灾给你们。从偈语上看，第二句，前世今生祸已定，你若犯了相克的事，加上命里有劫，灾祸自然就来了。"

薛奇昌只好如实相告，说："不瞒高公说，我家背运得很！当年老五活着的时候，我们迁了祖坟，迁坟时做了些张扬的事。但那是胡神仙亲自主持的迁坟大典，徐八道爷做了很大的道场，祭天拜祖，应该不会触怒神灵！"

高高公哂笑道："迁坟一事，世人所忌。祖宗的遗骨，能不动尽量不动，轻动祖上遗骨，让其暴尸露骨，祖上不喜。阴宅不安，自然闹到阳宅里。阳宅不安，宅邸自然横生阴气。活人身体羸弱，一定被阴气所击，患疾卧床是一定的。另外，还听说你们老五是横死野外的。人死在外，已属孤魂野鬼，只能在宅外发丧。你们于堂屋停灵，已经犯忌，还听说棺上违制画龙，送殡路上被人刮了龙爪，泼了黑墨。这些都是犯煞的事。也就你家运气正旺，要不，更多的晦气事一件接一件哩！"

薛奇昌无话了，他本来就不善言辞，让高高公一顿说辞，只能无话可说。思谋半天说："高高公，你说的都在理上，我也说不清楚，你说有禳厌之法，我来就是请你去作法的，你有啥法，我薛家就请你去作法，好歹施了法术，让我薛家合家安稳下来如何？"

高高公笑了笑说："这不话赶话，就说了许多话，其实我和薛掌柜哪能论得清楚哩，也是瞎耽误工夫。直白了说，你家闹动静，叫我去禳厌，你说家里度日如年，我就立马去做法事禳厌。这都马上小年了，年关眨眼就到，我们就不耽搁了，我明天就到府上去，看看什么动静。想你家五奶奶病重在身，一切都不方便，家里还有女眷，能否让薛五奶奶和女眷们移宅别处，我倒想亲自探探宅里的动静。"

薛奇昌不用想，说："老五家的和女眷们换到其他院落，不费什么事，我这就回去安排，也就是生炭火暖房子的事，家里有的是人手，办这事没麻达。既然高高公这么上心，索性定了，明天我这儿套车来接你。我回去就备办禳厌的事。"

高高公马上摆手拒绝，说："不用套车，只让你这孩子牵匹牲口，一头毛驴都行，我随身的法器，要不了车拉的，一个袋子背了就行。"

薛奇昌随即告辞了高高公，一头谢着一头出了高高公家，又骑了骡子，带着薛文回到了薛家水。

回到薛家水家，天已擦黑，薛奇昌径直去了薛元昌家，备细给薛元昌讲了与徐家湾徐八道爷、高家湾张天师商定的事。薛元昌很满意，他打发薛文叫来了韦三、秦州张三，当然也叫了薛开昌，薛增一干弟兄也一并叫了来，给大家讲了要做道场禳厌的事，要大家分头做准备。当场分了工，各司其职，务必于明天中午做到位。秦州张三准备法事用的猪头三牲、香火炮仗。韦三陪高高公做驱鬼法事，准备高高公一切法事所用物品。其余人临时听候派遣，所派活计，不得有误。

安排完后，薛元昌、薛奇昌又到薛五佬家，给薛五奶奶讲了做法事禳厌的事。薛五奶奶自然十分赞成，马上命人去收拾下院的房子。薛元昌嘱咐：下院的房子，一定得烘热了才能搬过去，病人不能受一点凉。

## 04

到了第二天，腊月十六日，薛文去了高家湾接高高公，他一早就鞴好了骡子的鞍辔，出门骑上牲口就走了。

薛奇昌由薛武牵一头毛驴，驮了他去徐家湾徐八道爷家。徐八道爷正在家里等着薛奇昌哩。徐八道爷开门见山地说："我昨夜演绎了半个晚上，细细地推算，将你们薛五佬家几位生辰八字表告诸神，演就了是你家犯太岁了。"徐八道爷拿出一纸条念道："太岁当头生灾祸，刑冲神怒鬼推磨，流年不吉逢凶恶，身陷缧绁难躲过，是大凶之象。另外，你们家薛五佬死于非命，送葬路上，又受关隘耽搁，奈何桥上没走上天仙神智人伦道，而误入地狱二鬼牲畜门，所以在地狱受苦，受苦不过，自然到阳间搅扰。他越搅扰，则阳间人非病即灾。还有你家犯了太岁，也就是太岁头上动了土，最好的办法就是谢土。谢土大家都明白，程序不外诵读谢土经，祭拜土地神，按仪式照规矩表诚意，土地神宽宥了也就罢了。重要一头，你家五爷归西路上遇阻挠，奈何桥上入鬼门，神不安来魂未定，时常回阳间搅扰，必须做道场超度升天。"

徐八道爷停住了口，示意薛奇昌喝茶。又说："演绎的事就这么个事，说深了三爷也不懂，明白一句话，两个事。一要谢土，二要超度亡灵。亡人升天了，便能宅静人安。怎么办，三爷拿主意。"

薛奇昌放下茶碗，说："我昨日个就给八道爷说了，做啥样的法事道场由八道爷定，我薛家照八道爷说的办就是了。只要能宅静人安，顺顺当当过了这个年关，那就天官赐福了！"

徐八道爷沉吟半晌，说："那就照薛三爷的意思办。谢土一天，超度亡灵两天，所需物件你回去做些准备，我回头给你开个单子，你照单准备。无非猪头三牲，七彩纸张，采买缺啥，我们离得不远，就从我这里拿，凡事不得将就。另外，招亡灵要打发孤魂野鬼，你得准备打散的斋饭，还有咱们山里做道场，总要有四村八寨的人来看热闹，能否再备些斋馍。我记得迁坟那年，是备有斋馍的，任由人们取食。那时薛五佬在世，财正发得大，现在景况如何，能否再有那样的铺排？按说，施鬼不施人，怕是落下不好的口碑，但也不能勉强。"

薛奇昌打断徐八道爷的话说："八道爷，你吩咐就是了，日子再紧，三五十笼斋馍能算什么！"

徐八道爷笑了笑说："我知道薛家家大业大，实在不会计较这点斋馍，只是话到嘴边，还是说说得好。现在这光景，好多人家过年都吃不上白面馍哩！"

徐八道爷说着从桌上香炉下抽出一纸条递给薛奇昌说："所用物件，我已开在上面，请三爷费心照单备好。"

薛奇昌接过单子，告辞了出来，赶忙地赶回家，交给秦州张三去采买。


## 05

晌午饭后，薛文接着高高公来了。骡子驮着高高公，薛文背了一羊毛织的褡裢，褡裢里装着高高公作法的法器，不外是硫黄、经卷、法印、斩魂剑、麻鞭，还有高高公做法事时穿的法衣。薛五奶奶刚好搬到下院，女眷们都随了去。薛驹也随他妈搬到下院。偌大一个庄院，只在门房里留一男丁值守。

高高公还带了自己的儿子，道童打扮，二十岁上下，面目倒长得清秀，尤其瓜皮帽下两绺浓眉，配了一对大眼，两眼忽闪起来，很招人喜欢。要不是高高公说是他儿子，旁人怎么也不会把屠夫似的高高公和眉清目秀的小伙子看成父子。高高公在院落房舍里外转了一圈，然后薛文领父子俩到一间卧房里，告诉高高公这是给他们准备的睡房。房子里陈设很是雅致，地上有桌有椅，炕上铺盖被褥叠得整整齐齐，墙上有画，画上梅兰竹菊。正面墙上挂了一幅钟馗执剑的画。高高公父子分别在椅子上坐定了。庄客上了茶，然后又端上斋饭。斋饭有馍有粥，还有四碟小菜，因为高公都是忌荤食素的，四碟小菜也是豆腐酸菜萝卜之类。

薛元昌、薛奇昌听高高公到了，也赶过来相见，相互问候了。高高公安排在客厅里摆了香案。他将毛褡裢里的法器一一取出来，摆在了香案上。高高公在香案的香炉里焚了香，带着儿子磕了头，然后对薛元昌兄弟两人说："薛家二位掌柜，从即刻起，我要作法拜谒各种神灵，院门要闭了，禁止一切闲杂人等进入。"高高公还要薛家准备一坛子陈醋，一盆子炭火，若干松引火把，晚上作法要用，亥时一定送到。另外，再要一位胆大身壮的后生，晚上作法时帮忙烧醋炭，执松引火把。还要准备一个米升大小的坛子，请来神仙，必有斩获，妖孽邪祟要装到坛子里封起来。其余有啥要的，随时告知。

薛元昌、薛奇昌唯唯诺诺，满口应承。薛元昌还提议让薛文住到门房，随时听候使唤。

反正门房必须有人值守。薛奇昌提议让韦三女婿陪了高高公作法。一切商量定了，薛元昌、薛奇昌告退，让薛文值守门房，并嘱咐薛文一切听高高公差遣。

高高公送走了薛元昌兄弟二人，叫薛文进了门房，叮嘱他无事不要出门，免得作法时惊扰了神灵。

薛元昌、薛奇昌回到下院，叫人找来韦三、秦州张三，吩咐让他们准备高高公要的醋、炭、松引等物，还告诉韦三亥时到上院去配合高高公作法。另外，薛奇昌又将徐八道爷要求做道场时放舍饭的事给大伙说了，薛元昌便安排人告诉薛大奶奶、薛三奶奶、薛四奶奶，由她们集合薛增、薛强、薛玉几个的媳妇及丫头们赶紧地蒸斋馍，准备大锅煮粥。秦州张三、韦三便分头行动，一个去采买所要物件，一个去告诉女眷们准备蒸馍煮粥的事。

安排完事后，薛元昌、薛奇昌又到薛五奶奶卧房，将高高公今明作法禳厌的事、徐八道爷过来谢土和超度亡灵的事，备细给薛五奶奶讲了一遍。薛五奶奶由兰花、菊花左右搀着，欠身致谢，有气无力地说："有劳大爹、三爹了，天寒地冻的还得东跑西颠。但愿高公作法禳厌后家院安稳，徐八道爷做了道场，阴人能超度了，不再搅扰阳间，能保佑我们过上几天安稳日子就好！"说着淌出两行泪来，忍不住呜呜咽咽起来。

薛元昌赶紧劝慰说："老五家的，不必难过，人生在世，都得有十难八灾的，遇上了，再难的坎也要过。我们是娃们的主心骨，我们的心里要挺住，天下哪有过不去的坎哩。"

薛五奶奶强忍着收住泪，兰花、菊花搀着她躺好了。薛五奶奶比以往更加骨瘦如柴，面色青灰。薛元昌瞧她已面带死相，知道病疴沉重，只能强做安慰，盼着禳厌以后，能得到神灵护佑，稍有起色。便说："家里的事，由我们几个管着，你有啥想法，尽管告诉我们，至于其他，你就不去管了，安心养病。明天，让薛玉再请了魏郎中来看看，该咋办咋办，药该吃就吃。饭呢，还是要狠着劲吃。但愿作法之后，我们能好起来。"

薛五奶奶喘着气，挣扎着说："趁着做道场又是年关，给过不了年的难怅人家散发一斗粮食，让人家的娃也吃上几个白面馍馍，说不定神灵能减些我们的孽债哩！"

薛元昌思谋一下，对薛驹妈说："这是积德行善的事，我让秦州张三和韦三办去，好歹也能去了一块心病。"

薛元昌、薛奇昌告辞了出来，回到了自己的家。

# 06

亥时时分，韦三按时到了薛家上院，高高公已穿好了法衣，峨冠博带，一副道貌非常的样子，只是那方形的冠，像一方黑色的斗扣在高高公的脑袋上，脑袋健硕肥大，但冠却小了，只能扣住高高公的头顶，要不是两条丝绦带子系在脖子里，那是一刻也扣不在头顶上的。韦三感觉是鸡冠绑在了猪头上，实在难看得紧！倒扣的黑斗后面，有两条黑色的带子，长长地从脑袋后面拖曳到地面。高高公身上穿的紫色道袍倒不省布，单两只袖子就十分宽大，那袖筒里塞进两只猪崽富富有余。高高公见韦三一只手抱着一只坛子，一手提一袋松引等物。薛文提一桶醋，一手端着垒了木炭的火盆。两人都是按高高公要求送来作法的物件。

薛文放下手里的东西，正要转身离开，高高公发话了："薛文，你先别走，待会打醋炭时，你帮韦三打扫不洁之物，也就是醋炭所到之处，你拿把扫帚跟着扫一下。"

高高公让韦三点着了炭火盆，他自己威严地站在香案前，捡起一张黄表纸，在香案的蜡烛上燃着了，往空中绕了三圈，然后将烧着的表纸扔进香炉，表纸顷刻化为灰烬。如此者三。第三张黄表纸化为灰烬时，高高公突然仗剑大吼一声，嘴里念念有词。韦三、薛文只听到什么"天灵灵、地灵灵"，什么"请出了二郎神，神戟神狗众神灵，四面八方显了形，万面鼓来千把锤，邪鬼邪祟化灰尘"，还有什么"南斗六星、北斗七星，太上老君急急如律令"，念了一阵，高高公将剑在空中正反地劈了几下，然后大喝一声，仗剑前行。高高公的儿子赶紧拿铁钳子，将正烧着的炭火往醋桶里扔了几块，醋桶里嗞啦啦一声，腾起一股烟雾，浓浓的醋味顿时弥漫了整个屋子。高高公的儿子示意韦三提了醋桶，跟在高高公后头，又让薛文拿一把扫把，跟在韦三后头。高高公仗剑出了堂屋，嘴里念念有词，脚下快步疾走，在薛家大院的四个墙角处各念了几句咒语，让韦三洒了醋炭，叫薛文挥了几下扫把。接着高高公又仗剑进了薛家各个屋里，每个屋里都要念几句咒语，泼洒一些醋炭。薛文要挥挥扫把。高高公的儿子要点几张黄表纸烧化。整个院子屋子走了一遍，高高公带了韦三几个去了下院，又在下院的角角落落洒了醋炭，烧化了黄表纸，尤其在薛五奶奶卧室前，念了几遍咒语，还让兰花、菊花拿黄表纸在薛五奶奶身上撩了几遍，然后烧化了。高高公从怀里摸出一张符，对着符念念有词一番，然后让韦三叫人贴在门楣上，又摸出一张，对着念了几句咒语，让贴在薛五奶奶的炕头上。

一行人又回到上院。高高公跪在香案灵桌前，又是一番诵经。韦三、薛文似乎一句也没听出来。

高高公诵了几遍经，他吩咐韦三、薛文回去，他还要继续诵经，请神降妖捉鬼，如后半夜请得神动，或许就有斩获。

韦三、薛文便退了出来。韦三回了家，薛文回房值守，也是关紧了房门。

## 07

韦三回家，将薛家请张天师来作法，还有过几天徐八道爷来做水陆道场的事给韦黔讲了备细。韦黔听得很认真，问了几处琐屑之事，完了叹口气说："薛家人做这些事没麻达，只是稍稍用错了地方。如果因迁坟引来了祸端，就在迁坟上禳厌，去灾去祸。当年风水是胡神仙一手看的，为啥不请胡神仙来禳厌？放着世上大神不用，却要用张天师、徐八道爷做禳厌，他们的道行，最多抓个小毛鬼神的本事。再说了，胡神仙看的坟，里头的玄机只有胡神仙才能解得开，俗话说，解铃还得系铃人。"

韦三自然是懵懂得很，只好说："大概年关近了，胡神仙不好请吧。"

韦黔不以为然，说："有什么不好请的，以薛家的财力，胡神仙就是吃这碗饭的，多花银钱，神仙必然请得动的。"韦黔不好给儿子韦三更深的点拨。韦黔觉得也不能怪薛元昌、薛奇昌，他们怎么知道胡神仙设的机关呢。现在自家的儿子成了薛家的女婿，有了祸事，如果牵连了儿子，那实在是划不来。但也不能把事情的根底说出来，只好等等再说，心里十分忐忑起来。

韦三大清早起来，赶紧跑到薛家，叫起了薛文给他开了院门。高高公父子已经在香案灵桌前打坐诵经，见韦三来了，高高公停了诵经，叫儿子将韦三昨天准备的坛子抱过来。坛子盖已封上，贴了几道符咒，黄色的表纸上，用朱砂粉画了些乱七八糟的圈圈。高高公对韦三说："昨晚请了二郎大神杨戬，擒住了薛家祖上一怨妇。这怨妇因被薛家祖上逼迫寻了短见的，现薛家势弱，她乘机出来作怪，搅扰府上不安。昨晚三更交四更时分，她出来作怪，被二郎神神犬一口咬住，现已关进坛子里，二郎神用符咒镇住了她。刚才请了二郎神的旨意，将此怨鬼送到西北十里外掩埋，我还要在此诵经两卷，超度她的灵魂升天。"

这时候，薛元昌、薛奇昌以及薛家侄男陆续地来了。高高公指着坛子对众人又说了一遍。薛元昌围着坛子转了一圈，拱手对高高公行下一个大礼说："高公真是神人，记得小时候，我家一位姑姑，到了出嫁的年龄，花轿都到门口了，媒婆催着上轿，结果那姑姑在屋里拿带子勒死了自己。多少年了，我们也不知道她的冤情，咋出来祸害我们哩！"

高高公听薛元昌这么一说，立刻精神大振，口里叫道："二郎神真是威武，他那神犬，真了不得，那女怪稍一闪面，就被一口咬住。我打开坛子，鬼魅就乖乖地进了坛子。我求了二郎神的符咒，这个鬼魅已经伏法。吃过早饭，由我儿子监着，你们着人送到西北十里地掩埋了。虽是鬼魅，仍然是你家的人。虽是女人，也是长辈，还有冤情，一定要善待了她，不致再来搅扰。"

韦三叫厨师端上早饭，高高公父子草草吃了。韦三给薛元昌说："我陪高高公的儿子去埋了这坛子。高高公还要诵经半天，超度亡魂，你们各自安排干事。"

薛元昌对着符封上咒的坛子，对薛家众人说："不管什么冤情，总是我们的长辈，大家过来，对着坛子里的魂灵磕三个头，让鬼魂安心上路。今后逢着年节，我们薛家一定烧纸祭奠的，黄泉路上，保证缺不了你的衣食。"

薛元昌站直了，双膝跪下去，端端正正磕了三个头。薛家的侄男也照着薛元昌的样子，对着坛子里的鬼魂，端端正正磕下三个头去。

接下来，高高公的儿子抱了装着鬼魂的坛子，韦三提了一把铁锹，出了院门，朝西北方向走去，每走几步，要用铁锹斩一下地面。这叫断路，鬼魂归路被斩断的意思。

## 08

腊月十七日晌午时候，陈专员一行三人回来了。陈专员骑着他的雪青马，书记小韩还是骑的骡子，卫兵小张依旧是军马。

知道陈专员今日要回来，蒲龙叫家里人在几个屋里笼了火。陈专员几个下马进屋，屋里已暖意融融。王班长的一班士兵正在吃午饭，陈专员趋到士兵房间，王班长和士兵们全体起立。王班长向陈专员敬了军礼，报告了这几天的训练情况。陈专员折回身进了办公室，陈专员对蒲龙说："我们腊月二十日再开一次大户们的会，没什么问题吧？"

蒲龙说："应该问题不大，大户们经了上次的事，都不敢不来吧。"

陈专员让韩书记拿出一沓纸来，韩书记递一张给蒲龙说："这是开会通知，上面写了大户的名字。"蒲龙接过来看了看，上面写着：某某某乡贤钧鉴，兹定于农历腊月二十午巳时在四道岘子私塾召开抗日献策会，勿误。×年×月×日。上面盖了县党部的大红印章。蒲龙望着陈专员说："专员长官，咋送？"

陈专员回答说："我们派三个人送各岘水的联络员，叮嘱他们务必送到，每个接通知的大佬必须签字画押了，估计不会有人借故迟到。四道岘子薛家水好办，你辛苦送送，也要收了大佬们的签字画押。"

蒲龙说："薛家水没麻达，我都不用骑牲口，遛遛腿脚的事。"

陈专员笑一笑说："送通知自然是轻省活，但是有件事办起来怕是不轻省！"

蒲龙望着陈专员的脸说："长官说的是哪件事难办？"

陈专员坐在椅子上，手指头轻轻敲着桌子说："这次献策会，这帮大佬能有什么献策，说白了，就是让他们献金。抗日大事，缺啥？就是缺钱嘛，缺钱怎么办，大家掏腰包呗！有钱的出钱，有力的出力。谁有钱？大户们呗。谁出力？老百姓的儿娃子呗！我得出一结论：穷人的娃子富人的钱。大佬们出了钱，穷人的娃子扛着枪上前线。今天我们走的是第一步，从富人腰包里拿出钱来。拿钱的事，谁愿意！人为财死，有人就是要财不要命。你给他讲抗日大道理，他却以为日本人远着哩。谁能痛快地拿钱！那可是他们的心肝，你挖他的心肝，谁不疼哩！所以这个献策会，得用非常手段哩！"

韩书记一直在点头，他见陈专员停住了，赶紧接上说："陈长官，我这些天一直琢磨您的行事风格，在下实在是受教得很！您刚才讲的'穷人的娃子富人的钱'，就一句话，在下一下子醍醐灌顶，干事就有了思路。咱们想想，你朝穷人要钱，闹个鸡飞狗跳，弄个三五十个铜板，得费九牛二虎之力；你叫富人的娃子扛枪打仗，娇生惯养的，细皮嫩肉的，经不起一天折腾。'穷人的娃子富人的钱'，这简直就是经典，不，是经典中的经典！可以说是理中之理，至理名言！"

陈专员赞许地看着韩书记，脸上有了些许的得意，他说："不管怎么说，找大户要钱，绝不是轻而易举之事，我想来想去，办法只有一个，先从大户中的大户入手，先让最大的户带了头，其他户他想躲也躲不过去。这四岘四水的大户是谁，那是非薛家莫属，既然是薛家，我看咱先找薛家。听说薛五佬的儿子在土门子一晚上就赌输了两千银圆。你们想想两千银圆是个什么数字？我这样的人也算个人物，几曾见过几个两千银圆。你们分头去送通知，明天我专门会会薛元昌如何！这通知你第一个送薛元昌，等拿到他签字画押，我们再去找他。"

陈专员安排三人分头去了，韩书记去了新窑岘子王家水，卫兵小张去了刘家岘子耷拉水，王班长去了截打坝岘子窑儿水。蒲龙直接去了薛家。

## 09

在薛家，高高公继续诵经。诵经嘛，无非感念神仙显灵，捉妖降魔，再就是超度孽鬼冤魂，各归正途，不再祸害阳间生灵。

蒲龙敲响了薛五奶奶家的朱漆大门，敲了半天，只听得院子里十分安静，像是没人的样子。蒲龙很诧异，薛家大院怎么可能如此安静。蒲龙攥紧拳头，播鼓一般捶了几下，里面有了动静。薛文开了门，见是蒲龙，便示意蒲龙不要闹出动静。他低声告诉蒲龙，家里正在做法事，高高公正诵经哩，打搅了法事，不是要的。

蒲龙扬扬手里捏着的县党部的通知："这要送给你家管事的，有要紧的公干，咋办？"

薛文告诉蒲龙说，大爹刚来过，要么在下院，要么回他的院子了。薛文说自己走不开，要蒲龙自己去找。

蒲龙告别了薛文，先到下院，有人告诉他薛元昌刚走，可能回家了。蒲龙转身到了薛元昌家。薛元昌正在家里向火哩。听到蒲龙声音，赶紧让薛增接蒲龙进屋。薛元昌正要下炕哩，蒲龙紧走两步，按住了薛元昌说："我一晚辈，找前辈说个事，不劳前辈这样的。"薛元昌只好转身坐定了，说："什么晚辈前辈的，你干的是公事，替官家跑差，在官差面前，再大的前辈也是草民，托不了大的。"蒲龙依旧呵呵笑着说："前辈别折杀了晚辈。我就是给人家临时抓了个差，前辈真拿棒槌

238

当枕头哩！我就是跑跑腿的事。"蒲龙说着将屁股跨在炕沿上，将县党部的通知递给薛元昌说："腊月二十又要开会了，这次叫什么献策会。也就是对抗日献计献策的会。你说抗日这么大的事，自有蒋委员长主张哩，我们远在天边的个穷山沟沟里献的什么策，说白了就是献金会，参会的人都是烟筒里冒得起烟的户么。"薛元昌倒一杯茶递给蒲龙说："喝口热茶，暖暖身子。我呢，早知道会有这么一天，早看出来那陈长官一来就盯上我薛家了，就是不知人家要多少？蒲家贤侄你也知道，自打老五出事之后，我薛家景况就一年不如一年。老五家的儿子不争气，钱只有花出去的，没有挣回来的。庄稼地里的产出，也就是够个日常的用度，可薛家名头大啊，难怪人家盯着。"

蒲龙喝着茶，也不好说什么，借口还要跑几家送通知，不敢耽搁，就告辞了出来，奔其他几家去了。

薛元昌在家里坐不住，下炕穿上鞋，去了薛奇昌家。薛奇昌也在家向火哩，他赶紧让薛元昌上炕，喊薛玉来给薛元昌倒茶。

薛玉听到父亲召唤，赶紧进来，给薛元昌倒茶。薛玉还告诉二位长辈，他刚去了薛驹家，隔着院门和薛文说了会话。薛文告诉他，高高公传了话说，他诵经到正午，一切的程式都做完了，神请来送走了，鬼捉住送去埋了。家里自今夜起不会有响动了。他诵完经就要回了，仍然要薛文一头骡子送他。高高公还说，薛家女眷们都可以回上院住了，不会有什么响动再来惊扰大家。

薛元昌叫薛玉去料理高高公，高高公走时，他们两个老弟兄出面送个行。薛元昌对薛奇昌说："怎么谢高高公，乡里有一定的规矩，就在乡里的规矩上再加一两成。不要落下人家的话柄。"

薛奇昌点点头应承了，叫薛玉去准备。

薛玉走了。

薛元昌将县党部的通知拿出来，递给薛奇昌说："我想这事可能到年关过了，现在看来，年关是过不了了。"

薛奇昌接过通知瞅了一眼说："不知人家胃口多大，我们能不能支应过去。"

薛元昌说:"按蒲龙的说法,那个陈长官先要找我们说哩,他们的胃口多大只能是当面说了才能知道嘛。"

薛奇昌说:"那就等人家说呗。明天,徐八道爷就来做谢土道场,还有超度亡灵的道场,时间已经定了,不能推的。再说,小年立马到了,推也推不成了。你就去开人家什么献策会,我和众侄男就全力做好道场,但愿能平安过了年。"

薛元昌似乎也无话可说,只是一口一口地喝茶,一锅子一锅子吸烟。

晌午时候,韦三陪高高公父子吃了午饭。韦三和高高公的儿子去了西北十里外一个叫跌落崖的地方,按照高高公的要求,挖了个深五尺的坑,埋了装鬼的坛子。跌落崖是雨季里垮塌的向阳的黄土坡,虽历寒冬,土层却冻得不厚,韦三又是干活的好把式,五尺深的坑不一时就挖好了,将坛子放进坑里,填了土,找一块石头做了记号,又将准备的纸钱烧化了,掰个斋馍撒了撒,恭恭敬敬地磕下几个头去。

吃完了午饭,高高公还是骑了薛文拉着的骡子,带了儿子,在骡背上向薛元昌、薛奇昌以及送行的韦三等抱拳拱手告别,走了。


## 10


薛元昌、薛奇昌带了韦三,先到下院去看看。薛五奶奶正往上院搬呢,兰花、菊花抱着被褥,丫头们怀抱手提着不少物件正往上院去呢,薛五奶奶已抬走了。薛家二老与韦三到厨房看看,一群婆娘正忙着蒸馍哩。大锅上架着蒸笼,蒸汽弥漫着伙房,已蒸好的馍装进一字摆在墙边的几口大缸里,新发的面摊在案板上,风箱呼哧呼哧响着,灶洞里冒出红色的火焰。薛元昌几个掰开一个馍,大家品尝着。薛大奶奶正揉面团哩,头上汗津津的。薛四奶奶从蒸笼里往缸里拾馍。两只手倒腾着，嘴不停地吹着手，手让刚出笼的馍烫得通红。薛三奶奶递一条汗巾给薛四奶奶说："老四家的，手烫你不会拿条汗巾衬着，硬是烫得龇牙咧嘴的。"薛四奶奶笑笑，接过汗巾，裹在手上。这时，薛四奶奶的大姑娘来了，喊她妈回去做饭哩。薛大奶奶拿个盘子，拾了四个馍对姑娘说："拿去叫你爹吃。你告诉他，我们忙得手脚朝天哩，没时间伺候他。"姑娘端了一盘子馍走了。这时，薛增走进下院，对薛元昌说："爹，陈长官带两个兵来找你，现正在家等着哩！"

薛元昌对薛奇昌说："咱们去会会人家，肯定是来者不善哩！"薛元昌又对韦三说："你准备明日个做道场的事，徐八道爷来的人多，家什也多，得套了车去接，后晌你派好人备下车马，明早一早去，不要误了时辰。"

薛奇昌说："韦家姑爷，你备好车马，明早还是我亲自去。请徐家道爷我去了两回，咱不差这一哆嗦。"

薛元昌没说啥。老弟兄俩出门去见陈长官。

陈专员正在薛元昌家里喝茶向火哩，薛强在地下伺候着。陈专员带的两个卫兵倘枪立正站在院子里。薛元昌、薛奇昌提心吊胆地进了屋门。薛元昌快步走上前，拉拉陈专员的手，连声地赔着不是，说年关了，家里烦心的事多，刚让高公做了法事，明天又有道士来做水陆道场，拉拉杂杂地说了家里一大堆事。陈专员很认真地听着，不时插话问薛五奶奶的病情，还对高高公做法事和徐八道爷做道场的事问了备细。陈专员问了高高公做法事求了什么神，徐八道士谢土和超度亡灵求哪路大仙。陈专员说起各路大仙头头是道。陈专员问薛元昌："我初来你们县，对于民情风俗没有深入的体察，虽然自小长在凉州，凉州距此百余里之遥，风俗虽有变化，估计也大不到哪里。不过俗话说，十里一风，五里一俗，就婚丧嫁娶而言，我们凉州城里乡里不同，城东城西各有讲究。就供奉的神像也是张家李家不同。张家崇佛，李家信道，不知这片山里信的是哪几路神仙？"薛元昌对哪路神似乎不甚明了，便嗫嚅道："我们是山野草民，对哪路神仙都是怕的，供奉烧纸都是祈求各路神仙不要降灾给我们。昨日个高高公在我老五家里做的法事，说是请了二郎神杨戬，带了他的哮天犬，降住了我们家一个屈死鬼。我们草民心里，只要神仙降了妖，降平安给我们，哪路神仙我们都愿供奉的。我们平时只知道天上有玉皇大帝、如来佛祖、观世音菩萨、王母娘娘、山神、土地神、阎王、财神，我们都敬。化缘的僧人道士，我们都施舍。钟馗、敬德、尉迟恭的像，我们都挂。"

陈专员呵呵一通笑，说："水陆道场一般是和尚做的法事，而你们却请的是道士。佛的事叫道士做了，道士干了和尚的活。你们心中到底是信佛还是信道？"

薛元昌难为情地摇摇头，苦笑道："我们请了高公道士，做法事，做道场，请佛还是请道，请什么神仙由高公道士说了算。他们念佛经，还是念道经，只能听人家的。他们念的啥经，我们听不清也听不懂，就见黄表纸上的符画得五麻六道的。"

陈专员哈哈大笑起来，说："不管是巫是佛还是道，只要虔诚就行，抓了鬼的是真仙，救了难的是真神，撅着沟子拜就是了！"

薛元昌、薛奇昌对着陈专员认真点头。薛元昌说："长官说得对对的，山里的草民谁知道哪个法力大，高公道士说拜谁，我们跪着磕头上香求着就是了。我们这片山里没有和尚，请和尚都不知道到哪请去，水陆道场从来就是道爷们在做嘛！"

陈专员转过话头说："今日个天气好，出来走走，信马由缰就走到薛掌柜家，一来是看看山里的首富人家是怎么置办年货的，二来是马上要开献策会了，想听听薛掌柜的想法，通知你们收到了吧？"

薛元昌从炕柜的抽屉里拿出了盖着县党部大印的通知，一连声地说："收到了，收到了。"薛元昌将通知拿给陈专员看。

陈专员扫了一眼说："收到就好，通知是我发的，你收起来吧，我是想知道薛掌柜有什么良策献给我们？"

薛元昌一个劲摇头说："陈长官，你说军国大事，一个山野草民能献出什么计策来。长官要草民干什么，咱是磨道里的驴，听吆喝就是了。"

陈专员对薛元昌说："蒋委员长讲的，战端一开，则地无分南北，年无分老幼，皆有守土抗战之责任，皆应抱定牺牲一切的决心。你说自家是草民，似乎与战事无关，这就轻轻地推掉了一个国民的责任。至于能不能对军国大事献出什么计策不重要，但却不能推掉一个国民的责任。国家的总体策略是全民抗战，全民抗战不是人人都上前线杀敌，咱这地方远离抗日前线，但我们应该为抗日出自己的力。咱们为抗日献不了策，但能为抗日有钱出钱，有力出力。像你们这样的大户，该带头为抗日出钱出力，我来见见薛掌柜，就是想让薛掌柜这样的大户带头为抗战献金，给这片山里做个样板。"

听了陈专员的话，薛元昌知道担心的事终于来了。薛元昌看看薛奇昌，薛奇昌也瞧着薛元昌。薛元昌只好对陈专员说："好我的陈长官哩，我们薛家因为老五前些年干的事大，在外浪下个大名声。其实老五走了后，家境也是一年一年落下来了。说是薛家，其实我爹去世前就分门立户了。我和这老三有些薄地，老二去中卫了，留下些田地，由我和老三种着。老四是个逛鬼，他的地还靠我们操心哩。我和老三还有子侄几个，全靠地里刨食吃，年年难得混个肚儿圆。老五活着的时候，做着军马草料的买卖，倒是有些银钱进账。老五死后，买卖断了，银钱自然就来得少了。加上老五留了个孽种，不务正业，不走正道，祸祸得家里鸡犬不宁。他妈就是他给折腾得只有一口气了，能不能过去这个年关还两说哩！"

陈专员端着茶碗，却不喝茶，他端详着茶碗，脸色慢慢地阴沉下来。薛元昌、薛奇昌心里惴惴不安，使劲地瞧着陈专员的脸。

半天，陈专员冷冷地笑了一声，说："听说你们老五家的少爷，在土门子的赌场，一夜就输掉两千银圆？"

薛元昌点点头，嗫嚅道："不成器的东西，着了别人的道儿。一夜祸祸掉半个家业。"陈专员依旧端详着手里的茶碗，嘴里似乎往外蹦字："一个娃儿，一夜能输掉两千银圆，即便是着了别人的道儿，再不成器，但你得有这两千银圆，没有大把的银子，再顽劣的儿子，他拿啥祸祸去！"

陈专员将茶碗放在桌子上，站起身，脸上挤出一点笑来，对薛元昌说："薛掌柜，过两天的献策会，山里的大佬们都看着你们薛家哩。我们也指望着你薛家带个好头。我不想对你失望，也不想大家闹得不愉快。你们家的事，你们商量去。抗日的大事，马虎不得，你们几个掌柜掂量轻重，咱们献策会上见。"陈专员说着抬脚要走。

薛元昌赶紧伸手拉着陈专员说："陈长官留步，好不容易贵足踏贱地，不管什么事，一顿饭要在老朽家吃哩嘛！"

陈专员恢复了他的和颜悦色，推开薛元昌伸出的胳膊说："薛掌柜，你家里忙着那么多的事，我只是随便转转，已经叨扰了。吃顿饭的事，往后推推，你薛家的饭总是要吃一顿的。"

陈专员坚决地出了门，带上两个卫兵走出了院子。薛家两个老弟兄赶忙地跟在后面，嘴里嘟囔着自己也听不明白的话。

陈专员回头拱拱手，带上两个卫兵，走了。

薛元昌怔怔地站在大门口，望着陈专员几个转过院墙，上了大路，越走越远。薛元昌回头看看站在大门外手足无措的薛奇昌，知道薛奇昌已吓着了，自己赶紧打起精神说："进屋吧，外面这冷的！"

薛奇昌默默地跟着薛元昌进了屋，薛强正在屋里笼火哩，薛元昌叫薛强给薛奇昌倒了茶。他脱鞋上了炕说："老三，你也上炕，咱们烤火喝茶，遇上事了，就想想这事咋过哩么，反正世上的事，斗大的麦子还得磨眼里下嘛。"

薛奇昌也脱了鞋，上炕盘腿坐定了，摸出自家的烟袋，装好了烟，对着火盆上哑起来，连着吐出几口浓烈的烟。

薛元昌说："这陈长官和我们掰扯了半日光景，到底要多少，还是没说出个准数。"

薛奇昌默默地咂着烟锅，半天了，嘴里嘟囔道："反正不是个小数。"

薛元昌看着六神无主的薛奇昌，知道薛奇昌也拿不出什么主意，就说："晚上我去见见陈长官，让他透个实底，完了再给薛驹妈说。人家要的银子多了，看我们能不能凑出来。"然后恨恨地说："薛驹这孽障，输了银子，还给人落下把柄，你一夜能输两千，家里不得有数万的银圆，你说没有，谁信！"

薛奇昌只是唉声叹气。

两个老弟兄愁肠百结，只能相对抽烟喝茶。

当天晚上，薛元昌去了趟蒲正席家。

薛元昌在蒲正席家见着了陈专员。

陈专员正在屋里对着油灯看书哩，见卫兵领了薛元昌进屋来，他收起书，赶紧笑容满面地请薛元昌落座。陈专员还叫卫兵给薛元昌倒了茶。自己从兜里掏出大半包哈德门的香烟，递一支到薛元昌手里，亲自端灯给薛元昌点了烟。薛元昌以前抽过机制的香烟，那是老五兄弟在时，老五招待人，他也拿一支陪着抽，只是觉得这烟没劲，应付一根两根的，仍抽他的旱烟。旱烟浓烈，够劲！

卫兵倒了茶，掀开厚厚的毡门帘出去了，转身关上了门。陈专员让了烟，又叫薛元昌喝茶，满脸都是亲切的笑，屋里笼着的炭火正旺，火盆边上放了一把陶茶壶，茶壶嘴正嗞嗞地往外冒着热气。陈专员问："薛掌柜怎么有空到我这里坐坐，你家不是正要做道场吗？"

薛元昌赶紧接上话说："谢陈长官关心，我家的道场是明日个做，今晚想来给长官讨个主意。"

陈专员问："薛掌柜讨的是哪门子的主意？"

薛元昌嗫嚅道："长官说要我在献策会上带个头，我思谋了半天，不知道这个头怎么个带法，只想求陈长官透个实底。其实我薛家的家境没有外面说的那么张扬。老五在的时候，确实挣了些钱，但钱都置了土地，盖了房子，摆在了明面上。外头看着光鲜得很，内里其实是空的。老五走了这几年，进项断了，可花的一分没少。陈长官要我薛家带头，本来也该我薛家带头。我知道带这个头要实实在在的银子。这银子是硬头货，我今夜来就是想请长官的示下，我薛家拿出多少银圆才算带了头？"

陈专员仍然满脸堆笑，他优雅地往一只碗里弹着烟灰，两眼盯着薛元昌渴求的目光，说："薛掌柜，你喝茶，咱们慢慢聊。要说在献策会上献金，是每一个国民的本分，为抗日救国救民献一份力量嘛，有钱的出钱，有力的出力。但人分九等，各个不同，在有的人呢，觉着抗日救国是大家的事，有钱也不想出，甚至呢不想多出，能不出就不出。所以呢，我觉得薛家家境殷实，在这片山里，口碑又极好，让薛家带个头，起个示范的作用。当然，献金是自愿，我们不能强迫，但对于救国救民的大事无动于衷，政府还是要采取些手段的。"

薛元昌眼巴巴地盯着陈专员的嘴，盼望着他能说出个具体的数字来，但陈专员说了一大段话，就没吐出一个数字来，最后竟说了一句威胁的话。

陈专员又给薛元昌续上一支烟，薛元昌机械地接了。陈专员又端过油灯，薛元昌木然地哑着了烟，望着陈专员喃喃地说："陈长官，你就给老汉透个实底，要我薛家带这个头，多少才算带了头？"

陈专员吸着烟，将目光从薛元昌的脸上移到房顶上，半天不说一句话。

薛元昌心怦怦地跳，喉结不住地动着，两眼死死地盯着陈专员的嘴巴。

陈专员慢慢地将目光移到薛元昌的脸上，抬手将烟蒂在碗里掐灭了，说："要说献金，本来政府是要求自愿的，牛出本身力，话出本人口嘛。现在是救亡图存的危急时刻，政府有政府的难处，国民要体谅政府的难处。如果国民只顾自家，不顾国家，政府就要采取一定的手段。当然，我说的手段肯定不是对薛掌柜，薛掌柜一定是深明大义的。"

陈专员不说话了，也拿两眼盯着薛元昌。薛元昌只好将目光怯懦地移开去，嘴里嗫嚅道："陈长官，你明说吧，只要我薛家能拿出来，我们绝不拂了陈长官的面子。"

陈专员又盯了薛元昌半天，慢慢地伸出两个指头问：

"这个数不多吧?"

薛元昌："两千?"

陈专员摇摇头说："两千，只够你家薛驹少爷一夜输的，你薛掌柜也不怕硌了牙!"

薛元昌张着嘴巴，说："那是?"

"两万。"陈专员嘴里蹦出两个字。

薛元昌应声道："两万啊?"他像遭了电击一样，身子在椅子上抖了起来，两只手抖得尤其厉害，夹着哈德门纸烟的手把正燃烧着的纸烟抖落在地上。他想弯腰捡起来，但抖着的身子怎么也弯不下去。陈专员从容地弯腰捡起烟来，递给薛元昌。薛元昌手还是一个劲地抖，接不住陈专员递上来的烟。

陈专员问："薛掌柜，你这是咋了，两万银圆就把你惊成这样了，你堂堂四岘四水的首富，不至于这样吧!"

薛元昌抖着的身子从椅子上跌落下来，一双膝盖不由自主地跪下去，嘴里喃喃地嘟囔道："好我的陈长官哩，银圆哪有用万算哩，你就是把四岘四水的人家全翻腾一遍，怕也凑不出上万的银圆呀!"

陈专员扯起薛元昌，将他按在椅子上说："薛掌柜，你坐好了，四岘四水人家没有，但你薛家有呀。你薛大掌柜没有，但你家薛五掌柜家有啊! 我说的是你们整个薛家。"

薛元昌人虽坐在椅子上，但仍然筛糠似的抖作一团，带着哭腔对陈专员说："我敢对天起誓，我家如有上万的银圆，天打五雷轰! 你陈长官派兵去搜，有了上万的银圆，你全拿走!"

陈专员将手按在薛元昌的肩头上说："薛掌柜你说差了，献金是自愿的，是一个国民对国家的救亡的一份责任。如果我派兵搜了，那和抢有什么区别，政府又不是土匪胡子，不合规矩嘛。如果薛掌柜真有难处，咱们打个对折如何？"

薛元昌依旧在椅子上抖个不停，嘴里绝望地说："陈长官，打个对折也是一万哪！"

陈专员依旧和颜悦色，但口气却斩钉截铁："一万，不能再少了！你想想，抗日战场上，多少儿男冲锋陷阵，流血牺牲，我们远离前线，出点钱财，总比丢了命好。"

薛元昌脸色惨白，满头爆出汗珠，嘴里语无伦次，哀号般地呢喃道："好我的陈长官哩，你要了我的命了，你是不让我过这年了，要了命了，要了命了……"

陈专员说："薛掌柜，你回去思谋思谋，再和几家人合计合计，我相信薛家一定有这份爱国心。"说着，陈专员上前拉开门，撩起毡门帘，对院子里喊道："王班长，你派两个兵，送薛掌柜回家去。"

王班长答应一声，领了两个兵过来，进屋对陈专员敬了礼，立正站在一边。陈专员对王班长说："王班长，薛掌柜年纪大了，身体略有不适，这天寒地冻的，你让这两个兵好生扶了薛掌柜，安全送老人家回家。"

王班长应了一声是，示意两个兵上前扶薛元昌。薛元昌还是瘫坐在椅子上。两个兵上前，一边一个搀了薛元昌。薛元昌实在站不起来，两个兵使劲将他架起来。薛元昌再没吭声，任两个兵丁架了走。


## 11

第二天，薛奇昌一早去了徐家湾，他让薛文套了自家木轱辘车，车由一头黑骡子拉着，他自己骑了一头驴。薛文赶着车，薛奇昌骑着驴跟在车后头。

徐家湾离得近，一个时辰就到了，徐八道爷的一队人马都集齐了，等薛奇昌父子俩哩。没有过多的盘桓，徐八道爷叫人往木轱辘车上装了他们的行头。行头就装在几个木箱子里。所谓行头，就是法器。法器如高公的服饰经卷，画符的朱砂笔，做纸货的刀剪器具，击鬼的麻鞭，还有就是吹拉弹奏敲打的乐器。几个箱子抬到木轱辘车上，薛文和小道士们将车上器物用绳子捆绑好了，一队人马出了徐家湾，向薛家水迤逦而行。徐八道爷坐在车辕上，薛奇昌依旧骑着毛驴，跟在木轱辘车后面。

不到一个时辰，一行人到了薛家水薛五奶奶家。薛家已安排徐八道爷一行住在下院。

徐八道爷一行在下院吃了晌午饭，接着，徐八道爷开始给众道士们派了活。先做纸活，纸活无非是招魂幡、香幡、稞幡、引魂幡。引魂幡分阳道幡、阴道幡，也称黄白幡。还要做杠箱<sup>①</sup>，做金锭银锞子，做童男童女。做纸活的道士在几个屋里铺排开来。徐八道爷的人马都是一人多技，鬼神扮得来，纸货如剪糊粘贴做得来，器乐如吹拉奏敲无所不会。除了做纸货，徐八道爷还安排三个人动起了乐器，一个敲锣，一个击鼓，一个吹唢呐。锣鼓唢呐声一响，也算昭告山里人，薛家要做法事道场了。对于旁人，只觉得有热闹看了。村里的孩子们闻声聚过来，在薛家门前集齐了。这时候，日头西斜了挂在天上，天边飘些淡淡的云彩，风不动则树不摇，日光照在人身上暖意融融。童心是好奇而且爱热闹的，山里的孩子本来就很少瞧到热闹，锣鼓声唢呐声的吸引力，那是无法抗拒的。虽然大多孩子穿着破衣烂衫，胆大的孩子窜进薛五奶奶家的下院看道士们做纸活，听道士们敲锣打鼓吹唢呐。他们才不管薛家有啥难怅事，他们瞧着热闹就高兴，就手舞足蹈。他们回家后将薛家的热闹告诉了家里的大人，告诉了没有去的小伙伴们。有些还跑去邻村告诉了亲戚和亲戚家的孩子，毕竟

---

① 杠箱，装金银元宝的家具。

这片山里一年难得有一次热闹。

听到锣鼓唢呐声，薛元昌知道徐八道爷一行到了，他也趸摸到下院，给徐八道爷道了安。然后转到各屋里看了看众道士做纸货，还拿着扎好的童男童女的骨架摆弄了一番，将杠箱里的元宝模子托在手上看一看，苦笑一笑说："唉，要是这东西能扎出真的来多好，省了人世上多少烦恼。"一个道士呵呵笑起来说："薛大爷，要是能扎出真的来，我们还放着年不过，跑出来干这营生。"

众人都笑起来。

薛元昌依旧苦笑道："你们见我家老三了没？"

有人告诉他，薛奇昌去上院了。

薛元昌转身到了上院，薛奇昌正在薛五奶奶屋子里说话呢。兰花告诉他，昨日个搬到上院，果然夜里的响动没有了。兰花还告诉她大爹，她妈流鼻血的次数越来越少了，昨日个到今晌午，竟然喝了一碗米汤，还吃了一小块馍。叫兰花吩咐厨房炖了一只鸡，她想喝鸡汤哩。薛奇昌听了心宽了许多。这时，菊花进来告诉薛奇昌，说她大爹来了，薛奇昌出了薛五奶奶屋子，进了堂屋。

菊花给薛元昌上了茶，薛元昌正端着茶碗喝哩。薛奇昌进了门问："大哥去下院了？"

薛元昌说："我听到锣鼓唢呐的声音，知道你们来了，就去转了一圈。又听菊花说，昨日个晚上，屋里的响动没了，她妈睡了个安稳觉，进的食也多了些，还说想喝鸡汤哩，看来是个好兆头！"

薛元昌脸上有了一丝舒展的笑。

薛奇昌脸上也露出了笑模样："早知这样，这个法事就该早做嘛！"

薛元昌说："人呢，都是走一步看一步的，不到逼急了，谁想到这呢。老二走时，不让我信这个。看来世上的事，活不老，经不了，有些事，真是不可不信，当然也不可全信。"

薛奇昌掏出烟袋，装上烟，打火吸了几口，问："哥昨日个去了陈长官那里，陈长官怎么说了？"

薛元昌长叹一声，愁云立刻堆上了脸。

薛奇昌眼巴巴地问："人家要多少?"

薛元昌说："人家一开口两万银圆，我都吓瘫了，跪着求他，人家打个对折，一万银圆死不松口。"

薛奇昌也惊住了，咬着烟嘴的嘴唇抖个不住，牙齿上下磕得咯咯响，半天哩，吐出一句："一万啊!"

"一万。"薛元昌说。

"杀人啊! 把咱这片山里地皮刮上三遍，能刮出一万银圆不能!"薛奇昌愤愤地说。

薛元昌说："你家后人一晚上输掉两千银圆，你没有几万银圆，谁信!"

薛奇昌依旧愤愤，骂道："这个天杀的，可咋办嘛!"

"咋办，我想了一夜，也没想出个办法来。本来这事得瞒着老五家的，叫她安心养病，可人家二十日开什么献策会。献个鬼的策! 就是要银子! 我们家这情形，不告诉她知道还不行。陈长官就是奔着老五家的家业，你说如何是好?"

薛奇昌也没什么主意，眼巴巴地看着薛元昌的脸。

薛元昌继续说："看来不告诉老五家的不行了，趁着她精神好些，还是得给她提一提，不过不能说重了，吓着了老五家的，再犯了病，麻烦就大了。"

薛奇昌默默地点点头，沉默一阵，说："要给老五家的说，还得早说，后天陈长官就要开会了。"

薛元昌说："就今明两天，瞅个老五家的精神好的时候，只能简要地给她说一说，但愿不要惊着了她。另外，你让薛玉再去请魏郎中，让他这两天来家里守上两天，好歹做完了道场。这两天肯定乱，老五家的别出什么纰漏!"

# 12

徐八道爷一队人马经半天半夜的忙乎，扎好了诸多纸活。幡六幅：招魂幡、引魂幡、香幡、稞幡、阴道幡、阳道幡。几对童男童女，纸人纸马，十几副杠箱。

第二天鸡叫两遍，薛家由韦三、秦州张三指挥着众人伺候徐八道爷一行用了早饭。徐八道爷装束起来，峨冠博带。其余道士皆穿黑色道袍。有的手执桃木剑，有的手执三清铃，有的手执天蓬尺，有的手捧令牌，有的背插令旗，也有持葫芦的。徐八道爷一手持铃，一手握镇坛木坐在一临时搭的台子上诵经，时不时摇得铃响。诵经到高潮处，拍得镇坛木响，时而单拍，时而连拍。拍响镇坛木时，众道士即随声高喝，威严雄壮。诵经间歇，锣鼓齐鸣，唢呐声高亢激越。

山民们还没有醒来，薛家的谢土道场开始了，锣鼓声、唢呐声在山间回荡。山间的路上开始有了行人，东西南北，大人小孩，男人女人，扶老携幼，都往四道岘子薛家水奔来。山里人一年难得瞧上一次热闹，听上一次锣鼓唢呐的声音。往年过年还能看上一次社火，由于战争，禁了娱乐活动。看一次法事道场，也差不多就是看了一场社火。

日头刚从东山露出头来，按照仪程，徐八道爷一行就到薛家水东南三里的土地庙进香谢土。队伍由徐八道爷执桃木剑领头，众道士各执法器随后，锣鼓唢呐乐器也随后，打的打，敲的敲，吹的吹。田野的乡民先到的尾随道士队伍。有些年轻人和孩子在道士队伍边上奔跑，后面还源源不断有人到来。

按照安排，秦州张三已经带人抬着猪头三牲到了土地庙，着人打扫了一遍土地庙里的垃圾，擦拭了土地爷身上的尘土，将土地爷面前的供桌拿清水洗了一遭，将猪头三牲放在供桌边，由徐八道爷亲手供上去。另外，还让人抬了十笼斋馍，供看热闹的乡邻充饥。

徐八道爷不疾不徐地走完了三里路，逶迤地来到了土地庙。由道士们将祭品递到徐八道爷手上。徐八道爷一脸庄重，接过每一件供品，虔诚地摆上香案，嘴里念念有词。摆完了供品，徐八道爷接过递上来的香，慢慢地燃着了，将香举过头顶，嘴里还是念念有词，深深地鞠下三个躬去，然后将香插在香案上的香炉里，而后双手合掌，双目紧闭，嘴唇急促地动着，诵着的经，也许只有土地爷才能听得明白。秦州张三领着的长工们，还有看热闹的山民们肯定是连一句也没听明白。这有什么要紧呢，谁也知道，这经不是念给他们听的。他们只看热闹罢了，他们的热闹就是锣鼓的叮叮咚咚，还有唢呐的呜哇呜哇。

徐八道爷诵完经，锣鼓打起来，唢呐吹起来。秦州张三领着薛家的长工给看热闹的山民们发斋馍。人马一涌过来，秦州张三用他的秦州话高喊要大伙不要挤，每人一个馍，这里不够，回薛家还有。霎时间，十笼馍一抢而光，有人嗷嗷叫着，嚷着，说是没拿到馍。秦州张三一连声喊，没馍的，回家领取，斋馍一定有，不会厚此薄彼。

拜谒土地庙法事毕，徐八道爷领众道士回到薛家。回程路上，依然是锣鼓叮咚，唢呐声高亢。一进薛家门，徐八道爷还是一手握铃，一手握镇坛木，诵经一刻时辰，歇息吃饭。

秦州张三领了几个长工，给看热闹的山民们发斋馍。薛增媳妇领了几个婆娘，在院外支起两口大铁锅，锅里熬了小米粥，舍给看热闹的山民们。院里院外人声鼎沸，好不热闹！

徐八道爷一行吃过午饭，号令一声，举行悬幡仪式。薛家早已安排的六个童男，举起了引魂幡、招魂幡、香幡、稞幡、阳道幡、阴道幡。徐八道爷一手持铜铃，一手握镇坛木，登高台号令，几个道士引六个男童，举着幡在院里院外绕了三周。鼓乐队又加了人，锣四面，鼓五架，唢呐六人，随幡敲打吹奏。徐八道爷诵经三遍方歇，将六个男童手里举着的幡插在院内的石墩上。六个石墩排在院门左右，插上幡，悬幡仪式结束。

接下来，徐八道爷在高台上诵经申文。申文就是表示请神。徐八道爷诵一遍经，将申文表章烧化数张。诵经烧纸毕，看样子已请得神仙数位，道士中的都公叫人上果品酒碟。徐八道爷在高台上接了果品酒碟，洒下几杯酒去，然后将几样果品往东西南北各扔几样，悬幡请神仪式毕。

接下来仪式是招亡灵。一道士将石墩上插的招魂幡送到高台上徐八道爷手里。徐八道爷起身接了幡，立定在高台上，嘴里诵着经，将招魂幡举在头顶，绕了数遍。然后一道士拿十余支蜡烛，在高台前排了两排，点着了，此为撒灯。亡魂招来，撒灯引路。魂之归来，徐八道爷便念礼忏经。礼忏经是替亡灵在神前忏悔，忏悔的当然是生前恶行。譬如坑害他人，偷鸡摸狗，欺男霸女，打爹骂娘。徐八道爷念经超度，请求神灵恕其罪过。招魂毕，徐八道爷递下招魂幡，自己下台来，将高台诵经的位子让给都公。都公是位次低于高公的道士，也会诵经。诵经时一如高公，装束依然峨冠博带，只是冠小了些，冠上系着的带子不是黄色，而是红色。都公诵经与高公一样，也是一手摇铃，一手持镇坛木，锣鼓、唢呐配合演奏。道士们还是各持所持之物，三清铃、桃木剑、天蓬尺，捧令牌，背插令旗，一字跪在高台前。高公诵经到一节点，众道士齐声喊一声。好像旧戏里的衙役陪州府老爷审堂，时不时喊一声"威武"一样。

诵经至日落西山，道士们收场吃饭。秦州张三仍然带人给看热闹的山民发斋馍。薛增媳妇等几个婆姨，已经煮了第二遍小米粥，看热闹的山民们有粥喝，有斋馍吃，自然不回家吃饭。他们要等着看夜里跑桥的道场哩。

所谓跑桥，就是在薛家的打麦场起四个檩条，檩条顶上安了四个木轱辘车轮。车轮的轴上系一条麻绳。麻绳由道士和薛家侄男拽着，道士领头跑起来，侄男们跟着也跑起来，拉着檩条顶上的车轮转起来。有些地方也叫转轮，大概喻人生轮回。

夜幕降临，暮色渐渐地吞没了群山，沉沉的夜色填满了沟壑。星星密密麻麻缀满天空。薛家的打麦场上燃起了松明火把。松明摆在麦场四周，火把则由薛家的长工们擎着。火把蘸了茶籽油，随风呼呼地响着，随着山风蹿出老高的火苗。几十支火把加上燃着的松明，将薛家周遭照得如同白昼。

时辰到，徐八道爷仍旧峨冠博带的装束，其余道士们也是装扮依旧。徐八道爷还是左手持铜铃，右手握镇坛木，神情威严地走进灯火通明的打麦场。打麦场上已搭好坐北向南的法台，徐八道爷由道士们搀扶着上了法台。法台上摆了一张八仙桌，八仙桌后摆了一张太师椅。徐八道爷在法台的椅子上坐定，俯视台下一遭，见台下四个檩条上安的转轮静静地立在打麦场上。打麦场边站了黑压压的人群。台下六个小伙子擎着六幅幡，一字儿站在台下。徐八道爷招呼让擎幡的六人上了法台，分两边站了。徐八道爷威风凛凛地摇了几下铜铃，右手举起镇坛木，在八仙桌上重重地击了一下，接着大喝一声，嘴里念出四句词来："行善积德总有缘，作恶无形鬼神谴，奈何桥上天地隔，恶善世间阴阳分。"徐八道爷念定，又摇铃数下，拍了三下镇坛木，嘴里开始诵经。诵经一刻时间，再拍镇坛木三下，然后宣布转轮开始。接着锣鼓齐鸣，六个唢呐手也吹奏起来。台下众道士和薛家侄男、外甥、女婿按序排列，纷纷走到轮下，拽起轮上的麻绳，依着唢呐的节奏，转起轮来。徐八道爷走下台来，一手摇铃，一头诵经，后面跟了一道士，双手端了一木盘，盘里放了几张黄表纸，每到一个转轮前，便烧化几张黄表纸，还要诵经祷告一番，替子侄后辈们念一番报恩经。无非父亲教养恩，母亲十月怀胎恩。然后让秦州张三带几个人端上施舍的斋馍，向众人四散抛撒。此时有道士喊，说斋馍抛撒后，抢到手的人不能全吃了，要留些馍渣渣给孤魂野鬼。抢到斋馍的人便掐点斋馍渣抛撒出去。没抢到的人瞪大眼睛，用足力气等着抢哩。这时，鼓点锣声唢呐声急促起来，转轮的道士、子侄们脚步也随着节奏跑起来。有跑得慢的被踏掉鞋的、踩了脚的，体弱的人跟不上节奏，被踏翻了，甩出了队列。周围看热闹的人哄笑起来。场上的气氛达到了高潮。秦州张三又关照执火把的人蘸清油。松明火把蘸了油，更加亮起来，火烧得更加热烈，发出噼里啪啦的声音。这时，残月从东山上升起，将腊月的清光洒向山峁沟壑。薛家打麦场上的转轮正热烈进行着，道场到了引魂阶段。亡人的魂招来了，经过念经超度，要将亡人引上奈何桥，超度亡人灵魂升天，免再遭地狱之苦。道士中一都公从转轮下拽出薛驹，将他拉到法台上，叫扛着引魂幡的长工将幡交到薛驹手上，令薛驹扛着引魂幡跪到台下。徐八道爷再次登台，坐在椅子上，左手摇铃，右手握镇坛木，念超度经，度亡灵走天仙神智人伦道，避地狱二鬼畜生门。薛驹朝徐八道爷跪着，两手攥定了引魂幡的杆子，神情木讷，引魂幡的彩条遮裹了他的上半身，人们看不到他的面目。徐八道爷诵一段经，拿镇坛木拍了一下桌子，喊一声："亡人上路！"一都公上前拉起薛驹，引导薛驹在法台上转了几圈，然后走下法台，跟着都公朝村西道上走去。两个长工打着火把在前面引路。徐八道爷紧随薛驹之后，摇铃诵经，锣鼓唢呐也敲打吹奏着跟了上来。看热闹的山民们有跟着道士队伍的，有在左右随着的，还有小孩跑在道士队伍前面，蹦蹦跳跳。拿桃木剑的道士上前制止小孩，不让他们超过扛引魂幡的薛驹。这时转轮的侄男甥婿都停了转轮，随着道士队伍后面，送亡灵去西天极乐世界。

出村西二里之遥，徐八道爷站在路口再次高声诵经，意在指引亡人脱离苦海，超度升天，去极乐世界。诵经毕，徐八道爷将一张黄表纸点燃了，抛向西方，随即锣鼓齐鸣，唢呐齐声吹奏。秦州张三领人抛撒斋饭，看热闹的山民围上来抢斋馍，场面又一次欢腾起来。

接下来，徐八道爷和众道士要诵经两天，超度亡人顺利升天，祷告诸神降平安吉祥给薛家。

做法事期间，薛家老老小小都忙里忙外。薛元昌起早贪黑地照顾里外，生怕出什么纰漏。凡是薛元昌到的地方，薛奇昌总是一次不落地跟在后面。薛开昌因为薛四奶奶到厨房帮忙，他反正没事，该吃饭了，打发自家女儿去端了来。他给薛四奶奶交代，每天要给他装一碗荤腥，什么猪肘子、丸子夹沙。薛大奶奶不让薛四奶奶为难，直接交代薛增媳妇，你弄好了给娃们，让娃们送给你四爹。薛增媳妇自然听婆婆的，不过有时多撒半把盐或者胡椒面，或者掺些煮过的花椒粒。有次让薛大奶奶看见了，薛大奶奶笑骂道："使啥坏哩，你当我没看见。"薛增媳妇狡辩："四爹口味重嘛，我就给放了点胡椒花椒。要使坏，我早放巴豆了！"

薛开昌吃饱了肚皮，就混在看热闹的山民中，张家长李家短地谝闲传。

薛元昌忙里忙外，但心里一直牵挂着明天陈长官要开的献策会，这似乎是一道鬼门关在等着他。他给薛奇昌说："明儿个就要去开会了，今日个怎么也瞅空子给老五家的说说人家要钱的事，你去找兰花问问，这两天她妈咋样了？"

薛奇昌去了上院。堂屋里，魏郎中正坐在椅子上喝茶哩。薛奇昌跟魏郎中寒暄一番后，魏郎中告诉薛奇昌，薛五奶奶的病已大有起色。鼻血已有五天不淌了，饭食也进得不少，不但每天能喝两碗鸡汤，还能早晚各吃一块鸡肉。病人能进食进肉，这就是要好的兆头。薛奇昌听了心下大喜，一连声地感谢魏郎中。魏郎中谦辞连连，但面露得色。

薛奇昌随即到薛五奶奶屋里，见薛五奶奶靠在被子上躺着，兰花、菊花偎在薛五奶奶左右给捶腿哩。见薛奇昌进来，她欠起身说："他三爹，你们操劳了，让我心里不安得很！"

薛奇昌见薛五奶奶面色仍然苍白，但已经好多了。他说："听魏郎中说，你这两天好了许多。不管怎么说，都是大好的事，你再狠了心扛一扛，说不定病慢慢就好起来了。魏郎中真是个好郎中，高高公、徐八道爷又给我们做了法事道场，不管医家、道家，我们都求，管用了就好。"

薛五奶奶叫兰花去给薛奇昌端茶，并问薛奇昌，说："他大爹这两天忙坏了吧，上了年纪了，得想着养身子骨。"

薛奇昌说："我一直陪他转哩，事都有侄男们撑着哩。我们只是操份子闲心，也累不着的。他让我来瞧瞧你，要是好些了，他有一件要紧的事商量哩，不知你身子扛住扛不住？"

薛五奶奶说："要紧的事，身子扛住扛不住也得说嘛！你叫他来，说个话的气力还有！"

兰花听了，便跑出院子找薛元昌。

薛元昌还在打麦场上，他见兰花叫，便随了兰花往上院走，边走边问兰花妈的病情。兰花将魏郎中的话学给薛元昌听，薛元昌听了心里稍稍宽解。兰花将薛元昌直接领到薛五奶奶卧房里，薛五奶奶由菊花帮衬着靠在炕里的被子上，腿上盖了一条毯子，手里抱着手炉，手炉冒着丝丝的青烟。见薛元昌进来，薛五奶奶欠欠身。薛元昌叫她不要动，他自己坐在椅子上，看看薛奇昌说："老五家的这气色是好多了。"薛奇昌说："能吃点饭食了。看来魏郎中还真行。高高公一夜法事，捉了冤鬼，屋里没了响动。徐八道爷这一场法事道场，看着都往好哩走嘛。"

薛五奶奶看着薛元昌说："他大爹，他三爹说，你有要紧的事说哩，不管啥事，你们也不必藏着掖着，自己心里难怅。有啥事你就说嘛！"

薛元昌接过兰花端上来的茶碗，对兰花、菊花说："兰花、菊花，你们先到外头待一会儿，我和你三爹跟你妈说个事，说毕了你们再来伺候。"

兰花、菊花转身出了门，还随手掩了屋门。

薛元昌将近两个月山里发生的事给薛五奶叙述了个大概，特别是上面来的陈长官一行要在山里建立保公所、甲公所的事。薛元昌讲得不清楚，薛五奶奶听得也不明白。薛五奶奶本来是一足不出户的小脚老太太，对什么保公所、甲公所的事，是越听越糊涂。还有什么抗日的事，更把薛五奶奶绕进了云里雾里。薛五奶奶越是听不明白，越是着急，就问："我就想知道，这伙山外来的什么长官，他要我们做啥事体？"

薛元昌讲了个口干舌燥，薛奇昌急得手足无措，倒是薛五奶奶一句话，既简单又明了，给薛元昌、薛奇昌解了难怅。薛元昌说："陈长官要我家拿钱哩，一张口就是两万银圆，我下跪求他，最后咬定一万不松口，万难之间，我们也顾不得你有病在身，只好照实相告。"

薛五奶奶默然良久，说："一万银圆，我家又不是银号，这么穷的山里，谁家能有一万银圆！"

薛元昌说："我也是这么说，可人家咬定薛驹一宿能输掉两千银圆，家里肯定有几万几十万不止哩！"

薛五奶奶痛心地皱着眉头："这个祸害，害死我们薛家了。"停了一会儿问："他大爹，银圆是硬头货，拿不出来就是拿不出来，他能要了人的命去？"

薛元昌说："他们能给你讲这个理？刘家岘子耷拉水的刘大佬、管大佬，开会迟了，跟陈长官犟了两句嘴，人家陈长官拿枪指着两个的脑袋，两声枪响，刘大佬、管大佬倒在地上。我都吓傻了，我以为给打死了，好在人家打死了刘大佬、管大佬的两条狗。两个大佬吓得屎尿一裤裆，我们是碰上明抢的土匪了。"

薛五奶奶听了没言声，只是将手炉把弄着。薛元昌、薛奇昌默默喝茶。屋里静得似乎落个针都能听见，三个人出气的声音清晰可辨。

最后，薛五奶奶叹口气说："他大爹、他三爹，这两年的事我也明白了，明白了就看淡了，爹娘的心在儿女上，儿女的心在石头上！钱财么，命里有时就有，命里没有，强求不来的。老人们说，命里不济，钱财就是磨河湾里置的河滩地，江上来的水上去。他们要的大洋我们拿不出，可我们还有田产家业、骡马牲畜，仓里还有粮食，折成银钱行不行？他大爹、他三爹，你们顶着一头的白发，总不能搭上老命！人过日子，穷是一天，富也是一天，只要是人平安了，比啥都强！就说我们这样人家，喝粥还是喝得上的。"说着薛五奶奶喊兰花进来，她叫兰花打炕柜的抽屉里拿出一串钥匙，薛五奶奶指着其中一把说："你和菊花去库房，取一个紫檀木的匣子。"

兰花提着钥匙去了一会儿，和菊花抬来一个紫檀木的匣子，放在桌子上。薛五奶奶又指着钥匙串上的一个钥匙，叫兰花打开箱子，箱子里装了一箱子地契。薛五奶奶说："他大爹、他三爹，银圆呢，这几年就没多少进项，反倒是流水般往外淌。你们弟弟留的钱还有五六千吧，全拿出来也不够，你们将这些地契拿了去，人家逼紧了，这些地契说不上能顶个事，放在这，何不解了人的难怅！谁死了，不攥两个空拳头！"

薛元昌默默地将箱子锁上说："老五家的，我们两个知道你的心了，不到万不得已，基业是不能卖的，你还是养好身子，我先去应付着看。"又对兰花说："你还是锁到库房里，用得着的时候，我再来拿。"

说罢，薛家两个老弟兄去了客厅，魏郎中还等着他们谝闲哩。

# 13

腊月二十的早晨在鸡鸣声里到来了，当然比鸡鸣声更加响亮的是这片山里亘古未有的军号声。北风飕飕地刮着，多数人还蜷缩在热炕上，只有男人们起来将牲口赶出圈去，让它们撒到漫山遍野。陈专员几个也早早地起来了。陈专员带着卫兵小张跑步，两人在清冷的晨风中，先到打麦场上跑了两圈，然后又拐上村里的土路，向村外跑去。陈专员一边跑一边解着外衣的扣子，他问小张："今天开会，不会有人迟到吧？"

小张有些微喘。他说："陈长官，不会的，我听蒲龙掌柜说，离得远的大佬们昨晚就到了，投宿在亲戚家。我估摸着，没人敢再迟到了。"

陈专员脸上露出得意的笑，也是边跑边说："我想也是的，枪真是个好东西！"

两个人沿着村边的路跑出有三里地去，然后折返身往回跑，虽然风还在起劲地刮，但两人头上已汗津津的。

陈专员跑操回来，见王班长正领着他的一班战士在打麦场上操练哩，口号喊得高亢嘹亮。蒲龙也刚从私塾回来，他告诉陈专员，私塾教室里的火盆已烧旺了，有两个大佬已到了。蒲龙还让长工在私塾里备了茶水，蒲龙忙前忙后招呼陈专员吃完饭，日头已从头沟岭上露出了脸。日头一出，风就慢慢地弱下去了。

　　陈专员几个吃完饭，到了私塾学堂。教室里，已经坐满了四岘四水的大佬们。院子里，王班长的两个兵在教室门两旁，挺着胸，两支枪上的刺刀擦得锃亮。陈专员走进教室，神情威严地坐上讲台的椅子，韩书记和蒲龙正在点名。韩书记照着发通知的名册点了一遍，蒲龙在边上核实。陈专员坐定后，韩书记便向陈专员汇报说："按照通知的名册对了一下，大户们全部到了，不差一人。"

　　陈专员扫视一遍教室里坐着的大佬们，满意地点点头开口道："各位掌柜，辛苦你们了，这寒冬腊月的天气，劳烦诸位了。陈某看来，大家对抗日大事态度是积极的，精神是可嘉的！我这里代表县政府、县党部谢谢大家了！"陈专员站起来，给大佬们深深地鞠了三个躬。韩书记立即拍响了巴掌，蒲龙也跟着拍起巴掌，教室里的大佬们学着韩书记和蒲龙的样，也拍响了巴掌，只是巴掌声稀稀拉拉的。陈专员摆了摆手，让巴掌声停下来，他仍坐到椅子上开口讲话。先是讲了抗日形势的严峻，说什么淞沪会战失败了，国都南京失守了，华北已被日本人占领了。国民政府迁都重庆，还在做全面的抵抗。接下来讲了全国已经动员起来了，要与日寇做殊死的战斗。最后说我们这里虽然远离抗日战场，但总是中华民国的一部分，绝不能置身事外，袖手旁观。每个人应该认识到自己的使命。所以今天请大家来开这个献策会，诸位对抗日有什么良策，都要毫无保留地讲出来，陈某人负责向上面报告。陈专员最后对韩书记说："韩书记，现在请诸位掌柜献出自己的策略，你负责记好了，会后整理出来，给党国报上去。"

　　诸位大佬面面相觑，心下思忖，抗日的军国大事，怎么能问山里的草民哩，总觉得怪怪的。大家都屏息凝神，教室里静得能听见人们的出气声。

沉寂良久，还是陈专员开了口："抗日大事，要诸位献策，我们这题目是否做大了？你们是不是在想，抗日大事是蒋委员长谋的事，诸位是不是觉得老虎吃天，无从下口呀！"陈专员呵呵笑了两声，好像是自嘲，大佬们也有人笑了。

陈专员接着说："既然咱们把题目说大了，那就往小里说。换句话说，我们在座的每位都是中华民国的国民吧，在外寇入侵、大敌当前、国家民族面临生死存亡的关头，我们每个国民应该尽到什么责任？大家可以想想，可以互相议论。等一会儿，薛掌柜，你是四岘四水的首富，你先给大家讲两句，说说你的想法。咱实话实说，要是日寇灭了中国，穷人可以拔腿就跑。可在座的大佬们，你们跑哪里去？跑出这个村子，你不能把庄园田地背了跑吧？所以，诸位大佬掌柜们，只有抗日，把日寇打跑了，诸位大佬掌柜们才能安生过日子，你的庄园还是你的庄园，你的田地牛羊骡马还是你的田地牛羊骡马。再往重里说，你的婆娘儿媳妇姑娘还是你的婆娘儿媳妇姑娘。抗日关乎在座诸位的切身利益，薛掌柜，你说我说得在不在理？"

薛元昌使劲地点头，说："陈长官，你说得句句在理。其实，大伙心里也明白你讲得句句在理。要说献策，陈长官你知道，我们能谋出个什么策，说句实话，我们不过是雨后的瞎嗡①一样的人，你说要我们给国家做什么，我们使出浑身的劲做就是了。"

诸位大佬低低地附和着薛元昌，教室里一片嗡嗡声。

陈专员递一个眼色给韩书记："韩书记，你给大家讲讲政府对国民的要求。"

韩书记从公文包里掏出一个笔记本，他翻了几页，拿出一支自来水笔在本子上划了划，抬头扫视一眼教室里坐着的大佬们说："各位

---

① 瞎嗡：雨后生的一种飞虫，据说没有视力。

掌柜,既然大家没有什么策献,我们就进行下一项会议议程。按照中央政府的要求,每个国民都要为抗日大计出力,所谓'地无分南北,年不分老幼,无论何人,皆有守土抗战之责任,皆应抱定牺牲一切之决心'。有鉴于此,虽然我们远离抗战前线,但都不能置身事外,免去自己的责任。"

这时候,陈专员在讲台上拍响了巴掌,而且喊一声:"讲得好!"

教室里又响起稀稀落落的巴掌声。

韩书记接着又讲:"每个国民的抗战责任,通俗了说,就是有钱出钱,有力出力。今天我们这些大佬,都是四岘四水的富户,算是有钱人,自然要为抗战出一份钱的力。等保公所、甲公所成立了,政府还要让全体国民出力,就是送我们的子弟去抗日前线,和日本鬼子拼杀。我们这个会呢,是献策会,大家说献不了策,那就改成献金会,望各位大佬为抗战献些钱物,支援前方打仗!"

韩书记望着陈专员说:"陈长官,我没讲错吧?"

陈专员说:"差不多就这样吧,现在请各位掌柜献金。咱们讲好了,献金是自愿的,政府不规定数目,但这家境如何,我们也掌握个人概。献金虽然是自愿的,但对那些不顾抗日大局的人,政府还是要有些手段的。"

山里的大佬们明白了,绕这么大一个圈子,原是奔着银子来的。众人都你看看我,我看看你,谁也不说话,教室里一下子冷了场。过一会儿,还是陈专员打破了僵局,说:"我知道,要大家腰里掏银子的事,一定不是什么好事,谁愿意把辛辛苦苦挣下的银子白拿出来。可国家遇到了外寇入侵,民族到了生死存亡的关头,我们不能袖手旁观。"陈专员将目光盯着薛元昌说:"薛掌柜,你刚才表了个态度,说要使出浑身的劲哩,这个态度就很好嘛。现在不再空嘴说空话,你带头给政府说个数,别的掌柜们就有个参考不是,毕竟你薛家是四岘四水的首户。"

薛元昌低了头,两手使劲地搓着,教室里并不怎么热,但他的额头上分明挂上了汗珠，满头花白的头发湿漉漉的。整个教室的大佬们目光齐刷刷地盯在他脸上。陈专员对薛元昌说："薛掌柜，你该没有太大的难处，四岘四水首屈一指的富户，这个头你是要带的，为了抗日，为了国家民族么。"

薛元昌仍然低着头，两手更使劲地搓着，嘴唇颤抖着，额头上几颗豆大的汗珠滚落下来，嘴里嗫嚅道："陈长官，捐么捐么，应该的应该的，你让我想想，你让我想想。"

陈专员紧逼一步："薛掌柜，你和家里人都商量了吧，我知道，你们薛家分家过日子已经多年了，但主事还是你嘛。今天这场面，你就痛快些，大家的眼睛可都盯着你哩。"

情急之下，薛元昌已是汗流满面，嘴唇也抖得更厉害了，甚至两个肩头也抖起来。韩书记端了半碗茶，上前递给薛元昌。薛元昌下意识地接过来，但两手抖得厉害，碗里的茶水洒出来，胸前衣裳湿了一片。薛元昌将茶碗放在面前的桌子上，似乎是憋足了气，喊了一声："陈长官，我们薛家捐两千银圆！"

陈专员面无表情，问了一声："两千？"

薛元昌使劲点点头，随了一句："两千。"

教室里大佬们发出一片惊叹声。

"两千！"

"到底是薛家，一张口就两千！"

面对大佬们的一片惊叹声，陈专员说："大佬们，一个四岘四水堂堂的首富，两千多吗？你们可知道，他家的薛驹少爷，在土门子赌场一夜就输掉两千袁大头。那是赌场，还是一夜的光景。我们今天是给抗日捐款献金，两千银圆只够薛家少爷赌一夜的。大佬们竟然啧啧称赞，你们当政府是要饭来的，你们家门口来了几个叫花子，扔两个馍就打发了！诸位把抗日大事看得还不如薛家少爷的一场赌！"陈专员对韩书记说："韩书记，看来抗日大事还没引起大佬们的重视，我看先让大佬们议一议。韩书记，我们先请薛掌柜到你的屋子里，你先和薛掌柜好好聊一聊，把现如今抗日的形势给好好讲一讲。"陈专员对蒲龙说："蒲龙，你还是准备些茶水馍馍，让大佬们充个饥。献金这事不急，我知道抗日前线战事紧急，我本就不打算过这个年的。不管怎么样，我们远离抗日前线，比起流血牺牲的将士，我们还是活在天堂里的。"

韩书记上前拽着薛元昌说："薛掌柜，你也听陈长官说了，你到我屋里去，咱们推心置腹地谝一谝。"

薛掌柜仍然抖着，怎么也站不起来，韩书记拽了薛元昌的胳膊，使劲拉起来。薛元昌一步一趔趄，去了韩书记的屋里。

陈专员又对蒲龙说："你和小张伺候着各位大佬，让大佬们好好议一议，议出个大概，你来告诉我。"说完陈专员穿好他的青丝布裹面的羊皮大氅，迈着落地有声的脚步，很有气势地出了教室，走了。

# 14

薛家的法事道场，前一日是个高潮，今天只是诵经。在诵经台上，徐八道爷和两都公轮流登台诵经，锣鼓也是隔个时辰敲打一阵，唢呐也是隔个时辰吹上一曲。山民们由于没有什么大热闹可看，只来了寥寥几个人，倒是孩子们能来的尽数来了，没热闹他们便凑出热闹。一大群娃娃在薛家院落周遭，玩起各种游戏。

吃过晌午饭，薛奇昌还不见薛元昌回来，他的心里便忐忑起来。他打发薛玉去私塾学堂里看。薛玉去了，见私塾门口站着两个士兵，肩上挎着步枪，挺胸昂首，笔直地站着，目视前方，旁若无人。薛玉凑到门口，向院里张望。一个卫兵摆摆手，示意他离开。薛玉忍不住问了一声："会还在开？"一个卫兵鼻子里哼一声。薛玉又问："啥时候开完？"一个卫兵摆摆手，表示不知道。另一个卫兵挥手示意他离开。薛玉只好转身回家，告诉薛奇昌，会还在开，卫兵守门，打听不到情况。薛奇昌心里更加焦急起来，他叮嘱韦三和几个侄男盯着家里的事，他自己去蒲正席家问个究竟。

蒲正席的正院让给陈专员一行，他家搬到另一院了。薛奇昌径直进了蒲正席家。蒲正席正在屋里向火哩，见薛奇昌来了，赶紧下炕迎接，让薛奇昌脱鞋上炕。薛奇昌客气一下，脱鞋上了炕，伸出双手向着火盆烤着。蒲正席问："家里做法事哩，咋还出来溜达哩，天寒地冻的。"

薛奇昌一边烤着火，一边说："我们老大早上出来开什么献策会，到现在还没回家，我来看看到底啥事体？"

蒲正席说："献什么策哩，山里的草民能知道个头南还是脑北。我听蒲龙说，陈长官要山里的富户捐抗日银子哩。你想，拿银子的事，能一时半会儿完了吗！"

薛奇昌摸出烟袋，装一锅子烟，对着火盆的火苗哑了一口，鼻子里嘴里冒出浓浓的烟来。薛奇昌对蒲正席说："心里不踏实，到底咋样了，想知道知道。"

蒲正席说："蒲龙早上出去，就没回来么，早先传过话来，要给大佬们备晌午饭哩，也就是抬两笼馍么。过年的馍已蒸好了，现成。又给烧了两桶茶，连馍带茶送过去了。"说着，蒲正席叫儿媳妇拿个杯子来，火盆上坐着茶壶，给薛奇昌倒了茶，还让儿媳妇端来一碟冰糖。蒲正席捡一块冰糖丢进薛奇昌的茶杯里，薛奇昌拿手略挡一挡，端起茶杯喝一口茶，嘴里仍衔着烟锅哑烟。

蒲正席见薛奇昌心神不宁，便下炕穿鞋，一头穿鞋一头说："老三，你在这喝茶吃烟，我去给你打探打探，事情进到哪一步了。"

薛奇昌求之不得，赶紧说："劳烦蒲老哥了，就你能进得去，我等着，我们一家人都急着哩，我在这等信。"

蒲正席出去了半个时辰，回来了。他上炕坐定后才说："老三，今天的会，就是捐银钱的事，大佬们都在学堂里关着哩。你们家老大现在我隔壁院里，陈长官叫韩书记跟他单独谈哩。听蒲龙说是叫你们薛家带头捐银子哩，你家老大捐了两千，陈长官说还没有你家薛驹少爷一夜输得多哩。这会你家老大正和人家掰扯哩，不多掏银子人家不依。"

薛奇昌叹一口气说："老大那天见陈长官了。陈长官一开口要我薛家捐两万银圆，后来咬定了一万，再不松口。你说蒲掌柜，我家老五前两年是发了些财，在外铺排的阵势那么大，外人以为薛家金银堆成山哩。其实，老五没了，家里进项断了，一个不成器的儿子里外祸祸，哪里还有上万的银圆！我家老大说，薛驹一夜输掉两千大洋，他们以为薛家肯定有几万几十万的银圆。我们薛家眼如下有一百张嘴也说不清，你说这不愁死人吗！自打陈长官说要一万银圆，我家老大就没睡过一个好觉，没吃过一顿好饭。你说这可咋办嘛！"

蒲正席也跟着叹气，说："真是难为你们老大了，顶着一头白毛，家里家里不安逸，外头外头又遇这事，真正愁死个人了！"

薛奇昌又呷口茶，在火盆上磕磕烟锅，收起烟袋说："我还回家等信吧，家里还有一大伙子做道场的道士哩。"

蒲正席也下炕，送出薛奇昌。

薛奇昌愁眉苦脸地走了。


## 15


冬天，虽然过了冬至，白天依旧短促，天很快黑下来，道爷们收了经，准备吃晚饭。晚上，还要诵夜经哩。薛奇昌陪着道士们吃了晚饭。自己只是胡乱地扒了两口，放下碗，嘱咐秦州张三、韦三，还有薛增几个弟兄，要他们好好照料着诵经，自己去了上院。魏郎中也刚吃过晚饭，薛奇昌便陪魏郎中有一搭没一搭地谝闲，心里老惦记着开会去的老大。

徐八道爷开始诵夜经了，薛元昌还不见回来。薛增去了四道岘子，回来说，各位大佬都让回去了，明天早上再来。他爹还在陈长官院里，门口两个士兵站岗，不让进，凶神恶煞的，弄不清楚陈长官要怎么着他爹。

薛五奶奶一天没见着薛元昌，她知道薛元昌一早就去了，问兰花，兰花说去了就没回来。薛五奶奶心里着急，不回来就不会有好事。兰花、菊花要铺炕让她睡觉，薛五奶奶说再等等，等她们大爹回来再睡。

徐八道爷已经诵过夜经了。夜已深，山风一阵紧似一阵吹过来，树梢发出呜呜的叫声。瓦蓝的碧空里缀满星星。一弯残月挂在天空，向朦胧的群山里泛着清冷的光。村落里万籁俱寂，只有偶尔传来的一两声狗吠，更加衬出了夜的寂静。

道士们睡了，魏郎中睡了，但是薛家合家都没有睡，他们在落寞中等着薛元昌归来。

兰花、菊花轮番地给油灯添油拨灯芯。薛五奶奶睁了两只眼睛盯着天花板出神，任兰花、菊花怎么催，她就一句话："我能睡着吗？"

薛奇昌在自家炕上抱着火盆，一锅子一锅子抽烟，不时地喝一口苦苦的茯茶。屋里烟雾弥漫，缭绕的烟雾笼罩着薛奇昌锁着的眉头。薛玉不时给火盆添炭，火盆里火苗蹿得老高，散发着热气。

薛玉问："爹，我再去蒲家看看。"

薛奇昌吐一口烟，说："薛增、薛强在蒲家门口候着哩，要来也就来了，你再去看看也行。"

薛玉转身出了门，趁朦胧的月光到了四道岘子蒲家。陈专员住的院门已关了，门口的两个卫兵也撤了岗。薛增、薛强袖着手，薛增猫腰蹲着，薛强就地转圈。薛玉问："大爹咋样了？"薛强说："刚刚蒲龙送一床被子进去，他出来说，爹今夜住韩书记屋里，有火盆还有热炕。炕是他媳妇烧的，人不受罪，只是不让回家。"

薛玉恼了，对薛增、薛强埋怨道："那你们在这里守个啥？替卫兵站岗呀，你们不知道家里人急死了吗！不知道回家报个信吗？"接着说："既然大爹没遭罪，我们又不能进去抢了人出来，站在寒风里干啥嘛，走，回家给大人们报个信，爹和五妈还睁着两眼等着大爹呢。"

薛增受了数落，很无奈，对薛玉说："你和薛强回去，我就在这儿等。说不定过会能放出来哩。"薛玉一把拽住薛增说："人家明明不会放人么，你等个啥嘛，回头冻出个好歹来，又添乱不是，咱们都回。"接着又问："蒲龙刚出来吗？"薛增哼一声。

薛玉说："那还没睡嘛，我去问问，问清楚了咱们再回。"

薛玉转到蒲龙家门口，拍了拍门。不一时，蒲龙出来开了门。薛玉问蒲龙："我大爹在里面遭没遭罪？"蒲龙说："没遭啥罪，就是不让回。我刚送床被子进去，他们要你大爹和韩书记睡一个炕。炕上有火盆，我婆娘后晌烧的炕，人不遭罪。陈长官和韩书记轮着给薛掌柜讲大道理。你们都回吧，这里有我哩，一有什么事，我抬脚就给你们送消息过去，你们在这寒冬腊月里，挨个什么冻嘛！"

薛玉给蒲龙鞠躬致谢，转身对薛增、薛强说："咱听蒲大哥的，回吧。"

薛玉、薛增、薛强趁着夜色回了家，薛奇昌似乎没动过窝，依旧坐在火盆边吃烟，火盆边上磕下了一大堆烟灰。薛玉几个进屋给薛奇昌说了备细。薛奇昌愣了半天，说："薛玉，你奔上院，给你五妈说说，就说没事的，让她安心睡觉。事情么，不往坏处想，明天就见个分晓哩，反正是捐款，又不是强行摊派，不会有大事的。"

薛玉转身出了门。薛奇昌叫薛增、薛强回家去睡觉，他也要睡觉哩。薛增、薛强走了。其实，薛奇昌只是打发掉两个侄子，他哪里能睡得着哩，仍然坐在火盆边，一锅子一锅子地吃烟。

薛玉到了上院，薛五奶奶仍然是睁了眼睛瞪着天花板。薛玉进到薛五奶奶屋里，尽量装出没事的样子，对薛五奶奶说："大爹没受罪，只是陈长官给说事哩。"薛玉将蒲龙的话又给薛五奶奶说一遍，薛玉说得轻描淡写，薛五奶奶依旧睁了两眼看着天花板，像是自言自语："有事没事的，一个庄子上住着，没啥事有啥事该让回家哩嘛。玉娃，你回去看着你爹，劝他想开些，遇啥坎咱薛家人要迈啥坎嘛。你大爹没遭罪就好，明天总归有个了结嘛！你走了，我也睡一会儿。"

薛玉知道他五妈是想支开他。她睁着的眼睛瞪那大，哪里就能睡着了。薛玉起身离开了，他回到家，他爹还是坐在火盆边上，满屋子烟雾缭绕。薛玉无话可劝，只是说他五妈还好，告诉他爹，五妈说明天就会有个了结的。薛奇昌不吭声，烟锅咂得吧嗒吧嗒响。薛玉只好将火盆里的火笼一笼，又添点炭，还给火盆上坐着的茶壶添上水，自己回屋睡了。

# 16

陈专员起得很早，韩书记听到陈专员门响，便一骨碌翻身起来，蹬上裤子，穿上衣裳，炕的一边，薛元昌正抱着被子坐着。韩书记问："薛掌柜，你醒得早啊？"

薛元昌说："眯了一会儿，睡不着嘛。"

韩书记说："薛掌柜，人要往开里想哩，国家遇到这么大的麻烦，我们国民就得想着分担嘛，可不能为银钱伤了自家的身子，划不来嘛！"

薛元昌带着哭腔说："好我的韩长官哩，我薛家实在拿不出上万的银圆嘛，要是真有那么多银圆，何必要长官们费神哩。我想了一夜，实在想不出个法子，韩长官，你看这样行不行：现大洋没有，我们拿财产顶行不？"

韩书记问："什么财产？"

薛元昌赶紧回答："财产么，你说，土地算不算财产？大牲口算不算财产？成仓的粮食算不算财产？土地的地契在家里，骡马牛羊在圈里，这些财产变成现银怕一时半会没法子，眼看年关到了，你能跟陈长官说说，能拿出的大洋年关前拿出来，拿不出来的我们年后立马变卖了补上行不行？"

韩书记看薛元昌一副可怜的样子，说："薛掌柜，那我去给陈长官汇报一下，看陈长官怎么说。"说着韩书记下炕穿了鞋，扎上腰带出门去了。薛元昌依旧偎着被子坐在炕上。

韩书记知道陈长官去跑操了，他出了院门，看见陈专员正带着卫兵小张在打麦场上跑步哩。王班长也带着一班士兵在打麦场上出操。晨风正起劲地吹着，刺得人脸生疼生疼。杨树、柳树木然地立在晨风中，随风摆动着枝丫。群星隐去了，启明星还挂在天上。遥远的漠北，天地之间一片苍茫。韩书记甩开两个膀子，跑步到打麦场上。陈专员带着卫兵小张，已拐上村里的路，向村外跑去。韩书记向陈专员追过去，与陈专员并肩跑起来。韩书记正要给陈专员说话，陈专员制止他说："先跑完了步，回屋里说。"韩书记便不吭声了，跟在陈专员后面，向村外跑了二里地，然后折回身，回到了屋里。韩书记一边给陈专员倒洗脸水，一边说："陈长官，看来薛掌柜实在拿不出一万现银圆。他说，他先认了账，年后卖地卖家产缴够一万，你看咋办？"

陈专员很疑惑，说："薛家那么大的财势，拿不出一万现银，这不是见鬼嘛！"

韩书记说："看薛掌柜那样子，似乎不像装的，如果能拿出来，他拿土地骡马顶啥，那东西，急着出手，怎么也得亏啊！"

陈专员在毛巾上打着胰子说："你可别看走了眼，让人出钱，如同拿刀在人家身上割肉。世界上，绝大多数人都把钱拴在腰子上，你要他的钱，相当于扯人家的腰子不是！咱不急，先让薛掌柜再住两天，等他一家人駒不住了，才能见分晓。变卖土地骡马的事，那是以后的事。"

韩书记说："还是长官高明，没有不爱钱的人，俗话说，舍命不舍财么。咱们再拘他几天，说不定真有个讲究哩！那么，其他大佬们让他们等着吗？"

陈专员擦着脸，好像是自言自语说："这事好比打仗，打仗哩就要攻山头，攻山头嘛，就看哪个山头是主阵地，攻下主阵地，其余不就好攻了。"

韩书记连声说："明白了，明白了。"说着转身回到了自己的屋。

薛元昌仍然拥着被子在炕上坐着。

韩书记没搭理薛元昌，他端起墙角的洗脸盆，出门打了半盆水回来，又将火盆上坐着的热水掺进脸盆，拿着毛巾，搓了胰子洗脸，然后舀一缸子水，挤了牙膏在牙刷上，出门到院里刷牙。薛掌柜说起来是个财主，洗脸从来没用过洋胰子，更不说刷牙了。他不理解，用牙膏刷出满嘴的白沫沫，人的嘴有那么脏吗，非要每天拿个毛刷刷刷吗？他只觉得好笑，只是苦笑着摇摇头，叹一口气。

韩书记刷完牙回到屋里，薛元昌憋不住，问："韩长官，你问了陈长官，陈长官怎么说？"

韩书记收拾好洗漱用具，半天才开口，说："薛掌柜，陈专员不相信你薛家这么大的财势，这么大的名声，竟然拿不出一万银圆，说给谁谁信哩！"

薛元昌一听急得满脸通红，语无伦次地说："好我的韩长官哩，我们薛家有现银，何必让长官们为难哩，有银圆我何必拿骡马土地顶哩，土地骡马不是钱吗？一时去变现，明着找亏哩嘛。你再跟陈长官说说，我薛家这两天家里还办着事哩，你们把我拘到这里，家里一摊子事咋办嘛！"

韩书记不为所动，口气轻松地说："薛掌柜，你可别说我们拘了你。陈长官说过，为了支援抗日，政府是有些手段的。要拘你薛掌柜，不是这么个拘法，火盆烤着，热炕睡着。要拘的话那该在冰房子里冻着，门上士兵拿枪把着。这是和你薛掌柜老人家商量哩嘛！"

薛元昌可怜兮兮地嘟哝道："我虽然在这睡着热炕烤着火，可家里一摊子事，没个主事的人，恐怕是乱成一团乱麻了。你给陈长官求个情，让我料理完了家里的事，再来陪着你们，就这么坐着，现大洋还是变不出来嘛！"

韩书记洗完了脸，又在脸盆里盛上水，对薛元昌说："薛掌柜，你下炕洗把脸。我刚找过陈长官，再去找，没啥意思。长官立马改变主意，怎么可能哩！"

薛元昌长叹一口气说："韩长官，家里急嘛。你想想，我在你这热炕睡着，火盆烤着，你这毕竟是官家的地方嘛，家里人心里不踏实嘛，家里还有个放命的病人，道爷们还做着法事哩！"

韩书记劝薛元昌说："你先安稳待着，吃些早饭，完了我再去找陈长官。你知道，陈长官是军人，脾气大着哩，我可不敢随便去触他的霉头。"

薛元昌发起呆来，韩书记催他洗脸吃饭，他突然拽过一个枕头，拿被子裹了身子捂了头，睡了过去。

薛奇昌巴不得天亮，他叫起薛玉，让薛玉赶紧去蒲龙家看看薛增爹怎么样了。薛玉赶紧去了蒲龙家。蒲龙家门口，薛增正袖了手，来回捯着跺脚哩，头上裹着一条羊毛围脖，看来已在严冬的寒风里冻了好一会儿了，鼻子里呼出的热气在围脖上结了霜，两个眼睛的睫毛也挂了霜。薛玉问："你来了多久了？"

薛增还在跺脚，牙巴骨不停地磕着，鼻涕眼泪搅在一块，说："天不亮我就来了。"薛增朝门口站的两个士兵努努嘴："我来时两个兵爷还没出来哩。"薛玉又问："见着大爹了？"薛增说："我来时，两个长官带一个兵出来跑步，跑回来就进院了，再没出来，我没敢进院，等蒲龙哩。这两个兵爷一出来，我更加进不去了。"

薛玉走上前，对站岗的士兵说："两位兵爷，我们来看看我家老人，请兵爷行个方便，给长官通报一声，家里有大事，要给老爷子言一声哩。"

卫兵冷冷地看着薛玉、薛增，其中一个士兵说："奉长官命令，任何人不得进院子，你们还是回去吧。"

薛玉说："我们就见一面嘛。我们家老爷子干啥了，出来开个会，咋就不让回家了？"

一个士兵说："你们老爷子干啥了，我们不知道，我们只是不让闲杂人等进院子，这是长官办公的地方，你们不得喧哗。"

薛玉还要与士兵理论，这时蒲龙正好来了。他拦住薛玉说："薛家兄弟，你莫着急，我进去看看，给长官求个情，好歹见一面。我知道你们家这两天事多，你和这两个兵爷吵不着嘛，长官说啥他们不得听啥。"

蒲龙安抚住了薛玉，转身进了院子。

薛增仍在袖着手，来回地跺脚。薛玉靠在墙边蹲下来，两只手捂了耳朵，寒风一个劲往脖子里灌。薛玉蹲了一会儿，也站起来跺起脚来，两手仍然捂着耳朵。薛增摘下自己的羊毛围脖，递给薛玉，让他暖暖耳朵。薛玉推开了说："我比你扛冻，你还自己用着。"

两人正推让哩，蒲龙出来了说："薛大爹正蒙头睡觉哩，你们先回，别在风里冻着，人没事，过两个时辰再来。我在这，有啥事我会照料的。"蒲龙又对薛玉说："这冷的天，你也不披件羊皮袄，小心冻掉耳朵。"

薛玉还要说什么，蒲龙摆手不让说，兄弟二人只好往家走。


# 17

兰花和菊花彻夜地陪着妈，薛五奶奶两眼只是盯着天花板。兰花困得不行，两只拳头空一下实一下给她妈捶腿，捶着捶着，便一歪头，睡过去了。薛五奶奶拽过被子给兰花盖了身子。菊花在一边呵欠连天，薛五奶奶叫菊花别硬撑着，盖上被子睡一会儿。菊花一歪头就睡着了。薛增、薛玉回来时，薛五奶奶依旧没闭过眼睛，兰花、菊花已醒来，揉着睡眼打着长长的哈欠。薛玉给他五妈讲了他大爹没事，他们去的时候正蒙头大睡哩。屋里有火盆，炕也烧得热，今儿个要接着开会，开完会才能回来。

薛五奶奶面无一点表情，半天了说："开会哩咋还蒙头大睡哩？你们编个谎都编不圆，到底有啥事，你们实话实说嘛！"

薛玉自己也觉得自个说了个瞎话，但蒲龙说的就是蒙头大睡哩嘛，一时没有话说了。

薛五奶奶从天花板上收回目光，两眼盯着薛玉："到底什么事情，你瞒着我老婆子干啥！人家就是要钱，是关了，是吊了，是打了，你照实说了，我心里也有个主张。"

薛玉赶紧说："五妈，我们刚刚去的蒲龙家，人家不让进。正好碰上蒲龙，蒲龙进去看了，出来给我们说，大爹蒙头睡觉哩，要我们回来，过两个时辰再去。今日个真的还开会哩，四岘四水的大佬们都没走，不开会还待着干啥哩嘛。"

薛五奶奶又将目光移到天花板上，胸脯急促地起伏起来。突然，一口血从嘴里鼻腔里喷了出来，被子上溅满了血，喷出来的血甚至溅到了炕下的地上。接着，血又从嘴里鼻腔里奔涌而出。兰花正端了一盆水进门，被她妈流血的场面惊着了，一盆水掉在地上，泼洒了一地。薛玉转身出门，跑过去叫魏郎中。魏郎中刚起床，还没洗脸哩，马上跟薛玉到薛五奶奶屋里。魏郎中看着薛五奶奶流血的摊场，叫了一声："咋回事，这是要血崩了呀！"他的药箱就在薛五奶奶屋里的八仙桌上，他赶紧打开药箱，拿出棉绳，顾不得躲避薛五奶奶喷出的血，拿棉绳就往薛五奶奶鼻腔里塞。两根棉绳塞进了薛五奶奶两个鼻孔，鼻孔里的血堵住了，血还是从嘴里喷涌而出。兰花端着盆子接上去，简直像勺子舀水一样，嘴里喷出的血马上盖住了脸盆底。魏郎中两手是血，对着薛五奶奶嘴里喷出米的血束手无策，嘴里不住地嚷嚷："咋这厉害的，咋这厉害的？这是要血崩了呀！"

薛五奶奶两个鼻孔让棉绳堵着，嘴里往外冒血，她只觉得心口堵得慌，两只手拼命地抓着胸口，攥着胸口上的衣裳，脸色渐渐发紫。她大张着嘴，吸了一口气，听得喉咙里咕噜咕噜响了两声，便没有了出的气，脸色迅速变得青紫，两只眼睛瞪得老大，拿手指着薛玉，嘴里断断续续说出几个字："拿钱去赎大……"话没说完，头一歪，没声了。魏郎中大声喊着，拍打着薛五奶奶的胸口。薛五奶奶嘴里仍然往外涌血，脸色紫得怕人，两只手在空中抓了几下，慢慢地不动了，垂下来，放在胸口上。两只手也是酱紫色的，头也从枕着的被子上垂下来，整个歪下去。嘴里的血顺着嘴角流出来，兰花端着的盆子差不多已淌了少半盆。

魏郎中又拍打拍打薛五奶奶的紫色的脸，见没动静，便给兰花、菊花还有薛玉说："人已经走了，赶紧告知你们薛家主事的，办理后事吧。"说着提了药箱，转身要走。兰花扑上去一把拽住魏郎中的胳膊喊道："魏郎中，你救救我妈。"魏郎中说："姑娘，医家医病医不了命，人已经走了，咋救都是枉然。"菊花吓得大哭起来，几个丫头也跟着号起来。魏郎中挣脱兰花的手，转身提着药箱出了门。女娃们的哭声大作起来。隔壁屋里，薛驹听到哭声，赶紧地过到他妈屋里，见他妈歪倒在一边，他跳上炕，不顾血污，两手摇着他妈的双臂，嘴里喊道："妈，你怎么了，你醒醒呀。"见他妈依旧大睁着双眼，一动不动。薛驹喊："魏郎中哩，咋不叫魏郎中哩？"薛玉说："魏郎中刚出了门，说人没救了，叫我们告诉老人们，给五妈办后事哩。"薛驹吼起来："我家花了银钱，请他来是要把人治死呀！"说着转身出门去找魏郎中。客厅里、卧室里，魏郎中都不在。薛驹发了疯似的喊着魏郎中，看门的长工告诉薛驹，魏郎中已背着药箱出了门。薛驹吼道："快去追呀，人还没断气，他郎中倒跑了！"薛驹和长工都出了门，朝西边的大路上追过去，追出一里地，不见魏郎中的影子。长工说："他不会走远呀，才出的门，怎么就不见了人影！"

　　薛驹跑上一个山包向西望去，路上没有人。

　　其实魏郎中知道，薛家的人肯定会追他。他出门后，急急忙忙朝东走了。薛家的人肯定想不到他会朝东走。魏郎中下到碴子沟，行了两三里路后，拐进了一个叫大雁坡的路上，然后朝着西面通县城的另一条路向西走了。

　　薛驹追不着魏郎中，回到家，家里已是哭声一片。听到动静，薛家的老一辈薛奇昌、薛大奶奶、薛三奶奶、薛开昌和薛四奶奶，薛增、薛强、薛文、薛武、几个媳妇还有薛开昌的两个丫头都来了。女的见了死人，都不管不顾地放开喉咙大号起来。薛奇昌挼着指头，嘴里不住地说："咋就走了哩，这可咋办吗？"

　　薛玉拉着他爹进了客厅，同时又叫了薛增、薛强，薛玉对几个说："人死了，咱几个给大爹报丧去，看他陈长官咋办哩，难道家里死了人，还不放人发丧吗？"

薛奇昌本来就是个没主意的人，听儿子一说，觉得也在理。薛开昌也进了堂屋，听薛玉一说，先自告奋勇说，他领了人去，不放人就死给他看。薛奇昌对薛开昌说："老四，你安稳些，家里出了这么大的事，靠闹能平了事吗？还是几个娃去，报了丧，看他们能不能放人再说。"

薛奇昌安排薛增、薛强、薛玉几个去蒲家大院报丧，自己去找徐八道爷。听到上院的哭声，徐八道爷一干人知道薛家可能出了事，正准备收拾行头走哩，薛奇昌来了，告诉他们薛五奶奶没了，求徐八道爷不要走了，接着给薛五奶奶发丧。

徐八道爷就是干这营生的，顺水的买卖，自然半推半就地应了下来。薛奇昌打发人叫来秦州张三，要秦州张三按徐八道爷的要求，马上去采买物品。

薛增、薛强、薛玉从徐八道爷处要了三件孝袍，还让道士给糊了几个丧棒，三人手里提了丧棒，大哭着去了蒲家大院。到了蒲家大院门口，见两个士兵仍在持枪站岗。

薛增等三兄弟扛着丧棒跪在蒲家门前，三人扯着喉咙，大放悲声。院子里听到哭声，蒲龙先跑了出来，见是薛家三兄弟，穿着孝服，系着麻辫，扛着丧棒，一看就明白，薛家死了人。蒲龙拉住薛增问："你先别哭了，说说谁没了？"薛增哽哽咽咽地回答："五妈淌鼻血淌死了，刚刚咽了气，我们兄弟来给爹报丧。"说着，三个弟兄更加大声地号起来。

蒲龙即刻转身进了院子，小跑着进了陈专员的屋。他对陈专员说："陈长官，薛家的薛五奶奶刚刚没了，薛家的三个兄弟扛着丧棒来报丧哩。"

陈专员问："咋死的？"

蒲龙说："听薛家人说是淌鼻血淌死的。"

陈专员又问："淌个鼻血能把人淌死？"

蒲龙答："薛五奶奶淌鼻血很长日子了，说是儿子薛驹在土门子赌场里输了两千大洋，老太太急火攻心，淌开了鼻血，时好时坏的。请了县城有名的魏郎中上门瞧哩，不知咋就没了，连个年都过不去。"

陈专员给蒲龙说："你去看看薛掌柜，叫他到我屋子里来。人家死了人，再拘着他，似乎常理上过不去，捐资抗日是自愿的事，倒弄成我们逼死了人。"

蒲龙转身出去，进了韩书记的屋，见薛元昌又拥着被子坐在炕上。蒲龙说："薛掌柜，陈长官请你过去哩，刚刚薛增几个戴着孝来报丧，说你们家五奶奶没了。"

薛元昌忽地掀开被子站起身，跳下炕，一边穿鞋一边问："院子外哭的是我们家的人？"

蒲龙说："是薛增、薛玉几个弟兄，还戴着孝哩。你先稳住些，到陈长官屋里说话。"

薛元昌穿好鞋，跟蒲龙进了陈专员的屋。陈专员上前拉着薛元昌的手说："薛掌柜，你们家薛驹的妈没了，本人心里很难过，还望薛掌柜节哀顺变！我们留住你，是为了国家抗日的大事，可你家死了人，对于一个家庭，却是人死为大，两相权衡，薛掌柜家的事不是小事。我们祖上历来以孝治天下，为死者治孝发丧该排首位，薛掌柜主事一家，不能缺了位。我思谋半天，还是放薛掌柜回家治丧。捐献的事，就按薛掌柜所言，先交部分现银，余下的用财产筹措。我们呢，就给四岘四水的大佬们公布个数字，我们好做大佬们的工作。马上过年了，诸事凑到一起，大家都是没办法，国家有国家的难处，外寇入侵，山河破碎；老百姓有老百姓的难处，年关了，还死了人。丧要发，死了的人要入土为安，咱就尽着要紧的事办，薛掌柜你看这么办如何？"

薛元昌木然地点点头，说："就按陈长官说的办嘛，这两天我一直就这么个意思，陈长官不许嘛。"

陈专员笑一笑没说话。蒲龙上前拽着薛元昌的胳膊说："薛掌柜，陈长官发话了，你就赶紧去吧，家里人还等着你主事哩。"

薛元昌被蒲龙拽出了陈专员的屋。他回韩书记屋里，穿了羊皮袄，急急地出了蒲龙家门，薛增几个弟兄接着，搀着薛元昌回到了家。

趁着薛五奶奶还有体温，身子还未变硬，薛家几位奶奶赶紧给薛五奶奶擦洗身上污物，穿老衣。韦三指挥着众人在堂屋里设灵堂。秦州张三已带人去了土门子，采办治丧应用之物。薛元昌四人回到家，与薛奇昌、薛开昌略作商量，又安排薛强、薛武分头去亲戚家报丧。第一个先去的是薛五奶奶的娘家，华儿岭南面黄羊川的贾家。其次再是薛家的表亲姨亲，七大姑八大姨，东南西北的列了名单。薛强弟兄几个分头去了，又派了薛增去土门子。要在土门子找到先去采办的秦州张三，在棺材铺定棺木，棺材规格还按薛五佬棺材的规格，有棺有椁。另派一长工去县城，请黄画师来画棺椁。薛大奶奶指挥着薛增媳妇几个给薛驹赶制了一件孝袍，也给薛家众后人先缝了孝帽，女的缝了孝帕，织了麻辫，众子女先戴了孝。堂屋做灵堂，众人将薛五奶奶尸体移进灵堂。薛驹跪在边上守灵。灵堂里摆了香案，点了蜡烛，摆了孝盆。孝盆边上摞了几沓黄表纸。徐八道爷做道场的黄表纸还剩得有。薛驹按要求，往孝盆里烧纸。正在安排诸事的时候，院外传来哭声，薛增媳妇和兰花顶着孝帕迎了出去。原来是绒花接到韦三打发人送了信，赶了过来，在路上大放悲声，恓恓惶惶一路哭来。薛增媳妇和兰花迎了绒花，哭着进了院门。绒花哭着扑向灵堂，声嘶力竭，拍地打胸，薛增媳妇怕绒花头撞灵堂，自己不哭了，抱住绒花劝慰。薛家其他后辈女眷都顶着孝帕围过来，院子里哭成一片。闻讯过来帮忙的邻家女眷也都围过来，帮着拉起哭喊的薛家女眷，有的拽着胳膊，有的抱了腰，折腾半个时辰，哭着的女眷们才住了声，仍然一片抽泣声。绒花神情懵懵懂懂，被人抬到薛五奶奶炕上，依旧抽泣不已，涕泪交流。

日已过午，阳光照得地上暖意融融。薛家设好了薛五奶奶的灵堂。四道岘子薛家水的乡邻们纷纷地来了。最先来的是韦三的爹韦黔，接到韦三的信，绒花一离开，韦黔就让儿子韦二牵驴驮了韦二他妈，赶紧地跟过来。韦黔带着老伴、儿子韦二在薛五奶奶灵前烧了纸，磕了头。薛大奶奶几个老妯娌过来劝得韦家女亲家住了哭，让到厢房里坐着，丫头们上了茶。接着，蒲家大佬带了蒲龙来了。私塾的郜先生来了。众人拈香烧纸后，郜先生便到下院徐八道爷处帮着写挽联，写条幅，还写了一个大大的"奠"字，亲自贴到灵堂的正面墙上。灵堂两面贴了一副挽联：

蝶化竟成辞世梦，绮阁风寒伤心鹤唳；
鹤鸣犹作步虚声，兰阶月冷泣血萱花。

"奠"字两旁悬一联：

烛剪西窗梅残东阁花凝泪痕水放悲声；
情怀旧雨泪洒凄凉梅含孝意柳动倭情。

四道岘子薛家水近百户人家，听到薛五奶奶没了，纷纷地都来祭拜。一时薛家大院人声鼎沸，出出进进络绎不绝，灵堂前跪拜烧纸的一拨又一拨。按乡俗，灵前跪拜烧纸者都是男人，女眷除了内亲，其他邻里女眷只是到厨下帮忙。

蒲家大佬和蒲龙在灵堂烧了纸，打算离开。薛元昌执着蒲正席的手，让蒲正席父子二人进屋喝茶，说他有重要的话说。蒲正席父子只好跟薛元昌进了屋，薛元昌一面叫人上茶，一面还是执着蒲正席的手说："蒲老兄，你看就过年关了，家里遇了丧事，里外乱成一团麻了。过去人家红白喜事，都是蒲龙主持，现如今我家这事，你看让谁主持？蒲龙已有了官身，随时听候陈长官差遣，没有个主持的人咋办吗？不管如何，求蒲老兄荐个人主持一下。"

蒲正席喝着茶，思谋一下，说："薛大掌柜说的是，蒲龙眼下跟着陈长官办官差，身不由己，做主持一定误事，但一下子又想不起个人来。这样吧，我就倚老卖老，和韦三他爹一起喊叫喊叫。蒲龙一有空，也来凑个数。反正办丧事，千百年的规矩，我年轻时不也做过百十家的大东，大规矩在哩，薛掌柜你看行不行？"

薛元昌一听，脸上露出难得的笑脸，说："还是蒲老兄考虑得周全，由你出马，加上韦三他爹，多大的事办不了，我这厢有礼了。"说着深深地鞠下一躬去。

蒲龙拉着薛元昌到旁边一屋里，对薛元昌说："薛大爹，我来时陈长官叮咛说，你家先拿现洋五千，明日个开会要摆在台面上，叫开会的大佬们看呢，他叫我顺便靠实了这事，钱怎么拿过去？"

薛元昌问："这就要拿过去？"

蒲龙看着薛元昌的脸说："陈长官就是这意思。"

薛元昌说："薛驹妈活着的时候，我们商量过了，这事料定拖不过去，为了让死者平平顺顺地上路，我说的五千银圆现在就交出去。你少坐喝会茶，我得问问兰花，她妈咽气时我不在边上。"说罢薛元昌转身出去了，他叫了兰花和薛玉，说了陈专员要钱的事。兰花掀起衣襟，拿出拴在腰里的一串钥匙说："妈自打大爹去开什么会，就让我数好了五千银圆，装好在一个箱子里，说是要我交给三爹去赎大爹哩。"说着将钥匙递到薛元昌手上。薛元昌接了钥匙又给薛玉说："你叫几个人，跟兰花抬了箱子来，再叫上薛增，跟蒲龙去他家见陈长官，要让陈长官给个收钱的条子。"

薛玉叫了几个人，和兰花去了库房，抬了装银圆的箱子，一起到蒲龙处说："薛驹妈走前已把现洋都装在这箱子里。"

薛元昌叫薛玉打开箱子。箱子里整整齐齐码着封好的银圆。薛玉一封一封取出来，码到桌子上。蒲龙点了两遍，确定五千银圆无误，便让薛玉放回箱子里，码好了，锁上箱子。蒲龙带薛玉去见陈专员。薛元昌送出门，一直叮嘱蒲龙和薛玉，一定要陈长官给个字据。

腊月二十二，清晨，鸡鸣过头遍后，军号声迎着晨曦响起。接着王班长带着士兵早操的口号声在四道岘子薛家水响起来。东方一片鱼肚白，光芒扯去了在群山上罩着的纱。极寒的天气，连狗都封上了嘴巴，鸡鸣声里，似乎听不到狗的叫声。薛家丧事上的唢呐声倒是时断时续地传过来，还有给亡人送饭的女眷们的哭声。

昨晚，陈专员在收到薛玉送来的一箱子大洋后，他立即让蒲龙几个分头通知了在薛家水等待的四岘四水的大佬们。

私塾的教室里，一盆火烧得正旺，日头从东山露出头来，大佬们已悄悄地坐进了教室。陈专员和韩书记是最早进的教室。教室讲台的桌子上摆了一个箱子，那是薛元昌捐的装银圆的箱子。箱子下面压了一条幅。条幅上写着：薛家为抗日捐银一万元。

陆续进教室的大佬们，第一个看到的就是箱子和箱子下面压着的条幅，每个人都倒吸一口冷气，有的惊得叫出声来："一万，我的个老天爷呀，薛家真有钱呀！"

韩书记对陈专员说："陈长官，人到齐了，今日个没迟到的。"

陈专员咳嗽一声，清清喉咙说："诸位大佬，让你们久等了，十分抱歉。过了今日个，明日个就是小年了，家家都要打发灶君上天了。灶君都要上天了，我们大佬们却回不了家，大佬们莫要怪我，要怪就怪那可恶的日本鬼子，是他们不叫我们过年。时间紧迫，我们废话就不多说了，我们这次来四岘四水的山里，就是为抗日筹款，大佬们知道，打仗是要花钱的，钱从哪里来？国家只能靠老百姓嘛。在座的诸位都责无旁贷，这就叫有钱的出钱。过了年，我们还要征兵，叫有力的出力。"

陈专员拍拍桌子上的箱子，又将箱子上压的条幅抽出来，在大佬们面前展示一下，说："这是四岘四水的首富薛家慷慨解囊，捐银圆一万，实属精神可嘉！薛家昨日个死了薛五奶奶，家族遭此大难，一边发丧，还一边为国捐款，敝人实在是感激莫名！"

陈专员站起身，摘下帽子，转身朝薛家的方向深深鞠下三个躬去，然后说："在此我祝愿薛五老太太灵魂升天！"

陈专员没坐下，而是将手插在裤兜里，在教室的讲台上踱着步子，说："各位大佬，我们远离前线，日子还是按部就班，该干啥干啥，但我们不能忘了前线浴血奋战的同胞。我们要拿出我们的行动。薛家做出了榜样，我们可不能落后呀！"陈专员对韩书记说："大家议一议，每个人报个捐款的数目，韩书记你登记一下，现大洋谁能带在身上，还得回家去取，这一来一回的，看来这个年我们是别想过了。"

陈专员说完，双手向大佬们拱一拱，转身出了教室，走了。

# 18

薛五奶奶的丧事自是按规矩进行，先是着人分头去报丧，表亲姑舅姨，十里八乡的都请到了。第二个日子起，奔丧的男女亲戚都陆续来了，女眷们四面八方来，哭声就四面八方起。南面薛五奶奶的娘家来了，薛家的女眷分了好几拨，派一拨人哭着迎出去，接回来，在灵前哭奠一番，给人拉起来，收了哭声的女眷仍是呜呜咽咽，互相劝慰着安静下来。接下来薛家女眷将准备好的孝帕分发给来的女眷，来的女眷便加入了哭丧的队伍。东面姑妈家女眷哭丧的来了，几个女眷戴了孝帕迎出去接回来，哭奠一番，还是给人拉起来，收了哭，也还是呜呜咽咽，还是互相劝慰着安静下来，戴了薛家备好的孝帕。接下来，西面北面奔丧的女眷们又来了，有姑有姨有上辈亲戚，薛家的女眷还是哭迎哭接，前面来的女眷也加进了迎接哭丧的队伍。在四峡四水这片山里，哭丧是有讲究的，总结出一句话：儿哭财，女哭泪，媳妇过的叮当会。就是说：儿子心疼钱财才哭，不是真正哭亡人；女儿的泪是真的，没有了父母的关爱，哭出的泪是真情的泪；儿媳妇对亡人无所谓，只是听着锣鼓唢呐的响声，图个热闹罢了。不管如何，像薛家这样的大家族，亲朋众多，哭丧的人数自然少不了。

秦州张三自薛五奶奶咽气便去采办发丧的东西，连夜运了来。徐八道爷收了道场，又做发丧的事。不外先做纸活，高公、都公早晚诵经，锣鼓唢呐时时敲打吹奏。因为年关已近，徐八道爷将出殡吉日算定在腊月二十五。按说，薛五奶奶这样身份的亡人，发丧怎么也得十余日，可徐八道爷算定了腊月二十五是最吉之日，腊月三十之前，再无吉日。薛家无奈，又不能将丧事拖过年去，只能听徐八道爷的。按腊月二十五的日子，薛家在第三日便催棺材铺将棺椁送了来。黄画师也到了，连夜秉烛画棺材画椁。因为当年薛五佬棺材画龙的纷争之事，这次薛元昌请郜先生与黄画师商量，以不逾制为准。黄画师与郜先生商定棺材两侧画螭虎，即龙身鼠爪，棺材打底白色，材头画亭台楼阁，材尾画鱼戏莲花。

　　由于发丧日子短促，徐八道爷缩减了发丧的程序。蒲正席亦按徐八道爷定的腊月二十五，排了日程，做到了忙而不乱。到了腊月二十五，薛五奶奶的棺椁顺利地抬到锅底湾坟里，在薛五佬穴边安葬入土。

　　薛家姊妹里，最悲痛的是绒花、兰花、菊花。几天里，三个姐妹几乎是水米不沾牙，整日以泪洗面，兰花、菊花更是哭晕过去多次。绒花要照顾两个妹妹，便强忍着悲痛，时时地护着两个妹妹。薛驹则是神情木讷，穿个宁夏滩羊皮大氅，套了孝服，白天黑夜守在灵堂，拄个丧棒，见来烧纸祭奠的便磕下三个头去，叫吃便吃，叫喝便喝，实在困了，歪倒在灵堂铺的麦草上睡一会儿。到薛五奶奶棺木入土，坟头攒出来时，他突然哇的一声大哭起来。按规矩，孝子在坟头是不能哭的，可他不管不顾，大放悲声。几个亲戚只好将他架起来，拖到了坟地外面的路上。薛驹在路上打着滚地哭起来，其声如牛吼，泪如泉涌，人们怎么劝都劝不住。亲戚们只好架了他往家走。薛驹哭得更加声嘶力竭，哭着哭着，竟然晕了过去，众人赶紧将他抬回家里，又是掐人中又是撬开嘴灌汤，折腾了半天，他才呼出一口气，睁开眼睛，又呜呜咽咽地哭起来。

　　年关相逼，亲戚们都纷纷地告辞走了。徐八道爷也收拾好了行头，和薛元昌、薛奇昌算了做法事道场和发丧的酬金，薛文套车送众道士回了徐家湾。

薛家静下来了，门前的树上又来了许多鸟，它们在枝头跳跃着，叽叽喳喳地叫着。

# 19

在私塾的学堂里，四岘四水的大佬们整整待了一天。自陈专员走后，大佬们坐在教室的凳子上，你看看我，我看看你，面面相觑，谁也不吱一声。韩书记在教室的讲台上、课桌的过道里来回踱步，神情严肃，只有他的脚步声盖住了大佬们的呼吸声。

韩书记在教室里转了有多少个圈子，自己也没数。他知道这是和大佬们意志的较量，他知道这些大佬谁都不张嘴说第一句话。其实，大佬们真不知道怎么说，面对着讲台上的一箱银圆和"薛家为抗日捐银一万元"的条幅，他们真难以启齿。自家的家底自家清楚，有的大佬怕连一千都拿不出。山里的产出就是庄稼，收成好时，一年搅和下来，余个十石八石，甚至三五十石，换成现大洋，能有多少！有的大佬，有地有骡马耕牛，仓里也有几十石粮食，可是都没变成现大洋不是。也有的大佬，每年下来，有了盈余，变换成现大洋，多年积累的，不过三五百，很少有上千的。都是变着法子东藏西藏的，有的埋地下，有的藏炕洞，有的藏在墙里头，生怕土匪抢了去。还有的除了自己吃喝用度，一年里头都是拿仓里的粮食换日用什物，粮食藏了一仓一仓的，就是没有现大洋。

韩书记在学堂里转得有些不耐烦，他让卫兵小张在教室里站着，自个去找陈专员。

陈专员听了韩书记的汇报，愣了半天说："看来我们高估了这些大佬。谁愿意将白花花银子凭空拿出来。"

陈专员思谋一会儿，说："你去叫刘家岘子耷拉水的龚掌柜来，看来我们得各个击破，将大伙聚在一起，众人一起憋着劲，自然形成一种力量。"

韩书记去了私塾一趟，领着刘家岘子耷拉水的龚大佬进来了。陈专员拉住龚大佬的手，将他让到桌边的凳子上坐下来。陈专员又让韩书记拿出刘家岘子耷拉水报的土地人口表，对龚大佬说："龚掌柜，如果我没记错的话，这刘家岘子耷拉水的表是你儿子填了送来的？"

龚大佬望着陈专员点点头说："陈长官没记错，这表就是我儿子填的。"

陈长官笑一笑，说："我从表上看，龚掌柜家境殷实呀，在这四岘四水的山里，除了薛家，就数你龚掌柜家了。别的不说，山里人家都是靠天吃饭，独你一家有十几亩水田，旱涝保收嘛。你那里还林丰草茂，亦耕亦牧。多少年，政府散养着你们，应该是世外桃源，积了万贯家业，现如今国家遇外寇入侵，龚掌柜该想着为国家出份力量。"

龚大佬一迭声地说："陈长官，在下知道，为国出力，该的该的。"

陈专员仍然笑着说："那你应有个态度嘛！"

龚大佬哭丧着脸说："陈长官，你说我能有个啥态度嘛。你今天一亮出薛家的一万银圆，大佬们全都吓傻了，没想到薛家这么有钱。巨万的大洋，在我们这穷山恶水的山里，只有个庄稼的产出，祖祖辈辈二牛抬杠，就说我有几亩水田，产出也是有限得很。一年的用度，就剩下些粮食，哪能有银圆哩么！我敢说，再有一家能拿出上千的大洋，陈长官你割了我的头去。"

陈专员收了笑容问龚大佬说："我就不信，薛家也是种地，他有大洋，你们怎么就没有？"

龚大佬说："好我的陈长官哩，薛家在薛五佬活着时，这四岘四水的东山里，家家以种豌豆为主。豌豆那东西，能换回大洋来。每到收成时节，这山里人背的，牲口驮的，木轱辘车拉的，都是卖给凉州军马的豆子。土门镇上，豆子堆成了山，薛五佬拿着成箱子的大洋收豆子，现大洋不就滚到山里来了。薛五佬死了，这些年，豌豆的买卖做不成了，庄稼人只能拿粮食换些日用什物，哪有银圆往我们山里来嘛！就说私塾里坐着的那些大佬，有房有地有骡马牛羊，仓里也有几十石甚至于上百石粮食，可牲畜牛羊在圈里圈着，粮食在仓里放着，哪条路上来银圆哩！你不看看咱山里人，有几个穿皮袄挂丝布的，一年到头光羊皮板板在身上扛着，能洗几条毡的就算大佬了；一年到头，吃个肚圆的就算财主了；你看见了，满大路跑的精沟子小子还少嘛，身上挂片羊皮的就算还行。"

陈专员脸色冷峻起来，对龚大佬说："按你的意思，我们为抗日献金这事就不能干了。"

龚大佬赶紧地接上说："好我的陈长官哩，抗日献金的事自然不能不办，可要现大洋恐怕把人拘到过了年也捐不出多少。况且，在这年关要大洋，哪里整去，先前也没透个风给大佬们要他们准备银子。"

陈专员盯着龚大佬说："你的意思？"

"我的意思是没有银圆有物件呀，我们多少年上皇粮不就是交粮食嘛。"龚大佬望着陈专员，诚恳地说。

陈专员思谋半晌说："这是你一个人的主意还是大佬们的想法？"

龚大佬回答："我自个想的。"

陈专员说："你先回私塾去，把想法给大家说说。当然，不管怎么说，现大洋还是要捐出来一些，我就不信，哪个大佬家里没有放着银圆的。"又回头对韩书记说："你送龚掌柜去私塾，然后叫蒲龙来，我们商量商量。"

韩书记送龚大佬到了私塾，然后找了蒲龙到了陈专员屋里。

陈专员将龚大佬说的话给蒲龙讲了个大概，问蒲龙的想法。

蒲龙思谋一会儿说："陈长官，龚大佬说的是实话。山里人的日子本来就闭塞得很，来钱的路数实在少，日常用度的物件都是拿粮食、牲口换的，没几个人家出手就是银圆。再说了，银圆固然好，但来路少呀，庄稼人看中的还是土地、粮食、牲口。长官要粮食、牲口，大佬们家家都有，但是要现大洋，恐怕难。就说我家吃穿用度没几样是会用银圆买的，都是粮食、牛羊换的嘛。我们家能拿出几十块银圆怕也难。不如就按龚掌柜说的，我们变个思路，在大佬们牲口圈里、粮食仓里打主意，或许收获会现成些。这年关近了，逼出事来反而不好！"

陈专员在地上踱着步，思谋半天，觉得自己把事想简单了，看来真要从大佬们那里弄到钱，还得从粮食牲口财物上打主意。可这年关将近，粮食牲口也一时难以出手，只能等翻过年去。陈专员对蒲龙说："蒲龙，你去叫了韩书记来，我们再议一议，议出个可行的法子。"

蒲龙出去一会儿，韩书记跟着蒲龙一前一后来了。陈专员坐回椅子上，对两人说："看来要大佬们拿出现大洋来，我们想得浮草了些，这帮山里的土财主们，要他们一下子拿出一定数目的大洋，恐怕难。我想了想，得改个法子，你们两个看行不行。像刘家岘子耷拉水龚大佬那样的掌柜，献五百大洋，次一等的献三百大洋，再次一等的不能少了二百大洋。这些数目的现大洋只能是献金的一部分，其余的，翻过年后再拿粮食牲口等财物顶如何？你们想，薛家可是一万呐！"

韩书记和蒲龙对视了一眼，韩书记说："陈长官着眼实际，按说已经是给大佬们一条大路，没什么说的。"

蒲龙迟疑了一下，说："拿现洋的事，我也说不好，各家的日子自己过着，旁人能说清吗，先这么办，说给大家看看呗。"

陈专员对蒲龙说："先不说出去，韩书记，你找王班长先干一件事。"

韩朝闻说："长官吩咐。"

陈专员对蒲龙说："你们薛家水是不是有个叫薛怀的，人称怀二爷。"

蒲龙回答说："怀二爷，薛家家族里的大辈子。长官提他干什么？"

陈专员问："这怀二爷是干吗的？"

蒲龙回答说："这片山里的人，都是种地的。怀二爷自家种了几亩地，勉强能一年混下来。他是薛家水的好老汉，吃斋念佛，时常地施舍人，人们都称他薛善人。"

"薛善人？"陈专员冷冷地笑一声，"这个善人是不是前年救了一个路过掉队的红军，他亲自送那个'赤匪'娃子到县城，回来时驮了一口袋麦子，听说还有赤匪给的银圆？"

蒲龙回答说："有这回事，一个掉队的红军娃子，走错了道，打华儿岭上下来。村里人都不敢招惹他，是怀二爷见那红军娃子受了伤，腿上流着血，就收留那娃子住了一宿。第二天拿毛驴送他去了县城就回来了。驮没驮回麦子，拿没拿回银圆，这事我还真不知道。"

陈专员说："我还听说薛怀下了'赤匪'娃子的枪，只送走了'赤匪'娃子。"

蒲龙吃惊地看着陈专员说："枪的事我们就更不知道了，怀二爷连个蚂蚁都不踩，他要枪干什么？"

陈专员鼻子里哼一声说："他要枪干什么只有他自己知道。"说着，陈专员隔门喊一声："王班长！"

王班长应声进门，敬礼后立在一边。

陈专员对蒲龙说："你叫个人领王班长，把什么怀二爷抓到私塾。"又对王班长说："王班长，你带人去抓薛怀到私塾院里，要他把下的'赤匪'娃子的枪交出来，他要抗拒不交，你给我往死里打，就在私塾院子里，绑到板凳上打，别往要命处打，骨拐①打平都不是什么事。断条腿要不了命！"

王班长敬个礼，转身出了门。陈专员对蒲龙说："你别出面，找个人领王班长去抓什么怀二爷。"

蒲龙迟疑一下，也转身出去找人了。

刘家岘子耷拉水的龚大佬回到私塾教室里，他顾不得卫兵小张站

---

① 河西方言，指踝骨。

在那里，对众位大佬说："各位大佬，我给陈长官报告了大家的艰难，陈长官也知道了诸位的难处，知道我们不像薛家那样有成万的现大洋。长官的意思，国家遭难，诸位必须出力。要诸位有大洋的，拿大洋表个心意，待过了这个年，谁家没有粮食、牲口嘛，变卖了捐给国家抗日。说是表心意，长官也没说个数，就让我来了，大家商量商量，怎么了了这个事。"

众大佬交头接耳，低声议论着，谁都说不出个准数。正在这时，两个士兵押着一个人进了私塾院子，隔着窗子，有人认得押的人是薛家水的善人怀二爷。

王班长进了教室，旁若无人地提起一条板凳出了门，将凳子蹾在院子的地上，叫怀二爷站过来，从士兵手里接过一条麻绳，将怀二爷三下五除二绑在凳子上。怀二爷突如其来遭几个兵抓来绑在凳子上，脸色吓得惨白，嘴里不住地叫着："兵爷，我好好的家里坐着，犯了哪门子王法了，你们捆我为啥哩？"王班长和一个士兵把怀二爷在板凳上捆好了，王班长要过另一个士兵手里的棍子说："捆你自有捆你的由头。"怀二爷一头叫着冤，一头问王班长："长官，你说个由头嘛，平白无故地捆我一个老汉干啥哩吗？我可是一个蚂蚁都不敢踩死的人，树叶子掉下来都怕砸破头哩，我能干下犯王法的事吗！"这时候，陈专员背着手进来私塾的院子，看着王班长捆在凳子上的怀二爷，他绕怀二爷走了一圈问："你就是薛怀？"

怀二爷说："我就是薛怀，一个庄稼地里下苦吃饭的人，不知犯了长官什么王法，让兵爷们捆我？"

陈专员继续围着怀二爷转圈，将皮靴重重踩在地上，发出噔噔的响声。他边转着边说："捆你自有捆你的事嘛，政府怎么能平白无故抓人，还绑你在板凳上。我问你，你是不是把一个受伤的'赤匪'送去县城了？"

怀二爷说："好我的长官哩，我是个向善的人，吃斋念佛，一向行善为本，不管匪不匪的，人有了难，我们要救哩嘛！"

"你胡说，"陈专员立定了，对怀二爷大吼一声，"你救的是政府要'剿灭'的'赤匪'。他们从南方流窜来，所到之处，为祸多端！你竟然救他，要是前两年，我有权就地枪决你。当然现在国共合作，共同抗日，通匪的罪可以不追究，但是，小'赤匪'背的枪叫你下了，你得把下的枪交给政府。"

绑在凳子上的怀二爷知道了原来是救了红军的事，他赶紧地说："长官，那个娃就在我家住了一夜，急着要去找队伍。第二日，我就拿驴驮他去了县城。他的枪自个背走了，我一个不杀生的人，下人家枪干吗嘛！"

陈专员冷笑几声，说："这事不是你说啥就是啥，有人告发你，说那'赤匪'娃子走时就没背枪嘛，分明是你给下了，现在还敢狡辩。王班长，这等伪善人，心地狡猾，你不给他使些手段，他能认账?"

王班长举起棍子，照着薛怀踝骨上就是一棍，薛怀一声惨叫。王班长接着照着两边踝子骨上连着敲了几棍，薛怀发出一连声的惨叫，随着凳子倒在地上，翻过来掉过去地挣扎着，号叫着。

坐在私塾教室里的大佬都立起身来，凑到窗户边，往外张望着。一声接一声的棍子敲打的声音，夹着薛怀的惨叫声，叫大佬们心惊胆战。陈专员背着手进了教室，大佬们赶紧回到座位上。陈专员登上讲台，朝大佬们扫一眼，说："诸位不要紧张，有人给政府举报，说这个薛怀救了个红军娃子，还把小'赤匪'送到了红军的队伍。本来这个事，现在国共合作抗日了，不该再追究的，但是薛怀见财起意，红军娃子有啥财嘛，他就下了人家的枪。政府不追究他救小'赤匪'的事，但枪要交给政府嘛。何况，他送小'赤匪'到红军队伍上，人家给了他一口袋的麦子，还有不少的现大洋哩。那麦子和现大洋，'赤匪'们没带来咱这里，还不是抢的当地老百姓的，该交给政府嘛。"

院子里，棍子敲打的啪啪声继续着，薛怀的惨叫声渐渐地小下去，慢慢地没声音了。王班长将棍子交给一个士兵继续打，他过来隔着门对陈专员说："报告长官，薛怀晕过去了！"陈专员也隔着门说：

"拿水喷醒了继续打，直到他把枪交出来，看他是要命还是要枪。"

王班长答应一声"是"，转身去找水。后来，大佬们听到院子里喷水的声音，还有薛怀醒过来的惨叫声，王班长的喝问声，接着又是啪啪的棍子打在薛怀身上的声音。

陈专员敲敲讲台上的桌子，他对刘家岘子耷拉水的龚大佬说："龚掌柜，你把你的意思给大佬们讲了没?"

龚大佬赶紧立起身说："长官，我们议了议，还没议出个结果来，这不院子里演这出，大佬们都听院子里的声音了。"这时，王班长又隔着门喊："长官，薛怀又晕过去了，喷了两碗水，人还没醒过来。"

陈专员高声说："抬到我们院里去，找间冷房子扔进去，他交了枪再说放人的事!"王班长答应一声，把怀二爷抬走了。

陈专员对大佬们说："薛怀这事，让大佬们分心了。咱们还说捐钱抗日的事。我看让大佬议，也议不出个啥结果。我一会儿让韩书记来给大家说点要求，大佬们看行呢，咱就先紧着办了，咱们各回各家过年。年后还有很多事要干，等成立了保甲所，许多事才有人干，政府的政令才能下到各个百姓家。"

陈专员说完，转身出教室门，走了。

过了一会儿，韩书记夹个皮包走进来，他将皮包放在讲台上，环视教室一周，说："诸位大佬，让大伙议了大半天，看来也议不出个结果。我们商量了一下，四岘四水的首富薛家捐大洋一万，诸位自然不能跟首富比是不是。我们商量个捐银的数目，年前咱们只捐现大洋，等过了年，诸位大佬再想法子多捐好不好? 数目呢，我们根据各家报的田产地亩数，列了这么几等，一等呢，捐银圆五百，二等呢捐银圆三百，最次一等呢，捐银圆两百。散会后，你们去我们办公的地方，我给诸位大佬单个告诉了数目，你们各自回家拿，务必于两天后备齐了交上来。我告诉诸位大佬，这次定的数目我们反复地商量过了，你们不必跟我们讨价还价。陈长官说了，我们这里不是骡马市场，没有讨价还价的道理。"

韩书记说完又夹起皮包，对卫兵小张说："你把薛家捐的大洋给陈长官送过去。"卫兵小张赶紧叫上几个士兵，抬了薛家装银圆的箱子，跟着韩书记出了教室，出了院子，走了。

各位大佬见韩书记走了，马上吵吵开来。教室里七嘴八舌，乱成一片。有人说拿不出上百的银圆，有人说过年真是遇着了鬼门关。吵了半天，谁也没个办法，刘家岘子耷拉水的龚大佬敲敲桌子让大伙静下来，对众位大佬说："咱们在这嚷嚷，一定嚷不出啥结果，前面在院子里打薛怀就是演给我们看的。从毙掉刘大佬、管大佬的两条狗到今日打晕薛怀的事连起来看，陈长官是个狠角色！我听说薛元昌就是在蒲龙院里被拘了两天，那箱子大洋是薛掌柜真心捐的？薛元昌哪有一万银圆？薛五佬薛发昌的老伴就是交出那箱银圆后咽气的。拘了薛大掌柜就是要薛家拿钱，只是钱拿了，人死了。大佬们，陈长官给我们定的数目比起薛家来，确实连个零头都没有。就这数目，年前拿出来，恐怕都难，但难不难的，人家才不管哩！我们别在这唉声叹气了，各自回家想自己的法子吧。往年是吃不起饭的人把过年叫过鬼门关，今年恰恰相反，是咱们这些能吃得起馍的人过鬼门关。"

龚大佬说完，起身穿好自己的宁夏滩羊皮大氅，出门走了。

诸位大佬略坐一坐，叹一会儿气，也起身走了。

有几个大佬去蒲龙家找韩书记。韩书记只给个二指宽的纸条，纸条上写了捐银的数目，什么话也不说，什么话也不听。大佬们想找陈专员，陈专员门口站的两个卫兵告诉几个大佬，陈长官谁也不见。几个大佬盘桓一阵，无奈，都走了。


## 20

持续了近一个多月的晴好的天气突然被打破了，一场来自漠北的老北风吹了一夜，推送着浓浓的乌云遮蔽了天空。鸡叫头遍，军号准时跟着鸡鸣声响起来。山里人起来后，发现天地间白茫茫一片，霰雪纷纷，房上地上已有一鸡爪的雪，接着霰雪渐渐地变成了雪片，一阵紧一阵地落下来。田野里的树上草上都被霰雪装扮，成了一片银色的世界。

往年的这个时节，四岘四水的大佬们，都是烧旺了火盆，熬上茯茶，茯茶里调上冰糖或是红糖，或者茯茶烧滚了，冲上鸡蛋酥油。他们吹着酥油茯茶碗里漂着的油花子，吹一口，喝一口，咬一口油馃子，慢慢地喝，细细地嚼。吃喝完了，在铜烟锅里填进烟丝，对着火盆咂几口，嘴里鼻子里喷出浓浓的烟，问屋外的人："下雪了？"屋外的人回答："下了，下得很大，已经一狗爪了。"但，今年的大佬们没这份悠闲。陈专员给他们捐钱的期限就两天，有的大佬几百块大洋还是有的。多少年几十几十地积累下的，埋在炕洞里或牲口槽下，或者封到墙壁里头。自个藏的要自个亲手挖出来交上去，那不是心疼，而是浑身肉疼。没现银圆的呢，找谁去借，大佬们都是一样的遭遇，穷亲戚，凑个三五块都难，只好冒着漫天的风雪奔波在山路上。他们拿了地契和家里值钱的物件去土门子的当铺，从当铺里当些现银出来。

土门子就一家当铺，本来年关将近，都要打烊了。一下子从山里的四岘四水跑来十几个大佬，拿着地契的，拿着金银器物的，也有赶着骡马来的。当铺掌柜现银不够，着伙计飞马去了凉州，从总店调了几千的现银，才打发了典当的大佬们。

陈专员如期地收到了他摊派的捐款银子。腊月二十八，天一亮，四岘四水的大佬们就陆续背着现大洋来了。陈专员让王班长开了院门，放大佬们进来。韩书记坐在他屋里办公桌边，桌上摆了一沓纸，还有笔砚等物，地上摆了两只木箱。每个大佬按捐款数目交了钱，韩书记点清了放入木箱，给交钱的大佬写一张字据。然后，卫兵小张请交了钱的大佬到陈专员屋里喝茶。交了钱的大佬到了陈专员屋里，也就是寒暄两句，拿嘴唇碰碰茶杯，抿那么一小口，便拱手辞了出来。他们哪有心思喝茶，过了这两天就是除夕了，要赶着回家去。陈专员很稳当，一副得意不着急的样子。其实，他也着急回家哩，稳当的样子是装出来的。

到了晌午，还有三四家没来。韩书记等交完钱的大佬们都走了，便进到陈专员屋里，给陈专员汇报说："陈长官，两个箱子都装满了，我计算了一下，已过了五千的数了，还有三四家没来，估计也就快来了。"

陈专员脸上露出满意的笑容，说："你打发人去找了蒲龙来，眼看年关到了，我们该回家了，天大的事，只能放到年后了。"

蒲龙来了。

陈专员对蒲龙说："我们也该走了，有几件事要给你说一说，一是你家帮我们办差，我很满意。我们这些日子没少搅扰你家，现在收了捐款银子，我估摸了一下，连吃带喝带住还有你帮着跑前跑后，我们给你三十块大洋，你觉得亏不亏？"

蒲龙赶紧说："陈长官说的哪里话，不亏不亏，我也没干啥事，就跑个腿，传个话，三十块大洋，真是惭愧得很！"

陈专员继续说："二是那屋里还关着薛怀，你去给他说，交二十块银圆，让他家人来具了保，抬回去算了，他的账，以后再说。三是我们走后，你要利用过年走亲戚，听听山里人怎么议论政府成立保甲所的事，我们好了解了解民情，便于我们年后办差。"

蒲龙唯唯诺诺地点头应承着，陈专员交代完了说："你先办薛怀的事去吧。"

蒲龙说："薛怀家的人就在院子门外候着哩，我这就出去告诉他们。抬人没麻达，可二十块大洋能不能拿出来不好说。"蒲龙转身出去了，在院门外，怀二爷的弟兄子侄七八个人在雪地里等着哩。人群里，还有薛奇昌也袖个膀子站在里面。蒲龙给大伙告诉了陈专员的意思。怀二爷的大儿子嘟哝说："二十块大洋，怕家里凑不出来。"

站在人群里的薛奇昌说："蒲家侄子，能让把人抬回去就行，钱我去凑。"薛奇昌对大伙说："你们进去抬人，我去取钱，人再不能叫里头冻着了。"

蒲龙带大伙进了院子，他进屋给陈专员说了，陈专员问："钱呢?"

蒲龙说："薛奇昌回家去取了，说话就到。"

陈专员摆摆手说："抬走吧，钱呢，由你交到韩书记账上。"

蒲龙赶紧出门招呼薛家的人去抬薛怀。

薛怀经一顿毒打，加上一夜的饥寒，人已奄奄一息。薛家人拿被子裹了薛怀，抬着走了。

薛奇昌和薛玉急急忙忙地来了，薛玉给蒲龙交了二十块大洋。蒲龙如数交给了韩书记，韩书记记了账并开具了收据。

剩下的三四家大佬们冒着风雪，陆续地到了。陈专员收齐了捐献的银圆，装箱捆绑好了。蒲龙鞴了一头自家的骡子，驮了几箱银圆，跟着陈专员一行，送他们去县城。

过了午，天空里彤云密布，借着风势奔涌的浓云筛下漫天大雪，天地间一片大雪弥漫的世界，纷纷扬扬的雪片将群山银装素裹。陈专员几个骑了各自的坐骑，后面跟着王班长带的一队士兵。骡马的蹄声和士兵们的脚步声，伴着唰唰的落雪的声音，在雪地上留下深深的印迹。但很快，蹄印和脚印被飞扬的大雪覆盖。

# 第七章

## 01

四岘四水的山里人要在这漫天的大雪中迎来一个新的年关！

瑞雪兆丰年。

漫天的大雪自腊月二十八下起，一连下了两日，时急时缓，但从未间断过。从漠北涌来无尽的浓云，雪借风势，填沟塞壑，天地间白茫茫一片，只有风卷着雪。农家院落，雪落盈尺时，人们便铲出一条出门的路，还有到牲口棚、猪圈、鸡舍也得铲出道来，牲口要添草料，猪鸡要喂食。

薛元昌在腊月二十九就给薛增、薛强安排了，要他们随时铲开去薛奇昌、薛开昌、薛驹家的路。薛元昌安排了薛家几家的年夜饭就在他家吃，其余几家就不动烟火了。他叫薛增先去告诉了薛奇昌家，又让薛强去告诉了薛开昌家。薛增、薛强都是铲着雪到薛奇昌、薛开昌家去的，顺便在积了厚雪的路上铲出一条道来。薛奇昌听薛增传了薛元昌的话，没说什么，只是叫薛玉几个跟着薛增去铲雪。薛增和薛文两个又铲着雪去了薛驹家。薛驹还睡觉哩，薛增就将薛元昌的话说给了兰花，要她告诉薛驹，年夜饭在他家吃，要他们兄妹三个早点过去。

薛奇昌打发薛三奶奶和薛玉媳妇们去薛元昌家帮忙。薛三奶奶由薛玉媳妇搀扶着去了薛元昌家。

秦州张三早饭后带着婆娘到薛元昌家，他叫婆娘去了薛家的厨房找薛大奶奶，自己进到薛元昌的屋里。薛元昌正在笼火，火盆里新添的炭冒着烟，烟呛着了薛元昌。薛元昌正揉着眼窝吹火哩，秦州张三拿过薛元昌手里的火钳，捅捅火炉，使劲地吹几口，炭燃起了火苗。薛元昌看着燃起火苗的火盆说："老了不中用了，生个火这么费劲，嘴里走风漏气，连个火都吹不着了。"

秦州张三笑起来，说："火着起来得一会儿工夫嘛，柴火要引着炭，你吹才能起火嘛，炭还没燃着，你吹只能冒烟嘛。"

薛元昌提了茶壶要去续水，秦州张三说："你安神坐着，这活交给我。"

薛元昌说："你干了一年到底，年三十我们薛家就伺候你一天，上炕歇着，炕烧得热，你想躺，躺，想坐，坐……"

秦州张三没容薛元昌说完，一把夺了薛元昌手里的茶壶转身打水去了。薛元昌又捡起火钳子捅着火炉子。秦州张三打来了水，将茶壶坐在火炉上。薛元昌说："他张三大，你上炕坐稳了，我熬茯茶喝。"转身从炕柜抽屉里拿出半块茯茶，又拿出一袋冰糖、一袋红糖。"茯茶熬得酽酽的，这糖可着劲放，苦了一年咱甜他一天。"

秦州张三没吭声，脱鞋上了炕。

薛元昌说："这就对了，今天的活都让娃子们干去，我们两个只管烤火喝茶，吃了年饭你陪我喝几杯。一年也就这么了了，什么也不想，明年咋活人，车到山前再找路，我们草民想也是白想。"

正说着，薛奇昌到了，他穿一件没挂面的羊皮袄，脚上套了一双毡窝窝，在屋檐下跺着脚，跺掉了毡窝窝上的雪，进屋后脱下羊皮袄，在地下抖了几抖，抖落了羊皮袄上的雪。秦州张三赶紧下炕帮薛奇昌拍打着羊皮袄上的雪。薛元昌对秦州张三说："他张三大，叫安神炕上坐着，咋就像沟子上扎了针一样，坐不稳吗？你们俩都上炕踏踏实实地坐了，今日个咱们只喝茶吃烟，活都由他们干去。"

薛奇昌脱了脚上的毡窝窝，上了炕，坐定了，伸出手来向火，说："今年这雪真是大，要不是娃们早起铲出道来，到了胯骨的雪，路都没法走。"

薛元昌倒一碗茶放到薛奇昌面前说："你先喝着，茶还没熬到火候，待会喝酽的，放啥糖你自己选。"

秦州张三又上了炕，依着薛奇昌坐在火盆边上，顺手拿两片旱烟叶翻腾着烤。

薛奇昌问："老四咋没来？"

薛元昌说："我让薛强去给老四传话了，顺便铲出道来，也许快来了，老四是能耐得住孤单的人吗！"

屋外，风卷着雪花在空中飘飞，雪随风落到地上唰唰的声音，清晰可闻。

午后，雪渐渐下得小了，风也渐渐刮得小了，天上的云慢慢泛白。薛增一干弟兄除了忙扫雪，喂牲口，还忙着贴春联，贴门神，贴挂贴，贴年画。按规矩，薛五奶奶新丧，门神年画一律不贴。但薛元昌、薛奇昌、薛开昌年长于薛五佬，过年该贴的都要贴，该挂的都要挂。后晌酉时，薛增给院门、屋门上贴春联。他让媳妇打了一盆糨糊，拿一个笤帚疙瘩刷糨糊，他从院门贴起。薛强刚给牲口添草回来，便过来给薛增帮忙。薛增一边在院门上刷糨糊，一边给薛强说："我一个人行，爹屋里的供桌上有几副对联和门神、挂贴，你嫂子打的糨糊在厨房里，你去给四爹家贴了，四爹那样的人，肯定没准备春联啥的。过年哩嘛，门上白光光的，亲戚们来了难看嘛。"薛强转身去屋里端了糨糊，拿了春联，往薛开昌家去了。薛增叮咛薛强说："你可认真些，对联是右上左下，别贴反了。灶头上的是小心灯火，牲口槽上是槽头兴旺，那年韦三家把槽头兴旺贴到灶头上了，闹了大笑话。"薛强笑着说："这几个字，我又不是不认识，要你啰唆！"

薛增人好脾气，薛强、薛玉老是顶他的嘴，他也只是一笑了之。

他贴完了院门的对联，又将秦琼、敬德的画像贴在两扇院门上，贴好了，关上两扇门，认真瞧了瞧，又在门楣上贴了挂贴，然后端了糨糊到院子里给各屋门上贴对联、贴门神、贴挂贴。

厨房里，薛大奶奶、薛三奶奶和几个儿媳妇正忙着做年饭，煎炒烹炸蒸，几个锅都架在灶上，炒勺磕着锅，灶里的火苗舐着锅底，锅里的肉、菜发出嗞啦嗞啦的声音。大锅台的锅上架着几层蒸笼，笼里蒸了盛着各种熟食的盘碟。每炒好一样菜，薛大奶奶都要盛上一小碟。不用问，这是每年的规矩，这些小碟都是给祖宗们烧纸的时候泼散的。薛大奶奶装好了几小碟，摆在一张小桌子上，口里说道："供饭都快备好了，老四家的咋还不来哩，等着吃现成饭哩！"薛三奶奶接着说："就说嘛，都这阵了，还不见个人影哩，没给他们说吗？"薛强媳妇说："能不说吗，薛强铲着雪去的他们家。"几个婆娘正说哩，薛四奶奶领着两个闺女来了，在厨房外又是跺脚又是拍打身上的雪。薛增媳妇迎出去，拉了薛四奶奶的手，拽着进了厨房。薛四奶奶一脸难为情地说："大嫂、三嫂，我晌午就要过来，我家那死鬼不知哪根筋拧巴了，他不让出门。我们娘三个要出门，几次他给骂回去了。两个丫头急得不行，我管他骂不骂哩，就领着两个丫头来了。"薛大奶奶说："奇了怪了，听着吃饭，还有老四不跳着脚来的，你是说，他四爹没来？"薛四奶奶答道："他还在炕上贴着哩，薛强给门上贴对联哩。他也不说是搭把手，自个蒙了头睡哩。"薛三奶奶说："真是日头打西山出来了，老四能沉住气，我当他早半天就来了。"

大家都觉得诧异。薛增媳妇说："四爹记吃不记打的人，有席面吃有酒喝会是这模样，真是出怪事了！"薛大奶奶在薛增媳妇身上拍了一巴掌，嗔怪道："记吃不记打是骂牲口的，你竟敢用在你四爹身上。"

一屋子的婆娘们都笑了起来，正好薛增过来往厨房门上贴对联，薛增媳妇岔开话头说："我剪的窗花还没有贴哩，你给我留点糨糊。"薛增说："这就完了，你把这'小心灯火'贴到灶台上，糨糊盆归你了。"薛增媳妇接过薛增递过来抹了糨糊的红纸条，照着去年贴的地方贴上去。薛增媳妇端了糨糊盆去贴她的窗花。薛大奶奶舀一勺热水让薛增洗了手，安顿薛增说："供菜都弄好了，你叫上弟兄们给祖宗烧纸去。"

薛增对正屋喊了一声："薛玉，你们几个出来，我们给祖宗烧纸去。"

薛玉应了一声，叫了薛文、薛武出了正屋门。薛强贴完薛开昌家的对联正好回来。弟兄几个站在院子里的雪地上。薛玉到厨房提了薛大奶奶装在篮子里的供菜。薛增进屋也拿了个篮子，装了几沓冥币，还有一瓶酒，一些果蔬。薛增在院子里对正屋喊一声："爹！给先人们烧纸供饭的时辰到了，薛驹咋还没来哩？"

薛元昌在屋里高声说："我也正思量哩，薛驹不来，兰花、菊花也没来，奇怪的是，你四爹竟然也没来，这里头是不是有啥日怪事哩！"

薛奇昌喊着薛文说："薛文，你去一趟你五妈家，看看咋回事，都年轻轻的，托什么大哩！"

薛文应声踩着雪道出门去了，过了一会儿，返回来进了正屋门说："我打了半天门，值夜的长工开门出来说，薛驹说要给五妈的神位守夜哩，不便到外人家去。长工还说，薛驹也不让兰花、菊花出门，姊妹两个刚要出院门就让薛驹吆喝回去了。"

薛元昌和薛奇昌面面相觑，半晌，薛元昌自嘲地笑了笑说："我说有啥日怪事哩么！你们没听见嘛，人家说不便到外人家去。我们已是外人家了，还硬拿热脸蹭人家的冷沟子哩！"

薛奇昌接上说："怪不得老四到现在还不闪个面哩，原来是唱这一出啊！"

秦州张三见场面尴尬，对薛家二老说："这薛驹不懂事嘛，我张三都没把自个当外人，他怎么说外人的话嘛！我去看看，数落数落他，怎么就不懂得一笔写不出两个'薛'字的道理！"说着就要下炕。

薛元昌一把拽住秦州张三说："他张三大，人家说我们是外人，你就别去讨没趣了。大过年的，各人落得个自在。"

薛元昌对站在地上的薛文说："去给祖宗烧纸吧，都过时辰了，祖宗们等着吃你们的年夜饭哩。"

薛文转身出了门。门外，立在雪地里的几个弟兄听见了，都没说话。薛玉提着供菜，薛强提了酒和其他果蔬等，先后地踩着雪道往院外走去。在院子的西北不远处，薛增铲出一块地来，弟兄五人围成一圈，摆上供菜供品，几个弟兄点了冥币，相互在头上身上燎一燎，将燃尽的纸灰扔在一起，又将供菜泼散到灰烬周边，每人磕下三个头去。薛增打开酒瓶，将半瓶酒泼散出去，自己仰脖子喝了一口，将酒瓶递给薛强。薛家兄弟依次喝了一口，酒瓶见了底。薛武将瓶子扔出去，瓶子没入厚厚的积雪中。

暮色四合，雪还在零星地下着，众兄弟折返身，踩着雪往回走。薛增边走边说："兄弟们，一年的不顺，老人们肯定心里堵得慌。我们今晚可要打起精神，该闹的可着劲闹，不是为了我们高兴，要让几个老人高兴！"

薛家几个小弟兄回到屋里。正屋里已摆上了酒菜。薛元昌的炕上放了一个炕桌，桌上摆了几样菜，地下摆一张方桌，桌上摆了几大碟菜，还有一盆羊肉、一盆鸡肉，桌边围了七八只凳子。炕上的火盆边上煨了三瓶酒，一瓶已开了盖，酒的香气外溢，弥漫在屋子里。

薛元昌坐在炕桌里面，薛奇昌左侧坐了，秦州张三坐在右侧，正好靠着火盆。秦州张三将三个瓷酒杯摆在三人面前，往杯里斟满了酒。然后，他又启开一瓶酒，对薛增说："薛增，你们弟兄拿这瓶酒去，先给老人们敬了酒，你们就放开了喝，过这一年不容易，多少沟沟坎坎今夜不说了，但愿明年日子能顺畅些。"

薛武上前接过秦州张三递的酒瓶，说："薛家侄男里我最小，敬酒老大在前，斟酒的活我干最合适。"说着给各位面前的杯里斟满了酒，自己也落了座。薛元昌举起酒杯说："大年夜，不痛快的话就不说了。俗语说'瑞雪兆丰年'，就凭着老天爷下的这场雪，盼望来年五谷丰登，日子平顺些就好！"他一口干了，又说："你们弟兄们敬了长辈的酒就自己喝去。我今晚要和你们张三大好好喝几杯!"

众人都喝了面前的酒,薛增带头站起来,双膝跪在炕沿上,薛武起身拿酒瓶给薛增满上一杯。薛增对着薛元昌说:"爹,儿子满饮一杯,爹爹随量,你留些量跟张三大好好喝几杯。"说着一仰头尽了一杯,薛元昌抿了一小口。接着薛强、薛玉一干兄弟都随后给几个长辈敬了酒。

秦州张三说:"大家礼都有了,不急着喝酒,先吃一会儿菜,肚子里垫些东西,喝酒不容易醉。"

薛增说:"吃饭先等一会儿,我们到隔壁敬了娘和婶娘们的酒,礼数到了,咱们安心吃喝。"说着领几个弟兄出了门。

隔壁,薛大奶奶几个老妯娌在炕上坐了一桌,几个媳妇伺候着。薛四奶奶的两个姑娘偎在几个婶娘边上。薛增一干弟兄手里端着酒杯,给三位老人敬了酒,刚要转身出门,薛增媳妇叫住薛玉说:"薛玉,你干啥来了?"薛玉答道:"我给三位娘敬酒呀。"薛增媳妇问:"这就走呀?"薛玉说:"敬了酒呀,我们的菜在那屋里摆着哩,吃你们的菜,你们吃啥哩!"薛增媳妇又问:"该你干的活你干完了吗?"薛玉说:"我敬的酒敬了呀。"薛增媳妇说:"你瞧瞧我是谁?"薛玉说:"你是大嫂呀。"薛增媳妇说:"你还知道你有个大嫂呀!你听过没有一句俗话,'长嫂为母',我虽然不是母,但受你一杯酒还受得起吧?"薛玉无言以对,挠着头说:"受得起受得起,是我们无礼,给嫂子赔罪了!我自罚一杯。"说着赶紧喝了一杯。薛增媳妇冷笑一声说:"一杯?我们从早到晚,给你们炒菜做饭,忙了个水米不打牙,沟子不沾地,你倒好,目中无人,还想一杯酒就打发人,门都没有!"说着夺过薛武手中的酒瓶,"咚咚咚"倒了半碗酒,拿瓶子指着酒碗说:"你要是诚心赔罪,就喝了这碗酒!"薛玉两眼坏兮兮地瞅一瞅薛增媳妇,端起酒碗,一饮而尽,完了说:"我知道犯到你手里,绝不会有什么好果子吃。但你再狠,狠不过我的量大!有本事我今晚和你拼三大碗。"

薛增一看这场面，给薛文、薛武使了个眼色，自己先抽身跑了。薛文、薛武也是转身就跑。薛增媳妇喊了一嗓子说："几个碎鬼，都给我回来喝罚酒！"

几个弟兄嘻嘻哈哈跑回了正屋。大家围着桌子坐下来，有撕鸡腿的，有拽羊棒骨的，狼吞虎咽地吃起来。

## 02

薛驹家里，韦三安排了几个长工、一个厨师、一个使唤丫头值守。长工主要喂牲口，给牲口添草、喂料、饮水，还有守夜。一个厨师自然是给薛驹几个姊妹做饭炒菜。丫头则是洒扫庭院，端汤供水。

头天薛增与薛文铲着雪来了，薛增传了薛元昌的话，要薛驹几个兄妹到他家吃年夜饭。薛驹还没起床，薛增就给兰花、菊花说了，要她们等薛驹起来了，一定给说到。兰花、菊花答应了，还说她们俩后晌就过去帮忙。薛增、薛文就回去了。

薛驹其实早就醒了，只是赖在被窝里没起来，薛增在院里说的话他都听到了，只是没吭声，等薛增、薛文走了后，他翻身下炕，穿好了衣裳，值守的丫头伺候他洗漱了，他踱出门来，走在兰花、菊花的屋门前问："刚才谁来了？"

兰花揭起门帘说："大哥和薛文哥来了，大哥传了大爹的话，说今晚年夜饭到他家吃去。"

薛驹冷笑一声，说："年夜饭谁家吃不起，跑到他家吃去！"

兰花说："都是一家人，怎么说起外道话，他家不是薛家吗！"

薛驹说："是薛家咋了，分门立户多少年了，硬往一搭里搅个啥哩！今后谁过谁的日子，别搅和个不清不楚！妈没了，我是当家人。我今天就给你们立规矩，从今后，我说不行的事，你们别给我犟嘴。女人家，三从四德是什么，我念的书少，但三从四德我还是记得的。你们听着，在家从父，父死从子，你们没出阁，就没有出嫁从夫一说，眼下，我是一家之主，你们必须听从我的。"又给丫头说："你告诉厨子，今年的年夜饭，还按去年的规格做，菜品花样不能少，吃不了剩着。供桌上的供菜要多做几样，孝敬爹妈的更不能少。供桌上的香不能灭，你告诉值夜的人，香要随时续上。"

就在薛元昌家开饭的时候，薛开昌来到薛驹家。薛开昌和薛驹前一日就商定了，薛开昌不去薛元昌家，他要来陪薛驹。薛开昌说："和他们在一搭没意思，和薛驹在一搭心里畅快。"

薛驹将薛开昌迎进堂屋。堂屋的供桌上摆着薛五佬、薛五奶奶的神位。神位两边的两只香炉里燃着几炷香，香燃出的袅袅青烟在屋里盘旋缭绕。神位前供着几盘供品，有梨，有苹果，有临泽的枣，还有新疆的葡萄干。薛开昌上前拈一排香，燃着了，举着香对薛驹父母神位作个长揖，然后插在左边的香炉里；又拈一排香，燃着了，也作一个长揖，插在右边的香炉里。薛驹让使唤丫头上供菜，不一时，使唤丫头和值守的长工端来供菜。供菜由两只木盘装着，一共十二盘菜，由薛开昌和薛驹在供桌上摆了。薛驹拿起桌边的冥币点着了，照着薛开昌头上身上燎一燎，又在自己头上身上燎一燎，将纸灰放进香炉里。薛驹连着烧了三沓冥币，然后跪下去，照着父母的神位磕下三个长头，完了又燃几炷香分别插在香炉里。

香点了，纸烧了，头磕了，薛驹拉着薛开昌的手说："四爹，死去的爹妈已经孝敬过了，你请到东厢房里，我再敬敬你这活先人。"

薛开昌被薛驹拽着进了东厢房。东厢房的八仙桌上摆满了一桌子菜。桌子上还摆着一瓶西凤酒。桌边的一盆火正在熊熊燃烧着，扑面的热气烘得薛开昌脸上发烫。薛驹让薛开昌上首坐了，他打开西凤酒的瓶盖，给薛开昌满上一杯，自己也斟满了，举起酒杯说："四爹，今日年夜饭，就咱父子二人，你要怎么喝就怎么喝，喝个痛快。吃好了喝足了，我已打了几个上好的烟泡，你就不回去了，咱俩烧着烟泡熬岁，保四爹乐成活神仙！"

薛开昌端起酒杯，一口喝下去，对使唤丫头说："谁耐烦拿这糜子壳壳喝酒，不腥不素的，你去拿两个大酒杯来。"

使唤丫头从地上柜子里取出两个大酒杯。薛开昌拿起桌子上的酒瓶倒满两杯，又撕了一条鸡腿啃了两口，端起酒杯说："这样的福也就侄子这里能享上，四爹今日个高兴，来，干了这杯。"说着自己一仰脖子，先喝干了。

酒一下肚，薛开昌话就多了。他先给自己杯子里倒满了酒，另一只手仍往嘴里塞着鸡腿，腾出倒酒的手，抓一块牛腱子肉又往嘴里塞。薛驹看着笑起来说："四爹，你慢点，这一桌子菜，就我们两个，吃不完的。"薛开昌似乎有点儿难为情，说："晌午，你四妈那婆娘就急着去你大爹家，鬼追魂似的，就没给我做饭嘛。大过年的，倒让人饿了一天的肚子，让你见笑了。"说着端起杯子又喝进一杯酒去。放下酒杯接着说："本来你四妈和两个妹妹，我要叫她们到你家来的，我睡醒后，她们已去了你大爹家。去就去了呗，省得她们到这里碍我们眼。"

薛驹给薛开昌杯子添上酒。薛开昌问："兰花、菊花去你大爹家了吗？"

薛驹回答说："她们要去来着，我给喝住了。今后各家过各家的日子，少往一起掺和。像四爹这样知心的，当然要来往嘛。我们和人家不是一路人嘛，还是井水不犯河水的好！"

薛开昌咽下一块肉去，急忙接住薛驹的话茬说："侄子说得对对的，不是一路的神，就不进一路的门嘛！你爹妈都去了，今后这么大的家业就靠你了，你自小就是个有主见的人，一定能拿得起放得下。"说着端起酒杯，一饮而尽。又上手抓了一块羊排骨，双手捧着啃起来。

薛驹说："我思谋着，今后庄稼地里的事、骡马牛羊的事就让韦三管着。我呢，全力跑跑外头的事，还是照着爹的路子。俗话说：'刀在石上磨，人在世上簌①'。我要能学了爹的路子，能从山外挣了银

---

① 簌（chuàn），舂、碾的意思，引申为碾轧、磨砺。

子回来，强似在土坷垃里刨食吃。"

薛开昌竖起大拇指说："侄子说得对对的，好男儿志在四方，山外头的世界才是大世界。你爹在世时，我跟他去了一趟凉州城，凉州府的兵马总督在南城门魁星楼上请客，你爹和我们苍松县的县长坐在总督左右，总督硬是要我坐在县长下首，桌子上摆的山珍海味，叫都叫不上名字。喝的酒更是叫不上名字，反正是好酒。光伺候我们的女娃就六七个，身板子直的，脸蛋子俊得无法说，手里捧个酒壶，你空酒杯一落桌，酒立马就斟上了。那些女娃子替总督敬酒，你不喝都不行，要不是你爹拦着，我一定叫那些女娃子灌醉了。大侄子要是像你爹一样闯出了世界，你四爹也跟着满世界享福去！"

薛驹很是受用，他又给薛开昌满了一杯，自己双手举杯敬薛开昌，薛开昌端起杯喝了下去。薛驹说："四爹，你给我做个见证，我一定照着爹的样子，打出一片天地来！"

薛开昌赶紧说："那是一定的，四爹在侄子辈里就看好薛驹嘛！"

一瓶酒已见底，薛驹问薛开昌："再开一瓶？"

薛开昌已有些醉眼迷离，说："酒是一定要开的，我们先来碗面，年饭的长面一定要吃，吃了面，我们到卧房，你说打好了几个泡泡，我们爷俩边抽边喝，熬年夜去。"

丫头端上了面，两个人吃了。薛驹叫使唤丫头又开了一瓶酒，将酒杯、酒瓶送到卧房。薛开昌立起身，趔趔趄趄往卧房走，使唤丫头赶紧上前扶住薛开昌，薛开昌推开丫头说："你起开，喝了这几口酒，我能醉了！"

使唤丫头说："四爷，没说你醉了，外头院里雪积得厚，我是怕你老脚下滑哩。"

薛开昌没再说啥，让丫头扶了他，将他送到了卧房。丫头给薛开昌脱了鞋，将他挡到炕上躺着。丫头又拿了个炕桌摆上，桌上摆了酒瓶、酒杯，又摆上烟灯、烟枪，转身去客厅里拿了茶杯、茶壶，将茶杯放在炕桌上，又将茶壶坐在地上的炭火炉上。薛驹也上了炕，坐在炕桌的一边，伸手拈个泡泡装进烟枪，双手递给薛开昌。薛开昌也挣扎着坐起来，接过薛驹递上来的烟枪，放在桌子上，拿起酒瓶往酒杯里倒了酒，一仰脖子喝了下去，放下酒杯，拿起烟枪，对着烛火呲了几下，深深地吸了一口，喝了一口茶，憋住气，憋得脸都紫了，才吐一口气。如此者再三再四，薛开昌才躺下身子，头落在枕头上，闭上双眼，半天里，嘴里喃喃地说："薛驹呀，你四爹已到了神仙的境界了，人生若此，夫复何求！"

薛驹笑起来说："四爹，你怎么说上读书人的话了，'人生若此，夫复何求'，这是我当年的脱先生发感慨时说的话。烟泡真是好东西，抽几口把四爹都变成读书人了！"

薛开昌哈哈大笑起来，说："这酸文，你四爹会说的多哩。"说着摸过来酒瓶，直接对着酒瓶猛喝几口，放下酒瓶，抓起桌子上的烟枪对薛驹说："你拿烛火过来，我就这样躺着吸几口。"

薛驹端起烛，隔着炕桌将烛火对到薛开昌烟枪上，薛开昌对着烛火猛吸几口，薛驹又拿茶杯给薛开昌喂了茶。薛开昌仰面朝天，四仰八叉地躺着，憋足一口气，好半天，才吐出气来。薛驹还端着烛火哩，薛开昌一歪头睡着了。薛驹叫丫头拿被子盖上，自己拈个烟泡装进烟枪里，对着烛火吸起来。

## 03

薛元昌家里，只有薛玉让薛增媳妇给灌了一碗酒，其余几个兄弟都没怎么喝酒，桌子上的菜倒是吃得差不多了。他们轮番地给炕上的三位前辈劝酒。薛元昌倒是频频地端杯，劝秦州张三喝酒，只要薛元昌端起杯子，秦州张三一定拿满杯陪上去，并且自己先干了。薛元昌见张三喝干了，他不落后，也喝干了。薛奇昌本来就不怎么喝酒，他只是端杯子抿一小口，应酬而已，还劝薛元昌少喝些。屋里人都知道薛元昌心里不痛快，借酒逗大伙快乐哩，大家都装出快乐的样子。薛元昌想找个话题引大家高兴起来，但不知说些什么，只好一次一次地端起酒杯，反将自己喝多了，两只眼睛渐渐有些迷离，说话也重三叠四。薛增借着给秦州张三敬酒，悄悄说："张三大，酒够了，你劝爹吃点饭。"秦州张三端起酒杯说："掌柜的，酒就喝够了，我们吃点菜，吃点饭，你们河西人把年夜饭叫装仓，我的肚皮还空着哩，仓里一点没装进去。"

薛元昌呵呵笑着说："秦州人还知道个装仓，这一桌子肉啊菜的不够你装的！酒还是要喝嘛，我就盼着吃年夜饭和你好好喝一顿哩！"薛元昌说着端起杯子一口喝下去，秦州张三伸手想拉没拉住。薛元昌说："他张三大，你别拉我，你让我喝个痛快！"说着伸手去抓桌子上的酒瓶。秦州张三赶紧夺过酒瓶放到身后的火盆上。薛元昌说："张三你让我喝，我高兴嘛！"薛元昌嘴里说着，两眼突然滚出两行泪来，他想忍住，但眼泪不听他的。他拿袖口抹了两下，眼泪反而夺眶而出，想说什么，声音也变了调，接着呜呜咽咽哭出声来。秦州张三拿了薛增递上来的手巾给薛元昌擦脸，薛元昌自个抓了手巾，捂住了脸，哽咽几声，头歪到炕上睡着了。

薛玉几个弟兄围过来，薛强跳到炕上，将薛元昌抱起来，几个弟兄收了饭菜，收了炕桌。薛奇昌拿过炕里面的枕头，放好了，薛强将薛元昌放平躺倒了，拿被子盖了身子。薛元昌还在哽咽抽泣，鼻涕眼泪不断地涌出来。

秦州张三叹口气说："娃们，你们的大爹心里苦哇！"


## 04

不知什么时候，雪停了，天上的云不见了踪影，满天繁星闪烁，天空蓝得叫人心醉。天河在星海里翻着波涛，北斗七星耀眼地闪烁着，三星就在头顶，格外明亮。整个群山被白雪覆盖着，偶尔的一两声狂犬吠声更显出夜的宁静。

大年初一的清晨，在鸡鸣声中到来了。

薛元昌因为喝醉了，睡得早，鸡叫头遍，他就醒了。他没急着起来，赖在被窝里，想想昨晚喝醉酒的事，觉得好没意思！自个的不痛快，藏在心里罢了，为啥要给孩子们添堵哩。鸡叫二遍的时候，他躺不住，穿好衣服翻身下了炕。这时候，薛增推门进来，要给薛元昌笼火，见他爹已穿好衣服准备出门，便说："爹，你起这么早干啥，外头冷得人磕牙巴骨哩。你先在被窝里躺一会儿，我给你笼火，火热了，你再起来。"薛元昌说："睡不住嘛，我去牲口棚里看看，顺便添点草。今日大年初一，要给牲口出行，这漫山遍野的厚雪，牲口也就在雪地里撒个欢，啃不上一口干草嘛！"

在四岖四水的山里，每逢大年初一，要给骡马牛羊出行。出行就是给牲口头上尾巴上扎上彩头。所谓彩头就是红丝线、绸布条。日头露出山时，家家打开牲口圈门，拿响炮将牲口轰到四野的山岭里，由牲口自由地撒欢，晚上有的自个回来，有的还得主人家找回来。

薛增接着说："外头冰天雪地的，冷且不说，滑上一跤，划不来么。我早给牲口添了一遍草了，你安神上炕躺着。"

薛强在院子里拾掇雪哩，听见薛增说话，他推门进来说："爹不放心，我搀着去牲口棚里、羊圈里转一圈去。"说着从八仙桌边拿了薛元昌的拐杖，递给薛元昌，又拿起柜上的皮帽子给薛元昌戴上，搀着薛元昌出门去了牲口棚。

薛增没再说话，他将火盆端到廊檐下，放了柴，点着了火。火苗蹿起来，他将炭放进去，等炭也燃着了，冒开了火苗，烟气小了，他将火盆端进屋里去。

薛元昌由薛强搀着，先到了马棚里。三匹马在安静地嚼草。一匹马见了薛元昌，抬头打了串响鼻，继续嚼它的草。薛元昌父子又到马棚边的牛棚里，四头牛，一头站着，三头卧着，都在安静地倒沫，嘴边挂着白沫。薛元昌摸摸站着的牛的头。牛静静地接受了主人的抚摸。薛元昌又转到羊圈里，几十只羊或卧或站，见人进来，呼啦啦向圈里跑过去。羊圈里暖融融的，充斥着羊膻味和羊的尿骚味。薛强从羊圈外的草垛上撕了一抱子豆秧，往羊槽里一撒，羊群围过来，大吃大嚼起来。

天光已放亮，山里的鸡鸣声此起彼伏。大年初一的鸡鸣，不仅仅呼唤了当日的黎明，更是呼唤了整个山里的一年的黎明。鸡鸣声里，夹着犬吠声。天空的繁星隐退了，东方的启明星仍然亮晶晶地挂在天上。

薛增手里攥着一把红线，进到了羊圈里。他给薛强分一些红线，先给几头肥羊系了红绳，然后，弟兄两个又到马棚和牛棚里，给牛头马尾上系了红线，拴了红绳。

不知谁家的第一声炮响，引起整个村子的沸腾。接下来，鞭炮声响成一片。各家的骡马牛羊的圈门打开了，牲口们被炮声和鞭子驱赶，奔向了大雪覆盖着的山岭田野，骡马牛驴在厚厚的积雪中吃力地奔跑着。身子瘦小的牲口四条腿都没在雪中，只有身子在雪上蠕动。羊群跑出来，只在人们铲出的道上乱窜，不多时间，又折返回羊圈，聪明的羊儿知道，这冰封雪盖的世界里，只有羊圈里有草吃，还有温暖。

## 05

日头吻别东山，慢慢地升上天空，凛冽的寒风渐渐减弱，南墙根下已是暖意融融。穿着新年衣服的人们纷纷出门，本家的侄男们结队去给本家的长辈们拜年。大年初一，四岘四水的风俗，只给本家长辈拜年。

薛元昌对薛增、薛强说："薛增你在家待着，应酬来拜年的后辈们，薛强陪着我，一会儿叫上你三爹，一块去给你怀二长辈拜个年。你怀二长辈年前遭了大难，不知能下地了没有。"

薛增叫媳妇备了一个篮子，往篮子里装了六个花馍、六个白馍，拿一块布苫了，交到薛强手里。薛元昌穿了一件青丝布棉袍子。这件棉袍置办下已有好几个年头了，薛元昌只是过年的时候，或是走亲戚的时候才舍得穿一下，看上去和新的一样。薛增帮着戴好了皮帽子，穿了毡靴子，又拿起炕边的拐杖交到薛元昌的手里。薛强一手提着篮子，一手搀着他爹，两人顺着雪道出了门，拐到薛奇昌家门口，薛元昌立定了，让薛强去叫薛奇昌。

薛奇昌家院门开着，薛玉几个就在院子里铲雪。房上的雪扫到院子里，院子里的雪又拿独轮推车推到院子外面。薛强给薛玉一说，薛玉转身进屋叫出了薛奇昌。薛奇昌也叫薛玉进屋里提个篮子，篮子里装了花馍和白馍。薛奇昌说："薛文跟我去。"薛文将手里的铁锹插在雪堆上，进屋披了件羊皮袄，还拿了薛奇昌的拐杖。薛文将拐杖递给薛奇昌，又接过薛玉手里的篮子，一手提篮子，一手扶了薛奇昌，出门会了薛元昌，一行四人往怀二长辈家走。路上的雪被牲口和人们踩出了乱七八糟的蹄印和脚印。薛强和薛文搀着各自的爹，深一脚浅一脚踩着雪走着。日头已升到天空，四野的雪反射着日光，耀得人睁不开眼，平日里抬脚就到的怀二长辈家，四个人足足走了半个多时辰。

怀二长辈家的门口也扫出了几条雪道。四个人到了门前，跺掉脚上的雪，薛强、薛文又拍打了两位老人裤腿上的雪。听到动静，怀二长辈的儿子迎了出来，招呼几位进屋。

怀二长辈在正屋炕上躺着，小腿还肿着，因为敷了消肿止疼的药，肿已消去很多，只要不动，疼痛就缓了不少。薛元昌几个进了屋，怀二长辈想挣扎起来，薛奇昌上前按住怀二长辈说："你受伤的人，躺着不要动，我们都是晚辈，你讲究个啥哩！"

怀二长辈躺着，叫儿子赶紧上茶端馍。薛元昌、薛奇昌脱鞋上炕。薛元昌撩开怀二长辈腿上的被子，见怀二长辈膝盖以下缠着白布，白布里敷着药，一股药味散出来。怀二长辈说："敷的药是杨接骨匠家祖传的，专治跌打损伤。药很管用，敷上一天就不太疼了，眼下只觉得烧得慌，痒痒得难受。"

薛元昌盖上被子说："痒就是往好里长着，你忍着些，也就三五天的事。杨接骨匠怎么说，伤了骨头没有?"

怀二爷说："踝骨都砸平了，能不伤着骨头吗！你们说，世上向佛的人，惹着谁了，让我遭这大难！"

薛元昌、薛奇昌只能唏嘘感慨一番。薛元昌说："眼下这世道，善恶是不分的，也不知那姓陈的从哪里知道怀二爸救了红军的事，编出什么枪的事来讹人。明明是要敲诈大户嘛，却拿怀二爸说事，打黄牛惊黑牛，杀鸡吓猴哩嘛。拿棍敲人的干腿子，他们也能下得去手！"

怀二长辈的儿子提来了茶，怀二奶奶端来一盘馍。大家都喝几口茶，掰一小块馍嚼嚼，坐了一会儿，薛元昌几个告辞了出来。怀二长辈挣扎着坐了起来，对已出门的薛元昌、薛奇昌说："他大哥、他三哥，本来想在过年里跑跑兰花的事，我这样，只好放下了。过了年，我能下地了，再跑跑兰花、菊花的事。"

薛元昌在院子里说："怀二爸，你安心缓着，一切等你能下地走路了再议。"

薛二奶奶颠着一双小脚追出来，口里叫着薛强、薛文的乳名，手里拿了一盘馍，两个花馍两个白馍。怀二奶奶将馍分开放在薛强、薛文提的篮子里说："大过年的，怎么好意思让你们提个空篮子回去哩，我蒸的馍提回去让你们妈尝尝，你二奶奶是个没茶饭的人，馍蒸得瓷登登的，让人笑掉大牙！"

## 06

韦三也是家里最早起来的人。鸡叫头遍，他就起身给牲口添草，他家有一头骡子一头牛，还有一头驴，二十来只羊。他到牲口圈里添一遍草，然后到厨房里倒了半盆温在火上的热水，洗了脸。见家里人还在睡，他便悄悄地出了院门，向对面山上的薛家走去。按规矩，女婿是正月初二才去岳父家的。四岘四水的讲究男丁在未成婚时，正月初二一定是去舅家的，给舅舅磕头。男丁一成了婚，正月初二就先去岳父家，给岳父磕头，然后再去舅家。韦三不一样，他管着岳父家田地里的事，担着一份责任。他要去看看值守的长工牲口喂得怎么样，他怕他们偷懒。

韦三穿一件光板的羊皮袄，脚上是一双毡窝窝，绳子扎了裤脚，头上戴着一顶羊皮帽子。他踩着雪，顶着凛冽的寒风，高一脚低一脚往前走。头顶上一碧蓝天，缀着满天星斗，晴朗的天空里，星星似乎就在头顶，触手可及。韦三走到薛家门口时，已是身上汗津津的。他直接去了牲口场院，果然不出所料，牲口槽里干干净净，看来值守的人没给牲口添夜草。他提起牲口棚边的背篓，到草堆上背了草，往牲口槽里添草，先是马棚，后是牛圈，然后是羊圈。薛驹家有二十多匹马，三十几头牛，近千只羊。韦三添草，花了一个多时辰，鸡叫三遍时才将牲口槽添了一遍。天已放亮了，群星隐退，值守的长工听到响动，披了棉衣出去，看到韦三给牲口添草，难为情地挠着头说："昨晚守岁熬过头了，没起来添夜草。"又说："反正大过年的，牲口都不干活。少吃一口不打紧的。"

韦三笑笑说："今早你别吃饭了，反正不干活，少吃一顿不打紧的。你这是庄稼人说的话吗！不过我已经添好草了，你还能再躺一会儿。记着，日头一出，牲口出行时，你可得扎好了牲口上的红线彩条！"

值守长工说："这误不了，出行是热闹的事，谁能耽搁了看热闹。不过雪太厚了，牲口在外头找不着吃的，出行也就是做个样子！"

韦三说："有吃的没吃的，行是要出哩嘛，做样子要像个样子嘛！"

值守长工回屋关了门睡去了。韦三转到上院门口，他迟疑地站了一会儿，还是拍响了院门。大门吱呀一声，开门的却是兰花。兰花后面站着菊花。

韦三问："你们两个起这么早干啥哩？"

兰花开大门，说："姐夫你进呀！"

韦三说："这门，我们当女婿的，要大年初二才可以进哩。我是在牲口院里转了一圈，想看看值夜的人操心了没有，想不到你们起这么早，在院子里干啥哩？"

兰花见韦三不进门，她便侧身出了门，反关上大门，将大年夜大爹叫吃年夜饭，薛驹和她四爹都没有去，在家里又喝酒又抽鸦片，闹腾了半夜，现在正睡的事学说了一遍。兰花说："大爹叫薛增哥铲开了雪来告诉我们，我和菊花晌午就想过去哩，谁知我哥把我们骂了个不轻，不让我们出门，还说今后各家过各家的日子，井水不犯河水哩，分明是不和大爹、三爹家来往了。姐夫你说，大爹、三爹为我们操了多少心，四爹和我哥这样绝情，大爹和三爹有多伤心！"

韦三愣了半天，一句话也说不出来，过了好半天，才对兰花说："你们还去玩吧，有些事你们女娃娃家也管不了。"韦三说了，转身往家里走去。

还是深一脚浅一脚地走在厚厚的雪地上。韦三到家后，日头已露出东山，出行的第一声炮响了，整个山里炮声响成一片，牛欢马叫，村南村北热闹起来。韦二也将自家的牲口圈开了，燃起一挂炮，将他们家的三头大牲口从圈里轰出来，牲口鬃毛上、尾巴上扎了红丝绳，在炮声中奔向了厚雪覆盖着的山岭。接着，羊也被轰出来了，在雪地上畏畏葸葸地站着半天，有的羊折回头，又进了羊圈，其余的在羊圈门口徘徊。

韦三进了正屋，他娘到厨房去了，他爹正拈了几炷香给供桌的祖宗牌位上香哩。韦三站在他爹身后，他爹作揖他也跟着作揖，他爹鞠躬他也跟着鞠躬。

上香毕，韦黔上了炕，在火盆边上坐了，拿火钳捅小火炉。韦三接过他爹手里的火钳子，捅了几下小火炉，火炉里蹿出火苗。韦三又拿茶壶坐到小火炉上，说："爹，我早上去薛家牲口场院里转了一圈，见着兰花了。"韦三将兰花说的薛家年三十吃年夜饭的事给他爹说了一遍。

韦黔认真听了儿子的讲述，脸色变得凝重起来，愣了半晌，装了一锅子烟，对着火炉咂着了，猛吸两口，吐出一口浓浓的烟来，说："薛家恐怕要出大事！"

韦三疑惑地看着他爹。

韦黔说："薛驹本来就是一头没上笼头的生驴驹子，他妈活着的时候，靠着薛老大、薛老三还能拘束拘束他。现如下，他妈入土了，谁能约束他。加上薛老四的挑唆，那还不是一头没戴笼头的野驴，想怎么跑就怎么跑，想往哪里跑就往哪里跑。年三十不吃薛老大家的年夜饭，分明就是告诉薛老大、薛老三，我们分门立户了，你们的饭我不吃，我的事你们也少管。薛老四和薛驹掺和到一起，臭苍蝇碰上烂狗屎，能凑出个啥好事，这年一过，薛驹一定会折腾大事哩！"

韦三说："就他那点本事，能折腾出什么大事嘛！"

韦黔接上韦三的话说："那点本事，干正事肯定干不了，但糟蹋银钱，他那点本事足够了。他要是个痴子呆子，管他吃喝也就罢了，薛五佬的房屋田产，管他吃三五辈的，可经不住他抱着银子往外扔呀。你亲眼看着他一夜扔出去两千银圆，薛五佬就是有座金山，也不够他扔的！"

韦三说："那得拘束住他呀！"

韦黔鼻子里不屑地哼了一声，说："谁拘束他，早就分门立户了，人家现在快二十岁的人了，叔老子的话，听就听了，不听你拿他有什么办法！从他爹活着，薛家没给他少使家法，哪一次管用了。你是姐夫，又给他家管着春种秋收，可你管管他试试。说到底，你就是个旁人外姓，尊你了你是姐夫，不尊你了你就是韦三。薛家的事，你算哪根葱！说轻了人家不理睬你，说重了人家一句话挣你到南墙上，外人还说你谋他家财产哩！"

韦三叹气道："那总不能由着他往崖里跳！"韦黔沉吟着说："世上有些事是不可为的。我们管不了他，但我们也得有个起早的打算不是。薛驹的祸害，无非吃喝嫖赌，扔钱最快的就是赌博。他家有多少现大洋让他赌去，没有现洋，他只能拿房产地契、骡马牛羊变现嘛。你去他家干了这两年，这东南西北的地你是最熟不过了，他往外扔，你就接着。赌红眼的人，房产、地契在人家眼里都不算什么！咱们拣好的地块能接就接着，我们不接，总不能便宜了外人。"韦黔竖耳朵听了听院里的动静，又说："我算出会有这么一天，这两年，你大哥、二哥、四弟、五弟在外扛活，七弟、八弟给人牧牛放羊，每年的工钱我都攒着哩，本来能置几亩地，但实打实的地价，我攒的那点钱置不了几亩地，若是咱拾跌果，还是能拾几筐的嘛！你拦不住薛驹败家，可你能盯住他的财产呀，咱这点钱捡跌果还是能捡回百十亩。你想想，你弟兄十个，没有地，那不就一窝叫花子嘛！"

韦三听了他爹的一番话，心里很不爽快，但他脸上没露出来。再怎么说，他是绒花的丈夫，薛驹的姐夫。绒花的贤惠叫韦三十分满意，正如薛开昌说的"人生若此，夫复何求"！他讨厌薛驹不正经地做人，但却从来没打过薛家财产的主意。当然，他也知道，他爹攀薛家这门亲戚，是另有打算的。


## 07


正月初二。按照四岘四水的规矩，外甥要去给舅舅拜年，女婿要去给老丈人拜年。晚辈们要到长辈的亲戚家拜年。虽然皑皑白雪覆盖群山，又覆盖着山里的大路小路，但是人们从各个村庄走出来，踏着厚厚的雪，行走在山间的道路上。初二的天气如初一一样，天上没有一丝云彩。日头暖洋洋地照耀着，将阳光洒下来。山道上有人骑着牲口，牲口上捎着拜年的礼物。山里农家的礼物不是花馍、面馍，就是油炸馃子。山道上三三两两的行人，手里提着篮子，篮子里装了花馍、面馍或油炸馃子。不论是人或者牲口，都是蹚雪前行，先上路的人给后出来的人踩出道来，在踩出来的道上，日头就先融化了踩过的雪。初二的日子，春意已经萌动了大地，所谓"正月里来正月正，百草芽芽往上升"，虽然厚雪覆盖着山川大地，但雪底下，春潮已开始涌动。

韦三在院子里给驴和骡子鞴鞍子，他要尽着大哥大嫂、二哥二嫂先走。韦大媳妇站在边上说："我骑了骡子，你二嫂骑了驴，绒花骑啥哩，牛又不能骑。"

韦三回答："我们就过一条沟，几步路嘛。"

韦大媳妇笑起来说："你婆娘的三寸金莲，几步路也没法走。韦三，你就当回驴吧，把绒花驮过去！"

韦二媳妇在厨房门口哈哈大笑起来，跑到韦三跟前说："你夜里当牲口，白天也该当回牲口，让绒花骑一回，也不亏你！"

韦三高高地举起拳头作势要打人，吓得韦大媳妇、韦二媳妇急忙躲开了。这时，韦黔在屋里说："韦三，你先和绒花走，过去了打发个长工把牲口送过来，你大嫂家近，迟走半个时辰。"

韦大媳妇、韦二媳妇吐着舌头做着鬼脸，赶紧躲到厨房里去了。厨房里的绒花笑道："两个疯婆子，院子里喊去呀！"

韦大媳妇说："绒花，我们骑走了骡子，骑走了驴，心里不落忍，给你想主意找头牲口，好心叫你当成驴肝肺了！"

厨房里，三妯娌笑成一片。

韦三听他爹的话，他们两口子出了院门，将绒花抱到驴背上，去了沟对面绒花娘家。

兰花、菊花吃过早饭，几乎是倚门等着绒花姐姐。绒花一下驴，兰花、菊花一边一个搀着绒花的胳膊往里走。绒花先到堂屋里，和韦三一起给薛五佬、薛五奶奶的神主上了香，磕了头。兰花、菊花又搀着绒花进了东厢房，韦三打发人去送驴，然后也进了东厢房。兰花让丫头端上茶，韦三屁股在椅子上跨了跨，抿一口茶，站起身来说："你们姐妹三个先说着话，我去牲口棚里转一转。"说着起身出门去了。

薛驹听到动静，他起身下炕，到东厢房见了绒花。绒花赶紧站起来，拉着薛驹的手，左看右看，上下瞧了一遍薛驹，嘘寒问暖一番。

薛驹说他要洗漱，洗完后陪绒花说话。薛驹洗完回来后，绒花正和兰花、菊花整理带来的礼物。绒花对兰花说："你等会打发人把三份年礼分别送到大爹、三爹、四爹家，就说我和韦三这两天就去给几位老人拜年去。"

薛驹听了，沉下脸说："拜年去四爹家就行了，大爹、三爹家就不去了！"

绒花很诧异地问："为啥？大爹、三爹怎么你了？"

薛驹说："今后各家过各家的日子，还是少来往的好，省得人家老来搅和！"

绒花正色问薛驹："爹走了这些年，大爹、三爹可没少操我们的心，拉攀我们过了多少坎！"

兰花说："大爹备的年夜饭他不去吃，也不让我和菊花去。"

薛驹瞪一眼兰花，说："你插什么嘴，谁家吃不起一顿年夜饭，你当他们心那么好啊，还不是盯着我们家的钱！"

绒花大眼瞪着薛驹问："你倒说说，大爹、三爹盯了我们家啥钱了？"

"啥钱？"薛驹梗着脖子说，"捐抗日银子，大爹开的会，为啥全叫我们家出，人家问薛家要银子，他们不姓薛呀，为啥一块大洋都不出！"

绒花愣了半天，从椅子上站起来，两眼盯着薛驹的脸说："捐银子的事，大爹受了多少煎熬，你怎么能说出这种话来，你让大爹、三爹听了多伤心！你还让大爹、三爹日后怎么管你！"

薛驹丝毫不示弱，还是梗着脖子说："我还是三岁大吗？谁让他们管，我就不信，他们不管，我们就不活人了！"

绒花气得跌坐在椅子上，半天了，才恨恨地说："你呀你呀，叫我说什么好哩！就说你不和他们来往，不受他们管束，可我们是亲戚，两个老人操了我多少心，我心里没个数吗！我断了大爹、三爹，外人怎么看我，怎么看韦三。你真是吃上猪油糊住心了。四爹那样的人，你倒是顺上了，好坏不分嘛！"

绒花气得呼哧呼哧直喘气。

薛驹一扭头，气哼哼地出门了。

绒花坐在椅子上生了半天气，对兰花、菊花说："你们打发人把年礼送到长辈们家去，不管怎么说，韦三做女婿的，头要给长辈们磕嘛，你们别给你姐夫讲这话，说出来都丢人！"

薛驹回屋，烧了一个大烟泡，然后裹上被子放倒头装睡了。

韦三、绒花分别到薛家几家，韦三给几个老人磕了头。兰花、菊花要陪绒花去看几家老人，都被装睡的薛驹追出来骂回去了。


# 08


山里人的年，没有往年热闹，加上年前一场特大的雪，路上积雪盈尺，人们出行不便，山道上行人稀少，当然，至亲的外甥或女婿都不顾积雪深厚，还是涉雪行走在去舅舅家或者岳丈家的路上。

毕竟是春打六九头了，俗话说：五九六九，精沟子娃娃拍手。地气上升，阳光普照，四野山岭上的雪在悄无声息地消融，向阳的坡上已露出大片的地皮，遥看草色。各沟各岔融雪化冰，汇成细细的溪流，默默地集到一起，向沟底流去，碴子沟接收了众多的溪水，聚成了一条小河。河水在沟底的乱石中蜿蜒逶迤地流着，发出哗哗的声音。

春天的脚步在大山里迈动着，到处是春的气息、春的声音。

春天的脚步伴着四岘四水的山民们，过了元宵节。

# 第八章

## 01

正月十六的那天，有人进山了，也有人出山了。

进山的是年前跟陈专员一起来过的书记员韩朝闻，出山的是薛家的少爷薛驹。

进山的韩朝闻换了身份，他已是县党部的督察专员了。他的坐骑也由骡子换成了一匹黑色的骏马，身上的棉大衣换成了貂皮大衣，棉帽子也变成了狐皮帽子。他夹着的皮包已由与他年龄相仿的一个后生夹着。韩朝闻专员给蒲龙介绍，夹皮包的后生复姓宇文，单名一个"宇"字，是韩专员的书记。韩专员的身后跟着七个兵，班长仍然是王班长，兵少了四个，但号兵来了，从背着的军号上就能看出来。

蒲龙赶紧叫人给韩专员几个住的屋里生火，王班长和几个兵仍去那间屋里。韩专员对蒲龙说："在你这安顿下来，也就凑合两天吧，我们搬到薛五佬家去，他家的空房子多，将来成立了保公所，保公所的牌子也挂到薛家那里。"

蒲龙问韩朝闻说："陈长官到哪里去了？"

韩朝闻笑一笑说："陈长官嘛，苍松县多大个池子，能养得住人家！正月初十调令来了，升成省行辕办公厅主任秘书了，这不，我才顶了他的位子嘛!"

蒲龙挠着头惊讶地说:"哎呀,过了个年,变化就这么大呀,恭喜韩长官了,你也升得好快呀!"

韩专员有些得意地说:"我这位子还是陈长官极力推荐的,托陈长官的福啊!"

蒲龙又一次恭喜说:"韩长官你真是洪福齐天,陈长官在省里当大官,韩长官这是朝里有人呀,升官那是手拿把攥,也就是个时间的事。我这提前恭喜了啊!"蒲龙双手对韩朝闻打躬作揖!

韩专员呵呵笑着说:"鄙人愚钝,全仰仗诸位,办好这趟差,不出什么差错,升官的事只指望命运了。"

韩朝闻住了陈专员原来住的那屋,书记宇文宇住了韩朝闻原来住的那屋。韩专员的卫兵也是新带来的,住了原来卫兵住的那个屋。不一个时辰,火着起来了,屋里被火烘热了。

大家安顿下来,韩专员便召集宇文宇和蒲龙商讨下一步办差的事。

按陈专员当时的安排,腊月二十要成立保公所,但时间仓促,就推后了一个月。过了个年,离正月二十也就三四天的时间了。韩专员说:"时间紧是紧了点,咱们连轴转,正月二十也赶得上。县里听了陈长官建议,在四岘四水成立两个保公所。新窑岘子王家水和四道岘子薛家水为一个保公所,截打坝岘子窑儿水和刘家岘子耷拉水为一个保公所。新窑岘子王家水和四道岘子薛家水的保公所先成立起来,然后再去那两个岘水成立保公所,时间不能出了正月。这几天,干两件事情,一是薛家捐献抗日银子还有五千元没有缴上来,薛家承诺年后变卖牲口地产补齐,我们要催收;二是要开一次规模较大、参加人数较多的大会,各户大佬自不可少,其他中常之户也要参加,穷人家,每个户族不能少了一人,两个人三个人更好!"

说是商讨,其实就是韩朝闻在布置,别人也没啥说的。宇文宇在本子上记了韩专员的讲话。韩专员对蒲龙说:"为了郑重,你领宇文书记带我的卫兵去找薛大掌柜,还有薛五佬家的少爷,让他们伯侄一起来见我。"

蒲龙三人去了一个多时辰，薛元昌跟着二人来了。韩专员起身迎着薛元昌，拉着他的手，让他坐在椅子上，互致了新年的问候。韩专员直截了当地问薛元昌说："年前，薛掌柜承诺的抗日捐银圆的事，薛掌柜怎么打算的，是否就这两天把这事办了去，薛掌柜自去管你的家事，我们也就全心地去干其他的事。"

薛掌柜叹一口气，望着韩专员说："事情是年前说下的，该办就办么！只是我家老五的儿子薛驹今早出门了，去哪里也没给我们吭一声。过去有他妈，我们只跟他妈商量，眼下轮到薛驹当家了，我们还做不了他的主，只能想法找他来，才能商量着办，五千大洋的事，可不是个小事。"

韩专员问："他去哪里了？"

薛元昌回答说："过年到现在，他就没在我们面前闪过面。今早上骑一匹马走了，说是下山了，有一个长工跟着。我估摸着，大概是去了土门子，别的地方他也不会去。"

韩专员说："那打发你家里的去叫啊！"

薛元昌为难地说："韩长官，我就实话给你说了吧，这也没啥丢人的。我们家没有一个能辖得住他的人，去也是白去，就是见了人也不能把人绑了来！"

韩专员冷笑道："薛掌柜，你不是给我玩花活吧？"

薛元昌一脸的无奈和委屈，说："韩长官，我们打了这么些天的交道，我是个玩花活的人吗，想玩个花活还能玩得来呀！"

韩专员鼻子里"哼"了一声说："这好办，你薛家拘收不了他，那就我们政府来管！"韩专员对宇文宇说："你叫王班长来。"

宇文文书叫来了王班长。

韩专员对王班长说："王班长，你带两个兵，骑了我们的骡子马。"又对薛元昌说："薛掌柜，你派家里人带王班长他们去土门子找你侄子。"韩专员又对王班长说："他侄子如不听话，你们拿绳子捆了来。不管在哪里，一定给我找回来。"

王班长立正说了声："是。"

王班长带了两个兵，跟着薛元昌去了。

薛元昌只好安排韦三，骑了匹马，领着王班长几个去了土门子。

韦三领着王班长和两个兵到了土门子，薛驹就在土门子花鱼儿姑娘处，还没有去赌场。韦三和几个兵正好将薛驹堵在花鱼儿屋里。薛驹正在花鱼儿炕上躺着，韦三敲了门进去。薛驹见韦三身后三个兵，一个挎个盒子枪，两个背了上了刺刀的步枪，一骨碌打炕上爬起来，问韦三："韦三，你干啥来了？"

韦三指着王班长说："县里来了人，要找你说事哩。"

薛驹自打韦三娶了绒花，他从来都是直呼其名，他觉得韦三是他家长工，不配叫他姐夫。薛驹说："找我啥事嘛，你们支应了不就行了，我出来串个门，散散心不行啊！"

韦三说："事情大嘛，给政府应下的抗日银子没缴嘛，只能找你呀！"

薛驹很不耐烦，说："谁应下的找谁要呀，我啥都不知道，找我干啥？"

王班长更不耐烦，口气很硬地说："薛少爷，据我们所知是薛掌柜和你妈应下的，你妈死了，我们到哪里找去？你现如今是东家，我们找东家没错呀！"

"那你们找我大爹呀，我哪有工夫陪你们。" 薛驹一屁股坐在炕沿上，脸上很不屑的表情。

王班长正色说："薛家大少爷，你别跟我们杠，我们是奉上司的命令，来传你到政府那里问话。你好好跟我们回去呢，天无事，地无事，如果你硬杠呢，我们就不客气了！"

王班长给两个兵使个眼色。

两个兵上前一左一右将薛驹的胳膊拧起来，向后一背，薛驹立即龇牙咧嘴叫起来说："有话好好说嘛！"

王班长冷笑一声，说："我们倒是想好好说呢，就怕你听不懂人话。"王班长对两个兵说："带走！"

两个兵一手拧着薛驹的胳膊，一手提着薛驹的脖领子，像抓小鸡一样提到空中，走两步，将薛驹扔到门外。由于两个兵都使了劲，薛驹一趔趄跌得不轻，躺在地上"哎哟哎哟"直叫唤。王班长出了门，对薛驹说："你是要我们拴到马后头将你拽回去呢，还是骑马好好跟我们回去呢？"

薛驹仍旧咧着嘴喊疼，听王班长一说，立马认怂说："人家又不是不回去，你们下这么重的手干啥，我是人不是石头！"花鱼儿姑娘赶紧跑出来，挽起地上躺着的薛驹，对王班长说："长官，你让他好好跟你们回去，要说事嘛，何必闹得脸红脖子粗！"

王班长鼻子里"哼"一声说："我们倒是想好好说话，你瞧他那德行！"

花鱼儿拍打着薛驹身上的土，扶着薛驹，让他骑了韦三的马。

王班长对两个士兵说："你们两个和这位韦三老哥换着骑了马回去，别让山里的人看着我们不懂事，见人都耍横。"

韦三推辞道："我这脚板，牙长一段路，不用骑牲口。"

一行人朝着山里的薛家水走去。

## 02

王班长一行去了土门子之后，韩专员给宇文宇讲了薛家的事。他从薛五佬发财到横死、薛驹吃喝嫖赌抽的种种劣迹说起，特别是详细讲了一夜输掉两千大洋、气得老娘得病死亡的事。

宇文宇听得很认真，他觉得不可思议。

宇文宇出生在民勤县一个中常人家，家境不十分富裕，但能吃饱一日三餐。他自小聪慧，父亲便将其送进学堂，读书很是勤奋，后来考入凉州一所中等师范学校。就在师范即将毕业的那年，因为民勤缺水，为浇地与一大户人家发生争执，引起打斗。大户人家仗着人多，将宇文宇父亲打翻在地，受伤的父亲跌落水渠，结果被溺死在水渠里。等到宇文宇接到信赶回家，父亲已躺进了棺材。宇文宇和众亲戚抬棺告状，无奈斗不过大户，连丧葬费都没要上一文。宇文宇经父亲这一劫，深恨社会的不公，他愤而加入一个秘密组织。另外，他决计不回家乡做教师，而是投笔从军。在军队刚刚受训完毕，国民党凉州党部来挑人，由于宇文宇成绩优异，加上训练成绩突出，被凉州党部选中，分配到苍松县党部。陈佑天升到省行辕，韩朝闻当了县党部的督察专员，宇文宇便接了韩朝闻的工作，做了书记。宇文宇又被韩朝闻器重，带他来到四岘四水的东山干保甲所成立的差事。

韩专员对宇文宇说："等薛驹抓回来后，你去薛家。年前薛家承诺以土地、骡马、牛羊还有仓里的粮食变现，交齐五千银圆。至于怎么变现，那是薛家的事，你只是盯着，监督薛家处置这些东西，变回来现洋就行了。有什么难处置的事，你随时报告给我，我给你拿主意。"

宇文宇听完韩专员的话，思谋半天说："韩长官，具体做起这件事来，是不是分这么几步走？第一，我们先去查了薛家的地契，弄清楚地的亩数，先对他家的土地估个价。要出售的土地，还要贴个榜，出告示让人来买。我想要地的人多数肯定是这里的山里人，平川上的人一般不会来买山里的地。第二，骡马牛羊也先弄清楚了数目，找个行家也给估个价。骡马牛羊不限于山里，要想出手快，咱得到土门子的市场，那里要人肯定多。第三，仓里有多少粮，咱也得弄清楚了数目、粮食的品种，土门子的市场上肯定有批发价、零售价，我们参照着出售就行了。还有，好卖的都卖了，卖不出五千大洋怎么办？"

韩专员哈哈大笑起来，对宇文宇说："你这三条加上最后一条，应该是四条，问得清清楚楚，我也给你回答个明明白白。第一、第二、第三都照你说的办，最后一条是：我们只要五千大洋，我们是多一块银圆都不要，少一块银圆也不行！至于怕卖不出五千银圆，你大可不必担心，薛家的家业何止于一个五千！"

宇文宇听了说："明白了，我等薛驹回来就行动，求韩长官给我拨几个兵，最好能粗识几个字的。"

韩专员说："识不识字我就不知道了，识数肯定是识数的。最好，我把王班长拨给你，他再带两个兵，一切听你的差遣。"韩专员顿了顿，说："宇文，你虽然从学校毕业不久，但也在军队里历练了一年多，古人云，读万卷书，行万里路，我的体会是还要干千件事。干成事才是最重要的，单读书，会成为书呆子，或者也是马谡那样纸上谈兵。行万里路，实际上是经风雨，见世面，增多阅历，不仅仅限于游历山川。自古至今，行万里路出了成绩的，我只知道徐霞客，其余人收获肯定在其他方面。但干千件事就不一样，干事要谋事在先，谋到必须行到，只有行到了，事才能干成。这一点，我最佩服陈佑天长官，谋在先，行到位，事必能成。宇文文书，你刚才提出的几条，就是谋事在先，如果行到位，我们收回五千大洋的事就成了。"

天快黑时，王班长带着薛驹回来了。

王班长直接将薛驹带到了韩专员的屋里，对韩专员报告："韩长官，薛驹人带到。"

薛驹站在地中间，耷拉着脑袋，一副无所谓的样子。韩专员围着薛驹转了一圈，说："你就是大名鼎鼎的薛驹薛少爷呀！"

薛驹鼻子里"哼"了一声。

韩专员问薛驹说："我们找你什么事他们告诉你了吧？"

"不就是要钱的事嘛！"薛驹满不在乎地答。

韩专员又问："我们要钱干什么？"

"我哪里知道！"薛驹答道。

"那我们来告诉你，现在中国都在全民抗日，你家有钱，你们老一辈慷慨献金抗日。但你妈死了，你成了一家之主，我们找你就是要老一辈答应捐献的抗日银子！"

"谁答应的你找谁要啊！"

韩专员一拍桌子，喝一声："混账话，你妈死了，我们找死人要吗?"

薛驹并没有被韩朝闻的气势吓住，他依旧满不在乎的样子说："我大爹还活着，你找他要呀!"

韩专员冷笑一声，对宇文说："这等顽劣之徒，没必要多费口舌，你和王班长带他去吧，今晚就按你说的办法干起来。"韩专员指着薛驹说："他要是不听招呼，你们该使啥手段使啥手段，他要跑，拿枪招呼，往腿上打，不要他命就行了!"

韩专员朝门挥挥手，示意他们带薛驹走开。

宇文带了王班长，王班长让两个兵押着薛驹，跟着韦三到了薛家水薛家大院。

宇文宇先是收存了薛家的财产账，连夜掌灯点了牲口棚里的骡马牛羊，一一登记了数目。韦三安排晚饭，宇文宇、王班长和士兵都在薛家吃了饭。宇文宇叫王班长几个休息了，他让韦三领着转了几个院落，特别是看了薛家下院的粮仓。几个院落转完后，他让韦三领着去了薛元昌家。薛元昌正和秦州张三在屋里喝茶聊天哩。韦三领着宇文宇到了他屋里。薛元昌白天见过宇文宇了，他赶紧招呼让宇文宇上炕。宇文宇推辞着，坐在桌边的椅子上说："薛掌柜，你是长辈，我坐不惯炕，咱就不要拘礼，晚辈只是找薛前辈聊聊天，谝谝闲传，没什么正事。"

薛元昌见宇文宇说话和气，态度温和，也就没再勉强，喊薛增进来倒茶。韦三说："我在哩，倒个茶没麻达。"说着取杯子倒了茶，放在宇文宇面前。

秦州张三说："你们喧着，我回家睡觉去了。"

薛元昌没留秦州张三，宇文宇站起身说："这位老兄，我们没什么公事，就是谝个闲，你别走，一块谝么。"

秦州张三抱拳拱拱，提着烟袋出了门。韦三也告辞了，跟着秦州张三出门走了。

说是谝闲，宇文宇还是将话头引到抗日捐献的事上。宇文宇问薛元昌，抗日捐献是怎么回事。薛元昌便将陈专员抗日捐献的事细细地给宇文宇从头讲了一遍，最后说："据我知道的，这四岘四水的大户们年前都交清了政府定的捐献数目，就我们薛家，因为没有那么多现大洋，承诺了年后变卖财产交清。"

　　宇文宇问得多，自己讲话少。从薛元昌嘴里，他已知道了抗日捐银事由的大概。他思忖：办好薛家这件事，是韩朝闻对自己的考验。宇文宇穷人家出身，他被薛驹家的庄院财产震撼了。这样穷的山里，土房子里住的人衣不遮体，还有的人住在山旮旯的窑洞里，而薛驹家住着宫殿般的青瓦红砖的深宅大院，骡马成群，牛羊满圈。真正是朱门酒肉臭，路有冻死骨！想想父亲为浇一次水，被富户毒打致死，无处申冤。宇文宇真是恨透了这贫富悬殊的黑暗社会。他想掀翻这不公的社会，但一己之力怎能做到呢！这一次，无论如何，给了自己一个机会。正好又落在了他手里，他要拿出手段，实在是快意恩仇的大好事！

　　宇文宇告别了薛元昌，回到薛驹家的大院，韦三已给他准备了睡房。宇文宇进到睡房，王班长的兵给他打了洗脚水，伺候他洗了脚。薛驹家堂屋里不点油灯，照亮用的是蜡烛。有小胳膊粗的红蜡烛插在铜制的烛台里，而且是八仙桌上、炕桌上各摆了一尊烛台。烛台上的红蜡通亮通亮的。地上的木炭火盆正热烈地燃烧着，屋子里暖意融融。宇文宇坐在八仙桌旁的椅子上，拿过摆在桌子上的薛驹家的财产账簿。他翻到牲畜账册科目上，数了一下骡马牛羊的数目。在册的马二十七匹，其中驾车的十二匹，骑乘的八匹，其余干杂务和小马驹七匹；牛三十七头，耕牛二十二头，奶牛八头，生牛犊七头；羊九百六十余只，满齿的二百四十只，四齿的二百六十只，其余是二齿和小羊羔四百六十余只。粮食都在下院，有粮仓三十七座，其中大仓十八座，每座储粮一百石，小仓十九座，每座储粮五十石，大小仓共计储粮两千七百余石。粮食有小麦一千一百石，青稞一千石，豌豆五百余石。财产的数字从账册上移到宇文宇的脑子里，令他惊叹不已。要不是亲眼看到这么多财产，宇文宇怎么知道富人能有多富！宇文宇是知道穷人有多穷的，自己从民勤到凉州的师范上学，背着晒干的馍馍还有炒面，就那吃头，还得算着日子吃，只能半饥半饱地打发日子。人家一家三五口人，竟然屯了两千多石粮食。难怪薛驹一晚上输掉两千银圆满不在乎，这世界实在是不公至极！宇文宇在他参加的组织里，读了对旧世界批判的书，今天接触到这样的社会现实，更加坚定了他参加革命，参加到推翻这个不公社会的实践中去。他觉得陈佑天、韩朝闻让薛驹家捐银子抗日，这件事做得非常对！国难当头之时，怎么允许这些寄生虫放着大量的财富，过着吃喝嫖赌抽的生活。要按宇文宇的想法，这些财富应该全部没收，除了用于抗日，还要分发给穷苦的老百姓。宇文宇越想越兴奋，越加没有一丝睡意。他将账册收起来，码到一边，然后关好了门，吹熄八仙桌上的蜡烛，上了炕，将炕桌上的蜡烛移到自己的跟前，从怀里掏出一本小册子。书的封面上写着《聊斋志异》。他弹了弹蜡烛上的灯花，翻开书，认真地读起来。烛光将他夜读的身影照到窗户纸上，现出一幅大大的剪影。其实，宇文宇读的书是《共产党宣言》。

虽然宇文宇读书很晚，但他鸡叫二遍时就醒了。他穿好衣服翻身下炕。王班长的兵起得更早，见宇文宇屋里亮起灯光，一个士兵就端洗脸水进来。宇文宇洗了脸，韦三已让人备好了早饭，宇文宇、王班长和士兵们分头吃了早饭。宇文宇叫韦三准备了纸笔墨砚，他亲自动手裁纸，写了几十张封条，让韦三叫人打好了糨糊，宇文宇领着王班长几个在牲口圈门上贴了封条。牲口圈门的封条上写了马多少，牛多少，骡子、驴多少，羊多少只；而后又去了下院的粮囤，在粮囤上贴了封条，封条上也注明了粮食多少石。除了贴了封条，宇文宇还写了两张告示，一张贴在饲养牲口的院里，一张贴在下院粮仓的院里。告示上说：院内财产尽数由政府封存，不到政府启封之日，任何人不得轻动任何财产，违者严惩不贷！

宇文宇封了财产后，他立即到四道岘子韩专员处，汇报了执行情况，并提出他要带人去土门子，联系粮商，联系牲口贩子，将封存的粮食和牲口处置成现银。

韩专员很满意，让宇文宇和王班长两人即刻动身。宇文宇还汇报说，以他的粗略估计，粮食和牲口，处理一半不到，五千大洋就有了，没有必要处理地产。韩专员还是那话：五千大洋多一块不要，少一块不行！因为捐抗日银子是薛家的承诺！

宇文宇还是带了王班长去了土门子。临走时，韩专员让宇文宇带上蒲龙，他对宇文宇说："土门子对你来说是很陌生的地方，蒲龙常年去土门子籴粮粜米，买卖牲口牛羊，门道熟悉。"宇文宇非常赞同，说："韩长官虑事周详，我从学校到军队，就没进过市场，粮油什么价钱都不太清楚，更别说骡马牛羊了。"

## 03

宇文宇、蒲龙和王班长三人都骑了牲口，顺着遇夏岭到了土门子。蒲龙告诉二位，先不急着找粮商和牲口贩子，要打听清楚籴粮粜米的价格，再去骡马市场看牲口买卖的行情，然后拿主意。

用了一天多一点的时间，宇文宇几个基本摸了点行情。粮食价格，进价出价都比较清楚，只有骡马市场里，价格都不公开，有牲口牙子做中介，买卖双方都在袖筒里讲价，袖筒里成交。蒲龙出主意：咱们只拣大户挑，告诉他们，咱粮有多少石，骡马有多少匹，牛有多少头，羊有多少只。有大户要，我们带他去薛家水薛家，当场看货色，当场谈价格。宇文宇本来不会做买卖，觉得蒲龙这法子行。他们先去找粮行大户。有几家听说有上千石的粮食，很快就答应跟他们去看货。宇文宇和蒲龙商量定了三家，又到骡马市场。有山西和热河的两家牲口贩子听说有几十匹骡马，几十头耕牛奶牛，都愿意去看看。最后临夏的几个贩羊的回民，也要跟他们去看。

三个粮商，还有几个牲口贩子、羊贩子都雇了驮脚的牲口，跟着宇文宇、蒲龙几个进了山。

　　整整用了一天时间，薛家薛元昌、薛奇昌还有韦三、薛增一干弟
兄，和粮商牲口贩子们讨价还价，争得脸红脖子粗。一囤一囤的粮
食，一匹一匹的马、骡子，一头一头的牛，一只一只的羊。薛家要价
高了，贩子们跳着脚压价。贩子们出价低，韦三和薛家弟兄们跳脚抬
价。吵闹声高一声低一声，胸脯拍得啪啪响，各色人都使出浑身的
劲，有几个贩子嗓子都喊哑了，但还是挥着手，跳着脚，喷着唾沫星
子，装出亏死了的样子，痛心疾首，甚至于捶胸跌足。宇文宇和蒲
龙从中调停，吵翻了的劝和了，发誓再不做的又做上了。到了后晌酉
时，宇文宇宣布，交易停止。因为粮食和牲口的成交已达五千银圆。
有些贩子不知就里，有的还想要粮食，有的还想要骡马，有的还想要
牛羊，但宇文宇宣布收摊了，想要的找薛家人，各请自便。

　　薛家和贩子们的这场交易，薛家的男人里，薛开昌和薛驹都没有
露面。

　　宇文宇带着王班长、蒲龙将一箱子五千银圆交给韩专员时，韩专
员打开箱子，搓摸着箱子里的五千块大洋对宇文宇说："宇文，你这
件事办得好极了，首战告捷，展露了才华。有了你，今后的差，我就
不担心了。"

　　宇文宇谦虚地说："要说功劳，韩长官的安排是第一功，蒲掌柜
是第二功，要没有蒲掌柜，我连贩子都不会找。至于本人，只是按韩
长官的指令跑腿，实在是论不上什么功劳的。"

　　韩专员说："我没想到这件事能这么快就能顺利办好，没了这件
事的牵挂，咱们就一脑门地干成立保公所的事。你们今晚睡个好觉，
明日就发告示，昭告新窑岘子王家水和四道岘子薛家水的男人们，正
月二十保公所挂牌大会召开。我来时已请示了县政府和县党部，保公
所就叫薛家水保公所。明天县里派人送来保公所的牌子，我这两天写
了祝福的横幅，还有很多庆贺的标语。昨天，我让一个士兵去县城买
了挂牌用的花炮和鞭炮，你们就等着瞧热闹吧。"

## 04

正月二十，薛家水保公所挂牌了，牌子就挂在薛驹家的下院。本来韩专员看上的是薛驹家的上院，但薛驹死活不同意。韩专员想想为这事划不来争，就按薛驹的意思，保公所的牌子挂在了下院。下院也是一砖到顶，挂了红瓦的房子。韩专员在院里转了一圈，说就用东面一排房子，等天暖土地消了冻，院里隔道墙，另开个门，因下院的后院是粮仓，车马进出，妨碍保公所办公。

挂牌时间定在巳时末午时初。巳时时分，新窑岘子王家水的几个大佬骑了骡马，穿长袍马褂，有的戴礼帽，有的戴皮帽，行走在向四道岘子薛家水的山路上。正月十九，韩专员派王班长带着兵，分头到各村宣读告示，几乎是做到了家喻户晓。告示上要求成年男人必须参加保公所的挂牌大会。告示上还说，保公所牵扯着家家户户的切身利益，成立了保公所，接着就要成立甲公所，谁不了解保公所、甲公所的重要性，日后就没法过日子。党国的方针大计都要通过保甲所传达到每个国民，谁不了解保甲所，都是后果自负的事。因此，山路上走着各村各庄各堡的人，还有些爱看热闹的女人，三三两两骑了牲口，由自家男人牵着，向四道岘子薛家水走来。要不是抗战时期，耍个社火，来看热闹的人就更多了。

薛驹家下院的门口，搭了一个临时的台子。屋顶上，一个号兵一手叉腰，一手举着军号，嘀嘀嗒嗒地吹着。吹号是为了给四野的村民引路，让他们知道挂牌的地方。由于是保公所挂牌，韩专员还让四道岘子薛家水准备了锣鼓。村上锣鼓是现成的，蒲龙昨日个凑了一帮敲锣打鼓的人，伴着吹响的军号，锣鼓也咚咚嚓咚咚嚓地响起来。四面八方的人有骑着牲口的，有蹚着脚板的，都聚拢到薛家大院来。霎时间，薛家院门前随着锣鼓喧天，聚来的人高叫低唤，人声鼎沸起来。自年前一场暴雪之后，这片山里一直是晴天，日头一挂上天，空气中飘荡着温暖。山上的雪化了，阳坡的雪化得更加干净。各沟各岔响着淙淙的水声。春的气息在山间涌动。摆脱严寒的山民们随着春的到来，个个都很兴奋，尤其在这欢乐的锣鼓声里。

临时搭起的台子上摆着一张八仙桌，桌边摆了三把椅子。八仙桌边立了一块牌子，牌子上写着"薛家水保公所"。

挂牌时辰到，韩专员登上台，坐在八仙桌后面的椅子上。宇文宇也登上台，他站在台前，示意锣鼓停下，然后对台下周边的山民们又是叫喊又是挥手，让他们站到台下来，会议马上就要开始了。台下王班长带着几个士兵组织周边的民众，叫他们往台下集中。

人们都向台下围过来，长袍马褂的一堆，穿得起新棉衣、新棉裤的一堆，破衣烂衫的好几堆。穿长袍马褂的，手里多数拿着一根讲究的拐杖，有湘妃竹的，有皂角木的，有枇杷木的，他们逢人便双手抱拳打躬作揖，口里说着新春祝福的话。穿着新棉衣的多是袖了手，要问候时将手抽出来，抱拳拱一拱。破衣烂衫的庄稼汉们更随意，有袖了手的，有抄着手的，对穿长袍马褂的大佬们大多打躬作揖，笑脸迎着问好，而后赶紧闪开去，钻到衣着相同的一堆里去，问好也是拍肩打背。同辈的见了更放肆，用脚拜年的也有，嘴里吐着粗鲁的话。

韩专员在台上八仙桌的椅子上正襟危坐。王班长挂着盒子枪，提了一面锣站在台前，敲了几下，要台下肃静。听到锣响，场面立马静下来，人们的目光都投向台上。站在台前的宇文宇挥着手臂，大声宣布：薛家水保公所挂牌大会正式开始。大会第一项，请县党部韩朝闻专员代表县政府、县党部讲话。韩专员从椅子上起身，走到台前，简短地讲了几句，无非是讲保公所的意义，还讲了抗日的形势，号召山民们为抗战做贡献。第二项，由韩专员宣布薛家水保公所保长人选。韩专员从口袋里掏出一张叠着的纸打开来，念道："兹任命蒲龙为薛家水保公所第一任代理保长。苍松县政府令。"韩专员读罢，招呼蒲龙上台。蒲龙上台给台下的乡众鞠了一个大大的躬，然后退到台边上。宇文宇要蒲龙讲话，蒲龙摆手推辞了，倒是韩专员又讲道："众位乡亲，为啥蒲龙是个代理保长哩，这是因为时间仓促，保长还没有征求广泛的民意，抗日形势严峻，大敌当前，政府只能临时指定人选，先搭起保公所的架子，然后再征集广大的民意，在民意的基础上，产生大家满意的保长人选。保长虽然是代理的，但干的事不是代理的，对上对下都要负起责任！"接下来，宇文宇宣布第三项：进行挂牌仪式。王班长将"苍松县薛家水保公所"的牌子从台上举到薛驹家下院的大门口，韩专员接过牌子，挂在了院门右侧的柱子上。

牌子挂好后，宇文宇指挥锣鼓敲打起来，王班长的士兵们点起了四挂一千响的鞭炮。一时间，军号声在薛驹家的屋顶上吹响，锣鼓炮声齐鸣，人群沸腾了，吵吵嚷嚷的声音喧闹成一片。被锣鼓声、炮声惊着的鸟雀四散飞走了。开天辟地，四岘四水的山里有了政府的机构，好多老人看着门上挂着的"苍松县薛家水保公所"的牌子，心里五味杂陈，不知道这是好事呢，还是坏事！

保公所成立后，韩专员马不停蹄，紧急成立了八个甲公所。新窑岘子王家水成立四个甲公所，四道岘子薛家水成立四个甲公所。甲长由村上大佬推荐、蒲龙认可，韩专员核查批准。韩专员派宇文宇和王班长去了一趟苍松县城，紧急地赶制了八块甲公所的牌子，发了八份甲长任命状。正月二十，韩专员带宇文宇、蒲龙、王班长和两个兵去了新窑岘子王家水，一天时间，挂了四块甲公所的牌子，发了四张甲长的任命状。正月二十五，韩专员带了同样的一伙人，给四道岘子薛家水挂了四块甲公所的牌子，发了四张甲长的任命状。薛家水的甲公所牌子就挂在保公所的边上，办公也是在薛驹家下院，保公所边上辟出一间房子，作为甲公所办公室。甲长是韦三的哥哥韦二。本来有人提议薛玉当甲长，但薛家特别是薛奇昌说什么都不让薛玉干。薛玉本人也是坚辞不就，无奈，韩专员经蒲龙提议，委任了韦二当甲长。韦黔听说薛玉不干甲长，他也让韦二跟韩专员辞了两回，最后在韩专员、蒲龙坚持下，韦黔才半推半就地让韦二接了甲长的委任状。

韦二从保公所领回委任状后，韦黔拿过手翻来覆去地看了几遍，把委任状锁在柜子里说："谁知道这是个好物件不是，说不准是套在脖子上的绳索哩。我们呢，还是多留个心眼，不出风头，抬头看上面，左右看邻村，人家怎么走，我们就踩着他们的脚窝窝，走快了、走慢了都不是要的。我还是那句话：磨道里的驴听吆喝就是了。"

韩专员挂完了薛家水保公所的牌子，又挂完了八个甲公所的牌子，他便去了截打坝岘子窑儿水和刘家岘子耷拉水。他要在正月三十挂完了东西两个岘水保公所的牌子，二月初五前要挂完八个甲公所的牌子。他还有两件要紧的事要干，一是要县财政局派人来东山两个保公所设税所，二是要在两个保公所辖区征兵。

韩专员走时，将薛驹家收的五千大洋交给蒲龙，说："这些抗日捐献银子你收着，你写一个支取二十元的条子，我们走后，你拿这二十元购置些保公所办公必需的物件，再找一位会做饭的，设个小食堂，今后县里来办差的不会少，你得让人来了有地方住，有地方吃。另外，还要物色一位既能写又能记账的人，叫书记也行，叫账房也行，能给你写写文书，跑腿办差的人。"

蒲龙一一答应了。韩专员领着宇文宇、王班长一行去了截打坝岘子窑儿水。


# 05


韩专员走了，薛驹也走了。薛驹叫一个长工鞴了马，他自己背了个褡裢。褡裢里装了什么东西，他也不告诉别人。从他背着的分量上看，应该是有上千的银圆。韦三见薛驹要走，堵到门口问："你去哪里？"

薛驹说："屋里憋得慌，出去散散心。"

韦三问："去哪里散心哩？"

"我也说不准，走到哪里算哪呗！"

"你得说个地方，家里有事，我得能找到你！"

"家里的事，家里能有啥事？"

"马上春播了，牲口多数卖了，缺牲口，拿啥下种嘛？"

"种地的事你管，别问我，问我我也不知道。"薛驹很不耐烦，他将褡裢挂到马鞍上，踏上上马石，骑上马，夹夹双腿，抖抖马缰绳，走了。

韦三愣着神，看着薛驹骑着马走了，苦笑着摇摇头，转身去了牲口棚。

牲口棚里空空荡荡，马槽上拴了稀稀拉拉几匹牲口，非老即弱。几匹走马还剩两匹，驾车把辕的一匹都没剩下，骡子全拉走了，一头没剩。圈里卧着的牛不到十头，能凑合耕地的也就三两对。韦三又转到羊圈，见羊圈空出了一大半，满齿的一头不剩，四齿的有十余只，二齿的也去了一半。羊圈里只有不足三百只春乏羊，每年春雪时还要死掉一些。韦三像是一个武士看着空荡荡的兵器库，还有兵营里一些劫后余生的残兵败将。他不知道，靠剩下的这些牲口，怎么种一两千亩的土地，有些粮食即将顶凌下种，他还没想好有什么对付的法子。韦三在牲口棚羊圈里转了两圈，去了薛元昌家。

薛增、薛强在院子里收拾农具，摆着很大的摊场。地上摆满了骡马的拥子①，还有耧啊、耙啊、犁头啊，总有一样，不是缺这就是少那。秦州张三在牲口棚下拿锯子锯一块木头，说是要给耧加一块隔板。薛元昌在屋檐下补一个驴拥子。看着韦三进来，大伙都嘴上打着招呼，手里没停活。韦三凑到薛元昌跟前，蹲下身子，对薛元昌说："大大，我来向您老人家讨个主意。"韦三说话声音很高，分明是说给大伙听的。"薛驹大少爷又骑着马走了，问他去哪里，他连个准话都不说。青稞立马要顶凌下种了，牲口没有不说，人呢，有些长工到今

---

① 拥子：用皮料或麻布充以草秸做成的牲口围脖，起防止其脖颈被轭擦伤的作用。

日个还不见人影，怕是见薛驹家这情形，大概是不来了。我刚刚在牲口棚里转了两圈，牲口，牲口没了，人，人没见来几个。我只能找大大，讨个主意，薛驹家这活怎么往下干？我问薛驹，你们听听他怎么说，种地的事你管，问我我也不知道，很不耐烦地骑上马走了。褡裢里装的肯定是银圆，不老少，看上去很沉，八成是去赌场了！"

薛元昌瞅着眉头紧锁的韦三，对薛强发话说："薛强，去叫你三爹来，一定要叫上薛玉，我们大家商量个主意，这真是为难韦三女婿了！"

薛强出去了一会儿，领了薛奇昌来，薛玉也前后脚到了。

薛元昌说："薛强，进屋拿两个小杌子来，给你三爹和韦三女婿坐。不进屋了，这红红的日头，晒得人身上怪舒服的，我们就在院子里说话。"

薛强拿出两个小杌子，薛奇昌和韦三接过来坐了，薛玉拽过一个马拥子，也坐了。薛元昌叫秦州张三过来说话。秦州张三正拿刨子刨一块板子哩，他说："你们说，我听得见！"

薛元昌让韦三把刚才说的话给薛奇昌和薛玉说了一遍。薛奇昌直叹气。薛玉拿一根芨芨棍在嘴里嚼着，听韦三说完了，他吐一口唾沫说："大爹、爹，这事本来我就不想说，明摆着嘛，隔山叫羊的事，你们嗓子喊破了，隔山的羊听不到嘛。我们这一堆人，干着急嘛，真正是皇帝不急太监急嘛！干了多少吃力不讨好的事，就是醒不过来嘛！"

薛玉这一顿夹枪带棒的话，说得大家面面相觑，都无言以对。沉默了一会儿，薛奇昌嗔着薛玉说："你不想说，怎么说了这二不带五的一堆屁话！你大爹叫你来给我们发牢骚呀！他是要大伙拿主意的，你这些话有用吗？"

薛元昌制止薛奇昌说："娃说个气话咋了，胡作非为的我们管不住，谁干活多倒把鞭子往谁身上抽，这不公平，鞭打快牛嘛！他五妈的病，玉娃起早贪黑，深更半夜，没闲过么。亲生儿子又能怎样呢！不过话说回来，牢骚归牢骚，眼面下的事咱们还得顾，一两千亩土地在那搁着，总不能不下种撂荒了吧。"

薛玉不吭声了，继续嚼他的芨芨棍，时不时吐一口唾沫。

秦州张三停下手里的活，踅过来，在一个牲口拥子上坐下，说："薛掌柜着急的是地下不了种，咱们就想下种的办法。眼下就要春种了，缺牲口咱就租呗。工价出高些，当日兑给粮食，就有人赶着种了自家的地，拿牲口、人力来换些现成的粮食。人说春荒春荒，没有个不缺粮食的庄稼人。能挣着现成的粮食，来干活的人一定不少。我们这一堆男人，加上薛文、薛武，自家的牲口使唤起来，春播的事，总能顾个七七八八。种子播下去了，俗话说：春种一粒粟，秋收万石粮。地万万不能闲下来，人误地一时，地误人一年嘛！"

薛元昌听了秦州张三的一席话，脸上露出了笑模样，说："真正是戏文里唱的老臣谋国呀！不是韦三女婿今日个来找我们，我心里也在瞎琢磨，这牲口都给卖光了，今年的地咋种？这地种不种的，人家薛驹才不在乎哩！眼下看，他不在乎才好哩，你们张三大这主意，咱们把地种下去再说，毕竟一两千亩地，荒了一年少了多少粮食哩。"

薛玉嘟哝道："一两千亩地，说白了不是你的，也不是我的，到头来，怕是给贼娃子管饱斋哩！"

薛奇昌瞪一眼薛玉，说："就你话多，地撂荒了，笑话的是咱们薛家。"

薛玉还是顶上一句："谁能笑话啥哩，你费力劳神种的地，不知是张家收哩还是李家收哩。"

薛奇昌气上来了，拿指头指着薛玉的额头说："你能，你怎么不去当甲长哩！"

薛玉温和地朝他爹笑一笑，说："种就种么，你气个啥，我也就是这么一说。人家一夜输掉两千袁大头，那还是我和韦三妹夫拼命拉着哩。家里能有多少袁大头，你们心里没个数吗！骡马、牛羊、粮食让人家明抢去了，他拿啥祸祸去，不就还有一两千亩地嘛！"

薛玉说的都在理上，薛奇昌无话可说了，愣在院子里，嘴唇抖着，想说啥，又没的说，只好叹一口气。薛元昌对薛奇昌说："老三你急个啥嘛？薛玉这娃是明理人，话没说错一句，我们眼下就这是个难事嘛。地是人家的，人家又不管，撂给韦三女婿，他能有啥法嘛！按说应该管住薛驹，不让他为非作歹，可我们谁能管得了他，分门立户了嘛，真让人老虎吃天，没个下牙爪的地方嘛！我看就照他张三大的主意，把地先种上，管他秋天谁收哩，尽到我们的力罢了。韦三女婿，好在全撂给你了，该雇人雇人，该租牲口租牲口，把地种上了再说。这些天，他张三大帮衬着你，有什么难事两人商量着办，大家看如何？"

众人都没什么说的，韦三拉了秦州张三走了。薛奇昌和薛玉也回去了。薛元昌、薛增、薛强仍旧忙他们手里的活。日头升到华儿岭顶上了，将温暖的阳光洒下来，院子里的积雪化开了，湿漉漉的地上冒着徐徐的热气。屋檐上，麻雀在叫着跳着。几只肥硕的母鸡迈着沉重的脚步，徜徉在院子里觅食，咯咯地叫着。一只芦花大公鸡在院墙上，伸长了脖子叫唤两声，然后飞下来，向着母鸡追过去。院外的柳树已绿意盎然，柳丝绦随微风荡漾着，春的气息回荡在山间。山坡上，百草开始发芽，冰草芽首先钻出地面，以自己的嫩黄之身沐浴着日光。柳树边的几棵白杨树，树皮绿了，枝头上吐出毛茸茸的嫩芽。树杈上的喜鹊窝周围，几只喜鹊上下翻飞，叽叽喳喳地唱着春天的歌。

## 06

二月里来龙抬头，各沟各岔水长流，农时也到了交七九八九的时节。有谣：七九八九，扛上耙走，九九加一九，犁铧遍地走。七九时节，大麦、青稞就要顶凌下种了。所谓顶凌下种，就是土地已消了一两寸了，犁铧尖要顶着仍然冻着的冰凌把种子播下去。四岘四水的农人们开始播种大麦、青稞种子了，九尽时节，才播小麦，接着豌豆，整个土地消透了，才将洋芋种下去。农时是不等人的，繁忙的劳作从第一耧播种开始，人们就起早贪黑地和土地拼上了。秦州张三和韦三分头跑了邻近的几个村子，把雇牲口的事告诉了许多农户。农户们对报酬很感兴趣，答应了自家赶着种完了，就到薛家帮忙去。薛增、薛强也是紧着先播自家的地。薛元昌除了秦州张三，还使了三个长工，人手够了，不到四天时间，顶凌下种的青稞播完了，第五天，人和牲口全转到薛驹家地里。薛奇昌家地少，有薛玉弟兄三个好劳力，没使长工。他们青稞三天就播完了，弟兄三个被薛奇昌催到薛驹家地里。薛驹家地里，又出现了往年的景象。雇来的邻村的人们也陆续到了，加上薛增、薛玉一干弟兄，十几套耧，分别有马、骡子、牛拉着，一片人欢马叫的场面。天刚亮，人和牲口农具都进地了，骡马一块地，牛一块地，牲口后面摇耧的个个都是农家把式，吆喝牲口的、甩鞭的各自显示着自己的本领。薛元昌、薛奇昌也不闲着，领了人送种子，还盯着人给下种的人送水送饭。被播种的犁铧翻开的土地上散发着泥土的新鲜气味，日头一升起来，斜射的阳光照耀下，新翻开的土地蒸腾着散发出春的气息。春的气息更加刺激了播种的劳作者、播种的骡马牛，还刺激了天空中飞翔盘旋的各种各样的鸟雀。更多的鸟雀在播种过的翻开的土地里寻觅着食物。

大约十天的时间吧，大麦、青稞都播下去了。接下来，又赶紧开始播小麦了，忙碌的农家人依旧忙碌着。薛家的人也是一样，当然，薛驹是个例外。

二月很快就在播种的繁忙中过去了。人们整天就是家里地里，地里家里，心无旁骛地干着春播的营生。一天上午，薛元昌正在锅底湾看着种豌豆。韦三和薛玉提着篮子撒豌豆种哩，薛元昌踩着两人的脚窝查看豆种撒得均匀不均匀。蒲龙来到了锅底湾的地头边，手里摇着一张纸对薛元昌喊道："薛大掌柜，你停一会儿，过来给你说个事。"

薛元昌对韦三、薛玉说："薛玉撒得有些稠了，手缝再紧一紧，我去看蒲龙有啥事。"说着向蒲龙走去。

蒲龙迎着薛元昌走过去。两人在地埂上立定了，蒲龙摇着手里的纸说："薛大掌柜，你快看看，你们薛驹家的房子、地、骡马牛羊都给薛驹输光了，你们人喊马叫的忙个啥劲！"蒲龙说着把手里的纸展开来，递到薛元昌手上。

薛元昌急忙接过纸来，从头看下去。映入薛元昌眼中的先是"告示"两个字。

### 告　示

今有业主薛驹因欠债将房屋、土地、骡马牛羊、家中妇女自愿抵偿债主。债主自三月初五对业主所抵房屋、女人、骡马牛羊及其他财产公开拍卖，愿购者请在即日到薛家水薛家大院协商购买，机会难得，先到先得，特此告示，望相互转告。

债主：马清云

中华民国××年××月××日

蒲龙又拿出一张纸，上面是财产清单，列了房多少间，粮食多少石，马、骡子多少匹，牛多少头，羊多少只，女人三个，还有其他财物，如八仙桌、楠木椅、摆件若干、字画多少幅等等。

薛元昌看到财产清单里列的女人三个，突然觉得眼前一黑，两腿打战，慢慢地倒在刚犁过的土地上。蒲龙赶紧抱着薛元昌，把他揽在怀里，对地里的人喊："韦三，韦三，你们赶紧过来。"地里干活的人，见蒲龙抱着薛元昌，纷纷扔下手里的活跑过来，最先跑过来的是韦三和薛玉。秦州张三紧随后头，他挡住韦三和薛玉说："你们不要乱动。"说着俯下身子，和蒲龙将薛元昌放平躺在地上。秦州张三把薛元昌的两只胳膊放胸前，然后便掐人中。掐了几下，薛元昌一口气上来了，睁开眼睛，看看围着他的人，突然放声哭起来。嘴里念叨着说："作孽呀，自家作孽不够，为啥要拉上兰花和菊花呀！"

薛玉抽出薛元昌手里的两张纸一看，将纸递给韦三，口里恨恨地骂道："这个畜生！"

两张纸从韦三手里传到秦州张三手里，秦州张三知道韦三也不识字，就对薛玉说："你倒是给我们念念，这上头写的啥，咋就把薛掌柜气得闭过气去？"

薛玉拿过两张纸去，对秦州张三和韦三说："薛驹这贼匪把房子、牲口、粮食都输了，最可气的是他把兰花和菊花也输了，人家告示上说，三月初五要议价拍卖哩！"

薛奇昌气喘吁吁地赶过来，着急地问："大哥，好好的你咋躺地上了？"

薛元昌哭得更伤心了，哽哽咽咽地说："老三兄弟，遭大难了，……我是说兰花、菊花遭大难了，叫贼匪卖给人家抵了赌债了。"

薛奇昌赶紧俯下身子，抓住薛元昌的手说："不管天塌了还是地陷了，你不能躺在湿地上呀！韦三女婿、薛玉你们赶紧抬了你大爹回家呀！"

韦三赶紧扶起薛元昌，让薛玉背了往家里走。薛奇昌掉转身子对秦州张三说："你们赶紧收摊回家吧，还种个什么地呀。"

秦州张三对韦三说："你们赶紧背了掌柜的回屋里，摊场我来收拾，不种地了就是卸个牲口，扛个犁头回家嘛，你们回去快些请郭郎中给掌柜的瞧瞧，千万别给耽搁了。"

薛玉背着薛元昌，韦三在后面挡着，蒲龙跟在后面往家走。薛玉直接背着他大爹回到家。蒲龙去了下院保公所。蒲龙老远喊道："韦三，安顿好薛掌柜，你和薛玉都到薛驹家，也许债主已经到他家了。"

韦三答应一声，跟着薛玉进了薛元昌家。

薛元昌在炕上躺好了，对韦三、薛玉说："我听着蒲龙叫你们哩，你们快过去看看。"

正说时，薛奇昌、薛增、薛强急急忙忙地来了，韦三说无大碍，让他们不要着急忙慌。

薛玉对他爹说:"爹,你叫强哥去请郭郎中来给大爹瞧瞧,增哥,你和我跟韦三妹夫去薛驹家,蒲龙说债主可能把门把上了。"

薛奇昌说:"那你们快去呀。"

薛元昌挣扎起来说:"还是我去吧,他们到底要怎么着哩!"

薛玉绷着脸说:"大爹,你安稳些好不好,小公鸡不也得打鸣嘛。你这身子,刚闭过气去,又折腾个啥嘛!天已经塌下来了,谁撑不是个撑呀,等我们弄明白了事情的来龙去脉,大主意一定得你们拿嘛!"

薛元昌叹一口气,只好又躺回去了。

# 07

薛增、薛玉和韦三到了薛驹家。

薛驹家的上院门口已站了两个人,一看就是打手的角色。其中一个,韦三、薛玉认得,是上次在赌场门口堵他们的打手。

薛玉、韦三上前问:"你们是干啥的?为啥站在我家门口?"

"你们家门口,谁说这是你们家门口?"

薛玉指着门楣上的字说:"上面写的'薛府'两个字你们认不认得?"

其中一个冷笑道:"前天,这'薛府'你说是你家的,我信,可今日个我就不信了。你问我是干啥的,我是给我家主人把门的,我家主人是谁,告诉你也无妨,我家主人就是大名鼎鼎的马清云。马清云你如果不知道,我就告诉你,马清云是我们长官马步青、马步芳的侄儿。把门的是干啥的,就是管这门的进出的。有人把我们把门的叫看门狗,看门狗就得看好了门,有生人进出时狗不得叫几声吗?生人进出不得咬几口吗?要不,把在门上,不成了庙里的泥胎了!"

话里话外透着豪横,薛驹原来是着了马家的道。马步芳、马步青,两个杀人不眨眼的魔头,杀个平头百姓不就是捻死个蚂蚁嘛!

韦三说:"薛府归你们了,我们还有大活人在里头,我们带走人

344

总行吧。"

一个把门的说："别说带走什么大活人，就是这院里的一根针，都归我家主人。你们家少爷已经把院里的一块砖头、一片瓦块都抵给我们家主人了。"把门的指着门上贴的告示说："你们识字不，上面财产里有三个姑娘，我们已卖了一个，院里这两个等三月初五你们拿银子来买，你出的价高，姑娘保准归你。"

韦三、薛玉知道争也无益，只好缓了口气说："两位爷，里头两位姑娘是我们家妹妹，你们行个方便，叫她们出来，饭总得吃哩嘛。"

把门的回答："这不劳二位操心，饭我们肯定管饱么，要是饿瘦了，也卖不出银子嘛！你们去看看牲口棚里的牲口，我们都雇了人喂草喂料，怕掉了膘跌价里，何况两个如花似玉的姑娘，我们能不让吃喝好了！"

韦三、薛玉只好到了下院。下院也有两个大汉把着。两人进了蒲龙的保公所。保公所里，蒲龙正陪着一个人说话。韦三、薛玉一眼就认出，这人是土门子赌场的朱掌柜。朱掌柜还是那副憨厚的模样，穿了一件挂了丝布面的宁夏滩羊皮大氅，手里拎着一顶狼皮帽子，头上还戴一顶黑色的瓜皮帽，脚上踏了一双做工十分讲究的棉窝窝鞋。见韦三、薛玉进来，立即站起来，一手摘下瓜皮帽，鞠下一个九十度的躬，口里说道："二位爷，我们又见面了。"朱掌柜一边鞠躬，一面让座，脸上依旧憨态可掬的笑模样。

薛玉冷笑一声说："朱掌柜设的好局呀！"

朱掌柜笑容更加灿烂地说："你家少爷赌豪了，赌豪了，豪赌一旦失了手，就是这个样子的，十匹马十头牛都拉不回来的，拉不住的，豪赌就是这个样子的。"他坐下来，从一个布袋里拿出一个账本，翻开来，指给韦三薛玉看："你们瞧瞧上面画的押，一夜摁十几次手印，赌得太豪了，真正太豪了，真是豪气干云呀！"

薛玉真想照着朱掌柜那憨态可掬、满是笑意的脸一拳打过去。他的拳头掐得咯吧咯吧响，但他始终没能举起拳头，也没照朱掌柜那张脸砸下去。他忍着怒火问："薛驹人呢？"

朱掌柜赶紧说："你家少爷好好的，他把花鱼儿姑娘也赌输了，本不该的，最后一把，他硬是押上了花鱼儿姑娘，输了。我家主人半卖半赏地把花鱼儿姑娘给了我们场子里跑堂的鲁五。前天鲁五娶花鱼儿姑娘，你家少爷还随了份子，去吃喜酒哩！"

薛玉终于忍不住了，他挥起拳照着门一拳砸过去，一块门板立时飞了出去，嘴里骂道："猪狗不如的畜生！"

蒲龙赶紧站起身，拽住薛玉说："老弟你这何必呢，事已至此，该商量如何应对才是，冲动太过，不成事还会败事。"

韦三拽了薛玉说："咱们回去，你一定要忍住火，听大爹、三爹怎么处置。"韦三问朱掌柜说："朱掌柜，薛驹人呢？"

朱掌柜还是一副笑模样，回答说："薛少爷人在土门子，吃得好住得好，三月初五那天，他是一定要露面的，一定要到场的。"


# 08

薛驹豪赌月余，赌到最后，二月廿八那晚，他身上带的银圆、地契，能算得出的骡马牛羊，还有两个妹妹全输了。他只有身上穿的宁夏滩羊皮、挂着绸面的大氅，还有一条狐狸皮围脖、一顶貂皮帽子。他将羊皮大氅、狐皮围脖和貂皮帽子一抱子押上去。这时朱掌柜走过来说："薛少爷，俗话说，赌场上押婆娘都不押衣服。你这身衣帽，你赢了我们不好算价，你输了我们也没穿上合身的人。这春寒料峭的，我们咋忍心薛少爷穿件衬衣出门哩，冻坏了不是要的。"

薛驹目光像狼一样瞪着朱掌柜吼起来："我给你的场子送了多少银子，我的骡马、牛羊、地契、妹妹都送给你了，难道我再赌一把不行吗？你们也太欺负人了！"

朱掌柜仍笑容可掬，慢声地说："薛少爷，我可在边上一直劝你来着，不要赌豪，你不听，就是赌豪，豪赌失手，你怪不得我们。"

薛驹高声质问朱掌柜说:"你说赌场上押婆娘不押衣服,那听你的,我押婆娘。"

"我说过,刚刚说的。"朱掌柜两手一摊,"薛少爷,你只有两个妹妹,已输给我家主人了,说句不恭敬的话,少爷还没大婚哩,哪有婆娘抵押嘛!"

薛驹对朱掌柜冷笑一声说:"花鱼儿是我从窑子里赎的身,我花了银子,她就是我的女人。我押花鱼儿有什么不行?"

朱掌柜略一思忖,说:"你花银子赎出来的女人,你要赌她,没有什么不行,我劝薛少爷一句,你身边可就这一个女人了。还是留着服侍少爷吧,没有花鱼儿,你可就是孤家寡人了!"

薛驹吼道:"男子汉独立世间,何必惜一个女人!女人自古脚上的泥、身上的衣。我就押花鱼儿,输了,我赤条条来去无牵挂了!"

朱掌柜笑模样依旧,竖起两个大拇指说:"薛少爷,事到如今,还是豪气不减。"他示意摇宝坐庄的后生:"你摇吧,让薛少爷再开一宝。"

后生揭开宝盖,让薛驹看了宝盒里两个骰子,然后盖上宝盒盖,双手抱着宝盒,在薛驹面前摇了三下,放在桌子说:"薛少爷要大要小?"

薛驹一只手押在宝盒上,犹豫了半天,先说押大,后又改小,再说押大,踌躇半天,忽然一咬牙,一跺脚,口里喊一声:"我押大!"

宝盒上的手揭开了宝盒的盖子。众人伸脖子一看,宝盒里躺的两个骰子是小。

朱掌柜让摇宝的后生将宝盒端到薛驹眼前,薛驹一扬手,将宝盒打得飞上空中,宝盒飞到东墙边上,打了几个滚,停到了墙脚边。两个骰子飞到不知什么地方去了,只听到落到地上的"嘣嘣嘣"的声音。

薛驹捶了一拳桌子,跌坐在椅子上,口里哀号般地叫了一声:"我好背啊!"

薛驹双手捂着脸趴到赌桌上。

朱掌柜让伙计拿来账本，朱掌柜对伙计努努嘴，眼睛看着趴在赌桌上的薛驹。伙计捣一捣薛驹的肩头，薛驹抬起头，眼里是绝望的无奈的目光，看了一眼伙计伸过来的账本，他拿起笔画了个押，又蘸了印泥盖了个手印，嘴里哭一样喊出一声："花鱼儿啊，我再也打不成你，骂不成你了！"

跑堂的鲁五见薛驹输了花鱼儿姑娘，他踅到朱掌柜的身边，手遮着嘴对到朱掌柜耳边说了一句什么。朱掌柜说："到里面说去。"鲁五就跟着朱掌柜进了一间屋子。过了一会儿，朱掌柜和鲁五出来，朱掌柜不改笑模样，鲁五则是满面春风地跟在朱掌柜身后。

朱掌柜走在薛驹跟前说："薛少爷，有句话我要告诉你。花鱼儿姑娘我家主人卖给鲁五了。我家主人体恤下苦人，只要了你下注一半的价钱，算是半卖半送吧。你今日个就不去花鱼儿那里了，我们给你准备了客房，有吃有住的。三月初五，你要陪着我们去薛家水办交接，清点财物，省得你走散了误事。"说完对两个打手努努嘴说："你们这两天的活就是伺候好薛少爷，薛少爷可是我们的衣食父母，薛少爷有一点闪失，仔细你们的脚筋。"

两个打手一左一右上来搀薛驹。薛驹拨开两人对鲁五说："鲁五，你打算怎么着花鱼儿？"

鲁五呵呵笑着说："我能怎么着她，不就给我当婆娘嘛，我又不打她，也不骂她，带着她过穷人的日子嘛！"

薛驹问："你要娶她？"

"我不娶她花钱买她干吗！"

"你啥时候娶她？"

"最快后天吧。"

薛驹长叹一声说："鲁五，你娶她请我不？"

鲁五倒难为情了，说："我娶花鱼儿姑娘，请你合适吗？"

薛驹赶忙接上说："我和花鱼儿这几年，日子也过了，把花鱼儿打也打了，骂也骂了，怪我运气不好，造了孽呀！我想最后送她一程。"薛驹又对朱掌柜说："朱掌柜，我输了，愿赌服输，我认了倒霉，但爹还给我留了一个酒窖，一窖的西凤酒、临夏黄酒，也值个几千块银圆。你借我二十块大洋，我去吃了花鱼儿姑娘的喜酒，三月初五，我给你拿酒顶账行不？"

朱掌柜想都不想一下，马上让人从柜上取来二十块大洋，交给薛驹。薛驹装好银圆，跟两个打手走了。

鲁五等薛驹走后，对朱掌柜说："朱掌柜，我得给你磕个头，我鲁五哪来的狗屎运，得个婆娘还得二十个袁大头。"

朱掌柜点着鲁五的额头说："鲁五，你个王八蛋，在这事上，你他妈真不及薛家这败家子哩！"

## 09

韦三、薛增、薛玉上院下院走了一趟，知道留着也没他们什么事，薛元昌、薛奇昌还等信哩，他们往薛元昌家走。

薛元昌躺在炕上，头上苫块羊肚子手巾，秦州张三偎在薛元昌身边。郭郎中正给他切脉，郭郎中边切脉边说："薛掌柜，我们都过了血气方刚的年纪了，遇事千万别激动，容易出事。"

薛元昌叹口气说："好我的郭郎中啊，看遇的是什么事嘛。你想想，老五的万贯家财，让贼匪输得片瓦不剩，谁遇着这事不着急上火，那才是神仙哩。"

郭郎中频频点头说："薛掌柜说的也是个理，一时遇着，谁也难把持住。这不过了嘛，还是想着自家的身子，着急上火只能伤自己的身子。好在一时急火攻心，这阵已心性平顺了。"郭郎中见韦三等三个进来，给他们递过个眼色，说："你们大掌柜叫急事给激了一下，这会缓了些，你们慢慢给他说事。"

韦三和薛玉在地上的条凳上坐了。薛奇昌在炕上盘腿坐着，嘴里嘬个烟锅，却没有点火。薛增屁股跨在炕沿上，划一根火柴给薛奇昌点着烟锅。薛增说："爹、三爹，我们三个去了上院、下院，门口都让债主给把上了，我们连门都进不去。三月初五，人家就要挂牌拍卖。我们说把兰花、菊花领出来，人家不让，说想要人，三月初五拿钱去买。我们还见了债主的掌柜，姓朱。薛玉和韦三妹夫在土门子赌场里见过，一个笑面虎，话说得软，事干得硬哩。把门的说，兰花、菊花她们吃饭没麻达，见人就到三月初五了。我听蒲龙说，他们在四岘四水到处贴了告示，要人们三月初五来拍卖财产哩。"

薛玉接上薛增的话说："债主势大得很，马清云是马步芳、马步青的侄子，在凉州辖区开了十几处赌场，专门引诱游手好闲的富家子弟，设局坑钱，谁着了他们的道儿也不敢跟他们马家争个高低。"

薛元昌扯下头上的毛巾说："他设多大局，你不去招惹他，能着他的道吗？自家的烂苍蝇专找臭粪坑哩！能怪谁去，和马家争长短，论高低，那不是拿脑袋撞人家的枪口吗？财产多少，咱们不去想了，三月初五，先救下兰花、菊花再说。"薛元昌说着对薛奇昌说："他三爹你说呢？"

薛奇昌使劲点点头说："这是我薛家最大的事，不管怎么说，兰花、菊花不能落到旁人的手里。落到旁人的手里，那就是跳进火坑了，打小到大，娃们没吃过一天苦。"薛奇昌哑口烟说："我就纳闷，告示上说的三个女人，还有一个是谁？"

韦三对薛奇昌说："三大，还真有个女人，薛驹跟戏班子学戏，从窑子里认下的一个女人，要张三大才能说清楚这个女人的来龙去脉。"

秦州张三瞧瞧薛元昌，又瞧瞧薛奇昌说："这事怪我，只给两位掌柜说过找了女人的事，就没说找了什么样的女人。告示上说的这个女人叫花鱼儿，薛驹赢了半口袋钱的时候，他就拿赢的钱给花鱼儿赎了身，还给花鱼儿租了房，置办了家安顿下来。后来薛驹只要去土门子，就在花鱼儿那里住。那年去凉州城，也是领着花鱼儿去的。"

韦三接上说："薛驹在赌场上最后一把就是输的花鱼儿姑娘。听朱掌柜给我们讲，花鱼儿姑娘被马清云半卖半送地给了赌场跑堂的鲁五。今天鲁五娶花鱼儿姑娘，薛驹还随了份子去吃鲁五和花鱼儿姑娘的喜酒哩!"

薛元昌听了，愣愣地瞅着屋顶，半天了，拍打着炕上的毛毡叹道："奇耻大辱呀!"


## 10

赌场的鲁五凭空得了个饱斋，拾了个跌果，捡了个做梦也想不到的花鱼儿姑娘做老婆。他从赌场柜上支了半年的薪水，加上他平日的积蓄，让赌场的一个小头目领着，拿了薛驹画押的一张账页，敲开了花鱼儿姑娘的门。

花鱼儿姑娘正在揉面做饭哩，开门见鲁五和赌场的小头目，心里暗暗吃惊，知道他们来肯定不是什么好事。小头目色眯眯地朝花鱼儿姑娘笑着，双手抱拳说："给鲁五嫂子道喜!"

花鱼儿姑娘对赌场小头目嗔道："你们嘴里又胡咧咧啥，谁是你们的鲁五嫂子，没事拿老娘寻开心，你当我还在窑子里呀!"

赌场小头目深深地给花鱼儿姑娘躬下一个躬去，口里叫道："以前咱是胡咧咧，今日个可是正经八百。"说着将薛驹画押的那一页账伸到花鱼儿姑娘面前，说："这是白纸黑字，印了薛驹的手印，鲁五哥从马老板那里掏银子将你买下了，你不就成了鲁五嫂子吗?"

花鱼儿姑娘拿过赌场小头目手里的纸，仔仔细细地看了一遍，问："薛驹呢?"

赌场小头目说："你看的这是薛驹最后一把赌注，押完你后，他就将银钱财产全赌完了。鲁五哥求了朱掌柜，马老板才把你便宜卖给了鲁五哥，这不鲁五哥猴急猴急的，要我陪了来见你。"

花鱼儿朝鲁五脸上扫了一眼，问鲁五："你花钱买我做啥?"

鲁五急急地回答："当我婆娘嘛!"

"你不知道我的根底?"

"知道嘛!"

"知道了你还花银子买我?"

"花银子我愿意嘛,人家心里早就想着你嘛!"

花鱼儿在炕沿上坐下来,愣了半天神,说:"不瞒你们说,我早就知道自己是飘蓬一样的命,风大风小,刮高了刮低了,飘到哪算哪。鲁五既然花银钱买了我,你打算啥时候娶我?"

"明个嘛,三月初三,你知道我是个穷跑堂的,八抬大轿没有,一头骡子还能雇得起,把你驮到我那破屋子里没麻达。姑娘就将就些,穷日子咱穷过嘛!"

花鱼儿姑娘再没说一句话,呆呆地坐在炕沿上,两颗大大的泪珠涌出眼眶,滚下脸颊,跌落到胸前。突然,她放声大哭起来,转身趴在炕上,拿被子捂了头,哭得浑身颤抖。


# 11

薛元昌对众人说:"这两天,我们一定要设法不要让兰花、菊花出事,军阀家的人,啥坏事干不出来。韦三、薛玉,你们去找蒲龙,叫他以保长的身份,尽着法子保护好两个娃娃。到了三月初五,我们砸锅卖铁,总要救了兰花、菊花出来。"

韦三、薛玉没有耽搁,立即动身去了下院的保公所。蒲龙还在屋里和朱掌柜说话。韦三叫了蒲龙到院子里,低声对蒲龙说了薛元昌的意思。蒲龙略一思谋,转身进屋对朱掌柜说了薛家的担心。朱掌柜对蒲龙说:"你们的担心不无道理,我手下的人都是混社会的,血里火里滚过,刀里枪里钻过,干点欺负女人的事,那根本就不是事。可要是把俩女娃先交给薛家,万一薛家把人闪了,我在主人面前也不好交代。"

蒲龙马上对朱掌柜说:"掌柜的,我倒有个主意,你把兰花、菊花交给我,我是薛家水的保长,我给你以保公所的名义具保,出了差池，你找我要人好了。"

朱掌柜马上赞成说："有蒲保长出面具保，那是万无一失的事，我一百个放心。"

蒲龙立即写了一纸保证书，盖了薛家水保公所的大印，自己还在上面画了押，摁了手印。朱掌柜收好保证书。蒲龙让朱掌柜动身去上院，韦三、薛玉两个跟在后面。

朱掌柜叫两个把门的开了门，薛玉抢先进了大门，跑到兰花、菊花的卧房，手拍着门，嘴里喊道："兰花，我是你薛玉哥，我们来领你们了。"屋门打开，兰花、菊花哭着扑向薛玉。薛玉一手揽了一个妹妹说："你们快别哭了，赶紧收拾东西，跟蒲哥蒲保长到他家去，你们在院里，一家人都不放心。"

兰花、菊花一头哭着，一头收拾好了东西，一人一个包袱，交给薛玉、韦三提了。几个人走出大院，兰花、菊花分别拽着韦三、薛玉的胳膊，去了四道岘子蒲龙家。

## 12

三月初三的早上，土门子东北角一条巷子深处的一家小院里，鲁五早早地起来，他拿一把扫帚将院落和院门前又扫了一遍。其实，昨日个晚上，他已扫过两遍了，今日个一起来，他还是想再扫一遍院落。鲁五觉得今天的天亮得晚，日头升起得也晚，瞅瞅家里院里，啥活都干完了，新婚的对联昨晚就贴上了，院门的门板上还贴着一个大大的"囍"字。屋里的窗棂上，昨日个他央求邻居婆娘给糊了新纸，贴了喜鹊登梅的窗花，炕上叠了一床新被窝，两个大红的枕头摆在被子上。炕里面放了一只红油漆的木箱子，木箱子上摆了一块六寸的大镜子，镜子上挂了一朵红丝绦扎的花。只是被子下面没有铺毡，只有一床破竹席，边上都拆烂了，肯定是鲁五抽鸦片时拆了当火扞子了。

三月里的土门子，已是桃红柳绿的季节，和煦的春风里，地里的禾苗已绿意茵茵。杏树上花褪残红，青杏挂在枝头。渠水在垄头的沟里潺潺地流着，正是农家的麦苗灌溉第一遍春水的时候。万物都被春天的阳光和春风激励得躁动不安。但鲁五今日个的躁动与春天无关，他焦急地等待着来帮忙的朋友们，可朋友好像一点也不着急，日头跃过东村头的大柳树了，赌场的小头目才慢腾腾地来了。小头目说他本来早就出门了，只是转过去看了看昨日个雇的接亲的骡子鞴好了没。他告诉鲁五，他把骡子换成了马。骡子接亲不能用，因为骡子不下崽，接亲不吉利。鲁五还要和花鱼儿姑娘续香火哩！鲁五夸小头目考虑得周到。接着几个弟兄都到了，接亲的马也被马夫牵来了。鲁五突然想起一件事，他对小头目说："今日个薛驹要来吃酒席，能不能再雇匹牲口，让人家骑了来，哪怕是头骡子也行。"小头目问马夫还有没有牲口了，马夫说那头骡子还在，说着转身去牵了骡子来。小头目便领了几个人牵了两匹牲口去了花鱼儿租的房子。娶亲的人里面还有邻居的婆娘。

花鱼儿姑娘住在土门子的西街，也就三五百步之遥。花鱼儿姑娘要出嫁了，她请了百翠楼老鸨妈妈和小鱼儿姑娘。小鱼儿昨夜就住在花鱼儿姑娘屋里，老鸨妈妈是一早来的。她们随便吃了点早饭，就给花鱼儿姑娘打扮起来。花鱼儿本来就是个俊姑娘，经老鸨妈妈一番打扮：头上梳了个鹊子翅，两翅上挂两朵桃花，一支银簪子插在发髻上。脸上扑了粉，嘴唇上涂了胭脂草，脸嫩得像蛋清，唇红齿白，穿了一件红绸的夹袄，一条薄棉裤套了一条藏青色的丝布裤，本来就细腰长腿，经老鸨一番打扮，倒是沟子突兀，奶头翘起，腰腿只成陪衬了。

花鱼儿拿一面镜子细细照了一番，又自己扑了点粉在脸上。老鸨妈妈说："姑娘，咋样呀，够美了吧，这样的天仙，便宜了鲁五那样的臭男人。"

花鱼儿放下镜子，呆呆地坐了半天，好像是自言自语道："女人一生就嫁一次，不管嫁个啥人，自个要把自个当回事。不管人家拉个骡子还是一头毛驴来娶，咱也要当成高头大马，我这样的人还讲究个啥哩！"

过了一会儿，薛驹由赌场的两个打手陪着来了。打早起来，薛驹对两个打手说："我不跑，跑也跑不到哪去，你们信我呢，就由我去花鱼儿那里，嫁完花鱼儿，我就回来了。你们不信我呢，你们受累跟我走一趟。"两个打手说："不是不信你，我们和鲁五都在一个场子干事，也要去讨杯喜酒喝，正好一搭里去一趟。"薛驹便带了两个人先去了当铺，将自己的狐皮围脖当了，然后拿着当的钱去租了一支唢呐、一个板胡，然后提着唢呐和板胡到了花鱼儿的屋里。

　　花鱼儿见薛驹进来，对他手里提的唢呐和板胡很是诧异，问薛驹："你咋来了？"

　　薛驹答："今天你出阁，送送你嘛！"

　　花鱼儿冷冷地说："总算称了你的心了！"

　　"说这些有啥意思哩，反正世上又没有后悔药。"

　　"你拿这两件劳什子干吗哩？"

　　"你出阁，我吹唢呐送送你嘛，总是有个喜庆的声音嘛。"

　　花鱼儿强忍着，怕泪水泡坏了化妆好的脸面。这时候，鲁五娶亲的人到了，赌场小头目领着几个人，牵了两匹牲口到了。老鸨妈妈给花鱼儿姑娘盖了盖头。小鱼儿牵了花鱼儿的手。两个人手里都提了一个包袱，老鸨跟在后头，大家都出了门。老鸨妈妈锁了屋门。

　　赌场小头目伺候花鱼儿上了马，他又让薛驹骑骡子，薛驹坚决推辞了，要老鸨妈妈骑骡子。马夫还将小鱼儿抱上花鱼儿的马。小鱼儿抱了花鱼儿的腰。众人出了胡同，从北街往西街走。出了胡同，薛驹将手里的板胡交给一打手提着，自己举起唢呐吹了起来。一曲欢乐喜庆的《迎亲曲》由薛驹吹出来，立马引起街上的人驻足观望。人们看着这样一支迎亲队伍，没轿没车，只有一匹马一头骡子。还有人认出送亲的是老鸨妈妈蔡婆子，大概猜出嫁的是窑姐儿，只不知谁家娶窑姐儿。

　　距鲁五家三五百步的路，不到一袋烟的工夫，娶亲的人马便拐进了鲁五家的胡同。鲁五和赌场的几个哥们迎了出来。小鱼儿自己爬下了马。鲁五上前将马上的花鱼儿抱了下来。鲁五的屋子小，因为天气晴好，鲁五将酒席设在院子里，共摆两桌席面，两桌席面的桌子都是借的赌场的。桌子边上摆的条凳是借私塾学堂的。鲁五在一张桌子上摆了香案等物。花鱼儿是按时辰接来的，下马就到拜天地的吉辰了。赌场小头目又兼了司仪，他吆喝着来宾们都坐了，让鲁五和花鱼儿站在摆了香案的桌子前。小头目让薛驹停了唢呐，口里喊着让鲁五和花鱼儿拜天拜地拜高堂。拜高堂时让老鸨妈妈在上面坐了，鲁五和花鱼儿朝老鸨妈妈磕下三个头去。这时，薛驹径直走到上席的条凳上坐了，从口袋里掏出一袋银圆来，倒在桌上，码好了说："这是我随的薄礼二十块银圆，望新人笑纳，祝一对新人白头偕老，百年好合。"鲁五和花鱼儿又磕下三个头去。鲁五实在是看着二十个大洋磕的头。花鱼儿则是百感交集，五味杂陈。几个赌场的伙计都在挤眉弄眼，掩了口笑。小头目又吆喝鲁五、花鱼儿夫妻对拜。最后让鲁五将花鱼儿抱进洞房，还让薛驹又吹了一曲《百鸟朝凤》。

鲁五进了洞房，揭了花鱼儿的盖头，又携了花鱼儿走出洞房。鲁五在胡同口边的侯家饭庄订的席面到了。两个跑堂的挑了两担子食盒来。众人帮着打开食盒，将十几样菜肴分别摆在两张桌子上。鲁五给了饭店两个跑堂的赏钱。小头目便吆喝大家入座，然后大家互相敬酒。小头目给赌场的哥们使了眼色，大家纷纷举杯给薛驹敬酒，有说薛驹做人做得豁亮的，有说薛驹肚囊大的，也有说薛驹重情重义的，还有说薛驹快意恩仇的。敬的都是满杯，非要薛驹酒满心诚。薛驹是来者不拒，都是一饮而尽，而且还倒过杯口让人看。鲁五、花鱼儿给大家敬酒，到薛驹跟前，薛驹更是连喝四大杯，嘴里说："什么话都不说，尽在酒中。"

花鱼儿夹些菜给薛驹，说："吃些菜，别尽着喝酒，空肚子喝酒伤身哩。"薛驹已是醉眼蒙眬，说："你别拦我喝酒，我今日个高兴，一定让我喝个痛快！"

小头目又带着弟兄们给薛驹敬酒，薛驹一一地都喝了，拿过板胡，调了一下弦，说："我今日实在高兴，亮亮嗓子，给你们唱段秦腔《南柯记》里的唱段。"众人拍巴掌叫好！薛驹便自拉自唱起来：

人生在世几秋冬，

好似南柯一场梦，

转眼就到夕阳红，

争上下又分雌雄，

蜂巢蚁穴瞎折腾，

醒来枕上无一物，

一片痴心付秋风。

薛驹借着酒劲，想吐吐心中块垒，怎奈在场的人都不解词意，听了几句，便觉无趣。赌场的小头目和几个伙计嚷起来，小头目说："喜庆的日子，唱什么鸟酸曲，吼几嗓子荤词，让大家乐一乐。眼下正是抗日抗德的时期，我们就讲打倒日、德。我们日得日不得，鲁五、花鱼儿是日得的，日了还要得个胖娃娃！"众人哄堂大笑来，薛驹自觉无趣，又让众人给灌了几杯酒下去，不胜酒力，半装半醉，趴在桌子上睡着了。

# 13

送兰花、菊花到蒲龙家，韦三叫薛玉先回去，自己也回了自己家。韦三家的人都在地上种豆子，他又去了地里。韦大在撒豌豆种，韦二吆喝着牲口将种子犁到地里去，韦黔在地头上捡冰草根。韦三径直到他爹跟前说："爹，我给你看样东西。"韦三说着从怀里掏出了两张纸来。一张是赌场贴的告示，另一张是财产清单。韦黔接过来说："这上面写的啥，我又不认得，你这不是为难我吗！"韦三说："我也不认得，但他们给我念过。这是赌场的告示，薛驹把家里的房子、骡马牛羊、地、粮食还有兰花、菊花都输掉了。另一张是财产清单，三月初五要拍卖哩，这些告示都贴在四岘四水的墙上了，人家已经派了一群人将上院下院的门把了，牲口棚、粮仓都有人看着了。我们刚叫蒲龙保了兰花、菊花出来。我和薛玉送两个丫头去了蒲龙家，这不赶紧过来通传你哩。"

韦黔愣住了，半天说："我料到薛驹败家是迟早的事，可没想到就两月多几天的光景，把薛五佬的万贯家财全败光了，真是造孽呀！"

韦三问："爹，你老说要捡薛驹家的跌果哩，跌果不跌果的，房子、地产都是人家的了，我们怎么个捡法？"

韦黔说："这么大的事，一定要仔细盘算，你去叫了你大哥、二哥，我们回家说去。"

自从年前一场暴雪，天气一直是晴的。由于雪太厚，二月一个月，背阴的地方雪才化完了。雪化后，地里积了足够的水，每天艳阳高照，百草竞相生长，山坡上绿草茵茵，草丛里春花点点，树木伸枝展叶，南边的林海更是一片苍翠。正是种豆的时候，韦三叫两个哥哥停住手里的活，去家里有事商量。韦大、韦二觉得奇怪，家里多大的事都是爹一手遮天，他们早已习惯了听他吆喝，怎么今天要有事商量，听着很不习惯。

韦大、韦二不管习惯不习惯，还是停了手里的活，卸了牲口，扛上犁头和耙，拉上牲口往家里走。

到家里，韦黔让韦三把两张纸拿出来，将纸上的内容给两个哥哥讲了一遍。韦黔说："我适才想了一阵，就我们家攒的那点钱，买薛家的地，实打实出价，买不了多少亩。我估摸着，薛驹赌场里押的价肯定不会高。他们卖也只能卖这个价，高于这个价，薛家也不答应，市面上也不好交代。我们呢，老三种了薛家这么多年地，哪块地好，哪块地赖，心里有数。三月初五一开场，我们先要了我们想要的地。牲口呢，便宜了咱们也要。我最看好的是薛家的宅院，但这时候还不是我们韦家住进去的时候。我想呢，山里能买得起宅院的没一家，去年让陈长官刮了大佬们的一层油，谁还能拿出钱来。房子不像骡子牛

358

羊，谁也不能把它背走，山外的人买了没啥用，人又不能搬到薛家水来住，估计他卖不出去。咱家还是尽着地买，你们几个都是种地的，先商量商量哪块地好，我们就先在哪块地上下手。事不宜迟，我这就到新窑岘子王家水串个门去。老三，你让老四鞴上驴鞍子，他跟我去一趟，找你几家舅舅借点现钱，捡跌果的事，备下银子就有机会。"

韦三出去找韦四鞴驴去了。

韦大、韦二相互看着，知道爹叫他们来也就是听他发号施令，绝没有商量一说。不过，韦大、韦二对哪块地好倒是十分感兴趣。

# 14

三月初五的日头照常从东面的头沟岭上露出脸，慢慢地朝天空中升上去。天一如既往地碧蓝碧蓝，不见一丝云彩。连着一个多月的晴天，气温升得很快。山里人比往年更早地褪下冬装，穿上了夹衫。在薛家上院的门口，摆了一张条桌，桌子后面摆了几张椅子。桌子上放着一个账本，还有纸笔墨砚。椅子上坐着土门子赌场的朱掌柜，还有一个账房先生模样的人，两边站了六个穿着黑衣黑裤的人，一看就是赌场的打手。巳时已过了半个时辰，一个头戴红色头巾的汉子提面锣，敲着锣喊道："诸位官人，请听好了，我家主人定的拍卖财产时辰已到，下来便是正式拍卖。大伙要遵守规矩，不得高声喧哗，不得胡乱起哄，拍一件清一件。"

条凳上陆续地坐了人。薛家男丁全伙到了。薛元昌由薛增、薛强扶着坐在了第一排凳子上。薛奇昌和薛玉、薛文、薛武，还有秦州张三坐在后面。韦黔领着四个儿子也坐在凳子上。蒲家大佬和蒲龙也来了。从西面新窑岘子王家水算起，邰家、郭家、杨家的大佬们都来了，截打坝岘子窑儿水的刘家、管家、王家大佬也来了。刘家岘子耷拉水的龚大佬没露面，或许还在路上，或许根本就不来。薛家院门前的树下聚了几十个看热闹的人。路上还有三三两两的人往这里走来。

因为正是下麦种的时候，好多人还在春播的地里忙活哩。

敲过锣后，薛家上院的门开了，先出来一个穿黑衣打手模样的人，薛驹跟在后头，薛驹的后头还跟着一个打手模样的黑衣人。见薛驹出来，朱掌柜起身拉过一把椅子叫薛驹坐了。两个黑衣的打手立在薛驹的背后。

朱掌柜从身边拿出一个包袱，打开来，将一本账册摆在桌子上，还有捆着的两摞地契。朱掌柜拿起账册对着大家高声说："今日个拍卖的物件，都是薛驹少爷借我家主人的钱抵押给我家主人的。我手里的账，是薛驹少爷在抵押时画押摁了手印的，要薛驹少爷当面验明了，才可拍卖。如果薛驹少爷现如今能拿出现钱，这些财物即可退还，完璧归赵。眼面下拍卖的顺序是活人、活畜，地契、房产、粮食。现在我们先从两位姑娘起拍。两位姑娘是薛驹少爷的两个妹妹，一名兰花，一名菊花，薛少爷抵的是每个妹妹两百大洋。"

朱掌柜说完，上院大门又开了，前面走出一个穿黑衣的打手，后面跟着兰花、菊花。兰花、菊花后面又是一个穿着黑衣的打手。

薛元昌赶紧给薛玉递眼色，薛玉站起来喊："朱掌柜，兰花、菊花我们买了，我们给钱！"

这时，山外的牲口贩子也喊道："两个姑娘我要了，我愿意多出银子！"

朱掌柜说："多出银子当然是好事，薛少爷抵押的两个姑娘四百两，要多卖银子，得薛少爷发话，多出来的银子是薛少爷的，我家主人多一块都不拿。"

朱掌柜对薛驹说："薛少爷，有人多出银子，你意下如何？"

薛驹说话了："那位客官，你愿意多出多少？"

客商立即回答："多出五十，两个一百。"

薛玉喊道："我先出的价，有人抬价，抬多少我出多少！"

这时蒲龙从条凳上站起来，走到朱掌柜跟前说："朱掌柜，借一步说话。"

蒲龙拉着朱掌柜进了大门，过了一刻时间，朱掌柜和蒲龙出来了。朱掌柜大声说："刚才，蒲保长提出不能加价拍卖，理由是我们告示上写了'先到先得'的话。我以为蒲保长说得有道理，要拍这么多东西，只要拍出抵给我主人的价，那就成交。刚才这位先生先出的价，两个姑娘就归你了！"

薛玉马上拿出一个布袋子，当场点了四百大洋给了朱掌柜。朱掌柜将大洋推给账房先生。账房先生清点没错，对朱掌柜点点头说："四百一块不少。"朱掌柜对薛玉挥挥手说："领走。"

薛元昌和薛奇昌站起身，向两个侄女走过去，兰花、菊花跑过来，扑到大爹们怀里，哭起来。

两个老人搂了侄女，薛元昌说："不哭不哭，走，咱们回家。"

兰花、菊花挽了薛元昌、薛奇昌的胳膊，往薛元昌家走去。

## 15

兰花、菊花是薛驹在输花鱼儿之前输掉的。

其实，那天后晌，薛驹是赢了钱的。薛驹一后晌赢的筹码在面前摆了十几摞。朱掌柜踅过来说："薛少爷，今日手气咋这么好！"

薛驹面有得色，说："这点嘛，总有个不背的时候。"

朱掌柜说："趁着点顺，薛少爷多来几宝，说不定就是翻本的茬口哩。"

薛驹打个长长的哈欠，眼泪鼻涕流了出来。他对朱掌柜说："你让伙计在睡房里给我准备个烟枪，弄几个上好的泡泡，我咂几口，再吃些饭。晚上，我趁着点顺，来几把大的。"薛驹将筹码推到朱掌柜面前说："你叫伙计把这些筹码给我换成银圆，我好久没听过银圆碰撞的声音了，抽烟时我听个响声。"

朱掌柜笑道："薛少爷这是什么嗜好，怪新鲜的。我让伙计给你装在袋子里，摇着听响声不更过瘾！"

薛驹哈欠眼泪不断地说：“我就是自己把玩着才开心。”

朱掌柜打发伙计拿了筹码去柜上换了银圆，伙计拿过来成捆的银圆说：“一共五百七十块。”

薛驹跟伙计去客房里吃了大烟，用完了晚饭，精神头来了，又回到了赌桌前。

朱掌柜也吃过晚饭来了，他对薛驹说：“薛少爷，赌场有话说，赢家怕吃饭，输家怕灭灯，你这一吃饭，点顺点背就难说了。”

薛驹瞪着眼：“快闭上你的臭嘴，我自己觉得点顺哩。”他把一袋子银圆丢给伙计说：“去换了筹码来。”

大概有两个时辰吧，薛驹时输时赢，筹码你来我往，时多时少，引得薛驹性起，他掂量半天，将一半筹码一宝押上去，口里嘟囔道：“要穿穿个长袍子，要脱脱个精沟子，这般不腥不素的，烦人嘛！”

开了宝盒，薛驹赢了，薛驹大叫着，搂过一堆筹码。他兴奋地数了数，又将一半筹码押上去。宝盒一开，输了！薛驹又将全部筹码推过去，说：“就他了，老子日子不过了。”宝盒开了，薛驹又输了。开宝的伙计拿耙子将薛驹押的筹码全部搂到自家的抽屉里。薛驹叫朱掌柜说：“朱掌柜，再来一千筹码。”

朱掌柜不慌不忙地踱到薛驹面前说：“薛少爷，按规矩拿筹码你得押上物件，你的房子、牲口、地契都押光了，你还有什么物件吗？”

薛驹没话了，半天拍着胸脯说：“我押我，押我总成吧？”

朱掌柜笑笑说：“薛少爷就是千金之身，必须得有万贯家财作保。你这副皮囊，恐怕没人拿钱给你。你押给我家，不还得抽鸦片吃饭嘛。我们拿银子抵个你干吗嘛！”

薛驹跳起来，嘴里叫道：“朱掌柜，你真是狗眼看人，前些日子你是怎么对我的，怎么一下子就变成这模样了！”

朱掌柜不急不躁，还是满脸笑容地说：“我们开的这个门，跳的这个神，薛少爷有银子换筹码，有筹码上赌桌。虽然赌场无父子，但你有银子就比父母强呀。我这笑脸是对着有银子的客官的。见个人我就有笑脸，我笑得过来嘛！我们这双眼，你骂狗眼也罢，骂驴眼也罢，你是没悟透一个道理，我们的两眼始终是瞅着银子的！你要筹码行，拿抵押物件来。"

薛驹不跳了，一屁股坐回椅子上说："我还有两个妹妹，一个十八，一个十六，押几百银子不行吗？"

朱掌柜叫过来账房先生问："你去薛家水打探薛少爷家财产时，知道薛少爷有两个妹妹吗？"

账房先生说："薛少爷的确有两个妹妹，薛少爷总不该拿妹妹做赌注呀。"

"你只要说清楚薛少爷有两个妹妹就行，拿不拿做赌注不关你的事。"朱掌柜挥挥手，叫账房先生离开。

朱掌柜还是对薛驹满脸堆笑地说："薛少爷，你真有两个妹妹，年龄也称得上二八佳人，少爷打算抵押多少银子哩？"

"我那两个妹妹知书达理，上得了厅堂，下得了厨房，如花似玉的年纪，怎么也抵个一千大洋！"

朱掌柜哈哈笑起来说："薛少爷，要是你爹活着，比如说，我是比如啊，我家主人的少爷要向你家求婚，谈婚论嫁，聘礼那自然是按千说。至于眼下，你可能不知道，随便三五块袁大头，买个十七八的黄花大闺女，那是手到擒来的事。薛少爷不信，你跟我土门子街上逛一圈，我五块钱买一个给你瞧瞧。"

薛驹急了，叫道："朱掌柜，你五块大洋买的能和我妹妹比吗？我妹妹是大家闺秀，知书达理，凤凰能和鸡比吗？"

朱掌柜还是笑嘻嘻地说："到什么山上唱什么歌。你家的大家闺秀是拿到赌场抵押的，不是选秀入宫的。我就一口价，低了也辱没了你薛家的大家闺秀。一人二百块大洋，两人四百大洋，愿意呢，我叫柜上给你数筹码，不愿意呢，就此打住，说实在话，把薛五佬的千金放到这地方谈价码，我都觉得做了伤天害理的事！"

薛驹没再讨价，跺一下脚说："四百就四百，你给我拿筹码，我给你画押，盖手印。"

筹码来了。

开了不到五宝，筹码全到了开宝伙计的抽屉里。


# 16

牲口拍了不到两个时辰，都拍完了，骡马牛羊各归买家，银圆全部到了账房先生的箱子里。

两摞地契被摆到了桌子上，朱掌柜叫账房先生给地契编了号。号是按地块的方位编的，最西头的地是一号，地块在新窑岘子王家水境内。第一号地三十七亩半，是王家水华儿岭下的一块背阴地，抵押价每亩五块大洋，共计一百八十七块半，四舍五入，拍价一百八十八块。王家水杨家大佬站起身说："这块地好赖不说，离我家最近，俗话说：丑妻近地家中宝。好坏我要了，要是王家水啥人还要，我就告退，绝不相争！"

朱掌柜问了几声："还有人要吗？"没人应答。朱掌柜对杨大佬说："你交银子，这块地归你了。"

接下来是二号地、三号地、四号地，王家水的人有要的，也有不要的，朱掌柜吆喝三遍没有要，就接着吆喝下面的号。新窑岘子王家水的地，要的都是新窑岘子王家水的人，别的村的要了种起来不方便。到了后响，按从西到东的顺序，拍卖的号和地到了四道岘子薛家水。

薛元昌叫薛玉几个弟兄盯着锅底湾的地。锅底湾的地排的是三十二号，到了二十八号地时，薛元昌、薛奇昌都从家里来了。两个老弟兄由薛增、薛玉扶着坐在桌前的条凳上。朱掌柜叫到了三十二号，也叫了锅底湾的地名。锅底湾是四十六亩地，总价二百三十块大洋。朱掌柜话一落地，薛玉便应声喊道："三十二号地我要了。"这时候韦二也喊道："三十二号地我要了。"几乎是一前一后，薛玉和韦二都喊出来了。

薛元昌循着声音朝韦二看过去，见韦二边上坐着韦黔。韦黔目不斜视，两眼一直直视着朱掌柜。薛元昌说："韦亲家，你要争锅底湾吗？"

韦黔转过头来，看着薛元昌说："亲家，儿子已经喊出来了，你不介意吧。"

薛元昌说："你不知道锅底湾有薛家祖坟，埋着我薛家祖上尸骨哩嘛！"

韦黔笑笑说："亲家，坟是坟，地是地，我买的是地，你家的坟在地里，谁有了地，也不会挖人家的坟嘛！"

薛奇昌说："亲家，我们家先喊出来的。"

韦黔对薛奇昌说："亲家，也就前后一嗓子的事，都是掏银子嘛！"

朱掌柜为难了，他对薛驹说："薛少爷，让两个买主议价呗？"

薛驹说："我听朱掌柜的，反正多出的钱归我嘛。"

这时候，韦三站起来说："议什么价，我们韦家不买了！"

韦黔看了看韦三，想了想，说："那就按我三儿子说的，我们韦家不买了，自己家亲戚，窝里斗个啥嘛。"

薛玉提个布袋子，将二百三十块大洋交给账房先生，从朱掌柜手里接了锅底湾的地契。薛元昌、薛奇昌从条凳上站起来。薛元昌说："咱们薛家一门，都离开这里，这地方演什么戏，我们薛家的儿男，再也不要瞅一眼，恶心！"

薛元昌、薛奇昌、薛增、薛玉一众人等，都走了。

接下来，又拍了两天地。韦家在拍卖这几天里，共拍回土地一百一十七亩，骡子一匹，马一匹，牛两头。几天里，韦黔跑了多少路，该去的亲戚家都去了，能借到钱的亲戚家都借了，哪怕是三块五块都不嫌少。韦黔还向韦四、韦五扛活的雇主家软磨硬缠地预支了两年的工钱，硬是凑够了拍地拍牲口的钱。韦黔将牲口牵回家，一摞地契拿回家，时不时跑到牲口圈里摸摸牛头，捋捋马尾巴，用下巴颏蹭蹭骡子的脊背，口里说道："我这地方窄小，委屈你们了，过几天，咱们还回薛家的院里去。"韦黔还将地契摆在炕上，一遍一遍地看，然后摞起来，拿到手里掂一掂，又一张一张摆到炕上，一遍又一遍地看，眼里放出光来，嘴里自言自语："我们韦家，在我手里有一百多亩地了。这些地可是薛家最好的地呀！"

最后，拍卖薛驹家的宅院。上院、下院，下院的粮仓、粮食，还有牲口的饲养场院。

粮食自有粮贩子一颗不剩地拍走了。

没有人来买薛驹家的宅院。一是山里没有哪个大户能出得起价；二是山外人，看上了宅院，也不可能跑来这里住。派人看吧，还得出一笔费用。朱掌柜想让薛家水保公所住到上院，先给他们照看着财物房屋。房子不住人，破旧得反而快。保长蒲龙给朱掌柜出主意：你先找个大户人家一次性买了，让买家每年拿地里的收成分多少年交清，一次性卖是卖不掉的。朱掌柜觉得这也是个办法，托蒲龙给他找个下家。

蒲龙见朱掌柜依了他的办法，便到韦黔家，见了韦黔，直截了当地给韦黔说了朱掌柜的想法。

住进薛五佬家的大宅院，那是韦黔朝思暮想的事，谁知道天赐其便，薛五佬养了个现世报的薛驹，把自己住进大宅院的梦想变成了现实。韦黔还是不露声色地说："事倒是个好事，那样的青砖红瓦盖的大院，谁不想住进去呢，可住进去了，地里年年的收成给了人家，就是变了个样子给人家扛活了，我韦家再干不成一件事了。"

蒲龙不这么看，他说："薛家那宅院，你韦二佬虽然儿子多，就是花二三十年工夫，也盖不了那样的宅院。你老今后要干啥事？为儿子们盖房子不就是头等大事吗？还有就是再娶几房儿媳妇嘛。有了薛家的宅院，娶媳妇那就成多容易的事了。再说了，反正料定那宅院山里人也买不起，他们只能贱卖胡甩了，你可以往死里压价呀！"

韦黔听蒲龙是实心向着自个，就说："蒲保长，那你就从中撮合，事成之后，我韦家自有谢礼。"

蒲龙笑一笑，说："看您说的，一个地方住着，我总不能向着外人！"

在蒲龙的撮合下，朱掌柜也无心纠缠，两家达成协议：薛驹家宅院归韦家，韦家每年给赌场四十石粮食。另外，赌场将没拍出去的五百三十亩地都给了韦黔。韦黔再加六十石粮食。薛家宅院加五百三十亩土地，韦家每年给赌场一百石粮食。粮食必须是小麦或豌豆，一定要晒干扬净。期限十年，十年后，宅院和土地归韦家。

蒲龙做中间人，朱掌柜代表马清云与韦黔签约。签约后，朱掌柜将薛驹家上院、下院和饲养牲口的场院、圈棚的钥匙都交给了韦黔，外加五百三十亩地的地契。


## 17

韦黔拿到薛驹家上院、下院、牲口饲养场院的钥匙，他第一件事就是领着儿子们将几个院落查看一番。其实，在签约前，韦黔已经将各个房间、粮仓、牲口圈棚查看了不止一次。但这次是他拿着属于自己的钥匙开的门，感觉就非同往日。韦黔两只手背在后面，一副黄铜的烟袋提在手里，两腿迈着方步，他从院门径直走向堂屋，韦二和韦五赶紧先两步推开了堂屋的门。韦黔抬脚迈过门槛，堂屋墙上的画还端正地挂着，但八仙桌和椅子已被朱掌柜搬走了，因为那八仙桌是楠木的，椅子也是楠木的。据说就那一套桌椅就比这堂屋还值钱哩。地毯也卷走了，青砖的地上留了铺过地毯的印迹。韦黔在地上一把柏木椅子上坐了，装一锅烟，韦四打着火对上去。韦黔咂巴两口，说："娃子们，这样青砖红瓦的房子里，就要配那样的桌椅，你们记住了，三年或是五年，最多八年，这客厅里一定要配上那样的桌椅，铺上那样的地毯。"

韦黔起身，一间房一间房地看过去。他一边看一边盘算，怎么把这些房子安排儿子们住下来。让谁住上院，谁住下院，那还是个伤脑筋的事。韦黔心里暗暗想：妈妈的，没房有没房的不便，这下有这么多的房，也有烦恼的事。不过，有什么事能难住精于算计的韦黔呢！转完了上院、下院，还有牲口棚圈，他已想好了哪个儿子住哪个房子了。

还有两件事也搅扰着韦黔。第一是搬家的事，按说，从对面自家的土坯茅草房搬到青砖红瓦高墙大院的薛家庄院，怎么说也要闹出些动静来，毕竟薛家的庄院不是一般人家的庄院。四岘四水，或者说苍松县的东西两山，南面的乌鞘岭下，北面一马平川的坝里，也没有这样的庄院。不大张旗鼓地热闹一番，心里有一股蠕动的气，似乎不能畅快地吐出来。但是，动静搞大了，薛家人的脸面上却不好看。搬进这样的府邸，总得请左邻右舍、远亲近朋来热闹热闹，起码摆上二三十桌酒席，放上几箱子炮仗，点上几十挂鞭炮。可薛家就在隔壁，你占了人家的庄院，摆酒放炮，搁谁都是打脸的事，何况韦三儿子又是薛家的女婿，韦三的媳妇又是薛五佬的亲长女，儿媳妇心里怎么想！前后左右地想，真还难住了韦黔。第二就是，薛驹将家产输得精光，他住哪里去，不管怎么说，韦家算人家薛驹的至亲，总不能把他立马赶出去。要是那样做了，四岘四水的人怎么看韦家，怎么骂韦家，韦家的儿男们怎么在四岘四水的山路上行走！占了人家的深宅大院，还有土地，却让人家上无片瓦，下无立锥之地。四岘四水人的唾沫能不淹死韦家！再说，就薛增、薛玉这一干弟兄，也不是平处卧的狗，冤家结下了，低头不见抬头见，日后的摩擦能少得了！

韦黔毕竟是韦黔，纠结了两天，他一咬牙，一跺脚，就有了主意。占了人家的房和地，不是韦家明抢，也不是暗偷，你败家子赌输给人家马清云了。我韦家拿银子买的地，买的牲口，我不下手别人也会下手，我理亏在哪里了？咱撕下这脸面，给薛家当面锣对面鼓说开去。我就找薛老大、薛老三说去，向他们讨个主意，我这家咋搬，薛驹咋安置？装屎谁不会，装屎不出钱，身上肉不疼！

主意定了，韦黔的烦恼也释然了。

他立马去找薛元昌，路上碰到薛文，韦黔问薛文："你爹在家吗？"薛文告诉说在家。韦黔给薛文说："我这就去找你大爹，你赶紧回家给你爹说，我在你大爹家等他，有要紧的话，几个亲家要说一说。"

韦黔到了薛元昌家，薛元昌在院子收拾一副驴拥子哩。薛元昌坐在一个小杌子上，胸前挂了一块苫布，手里拿把锥子，正给驴拥子上锥一块皮子哩，见韦黔进来，他站起身说："韦亲家你来了，进屋，我还有两针就缝好了，也就两句话的工夫。"说着，薛元昌叫薛大奶奶招呼客人，给韦黔上茶。

这时，薛奇昌也来了，韦黔说："我们也来个小杌子，你干你手里的活，我们说话，两不耽搁，自家亲戚，没那么多讲究。"

薛元昌缝完最后一针，拿身边的剪刀剪了线头，又拿榔头捶了几下说："好了，咱还是进屋去。"说着起身叠好了苫布，让韦黔进屋。

韦黔进了屋，他不绕弯子，直说："两位亲家，我今日个来找你们，是有两件事委实拿不出个决断，只好来找二位亲家拿个主意。这第一呢，我盘下薛驹家宅院的事你们知道，既然盘下来了，人就得住进去。自古以来，搬新宅是个大事，肯定得闹出些动静。你比如说，请几桌客呀，放几挂炮呀，本来还要请个戏班子唱两天戏，但抗日期间，禁止唱戏闹社火，唱戏就免了。我是想请教二位亲家，这请客应该请多少桌合适？还有这第二件事，薛驹住哪里？叫他住在上院，他肯定不住，住在下院，也是肯定不住，他野惯了的人，我们也拘收不住他。我有个主意，说出来二位亲家定夺。"韦黔端起杯子抿了一口茶，接过来薛元昌卷的一支烟，点上火又说："牲口饲养院旁边那三间房，当年由秦州张三住着，后来大亲家给秦州张三盖了房，搬走了，一直空着。虽然是土坯房，收拾出来，住人没麻达。我们山里，除了老五亲家盖了砖瓦房，人们不都住的土坯房嘛。我想趁天气暖和，就给翻修一下，上一遍房泥，墙上抹一遍泥皮，炕也给新盘一下，门窗我也给换上新的，你们看如何？别让外人说，我占了薛家的宅院，把薛驹撵出去了，这样的名声我可背不起！"

薛元昌给韦黔杯子里添了茶，看了看薛奇昌说："老三，韦亲家说了这一席话，我们该知道韦亲家的难处了。韦亲家真是个有心的人，考虑得细呀，处处照顾着我薛家的面子！要我说呢，韦亲家也是多虑了。老五的宅院，那是薛驹输给马清云的，与韦亲家半毛钱的牵连没有，那些财产土地是韦亲家拿银子从马清云手里拍来的，也和韦亲家没有半毛钱的关系。为了这宅院，亲家搭进去了十年的工夫，十年里你虽住着宅院，可你是给马清云扛活哩。一家子人都成了马清云的长工了嘛，懂人情世故的人不会想是你夺了薛家的家产。我们薛家就两个愿望，一个呢，就是兰花、菊花不要落在恶人手里；二个呢，锅底湾的祖坟不要落在外人手里，今后上坟烧纸多有不便。这两件事完满了，韦亲家没和我抢锅底湾的地，我薛家就感激不尽了，至于薛驹住什么地方，他要是个人，住的地方能没有？几院青砖红瓦的宅院都让他踢掉了，他该住哪里住哪里去呗。韦亲家还想着他，真是佛心仁慈，我薛家还能有什么话说。至于薛驹这个贼匪，他领不领情，我是不能担保的。亲家要搬家，自己的家，当然要隆重些。说句实话，从亲家那土坯房搬到青砖红瓦的宅院，动静搞得多大都是该的。我给亲家讲句话，亲家搬家，我们薛家儿男，薛驹我不敢说，其他都去帮忙搬家，支应客人。不看僧面看佛面，我家一个娃还在你家做儿媳妇哩！"

薛奇昌不住地点头，表示赞同。

韦黔下炕穿上鞋，对薛元昌、薛奇昌深深地鞠下躬去说："两位亲家，什么话都不说了，再说多了，就是我韦家不够仁义了。今日个算是请下了，搬家的日子定了，我让韦三通传两位亲家。我韦家对下这样的亲戚，真是祖上积了大德呀！"

韦黔说完，穿好鞋，兴高采烈地出了门，走了。

18

韦家搬家定在了三月十二。

正是春风送暖日，百花灿烂时，韦黔领全家搬进了薛家大院。韦黔杀了四只大羯羊，去土门子请了大厨，准备了十五桌席，请了乡党邻居、山里川里的亲戚，放了许多炮，有钻天猴、二踢脚、天女散花，还有五百响的十挂鞭炮。薛家的人倾族出动，有出力搬东西的，有支应客人的，尽量做到尽善尽美。蒲龙全程参与了搬家的策划和待客。韦黔还特别关照请了薛开昌，让薛开昌坐了一桌的首席。韦黔拉着蒲龙给薛开昌频频地敬酒。薛开昌表现得很矜持，还没散席，就起身告辞，说是身子有点不爽。韦黔特别关照韦三，给薛开昌包了一包熟肉，还带了两瓶酒。

家就这么热热闹闹地搬了。全家人从土坯房草房搬进了高墙大院，青砖红瓦的宅邸。韦黔夫妇住进了薛五佬住的堂屋。堂屋门是双扇的，窗户由四扇窗棂组成。炕是青砖砌的，一块红松木做的炕沿，已磨得光鲜滑溜。只是地上的八仙桌、楠木的椅子、西宁出的地毯都被朱掌柜拉走了，只留下青砖铺的地。韦黔只好将自家的供桌摆在上墙下。炕柜摆在炕上。两床被子已经多年了，有些破旧，好像一匹膘肥体壮的骏马配了副破烂不堪的鞍鞯。韦黔看了寒碜的桌凳和破旧的被窝，心里有点不是滋味，但这滋味转瞬间就被自豪感代替了。不是薛家出了个现世报的薛驹，不是自己精于谋划，这样的大院，谁能轻易地住进来。韦黔除了自己住在上院，还安排韦三两口子住上院。这些论功行赏的意思，不是韦三摸清了薛家的内情，韦黔下手不会有这么利索。韦大、韦二两弟兄只能住到下院。下院也是青砖红瓦的房子，一点儿不会委屈了他们。几十座粮仓就在下院的后院，虽然眼下粮仓是空的，但今后一年一年总会装满粮食的。老大、老二都是老成人，操心几十座粮仓应该没麻达。至于他们的婆娘心里不如意，那也不能惯着她们，打小从穷坑里滚过来的人，有砖瓦房住，该是她们前世修来的福分。老四以下，统统住到饲养场院里，让他们知道创业不易，谁娶了婆娘再让他们住进砖瓦房。就现在饲养场院的房子，那也比他们之前住的房子好上多少倍！

韦黔的婆娘给韦黔铺好了炕，一张芨芨席子上铺了一条毛毡。在韦家，只有韦黔炕上有毛毡，其余儿子儿媳都是睡光席子炕。韦三的媳妇绒花，薛五奶奶给陪嫁了几条毛毡，还有一条西宁产的炕毯，两条白布里子青丝布面子的褥子。嫁到韦家后，绒花将炕毯和两条褥子抱给了韦黔。韦黔婆娘舍不得铺，一直在炕柜里锁着。

韦黔躺在毛毡上，目光突然落在炕柜上。他翻身坐起来，对婆娘说："你这个老东西，忘了啥了？"

婆娘问："就睡个觉嘛，能忘了啥？"

韦黔指着炕柜说："你炕柜里放的啥？"

"咋哩？"婆娘问。

"三媳妇孝敬我的炕毯、丝布褥子你还放着干吗！"

"那么金贵的东西，你想拿出来糟蹋呀！"韦黔婆娘说。

韦黔嘿嘿嘿地笑起来说："在咱家那土炕上，那是糟蹋了，但薛五佬这金銮殿一样的房子里，就该拿出来铺上嘛，好鞍要配到好马上嘛！"

婆娘不肯拿出来，她说："你先睡吧，改天再铺嘛，你这脚臭熏死人了，一脚的臭泥，糟践好东西嘛！也不想想自己是个啥门神，硬往寺门上贴哩！"

"快闭上你的臭嘴，脚上有泥，你烧盆水来，老子洗一洗，不就干净了！"韦黔态度很坚决，"你不烧，我喊韦三烧去。"

婆娘赶忙挡着，骂道："你个老东西，又犯神经了。娃们累了一天，你就不能消停些，别大呼小叫了，我给你烧去。"说着下炕穿鞋出去烧水。

韦黔坐在炕上等了一会儿，婆娘烧了水端进来。韦黔坐在炕沿上洗脚。婆娘打开柜门，取出一条褥子来，铺到毛毡上。韦黔说："你把炕毯拿出来也铺上，炕毯上铺了褥子，睡上去才舒服！"

韦黔婆娘从来都是韦黔说啥是啥，就这几年偶尔还顶两句嘴，嘟囔两句难听话。她知道说也是白搭，只好将炕毯拿出来，铺到褥子下面。韦黔叫她把另一条褥子拿出来铺上，要婆娘睡上面。婆娘说啥也不睡褥子，嘟囔道："你想干啥干啥，我不干那造孽的事！"

韦黔洗完了脚，脱了衣服躺在褥子上，婆娘给他拉过被子盖了。韦黔突然将被子掀到一边说："这么绵软的褥子，盖了咱这土布被子，半边身子难受么！你把那条褥子拿出来，我当被子盖。"

婆娘嗔道："你糊涂疯了，那是儿媳妇洞房里铺过的褥子，你当被子盖，叫绒花看见了，传出去你韦二佬可就有笑话了！"

骂婆娘说："叫你拿你就拿，早起收拾了不就行了，咱这被子扎得人难受么！"

婆娘叹口气，打炕柜里拽出另一条褥子，扔给韦黔说："这么丢人的事，你愣是能干出来。我明天讲给几个儿媳妇听听，她们不笑掉大牙才怪哩，看你这个老脸往哪里搁！"

韦黔拉过褥子盖上，骂道："由着你骚屄臭嘴胡咧咧，我把你嘴给打成个香炉哩。"

婆娘没吭声，自己拉过被子吹灭灯，睡了。

韦黔婆娘忙了一天，也是累了，头搁枕头上，立马就睡着了。她睡得正香哩，突然几声哈哈哈的笑声吵醒了她。她睁眼一看，是韦黔仰天大笑哩。她气得一骨碌爬起来骂道："老东西，半夜三更你发啥神经，叫不叫人睡觉了！"

"哈哈哈……"韦黔仍然仰天躺着，发出一连串的大笑声。

婆娘推了一把韦黔说："你鬼迷心了，失心疯了，深更半夜鬼叫哩！"

"哈哈哈……"韦黔笑得浑身抖动。韦黔婆娘被笑声搅得没一点睡意，赶紧起身点上油灯，拿灯照照韦黔，见韦黔依旧仰天大笑，嘴张得老大，身上盖的褥子也抖落在一边，两条腿蹬来蹬去，笑得有些上气不接下气。"哈哈……哈哈……哈哈哈"，韦黔头上冒着热气，脸色变得惨白。韦黔婆娘从来没见韦黔这么笑过，慢慢地觉得瘆得慌。她摇了韦黔半天，韦黔仍然是哈哈大笑，但明显是上气接不上下气了。韦黔婆娘赶紧下炕，开门对韦三喊道："老三，你赶紧起来，你爹魔怔了!"

韦三听到他妈喊叫,一骨碌爬起来,蹬上裤子,穿了衣服,跑到他爹屋里,见他爹正在炕上打着滚地笑。韦三叫了几声,韦黔不理睬,只是哈哈哈地笑着。

韦三给他妈说:"妈,你拍拍爹的脸,摇摇爹的头,怎么就这么笑哩。"

韦黔婆娘拍了几下韦黔的脸,又双手抱了韦黔的头,左右摇了几下。韦黔拨开他婆娘的手,拍着炕上的褥子,"哈哈哈"笑个不住。韦三说:"妈,你们说啥了,爹笑魔怔了?"

韦三妈说:"没说啥呀,他要铺炕毯,还要铺褥子,我拗不过他,都给他铺上了。我累了,睡着得快,让他笑醒了,见他这副模样,怪瘆人的,我才叫的你。"

韦三束手无策,他妈说:"赶紧去叫郭郎中来瞧瞧,我们见都没见过这种魔怔,一点法子没有。"

韦三转身出门了,一边去一边口里喊:"妈,我顺便叫大哥、二哥上来,我去请郭郎中。"说着开了院门出去了。

过了一会儿,韦大、韦二都来了,见韦黔还在哈哈大笑,只是笑得声音嘶哑,嗓子干涩。韦大倒了一碗凉茶,和韦二两个给韦黔灌下去。韦黔虽然笑得有些力竭,但笑声还在断断续续,屁股在炕上跟来跟去,转圈地拍打着炕笑。

韦三请了郭郎中风急火燎地来了。郭郎中抓住韦黔的手想给他把脉,韦黔挣脱了,还是拿手拍打着炕上的被褥,已经笑不出声了。

韦黔婆娘给郭郎中讲了铺炕的事情。郭郎中大致判断,有可能是韦黔这些日子喜事太多,大喜过望,喜痰迷了心窍。这种病少见,治法要对症,吃药见效慢。这种喜迷心窍的病,一般要用刺激之法,激出迷心的痰来,病自然就好了。韦家弟兄赶紧求郭郎中想法子。郭郎中思谋一会儿说:"我有一个法子,可以试一下。韦大,你们打发两个兄弟,到华儿岭高处,有些沟岔里积下的冰还没消,你们去背一背筅来，另外，弄两桶冰泉水来，在冰泉水里放上冰，水越冰越好，将冰泉水照头泼下去，也许受此一激，迷心的痰就出来了。痰一出来，人自然就好了。你们要快，不然这么笑下去会出事的。"

韦二、韦三不敢耽搁，出门找个背筅，提了两只木桶，拿一柄镢头就走了。韦黔婆娘追出门去，给韦二、韦三一个灯笼，还塞给他们一盒洋火。弟兄两个飞一样地朝华儿岭山上奔去。

不到一个时辰，韦二、韦三背着冰提着水回来了。众人赶紧将冰水盛到两个盆子里，水里放了冰块。韦黔已经笑不出声了，但还是咧着嘴，手脚在空中乱绕！

郭郎中让几个儿子将韦黔抬下炕来，按到一把椅子上坐好了，郭郎中给韦三他们说："韦二、韦三，你们端了水，我说泼，你们就前后齐齐泼下去。"

郭郎中看着韦二、韦三端好了脸盆，喊一声："泼！"韦二、韦三同时扬手，照着韦黔的头前脑后同时泼下去。韦黔在椅子上蹦起来，又坐回椅子上，气窍里骨碌碌一声，吐出一口浓痰，头一歪，没声了。

郭郎中示意让韦大弟兄们将韦黔抬在炕上，盖了被子。韦黔不知是晕过去了还是睡过去了。郭郎中给细细把了脉，说："没大事了，韦嫂子，你给熬一大碗姜汤，醒来了让他喝下去，没太大的事，就是高兴惹的祸！"

韦三背了药箱去送郭郎中。在路上，韦三对郭郎中说："郭家爸，让你见笑了。我爹这场笑，你老人家不要当笑话讲出去。"

郭郎中说："韦三侄子，病么，医家怎么好取笑病呢！不过，你爹这一场笑，也是慰了他的平生，你想想，一个土坷垃里刨食的下苦人，谁能有一场这样的笑哩！"

白天累了一天，晚上又折腾了一夜，韦黔婆娘看着熟睡的韦黔，嘴里嘟囔道："这个老东西，真要进了金銮殿，怕是笑着见阎王去了。真正是小鬼受不得大祭祀！"

# 第九章

## 01

韩专员一行来了。

离开薛家水时，韩朝闻专员说，他们到截打坝岘子窑儿水和刘家岘子薛家水成立好保公所、甲公所就返回薛家水，督导薛家水保公所建税所，还有征兵的事。但他们却去了一个多月的时间。韩专员一行是从苍松县城来的，其间他派宇文宇和王班长来过一趟薛家水，取走了蒲龙保管的薛家捐款银圆。这次韩专员带了宇文宇、王班长和四个兵，没有带号兵，却带了一个据说是县兵役科的股长。股长姓牛，韩专员叫他小牛。宇文宇书记、王班长都称呼他牛股长。没有了号兵，清晨的薛家水就没有了山顶上的军号声，鸡当然还是在拂晓时打鸣，狗的吠声也在各山头间遥相呼应。

蒲龙遵照韩专员的安排，在薛家下院，不，应该是韦家下院收拾了三间卧房。韩专员住一间，宇文宇住一间，县兵役科的牛股长和卫兵小张住一间。蒲龙从王家水找了一个既做文书又做账房的人，姓郜，二十多岁的年轻人，读过五年的私塾，能抄抄写写，还会打算盘。蒲龙还找了一个厨子。厨子在薛五佬家干了十来年吧，烹炒煎炸样样来得，做拉条子擀面，特别是做黄焖羊肉、手抓羊肉都是手拿把攥的事。韦黔家不用厨子了，他正想着去土门子找家馆子继续做厨子，让蒲龙给拦下了，做了薛家水保公所的厨子。

韩专员离开东山有一个多月，据他说去了一趟省城兰州。对于东山里四岘四水的人来说，兰州是个遥远的地方，甚至比日出日落的地方还遥远。就是这样遥远的地方，韩专员就能去了，还是坐着马家军的汽车去的。坐汽车去兰州是个什么感受，山里人不知道，但肯定比骑上牲口或是坐上木轱辘车受用得多。蒲龙几个从韩专员闲谝中知道，韩专员进了省行辕衙门，除了见了陈佑天主任，还拜会了省行辕办公厅的几位长官，在省行辕边上的鸿宾楼请了客。韩专员皮包里有一张四寸的照片，是与办公厅的长官们的合影。韩专员还有一张和陈佑天主任在黄河铁桥上的合影。照片上除了铁桥，还有黄河北岸边的一排槐树、一排垂柳，再远处的背景是有名的白塔山，白塔进了相片的只有一半。

到兰州去办什么差，韩专员没有说，只是说去兰州耽搁了征兵的事，要抓紧时间将征兵的事往前赶。

韩专员叫蒲龙通知了八个甲公所的甲长，第二天就开了在薛家水保公所辖区征兵的会。

薛家水保公所，按户说一百三十余户，青壮年男子一百八十余人，其余便是老人妇女小孩四百九十余人。这还是陈佑天在时，让新窑岘子王家水和四道岘子薛家水统计的数字，时隔三个多月，料不会有多大的出入。

在薛家水这样的山里，开天辟地由政府出面征兵还是第一次。牛股长在保甲所会上讲了。随着抗日战事不断扩大，征兵会常态化。这次征兵，根据国民政府《兵役法》，征招十八岁到四十五岁的男性青壮年入伍。由于薛家水是刚成立的保公所，兵员配额相对少，全保配额二十名。按照兵役法规定：独子免役，公务人员缓役，在校学生缓役，实行"平均、平等、公平"的"三平"原则，采用抽签的办法，按"三丁抽一，五丁抽二"的比例，中签者按号入伍，入伍后在县军事科整训。薛家水保公所青壮男子一百八十余人，兵额二十人，说多应该是不多，但是说少吧，也应该是不少，凭空地走了二十个青壮年劳力，摊到谁家，谁家就少了一个顶梁柱的劳力，一个家就闪了一半，或者是一小半。

按"三丁抽一，五丁抽二"的规定，薛奇昌三个儿子，正好是"三丁抽一"，如果再加上薛元昌的两个儿子，也正是"五丁抽二"的数。薛家水全保兵额二十人，薛家出一个兵足够了。韦黔心里不踏实，找了蒲龙蒲保长，探了究竟，知道了薛家水保公所，按"三丁抽一"的规定，就有差不多三十多家合规。第一次征兵合规的人家只出一个兵，像韦黔这样多子的户，也只出一个兵就行了。整个薛家水保公所轻轻松松征了二十个兵。因为合规的人家多，让谁家出人谁家不出人，很难摆平。蒲家大佬给蒲龙出主意，让合规的三十余家抽签，谁家抽上谁家出人，抽上空签的也排了号，排号前面的下次征兵首当其冲。

蒲龙通知了八个甲长，由各甲的甲长带了合规的人家来抽签。在韦家下院的保公所里，蒲龙请宇文宇写了签，由四个甲长监督封了签，再由四个甲长监督抽签。

薛奇昌家抽了个九号，韦黔家抽了个十九号，空号都让别家抽去了。

薛奇昌拿着手里抽到的签，脸色沉重地回到了家，薛元昌正在薛奇昌家等消息哩。薛元昌接过薛奇昌手中的签看了半天，说："其实看不看签也就那么回事，三个豆子里抓一个，想不抓上，难啊！"

薛三奶奶一听她家抽上签了，回到厨下就抽抽搭搭地哭开了。薛玉媳妇面对哭泣的婆婆，手足无措，只好跑来喊薛玉，要薛玉去看他妈。薛玉跑到厨房，面对流泪的妈，也是一副无可奈何的样子，愣了半天说："妈，你哭起个啥用嘛！家家有儿男的都得出兵，又不是我们一家！"薛三奶奶哭出了声，骂薛玉说："就你是个狼心狗肺的，要当兵你当去，薛文、薛武骨头都还没有长硬一块哩，就得去当炮灰呀！"

薛玉拿块手帕让他妈擦眼泪，说："妈，你快别哭了，出去当兵，谁心里都不痛快，大爹和爹正烦着哩，你不要添乱行不行，容我们父子几个商量着拿个主意好吗？"

薛三奶奶拿手巾捂了脸，收住了哭声。

薛元昌和薛奇昌相对无语。这两个老弟兄一遇到难怅的事便是一锅子一锅子抽烟，一口一口喝茶。薛奇昌憋不住，开口说："大哥，反正得出一个人当兵，你看是薛文去哩，还是薛武去哩。"

薛元昌半天才开口说："要说身板体格，薛武比薛文强壮些，薛武性格也开朗些。薛文人脑腆些，出去怕是难应对世面上的事情。我想还是叫薛武去好一些。"

薛奇昌点着头说："哥哥说得是，那就让薛武去吧。我还想，娃当兵是去抗日，光光彩彩的事，咱应该高高兴兴地去。"

薛元昌拍一拍大腿说："老三，你说得没错，咱娃是抗日去的，就是要有个高兴的样子给人看。我们薛家出了个败家子，在人面前短了半截身子。这次，凡四道岘子薛家水出去当兵的娃，我们要大张旗鼓请一次客。我家羊圈里有大羯羊，宰两只，叫秦州张三买两桶酒来，众人高高兴兴地喝一场。过去将士们出征要祭旗放炮，我薛家要为娃们当兵抗日摆一场壮行酒。娃们的父兄都请上，让他们明白，我们的儿郎是去疆场杀日本鬼子的，不要哭天抹泪给娃们添堵。"

薛元昌、薛奇昌去找蒲龙保长。

蒲龙正在保公所和韩专员聊天，见薛元昌、薛奇昌找他，便问道："两位长辈有什么事吗？"

韩专员起身说："你们有事说事，我们只是闲谝嘛，别耽搁你们的正事。"

薛元昌拦着韩专员说："也不是什么大事。我们两个老弟兄有个想法，想给蒲保长说一说，正好韩长官也在，本来是不避人的。我们说了，请长官和保长示下，妥与不妥，正好给个主意。"

韩专员坐回椅子上，薛元昌、薛奇昌也坐在椅子上。薛元昌将请当兵的娃们吃饭的意思给两位说了。

受到薛元昌请吃饭的启发，韩专员除了说是好事，一下子脑洞大开。他又站起身，略显激动地在地上走着说："娃们当兵抗日，乡亲们摆酒席送行，这是好事嘛！时下有一句话是'妻子送郎上战场，母亲遣儿打东洋'，薛家杀羊摆酒，为儿郎们壮行，这是天好地好的事，我们要举双手赞成！我韩某人也要到薛家讨杯酒喝。"韩专员略一停顿，然后对蒲龙说："蒲龙，薛家这是义举。我提议，薛家水保公所应该给当兵的儿男披红挂彩，敲锣打鼓十里相送，搞出些阵仗，为今后征兵造势如何？"

蒲龙也是满心欢喜，立即叫来郜姓的账房先生，按韩专员的意思做了安排，要郜先生去扯红买花。

四道岘子薛家水抽到签的共十一人。薛家水除了薛家、韦家，还有张家、杨家、陈家共五人，四道岘子六人。薛元昌带着薛增、薛玉亲自到各家面请。

四月下旬的四岘四水，正是一年里气候最温润的日子。日光暖暖地照在万物上，麦苗覆盖了田野，正是枝节往上蹿的时候，微风吹拂上去，绿色的麦苗翻着波浪；豆秧四面八方伸出手去，相互搀扶着立起来。山坡上的草地里，长满了各种各样的草，盛开着各种各样的花，黄的娇艳，红的灿烂，紫的妩媚，蜜蜂和蝴蝶盘旋其间。空气清新得让人吸进去就不想呼出来。大自然只按其季节流芳吐翠，鸟雀在田地里成群起落，全然不知人间的烦恼。

四道岘子薛家水的十一家出兵的人家都是愁肠百结。刚长成人的小伙子要去抗日前线，那是拿血肉之躯去拼命，谁能知道他们能不能活着回来。每一位父亲都是绷着脸不说话，每一位母亲都不管不顾地号哭，每个家庭都被悲伤的气氛罩着。不管怎么说，这片山里千百年来，由于它封闭在大山深处，就很少有男儿出去当兵，而这次明确是要去遥远的地方和日本人厮杀，明摆着凶多吉少的事。

薛家兑现了承诺，他们宰了羊，买了酒。蒲龙保长也按韩专员的要求，买了红绸被面和大红花。四月末的一天，薛元昌家的院子里摆了四桌酒席。十一个应征的青年随着一挂鞭炮的响起，个个披了红绸，胸前戴了红花，韩专员亲自给披红挂花，还慷慨激昂地讲了话，转圈给大家敬了酒。薛家做了榜样，四道岘子薛家水的农户们，家家行动起来，请去当兵的儿男吃饭。杀不起羊的，请不起十一个人的庄户人家，宰只鸡，擀顿长面，请相邻的或者交好的当兵儿男，也算尽了意思。

山里的第一次征兵就这么波澜不惊地结束了。一天，二十个当兵的小伙子集中到薛家水保公所，每个当兵的儿男都披红戴花，骑了高头大马，由兵役局的牛股长带了去县城。薛家水的山路上走着送行的众乡亲，人们牵马扶镫，十里相送，送到山下，依依惜别，牵着的手不忍松开。牛股长前后照顾着，劝好多人留住了脚步。送行的人返回山里，有的人依旧站在山坡上翘首相望，看着当兵的儿男远去。当兵的儿男由至亲送到县府兵役局驻地。兵役局让新兵们住在后院，然后劝送兵的亲朋们回去。

傍晚的时候，薛武骑着马回到了薛家水。薛三奶奶自薛武走后，一直在屋里流眼泪，一天没吃一口饭。薛玉媳妇怎么劝说，薛三奶奶都没喝一口汤。薛武一进门，赶紧跑到薛三奶奶的屋里，站在炕下说："妈，我回来了。"薛三奶奶揉着眼睛，一骨碌翻起身来说："你怎么回来了？"薛武说："我哥送我到兵役局，临走时，他改了主意，和兵役局的人商量，拿他换了我。"

薛三奶奶愣了一会儿，突然又放声哭起来，嘴里说道："还不是一样么，你哥就不是我生的儿子？"

薛武说："哥跟兵役局的长官说好后，提溜着我的领子，把我扔出兵役局的院子，我身上还挨了他几拳几脚，根本不让我说一句话么。我就让他给打骂回来了。"

薛三奶奶又拍打着炕哭起来。薛玉的媳妇听了，也抽抽搭搭地哭起来。这时候，薛元昌和薛奇昌来了，问了薛武事情的原委，也一时无话可说。薛元昌叹息一会儿说道："薛玉是个有主意的人，他要做的事，别人也拦不住，只是家里少了个能架住事的人。"

## 02

自从薛驹在拍卖完家产后，跑出山去，就再没有在四道岘子薛家水闪过面。他到山外干啥去了，山里的人们不知道。人们都在过自己的日子，忙自家事，谁有闲工夫管他哩。偶尔听说有人在土门子见过薛驹，很落魄。有说在街头要饭的，也有说在戏班子里打杂的，破衣烂衫，蓬头垢面，反正是混得不像个人样。人样不人样，他和山里面朝黄土背朝天的山民有什么关系哩。人们却更有热情关注"韦府"的事。"薛府"成了"韦府"，舞台依旧是那座舞台，只是角色换了。演出的剧目也随着主角的变换而变换了。"薛府"的主角是薛五佬或者薛驹的话，"韦府"的主角肯定是韦黔。韦黔虽然没有薛五佬的派头，不能走马出入东山，与县太爷称兄道弟，与凉州督军推杯换盏，但韦黔未必不向往薛五佬的派头和威风。韦黔好比一个丫鬟坐上了姨娘的位子，身上虽穿了绫罗绸缎，挂了金银珠宝，只是瞧着别的丫鬟的眼光就不舒服，老以为别的丫鬟们眼里放的目光有别样的意味。别人对他的一颦一笑一回眸，抑或潜台词就是，你也是穷扛活的出身，你也穷过，现在除了住着薛五佬的砖瓦庄院，你的牲口圈里有多少头骡马牛羊？你的粮仓里装了多少石粮食？你家里有一个会写字的吗？你十个儿子能把"小心灯火"贴对地方吗？你家供着的神主的墙上贴的是不是"槽头兴旺"？韦黔每每想起这些，心里就不踏实，就憋气！有时候，韦黔憋一阵气，也会给自己宽心，不管你们服不服气，薛家的庄院、薛家的大部分土地都姓韦了。我有十个儿子，有了牲口棚，我们就能让它牛羊满圈，骡马成群；有了粮仓，我们就能让它装满粮食。你们不服气，那就瞪大你们的狗眼睛瞧好吧！

韦黔明白，这偌大的庄园，近千亩的土地，加上长工短工几十口人，每干一件事都要算计好了。俗话说："吃不穷，穿不穷，打算不到一辈子穷。"自从被郭郎中浇了两盆冰水，韦黔脑子一下子清醒了。短暂的狂喜之后，除了吃饭喝水上茅厕，他蒙了头在炕上想了三天。第四天，他睡到鸡叫二遍就起床了。他先给自己定了个规矩，从此后，不管春夏秋冬，他自个必须鸡叫二遍就起床。起床后，先到上院、下院、牲口圈棚巡查一遍。他用一根牛皮绳串了各院各门的钥匙，手里还攥了一根藤条，巡查时，如果已婚的三个儿子儿媳起床晚了，他拿藤条敲门敲窗户。如果是韦四以下弟兄起床晚了，他便破门而入，拿藤条劈头盖脸抢下去，虽不致皮开肉绽，但身上一定会青一块紫一块。

　　韦黔做的第一件事是从吃饭抓起。家里几十口人吃饭，如果由着大家的嘴放开肚皮吃，一年下来，花费三石五石，甚至十石八石粮食，那是轻易的事。他就吃饭的事，开了个家庭会议。韦黔开家庭会议的方式很特别。他召大家来，就是宣布干什么事，怎么干，从来不允许参会人员发什么议论，就像是皇帝宣读诏书一样。不同的是，皇帝的诏书是由人臣或者太监宣读，韦黔是亲自宣布。他在家庭会上讲了"吃不穷，穿不穷，打算不到一辈子穷"的道理。然后告诉大家，今后做饭的米面，由他亲自量给孩子妈，由孩子妈算计好了，早饭吃什么，中晚饭吃什么，原则是早中饭吃干，晚饭吃稀，农忙吃干，农闲吃稀，干重活吃饱，干轻活少吃一两成。天阴下雨出不了工，只吃两顿稀饭。韦黔说了很多，拉拉杂杂，啰里啰唆。后来绒花听明白了，私下给两个妯娌说："公公说得口干舌燥，大概意思就是，多吃的要少吃，能不吃就不吃，吃一碗不如省一碗，金山银山是省出来的。"韦大媳妇撇着嘴说："该多弄几条串钥匙的皮条，把大伙的嘴给扎起来，那省得不就更多了！"说归说，也只是背后嚼嚼舌头，谁也不敢在韦黔面前吱一声。

　　韦黔做的第二件事是裁减长工。韦黔接手薛家大院时，薛家有二十几个长工，有些是四道岘子薛家水的庄户，有些是其他岘水的庄户。有些人是自小就在薛家放羊放牛的，随年龄渐长学做农活，大了就在薛家扛活。比如丁二烧锅的哥哥丁大，逃荒到四道岘子薛家水，先在蒲龙家扛活，后又转到薛家，一直没再挪过窝。还有冇牙张三，和哥哥张二一直就在薛家扛活。冇牙张三是薛家赶大车的。他就是在赶大车时，一群老鸹从麦田里突然飞起，惊了辕马，张三从车上摔下来，一个狗吃屎磕了门牙，才被人叫冇牙张三的。韦黔住进薛家大院，带了十个儿子进来。十个儿子就是十个劳动力，韦家还要这么多长工，不是白搭钱粮嘛。韦黔的算盘自然打到了长工们身上。

其实，薛驹在外赌博，薛五奶奶病重期间，好多庄客已感觉到薛家危机将要到来，有人就辞工不干了，尤其好的庄家把式，别的财主家求之不得哩，陆陆续续走了七八个吧。剩下的十余人要么是家在薛家水的，或者自小就在薛家扛活，成了家在薛家水盖了房子的，家安下了，到其他庄上打工，多有不便，所以就没有走。"溜来户"的丁大，就在薛五佬家牲口棚边上盖了房子，娶了老婆，只是没生个一男半女。丁大的婆娘也在薛家帮厨。冇牙张三弟兄两个已在薛家干了一二十年，只要舍得下力气，日子过得年是年，月是月的，就没有想过离开薛家。就是薛家变成韦家了，他们也没想过到别处扛活。

一天晌午，冇牙张三赶了车给洋芋地送追肥回来，饭已经开过了。中午吃的是米汤就馍，馍是青稞面和豌豆面掺到一起蒸的杂面馍。青稞面本来就不好吃，掺上豆面得嚼上半天，在嘴里翻腾十几遍才勉强就着米汤咽下去。像冇牙张三这样的赶车把式，在薛家都是每天吃白面馍的主，青稞面掺豆面的馍吃着扎嗓子，嚼两口就来气了，使劲将吃剩的馍扔进笸箩，转身回家去了。

冇牙张三去了，韦大媳妇来收拾笸箩碗筷，见冇牙张三只吃了少半块馍，便端了笸箩给韦黔看。韦黔瞅了笸箩里的大半块馍，冷笑道："扛活的身子还是宰相的命，杂面馍吃不下去，他要吃啥哩！我家可管不起长工们吃满汉全席。"韦黔给大儿媳妇说："你去叫老大把冇牙张三给我叫来，我有话说。"

韦大媳妇出去了一会儿，韦大领着冇牙张三来了。韦黔指着筐箩里的杂面馍问冇牙张三说："这馍是你吃剩的?"

　　冇牙张三看了筐箩里的馍说："我剩的，咋了?"

　　韦黔问："咽不下去?"

　　冇牙张三答："你问得没错，谁吃着也咽不下去!"

　　"这就怪了，我家大大小小不都吃这杂面馍嘛，东家的人能咽下去，你扛活的倒咽不下去，这是什么道理!"

　　韦黔有点动气了。

　　冇牙张三似乎不在乎韦黔动气，他说："在薛家扛了这么些年的活，我这样的赶车把式都吃白面馍，嗓子眼吃细了，咽不下去嘛!"

　　韦黔冷笑道："我们山里，一半产出就是青稞面和豆面么，我韦家不像薛家，山外往山里滚银圆。你吃不了杂面馍，我又管不起白面馍，你看咋办?"冇牙张三态度很是轻蔑，说："东家不用为我操心，我冇牙张三不是个吃白食的，你这里没有白面馍，自有管白面馍的人家，我走就是了。"

　　冇牙张三起身要走，韦黔赶紧说："张三，既然这样，我们乡里乡亲，别伤了和气，一个庄上住着，低头不见抬头见，索性你哥张二也寻个地方?"

　　冇牙张三立住脚说："韦东家，别说一个庄不一个庄的，没意思!本来我哥生在我前，辞他的话，应该你当面说给他。话既然说到这里了，我就替我哥做主了。我告诉你，有我冇牙张三在，我有一口饭吃，就有我哥一口饭吃!"

　　说着，冇牙张三转身气恨恨地走了。

　　韦黔愣了一会儿，拿起冇牙张三吃剩的杂面馍馍，掰一块塞进嘴里，嚼了一阵，伸着脖子咽下去，自言自语说："什么世道，扛长工的吃不下杂面馍馍，你是没挨过饿，你等着，总有一天，杂面馍你还吃不上哩!"

　　冇牙张三弟兄两个，算是给韦黔辞了。接下来，丁二烧锅的哥哥丁大，也让韦黔给辞了。丁大身子骨弱，在薛家时，就干个辅助工的活，别人在地里摇耧播种，他只是牵个牲口，运运种子。秋收时，他跟着递麦捆装装车，扬场时扫扫场边，送送麦草，歇牲口时，他放放牲口，给牲口饮水添草。秦州张三主持薛家的家政时，可能都是外来户吧，秦州张三请示了薛元昌，让丁大在薛五佬家牲口棚边上，盖了三间土坯房。有了房子，丁大算是在薛家水扎下根来，就想在薛家干到终老。谁承想世事难料，薛家的庄园换了主人。更没料到，韦家连有牙张三这样的车把式、张二这样的种田能手都要辞掉。丁大对韦家的伙食可没表示过一点不满。丁大还是被韦黔叫到跟前，明确告诉他另寻人家扛活。让丁大到别家扛活也罢了，韦黔还告诉丁大，他的房子也得拆掉，说是韦家的牲口棚现在圈着不多的牲口，将来肯定比现在多，牲口棚要扩展，丁大的房子盖在牲口棚边，房子的地本来是薛五佬家的，是薛五佬家的现在不就是韦家的嘛。是韦家的你就得给韦家腾出来。丁大不但被辞了工，还让拆了房子，丁大听了韦黔的话，像雷击了一般，呆呆地站在韦黔的面前，半天了才嘟囔道："老爷，工辞了我还能再找，房子拆了我和婆娘住哪里？"韦黔似乎早就给丁大想好了说："你找到谁家扛活，就一个婆娘，领上不就得了。"

丁大知道说什么也白搭，他转身出来，先去找薛元昌和秦州张三，来说了韦黔辞他工作、拆他房子的事。

秦州张三看着丁大的狼狈样，只能看着薛元昌。薛元昌思谋半天说："丁大，按说你也不是庄稼地里的好把式，人家韦家十个壮劳力，任拉出一个来，都能替了你。不过，你虽不是种庄稼的把式，但干活勤勉得很，种庄稼还得有人打下手不是。你不行就到我家来，料到下轮征兵，我家肯定得出一个兵，你就给秦州张三、薛增打个下手如何？"

"至于房子的事，韦家扩建牲口棚也是三五年之后的事，我给韦亲家求个情，房子先不拆，你在农闲了就做些准备，打土坯，平地基，就在秦州张三的房边上盖几间房如何？反正拆了房木料还在，费些工夫力气的事。"

秦州张三对丁大说："丁大，你真是遇上好人了，你赶紧谢过薛掌柜，自己眼里找活干去。我知道你不是个偷懒的人，凭着良心，你要更加下气力才是。"

薛元昌对秦州张三说："丁大是个实诚人，嘴是个闷葫芦，心里有话，嘴上说不出来么，你别难为他了。"接着又对丁大说："丁大，事情就这么了了，你就不给外人说什么了，特别是不要给你弟弟丁二说这些过程了，尤其韦亲家叫你拆房的事，提都不要提。你弟弟那脾气，溅上个火星就着的人，没来由惹出事端，闹得大家都不痛快。"

丁大点头答应了薛元昌。但他心里气不顺，给自家婆娘说了。丁大婆娘立马跑到四道岘子，将韦黔怎么辞了丁大，怎么要他拆房子的事给丁二烧锅讲了个备细。丁二烧锅不听则已，一听就跳着脚骂起来，立刻要去薛家水找韦黔理论。丁大知道后一边骂婆娘多嘴，一边劝住了弟弟，并将薛元昌的话讲给他听，说丁二一闹，他在薛元昌家就不好做人了。丁二忸一阵蹶子，也就罢了。

## 03

时隔不几天，四道岘子宋家要娶媳妇，请了韦黔。本来韦黔与宋家不沾亲，也就是邻村远邻的关系。要是往年，韦黔打发个小子去，随个份子，吃顿酒席也就打发了。但现如今的韦黔心里老有一块病，他已住进薛家大院了，土地也扩展了几百亩，山里人们好像还把他看作以前的韦黔。在人们眼光里，还有行为动作上，很少看到以前人们对薛五佬的仰慕和敬畏。他心里愤愤不平而又莫可奈何。于是只要有抛头露面的机会，他都不放过。他要让山里人们知道他韦家已是薛家大院的主人，是山里首屈一指的财主。他要山里人用瞧薛五佬的目光瞧他。他太需要人们的仰慕和敬畏了。韦黔一早起来，巡查完庄院后，简单地吃过了早饭，认真地净了面，穿了韦三娶绒花时置办的青洋布的棉袍子，戴了一副深茶色的石头眼镜。眼镜是婆娘打扫房子时，从一个墙旮旯儿里扫出来的，经过认真擦拭后，是一块石头镜，俩镜片由铜架相连，一副纯铜镶金丝的镜架。绒花看过后说是她爹多年前戴过的，突然一天说不见了。据绒花讲，再没见她爹戴过了，原来是掉到墙旮旯儿里了。韦黔如获至宝，凡有场面，他都要将石头眼镜挎到鼻梁上。韦黔手里还拄了一根拐杖，时下山外的城里，有身份的人手里都拿根手杖，也称文明棍。韦黔身着青洋布棉袍子，鼻梁上戴着一副铜架镶金边的石头镜，手里挎着湘妃竹的拐杖，由他家韦五牵了一匹黄色的走马，马上驮着韦黔到了办喜事的宋家。韦黔下了马，宋家门口有两个迎客的人，只是打了个招呼，让韦黔进了院门。迎客的人领着韦黔到一张桌子前，请他落了座。韦黔打眼扫了一遍，宋家在屋里院子里摆了七八桌席面，屋里的席面已经坐满了人。正屋的炕上应该是娘家客。偏房炕上坐了一桌人，听声音，好像有蒲龙的爹蒲正席。韦黔站起身朝打开着的窗户看过去，见蒲正席坐在席面正中间，边上人都围着蒲正席说话，模样一个个十分谦恭。接下来，迎客的人又领着几个人来，都是随礼吃席面的，有四道岘子的，有薛家水的，还有陈家窝铺的，有佃户也有扛活的，还有放羊放牛的，很快凑满了韦黔这一桌席面。这时候，门里进来东庄的杨家大佬，被迎客的接进了蒲正席坐的偏房里，新郎的爹还跑出来，抓住了杨大佬的手，脸上堆满了笑容，嘴里不住地说着谦恭的话，亲自送烟倒茶。韦黔看看自家席面上这些扛活放牛的，心里已不是滋味。韦黔本想离席回家，可进门时已经随份子了。随了份子，离席回家那就是自个放弃了吃席的权利，份子就白随了，这不划算。他抬眼瞅了一遍院子里的席面，见儿子韦五坐在东墙旮旯儿里一张桌子边上，如果自个要走，儿子不也得跟着他走吗，随了份子，两个人不吃一顿席，那可亏大了！韦黔忍着心里的不快稳稳地坐着，没有动身，无论如何，他要和儿子吃一顿席面回去。

开了席面，宋家是中常偏下人家，席上摆的菜没几个像样的。几个凉盘，除了两盘猪头肉、羊肝子，其余都是腌萝卜、白菜拼凑的。就这几盘菜，也是上一盘光一盘。扛活的、放牛放羊的，讲什么礼数！有吃的，扒拉到嘴里便是一气大嚼，狼吞虎咽一般。中间上了一只清炖鸡，一个汤盆盛着。汤盆刚落到桌子上，七八只手一齐伸上去，下手快的撕掉两根鸡腿，下手慢的抢到了鸡脯鸡脖子，甚至鸡肋鸡屁股都被撕抓光了，瞬间只剩半盆鸡汤。韦黔无奈地拿汤匙舀一口汤，只喝了一口，汤盆已让七八个汤匙舀干净了。陈家窝铺的陈三直接端起汤盆全倒进自家碗里了。韦黔很气恼，他将手里的汤匙使劲蹾到桌子上，很不屑地扫了一桌吃席的人，鼻子里很轻蔑地哼了一声。陈三觉出了韦黔的不快，一头端着碗喝汤，一头说："让韦二佬见笑了，我们下苦人，吃个席面不容易，都是来抢汤水的，比不了韦二佬大财主，顿顿大鱼大肉的。"韦黔鼻子里又哼一声，说："吃席面是个讲究的事，总是讲个规矩嘛。"陈三接上说："规矩是有钱人讲的，穷光蛋只要能得个饱斋，谁还顾得了规矩。规矩能顶一根鸡腿吗！"韦黔刚要说什么，丁二烧锅带着几个年轻人来敬喜酒。丁二烧锅今天的角色是宋家的知客。他端着酒碟，吆喝着给每个席面上的客人敬酒。到了韦黔这桌，见到韦黔，丁二烧锅突然很惊讶地叫道："韦二佬，你老咋坐在这桌了？这是哪个不长眼的让这么大的财主坐这里的！实在是抱歉得很！韦二佬你大人大量，不要计较小人们的失误，我这厢给你赔礼请罪了。如果你饶了我们罪过，请韦二佬满饮这盘酒，算我们知客们表示的歉意。"丁二烧锅将盛着六个杯子的盘子伸到韦黔面前。韦黔依旧坐着，没有动身，他对丁二说："丁二啊，你知道我平日就不怎么喝酒，今日个就意思意思。"说着就端起一杯抿一抿，将酒杯放回盘子里。

丁二烧锅哪里肯依，说："今天这个日子，韦二佬你大驾光临了，不喝就是瞧不起宋家，也就是怪罪我们知客有眼无珠，没有给韦二佬安排好！"说着给边上两个年轻人递了个眼色，两个年轻人马上凑上去，一左一右站在韦黔边上，并端起酒杯给凑到韦黔嘴边。韦黔还没反应过去，一杯酒已灌到韦黔的嘴里，猝不及防的韦黔被酒呛着了，另一杯酒又被倒进了嘴里，韦黔马上打着喷嚏，鼻涕眼泪流出来了。两个年轻人还在往韦黔嘴里送酒，韦黔一挥手，只听啪的一声响，丁二烧锅手里的盘子连杯子飞到了半空中，落到地上，酒杯也四散落到地上。院子里的人听到响声，目光都集中过来。韦黔勃然大怒，大声地斥责道："丁二，你欺人太甚，老子是来吃酒席的，你竟来要笑我，我和你没完。"韦黔大声喊儿子韦五说："韦五，咱们走，这席不吃了。"

丁二拾起没有摔烂的盘子，仍然笑模笑样地说："韦二佬呀，大喜的日子，晚辈们给你敬酒哩嘛，你发这么大的火干吗嘛！"

韦五赶紧过来，搀了韦黔就走。

丁二仍然跟着韦黔，一个劲地赔不是，口里说道："韦二佬别生气，吃完席再走嘛！"

韦黔一声不吭，头也不回地出院门走了。

韦黔怒气冲冲，骑着韦五牵的黄色走马回薛家水家里，一进门，他让韦五叫了韦二来。韦二领着人在地里壅洋芋哩，听到老爹叫他，赶紧回到家，见爹一脸的不高兴，怯怯地问道："爹遇到啥不顺心的事了？"韦黔愤愤地给韦二讲了在四道岘子宋家吃席的事。韦黔断定，一切都是丁二烧锅所为，有意让我韦家在众人面前丢丑。韦黔咬着牙对韦二说："你别以为这是个小事，他们敢于在众乡亲面前这样小觑我韦家，分明还把我们当过去的韦家，不把我韦家放在眼里。他们越是不把我韦家放在眼里，我们就越要让他们知道，我韦家已不是当年给人扛活的韦家了，谁也别拿狗眼来瞧咱们韦家。要是当年薛五佬去四道岘子吃席，谁敢给他难看，别说一个泼皮无赖的丁二烧锅，就是蒲正席、蒲龙也要高接远迎，巴前接后哩！要想在人前有头有脸，我们就得给他们开开光，让他们长个记性，我韦家也不是好惹的！一个丁二烧锅就敢在我韦家面前龇牙！"

韦二见他爹正在火头上，他先给韦黔倒了茶，然后卷一支烟给点上，说："爹，你先顺顺气。"

韦黔喝了两口茶，将点着的烟卷扔了，说："我这气顺不过来，你要是有种，正好借着这事，给韦家扬威立万，治治丁二烧锅。你带人把丁大的房子扒了，反正我已告诉丁大了，让他另寻地方盖房子，让十村八寨的人再不敢拿以前的眼光瞧咱们韦家，你爹的气才能顺了！"

韦二明白他爹的心思，他爹虽然有了薛家的庄院、薛家大部分的田地，但在山民们眼里并没有人将他家和薛家一样看齐。韦黔心里越是结着一个疙瘩，气就越加不顺。气越不顺，疙瘩就结得越大。受了丁二烧锅一顿羞辱，让众乡邻看了笑话，他能不火冒三丈，借着火整治整治丁大、丁二，给别人个样子看看，杀个鸡儆一下猴，让别人再不敢小瞧韦家！但韦二想，自己毕竟是个甲长，丁大又是他甲公所的乡民，逼着自己治下的乡民拆房子，这种事似乎不占理。再说韦二自小在外放牛、放羊，长大给人家扛活，从来没跟人闹过大的是非，混下的人缘还不错，最起码还在好人的行列里，一下子干扒房拆屋的事，他还真下不了手。那可是叫人戳脊梁骨的事。韦二稍停一会儿，等老爹火气稍平一些，便将自己的想法讲给他爹听。

韦二还没说几句，韦黔火气又蹿上来了，指着韦二骂开了："你嘟嘟囔囔说个啥，人家当众侮辱你爹，分明把我韦家不当回事，一个'溜来户'就敢欺负我韦家这样的大户，我现如今的韦家是丁二烧锅这样的人欺负的吗？你拿指甲盖大的官身搪塞我。我就是借着丁家让山里人看清楚想明白，我韦家已不是以前的韦家了，不是什么乌龟王八都敢斜着眉眼看咱韦家！"

韦二挨了骂，还是赔着笑脸给爹说："爹呀，你先别上火嘛，你说甲长是指甲盖大的官，你老说得没错嘛，这天底下就没有比甲长小的官嘛！但甲长再小也是官，也不能逼着人家扒房子不是。你老人家生了十个儿子，为啥挑个当甲长的儿子出面哩嘛？人家不骂我以权欺人吗？"

韦黔听韦二讲出这个理来，嘴上还不好驳斥，只好骂道："你别拿个指甲盖大的官身挡着，你把老大、老三叫来，离了你这泡狗屎还不长辣辣茵了。"

韦二像遇了大赦，转身出门叫韦大、韦三，顺便告诉了韦大、韦三事情的原委，叫他们心里有数，别跟撒火的爹干出让人耻笑的事。

韦大、韦三见了爹，韦黔将到四道岘子宋家吃席，被丁二烧锅侮辱的事给两个儿子讲了一遍，要韦大、韦三领着弟兄们去扒了丁大的房子。韦三说："爹呀，这事我们不能干，当年盖房是我同意了的，我还领着丁大找了绒花的大爹，才让丁大盖了房。我领人帮丁大盖起来的房，我要丁大现在拆，话怎么能说出口。"

韦大也是绕来绕去，说自己是韦家的长兄，领了人扒人家的房，自己今后怎么做人。

最后还是韦三说："事情是丁二烧锅干的，丁大老实人，肯定不知道。改天我领个弟弟去教训一顿丁二烧锅，一样给你老人家出了气。扒丁大房子反而让人议论韦家的不是。"

韦黔见三个儿子各找托词，憋着一肚子气，他将炕桌端起来，就要朝韦大身上砸过去。韦三手疾眼快，上前夺过他爹举起的炕桌说："爹啊，你老人家别气坏了身子，眼前让丁大扒房子，的确不好说出口。我听说丁大已经在薛家扛活了，扒他的房子，给薛家也不好交代。至于丁二烧锅，一个灌了黄汤就像鬼一样的人跟他计较什么！你老人家和他较真，反而失了身份。就这几天里，我找碴收拾他一顿。丁二烧锅刮了薛驹爹的棺材，薛家也没把他怎么样，他丁二烧锅也没长高几寸不是！"

韦黔还是怒气难消，他将韦大、韦三赶出屋去，自己去了牲口棚。韦四以下的儿子们都住在牲口棚边上几间土坯房里。这几天儿子们正在牲口棚里起粪，韦黔气冲冲地进了牲口棚，对几个儿子说："你们手里都拿了家什，跟我来，咱们去拆了丁大的房子。"

韦四以下的几个弟兄，平日里都没有在他们爹跟前高声说话的份，更别说敢抗拒老爹。几个弟兄面面相觑，更是摸不着头脑，不知老爹为啥突然要拆了丁大的房子。几个儿子还在踌躇之间，韦黔对着韦四吼道："老四，你愣着干吗，我说话不好使吗？"韦四拄着铁锨，一手抠着头问："好好的，为啥要拆人家的房子？"

韦黔吼道："丁大房子盖在咱家地皮上，丁家还不把咱韦家当人看！拆了他家的房，就是让他知道，咱韦家不是好惹的！咱要叫人想清楚了，韦家不是哪个乌龟王八都能欺负的！你们抄了家什，咱现在就去拆了丁大的房子。"

众弟兄不敢再吱声，抄起家什，跟了他们爹去了丁大家。

丁大婆娘一人在家，见韦黔领着几个儿子，气势汹汹来拆房，她赶紧去找丁大。

丁大正和薛增几个也在牲口圈里起粪哩，听婆娘嘟囔了半天才明白，韦黔领着几个儿子来拆他家的房。丁大赶紧去找薛元昌，丁大给薛元昌说了，薛元昌似信非信，说："韦亲家犯啥神经，怎么突然干起了拆人房子的事？"

薛元昌带了丁大、秦州张三，还有薛增几个赶到丁大家。

韦四几个弟兄已上了丁大家的房顶，房顶的泥皮已挖开个口子，几根椽子被掀了起来。薛元昌喊一声："你们这是干啥，都给我住手！"

薛元昌走到韦黔面前说："亲家，你咋干起拆人房子的事了？"

韦黔愤愤地说："丁家欺人太甚，我就要拆了他的房子。他们占了人家地皮还侮辱人。我韦家能是他一个'溜来户'欺负的吗！"

"不管咋说，你拆人家的房子，就是你的不是！"薛元昌说。

"我在我的地皮上拆房子，有啥不是？"韦黔也吼起来。

"地皮是你的不假，可你这时候拆就不对！丁大已经打土坯准备盖房子了，我也给你说过，等明年丁大备好了料，就重新找地方盖房子。你突然要拆人家的房子，这不是把人往绝路上逼吗！你今日的韦家可不比往日的韦家了，干啥事都要讲一个'理'字。单凭人多势众，干这种拆人房子的事，就是得势不讲理，那是要落下大骂名的。钱没有可以挣，粮没有可以种，好名声没了，要恢复可就难了。拆人房子，骂名可就落大发了！你在这片山里走了多少年，有盐有醋的饭吃了大半辈子，咋干这事哩！"

韦黔理屈词穷，嘴里嘟囔着啥，薛元昌一句没听明白。

薛元昌对站在房顶上的韦四喊道："韦四，还不快下来扶你爹回家去，老人一时气蒙了，你们也不过过脑子！"

韦四几个弟兄立马从房上下来，搀了他们爹回家了。

薛元昌赶紧叫薛增几个和了泥，将丁大的房子复了原。


## 04

韦黔经过精心的算计，辞退了大部分扛活的长工，留下来的，是在薛家干了多年的庄户人家，都有不便离开的难处。韦黔重新给扛活的定了规矩，先是给他们降了工钱，然后规定韦家人吃什么，他们只能吃什么，不能对伙食横挑鼻子竖挑眼。

如果说薛家大院是一座舞台，那么大院姓了韦，舞台的主角自然就换成了韦黔。作为看客的山民们，在田头地垴、茶余饭后津津乐道的主角也就成了韦家，特别是韦黔。

冇牙张三弟兄两个，离开韦家，马上去了四道岘子的蒲正席家。蒲家也拍了薛家三五十亩地，正缺人手哩，冇牙张三赶车把式，哥哥张二种田能手，可以说是瞌睡遇上枕头了，张家弟兄当天就在蒲家上工了。韦黔辞退丁大，还要拆丁大房子的事，经四道岘子薛家水山民们你传我传你，加上有人添枝加叶，好似一个个驴粪蛋从积雪的山顶滚到沟底，就变成了一个大雪球。什么韦黔领着十个儿子强拆了丁大的房子，丁大连被窝锅灶都没收拾出来。什么韦黔亲自监督长工们吃饭，杂面馍剩饭都定了量，不能多吃一口。干活是鸡叫二遍起床，星星满天才让收工，两不见日。韦家是丫鬟变成了姨娘，心比姨娘还狠。真正是奴使奴，使死奴。俗话说，水没爪子挖下坑，话没箭头蚀烂心，韦家一夜咸鱼翻身，住上了薛家大院的青砖红瓦房，从到三村五寨扛活的穷人变成了大东家，立马对扛活的长工作威作福起来，比起老东家更加心狠手辣。尤其关于韦黔的故事，一下子冒出了很多，就连娃们一起玩，唱的歌谣都是：

> 韦二佬家的，
> 好吃人家的，
> 人吃他家的，
> 斜眉瞪眼的。

还有：

> 打锣锣，揉面面，
> 舅舅来了擀面面，
> 擀白面，舍不得，
> 擀黑面，舅舅笑话哩，
> 杀母鸡，下蛋哩，
> 杀公鸡，叫鸣哩，
> 杀鸭子，鸭子飞到草垛上，
> 杀狗哩，舅舅吓得就走哩。
> 一顿饭做到天黑了，
> 舅舅饿得翻了白眼了，
> 十个弟兄抬着舅舅送到外爷家去了！

还有一个韦黔的故事更可笑，说是韦黔去土门子采买东西，几个儿媳妇请求婆婆，要做顿饧面拉条子吃。婆婆答应了，几个媳妇赶紧和面做拉条子。面和好了，正等着烧开锅了下面哩，韦二媳妇到院外上茅厕，听到远处马铃响，知道公公回来了，韦二媳妇提起裤子跑回屋告诉大家。众人都吓得不轻，只有韦三媳妇绒花毫不慌张，她拿碗装一碗豌豆，跑出去撒在门前大路边的坡上，回来对几个妯娌说："你们下手麻利些，公公回来看到路边上的豆子，他肯定要捡回来，等他捡完豆子，我们早吃完了。"

众人将信将疑，一面紧着下面，一面拿梯子趴到墙头上看着。果然，韦黔看到撒在路边的豆子，立即下马捡起豆子来，足足捡了一个多时辰，一头捡，一头嘴里骂个不停。等韦黔捡完了豆子，几个儿媳妇早吃饱喝足了，消消停停地收拾了锅灶碗筷，韦黔衣襟里兜着捡的豆子进了门，问谁将豆子撒在路边的。

故事是否真有其事不知道，但歌谣确实在四村八寨唱开了。韦黔的婆娘亲口给人讲，说韦黔每次外出回来，只要听到马铃响，她先要把笼里的馍掰开了扔得东一块西一块。韦黔揭开蒸笼，见有掰开的馍，他才会拿一块一头吃一头骂，骂掰馍的人造孽，糟蹋粮食，说总有一天，连屎都没人给你一口吃。如果没有掰烂的馍，他宁可饿着，也不拿囫囵的馍吃。

<br>

## 05

四岘四水的秋天如期而至了。

首先是油菜花开过后，绿油油的油菜角经过十几天灌浆，渐渐地耷拉下脑袋，或者遭雨浸润，成片地倒伏在田间。它是最早染上黄色的庄稼，农人们要及早地收割，否则，油菜荚干枯得快，容易破裂，会将果实撒到田间。其次，豌豆也黄了，豆秧虽然四面八方勾了手，但茎秆柔弱的豆秧承受不起豆荚的沉重，像一群醉汉一样，虽然你搀着我，我扶着你，终究还是东倒西歪，不堪重负地匍匐于地。

秋收从油菜下镰，继而豌豆，人们起早贪黑在秋收的田地里挥汗劳作。今年的年景还算不错。四岘四水的山里，节气比山下的平川晚半个多月，从收油菜籽开始，各样的庄稼都依次泛黄，依次收割。油菜捆和豌豆笼摆满了山坡上的田野。接下来，大麦和青稞也黄了，金色的田间满是秋收的人群，山间的路上亦是人来人往，送水的送饭的，一片繁忙的景象。

和秋收一起来的，第二次征兵的名额也下来了，薛家水分配到征兵名额三十个。是兵役局的牛股长带了两个全副武装的兵丁，很显眼地走在薛家水的路上。地里收庄稼的人们看到了三个当兵的，都在猜测进山的三个人来山里干啥。但人们知道，只要是官家的人来，八成不会有好事。

秋收将尽时，抗日战争胜利了，四岘四水的山里，只是两个保公所挂了个抗战胜利的横幅，放了几挂炮。保公所的几个人敲一面锣，打一通鼓，在山里的各村游走一番。山民们知道日本鬼子被打跑了，蒋介石委员长又回到了南京。有孩子当兵的山民们都盼着出去当兵抗日的儿男们回来。

四道岘子薛家水的兵属们没有盼回一个当兵的儿男，接下来消息很快传遍了各村各堡。薛家水保公所又分下来征兵名额三十个。山民们不理解，日本鬼子打跑了，还征这么多兵干啥？

牛股长告诉山民们，日本鬼子打跑了，共产党又要挑事端。打日本是抵御外族入侵，而这次是内战，中国人打中国人，也就是国共两党的对决，征的兵是去打共产党。

蒲龙保长还想照第一次征兵的方法，让够条件的青壮年来抽签，谁抽上谁去当兵。谁承想，事情没有那么简单。八个甲公所按户抽签，三十个兵额按抽签落到了各甲公所的户上，按户去人就得了。但到了去的日子，来保公所报名的还不到五个人，兵役科的人自然找蒲龙保长要人。甲长们齐集到薛家水保公所。新窑岘子王家水四个甲长都说，抽到签的人前天还在，临集中时人就不见了，家里人也不知道人去哪里了。甲长们赶紧叫各家去找人，找了两天没找回一个人来。有的家领个人来，说是山外的亲戚，顶自家人去当兵。牛股长要的是人数，只要凑够了人数，也就顾不得山里人还是山外人。接下来，跑掉的人越来越多，从山外来顶替的人也越来越多。韦黔家中了两个当兵的签，兜转了两天，也领了两个山外的亲戚来顶数。事情很明显，山外没有那么多亲戚，山外人的亲戚也没有当兵的爱好，这些亲戚都是买来的，掏了钱就有自愿卖身的人来。蒲龙则是看破不说破，只要各家顶个人来，他将人交给县兵役科的牛股长，他的差就算办完了。虽然行程耽搁了几天，但三十个兵额还是凑够了。牛股长带着人走的日子，除了自家的儿男有人送行外，大多山外的亲戚都是没有人送的。牛股长不傻，他才不管亲戚顶不顶的，只要人数足额，他回县里交了差就行了。其实，山外哪来那么多亲戚，多数是牛股长穿针引线介绍的，只是大家都不说破。山外的亲戚认真来顶，甲长保长认真检验，牛股长更是公事公办，三十个兵足额地征了。花名册连同三十个兵员送到了县兵役科。牛股长又去其他保公所征兵了。据说，这些顶兵额的亲戚有个不成文的约定：他们在苍松县境内不得逃跑，至于出了县境，他们怎么逃，逃到哪里，苍松县兵役局没有一点责任。

薛元昌的家也中了签。薛元昌早在预料之中，只是默不作声，而薛大奶奶和薛强媳妇整天哭天抹泪。薛元昌装看不见听不见，和薛奇昌相对着抽烟喝茶，烟抽了一锅子又一锅子，茶喝了一杯又一杯。两个老弟兄愁眉相对。韦黔来找薛元昌、薛奇昌。韦黔进门脱鞋上炕，对薛家两位亲家说："你们这是熏老鼠哩，整满屋烟。"

薛元昌叫人给韦黔倒茶，韦黔喝着茶说："不用我问，你两个亲家在为薛强的事犯难哩。俗话说，遇到难事钱开路，放着眼面前的路你们为啥不走？"

薛元昌问："眼面前有啥路吗？"韦黔说："眼面前的路不是明摆着吗？薛家水三十个中了签的人家，十有八九都买山外的亲戚顶数，你家又不是掏不起钱，也就一头骡子的价钱，就能买个顶数的亲戚；没有骡子，也就五七石粮食的事，你们用不着犯这样的愁肠，难不成薛强顶不了一头牲口，值不了五七石粮食！"

薛元昌问："只要有法子叫薛强留下来，不论一头骡子，还是五七石粮食，双倍的价钱我们也愿意出，这是多值当的事么！"

韦黔压低声音说："我以为亲家是舍不得出钱哩，原来是不知道门道哩。我来就是给你们捅破这层窗户纸的。今早韦二告诉我，说你们薛强还没人顶数，我想你薛家不会舍不得这点银钱，让儿子去当炮灰。我就赶紧来找你们，原来你们还蒙在鼓里么。你们赶紧拿钱给韦二，让他去找牛股长，一定得找了山外的亲戚来顶了薛强的数，迟了就让牛股长把薛强带走。"

薛元昌、薛奇昌如遇大赦般，顿时来了精神，立马去找甲长韦二。

薛家水保公所的三十个征兵名额，足额地交到了苍松县兵役局。

# 06

八月十五的一轮圆月挂在四岘四水的天上，天空中飘浮着淡淡的白云，冰轮一般的月亮穿行在白云间，将清光洒向群山。月光填满了四岘四水的沟壑。各家各户都在门前摆上供桌。供桌上摆了硕大的月饼。家境好一些的还能切开一只西瓜，摆在月饼旁边。人们虔诚地祈求来年风调雨顺。八月十五云遮月，正月十五雪打灯。虽然今夜的云是淡淡的，并没有将月亮整个地遮蔽，却还是慰藉了农人们的祈盼之心。毕竟淡淡的云也是云，也遮了月亮。

八月十六，四岘四水的山道上人来人往，有大姑娘小媳妇骑了牲口，手里提了包袱，包袱里装着月饼，各家都向自己的至亲送去月饼。就在人来人往的山道上，走着三个骑牲口的男子。两个男子骑的是军马。山里人见过陈佑天卫兵骑的军马，知道军马的样子，只是这两匹军马比陈佑天卫兵的军马更加威武。两匹军马上骑了两个三十多岁模样的军人。另一个人骑了一匹骡子，一看就是种庄稼的农人。骑骡子的庄稼人是两个军人的向导。他们径直向四道岘子薛家水奔来。由于鞭策心急，三匹牲口浑身汗津津的。人们用好奇的目光打量着三个不速之客。山里人私下忖度，这三个人进山来干什么？不管他们来干什么，只要是官家的人来，八成不会有好事！

三个人鞭策着胯下骒马，来到了薛家水保公所。三个人下了牲口，拴好牲口后，直接进了保公所。蒲龙听到动静，迎了出来，见两个气度不凡的军官，赶紧地打躬作揖，将他们迎进了办公室。向导对蒲龙说："你是保长吧，这二位官爷是打西安来的，要面见薛元昌，有要紧的公事。"向导还说："两位官爷要办的事，要见的人，就由保长领着办，我只管你们办完事，带两位军爷回到土门子，我的差就办完了。"

　　蒲龙领着两个军官去了薛元昌家。

　　薛元昌正和秦州张三在房顶上晒羊毛哩。蒲龙让薛元昌下来，说两个军爷有事要问。

　　薛元昌见两位军官十分威风，心下兀自忐忑起来，不知有什么祸事又找上门来，两腿禁不住抖动起来。秦州张三在屋顶上抓住梯子要薛元昌下房，蒲龙见薛元昌双腿抖着，赶紧过去扶了梯子。两个军官见状，也过来搭把手，一个扶了梯子，一个爬上梯子接薛元昌。一个军官对薛元昌说："大爷，你把持稳了，不着急，我们只是找你核实个事，没你什么事，你不用害怕！"爬上梯子的军官拽住了薛元昌的脚脖子，几乎是拽着薛元昌下了梯子。蒲龙半扶半拽地将薛元昌弄进了屋。秦州张三也赶紧下了房，张罗着给两位军官倒茶。

　　蒲龙将薛元昌拽到炕上，两个军官就在地下的椅子上坐了。两个军官你一句我一句地搭讪着，薛元昌见两位军官和颜悦色，也渐渐地平复了下来。其中一个军官对秦州张三说："这位老哥，我们有几句话要问薛掌柜，你先回避一会儿。"

　　秦州张三连连点头，转身出了屋门。

　　一个军官对薛元昌说："薛掌柜，我们从西安赶来，就是了解一下，前几年是否给政府捐了一万银圆的抗日款？"

　　薛掌柜不知是祸是福，点头答道："捐了，还有当年的县党部给的收条哩！"

另一个军官急急地问："还有收条，能给我们看看吗？"

薛元昌凑到炕柜前，从抽屉拿出一个木匣，打开来，取出两张纸条，每张都写着收到银圆五千元。蒲龙接过来，递给两位军官说："这两张条子，还是我亲眼看着交给薛掌柜的。"

两个军官翻来覆去看了几遍条子，其中一个对另一个说："看来人家反映的一切属实，案子并不复杂，作案手段也不高明，只能说罪犯胆大妄为，认为这里天高皇帝远，无人知晓罢了。"

一个军官说："薛掌柜，这两张收据，我们给你打个收条，也就是收到收据的收据。这屋里只有我们四人，蒲保长也是政府的一级官员，咱就明说吧，陈佑天和韩朝闻借抗日之名募捐，将抗日捐款大部分中饱私囊，拿捐款贿赂政府官员，用于自己的职位升迁。此案由检举人通过重庆《新华日报》直接捅给了检察院于右任院长，于右任院长手谕彻查。我们是根据举报信上的揭发，落实第一手资料，看来这个案子案情很简单，薛掌柜这两张收据，就落实了一多半的贪腐款子。当然，在案子彻底查清之前，蒲保长和薛掌柜还要替我们严守秘密，不得放一点风声出去。"

蒲龙和薛元昌只是唯唯诺诺答应着。

蒲龙憋了半天，赔着小心说："按长官所言，你们只是查清捐款的钱，我心里就记着一笔账哩，哪个大佬捐了多少，我清清楚楚记得。"

一个军官说："蒲保长记着就好，你可以给我们写个旁证材料。薛掌柜有收据，想来其他掌柜也应该有收据。收据是最好的证据。我们奉了军令而来，不能有半点的马虎懈怠。时间紧迫，就烦蒲保长直接带我们到捐款的掌柜家，收集齐了证据，我们也好回去交差复命。"

两个军官一头说着，一头给薛元昌写了收到收据的条子，也不留饭，就直接催蒲保长上路。

蒲保长蒲龙也骑了一头骡子。西安来的两个军人骑两匹军马，向导和蒲龙骑两头骡子，直接去了捐款的大佬们家。

## 07

蒲龙保长回到薛家水保公所。西安来的两个军官由向导带路，从刘家岘子耷拉水直接去了土门子。

大约过了半月不多几日吧，薛家水保公所收到县里的紧急通知，要求薛家水保公所组织辖区内凡抗日捐款的大户到土门子南面的一个叫车路沟的地方去开公决大会。

车路沟连着薛家水的碴子沟。春天冰雪消融后，集流的河水就流经车路沟。夏秋的山洪更是将碴子沟冲得凹凸不平，怪石突兀。平日里，人们用脚板和牲口的蹄掌磨出一条小道，一场山洪就将其冲得踪影全无，山洪过后，人们还是用脚板和牲口的蹄掌磨出一条小路。本来公决大会要来薛家水开的，消息传到薛家水和窑儿水保公所，两个保公所都以山路崎岖陡峭为由拒绝了。公决法场只好选在土门子南面的车路沟。车路沟，汽车勉强能开进去。山里的人骑着牲口，蹬着脚板也能走到。

从汽车上将五花大绑的陈佑天、韩朝闻拽下来，四个士兵拽着两人跪好了，行刑的两士兵对着陈佑天、韩朝闻脑袋开了枪。随着两声枪响，陈佑天、韩朝闻两具尸体卧在车路沟的乱石滩上。四岘四水的大佬们只是远远地站在车路沟的石崖上看了行刑过程。汽车开走后，有胆大的跑到两具死尸跟前，特别是截打坝岘子窑儿水的刘大佬和管大佬，近距离地看了两具尸体。刘大佬说："这两个的尸首躺到石头滩上，比我们那两条狗好看不到哪里去！"

## 08

薛家大院渐渐地移出了四岘四水人们的记忆，偶尔有人提起薛家大院，但马上就改口了："哦，眼如下是韦家大院了！"

薛驹也被人们淡忘了，也有人偶尔提起薛五佬，顺便提起薛驹，都说不清薛驹现在在哪里，日子过得怎么样。有说要饭的，有说戏班子里打杂的。人们津津乐道的是，薛驹把自己掏钱赎身的婊子输给赌场了。婊子嫁人时，薛驹还掏了几十块银圆去吃喜酒。有说掏了二十块的，有说掏了五十块的。闲汉们为此争得脸红脖子粗，只是没说薛驹去吃喜酒是个什么滋味！人们也说薛驹败家后来过薛家水，有说三次的，有说五次的，也有说一次也没来过的，说法莫衷一是。其实，薛驹来过三次。

第一次是有一年春节，腊月三十吧，薛驹裹着一件破棉袄，坐在韦家大院门前的上马石上，半闭着眼，像是在打瞌睡，韦家的老六打外面回来，见着薛驹，赶紧推门进去，给韦黔说："爹，薛驹回来了！"

韦黔正在火盒旁喝茶吃烟哩，他问韦六说："你在哪见着了？"

韦六回答："刚进大门时，薛驹在上马石上坐着哩，不理人，像是在打盹。"

韦黔一激灵，问："你看清了？"

韦六答："一个大活人，我能看不清！"

韦黔像是自言自语："这时候，他坐在我家上马石上干什么？"

韦六回答："我咋知道哩吗？"

韦黔对韦六说："我没问你，去，把你三哥喊过来。"

韦三来了。韦黔说："薛驹在院门前上马石上坐着呢，他要干啥哩？"

韦三说："人在门前坐着哩，出去问一声不就知道了。"

韦黔说："你先别急着问去，谁知道他唱哪一出，咱先合计合计再问他也不迟。"

韦三说："他能唱哪一出，明明是过年没地方去了，跑回山里来，没吃没住的，坐在门前，等我们搭讪他哩！"

韦黔喝一口茶，说："按说也就这么个事么，他那么多叔老子，谁家还不给他一口饭吃、一个炕睡。既然坐到咱家门上了，你就得问

403

问，他要干啥嘛？"

韦三转身出了门，到了院门口，见薛驹还是眯着眼坐着。韦三问："你啥时来的？坐在院门前干啥，咋不进屋里吗？"

薛驹撩起眼皮说："我晒日头哩嘛！"

韦三说："晒日头哪里不能晒，大年三十坐到别人家门前晒日头。"

薛驹冷笑道："我晒的是我薛家的日头。我输这大院时，可没输过日头，日头是我薛家的，我晒我家的日头，碍着谁的啥事了！"

韦三一时语塞，心里一股火往外冲，他还是压住了。他知道，面前这堆肉就是靠无赖活下来的。无赖总有无赖的说辞，韦三放缓语气说："日头嘛，普天下的人都能晒，你要晒，到院里晒呀！"

薛驹又眯上了眼睛，说："我自家的日头，想在哪晒就在哪晒，不劳外人操心。"

韦三转身到韦黔屋里说："没啥幺蛾子，就是没吃没住的，跑来耍无赖嘛！大过年的，我叫绒花去给他那屋烧了炕，拾一笸箩馍给他，住到正月初五，准就撒丫子了。"

韦黔哼唧半天说："我们给管了住，他薛家该管吃嘛。"

韦三说："你就别计较一笸箩馍了，平安打发了他，天无事地无事就好。再说，薛驹还有脸见薛家人吗！"

韦三没再理他爹，直接出门叫绒花去给薛驹烧炕，自己端一笸箩馍，拎一火盆去了他家给薛驹准备的房子里。韦三端了笸箩刚出门，就让韦黔给堵上了。韦黔从笸箩里拿出两个白面馍，进屋换了两个豌豆青稞杂面馍，对韦三说："一个要饭的花子，哪有这么多白面馍要他吃。他吃不了杂面馍，去找薛老四呀！"

薛驹住到正月初六，中间绒花还给偷偷地送了一次馍，外加一块熟牛肉、一盘子煮好的猪下水。到了正月初六，绒花再去时，薛驹已经走了。被子没叠，连门都没锁，绒花送的馍和肉一点不剩，笸箩干净得如狗舔过一般。

# 09

薛驹第二次来薛家水是有一年的仲夏。仲夏季节，正是薛家水麦豆吐穗扬花的时节。前两天连着下了两天雨，雨不大也不急，温润的季节里淅淅沥沥下了两天，按照农人的说法，下了一铁锨头的厚雨。这场雨正是万物渴望滋润的时节下下来的。雨后两天，漫天的乌云消失得干干净净，碧空万里，从头沟岭升起的一轮红日，照得漫山遍野氤氲升腾，雾气笼罩山间沟壑，在微风的推送下，在山间林木梢头缠绕。四岘四水成了一幅巨大的绿色画卷，各种植物都在争相吐翠，在雨水中浸泡过的空气沁人心脾。虽是雨后天晴，农人们知道地里泥泞，不能进地干活，但被一场知时节的透雨吸引，纷纷出门，看雨后的庄稼抽穗扬花。

到了快晌午的时候，韦家大院对面叫大雁坡的豌豆地里有一个人，慢腾腾地来回走动着。韦家人多，院里进出的人不断，又是韦六，看到了豌豆地里走着的人，刚下过透雨的豆地里怎么能进人呢，韦六赶紧告诉了他爹。韦黔叫了韦二、韦三站到院门前观看。只看见一个人在大雁坡豌豆地里慢腾腾地转圈。韦黔手搭凉棚看了半天，只看见豌豆地里的人，却看不清是谁。韦黔说："这是哪个不长眼的人来我家挑事哩！"韦黔叫韦六去大雁坡地里看看，到底是什么人，他要干什么。

韦六连蹦带跳地跑下坡，又三下五下蹿上大雁坡的豌豆地里。韦家大院的人看到，韦六站在地边上和豌豆地里的人说话，说了一阵话后，看到豌豆地里的人一屁股坐地里，在豆秧上打起滚来。韦六转身飞也似的朝韦家大院跑来。

气喘吁吁的韦六回来了，他上气不接下气地说："是薛驹那个坏种回来了，他说他在晒他家的日头，谁也管不着，说着还躺在豆地里打起滚来，糟蹋了一大片豆秧哩。"

韦黔气得挥着拐杖说："他家的日头，谁说日头是他薛家的，要按他的理，我韦家家里地里的日头都是他薛家的，他想咋糟践就咋糟践！今日个，管他亲戚不亲戚哩，一定给他点厉害瞧瞧，他牛大咱得有治牛的法子，不得再惧着他。"

韦二说："爹，这事交给我和韦七，你老回屋歇着。"

韦黔气咻咻地说："咋哩，你又要请他回来，端一筐箩白面馍供着他。"

韦二说："我办完你就知道了，端一筐箩白面馍的法子不能老用呀！"

韦二给韦三使个眼色，韦三过去拽了韦黔进了院门。

韦二进屋叫了韦七，他叫韦七提一罐水，拿一块杂面馍，还拿了一根麻绳，跟他去了大雁坡。

韦二、韦七到了大雁坡的豌豆地边上，见薛驹仰面朝天躺在豌豆秧上，豌豆秧让他连踩带躺弄倒了一大片。

韦二对薛驹说："你在豆地里折腾了半天了，日头晒够了吧。"

"晒够晒不够不用你管，我晒我薛家的日头，我啥时候晒够了，啥时候就不晒了。"薛驹一脸无赖相。

韦二说："你晒渴了吧，我们给你送水、送吃的来了，你出来吃点馍喝几口水。"

薛驹瞅瞅韦七手里的杂面馍，扭过头去说："你们就拿杂面馍打发我，你当我是要饭的哩，你们赶早走开，别打搅了我晒日头。"

韦二冷笑道："你能不能再玩个新鲜的花样，就晒个日头的法子能讹多少回人哩！"

薛驹头也不回地说："我讹谁了，我晒我薛家的日头，讹你什么了！"

韦二说："好心好意给你送水送馍，你还不领情，那我就不管了，你和韦七好好商量，水和馍留下，吃不吃喝不喝我就不管了。"

韦二说完转身走了。

韦七看着韦二走了，他对薛驹说："薛哥，是我进去呢，还是你出来。庄稼人可见不得人糟践庄稼。"

薛驹还是头也不回地说："我晒我薛家的日头哩！"

韦七刚当兵回来，他是第一次征兵当的兵。他还没到前线哩，日本鬼子就投降了，遇上国共两家打仗，他当了共产党的俘虏。共产党动员他参加解放军，也可以领了路费回家，韦七就领了路费回家了。由于他离家路途遥远，领了十几块银圆，回家路上，还捡了一头不知什么人丢失的骡子，他就骑着骡子回来了。

韦七进了豆子地，弯腰一把抓起薛驹，出了豆地，将薛驹用力掼在田埂上。薛驹杀猪一般大叫起来，喊道："韦七，你要杀人啊！"

韦七照着薛驹的大腿就是一脚，踢得薛驹打了一个滚，薛驹声嘶力竭地号叫起来。

韦七说："你糟践了我家这么一片豆地，本该将你揍个半死，念你是亲戚，麻烦你帮我家看会豆地。"韦七指着一块背阴的地方说："你是自己走过去呢，还是我拿脚搓你过去。"

薛驹看看那块地方，不吭声。

韦七抬脚照着薛驹另一条大腿又是一脚。

薛驹又在地上打了一个滚，号叫着。韦七上前抓着薛驹的脖领子，将薛驹拎起来，又掼在地上说："就你这么一个烟鬼，我拎着你上下大雁坡跑三个来回，都不带喘气的。你好好给我走过去，要不，我就像拖一只死狗一样拖你过去。"

薛驹躺在地上问韦七："你要找我过去干吗哩，你想在背阴的地方打我哩，要打你就在这里打，你让薛家水的人看看，韦家怎么打亲戚的。"

韦七四周看看，见没啥人，便对薛驹说："你说这里打也行，你可绷紧了，我这人下手重，本来是去抗日前线打日本鬼子哩，日本鬼子没打着，这气只能撒在你这无赖身上。"韦七说着，抬脚照薛驹屁股上就是一脚，薛驹叫喊着，打了几个滚。

韦七说："你就这样滚过去也行。"说着照腿上又是一脚。薛驹继续打着滚，哭叫着。他喊道："你这下手也忒狠了些！我就去那地方，你能打死了我！"薛驹挣扎着站起来，向背阴的地方一瘸一拐地挪过去。韦七一手提了水罐，一手拿着馍跟在薛驹后头，逼着薛驹到了背阴的地方。大雁坡这块背阴的地方正好是一个凹下去的小沟，沟里长满了马莲和梗条。由于今年雨水好，马莲和梗条长得有半人高。马莲花茂盛地开着。梗条上也有密密的小黄花缀在枝头。薛驹一屁股坐在马莲上。韦七将水罐搁在薛驹面前说："薛哥，你怎么来的薛家水，我不知道，但我知道你一定口渴了，肚饥了。你就着水吃了这杂面馍，吃完了，劳烦你给我们看看这块豆子地，别让人来祸害我家豆子。你看，多好的庄稼，咋能想祸害就祸害哩嘛！"

薛驹问："你想干啥？"

韦七回答："就想让你看着我家庄稼，别让人来祸害。"

薛驹问："怎么看？"

韦七回答："你吃完喝完就知道了，我天黑了再来接你。这会到天黑还好几个时辰哩，大日头晒着，怕你扛不住。"

薛驹问："你要干啥？"

韦七回答："不干啥，就是让你吃饱了喝足了，给我们家看看庄稼么！"

薛驹说："我不渴也不饿，你回吧，我给你家的庄稼看着就行了。"

韦七说："你这样看法不行，你自个就糟践庄稼哩，我得给你上些手段。"

薛驹问："你要给我上啥手段？"

韦七说："你先吃喝了再说。"

薛驹躺到马莲丛中，说："你想怎么着我？"

韦七说："你真不吃不喝吗？我上了手段你想吃想喝可就不方便了。"

薛驹双手抱了水罐喝了几口，说："杂面馍我咽不下去。"

韦七站到薛驹跟前说："咽不下去是你还不饿，狼饿了还吃白菜根哩。你不吃就算了，把裤子褪下来。"

薛驹问："褪裤子干啥？你要奸我呀！"

韦七笑起来说："我还没你想得那么脏，你褪下来就知道了。"

薛驹抱了双膝说："脱裤子干啥哩吗，你要羞辱我呀！"

韦七不耐烦了，抬脚照薛驹大腿狠狠踢下去。薛驹怪号一声，在马莲丛中打着滚。韦七一把拎起薛驹，让他坐端，说："把裤子褪下去！"

薛驹吃不了打，只好慢吞吞地将裤子褪下来。韦七指着裤裆说："把头塞进裤裆里去。"

薛驹抬头看着韦七说："你这是要我老王看瓜呀！"

韦七笑道："哪有瓜让你看，只是委屈你看着我家的豆地，别让人给祸害了。"说着将薛驹的头塞进裤裆里，又拿绳子绑了薛驹的双手，拽着薛驹在马莲丛中转了个圈。

韦七对薛驹说："拜托薛哥了，劳驾看一天庄稼，我到天黑了来接你。"

韦七说完，提着水罐准备离开。薛驹在自个的裤裆里叫着。韦七思谋了一下，将杂面馍塞进薛驹的裤裆说："薛哥，你要饿了就吃口杂面馍，真咽不下去也就算了，饿一天不死人的。"

韦七提着水罐回家了。

韦七回到家，韦二对韦七说："过两个时辰，你去告诉薛四爷，就说薛驹在大雁坡等他哩，其他啥话也不说。"


## 10


韦七按韦二吩咐，过了两个时辰，他去告诉了薛开昌，说薛驹在大雁坡背阴处"老王看瓜"哩。薛开昌将信将疑地去了大雁坡，他想不明白，薛驹为啥要在大雁坡的地里哩。在大雁坡的背阴处，果然见着了"老王看瓜"的薛驹，正在马莲丛中哼哼唧唧地挣扎着。

薛开昌解开薛驹反剪着的两手，又把薛驹的头打裤裆里拎出来。薛驹伸展了身子，躺在马莲丛中嘤嘤地哭泣着。薛开昌问："你咋能到这地方哩？"薛驹慢慢地住了哭，说："我昨晚到的山上，在人家牲口槽里躺了一晚上。本想让韦家管我几天吃喝，谁知道韦二领着韦七来了。韦二骂几句就走了，韦七连打带骂，还给我绑了个老王看瓜，说是到天黑才来放我哩。四爹你是怎么知道的？"

"韦七告诉我的。韦家的人真他妈不是东西，自家亲戚也要下黑手！你为啥不来四爹家哩，让人绑到这么背的地方，要命了都不会有人知道。"薛开昌一头骂着，一头给薛驹捶腰打背。

薛驹说："四爹，我饿了一个昼夜了，头晌就喝了几口水，你拽我起来，咱赶紧回家吃些东西去。"

薛开昌拽起薛驹。薛驹一瘸一拐地跟着薛开昌回了家。

薛驹在薛开昌家住了两天。两天时间都在薛开昌家躺着，没有出门，没有在薛家水露面。第三天，秦州张三带了薛增家几个人在地里给洋芋壅土哩，薛四奶奶颠着一双小脚，火烧火燎般地跑来找薛元昌，气喘吁吁地说："他大爹，我领着春花去铲草，回到屋里，荷花他爹、薛驹、荷花都不见了，在庄子里找了半天不见个人影，不知出啥事了？"

"薛驹啥时候来的？"薛元昌问。

薛四奶奶答："前日个就来了，一直圪蹴在屋里不出门，和荷花爹叽叽咕咕，不知道说啥事，今早人就不见了。他们两个不见了也就罢了，可荷花也不见了。两个逛鬼领着荷花，那能有啥好事！"

薛元昌一听也急了眼，急忙对秦州张三说："他张三大，你带了薛强，再叫上薛武，骑了牲口去，老四他们八成是去了土门子，两个下三滥带走荷花，能有什么好事。一路上打问着，这季节人们都在地里干活，三个大活人，肯定会有人看见。"

薛四奶奶说："他们还骑走了家里的驴哩，连人带驴一大堆哩，地里干活的人肯定看得到。"

秦州张三急忙叫了薛强，奔家里叫上薛武，三个人骑了马和骡子，紧着赶去土门子。三个人一路上见人就打听，看见的人说，薛开昌几个好像是打逢春岭下的山。秦州张三朝着逢春岭奔土门子去了。

其实，薛开昌他们先是在逢春岭上走了一段，然后沿着小道攀上遇夏岭，又由遇夏岭折返到碴子沟，在碴子沟的乱石间穿行到车路沟。车路沟有几个人贩子，常年贩卖四岘四水的大姑娘小娃子。这些人贩子，有秦州的，也有甘谷的，也有说是秦王川的，还有永登苦水的。这些人贩子有明买的，也有暗偷的。一般大姑娘是明买，小娃子则是暗偷。当然，他们不下手偷，只是买那些别人偷来卖的。大姑娘小娃子一旦到手，他们就迅速地转运出去。他们只是收购，转运的是另一伙人。

秦州张三几个赶到土门子，在土门子街上转了大街小巷，没见着薛开昌几个，倒是碰上了花鱼儿。秦州张三将薛开昌、薛驹带了荷花的事给花鱼儿讲了。花鱼儿姑娘一听便说："这两个人领了荷花，肯定是把荷花卖给人贩子了，你们赶紧去车路沟看看，说不定能在车路沟堵上他们。"

秦州张三几个赶紧打马奔车路沟，到了车路沟，有人说见过薛开昌、薛驹，也见过骑着毛驴的荷花姑娘，八成就是找人贩子的。三个人到了人贩子处，已经是人去屋空，薛开昌几个也不知所终。秦州张三几个只得怏怏而回，顺着碴子沟的崎岖小道回到薛家水。

# 尾　声

　　薛驹第三次回到薛家水时，已是一年多以后。他这次不是一个人来的，他是作为向导，带着五个人来到薛家水。公元一九四九年十月一日，中华人民共和国在北平宣布成立。薛驹带来的五个人是新生的政权派到薛家水搞土改的。土改是中国大地上一次天翻地覆的革命运动。四岘四水的山民们刚刚接受的保甲制度被废止，蒲龙的保长被宣布为伪保长。保长伪，甲长们自然也就伪了。保长以上的县政府肯定也是伪的。工作队要成立新的政权，就是薛家水乡政府。

　　薛家水的山民们用惶恐的目光看着突如其来的人和世界变化。老早就听说共产党领导穷人闹革命，斗地主分田地，但传言变成现实，真来到了他们的眼面前，似乎又觉得不可思议。工作队驾轻就熟，从发动群众到分地分房屋分财产，没费太大周折，四岘四水的土改就搞完了。

　　时代的风暴给走过薛家水山路的人们带来了不同的命运。

　　宇文宇，中共苍松县委书记。由于他自学生时期就参加共产党，虽然在国民党苍松县党部工作，但他身在曹营心在汉，为共产党做了许多工作，特别是掌握了陈佑天、韩朝闻利用抗日敛财的证据。党组织通过秘密渠道，将二人的罪行报到国民政府最高检察院，使他们的罪行得到应有的惩处。新生的政权，特别是边远的甘肃河西地区，人才难觅，宇文宇便头角崭露，成了第一任苍松县委书记。

韦黔韦二佬，四岘四水最大的地主，家里有长工，外面有佃户，因他为人苛刻，口碑极差，土改工作组进入薛家水发动群众时，他私底下威胁长工和佃户，说谁动了他家的土地和财产，以后绝没有好果子吃。

土改工作队为了推动工作，将韦黔抓起来，送到苍松县城。苍松县成立了一个地主管制所，将南山北川阻挠土改的地主集中到管制所，让他们反省自己的罪过。

和韦黔一起送到管制所的还有蒲龙父子。伪保长是新政权重点打击的对象，而且蒲正席也是薛家水数得上的地主。薛元昌也被送去管制所，原因是秦州张三拒不配合工作队的工作，死活不要分给他的土地财产，有工作队员认为是薛元昌背后作怪。薛元昌也被送去了管制所。

在管制所期间，地主、伪保长们被解放军押着开了一次公判大会。每人戴了一顶纸糊的高帽子，双手被反剪着。公判会上枪毙了两个人，一个是土门子的大恶霸地主王百聊，一个是西山的伪保长胡冇爪，两人身上都有人命且民愤极大。枪毙两人的时候，解放军押着管制所的地主、伪保长陪了杀场，还押着他们在两具尸体旁观看。

枪响后，薛元昌和韦黔也倒在了地上。蒲龙想拽起薛元昌，却怎么也拽不起来。蒲正席摸摸薛元昌的鼻息，人已经没气了。薛元昌本来生性懦弱，有人说，枪响吓破了他的苦胆。

韦黔也被吓瘫了，屎尿拉了一裤裆，被两个解放军提溜到卡车上，回到管制所，完全一副吓傻的样子，给吃就吃，给喝就喝。本来有人动议要枪毙韦黔，但被县委书记宇文宇否决了。宇文宇认为，韦黔做事苛刻，乃生性使然，罪不至死。

薛奇昌带着秦州张三、薛家一众弟兄，抬着薛元昌的尸首，沿着崎岖的山道，回到薛家水。

薛家还请徐八道爷给薛元昌念了经，超度了亡灵。薛驹不准薛元昌葬在锅地湾坟里。薛奇昌主张让徐八道爷给薛元昌勘了新坟，坟址选在大雁坡的背阴处。一抔黄土攒起的新坟前，薛奇昌和秦州张三时常相约来坐一坐，奠些茶水，燃一支旱烟卷，摆在坟头。

韦黔在家里傻傻地躺了月余日子，韦家弟兄请郭郎中瞧病，每天一服中药，有几天猛吃猛喝，有几天又水米不进。突然有一天，他不用人扶，坐了起来，叫他婆娘找来青洋布棉袍子，鼻梁上架上石头镜，手里挂湘妃竹的拐杖，径自朝院外走去。韦黔在门前站了一会儿，他还想到下院走走，几个儿子坚决不让他去，理由是他的身子骨受不了。其实，韦家的庄院房产已经分给穷人了，只是分配方案还没有最后定下来。几个儿子扶着韦黔回到屋里，韦黔说他要吃一个囫囵的白面馍。韦黔就着小米汤，不一会儿就吃完一个囫囵的馍。他还将掉在面前的馍渣渣摸索着捡起来放进嘴里。韦黔还想吃一碗拉面，孩子妈吩咐绒花赶紧去做。韦黔让叫来在家的儿子，他对儿子们说："娃们，人这一辈子，苦也罢，甜也罢，都早早写到胡神仙的账本里了！人是小轮回，套在老天爷的大轮回里，啥是天道？散了聚，聚了散，就是天道。"

韦黔说着，突然猛地咳嗽起来，一口刚吃进去的馍吐了出来。他的呼吸变得急促，脸色渐渐变得青紫。韦黔憋足全身气力，喊出几句："命里该吃屎，跑到天尽头，捡了个纸包子，打开还是卵脬子[①]！"

韦黔这句话，只有四岘四水的人能完全听懂。

韦黔韦二佬一口气憋在腔子里出不来，死了，最后一碗拉面没吃上！

薛开昌将荷花卖了，骑回来一头骡子。薛四奶奶哭闹一番。薛开昌骂道："生个赔钱货，有啥好哭的，换一头骡子，值！"

有一天，薛强去县城办事，正好碰到大批的解放军路过苍松县

---

① 卵脬子，方言，阴囊。

城，人马从县城南面的峡口出来，浩浩荡荡，那阵势，似有千军万马，首尾不能相望！部队是开往新疆的。在县城通往东山的路口边，一个军人站在那里，寻找东山的人。薛强一眼认出薛玉，兄弟俩同时喊着对方的名字，抱在了一起。薛玉告诉薛强，他随部队入疆，想找个东山的人给家里捎个信，不想遇到了薛强！薛强、薛玉两兄弟不期而遇，大喜过望，薛玉拉着薛强说："往前走几步，我让你看一个人。"

薛强跟着薛玉到了部队临时宿营的地方，见到了已经穿着军装的荷花。原来，薛玉的部队路过兰州河口时，几个人贩子押着一队姑娘，姑娘里面就有荷花。荷花眼尖，在队伍里看到了薛玉。她喊了一声薛玉哥，薛玉驻足观看，看到了荷花。人贩子见荷花认识队伍上的人，四散跑了。荷花一伙姑娘被解救了，薛玉要带她们去新疆。

薛玉已经成了解放军的营长。

薛家一家人十分高兴。薛四奶奶破涕为笑。薛四爷更是得意，说这是老天爷的安排，荷花有个好归宿，自家白得一头骡子。

苍松县办了土改积极分子培训班，丁二被选拔去培训，后来进步很快，成了薛家水乡的党委副书记。

薛驹被送去戒烟所戒烟。

# 后　记

粗略算来，我搁笔已近四十年。四十三年前，从一九八一年八月，在《甘肃日报》百花副刊发表短篇小说《更名》始，陆陆续续发表了十余篇中短篇小说，散见于甘肃省内《飞天》《金城》《临夏文艺》《红柳》等刊物。

大学毕业后，我因为家在古浪县东山的新窑岘子王家水，一家老小在偏远闭塞的山里，生活极其艰难！我便倒腾着到了甘肃农垦局所属的国营黄羊河农场。农场承诺让我全家入户农场。本来农垦局领导要留我做秘书，但为了改善一家人的生存环境，我还是义无反顾地去了黄羊河农场，随即将父母、妻子儿女、弟弟一家四口、妹妹都迁入了农场。一家十一口人吃上了农场的商品粮。农场的户口有别于城市户口和农村户口，你有办法调入城市，户口就随迁城市，如回农村，仍然是农村户口。

我在农场中学做了一名教师。

农场中学的高中，每年级只有一个班，我要教高一、高二两个班的语文，虽然我曾做过六年的民办教师，进入角色相对快些，但要备两个年级的课，工作量就大很多。好在学校自恢复高考后，就连一个中专生都没考上过，因此，升学压力不大。学校除了一个数学教师和我是师大毕业，其余都是高中生教高中生，初中生教初中生，而且那些高中、初中学历的教师，都是"文革"中毕业，有些还是场领导的家属或亲戚。如此的师资队伍，教学水准可想而知。从小学到中学，教师们几乎都做着幼儿园老师的工作，只要自己带的班不出大事，管住学生是第一位的，教学倒在其次。

我知道在这样的学校不会出什么教学成果，农场也非久留之地，心心念念的仍然是我的文学梦！

梦归梦，但先期到农场的七口人生活负担却沉重地压在我的肩头。当时我月工资六十三元。六十三元除以七，每人整九元。虽然农场生活费用低，但九元钱连最低生活标准都不能维持。农场划了近三十亩地给我家，由家人种植。教学之余，我还得经常到地里干农活，写作的时间少而又少。不知什么原因，我的文思也突然枯竭，虽然利用假期写了两部中篇和几个短篇，都是泛泛之作，羞于投到省级期刊，都发在了武威地区办的《红柳》杂志上，在武威地区文学圈里有些微澜，仅此而已。有些场合有人介绍说我是作家，令我十分尴尬！甘肃省作协寄来的入会登记表，我羞于填写，只好扔进纸篓。我开始怀疑自己是否真有写作能力。我熬夜写的作品连自己都不能卒读。文学梦几近破碎！

现实生活是严酷的，我在农场中学，是正规师范大学毕业，在学校那群人里，算是鹤立鸡群。不知道一只鹤立在鸡群里是什么滋味？但我这只鹤却时时觉得难堪！学校的书记是一连队的指导员，他不无调侃地问我："你们大学生到底有啥能耐？工资比我们高出一大截，不都俩肩膀扛一脑袋嘛！"

说起那书记，他是否小学毕业，都是个问题。有一天下午，电视预告晚间节目，说晚八点，央视第一频道要播出《居里夫人》，他给大家说："赶紧回家吃饭，晚上第一频道播《羖羝夫人》，真笑死人了，羖羝还有夫人！"

武威一带方言，将山羊叫羖羝。

当时正值改革开放之初，国家大抓科技教育，每个家庭都把孩子的教育放在首位。农场职工中知青居多。黄羊河农场知青主要来自天津，山东青岛、潍坊、淄博，还有兰州、武威。外地的职工纷纷将孩子送回老家就学。即使没有直系亲属，投亲靠友，也要将孩子送出去。本地职工也挖空心思，送孩子到好一些的学校上学。因子女教育问题，农场职工队伍很不稳定，严重影响农场的生产生活。

新上任的场长下决心办好学校以稳定职工队伍。措施之一就是改变教师队伍的知识结构。农场决定面向社会招聘教师。教初中的教师要有大专学历，教高中的教师要有本科学历。当时在《甘肃日报》《陕西日报》《河南日报》发了招聘广告。招聘的优惠条件是：一、提高两级工资；二、配偶子女解决商品粮户口；三、配偶招为农场正式职工。广告一发，应聘者云集，但具体执行的校长书记对招聘教师却虚与委蛇，只招些电大夜大毕业生塞责，教师队伍没有根本的改观。语文教研组改选，说是改选，实则是校长指定。校长亲自找我谈话，说是教研组组长一职非我莫属，但考虑到我教学任务重，家务拖累多，再任教研组组长，肯定影响文学写作。教研组组长一职，只能让一武威师范毕业的工农兵中专生勉为其难！而数学教研组组长也没让我的校友，师大数学系毕业的老师担任。我深切地尝到了被排挤的滋味。

如果能写出叫得响的作品，当不当教研组长肯定是无所谓的，反正我也没打算长期当老师，恰恰是写不出好作品，必须要在教育岗位上干下去，这种"人为刀俎，我为鱼肉"的状况就不能忍受。正此时，场长对下大力气改善学校师资却收效甚微很是不满，他亲自找我谈话，让我谈谈看法。我直言说："任何好的政策和方略，必须要有坚强的执行力。眼下的招聘，正规师范院校毕业的一个不要。说穿了，就是武大郎开店，个子高的不要。正儿八经的大学生来了，他们的小朝廷就得改变！"场长问我："如果让你当校长，你会怎么干？"我苦笑道："我连个语文教研组组长都不让干，还能当校长！"场长说："那不是他们说了算的事。"

农场公开招聘中学校长，招聘条件其实就是为我量身打造的。师范院校本科毕业，八年教龄。学校另一位师大数学系毕业的同仁，虽然是本科毕业，但考学前没有当过民办教师，教龄不够。

我不但当上了中学校长，还兼了农场的教育科长，除了中学，还管了十所小学。一朝权在手，仍然在河南、陕西、甘肃的媒体上发了招聘广告。一时间，陕西师大、西北师大、河南师大、南阳师院、省内师范专科学校毕业生纷纷前来应聘，仅南阳师院就先后来了六位数学教师。学校师资规模和师资水平前所未有。接下来便是高中的严格招生，分数面前人人平等，杜绝权力和人情学生。三个初中班，只招一个高中班。班额四十人。

其实，我后来才知道，我能当校长是因为有一个人的极力推荐，这人是新来的学校支部书记，他以前是场劳动人事科长，不知什么原因，被调换了岗位。在学校书记岗位上待了半年，便向场长建议由我出任校长。他是我接触的工农干部中素质、水平都很高的人。从一件事很能说明问题，一年后，他举家迁往山西，凡来应聘的教师全部去火车站送行。站台上，背井离乡应聘来的一群大学生与书记依依惜别，火车鸣笛启动时，招聘来的大学生们声声呼喊着"书记""书记"！群情激动，一个个热泪盈眶，原来，"书记"这个称谓竟是那么亲切。这位书记姓段，名叫段富魁，山西娄烦人。

书记一走，没有了为我遮风挡雨的人，我面临着巨大的问题。招了三十二个大专本科院校毕业的教师，学校就得有三十二个原有的教师下岗。农场的工作就是种地，你让他们从讲台上到大田里种地，等于敲了人家的饭碗。古话说，"误人子弟，如杀人之父兄"，我端掉了那么多人的饭碗，该算什么？三十二个人有三十二个家庭，也还有父母姊妹亲戚故旧，人际关系盘根错节，错综复杂。在农场那样的小天地里，我要面对多么强大的势力！为了整顿校风，我开除了近二十名严重违纪的学生。在农场那相对封闭的环境里，一个科长的儿子就可以横行霸道。我深知，只开除农工的孩子，根本起不到震慑的作用。我记得开除了一个副场长的儿子，一个人事科长的弟弟。震慑的作用是起到了，但我却遭到了激烈的报复。半夜三更，我家的窗户飞进石头砖块。孩子被打，还被逼着抽烟，干坏事。

经过整顿，学校教学走上了正轨，教室的玻璃能安在窗户上了。过去，学校白天安了玻璃，晚上就被悉数打碎。尤其是冬天，学生们早上到校，先是带着报纸堵窗户，然后生火，等教室里有了温度已是十点以后了，上课就是应付而已。招聘来的老师，个个都要显示自己的能力，形成了"老师拼命教，学生拼命学"的局面，学校教学管理有了大的改观。晨读书声琅琅，晚自习灯火通明。

学校在我任职一年后的高考中，实现了零的突破，我上任之初招的那个班，高考实现了大的突破。农场的子弟在自己的学校考上了兰州大学、西北师范大学、湖南大学，还有为数较多的大中专，极大地提振了农场孩子们学习的热情！到外地上学的孩子纷纷回农场学校读书。

我这样认为，一个人在社会上能干成一件事，完成一个使命就不错了，我借了改革的东风，完成了学校师资队伍的大换血，使学校走上了正轨。但我深知，我不是一个合格的校长。在教学管理上，招聘来的教师中，胜我一筹的人很多。再因为，辞退不合格教师数量过大结怨过多，我该适时离开农场了，何况，因为坚持以考分录取高中生，也得罪了农场的几个实权人物。当然，我心底坦然，因为我没有私敌！同时，心中还燃着当作家的火苗。

我得到一个机会，甘肃农垦在省城建了一个宾馆，宾馆总经理看上了我，让我去当宾馆的办公室主任。我向农场提出辞职，带着老婆孩子到了省城兰州，父母弟妹仍留在农场。

我的心思还是不在当好宾馆的办公室主任上，闲暇仍是努力写作，可退稿居多。虽然在《飞天》上发了一个中篇，但自己都不愿再看一遍。看来文学之路是走不通了。省作协主席赵燕翼对我说："人生不止有一条路，你当校长出了成绩，干企业应该也能出成绩。"

言外之意再明白不过！

我只好罢笔，心有不甘，但也莫可奈何！

投笔经商，我做了甘肃农垦边境贸易公司副经理。公司有一个挂名的经理，是农垦另一家公司的经理，过了一年，他就不挂经理了，公司就我一个副经理，还是法定代表人。作为这个公司法定代表人的我，一直做了十年的副经理。每年农垦总公司开年会，我在报名册上的职务一栏里写上经理，但打印出来的报名册的职务一栏，总是赫然写着"副经理"。直到一九九二年，领导要给我公司安排个副经理，把公司改名为"甘肃农垦啤酒原料公司"，我才转正为经理。

啤酒原料公司，就是啤酒原料供应商。因为甘肃农垦盛产啤酒花和啤酒大麦，直接供应青岛啤酒、燕京啤酒等全国啤酒制造公司。我的业务就是与全国各啤酒厂家打交道，将生产的啤酒原料卖出去。打交道的过程就是与全国啤酒厂搞好关系，与啤酒原料生产厂做好衔接工作。啤酒厂的人来了，我们要设宴接风，要陪同到生产基地考察，走时要设宴饯行。这中间，酒就成了天然的媒介。啤酒原料产于甘肃河西走廊。走廊的人戏称为"河西酒廊"。因此，在做业务时，喝酒就成了重要内容，几乎是喝得昏天黑地，尤其是到了河西走廊，那是每饭必酒！记得当时国务院规定，接待外宾只准四菜一汤，而我们国营农场就一菜一汤。一菜是羊肉，一汤是白酒！

喝酒成了工作和生活的重要内容，久喝成瘾，即使没有业务接待，也要约三五酒友喝个天翻地覆，不辨晨昏。

后来，政府要求国营商贸企业改制，啤酒原料公司是商贸企业，自然在改制之列。我是公司法定代表人，改制后公司归我所有，只是要替政府安置职工。

改制后的公司归我，安置完职工后，我便投资在永登县中川镇建了一个麦芽厂。我只能继续做啤酒原料的生意。建厂的艰辛难以备述，结果却很好。第五个国家级新区落户永登县秦王川。我的麦芽厂坐落在新区核心位置，必须拆迁。我作为拆迁户收到了一笔拆迁费。意外的收获，喝酒的钱有了，我仍然沉溺于酒杯中，白酒、红酒、啤酒，日复一日，年复一年。

我曾不无得意地写了一首歪诗：从此不为稻粱谋，荷锄月下成往昔。樽中茅台五粮液，案头李杜渊明诗。握笔涂鸦寄春夏，把卷悠然秋冬至。一女同学改最后两句为：日挽松风山崖间，夜携荷香入梦迟。

日挽松风有过，夜携荷香不曾。书还在读，我规定自己两年读一遍《红楼梦》《三国演义》《水浒传》；外国名著一年读两三本，《静静的顿河》起码读了五遍以上；国内时下传诵名篇必须涉猎，却再没有动笔写过一个字。杯中物仍然日复一日，年复一年。

二〇一九年元月，我想住医院检查一下身体，为春节喝酒做准备。我让在医院工作的学生给我要了一个床位，住了进去。因为我有糖尿病，在医院住的是泌尿科。我给科主任说：给我做个全面检查。

检查结果：多发性肝癌！

我立即去上海，在友人的帮助下，住进了上海华山医院，不幸中的大幸，我的肝癌没有转移，随即在华山医院做了肝移植手术。

手术十分成功，但过程十分痛苦！

卧病在床，自然十分无聊，只能翻手机打发时光。有一天，突然想写点什么，于是在上海的租屋里，试着写了一个短篇小说《两个张三》，又写了一长短篇《黑旋风》。两篇小说先后都发表在《延河》杂志上。尤其是《黑旋风》，我感觉不错。受此鼓舞，我决定试着写长篇小说《青烟》。

古浪东山那片四岘四水的家乡，特别是新窑岘子王家水，是我童年、少年、青年生长的地方。我除了上高中去了山外的县城两年，其余时间都在四岘四水的东山度过，直到一九七八年考上大学。那山那湾那一道道梁，我都用脚步丈量过。当了六年的民办老师，我几乎接触过每一户村民，参加过山里村民婚、丧、娶、嫁、祭祀鬼神的一切活动。少年时山清水秀，各沟各岔溪水长流的情景深深地摄入脑际。自记事起陪伴我的饥饿，更是难以忘怀。当民办老师时，因为我能写祭文，写丧联，婚事上写喜联，常常被邀到农家，待遇是煮得酽酽的茯茶，还有一盘白面馍。对于饥饿中煎熬的我，那就是最好的享受！因此，耳濡目染，我熟知了这片山里的风俗。

随着岁月流逝，时代变迁，环境恶化，我生长过的那片山里已无法承载现有的人口，连年干旱，连水都没的吃，政府列出搬迁计划，四岘四水的山里人必须搬到山外的平川。山里人，有的去了新疆，有的去了酒泉，剩下的人去了政府在腾格里沙漠边上开辟的移民点。我开越野车去了新窑岘子王家水，满眼的荒草萋萋，几十个村落已被推土机铲平，连找我自己家的房基地都费了好大劲。再过数十年甚至百年，有多少人能知道这片山里曾经住过人，曾有多少喜怒哀乐、悲欢离合的故事，留在我脑海中的山里人的故事，也许就被岁月遗忘而湮没了，似乎这片山里什么事也没有发生过。我有了写下这片山里人故事的冲动，没有我，也许这里曾有的人和事就随风飘散了，我产生了一种责任感，我要用小说的形式将其写下来，留在人世间。虽然我经历了中国改革开放的四十年，有更多的题材可以选择，但我还是选择了写东山的四岘四水的人和事，虽然很多虚构，但虚构的人和事都是真实地源于这片山里曾经的人和事。

我从薛五佬的丧事入手，铺排开《青烟》的人物和事件，机缘巧合，我偶遇了北京师范大学国际写作中心的张晓琴女士。张晓琴女士的先生徐兆寿教授约我一起去武威。去武威的途中，我将我写的两个短篇和已写了七万字的长篇小说《青烟》发到了她的手机上。张晓琴女士看了七万字的《青烟》初稿，表达了非常积极的态度，要求我一定将小说写下去，她还召集了她的几个研究生，去安宁一家桃园里开了个研讨会。她将七万字的稿子打印出来，提了中肯的意见。首先是鼓励我写下去。要不是她的认可和鼓励，我可能会半途而废。

于是，我便满怀信心地将《青烟》写下去，在《青烟》即将完稿时，她向我推荐了作家弋舟先生。弋舟先生花自己宝贵的时间，看完了稿件，将《青烟》推荐给了作家出版社。

几十年嗜酒使我患上要命的多发性肝癌，算是人生之大不幸。有这样一句话：上帝给你关上一扇门，他会为你打开一扇窗。我能静下心来写作，这未尝不是上帝为我打开的一扇窗！

四十年蹉跎，心怀梦想却虚掷岁月，一任时光抛洒，至古稀之年，发苍苍而视茫茫，写作已是力不从心，只能用陆游词《诉衷情》中的两句作结语：

此生谁料，心在天山，身老沧州！

## 图书在版编目（CIP）数据

青烟／杜万青著. -- 北京：作家出版社，2025. 2. --
ISBN 978-7-5212-3259-2（2025.7重印）

Ⅰ. I247.5

中国国家版本馆CIP数据核字第2025M61D58号

## 青　烟

作　　者：杜万青
责任编辑：兴　安　赵文文
装帧设计：🦊 ＋牛依河
出版发行：作家出版社有限公司
社　　址：北京农展馆南里10号　　邮　　编：100125
电话传真：86-10-65067186（发行中心）
　　　　　86-10-65004079（总编室）
E-mail:zuojia@zuojia.net.cn
http://www.zuojiachubanshe.com
印　　刷：唐山嘉德印刷有限公司
成品尺寸：152×230
字　　数：363千
印　　张：27
版　　次：2025年2月第1版
印　　次：2025年7月第2次印刷
ISBN　978-7-5212-3259-2
定　　价：69.00元